Tochter der roten Sonne

Die Autorin

Ann Clancy ist Australierin mit irischen Wurzeln. Ihre Kindheit verbrachte sie in Papua-Neuguinea, und sie hat die ganze Welt bereist, bevor sie beschloss, das Schreiben zu ihrem Beruf zu machen. Abenteuerliche Geschichten von starken, unabhängigen Frauen liegen ihr besonders am Herzen. Heute lebt sie mit ihrer Familie in Adelaide im Süden Australien.

Ann Clancy

Tochter der roten Sonne

Roman

Aus dem Englischen
von Marie Henriksen

Weltbild

Originaltitel: *Daughter of the Storm*

Besuchen Sie uns im Internet:
www.weltbild.de

Copyright der Originalausgabe © 2013 by Ann Clancy
Dieses Werk wurde vermittelt durch die Literarische Agentur
Thomas Schlück GmbH, 30827 Garbsen.
Copyright der deutschsprachigen Ausgabe © 2013 by Weltbild GmbH & Co. KG,
Werner-von-Siemens-Straße 1, 86159 Augsburg
Übersetzung: Marie Henriksen
Projektleitung & Redaktion: usb bücherbüro, Friedberg/Bay
Umschlaggestaltung: büro**süd**°, München
Umschlagmotiv: büro**süd**°, München
Satz: Datagroup int. SRL, Timisoara
Druck und Bindung: GGP Media GmbH, Pößneck
Printed in the EU
ISBN 978-3-95973-268-0

2020   2019   2018   2017
Die letzte Jahreszahl gibt die aktuelle Ausgabe an.

1

»Wie aufregend!«, rief Georgina mit einem Blick auf die Treppenstufen, die in die Seite des Schiffs eingelassen waren. »Ich gehe nach dir hinauf, Onkel Hugh!«

Ihre Blicke folgten den Stufen hinauf zu dem Bollwerk des großen Segelschiffs, das sich über ihnen erhob. Daneben sah das kleine Ruderboot, mit dem sie über den Fluss schaukelten, noch winziger aus.

»Kommt überhaupt nicht in Frage«, erwiderte ihre Tante. »Du wartest mit mir, bis wir mit dem Tragstuhl des Bootsmannes hinaufgebracht werden. Der erste Eindruck ist entscheidend. Als Passagiere der Kabinenklasse kommen wir vermutlich zuletzt an Bord, und alle werden an Deck sein und deine Ankunft beobachten. Du willst doch nicht, dass die Leute dich für eine Wilde halten.«

Georgina hob die Füße und ihre langen, dicken Röcke, als die Männer die Ruder ins Boot zogen. Der Stoff in ihren Händen war üppig und weich. Sie schob ihren warmen Mantel zurück und begutachtete den Rock. »In diesem Kleid kann ich doch nur einen guten Eindruck machen, Tante Mary.«

Das Kleid war nach der neuesten Mode geschnitten. Der weite Rock würde im Stehen über den Boden wischen, die Taille war schmal, das Mieder eng geschnitten, mit einer

Spitze Richtung Nabel. Es brachte ihre Figur vorteilhaft zur Geltung. Die Ärmel waren modisch weit, und das strahlende Hellblau passte zu ihren Augen. Ihre Haut fühlte sich unter der frischen Brise lebendig an und glühte ein wenig.

Ihre Tante sah sie mit leicht zusammengezogenen Lippen an. »Nun ja, es ist ein schönes Kleid«, gab sie zögernd zu. »Aber die Farbe … ich finde es ein wenig zu früh, die Trauerkleidung abzulegen. Grau oder lavendel …«

»Oder irgendeine andere traurige Farbe!«, lachte Georgina. »Dieses Blau ist jedenfalls viel zu strahlend.«

»Aber, aber, meine Liebe, sie ist doch erst neunzehn! Zu jung, um ihr halbes Leben in Trauer zu verbringen«, unterbrach Onkel Hugh vorsichtig. Er widersprach seiner Frau nur selten.

Sie waren sich in all den Jahren immer ähnlicher geworden – ein wenig mollig, stahlgraues Haar, Doppelkinn und ein wenig pompöses Auftreten. Und sie schienen sich fast immer einig zu sein. Nur jetzt, in Bezug auf Georgina, waren sie unterschiedlicher Meinung.

»Nein, und der liebe Papa hätte das auch gar nicht gewollt«, fügte Georgina hinzu. »Er glaubte an ein Leben in Fülle, er wollte aus jeder Gelegenheit so viel Vergnügen ziehen wie möglich. Er wäre entsetzt, wenn er mich ewig in langweiligen Farben sehen müsste, die mir nicht stehen.«

Das Gespräch wurde unterbrochen, als eine Stimme von oben sie aufforderte, an Bord zu gehen.

»Vorsichtig, haltet euch gut fest«, warnte ihre Tante, aber Georgina hörte nicht zu. Sie zog ihre Handschuhe aus.

Ihre Blicke waren fest auf ihren Onkel geheftet, der jetzt die Treppe hinaufging. Auf beiden Seiten waren dicke Taue als Handlauf gespannt.

Als er oben angekommen war, griff sie nach den Tauen. Sie hatte schon lange kein echtes Abenteuer mehr erlebt, und sie würde den Überlegungen ihrer Tante nicht einen Augenblick folgen.

Der Aufstieg war furchterregend und schwierig genug, um ein wilder Genuss zu sein.

Als sie oben ankam, packte sie jemand fest am Arm. Ein Blick sagte ihr, dass es nicht ihr Onkel war. Es war eine starke, autoritäre Hand und ein muskulöser, sonnengebräunter Unterarm mit vielen feinen goldenen Härchen, die in der blassen Wintersonne funkelten.

Sie blickte auf und sah in ein Paar blaue Augen, allerdings nicht dunkelblau wie die ihren, sondern himmelblau, wie von der Sonne und dem Meer über viele Jahre gebleicht. Ein gut aussehendes Gesicht kam ihr entgegen, das Gesicht eines Mannes, der viel Zeit unter freiem Himmel verbrachte. Die Sonne hatte die hohen Wangenknochen und das feste Kinn goldbraun gefärbt, als würde Wikingerblut in seinen Adern fließen. Das blonde, ebenfalls von der Sonne gebleichte Haar war ein wenig zerzaust und kräuselte sich unter dem Rand der Offiziersmütze.

»Nur weiter, Miss. Klettern Sie auf die Reling, ich helfe Ihnen«, sagte der Mann.

Er hielt ihren Blick fest, als sie seinen Worten folgte. Dann umfassten seine Hände ihre Taille, als sie leichtfüßig aufs Deck sprang.

Sie sah zu ihm auf, heftig atmend vor Aufregung. Sie war

größer als die meisten anderen Frauen, aber er überragte sie bei Weitem. Seine Größe und die breiten Schultern verliehen ihm eine entschiedene Autorität, die sie – gemeinsam mit seiner schicken, makellosen Uniform – auf den Gedanken brachten, es müsse sich um den Kapitän handeln.

»Willkommen an Bord, Miss Stapleton«, sagte er.

»Vielen Dank, Herr Kapitän.«

»Miles Bennett, Erster Maat, Madam«, sagte er und lächelte verlegen. »Kapitän werde ich vielleicht auf der nächsten Reise sein, die ich mache, wenn alles gut geht. Der Kapitän kann sie selbst nicht in Empfang nehmen, da er noch an Land ist und letzte Besorgungen macht. Er kommt immer als Letzter an Bord. Ich habe während seiner Abwesenheit den Befehl über das Schiff.«

Er warf einen Blick über die Schulter. »Jimmy Cole!«, rief er einem jungen Kerl auf dem Hauptdeck zu.

Jimmy kam angerannt. »Aye, aye, Sir!« Seine großen grünen Augen funkelten vor Aufregung, und sein Lächeln erstreckte sich von einem Ohr zum anderen und entblößte einige Zahnlücken. Die Ohren selbst standen ab wie die Segel eines Schiffs. Georgina bemühte sich, ernst zu bleiben, während sie sich vorstellte, wie der Wind in seine Ohren griff und ihn übers Deck trieb. Er war jung, begeistert und wollte alles richtig machen.

»Du kannst Miss Stapleton und Mr und Mrs Clendenning den Weg zu ihren Kabinen zeigen, wenn dort alles bereit ist. Sorg dafür, dass sie sich dort gut einrichten.«

»Aye, aye, Sir.«

»Georgina?« Die Stimme ihres Onkels.

Sie riss sich vom Anblick des Ersten Maats los und drehte

sich zu ihrem Onkel um, der besorgt über die Reling hinunter zu dem Ruderboot spähte.

»Bleib noch einen Moment hier, solange wir auf deine Tante warten«, sagte er.

Georgina klatschte in die Hände und sah sich um. »Wie aufregend! Ich war noch nie auf einem Schiff. Ich freue mich so auf die Fahrt«, sagte sie zu dem Ersten Maat.

»Ich wünschte, alle unsere Passagiere würden es so sehen. Das würde die Reise für alle Beteiligten viel angenehmer machen«, erwiderte der Maat trocken. »Entschuldigen Sie mich, Madam.« Er entfernte sich und rief den Seeleuten in der Nähe einige Befehle zu.

Georgina, die ihre Tante bei ihrem Onkel in guten Händen wusste, spazierte über das Hüttendeck und beobachtete das geschäftige Treiben. Die Seeleute liefen in alle Richtungen, bereiteten das Schiff aufs Ablegen vor und schimpften leise vor sich hin, wenn die Passagiere sie störten.

Auf dem Hauptdeck zweieinhalb Meter unter ihr waren verschiedene Passagiere aus dem Zwischendeck zu sehen: junge Männer, die in kleinen Gruppen herumlungerten, mit aufgeregten Blicken und immer auf der Suche nach einem Spaß. Verhärmte Frauen mit verschwollenen Augen und mit Säuglingen auf dem Arm, die ihre Kinder beobachteten, die über Taue und Gepäckstücke tollten. Die verheirateten Männer waren ernst und dunkel gekleidet; sie dachten wohl an die fünfmonatige Reise, die vor ihnen lag. Krumme alte Männer und Frauen saßen an windgeschützten Plätzen, so alt, dass sich Georgina fragte, warum sie noch einmal von vorn anfangen wollten. Manche Leute lasen, spielten, schrieben, nähten oder strickten. Einige aßen, rauchten oder saßen einfach da und taten gar nichts. Die Kleidung verriet Menschen aus jeder Schicht und aus jeder Gegend des Vereinigten Königreichs von Großbritannien und Irland, von den mondänen Straßen der Stadt London bis zu den letzten Winkeln Schottlands.

Es herrschte ein unbeschreiblicher Lärm. Befehle wurden gebrüllt, die Seeleute sangen und fluchten, Glocken läuteten, Ketten rasselten, Babys schrien, über ihnen kreischten die Möwen, Schweine quiekten, einige Passagiere tanzten einen Jig zu den kratzigen Tönen einer Fiedel, die Frauen schrien ihren Kindern zu, sie sollten nicht zu nah an die Reling gehen, und eine Gruppe betete laut und klagend um Errettung von den Gefahren der See. Und das Schiff selbst knirschte, stöhnte und knackte im Rhythmus der Wellen.

Georgina rümpfte die Nase. Die Gerüche waren ebenso erstaunlich wie die Geräusche. Teer und Tau, faulendes Holz, Hühnerdung, alter Fisch, ungewaschene Menschen, schmutziges Wasser in den Speigatten, Lebensmittel aller Art, der Geruch von Kochtöpfen über den Herdfeuern und natürlich das schlammige Hafenwasser, in dem das Schiff schwankte.

»Komm, Georgina!«, rief ihr Onkel, und sie ging zurück zu ihm und der Tante, um sich die Kabinen zeigen zu lassen.

Ihre Einzelkabine war nicht schlimmer als erwartet. Sie war etwas weniger als zwei auf zwei Meter groß und hatte ein Bullauge, durch das der kalte Wind blies. Nebenan lag die Kabine ihrer Tante und ihres Onkels. Sie war drei mal zwei Meter groß, die beste Kabine an Bord. Durch das schöne, quadratische Fenster am Bug überblickte man den Hafen.

Jimmy Cole stellte sich als Schiffsjunge und Kabinenboy vor und half dem Steward, ihre Sachen zu verstauen. Der Schranckoffer wurde mit Klampen sicher am Boden befestigt, und lose Gegenstände wurden mit starken Tauen an den Seitenwänden festgebunden. »Hältst du meinen Koffer für ein wildes Tier, Jimmy?«, lachte Georgina. »Glaubst du, er springt mich an, sobald ich ihm den Rücken zukehre?«

»Na ja, Madam, ich war noch nicht auf See, aber ich mache, was man mir sagt. Und es heißt, es kann schrecklich raue See geben.«

»Wenn du hier fertig bist, habe ich kaum noch Platz, um mich anzuziehen«, sagte sie.

»Dann sollten sie mal ins Zwischendeck gucken, ist ja nur ein paar Zentimeter unter ihnen. Da sind hundertfünfzig Seelen zusammengepfercht wie Tiere. Kein Platz zum Stehen oder Anziehen, kein bisschen Platz für einen selbst, nur ein oder zwei Fuß breit zum Schlafen auf der Pritsche, und die Kinder auch noch dazwischen …« Er schwieg abrupt, als ihn der Steward mahnend ansah.

»Nun ja, jeder hat wohl sein Schicksal zu tragen.« Georgina zuckte mit den Schultern.

Von oben waren Gesang und das Rattern von Ketten zu hören. Ein Seemannslied.

Sie spürte, dass sich das Schiff anders bewegte, und hörte Jubeln und Gerenne über sich.

»Was ist jetzt los?«

»Ich würde sagen, wir sind unterwegs, Madam.«

»Dann muss ich rauf«, erwiderte Georgina, strich sich das blonde Haar zurück und setzte sich die Haube wieder auf. Sie wartete auf ihren Onkel und ihre Tante, und dann gingen sie durch den Mittelgang, vorbei an den Kabinen des Kapitäns, des Schiffsarztes und der anderen Passagiere und durch die Messe. Der Salon war gut eingerichtet, mit echten Teppichen, damastbezogenen Stühlen und Tischen mit Einlegearbeiten. Sie würden also den gewohnten Komfort nicht vollkommen entbehren müssen.

Die Passagiere standen dicht gedrängt an der Reling. Einige jubelten und winkten, andere weinten oder riefen letzte Abschiedsgrüße hinüber ans Land. Und einige warfen einen ernsten, vielleicht letzten Blick auf das gute alte England.

Georgina konnte ihre Aufregung kaum bezähmen. Endlich ging es los! Nicht mehr lange, dann würde sie ihren Verlobten in die Arme schließen, heiraten, die Trauer hinter sich lassen und die Freuden des Ehelebens genießen. Sie würde frei sein, würde ihren eigenen Hausstand und Dienstboten haben, mit gut aussehenden Männern flirten, wie es nur verheiratete Frauen tun durften, sie würde die angenehmen Zeitvertreibe der oberen Klassen genießen, Bälle, Besuche, Partys, Jagden … Und das aufregende neue Land! Was für ein Leben!

Jetzt hatte sie Zeit, die anderen Kabinenpassagiere zu beobachten, die auf dem Deck spazieren gingen. Ein junges Paar, beide mit braunen Haaren und sanften, großen braunen Augen – offenbar Bruder und Schwester. Er hielt die Hand seiner Schwester und murmelte ihr tröstende Worte zu. Georgina grüßte lächelnd; Onkel Hugh stellte sich vor.

»Richard Cambray«, erwiderte der junge Mann, schüttelte Onkel Hugh die Hand und verbeugte sich dann respektvoll vor Tante Mary. Dann nahm er Georginas Hand. »Sehr erfreut«, sagte er. Georgina bemerkte, dass er sie eindringlich ansah. Eine neue Eroberung wartete auf sie …

»Und das ist meine Schwester, Miss Gemma Cambray«, sagte Richard ruhig.

Seine Schwester nickte Georgina kühl zu und zog Richards Arm enger an sich. Es schien Georgina, als wollte sie ihn vor der Bedrohung durch eine attraktive, selbstbewusste Frau beschützen.

Ihre Verwandten tauschten noch ein paar Höflichkeiten aus, während Georgina die anderen Passagiere auf dem Hüttendeck beobachtete. Ihr Blick blieb an einem großen, dunklen Mann hängen, der sich das Haar mit Öl zurückgekämmt hatte. Alles an ihm sah wie geschliffen aus, vom Scheitel bis zur Sohle. Seinen Zylinder hielt er in der Hand. Sein Mantel war von feinster Qualität, und seine breiten Schultern schienen keine Polster nötig zu haben.

Sie hörte, wie sie heftig einatmete. Das war ein Mann, der ihr auf Anhieb gefiel! Er wandte sich ihr zu, als spürte er ihren Blick, und bevor sie die Augen niederschlagen konnte, hatte er fast unmerklich eine Braue hochgezogen, und sie sah ein Funkeln in seinen Augen. Ein Schauer der Vorfreude lief ihr über den Rücken.

Als sie wieder hochsah, erwartete sie, dass er den Blick abgewandt hätte, aber weit gefehlt, er starrte sie immer noch an. Sein voller Mund verzog sich zu einem langsamen, fast zynischen Lächeln. Er wusste, dass sie ihn anziehend fand.

Sie hob ihr Kinn ein wenig und sah weg, als würden sie all die Schiffe und kleinen Fischerboote um sie herum viel mehr interessieren. Bald darauf beeilten sich einige Passagiere, dem Lotsen letzte Briefe zu übergeben, und für eine Weile vergaß sie den Mann. Der Lotse ging von Bord und ruderte mit seinem kleinen Boot davon. Wenig später hatten sie den Kanal hinter sich gelassen. Ein letzter Ton des Nebelhorns, und sie waren allein.

»Volle Kraft voraus!«, brüllte ein Mann mit heftigem schottischem Akzent: der Kapitän, wie Georgina vermutete. Er sah aus wie aus alten Geschichten. Klein, rundlich, mit vielen Falten im Gesicht und einem Schnurrbart. Haare und Bart waren grau; früher war er wohl rothaarig gewesen. Seine tief liegenden Augen wurden von buschigen Brauen überschattet.

»Aye, aye, Sir!«, rief der gut aussehende Maat zurück.

»Segel runter!«

Der Befehl wurde wiederholt, die Seeleute rannten los, dass die weiten Hosen flatterten.

»Die gehorchen aufs Wort!«, murmelte Georgina ihrem Onkel zu.

»Das will ich hoffen. Wenn einer aufmuckt, wird er ohne Pardon ausgepeitscht. Und wenn mehr als einer aufmuckt, ist es eine Meuterei. Wenn sie damit Erfolg haben, ist es Piraterie, und wenn nicht, ist es ihr sicheres Ende. Gehorchen müssen sie, auf einem Schiff gibt es keine Diskussionen.«

»Großsegel hoch!«, befahl der Maat.

Die Masse aus Tuch, Tauen und Blöcken krachte, ratterte und flatterte nach oben, während die Seeleute bei jedem Zug brüllten. Das Schiff drehte sich langsam in den Wind und nahm Fahrt auf.

Die Passagiere stießen drei mächtige Jubelrufe aus, und Georgina spürte, wie ihr die Tränen in die Augen schossen.

»Romantisch, nicht wahr, Miss Stapleton?«, sagte Richard Cambray zu ihr.

»Unbedingt, Mr Cambray.«

Nur die Seeleute blieben scheinbar ungerührt.

* * *

»Ein durchaus erträgliches Essen«, erklärte Onkel Hugh.

»Freut mich, dass es Ihnen geschmeckt hat«, erwiderte der Erste Maat.

Die Teller wurden abgeräumt, und man brachte Flaschen mit Portwein und frische Gläser.

Kapitän McGlashan saß am Kopf des Tisches, aber er war ein knorriger alter Kerl und ließ keinen Zweifel daran, dass er die Passagiere – sei es mit oder ohne Kabine – nur an Bord duldete, weil er musste. Der Erste Maat Miles Bennett hatte sie einander vorgestellt und sorgte dafür, dass die Gespräche während des viergängigen Essens geschmeidig dahinflossen.

Georgina hatte das Glück, ihm gegenüber zu sitzen, sodass sie ihn unter ihren dunklen Wimpern beobachten konnte. Er gehörte natürlich nicht zur selben Gesellschaftsschicht wie die Kabinenpassagiere, hatte aber eine natürliche Sicherheit, als hielte er sich für ebenso gut wie sie, unabhängig von seiner Herkunft. So weit sie sehen konnte, erfüllte er seine Pflichten mühelos. Es war eine Schande, dass er kein Passagier war; es hätte ihr Freude gemacht, ein bisschen mit ihm zu flirten. Er war so selbstgewiss, so voller Selbstvertrauen und so gleichgültig ihr gegenüber, dass er eine schöne Herausforderung gebildet hätte.

Schwer zu sagen, wer besser aussah: der blonde, blauäugige Miles Bennett oder Geoffrey Bressington, der dunkle Mann, den sie an Deck beobachtet hatte. Auch Bressington wäre keine leichte Eroberung, er war viel zu erfahren. Er hatte etwas Gefährliches, Raubtierhaftes an sich, als hätte er schon viele Frauen gehabt. Inzwischen sah man einen dunklen Bartschatten um sein Kinn, eher blau als schwarz, aber ansonsten war er perfekt gepflegt.

»Und was zieht sie in die Kolonien?«, fragte Miles Bennett ihn.

Georgina bemerkte, dass er kurz zur Seite sah, bevor er antwortete und Miles in die Augen blickte. »Geschäftliche Interessen, Mr Bennett. Ich höre, dass es in den Kolonien Möglichkeiten gibt, von denen wir in England kaum etwas wissen.«

Etwas in seiner Antwort klang falsch, aber sie verdrängte den Gedanken sofort wieder, denn Geoffrey wandte sich mit derselben Frage nun ihr zu. »Und Sie, Miss Stapleton? Was führt sie nach Australien?«

»Ein Neuanfang, Mr Bressington. Nach dem Tod meines Vaters vor einigen Monaten bin ich Waise, und meine Tante und mein Onkel waren so freundlich, mich auf ihrer Rückreise nach Südaustralien mitzunehmen …«

»… wo sie ihren Verlobten trifft«, ergänzte Tante Mary, als wüsste sie, dass Georgina nur zu gern den Verlobten unterschlagen hätte.

Ein neues Funkeln erschien in Mr Bressingtons Auge. Er wusste ganz genau, was für ein Spiel sie spielte. »Er ist Ihnen also vorausgereist?«

»Ja, wir hatten geplant, dass er sich erst dort einrichten und mich dann nachholen sollte. Aber mein Vater starb unerwartet …«

»Das tut mir sehr leid.«

»Ja, es war ein Jagdunfall. Und da dachte ich mir, es sei ja sinnlos, dort traurig herumzusitzen. Es hätte ein Jahr dauern können, bis die Briefe hin und her gegangen waren, um alles zu arrangieren. Also beschloss ich, mich auf den Weg zu machen. Und da meine Tante, meine nächste Verwandte, gerade ohnehin abreisen wollte …«

»Charles ist ein so angenehmer, verlässlicher Bursche. Georgina und er kennen sich schon, seit sie Kinder sind«, bemerkte Tante Mary. »Die Ländereien der Familien grenzen aneinander, sie sind also sozusagen zusammen aufgewachsen. Und wir dachten, je eher sie unter seinem Schutz ist, desto besser. Wir wollten nicht, dass sie ganz allein in England zurückbleibt.

Nun können wir nur hoffen, dass ihr Brief vor uns ankommt, sodass Charles rechtzeitig von ihrer Ankunft erfährt.«

»Charles …«

»Charles Lockyer.«

Mr Bressington nickte. »Ja, der Name ist mir durchaus ein Begriff. Ich habe ihn wohl in einem der Clubs getroffen.«

»Sie reisen also zurück, Mr Clendenning?«, unterbrach Richard Cambray das Gespräch und wandte sich an Onkel

Hugh. »Erzählen Sie uns doch ein wenig von den Kolonien. Wir sind dankbar für jedes Stückchen Information. Es ist besser, ein wenig vorbereitet zu sein, bevor man sich ein neues Leben aufbaut.«

»Was haben Sie in den Kolonien vor, Mr Cambray?«, fragte Onkel Hugh.

»Wir wollen uns in der Gegend um Port Philip ansiedeln. Unsere Eltern sind verstorben, wie die von Miss Stapleton, und wir nahmen an, unser Erbe wäre in den Kolonien gut angelegt. Wir denken an Schafzucht.«

»Nun, ich kann Ihnen einiges über Südaustralien und unsere Erfahrungen dort erzählen«, sagte Onkel Hugh. »Ein viel versprechendes Land, gutes Wetter, durchaus ländlich, fruchtbarer Boden. Aber die Regierung hat sich verrechnet. Die Kolonie hat nicht genug Vieh und zu wenig Transportmöglichkeiten, um wirklich zu gedeihen. Deshalb sind wir nach England zurückgekehrt, wir bringen einiges an Tieren mit: Pferde, Kühe und Schafe. Außerdem haben wir einige unserer Landarbeiter und Hausangestellten überreden können, uns zu begleiten, denn es gibt kaum gute Dienstboten in der Kolonie. Unsere Leute sind im Zwischendeck. Das Vieh ist eine gute Investition …«

Georginas Aufmerksamkeit schweifte ab. Sie interessierte sich nicht besonders für Südaustralien, denn sie würde, wie ein Großteil der Passagiere, nach Portland Bay weiterreisen, wo Charles jetzt lebte. Jetzt spürte sie, wie sich das Schiff stetig hob und senkte und in eine rollende Bewegung überging. Sie war so sehr in die Unterhaltung vertieft gewesen, dass sie den zunehmenden Wind kaum bemerkt hatte. Die See war rauer geworden.

Sie sah sich am Tisch um. Miss Cambray, das schüchterne, stille kleine Ding, wurde allmählich blass. Ebenso erging es Georginas Tante. Obst und Käse standen unberührt auf dem Tisch. Aber Georgina ging es gut, besser als gut. Sie freute sich regelrecht über die Wellen und nahm sich einen Apfel.

Der Zweite Maat kam in die Messe und sprach ein paar leise Worte mit dem Kapitän, der kurz nickte und sich dann entschuldigte.

Onkel Hugh schwadronierte endlos weiter.

Plötzlich neigte sich das Schiff, und der Erste Maat griff schnell nach der Portweinflasche, die über den Tisch rutschte.

»Wir bekommen etwas Seegang«, sagte er.

»Ist alles in Ordnung, Mr Bennett?« Gemma Cambrays Stimme klang hoch, zittrig und ängstlich. Man hörte sie jetzt fast zum ersten Mal.

»Ja, ja, es ist alles in Ordnung. Das Schiff wird nur etwas unruhiger, wenn wir auf den Ozean hinausfahren«, sagte er.

»Es besteht also keine Gefahr?«, fragte sie weiter, mit angespanntem Gesicht und weit aufgerissenen Augen.

Sie sieht aus wie ein erschrockenes Reh, dachte Georgina und lachte glockenhell. »Ich habe gehört, wir müssen uns keine Sorgen machen, solange der Kapitän nicht zu beten anfängt«, sagte sie.

»Da haben Sie recht.« Mr Bennett sah aus, als müsste auch er lachen. Er wandte sich an Gemma. »Sie können ganz ruhig sein, es besteht keine Gefahr. Die *Cataleena* kann mit wesentlich schwererer See zurechtkommen«, sagte er freundlich und ernst zu ihr. Dann entschuldigte auch er sich und verließ die Tischgesellschaft.

»Ich glaube, ich ziehe mich auch zurück«, hauchte Gemma, als hätte sie wirklich etwas Dringendes vor. Richard sprang auf, um sie in die Kabine zu bringen.

»Ich würde mich auch gern ein wenig hinlegen«, sagte Tante Mary, eine Hand an die Stirn gelegt.

»Ich begleite dich«, sagte Hugh und nahm sie am Ellbogen.

Georgina stand ebenfalls auf. »Brauchst du mich, Tante?«

»Nein, Liebes, sorg du für dich selbst«, erwiderte Onkel Hugh. »Deine Tante erträgt Seereisen nicht besonders gut. Wenn sie allein in ihrer Kabine ist, geht es ihr besser. Der Steward kann ihr helfen.«

»Dann mache ich noch einen Spaziergang übers Deck, wenn ihr nichts dagegen habt«, sagte Georgina.

»Du solltest hier unten bleiben, das ist sicherer«, protestierte ihre Tante mit einem Schaudern.

»Die frische Luft wird ihr guttun«, sagte Onkel Hugh. »Solange sie sich gut festhält und niemandem im Weg steht, ist es gut. Ich habe schon oft festgestellt, dass frische Luft und ein Blick auf den Horizont wahre Wunder wirken«, bemerkte er zu Georgina. »Aber bleib auf dem Hüttendeck, geh nicht nach unten.«

Georgina ging hinauf. Auf dem Deck pfiff der Wind in der Takelage. Sie blieb stehen, um ihre Haube fester zu binden, aber der Wind zog ihr trotzdem das Haar hervor und wehte es wie ein goldenes Netz übers Gesicht. Sie zog ihre hellblaue Pelerine fester um ihre Schultern und schloss alle Knöpfe.

Ihre Augen brauchten einen Moment, um sich an die Dunkelheit zu gewöhnen. Hier draußen spendeten nur die

Laterne beim Kompass und der Mond etwas Licht. Wolken rasten über den Himmel. Sie hielt sich mit beiden Händen fest, bis sie einen sicheren Platz gefunden hatte, von wo sie das Schiff und das Meer überblicken konnte.

Sie hielt sich am Mast fest, wandte ihr Gesicht dem Wind zu und atmete tief die frische, kalte Salzluft ein. Hier an Deck war es viel besser, weit weg von den fremden, stickigen Gerüchen hinter den Luken. Der üble Gestank des aufgewühlten Bilgenwassers verbreitete sich auf dem ganzen Schiff. Wenn die anderen Passagiere klug wären, würden sie auch hier stehen und das schwindlige Gefühl vom frischen Wind davonblasen lassen, das seit dem Abendessen aufgekommen war.

Sie schloss die Augen und überließ sich ganz dem Gefühl des Segelns. Die Geräusche, Gerüche, die kalte Luft auf ihrer Haut … Von der Brücke her waren Befehle zu hören, die Stimme des Ersten Maats übertönte den Wind. Die Seeleute brüllten, fluchten und rannten herum, der Wind pfiff und jaulte um das Schiff, und überall klapperte, ratterte und flatterte etwas.

Georgina öffnete die Augen wieder. Das Schiff hob und senkte sich in den haushohen Wellen, Gischt und Wasser machten das Deck nass, und die Seeleute rutschten und stolperten. Hühnerkäfige und alle möglichen Geräte fuhren übers Deck.

Mit wachsendem Staunen beobachtete sie, wie die hartgesottenen Seeleute in die Takelage kletterten. So weit oben sahen sie aus wie Affen in den Baumwipfeln, wo sie sich nur mühsam festhalten konnten. Das Schiff warf sie hoch und tauchte sie dann erbarmungslos wieder ins Wasser. Ein

Mann rutschte von dem Seil ab, auf dem er stand, jemand schrie, Georginas Herzschlag setzte kurz aus, als sie sah, wie er verzweifelt mit den Armen ruderte. Kurz hing er in der Luft, dann fand er wieder sicheren Halt.

Sie schüttelte den Kopf und zwang ihren Blick zurück aufs Deck. Lieber nicht hinschauen. Was für Männer waren diese Seeleute? Warum riskierten sie Leben und Gesundheit für die zweifelhaften Freuden der Seefahrt? Sie zuckte mit den Schultern. Sie mussten ja wissen, was sie taten. Sie hatten den Ruf, raue Kerle zu sein, die tranken und fluchten, brutale Wilde, die kaum lesen und schreiben konnten, die vor ihren Pflichten an Land davonliefen, vor ihren Frauen oder vor dem Gesetz … Sie fragte sich, was einen Mann wie Miles Bennett wohl zur Seefahrt gebracht hatte. Sein Akzent, seine Selbstsicherheit, seine guten Manieren und seine offensichtliche Intelligenz unterschieden ihn deutlich von den Abgründen der Gesellschaft, aus denen der Rest der Mannschaft kam.

Kälte und Feuchtigkeit krochen ihr durch die Kleider, und sie entschloss sich, unter Deck zu gehen. Doch als sie an der Luke ankam, ließ ein Stöhnen sie innehalten. Die Schiffsbalken stöhnten und schwankten, die Wellen schlugen auf das Schiff ein wie ein Vorschlaghammer, aber sie war sicher, dass sie noch etwas anderes gehört hatte.

Da war es wieder – ein unheimliches Stöhnen, ein Schrei tiefsten Elends, einer gequälten Seele. Georginas Herz zog sich zusammen. Die meisten Außenstehenden hielten sie für ein verwöhntes, egoistisches Ding, aber in Wirklichkeit war sie mitfühlend und konnte es kaum ertragen, einen anderen Menschen in Not zu sehen. Und wenn sie jemals einen Menschen in Not gehört hatte, dann jetzt.

Sie ging zurück, um nachzusehen. Vielleicht war es ein Mitreisender, vielleicht war jemand auf dem glitschigen Deck gestürzt und hatte sich verletzt. Jemand hatte Schmerzen. Sie wusste nicht, ob es eine männliche oder weibliche Stimme war, auf jeden Fall kam sie aus der Richtung eines Stapels aufgewickelter Taue und Segel. Vorsichtig trat sie näher heran, beugte sich darüber und spähte in die Dunkelheit.

In diesem Moment hörte sie feste Schritte hinter sich auf dem Deck und drehte sich um. Mr Bennett kam auf sie zu.

»Miss Stapleton! Was tun Sie denn hier oben?«

»Mr Bennett …« Sie ignorierte seine Frage. »Da muss jemand verletzt sein, und ich wollte nachsehen, was …« Das schreckliche Stöhnen war wieder zu hören, und sie drehte sich um.

Mr Bennett griff in den Stapel und zog die jämmerliche Gestalt des Schiffsjungen Jimmy Cole hervor. »Aufstehen, Junge, was ist los mit dir?«

Für einen kurzen Moment teilten sich die Wolken und ließen graues Mondlicht auf Jimmys Gesicht scheinen. Die Sommersprossen auf seiner Stupsnase leuchteten grünlich auf seiner blassen Haut. Auch ohne den Gestank des Erbrochenen auf seinem Hemd konnte man deutlich sehen, was ihm fehlte. Georgina trat einen Schritt zurück.

»Seekrank, Sir!«, stöhnte der Junge.

»Reiß dich zusammen! Es gibt keine Entschuldigung für eine Befehlsverweigerung, hast du nicht gehört, dass alle Mann an Deck gerufen wurden?«

»Doch, aber ich kann jetzt nicht klettern, mir ist ganz schwindlig und ich habe weiche Knie, so schlecht ist mir.«

»Du tust, was dir befohlen wird, sonst macht der Kapitän Hackfleisch aus dir«, sagte der Maat streng. »Hier bleiben!«

Er ging weg, und Jimmy ließ sich wieder aufs Deck sinken. Georgina wusste, sie hätte nach unten gehen sollen, aber sie war zu neugierig. Der Erste Maat kam zurück, einen Blechbecher in der Hand. Als die nächste Welle überkam, schöpfte er den Becher voll, dann packte er Jimmy am Arm.

»Trinken!«

»Nein, Sir, das geht nicht!«

»Ich habe gesagt, trinken!«

Er packte den Jungen am Kragen und stieß ihm den Becher an den Mund. Jimmy war zu hilflos, um noch Widerstand zu leisten. Im Mondlicht sah Mr Bennetts Gesicht sehr entschlossen aus, während er dem Jungen das Wasser einflößte.

Georgina war entsetzt. Meerwasser trinken? Was für eine Kur war das denn?

Jimmy hustete, spuckte und wand sich. Georgina trat einen Schritt vor, um den Ersten Maat aufzuhalten, aber sein warnender Blick ließ sie innehalten. Das arme Kind! Endlich war das Salzwasser unten. Der Maat ließ den Jungen los, der aufstand, einen Moment schwankte und sich dann über die Reling beugte, wo er stöhnend hing und sich übergab, als hätten sich seine gesamten Eingeweide losgerissen und kämen nach oben.

»Was tun Sie denn da? Der arme Junge, als ob er nicht

schon krank genug wäre!«, flüsterte Georgina. Sie hatte noch nie gesehen, dass man jemanden so schlecht behandelt hätte.

Hart aber gerecht, hatte ihr Vater immer gesagt. Wenn einer seiner Dienstboten krank war, wurde er ins Bett gesteckt. Drückeberger wurden ohne Zeugnis entlassen, aber nicht verfolgt.

»Das geht Sie nichts an, Miss Stapleton.«

»Nein, und es geht mich natürlich auch nichts an, wenn er aus der Takelage stürzt. Dann haben Sie einen Mann über Bord, oder besser gesagt, ein Kind über Bord.«

»Sie haben recht, er ist nicht größer als ein Seemannsknoten«, erwiderte er. »Aber er gehört zur Mannschaft wie jeder andere hier. Und er kann von Glück sagen, dass ich ihn gefunden habe und nicht der Kapitän, denn er hätte ihn wegen Befehlsverweigerung auspeitschen lassen. Ein Schiffsjunge ist nicht viel mehr als ein Sklave, Miss Stapleton, und je eher er das begreift, desto besser.«

Seine hellblauen Augen blitzten wie Eis.

»Aber Salzwasser …«

»Das beste Heilmittel gegen Seekrankheit. Was hätte ich denn sonst mit ihm tun sollen? Ihn mit einem heißen Tee ins Bett stecken?«

»Genau.«

Der Maat legte den Kopf in den Nacken und lachte. »Etwas Schlimmeres hätte ich ihm gar nicht antun können. Wenn ich ihm eine solche kleine Freundlichkeit erweise, ist er beim Rest der Mannschaft für alle Zeiten unten durch. Sie würden ihn ständig wegen seiner Schwäche hänseln. Ein Junge, der nichts aushält, wird hier in der Luft zerrissen. Ein Seemann braucht ein dickes Fell. Außerdem würden sie es mir als Schwäche auslegen.«

»Es geht Ihnen also nur um Ihre Autorität an Bord?«

»Darum sollte es Ihnen auch gehen, Miss Stapleton.«

Das Schiff hob sich, und sie schwankte, als würde sie im nächsten Moment stürzen. Er griff nach ihrem Arm, fast ein wenig zu fest. »Wenn die Jungs sich auch nur ein einziges Mal weigern, im Sturm in die Rahen zu klettern – und ich meine einen echten Sturm, denn das hier ist ein lindes Lüftchen gegen das, was uns vielleicht noch bevorsteht –, dann kann das ganze Schiff sinken. Sie und ich und alle anderen. Unser Leben hängt davon ab, dass die Matrosen jedem Befehl auf der Stelle gehorchen. Was denken Sie denn?«

Ihr lief ein Schauer über den Rücken. Darüber hatte sie nicht nachgedacht, und sie wünschte, sie hätte nichts von alledem gehört.

»Sie frieren, Miss Stapleton, gehen Sie unter Deck.«

Ja, sie fror, aber seine anmaßende Art war schwer zu ertragen. Niemand würde ihr Befehle erteilen!

»Ich bin nicht einer von Ihren elenden Seeleuten, ich springe nicht, nur weil Sie etwas befehlen.«

Der Griff um ihren Arm wurde fester, und er zog sie nah zu sich heran und sah ihr mit eisigem Blick in die Augen. »Doch, Miss Stapleton, Passagiere müssen den Offizieren dieses Schiffs gehorchen. Das gilt auch für Sie. Es ist mir vollkommen gleichgültig, ob Sie in den Kabinen oder im Zwischendeck logieren. Sie und Ihresgleichen sind nicht dazu geboren, hier das Kommando zu übernehmen. Verwöhnte, lästige Mädchen sind mir genauso viel wert wie seekranke Schiffsjungen. Und ein Becher Salzwasser ist nicht meine einzige Möglichkeit.«

Die Entschlossenheit in seinem Blick schickte einen Schuss Kampflust durch ihre Adern, und seine Hand auf ihrem Arm ließ eine Hitzewelle durch sie hindurchströmen. Sie fragte sich, welche anderen Möglichkeiten er meinte.

Sie riss sich von ihm los und stolperte ein paar Schritte rückwärts, um das Gleichgewicht zu bewahren. Dabei starrte sie ihn wütend an, ohne die richtigen Worte zu finden, um ihre rechtmäßige Autorität wiederherzustellen. So ging man mit einer Stapleton nicht um!

Aus dem Augenwinkel sah sie Jimmy, der sich aufgerichtet hatte, seine Kleider in Ordnung brachte und nach der rauen Behandlung offenbar wesentlich gesünder war.

Also wechselte sie den Ton und senkte den Blick auf die Weise, die den meisten Männern unwiderstehlich erschien.

»Der Wind und die Aussicht aufs Meer tun mir gut, so wie das Salzwasser dem jungen Jimmy offenbar gutgetan hat. Ich bin lieber hier oben, als zu stöhnen, schreien und beten wie die anderen da unten.«

Dann hob sie ihr Kinn und sah ihm warnend in die Augen. Um seine Mundwinkel zuckte es, als er nickte, als würde er ihrem Strategiewechsel und ihrer Entscheidung zustimmen.

»Gut. Aber wenn das Wetter schlechter wird, müssen Sie unter Deck gehen. Dann werden nämlich die Luken geschlossen.«

»Selbstverständlich«, murmelte sie gehorsam.

Er lachte. »Ich sehe schon, das wird eine lebhafte Reise, Miss Stapleton. Aber machen Sie es nicht zu lebhaft, ja?«

Eine Sekunde später sah sie nur noch seinen Rücken. Er war wirklich anmaßend, und leider hatte er bei dieser ersten Begegnung eindeutig den Sieg davongetragen. Sie konnte ihn nur gegen ihren Willen bewundern.

* * *

Am nächsten Morgen wachte Georgina früh, aber nach gutem Schlaf sehr erfrischt auf. Das Schiff hob und senkte sich immer noch auf den Wellen, aber sie hatte sich bereits daran gewöhnt. Als es sieben Uhr schlug, ging sie in die Offiziersmesse, doch dort war kein Mensch zu sehen.

Sie setzte sich und wartete, während der Steward eine Kanne mit dampfendem Tee hereinbrachte und vor sie hinstellte.

»Guten Morgen, Miss Stapleton.« Der hochgewachsene, dunkle Gentleman kam herein.

»Guten Morgen, Mr Bressington.«

»So, es scheint also, als wären wir aus härterem Holz geschnitzt als der Rest, nicht wahr?«, sagte er, während ihm der Steward den Stuhl zurechtrückte.

»Wo sind sie denn alle?«

»Ich vermute, sie starren in irgendwelche Schüsseln und Eimer.« Er lachte leise. »Oder sollte ich zartfühlender sein? Ich vermute, sie sind ein wenig indisponiert, weil die See sich so wild gebärdet.«

Georginas Lachen perlte durch den Speiseraum. »So wild nun auch wieder nicht.«

»Nicht für Sie und mich, meine Liebe«, sagte er mit einem geschmeidigen Lächeln. »Sie sind doch wohl allem gewachsen.«

Etwas in der Art, wie er das sagte, ließ Georginas Herz schneller schlagen, als hätten seine Worte eine doppelte Bedeutung.

Mr Cambray betrat die Messe. Er sah blass und müde aus, und sein dichtes Haar, das er gestern aus dem Gesicht gekämmt getragen hatte, fiel ihm heute in die Stirn wie bei einem kleinen Jungen.

»Wie geht es Ihnen heute Morgen?«, fragte Mr Bressington.

»Wie nicht anders zu erwarten; ich denke, ich begnüge mich heute früh mit etwas Tee«, erwiderte er so tapfer und mannhaft wie möglich, aber durchaus auch auf der Suche nach ein wenig Mitleid.

In diesem Augenblick kamen der Maat und der Kapitän herein, begrüßten die Passagiere und setzten sich an den Tisch.

Georgina sah den Maat vorsichtig unter ihren Brauen her an. Sie musste an die Szene am vergangenen Abend denken. Er sah nachdenklich aus, sagte aber nichts.

»Und wie geht es Miss Cambray?«, fragte Georgina den jungen Mann zu ihrer Rechten. »Nicht besonders gut, aber sie ist so wunderbar geduldig in ihrem Leiden wie immer. Sie ist seit jeher von zarter Gesundheit, aber sie trägt es wie ein Engel.«

Georgina sah ihn voller Mitgefühl an, aber ein aufmerksamer Beobachter hätte den Schalk in ihrem Blick bemerkt. »Vielleicht würde ihr ein kleiner Spaziergang an Deck guttun. Ich bin ja sehr für frische Luft. Darf sie an Deck kommen, Mr Bennett?«

Die Mundwinkel des Maats zuckten.

»Ich fürchte, dafür ist sie zu schwach; vielleicht, wenn sie sich ein bisschen besser fühlt«, erwiderte Mr Cambray, bevor der Maat antworten konnte.

»Dann braucht sie vielleicht stärkere Medizin, zum Beispiel einen Becher Meerwasser. Ich habe gehört, das soll Wunder wirken.«

»Um Gottes willen!«

»Ja, ich stimme Ihnen zu, Mr Cambray, das klingt schauderhaft. Man würde sie zum Trinken zwingen müssen, aber ich habe mir sagen lassen, es handelt sich um einen Akt von großer Menschlichkeit.«

»Nur ein Mensch ohne jegliches Gefühl würde eine so grauenhafte Maßnahme vorschlagen«, erwiderte Mr Cambray.

»Ja, das habe ich auch gedacht«, sagte Georgina mit einem Seitenblick auf den Maat. Mr Bressington hatte sich auf seinem Stuhl zurückgelehnt und beobachtete Georgina und den Maat durch zusammengekniffene Augen.

»Nein, sie ist so schwach, ich glaube nicht, dass wir sie in den nächsten Tagen außerhalb ihrer Kabine sehen werden.«

»Oh, wie bedauerlich!« Georgina trug das Mitgefühl dick auf.

»Ja, und die Stewards können sie, so gut sie es meinen, auch nicht trösten«, sagte Cambray mit einem Blick auf den Kapitän. »Ihre lauten Stimmen und groben Manieren verschlimmern ihren Zustand nur noch.«

»Hat sie denn keine Zofe bei sich?«

»Nein, unser bisheriges Mädchen wollte nicht mit uns kommen, und Gemma mag keine Fremden um sich haben. Vielleicht könnten Sie ihr heute Vormittag einen kurzen Besuch abstatten, Miss Stapleton, das würde sie ein wenig aufheitern. Sie sind so beherzt und fröhlich.«

Georgina war ehrlich entsetzt. Miss Cambray war eine bemitleidenswerte Person und überhaupt nicht ihr Geschmack. Und eine Kabine zu betreten, in der es nach Erbrochenem stank ...

Jetzt sah sie der Maat mit sichtlichem Vergnügen an. Er hatte ihre Gedanken sicher gelesen.

»Das würde ich nur zu gern tun, aber aus Erfahrung weiß ich, dass ein Mensch mit guter Laune normalerweise das Letzte ist, was ein Patient braucht. Mein Besuch könnte ihren Zustand eher verschlechtern, verstehen Sie? Ich nehme sie aber gern auf einen Spaziergang mit, sobald sie sich wieder besser fühlt. Ich würde ihr meine eigene Zofe anbieten, aber ich habe auch keine dabei. Bitte richten Sie Ihrer Schwester mein herzliches Mitgefühl aus und sagen Sie ihr, dass ich mich auf einen kleinen Spaziergang mit ihr freue.«

»Sie sind zu freundlich«, erwiderte Mr Cambray.

Sie sah den Maat an, um festzustellen, welche Wirkung ihr Angebot auf ihn hatte. Seine Augen, die am vergangenen Abend so kalt gefunkelt hatten, glühten heute Morgen vor guter Laune.

»Im Übrigen werden wir, die wir aufrecht stehen, Miss Stapletons Gesellschaft noch viel mehr zu schätzen wissen als die Kranken«, sagte Mr Bressington. »Was täten wir ohne eine schöne Frau, die unsere Augen erfreut?«

Etwas in seiner Stimme brachte Georginas Herz zum Flattern.

»Ja, in der Tat«, sagte der jüngere Mann.

Georgina würde die nächsten Tage im Wesentlichen mit Mr Bressington und Mr Cambray verbringen müssen. Der Seegang war stark, aber nicht gefährlich, ihr Onkel war mit der Pflege seiner Frau beschäftigt, und die meisten anderen Passagiere ließen sich kaum einmal blicken.

Mr Bressington war erfahren in der Kunst des Flirts, und Georgina fühlte sich von seiner Aufmerksamkeit geschmeichelt. Er brachte ihr Herz zum Zittern – vielleicht war es seine geschliffene Art, vielleicht auch das Gefühl, dass er ein gefährlicheres Spiel im Sinn hatte als sie. Sie bevorzugte harmlose Geplänkel, während er offenbar bereit war, etwas weiter zu gehen, womöglich sogar viel weiter. Er schien sie ohne Worte oder Berührungen herausfordern zu wollen, als sagte er zu ihr: »Jetzt kannst du noch deinen Spaß haben, in ein paar Monaten bist du verheiratet, dann ist der Spaß vorbei.«

Mr Cambray war ganz anders als er. Er war jungenhaft, begeistert und sehr darauf bedacht, Eindruck auf sie zu machen. Da er an beherzte Frauen nicht gewöhnt war, verunsicherte sie ihn ein wenig. Er sah sie mit wachsender Bewunderung an, und wäre er nicht so ehrenhaft gewesen, dann hätte er sicher versucht, sie zu küssen. Heiße Jungenküsse, vielleicht aus Versehen auf ihre Nase oder den Mundwinkel.

* * *

Am dritten Abend auf See, als Wind und Wellen sich ein wenig beruhigt hatten, verbrachte Georgina den ganzen Abend an Deck und bemerkte, dass der Blick des Maats oft auf ihr ruhte. Sie wusste nicht genau, warum, denn es hatte seit dem ersten Frühstück an Bord keine weiteren Wortgefechte zwischen ihnen gegeben. Richard Cambray erzählte Geschichten aus seiner Kindheit, und Georgina lachte laut über seine Eskapaden – nicht so sehr über die Geschichte selbst, als vielmehr über die Mühe, die er sich beim Erzählen gab.

Als sie aufblickte, sah sie, dass der Maat sie die ganze Zeit ansah, eindringlich und ernst, ohne dass sie den Grund verstand. Sie wandte ihre Aufmerksamkeit wieder Richard zu.

Später, als Richard nach unten gegangen war, um nach seiner Schwester zu sehen, blieb sie mit ihren Gedanken allein, und der Maat nahm darin einen großen Raum ein. Sie blickte auf das unruhige Meer und dachte an ihn, an die Mischung aus Wärme und Eis in seinen Augen, die gebräunten Unterarme mit den goldenen Härchen, den großzügigen Mund, der so hart wurde, wenn er sich ärgerte, seine hochgewachsene, schlanke Gestalt und seine Bewegungen, wenn er arbeitete. Sie dachte an Gespräche mit ihm, Wortgefechte, aus denen sie als Siegerin hervorging, Dialoge, in denen er ihr zu verstehen gab, wie sehr sie ihm trotz allem gefiel. Wunderbare Phantasien, zumal sie sich auf verbotenem Gebiet bewegten. Georgina wusste, dass ihre Tante schockiert in Ohnmacht gefallen wäre, wenn sie von den Gedanken ihrer Nichte gewusst hätte.

Sie war ganz und gar absorbiert von dem Blick aufs Meer und von ihren Gedanken, als sie eine glatte, warme Hand auf der ihren spürte. Als sie sich erschrocken umsah, stand Geoffrey Bressington vor ihr.

»Oh, meine Liebe, jetzt habe ich Sie erschreckt.« Seine Stimme war leise und schien zu pulsieren.

»Ich war ganz in Gedanken«, erwiderte sie und konnte nur hoffen, dass man ihr die Art ihrer Gedanken nicht angesehen hatte.

»Wie schön Sie heute Abend sind! Dem Himmel sei Dank, dass die Wolken sich verzogen haben und ich Ihre tiefblauen Augen im Mondlicht sehen kann, in denen sich das Licht der Sterne spiegelt. Auch Ihre Haut glüht, als hätten sich nichts als Vergnügen im Sinn.«

Georgina antwortete nichts, aber ihr Herz schlug schneller bei seinen Worten. Sie fuhr sich mit der Zungenspitze über die Lippen. Geoffrey warf einen Blick über ihre Schulter. »Kommen Sie, wir gehen ein Stück«, sagte er. »Dieser aufdringliche Bennett lässt Sie ja nicht aus den Augen. Sie sind zu gut für seine niedrigen Blicke.«

Georgina war überrascht, dass er so verächtlich über den Ersten Maat sprach, aber sie erwiderte immer noch nichts. Er zog sie mit sich, hielt ihre Hand und ging mit ihr zum Mast, wo man sie vom Steuerrad nicht sehen konnte.

»Mr Bressington«, murmelte Georgina, wohl wissend, dass sie mit ihm nicht hier sein sollte, vor den Blicken aller anderen verborgen.

»Nennen Sie mich doch nicht Mr Bressington«, bat er. »Mein Name ist Geoffrey.« Er ließ ihre Hand nicht los.

»Geoffrey, ich …«

»Ich weiß, Sie denken, dass es sich nicht schickt, mit mir hier zu stehen, und das ist sehr ehrenhaft von Ihnen. Sie sind ein wohlerzogenes Mädchen. Aber ich muss etwas mit Ihnen besprechen. Es könnte der letzte Abend ohne Ihre Verwandten sein; morgen werden sie wieder aufstehen und Sie bewachen wie die Habichte. Selbst die unschuldigsten Freuden werden sie Ihnen missgönnen.«

Er hob die Hand. »Nein, sagen Sie jetzt nichts. Ich verstehe Sie, eine Frau von Ihrem Format, Sie wollen das Leben genießen, wenigstens ein bisschen, bevor sie sich in eine Ehe einsperren lassen. Und wer sollte Ihnen das verdenken? Ein mutterloses Kind, mit neunzehn Jahren verwaist durch den plötzlichen, tragischen Tod des Vaters. Gefangen in den Pflichten der freudlosen Trauerzeit, um nicht respektlos zu erscheinen. Nur zu bald werden wir das neue Land erreichen, werden getrennte Wege gehen, wenn Sie Ihre Pläne weiterverfolgen wollen. Und nie hatten Sie auch nur eine Chance, die Welt ein wenig kennenzulernen. Ich kann mir nicht vorstellen, wie Sie sich für den Rest Ihres Lebens glücklich mit Ihrem Kindheitsfreund niederlassen wollen, wohl wissend, dass Sie geboren wurden, um das Leben in seiner ganzen Fülle zu genießen.«

Seine Hände strichen an ihren Armen entlang, und ein Daumen streifte ihre Brust; vielleicht war es ein Zufall, jedenfalls schickte die Berührung eine Hitzewelle durch ihren ganzen Körper.

Seine Worte erinnerten sie an ihren Vater. Er hatte selbstverständlich von ihr erwartet, dass sie keusch in die Ehe ging, aber er hatte sich auch ein freudvolles Leben für sie gewünscht.

Geoffrey spielte ein gefährliches Spiel mit ihr, und sie wusste, sie hätte nicht allein mit ihm sein dürfen, aber er hatte mit jedem seiner Worte recht. Sie wünschte sich in der Tat mehr vom Leben. Sie dürstete nach Leidenschaft und Abenteuer, sie wollte jedes Vergnügen auskosten, das das Leben ihr schenken konnte. Aber junge Frauen ihres Standes sollten solche Wünsche gar nicht kennen. Warum?

Er zog sie an sich, und seine warmen Lippen fuhren langsam und sinnlich über ihre Schulter und den Nacken. Wie wunderbar sich das anfühlte! Sie legte den Kopf in den Nacken.

Wenn sie genug davon hatte, konnte sie ihm jederzeit Einhalt gebieten, sagte sie sich, während sie immer tiefer in die Welt der sinnlichen Freuden eintauchte. Seine Berührungen waren wie eine Droge, sie wollte mehr davon, sie wollte herausfinden, was als Nächstes kam, wie schnell ihr Herz noch schlagen konnte.

»Du bist wie eine unschuldige junge Blume, reif und bereit, ein Mädchen auf der Schwelle zur Frau«, murmelte er. »Ich kann nicht anders, ich bete dich an, ich lechze danach, dich zu berühren, überall, deine Schönheit zu fühlen.«

Seine Lippen bedeckten die ihren, warm, voll und weich, zuerst nur mit einer sanften Berührung, dann fester. Sie nahm seinen männlichen Duft wahr, ein wenig Zigarrenrauch, Haaröl, seine saubere Haut. Sein Kuss wurde fordernder, seine Zunge teilte ihre Lippen, schmeckte sie, verführte sie.

Leise stöhnte sie auf.

Sie wusste, was sie tat, war verboten. Er hatte die Grenzen der Schicklichkeit längst hinter sich gelassen, küsste sie wie niemand je zuvor. Die schnellen, brennenden Küsse der jungen Männer waren ganz anders gewesen. Sie schwankte, und seine Hände hielten sie fest, strichen über ihren Rücken, während seine Zunge ihren Mund eroberte.

Unwillkürlich schrie sie auf, als seine Hände in ihr Haar fuhren. Er hielt sie fest, küsste sie immer leidenschaftlicher, ließ sie seine Zunge spüren, und sie gab sich immer mehr hin, so sehr genoss sie die Berührungen eines erfahrenen Mannes.

»Oh, Geoffrey«, murmelte sie, fast gewillt, ihm Einhalt zu gebieten. Er zog sich ein wenig zurück und sah ihr in die Augen, als sie hinter ihm eine Bewegung sah oder eher spürte. Dann hörte sie feste Schritte und zog sich schnell zurück. Diesen festen Schritt hatte sie schon einmal gehört. Und tatsächlich, es war Miles Bennett, der auf dem Weg zum Hauptdeck an ihnen vorbeiging.

Sein kalter, harter Blick verriet ihr, dass er sie gesehen hatte.

Für den Bruchteil einer Sekunde zögerte er, als wollte er etwas sagen, aber dann ging er einfach weiter.

»Georgina«, sagte Geoffrey und griff nach ihrem Arm, aber sie zog sich zurück, und er ließ die Hand sofort sinken.

Sie fühlte, wie sie errötete. »Ich glaube, ich sollte mich jetzt zurückziehen.«

»Ich werde Sie begleiten«, sagte er.

»Nein, ich komme gut zurecht.« Sie spürte, wie steif sie klang.

»Georgina«, sagte er leise. »Unschuldige Freuden sind keine Schande …«

»Nein«, unterbrach sie ihn. »Und es ist auch keine Schande, wenn man beschließt, dass man genug davon hat«, sagte sie kurz. »Gute Nacht.«

Damit ließ sie ihn stehen und ging unter Deck. Gütiger Himmel! In einer so kompromittierenden Situation von Miles Bennett ertappt zu werden! Was würde er jetzt über sie denken? Dann schüttelte sie den Kopf. Was kümmerte es sie, wie er über sie dachte? Wer war er denn, dass er über ihr Verhalten urteilen durfte? Es war doch nur ein unschuldiger Spaß gewesen!

Doch dann erinnerte sie sich an Geoffreys Hand auf ihrer Brust, und sie wünschte sich, sie hätte im Boden ihrer winzigen Kabine versinken können. Sie schloss die Tür ab. Bennett hatte sie auch beobachtet, wie sie mit Richard gelacht und geflirtet hatte. Und er wusste, dass sie verlobt war.

Sie nahm ihren Fächer aus Sandelholz und fächelte sich Luft zu. Ausgerechnet er! Vermutlich hielt er sie jetzt für mannstoll. Dass er sie für verwöhnt und lästig hielt, hatte er ihr ja schon gesagt. Sie ärgerte sich, dass sie es so weit hatte kommen lassen, sie war wütend, weil der Maat sie ertappt hatte, und sie war geradezu rasend vor Zorn, weil sie sich um die Meinung eines Mannes scherte, der ihr doch eigentlich vollkommen gleichgültig sein konnte.

»Ach, soll er doch zum Teufel gehen!«, sagte sie und zerbrach eine Holzstrebe ihres Fächers zwischen ihren Fingern.

2

Die Tenetjeritänzer kamen langsam von den fernen Dünen her, den Abhang hinunter, fünfzehn Krieger, die sich im Takt bewegten wie die dünnen roten Beine der Möwen. Ihre nackten dunklen Füße schlugen einen trommelnden Rhythmus in den Sand. Ein uralter Tanz, der Totemtanz ihres Clans, der Tanz des Tenetjeri, der rotbeinigen Möwe.

Die große, lang gestreckte Bucht von Coorong schimmerte golden im Hintergrund, die Wellen glitzerten in der Sonne. Goldener Sand erstreckte sich zwischen dem Ozean und den Dünen, so weit das Auge reichte. Majestätisch erhoben sich die Sanddünen im rötlichen Abendlicht. Die sommerliche Vegetation war niedrig und trocken, Grashalme mit hell vergoldeten Kanten tanzten im Wind. Die echten rotbeinigen Möwen standen still auf dem Sand, wo auch die Sandregenpfeifer herumliefen. Eine Formation großer, majestätischer Pelikane flog über ihre Köpfe hinweg. Es war ein üppiges Land, das da in der hochsommerlichen Stille lag.

Peeta war glücklich. Am Ende der Gruppe war Thukeri zu sehen, der als junger Krieger hinter den älteren Männern gehen musste. Wäre er nicht so groß und breitschultrig gewesen, man hätte ihn aus der Entfernung kaum erkennen können. Aber sie wusste, dass er es war. Sein Tanz war geschmeidig und kraftvoll, sein Körper jung und männlich. Zu jung, um mit den Älteren mitzuhalten, aber auch zu alt, um mit den noch Jüngeren zu tanzen, die die Rolle der Nemineri, der jungen Möwen übernahmen.

Sie sang mit den anderen, als wäre sie selbst eine Möwe, rief ihn und schlug lauter auf ihre Trommel. Dies war ihr Land. Ihr Paradies. Das geliebte Land ihres Stammes.

Die rituellen Zeichen aus Lehm leuchteten weiß auf der dunklen Haut ihrer Gesichter und bildeten eine Maske, die ihre Züge verdeckte. Einige Tänzer hatten runde Motive aus Punkten im Gesicht, andere trugen Querstriche über Wangen und Nasen. Und alle hatten leichte Schurze aus Tierhäuten um die Hüften.

Als die Tänzer näher kamen, sah sie, dass er es wirklich war.

Er hatte noch keinen dichten Bart wie die älteren Männer, die weißen Querstriche auf seinen Wangen betonten seinen feinen Knochenbau und die glatte Gesichtshaut.

Thukeri. Ihr bester Freund und eines Tages, wenn es der große Schöpfer Ngurunderi so wollte, ihr Mann.

Und wenn Peeta die religiösen Vorschriften einhielt, sich vor Zauberei hütete und den magischen Ahnherrn ihres Stammes achtete, Tenetjeri, die Möwe, dann würde das Glück auf ihrer Seite stehen.

Sie und Thukeri waren unzertrennlich, solange sie sich erinnern konnte. Sie waren beide mutig, witzig, voller Spaß und Lachen. Sie stammten beide aus angesehenen Familien des Kandukara-Clans. Tatsächlich wurden beide Familien im ganzen Volk der Ngarrindjeri hoch geachtet, bei allen Stämmen, die dazugehörten, von den Ramindjeri im Nord-

40

westen bis zu den Milipa im Südosten, und bei allen Stämmen an dem großen Fluss, der sich durch das nördliche Hinterland schlängelte. Thukeris Vater Tenetje war der angesehenste Führer der Ngarrindjeri, und er saß im Tendi, dem großen Rat der Ältesten, die über alle wichtigen Angelegenheiten des Volkes bestimmten.

Die Frauen saßen im Schneidersitz im Sand, die Gesichter der sommerlichen Hitze des Sonnenuntergangs zugewandt. Peeta liebte das Gefühl von Sonne auf ihrer Haut, die strahlende Hitze auf ihrem Gesicht und den Brüsten. Sie sah an sich hinunter. Ja, ihre Brüste wuchsen, bald würde sie in den Kreis der Frauen aufgenommen werden. Sie trug schon den Schurz, und in den nächsten Tagen würde sie die Initiationsriten der Mädchen vollenden. Sie hatte schon kleine Brandnarben, bald würden die Schnitte folgen, und dann würden die Frauen ihre Brüste mit Ockerfarbe bemalen.

Ihre Mutter saß neben ihr und sah sie lächelnd an. Ihre Augen leuchteten in der Abendsonne. Peeta erwiderte das Lächeln und drehte sich dann um, um ihre jüngeren Schwestern anzusehen, die hinter ihr saßen. Sie lächelten ebenfalls und lachten. Sie waren zusammen, wie sie es auf jeder Etappe ihrer Reise zu einem Leben als Frau sein würden.

Thukeris Vater Tenetje war der Besitzer des Möwen-Totems; er hatte den Befehl über das Lied. Er ging langsam an der Gruppe vorbei, sang laut mit seiner tiefen Stimme und führte die Tänzer durch die heiligen Worte und Bewegungen. Selbst wenn er die Zeremonie nicht geleitet hätte, hätte man ihn leicht erkennen können. Sein Gesicht trug die Narben der Windpocken, die vor zwanzig Jahren von den Stämmen am Fluss eingeschleppt worden waren und so viele aus seinem Volk das Leben gekostet hatten. Er hatte mit knapper Not überlebt, aber sein Gesicht war für immer entstellt. Die Kraft seines Miwi, seines inneren Seins, hatte ihn vor dem Tod beschützt, der auch vor zehn Jahren die Stämme der Ngarrindjeri heimgesucht hatte. Und dieses Miwi hatte ihn auch zum Anführer seines Clans gemacht.

Peeta legte die Hand auf ihren Bauch, um ihr eigenes Miwi zu stärken, sich vor Zauberei und Krankheit zu schützen und Unglück abzuwenden.

Tenetje führte die Tänzer zum Flutsaum hinunter. In den kleinen Wellen spielte eine Schule Delfine, sie tauchten und sprangen, und glitten unmittelbar vor den Tänzern lautlos zurück ins Wasser.

Tenetje sang den nächsten Teil des Lieds, und die Tänzer verbeugten sich vor dem Wasser, erhoben sich wieder, mit gestrecktem Kinn, wie trinkende Möwen.

Es war wirklich ein perfekter Tag, dachte Peeta. Heiß und trocken, sodass man die Nacht am Strand verbringen und auf dem kühlen, feuchten Sand schlafen konnte. Welten entfernt vom Winter, wenn die kalten Stürme kamen und die Kandukara sich ins Binnenland zurückzogen und sich in ihren Winterhütten verkrochen. Peeta sah die rötlichen Strahlen der Abendsonne hinter den Tänzern, die den Zauber des Tanzes noch verstärkten. Ja, sie war glücklich, sehr glücklich, hier zu sein, Thukeri zu sehen und zu wissen, dass eine wunderbare Zukunft auf sie wartete.

Tenetje veränderte das Lied ein wenig, und die Tänzer schüttelten sich und flatterten, während sie in die Sonne blickten. Peeta setzte sich anders hin und rückte ihren Schurz zurecht, damit er sie richtig bedeckte. Sie war kein kleines Mädchen mehr. Es war wichtig, dass sie sich zurückhaltend gab, jetzt, da sich ihr Körper veränderte.

Tenetjes Lied veränderte sich wieder, der Rhythmus wechselte, die Tänzer liefen in einem großen Kreis herum. Die Frauen schlugen die Trommeln schneller, und die Tänzer sprangen mit großen, geschmeidigen Schritten, als würden sie fliegen, in den Himmel hinauf. Als sie sich streckten, schlugen sie kraftvoll mit den Flügeln. Einer nach dem anderen, streckten sie die Beine, als würden sie im Wind dahingleiten. Und dann ließen sie ihre Rufe hören, mit ausgestreckten Schwingen, kreisten im Aufwind und ließen sich wieder fallen.

Der Refrain erklang wieder, jetzt ein wenig verändert. Die Stimmen der Frauen schwebten über dem Geräusch der Wellen und drängten die Möwen, höher zu fliegen. Peetas Stimme war laut und deutlich zu hören. Sie sang für sich und Thukeri und für ein glückliches Leben.

* * *

Edith umarmte ihre Mutter und ihren Onkel Ben noch einmal zum Abschied.

»Pass auf dich auf, liebste Tochter«, sagte ihre Mutter und hielt ihren Arm noch einen Moment fest. »Denk immer daran, fleißig zu arbeiten, jeden Abend zu beten und andere so zu behandeln, wie du selbst behandelt werden willst.«

»Sie braucht keine guten Ratschläge in letzter Minute«,

lachte ihr Onkel und strich sich mit einer Hand über den Bart. »Sie war immer schon ein braves Mädchen.«

»Das stimmt, aber es kommt ja nicht jeden Tag vor, dass eine Mutter ihre älteste Tochter so ganz allein in die Welt hinausschickt. Da muss ich doch etwas sagen!« Ihre Mutter lachte, aber in ihrer Stimme klang noch ein Rest von Sorge mit. Sie hustete und wandte sich ab.

»Sie kommt schon zurecht. Ihr Herr ist ein Gentleman, einer von den ganz feinen, glaub mir. Er hat mir versichert, dass man gut auf sie aufpassen wird«, sagte der Onkel. »Sie geht auf eines der besten Anwesen im ganzen Bezirk Portland Bay. Und sie ist ja auch schon achtzehn.«

»Ich weiß ja«, lächelte ihre Mutter, aber sie zerdrückte das Taschentuch in ihrer Hand und zog die Tochter noch einmal an sich. »Ich hätte mir nur gewünscht, sie hätte eine Stelle hier bekommen können, in Portland Bay, in meiner Nähe. Lockyer Downs ist fünfzig Meilen weit weg. Ach, wenn es mir doch nur ein bisschen besser ginge, dann könnte ich auch etwas verdienen.«

»Aber das kannst du nicht, Mutter. Du musst dich erholen. Sieh zu, dass du den Husten loswirst und ein bisschen zunimmst. Außerdem gehe ich gern in den Busch. Ich möchte etwas von der Welt sehen und Geld verdienen«, sagte Edith.

»Du bist ein hübsches Mädchen«, bemerkte ihre Mutter mit kritischem Blick, eine Hand an die Wange ihrer Tochter gelegt. »Das kann dich in Schwierigkeiten bringen, so nett und gut erzogen du auch sein magst.«

»Los geht's, Mädchen«, sagte der Onkel und beendete die Diskussion. Er half ihr auf den Wagen. »Es wird alles gut. Und deine Mutter wird gesund.«

Edith rückte ihre Haube aus Stroh über den braunen Locken zurecht und ordnete die Falten ihres praktischen groben Rocks um ihre Füße. Dann lächelte sie ihrer Mutter noch einmal tröstend zu.

»Abfahrt!«, rief der Kutscher.

Ediths Mutter legte eine Hand auf seinen Arm. »Passen Sie gut auf sie auf, Mr Ewell.«

»Das tue ich«, erwiderte er und tippte mit einem schiefen Lächeln an seinen breitkrempigen Hut. »Bei mir passiert ihr nichts.«

»Nicht nur auf der Reise, sondern auch, wenn sie dort ist«, drängte Ediths Mutter. Aus irgendeinem Grund hatte sie ein ungutes Gefühl bei der Sache. Ihre Tochter würde so weit weg sein, viel zu weit weg, wenn sie einmal Hilfe brauchte.

»Ich tue mein Bestes.« Mr Ewell zuckte leicht mit den Schultern. Aber seine Stimme klang nicht wirklich überzeugend.

»Ich schicke Geld, Mutter«, sagte Edith. »Mach dir um mich keine Sorgen, pass auf dich auf.«

»Ja«, erwiderte ihre Mutter leise. Mr Ewell ließ die Zügel schnalzen, und der Wagen fuhr an.

Edith drehte sich noch einmal um, bevor ihre Familie nicht mehr zu sehen war. Ihre Mutter stand am Straßenrand und hustete.

* * *

»Das sollte reichen«, sagte Peeta, warf das letzte Bündel Feuerholz in den Sand und wischte sich den Staub von den Händen.

»Ja, das denke ich auch«, stimmte ihre Mutter Warlperri zu und rückte ihren Fellschurz zurecht. »Wir lassen es ein bisschen runterbrennen, dann legen wir die Yamwurzeln auf die Kohlen.«

Peeta sah sich um. Unten am Strand führten die Männer ihre Zeremonien weiter.

»Suchst du nach Thukeri?«, neckte Warlperri sie.

»Natürlich, nach wem sonst, vielleicht nach dem alten Krilli?«, lachte Peeta.

»Kann ich doch nicht wissen, vielleicht magst du ja lieber einen mit einem faltigen Bauch«, nahm ihre Mutter den Spaß auf.

»Einen, der alt genug ist, mein Vater zu sein?« Peeta sah sie herausfordernd an. »Oder am Ende sogar mein Vater ist? Bist du sicher, dass du nicht mit ihm in die Dünen geschlichen bist?«

»Also wirklich!« Warlperri sah sie mit gespielter Entrüstung an. Dann schlug sie sich auf die Schenkel und lachte laut. »Krilli ist *mein* Vater!« Die anderen Frauen stimmten in ihr Gelächter ein.

Das Feuer wurde kleiner, während die letzten Sonnenstrahlen über den Strand zogen. Die Frauen schoben die Yams tief unter die Kohlen.

Die Männer kamen den Strand herauf und brachten Fische mit. Thukeri ging ganz vorn, er trug ein Dutzend Fische, die mit einem grünen Zweig zusammengebunden waren.

Peeta verteilte die Kohlen, um ein Glutbett vorzubereiten, auf dem sie die Fische grillen konnten. Sie lächelte Thukeri an und nahm ihm die Fische ab, schnitt den Zweig mit einem Steinmesser auf, trennte die Fische voneinander und legte sie vorsichtig auf die Kohlen. Thukeri setzte sich neben sie in den Sand.

»Nanggi legt sich schlafen«, sagte er und zeigte mit dem Finger auf den letzten Rest der Sonnenscheibe am Horizont.

»Morgen kommt sie wieder, in einem roten Kleid«, nickte Peeta. »Es gibt noch viele warme Tage, bevor der Winter kommt.«

Peeta dachte über Nanggi, die Sonnengöttin nach. Jeden Tag leuchtete sie über dem Land, und jede Nacht suchte sie sich einen Mann und lag bei ihm, während der Mond über den Nachthimmel zog. Am Ende der Nacht schenkte ihr Liebhaber ihr ein Kleid aus rotem Kängurufell, damit sie wieder in den Himmel steigen und den Ngarrindjeri den Tag bringen konnte. Nanggi wurde sehr geliebt, selbst im heißen Sommer, denn ohne sie wären wohl alle erfroren, wenn die Krungkun kamen, die wilden Winterstürme, die vom südlichen Ozean übers Land zogen.

Im letzten Jahr war eine Frau zu ihnen gekommen, und sie hatten gewusst, es war Nanggi in der Gestalt einer Krinkari. Eine Frau mit weißer Haut und roten Haaren. Diese Begegnung hatte ihr Leben verändert. »Wir haben nichts mehr von der Nanggi-Krinkari gehört«, sagte Peeta jetzt, als sie sich daran erinnerte.

»Nein, sie ist nicht wiedergekommen«, antwortete Thukeri.

»Aber die Sonne ist jeden Tag aufgegangen, also muss sie irgendwo sein und sich um uns kümmern.«

»Ja, das stimmt.« Peeta nickte. »Sie sorgt für uns.«

»Seit sie weggegangen ist, haben wir überhaupt keine Krinaki mehr gesehen«, sagte Warlperri. »Keine Krinkari-Überfälle an der Küste, und seit sie den Angriff auf den bösen Krinkari in Karkukangar angeführt hat, wurden auch keine von unseren Frauen mehr geraubt.«

Peetas jüngste Schwester mischte sich ein. »Wer war diese Krinkari, Peeta?«

»Ich habe sie selbst nicht gesehen, aber ich habe von ihr gehört. Sie war eine Krinkari, eine weiße Frau, die mit ihrem Mann und einigen anderen Männern aus der Ebene des Kauma-Volks hierherkam. Ihr Haar war rot wie Nanggi, wie die Sonne. Und sie hatte ein gemustertes Kleid aus feinem Leder an, rot wie ein Kängurufell, mit Linien darauf.«

»Sie war beim Walfest an der Küste, beim Kindilindjera-Clan, als Tangani-Peeta von dem bösen Krinkari geraubt wurde. Nanggi ist mit den Ngarrindjeri-Kriegern auf einem großen Kanu übers Meer gefahren, mit Häuten, um den Wind einzufangen. Und sie haben alle Ngarrindjeri-Frauen zurückgebracht, aber erst nach einem heftigen Kampf gegen den bösen Krinkari.«

»Das war eine große Freude, und für den bösen Krinkari war es wohl eine Lehre«, sagte Tenetje. »Danach hat sich Nanggi einen anderen Mann ausgesucht und ist jede Nacht bei ihm geblieben, immer bei demselben Mann. Sie liebte ihn. Und trotzdem stand sie jeden Morgen auf wie neu.«

»Und dann ist sie mit diesem Mann zurück in die Kauma- Ebene gezogen, um bei den vielen Krinkari dort zu leben«, fügte Warlperri hinzu.

»Auf jeden Fall ist der böse Krinkari nicht zurückgekommen, weil sie bei uns war«, sagte Thukeri.

»Jetzt sind wir in Sicherheit, wir müssen uns an der Küste nicht mehr fürchten«, nickte Peeta.

»Ich beschütze dich, auch wenn die bösen Krinkari wieder kommen«, sagte Thukeri ruhig und legte ihr eine Hand auf den Rücken.

»Sie haben Pundepurre«, erwiderte Warlperri. »Dagegen kann uns keiner beschützen, nicht einmal ein junger Krieger, der glaubt, er wäre stärker als Ngurunderi.« Sie ahmte das Geräusch von Gewehren nach und warf sich rückwärts in den Sand.

Alle lachten.

»Dank Nanggi und Ngurunderi gibt es hier keine Pundepurre mehr«, sagte Peeta.

»Die Krinkari haben die Kauma und die Ramindjeri übernommen. Und sie werden mehr«, brummte einer der älteren Männer, dessen Haut faltig an seinem mageren Körper hing. »Sie werden auch hierherkommen und uns das Land wegnehmen.«

»Ach, immer musst du schwarz sehen, Krilli«, widersprach ihm Peeta. »Du rechnest immer mit dem Schlimmsten. Wenn wir auf deinen Rat hören würden, würden wir uns in den Sand legen und sterben.«

Krilli sah sie an. »Wir werden ja sehen«, murmelte er.

* * *

Die Reise nach Lockyer Downs würde zwei Tage dauern, durch Hügelland, über einige kleinere Bergzüge und am Ende durch die nördliche Ebene.

Letzte Nacht waren sie in einem kleinen Gasthaus untergekommen, nur fünfzehn Meilen von Portland Bay entfernt, kaum mehr als eine Blockhütte, aber es gab kräftiges Essen und ein sauberes Bett für Edith. Mr Ewell schlief im Stall.

Er schien ein netter Mann zu sein, Edith fühlte sich jedenfalls sicher in seiner Gegenwart. Sie war gespannt auf Lockyer Downs und hoffte, dass sie mit dem Herrn und den anderen Dienstboten gut zurechtkommen würde.

Er drehte sich lächelnd zu ihr um. »Das wird schon, Mädchen«, sagte er ermutigend. »Wir sind vor dem Dunkelwerden da, und wenn wir ankommen, kümmert sich die Haushälterin um dich. Die alte Mrs Grindle ist eine gute Frau, wenn auch ein bisschen brummig.«

»Und der Herr?«

»Was soll mit ihm sein?« Ewell zog die Schultern hoch.

»Wie ist er so, Mr Ewell?«

»Du kannst mich ruhig Jack nennen.«

»Also Jack. Ich heiße Edith.«

Jack nickte. »Also, der Herr. Das ist so einer, der schon mit dem Silberlöffel im Mund geboren wurde. Er ist nicht grausam oder bösartig, aber sehr pompös und von sich eingenommen. Er meint, er könnte alles bestimmen und sich nehmen, was er will. Am besten gehst du ihm aus dem Weg.«

»Kein angenehmer Mann?«

»Oh, er ist schon höflich und bildet sich wer weiß was auf seine Manieren ein, aber er denkt nur an sich selbst und seine feinen Freunde.«

Edith bohrte weiter. »Ich habe das Gefühl, du erzählst mir nicht alles. Aber vielleicht sollte ich gar nicht fragen.«

Jack wandte ihr einen nachdenklichen Blick zu. »Eigentlich sollte ich das nicht sagen, Edith, aber das letzte Hausmädchen musste gehen, weil sie ein Kind kriegt. Verstehst du?«

»Oh«, machte Edith und schaute errötend auf ihre Knie.

»Deshalb sage ich, geh ihm am besten aus dem Weg.« Er tätschelte ihre Hand. »Und wenn es irgendwelche Schwierigkeiten gibt, sagst du es mir oder Mrs Grindle.«

Edith sah ihm fest in die Augen. Sein Blick fesselte sie. Nicht so sehr, weil seine Augen so blau waren, aber sie sah die Fürsorge darin, die Freundlichkeit. Es fiel ihr schwer, den Blick abzuwenden.

Sie mochte diesen Mann, und er mochte sie. Er schaute wieder auf den Weg, und seine Hand fasste wieder den Zügel. Ediths Herz tat einen kleinen Sprung.

3

Am vierten Tag lockten das bessere Wetter und die ruhigere See die meisten Passagiere wieder aus ihren Kojen. Zu Georginas großer Erleichterung hatte Miles Bennett während der Frühstückszeit Wache, sodass sie ihn nicht über das schneeweiße Tischtuch hinweg ansehen musste.

Trotzdem hielt sie den Blick sittsam gesenkt, weil Geoffrey Bressington ständig versuchte, Kontakt mit ihr aufzunehmen. Sie versuchte ihn nach Kräften zu ignorieren, nicht, weil sie wütend auf ihn gewesen wäre, sondern weil er sie zu einer Indiskretion verführt hatte, die sie lieber nicht wiederholen wollte. Ihre Tante und ihr Onkel saßen mit am Tisch, und sie wollte unbedingt vermeiden, dass die beiden etwas von den Ereignissen des vergangenen Abends mitbekamen. Tatsächlich war sie von Herzen froh, zwei Aufsichtspersonen in ihrer Nähe zu wissen, die jeglichen weiteren Annäherungsversuchen einen Riegel vorschieben würden.

An Deck bot sich ein vollkommen anderer Anblick als am Tag zuvor. Das Meer war blau, die Decks trocken, und eine kalte Sonne schien vom Himmel. Georgina, die hier bisher immer nur ein oder zwei Passagiere angetroffen hatte, staunte über die vielen Leute aus dem Zwischendeck, die jetzt an die frische Luft drängten. Sie wuschen sich und ihre Kleidung in Eimern an der Reling, lüfteten ihr Bettzeug, trockneten feuchte Sachen und packten am Ende alles wieder zusammen.

Offenbar hatten sich alle möglichen Lebensmittel bei dem Seegang über saubere Kleidung und andere persönliche Besitztümer verteilt. Sie fragte sich, warum die Auswanderer nicht besser vorbereitet waren.

Da das Hauptdeck überfüllt war, versuchten einige Passagiere aus dem Zwischendeck, auf das Hüttendeck zu gelangen, aber Onkel Hugh verlangte vom Zweiten Maat, sie an ihren Platz zurückzuschicken, was auch unverzüglich getan wurde.

»Es ist unerträglich!«, hörte sie jemanden rufen und sah eine lautstark protestierende Gruppe von Auswanderern in der Nähe des Aufgangs. »Kriminell! Wie Tiere werden wir da unten gehalten. Alle liegen übereinander, man kann sich kaum umdrehen«, schimpfte ein Ire. »Und wie soll man den Saustall denn sauberhalten? Alle Pfannen und Eimer sind voll mit wer weiß was, rollen im Sturm von einer Seite zur anderen, und keiner hilft! Der Schiffsarzt ist ja selbst seekrank!«

Ein anderer unterbrach ihn: »Und kein bisschen frische Luft! Der Gestank ist unglaublich da unten!«

»Ich habe drei Kinder bei mir!«, klagte eine magere Frau.

»Und ich muss von Glück sagen, wenn sie die Überfahrt unter diesen Umständen überleben. Zwei Kinder da unten haben die Masern, und ein Dutzend hat Durchfall.«

»Ist ja auch kein Wunder, bei dem Fraß. Es reicht gerade so, und die Vorräte sind jetzt schon verdorben. Die Suppe haben sie letzte Nacht aus Versehen mit Meerwasser gekocht, und der Fleischpudding war noch halb roh. Wie soll das denn fünf Monate lang weitergehen, wenn es jetzt schon so schlimm ist?«

»Wir wollen den Kapitän sprechen!«, rief eine junge Frau mit strahlend blonden, vermutlich gefärbten Haaren. Sie war stark geschminkt, und ihr großer Busen wogte, wenn sie sprach. »So kann das doch nicht weitergehen!«

Viele stimmten ihr zu.

Georgina spürte jemanden neben sich, und als sie sich umdrehte, stand Mr Bressington da. »Georgina«, sagte er.

Sie fragte sich, was als Nächstes kommen würde, aber sie konnte nicht weggehen, ohne extrem unhöflich zu erscheinen. »Mr Bressington.«

»Ich habe mich bei Ihnen unbeliebt gemacht«, sagte er mit glatter Stimme.

Sie antwortete nicht.

»Aber was soll ich sagen? Ein Mann in meinem Alter und mit meiner Erfahrung kann kaum behaupten, dass er sich habe hinreißen lassen, aber ich muss leider zugeben, dass genau das der Fall war.«

»Sie müssen sich nicht entschuldigen, Mr Bressington«, erwiderte sie, obwohl er es noch gar nicht versucht hatte. Aus dem Augenwinkel versuchte sie festzustellen, ob jemand sie hören konnte.

»Doch, das muss ich wohl. Ihr Zauber und Ihre Schönheit haben alles andere in den Hintergrund gedrängt, ich habe vergessen, wie jung sie noch sind, wie wenig Erfahrung Sie mit starken Gefühlen haben. Aber all das ist natürlich keine ausreichende Entschuldigung.«

Georgina hatte es schon immer vorgezogen, ehrlich zu sein. »Ich habe Sie nicht aufgehalten, also sind wir beide verantwortlich.«

»Manchmal können wir einfach nur das tun, was uns

Natur und Schicksal vorschreiben«, sagte er. »Wir sind beide für die Freuden des Lebens geschaffen.« Schon wieder ließ seine pulsierende Stimme ihr Herz erbeben. Es hätte ihr gar nichts genützt, ihm zu sagen, dass sein Verhalten sie schockierte oder beleidigte, denn er hätte sofort gemerkt, dass sie log. Sie hatte die Begegnung durchaus genossen. Und die Wärme in seinem Blick sagte ihr, dass er sie auch genossen hatte und sie durchschaute.

Doch sie wurden unterbrochen durch die Gruppe von Auswanderern, die Georgina beobachtet hatte und die jetzt zum Steuerhaus vordrang. Die blonde Frau führte sie an. Der zweite Maat ging ihnen entgegen, um sie in seiner schroffen Art zu vertreiben.

»Kein Aufenthalt auf dem Hüttendeck! Hinunter mit euch! Passagiere aus dem Zwischendeck müssen auf dem Hauptdeck bleiben oder nach unten gehen.

»Nein, wir bestehen auf unseren Rechten!«, fuhr die blonde Frau fort.

»Wie vulgär!«, murmelte Georgina.

»Ihr habt überhaupt keine Rechte, los, zurück mit euch!«, befahl der Zweite Maat.

»Wir wollen den Kapitän sprechen!«

»Er ist beschäftigt mit den nautischen Instrumenten.« Der Maat versuchte die Frau mit Gewalt zurückzudrängen.

»Nimm die Pfoten von mir! Wir wollen den Kapitän sprechen, wir lassen uns nicht vertreiben.«

Die ersten schüttelten die Fäuste und erhoben ihre zornigen Stimmen. Es gab ein Gedränge, der Zweite Maat wurde gestoßen, verlor das Gleichgewicht und fiel aufs Deck. Geoffrey führte Georgina aus der Gefahrenzone. Ihr

Onkel kam herbeigeeilt und flüsterte ihr zu: »Georgina, das könnte hässlich enden, geh in deine Kabine.«

Aber sie schüttelte den Kopf. Sie wollte auf keinen Fall diese Konfrontation verpassen.

»Was geht hier vor?«, mischte sich der Erste Maat ein. Seine Haltung duldete keinen Widerspruch. Die Gruppe rückte enger zusammen, und der Zweite Maat erhob sich.

»Wir wollen nur den Kapitän sprechen. Wir haben ein Recht, ihm von den Problemen im Zwischendeck zu berichten.«

»Mag sein, aber das kann man auf die eine oder andere Weise tun.« Er warf der Frau einen kalten Blick zu. »Ein Angriff auf den Zweiten Maat ist jedenfalls keine Lösung. Wer Gewalt anwendet, wird auf Wasser und Brot gesetzt. An Bord der *Cataleena* wird keine Gewalt geduldet.«

Unter seinem festen Blick traten sie unsicher von einem Fuß auf den anderen.

»Wie ist Ihr Name?«, fragte er die Anführerin.

»Rose Ewell, Sir.« Sie streckte ihren großen Busen vor.

»Und Sie sprechen also für diese Bande?«

»Das ist keine Bande.«

Jemand murmelte ihr zu: »Los, Mädchen, wir wollen, dass er uns anhört. Mach keinen Ärger.« Ein anderer stimmte ihm zu. »Ja, Rose, sprich du für uns.« Die übrigen nickten.

»Also, ja, ich spreche für das Zwischendeck. Jemand muss es ja tun«, sagte Rose.

»Was ist da los, Mr Bennett?« Der Kapitän kam vom Steuerhaus.

»Das hier ist Miss Rose Ewell. Sie wünscht mit Ihnen im

Namen der Passagiere aus dem Zwischendeck zu sprechen, so scheint es. Ihr anderen verschwindet jetzt hier«, befahl Bennett der Gruppe.

Grollend und mit bösen Blicken gehorchten sie.

»Bester Herr Kapitän, Sir, die Bedingungen im Zwischendeck sind unerträglich!«, kam die blonde Frau sofort zur Sache.

Ihre Wangen glühten.

»Ist das so, Mädchen?«

Georgina spürte Miles Bennetts Blick, sah ihn an und hob das Kinn.

»Ja, so ist es. Es ist schmutzig und überfüllt, die Luft ist furchtbar, das Essen grauenhaft und viel zu wenig, und der Arzt hilft uns nicht. Wenn nicht bald etwas geschieht, wird es die ersten Toten geben.«

Der Kapitän verdrehte die Augen. »Ihre Sache, Bennett«, sagte er nur und marschierte davon.

»Aber Kapitän!«, rief Rose hinter ihm her.

»Sie werden schon mit mir vorliebnehmen müssen. Ich bin auf diesem Schiff für die Passagiere und ihre Unterbringung zuständig«, sagte Bennett.

Rose starrte ihn wütend an.

»Ich oder keiner, entscheiden Sie sich«, sagte er ruhig und drehte sich um, als wollte er weggehen.

»Ja, und was haben Sie jetzt vor? Wollen Sie daneben stehen und zusehen, wie wir leiden?« Ihre Stimme war schrill geworden.

»Was soll ich denn Ihrer Meinung nach tun, Miss Ewell?«

»Für bessere Verhältnisse sorgen«, sagte Rose und sah sich um. »Ich wette, denen hier geht es bestens.« Ihr Blick traf die Kabinenpassagiere. »Ich wette, sie kriegen genug zu essen, es gibt Stewards, die sich um sie kümmern, sie mussten nicht drei Nächte lang in nassen, eiskalten Betten schlafen. Und wenn es ein Unglück gibt, dürfen sie in die Rettungsboote und wir ...«

Georgina konnte nicht mehr an sich halten. »Miss Ewett, oder wie auch immer Sie heißen mögen, Sie sollten dankbar sein für das, was Sie haben, und nicht mehr fordern. Die Kolonie bezahlt Ihre Überfahrt! Wir haben unsere Kabinen selbst bezahlt.«

Rose warf ihr einen giftigen Blick zu.

»Miss Stapleton«, sagte der Erste Maat, »ich kümmere mich schon darum, vielen Dank.«

»Aber es ist wahr!«, fuhr Georgina fort und ignorierte seinen warnenden Blick. »Man bekommt, was man bezahlt, und wir müssen lernen, damit zurechtzukommen ...«

»Miss Stapleton ...«

»Wenn Sie mit den Verhältnissen nicht zurechtkommen – niemand hat Sie gezwungen, mitzufahren. Man darf doch wohl ein wenig Haltung erwarten!«

»Sie haben doch keine Ahnung! Haben Sie gesehen, woher wir kommen? Sie und Ihresgleichen, Sie sind doch nur so reich, weil Sie unsereinen ausplündern! Weil Sie dafür sorgen, dass wir arm bleiben! Deshalb können Sie Ihre teuren Kabinen bezahlen, können sich viergängige Abendessen leisten, während ein paar Meter unter Ihren Füßen kleine Kinder sterben.« Rose kam jetzt erst richtig in Fahrt und schüttelte ihre Faust vor Georginas Gesicht.

Georgina sah sie herablassend an. »Wenn Sie besser

untergebracht werden wollen, dann hätten Sie dafür bezahlen müssen, so wie wir.«

»Georgina, komm«, flüsterte ihr Onkel ihr wütend zu und zog sie am Arm.

Georgina warf einen Blick auf den Ersten Maat. Er war offenbar ebenfalls wütend auf sie und sah sie mit eisigen Augen an. Sein Gesicht war bleich, sein Mund verkniffen.

»Georgina! Musst du dich überall einmischen? Dich auf einen Streit mit dieser hergelaufenen Furie einzulassen, also wirklich!« Ihr Onkel zog sie den Niedergang hinunter.

»Aber Onkel, was erwarten diese Leute denn? Und das Märchen von den sterbenden Kindern …«

Er atmete tief ein, als wollte er etwas sagen, zog es dann aber vor, zu schweigen. Dann atmete er wieder tief ein. »Trotzdem darf man sich nicht mit diesen Leuten einlassen, Liebes. Überlass das dem Ersten Maat, Mr Bennett. Er ist ein fähiger Mann.«

Georgina war froh, ein anderes Thema zu haben, als sie den Maat am Nachmittag wieder traf. »Ich hoffe, Sie haben dieser Frau gegeben, was sie verdiente, Mr Bennett.«

»Das habe ich«, erwiderte er kalt. »Ich habe dem Purser Befehl gegeben, die Essensrationen zu erhöhen, habe den Köchen in den Hintern getreten, dem Arzt gesagt, er soll die Whiskyflasche in Ruhe lassen und ins Zwischendeck marschieren. Und ich habe ein paar Matrosen abgestellt, damit sie mithelfen, da unten aufzuräumen und den widerwärtigen Dreck aus menschlichen Exkrementen und Erbrochenem wegzuputzen.«

»Oh …« Sie kniff die Augen zusammen; sie hatte erwartet, dass er die Frau abweisen würde.

»Ja, oh … Haben Sie sich die Verhältnisse da unten einmal angesehen, Miss Stapleton?«

»Selbstverständlich nicht.«

»Dann sollten sie es vielleicht tun. Nicht einmal Schweine dürfte man so unterbringen, geschweige denn Menschen, woher auch immer sie stammen mögen.«

»Sie haben es wohl nicht besser verdient. Sie hätten ja selbst für Ordnung sorgen können, wenn es so schlimm ist.«

Er kniff wieder den Mund zusammen. »Miss Ewell tut genau das, und das muss man ihr hoch anrechnen. Sie hat eine Gruppe zusammengetrommelt, die putzt, Wasser schleppt und heiß macht. Außerdem hat sie einige Leute auf dem Zwischendeck gefunden, die lesen und schreiben können und die jetzt die anderen unterrichten.«

»Sehen Sie! Diese Leute können sich durchaus zusammenreißen, wenn sie nur wollen. Ein bisschen mehr guter Wille, und sie wären nicht in dem elenden Zustand, in dem wir sie gesehen haben.«

»Sie haben wirklich keine Ahnung, oder?«, stöhnte er.

»Und Sie, Mr Bennett?«

»Ich komme aus bescheidenen Verhältnissen, Miss Stapleton. Ja, ich weiß, wovon ich spreche. Ich habe mich zusammengerissen, wie Sie es nennen, aber ich hatte dazu auch Möglichkeiten, die andere nicht hatten.«

»Wenn Sie mich für so unwissend halten, erzählen Sie mir davon«, sagte sie und lehnte sich an die Holzwand des Kabinengangs.

Miles fuhr sich ungeduldig mit der Hand durch die blonden Locken. »Das ist jetzt weder die rechte Zeit noch der Ort …«

»Dann dürfen Sie mir meine Unwissenheit nicht vorwerfen. Erzählen Sie mir, woher Sie kommen. Ich möchte wirklich verstehen, wie andere Menschen leben. Oh, ich weiß, ich bin verwöhnt und verzärtelt und sehr behütet aufgewachsen. Und ich habe wahrscheinlich keine Ahnung. Aber ich will mehr von der Welt wissen!«

Und es stimmte, sie wollte mehr von der Welt wissen, auch weil dieser Mann ein solches Rätsel für sie war. Wenn er ihr etwas erklärte, blieb er noch ein Weilchen in ihrer Nähe.

»Bitte!«

Er sah sie zögernd an, aber dann begann er zu sprechen. »Meine Mutter war die Tochter eines verarmten, aber anständigen Landpfarrers, dem jüngsten Sohn einer guten Familie. Sie verliebte sich in einen Mann mit schlechtem Charakter, heiratete ihn und zog mit ihm nach London. Mein Vater war, kurz gesagt, ein hoffnungsloser Fall, der uns alle mit sich ins Elend zog. Er trank, und wir hatten kaum genug zu essen. Immerhin schenkte mir meine Mutter alles, was sie an Bildung erfahren hatte, und den festen Glauben, dass ich mich eines Tages über das Elend erheben würde. Mit fünfzehn bin ich zur See gegangen und habe mich hochgearbeitet. Bald werde ich Kapitän sein, aber es war ein harter Kampf, und ich habe viel dafür geopfert.«

»Sind Sie verheiratet?«

»Ein Mann in meiner Lage kann sich keine Familie leisten, wenn er vorwärtskommen will.«

»Und das Vorwärtskommen ist Ihnen so wichtig?«

»Zwangsläufig, Miss Stapleton. Ich habe ein Gefühl für Ehre, und ich will die Ehre meiner Familie wiedererstehen lassen. Ich werde meine Familie aus dem Elend retten. Ich bin der älteste Sohn, und meine Mutter, die gute Seele, setzt all ihre Hoffnung in mich.«

»Nun, wenn Sie sich so haben hocharbeiten können, dann können es andere doch auch. Diese Leute aus dem Zwischendeck sollten einfach weniger klagen und mehr arbeiten.«

Miles verdrehte verzweifelt die Augen. »Ich hatte Bildung und eine gute Mutter. Die meisten von ihnen haben das nicht.« Georgina blieb skeptisch. »Sie sehen nicht, wie privilegiert Sie sind … fast möchte ich hoffen, dass das Leben Ihnen irgendwann dazu Gelegenheit gibt.«

Sie bekam eine Gänsehaut. »Was soll das denn heißen?«

»Ein paar Lektionen könnten Ihnen nicht schaden, das heißt es, Miss Stapleton.«

Es war unglaublich! Was gab diesem Mann das Recht, über sie zu urteilen?

»Ich glaube nicht, dass ich irgendwelche Lektionen nötig habe, Mr Bennett. Ich gehe mit offenen Augen durch die Welt, und ich bin nicht so unwissend, wie Sie glauben.«

»Sie unterscheiden sich nicht von anderen Menschen Ihrer Herkunft, und Sie sehen nur, was Sie sehen wollen. Sie verschließen die Augen vor dem Unglück der anderen, weil Ihnen das ein Gefühl der Sicherheit vermittelt. Wenn Sie sich wirklich für andere Menschen interessieren würden, würden Sie ins Zwischendeck hinuntersteigen und sich von den dortigen Zuständen überzeugen.«

»Vielleicht tue ich das ja, Mr Bennett«, sagte sie, ohne es wirklich zu meinen, nur um das Gespräch zu beenden.

»Dann kommen Sie mit, ich biete Ihnen eine Führung an. Sie wollen mich glauben machen, dass Sie Interesse am Schicksal anderer Menschen haben? Dann beweisen Sie es mir.«

Er hatte ihr den Fehdehandschuh hingeworfen. Wenn sie sich jetzt weigerte, würde sie ihm Recht geben. Er wusste, dass er sie in die Ecke gedrängt hatte.

»Nun gut, Mr Bennett«, erwiderte sie mit erhobenem Kinn.

»Gehen wir. Es soll niemand sagen, Georgina Stapleton würde sich einer Herausforderung nicht stellen.« Sie lächelte.

Auch er lächelte, wenn auch zögernd, und nickte. Sie tauchten tief in die Dunkelheit unterhalb des Hauptdecks ein. Das erste, was Georgina bemerkte, war der Geruch, dieser unbeschreibliche Gestank: eine Mischung aus der verbrauchten Atemluft von einhundertfünfzig Menschen und der durchdringende Gestank von Matratzen, die mit Erbrochenem getränkt waren, dazu Bilgenwasser, Exkremente, moderndes Holz, faulende Essensreste und nasse Kleider. Sie hielt sich ihr lavendelduftendes Taschentuch unter die Nase, besann sich dann aber eines Besseren. Nein, sie würde keine Schwäche zeigen. Die Menschen hier unten würden vier Monate lang in diesem Geruch leben müssen.

Aber Miles Bennett hatte ihre Geste gesehen. »Sie sagen, schon der Geruch bringt sie um, die Krankheiten sind dazu gar nicht nötig.«

Georgina kämpfte mit dem Brechreiz. »Warum machen

sie die Bullaugen nicht auf, um etwas frische Luft hereinzulassen?

»Schauen Sie doch mal hin! Die Bullaugen hier liegen viel tiefer als die in Ihrer Kabine, mit jedem Atemzug Frischluft kommt ein Eimer kaltes Meerwasser herein und überschwemmt alles. Die Bullaugen hier unten können nur bei ganz ruhiger See geöffnet werden.

»Es ist so feucht, da würde ein bisschen Wasser auch schon nichts mehr ausmachen.«

»Dann schauen Sie mal nach unten. Das ist das Ergebnis des Sturms.«

Georginas Augen hatten sich mittlerweile an die Dunkelheit gewöhnt, und was sie sah, ließ sie die Röcke heben. »Ich hätte meine Stiefel anziehen sollen!«, rief sie aus.

Mit jeder Rollbewegung des Schiffs schwappten mehrere Zentimeter Wasser hin und her, eine widerliche, übel riechende Flut aus Meerwasser, vermischt mit allen möglichen menschlichen Hinterlassenschaften. Nachttöpfe schwammen darin, Blechschüsseln und Teller, herrenlose Kleidungsstücke, Behälter mit Lebensmitteln und ein Babyschühchen.

»Jetzt, da der Sturm sich gelegt hat, können wir hier wenigstens ein bisschen sauber machen«, sagte Miles Bennett. »Bei hohem Seegang ist das unmöglich. Kommen Sie weiter.«

Sie folgte ihm durch den Gang, der voller Menschen war. Einige versuchten zu putzen, andere spielten mit den Kindern, und einige bereiteten Essen zu. Zwischen dem langen Tisch in der Mitte und den Betten an den Seiten war gerade ein halber Meter Platz, und der Maat musste die

Leute bitten, aus dem Weg zu gehen, damit sie überhaupt durchkamen.

Dabei musste er fast schreien, um sich Gehör zu verschaffen, denn hier unten herrschte ein Höllenlärm. Vom Deck über ihnen war Gepolter zu hören, die Schiffsplanken stöhnten und knackten, Wellen krachten gegen die Bordwand. Kinder weinten, irgendwo gab es lautstarken Streit, es wurde gehustet und gespuckt, und diejenigen, die bei alldem tatsächlich schlafen konnten, schnarchten heftig. Jemand spielte ein schrilles, klagendes Lied auf einer Tin Whistle. Blechschüsseln und Glasflaschen rollten von einer Seite zur anderen über den Boden.

Und über all diesen Geräuschen hörte man eine Frau stöhnen und dann leise aufschreien.

Georgina lief ein kalter Schauer über den Rücken. »Was ist das? Kümmert sich denn niemand um die arme Seele?«

»Sie kriegt ein Kind, Liebes«, sagte eine alte Frau neben ihr. »Selber schuld, jetzt muss sie sehen, wie sie fertig wird.«

Georgina schaute sich hektisch um, obwohl sie den Worten der alten Frau kaum glauben konnte. Aber tatsächlich, in einem der unteren Betten lag eine Frau, die sich von einer Seite zur anderen warf, während einige andere versuchten, ihre Schreie zu dämpfen. Georgina kamen die Tränen. Die arme Frau, konnte ihr denn niemand helfen?

»Gibt es denn keine Krankenstation hier an Bord? Sie kann ihr Kind doch nicht hier unter all diesen Leuten bekommen! Wir würdelos!«

»Doch, es gibt eine Krankenstation, aber sie ist überfüllt mit Kindern, die an Durchfall und Masern leiden, dorthin kann der Schiffsarzt sie nicht bringen. Mutter und Kind würden eher an der Infektion zugrunde gehen als an der Peinlichkeit hier unten.«

»Aber man könnte doch ein wenig Platz für sie machen! Einen Vorhang spannen!« Georgina drehte sich suchend um.

»Es wird schon eine Decke für sie aufgehängt, und wir würden auch mehr für sie tun, wenn wir könnten, Miss Stapleton, aber hier ist nicht genug Platz. Jeder hier unten hat den gleichen Platz, fünfundvierzig Zentimeter breit und eins achtzig lang, mehr gibt es nicht. Kleine Kinder müssen bei ihren Eltern schlafen.«

»Sie hausen ja wie die Sklaven!«, rief sie aus. Ihren Entschluss, nicht schockiert zu wirken, hatte sie längst vergessen.

»Nein, Sklaven haben nur 30 Zentimeter, wenn sie Glück haben ein bisschen mehr«, sagte Miles grimmig.

»Und die Eheleute? Und wenn sich jemand umziehen oder waschen will?«

Die Stimme versagte ihr.

»Es gibt hier auf dem Schiff keine Privatsphäre, Miss Stapleton. Es gibt nicht mehr als das hier und zwei Abtritte.«

Zwei Abtritte für einhundertfünfzig Menschen? Schon der Gedanke verursachte Georgina Übelkeit. Kein Wunder, dass es hier so stank. In der Kabinenklasse gab es einen Abtritt für jeweils zehn Personen.

»Haben Sie genug gesehen?«, fragte er.

Sie nickte mit verkniffenem Mund.

Als sie wieder an Deck waren, atmete sie keuchend ein. Er drehte sich zu ihr um. »Und, war es so, wie Sie es erwartet hatten?«

»Nein, natürlich nicht, das kann sich ja kein Mensch vorstellen!«

»Sind Sie schockiert?«

»Selbstverständlich bin ich schockiert, Mr Bennett. Ich besitze menschliche Gefühle. Jawohl!«, bekräftigte sie, als sie den Zweifel in seinem Gesicht sah. »Ich weiß, dass ich in einer sehr privilegierten Familie aufgewachsen bin. Das weiß ich. Ich weiß, dass man mich vor allem beschützt hat, was mich aufregen könnte. Aber vielleicht lag das auch daran, dass mich das Leid anderer Menschen immer besonders berührt hat. Aber reden wir nicht mehr von mir, warum unternehmen Sie nichts gegen diese Zustände?«

»Was soll ich tun? Ich bin weder der Eigentümer noch der Ausrüster des Schiffs. Sie überschätzen meine Stellung, wenn Sie glauben, dass ich die Verhältnisse an Bord beeinflussen könnte.«

Georgina sah ihm in die Augen. Sein Blick war ehrlich. Sie nickte und wandte sich ab, ging in ihre Kabine, froh, sich in die relative Sauberkeit und Ruhe zurückziehen zu können.

Sie nahm ihre Haube ab, zog die nassen Schuhe und die Handschuhe aus. Dann wusch sie sich Gesicht und Hände, als wollte sie den Schmutz des Unterdecks loswerden. Seufzend ließ sie sich aufs Bett fallen. Lieber Gott! Wie sollten diese armen Seelen mit diesen Verhältnissen vier oder fünf Monate lang zurechtkommen?«

Gott sei Dank, dass sie etwas Derartiges nie würde ertragen müssen! Sie hatte Dienstboten, die sich ums Putzen, Kochen und Waschen kümmerten. Wenn Sie irgendwann Kinder hätte, würde sich jemand anderer um sie kümmern. Und sie würde nie von der Hand in den Mund leben und sich fragen müssen, was sie morgen essen oder wo sie schlafen würde. Sie würde niemals gezwungen sein, so viel Schmutz und Armut zu ertragen. Sie würde immer nur das beste Essen bekommen, in einem weichen Bett schlafen und hübsche Kleider tragen, saubere Kleider nach der neuesten Mode. Trotz aller frommen Wünsche eines Mr Bennett würde das Leben ihr kaum Gelegenheit geben, die Verhältnisse der unteren Klassen kennenzulernen. Ihr Erbe und der Stand ihres Verlobten würde ihr das ersparen.

* * *

»Das Mumuwi beginnt bei Vollmond, Peeta, in ein paar Tagen«, sagte die Mutter. »Wir müssen für das Fest zusätzliches Essen sammeln, da werden Besucher von allen Clans kommen, von den Mypolonga, den Goolwa, Coorong, Turuwar, Tagalang, Naberuwa, von überall.«

Peeta reckte und streckte sich. Das Ausgraben der Yamwurzeln war harte Arbeit, wenn die Erde im Herbst noch trocken und hart war. »Ja«, sagte sie, »Thukeri hat's mir schon erzählt.

Eine große Initiationsfeier. Er ist jetzt schon nervös und hat wohl auch ein bisschen Angst.«

»Die Jungs haben alle Angst«, sagte Warlperri. »Ihre Initiation ist viel härter als die der Mädchen. Aber das macht sie stark.«

»Und schließlich haben wir sonst den härteren Teil erwischt, mit den Babys und der Blutung und allem.«

»Kann man wohl sagen. Irgendwie haben sie es verdient.« Warlperri lachte.

»Ich würde zu gern sehen, was sie machen«, seufzte Peeta.

»Aber das geht nicht, Mädchen dürfen nicht dabei sein.«

»Weißt du, was da passiert?«, fragte Peetas jüngere Schwester, während sie ihren Grabstock in die Erde rammte.

»Sie lassen sie eine ganze Nacht auf dem Boden liegen, ohne Kleider oder Decke«, erklärte Warlperri. »Und wenn sie so richtig durchgefroren sind, schmieren sie sie mit Ocker und Fett ein und reißen ihnen alle Haare aus.«

»Alle Haare, auch da unten«, warf Peeta mit einem boshaften Lächeln ein.

»Und die eingefärbten Körper dürfen nicht mit der Erde oder mit Wasser in Berührung kommen. Sie müssen durch einen Strohhalm trinken und werden von den Männern gefüttert.«

»Du hast was weggelassen, Mutter. Sie werden von den älteren Männern untersucht, ob sie wohl Sex haben und Kinder machen können«, sagte Peeta.

Warlperri verdrehte die Augen. »Ihr Mädchen interessiert euch wohl für nichts anderes«, lachte sie wieder und grub weiter.

»Na, viel wichtiger ist, dass sie *narambi* sind, heilig und tabu. Man darf sich ihnen nicht nähern, bis alles vorüber ist«, erklärte Peeta ihrer kleinen Schwester.

»Und wie lange dauert das?«, fragte die.

»Vielleicht zwei oder drei Vollmonde, bis sie ins Lager zurückkehren«, sagte Peeta und setzte sich auf den trockenen Lehmboden. »Erinnerst du dich an die Geschichte von Waiyungari?«

»Erzähl sie mir noch mal.«

»Erinnerst du dich nicht an Ngurunderi, unseren großen Vorfahr, den größten von allen? Der unser Land und unsere Flüsse gemacht hat und alle Fische?«

Das jüngere Mädchen nickte. »Er hat auch die Insel Karkukangar gemacht, wo die Toten hingehen, wenn sie ihm in den Himmel folgen wollen.«

»Genau. Und Waiyungari ist sein jüngerer Bruder. Er hat den Himmel gemacht, die Sterne und den Mond, und zwar so.« Peeta hockte sich auf die Fersen. »Waiyungari war ein großer, gut aussehender junger Mann, der Stolz seines Volkes. Bei seiner Initiation war er weggegangen, damit die Frauen ihn nicht sehen konnten, aber da sah er die beiden Frauen von Nepeli, die bei dem Berg Puleweilwald, in der Nähe von Rawukung nach Muscheln tauchten. Waiyungari war mit rotem Ocker eingeschmiert, und zuerst sahen die Frauen ihn nicht. Aber sie sahen die rote Farbe auf dem Boden und im Wasser und wussten, dass ein Tabu-Mann in der Nähe sein musste. Er versuchte ihnen aus dem Weg zu gehen, aber sie wollten ihn zu gern finden. Verbotene Dinge sind einfach aufregend, verstehst du.« Kopfschüttelnd fuhr Peeta fort. »Sie folgten ihm also und verführten ihn und schliefen in dieser Nacht mit ihm. Am nächsten Tag gingen sie zu dritt auf die Jagd, und in der Nacht schliefen die beiden Frauen wieder mit Waiyungari in seiner Hütte. Als sie am zweiten Morgen wieder losgezogen waren, um zu jagen und Essen zu sammeln, kam Nepeli, um nach seinen Frauen zu sehen. Er erkannte, dass sie im Lager gewesen waren, und beschloss, ihnen eine Lektion zu erteilen, weil sie das heiligste Tabu gebrochen hatten. Nepeli legte ein paar Kohlen aus dem Feuer auf einen trockenen Grasflecken und wickelte sie ein. Mit einem Zauberspruch befahl er dem Feuer, erst zu brennen, wenn Waiyungari und die Frauen in der nächsten Nacht tief und fest schliefen.«

Peetas Schwester riss ihre großen braunen Augen auf.

»Ja! Waiyungari und die Frauen erwachten in der Nacht, als ihre Hütte lichterloh brannte. Sie packten ihre Felle und Umhänge und rannten um ihr Leben, denn ihnen war klar, dass Nepeli hinter ihnen her war. Die Felle brannten, sodass Stücke davon abfielen, während sie rannten. Die Frauen mussten in den großen See bei Kariwar Point springen, damit sie nicht verbrannten. Sie froren und hatten schreckliche Angst, denn sie wussten, sie würden bestraft werden, weil sie das Tabu gebrochen hatten. Waiyungari sagte, er würde sie mit in den Himmel nehmen, um sie zu verstecken. Er warf seinen Speer in den Himmel, dann noch einen, der den ersten Speer durchbohrte, und dann viele weitere Speere, bis das Ende des letzten Speers so weit hinunterreichte, dass man es fassen konnte. Dann zog er den Himmel hinunter auf die Erde, und die beiden Frauen konnten in den Himmel klettern. Waiyungari folgte ihnen, der Himmel trennte sich wieder von der Erde und hob sich.«

»Und kamen sie denn nie mehr wieder runter?«, fragte ihre Schwester mit großen Augen.

»Nein, sie haben sich nicht getraut. Sie hatten das Tabu gebrochen, und wenn sie wieder runtergekommen wären, hätte man sie getötet. So waren sie für immer verbannt von der Erde, Man kann sie dort oben immer noch sehen, aber sie vermissen ihr Volk.«

»Und was wurde aus Nepeli?«

»Er verlor seine Frauen, genau wie seine Schwestern, die die bösen Frauen von Ngurunderi gewesen waren. Nepeli half weiterhin Ngurunderi den großen Dorsch fangen, aus dem der riesige Fluss entstand, aber er war sein Leben lang traurig, weil die Frauen ihm so viel Kummer gemacht hatten.«

Peetas Schwester sah sie niedergeschlagen an.

»Und jetzt wird Thukeri bald tabu sein, und wir dürfen ihn monatelang nicht sehen«, sagte Peeta.

»Ich verspreche, ich werde nicht zu ihrem Lager hinschauen«, erwiderte ihre Schwester ernst.

Peeta legte ihr einen Arm um die Schulter. »Du bist ein gutes Mädchen, und du wirst mir helfen, auch brav zu sein.«

Peetas Mutter richtete sich auf. »Später, wenn du älter bist, kannst du auf den Kuruwolin gehen«, sagte sie zu dem jüngeren Mädchen. »Dann kannst du dich von mir aus für Jungs interessieren, sie ansehen und anlächeln.« Sie lachte. »Dann kannst du auch mit den Hüften wackeln und einen von ihnen küssen und allein mit ihm in den Busch gehen. Du kannst tun, was du willst, um rauszufinden, ob er der richtige Ehemann für dich ist. Niemand wird dich daran hindern. Aber nicht mit einem Jungen, der tabu ist.«

* * *

In den Rossbreiten wurde es noch langweiliger, als ihre Verwandten ihr angekündigt hatten. Zwei Wochen lang bewegte kaum ein Windstoß die Segel. Kam doch einmal eine sanfte Brise auf, ließ der Kapitän die Segel neu setzen, und die Matrosen, schwitzend und schimpfend, überwanden ihre Lethargie für kurze Zeit. Doch umsonst: Bestenfalls bewegte sich das Schiff ein paar Meilen weiter.

Der Himmel strahlte bei Sonnenaufgang und -untergang in tiefem Rot, und zur Mittagszeit spiegelte sich gleißendes Sonnenlicht auf dem glasklaren Wasser. Georgina hatte das Gefühl, sie würden alle im eigenen Saft geschmort, wenn sie an Deck gingen, aber in den Kabinen war es noch schlimmer.

Zur Unterhaltung dienten nur die Delfine und fliegenden Fische; die Männer gingen gelegentlich schwimmen, und jeden Sonntag gab es einen Gottesdienst für die erhitzten, erschöpften Passagiere. Georgina fühlte sich gereizt und klebrig. Gab es denn gar keine Möglichkeit, etwas gegen die Langeweile zu tun?

Richard und seine jungenhaften Abenteuergeschichten gingen ihr auf die Nerven. Geoffrey Bressington durfte sie nicht mehr treffen – ein so erfahrener Mann war nach Ansicht ihrer Tante kein Umgang für ein junges Mädchen. Georgina fragte sich, ob jemand der Tante einen Wink gegeben hatte.

So musste sie zusehen, wie Geoffrey sich um Gemma Cambray bemühte. Zu ihr war er mehr als nett, ganz ohne wissende Blicke und pulsierende Stimme. Er bewunderte ihre harmlosen Aquarelle und ihre feinen, fehlerlosen Handarbeiten, wenn andere Leute zuhörten, und fächelte ihr gelegentlich Kühlung zu. Und Gemma blickte mit vertrauensvollen braunen Augen zu ihm auf, fragte ihn mit leiser Stimme nach seiner Meinung und hing an seinen

Lippen, wenn er sprach. Georgina spürte, wie ihr fast schlecht wurde.

»Miss Cambray ist eine echte Dame«, sagte Geoffrey zu ihr, offenbar in der Hoffnung auf eine Erwiderung.

»Sehr nett, sehr damenhaft«, antwortete Georgina mit Unschuld in der Stimme. »Sie wird sich wohl kaum zu einer unschicklichen Umarmung überreden lassen, Mr Bressington.«

»Und Sie haben eine scharfe Zunge«, erwiderte er. Georgina lachte leise.

* * *

»Thukeri! Was in Ngurunderis Namen tust du hier?«, flüsterte Peeta und drehte sich in seinen ockerfarbenen Armen zu ihm um. »Was soll das denn? Du bist narambi, tabu!« Sie hielt sich die Augen zu, um ihn nicht sehen zu müssen.

»Ich konnte nicht weitermachen, ohne dich einmal zu sehen«, sagte er und zog sie noch enger an sich. »Ich kann an nichts anderes mehr denken. Die alten Männer reden die ganze Zeit nur von Sex und Mädchen und Männlichkeit, vom Kindermachen, von Stärke und Manneskraft. Ich bin dir nachgegangen und habe gewartet, bis du allein warst. Ich will dich, Peeta.«

»Du bringst Unglück über uns!« Aber sie musste doch lachen und ließ ihre abwehrenden Arme sinken. In diesem Augenblick spürte sie ein Krachen und einen plötzlichen Schmerz an ihrer Schläfe. Dann war nur noch Schwärze um sie.

* * *

Endlich lebte der Wind wieder auf, das Wasser wurde wieder unruhiger und sie bewegten sich weiter, aber Georgina fühlte immer noch die Unruhe in sich. Sie hatte mit allen zehn Kabinenpassagieren ein wenig gesprochen, aber eigentlich wusste sie nicht, was sie mit ihnen reden sollte. Ehrlich gesagt, war sie enttäuscht. Sie sehnte sich nach den heftigen Wortwechseln mit Miles Bennett, sie stellte sich alle möglichen Gespräche mit ihm vor, aber es war klar, dass er ihr aus dem Weg ging. Er war nicht wirklich unfreundlich, aber kühl, und er suchte eindeutig nicht ihre Gesellschaft. Kaum, dass sie ihn einmal allein erwischte. Allmählich wurde die Langeweile unerträglich.

Schwere, schiefergraue Wolken türmten sich am Nachmittagshimmel. Der Wind frischte weiter auf, die Luft roch nach Regen. Der Erste Maat beriet sich mit dem Kapitän, dann teilte er den Passagieren mit, dass es einen Sturm geben würde und dass sie vorsichtshalber alle losen Gegenstände verstauen und alle Bullaugen schließen sollten.

Georgina spürte die elektrische Spannung in der Luft und ihren eigenen beschleunigten Puls. Es wurde aufregend. Bei ihrer Abfahrt von England hatten sie durchaus raue See gehabt, aber jetzt würde es einen echten Tropensturm geben. Schon beim Abendessen spürten alle, dass die Dünung zunahm, und der bevorstehende Sturm beherrschte das Tischgespräch.

»Wenn es ganz schlimm wird, müssen wir auf die Wellen achten, die über das Heck schlagen«, sagte der Kapitän.

»Wenn der Steuermann unter Wasser gerät, kann das Schiff breitseits zu den Wellen geraten und kentern.« Es war selten genug, dass er überhaupt mit den Passagieren sprach, und dann war sein einziges Thema das Schiff. Als wäre er mit der *Cataleena* verheiratet.

»Und was ist mit dem Steuermann?«, fragte Gemma.

»Wenn er nicht am Steuerhaus festgebunden ist, kann er über Bord gehen.«

»Wie furchtbar!«

»Ja, so ist das mit dem schönen Leben auf See«, lachte Miles.

Er hatte an diesem Abend ausnehmend gute Laune und wurde geradezu redselig. »Das ist unser Beruf: den Wind zu zähmen und zu nutzen. Er ist gleichzeitig unser bester Freund und unser schlimmster Feind. Er muss unser Diener sein, nicht unser Herr. Aber er hat einen gefährlichen Charakter, man muss immer wachsam sein. Wenn wir ihm den Rücken zukehren, stecken wir in Schwierigkeiten. Dann kann er uns zerstören.«

Doch die Worte des Kapitäns ließen sich durch Miles' ausgesprochen fröhliche Stimmung nicht aus Georginas Gedanken vertreiben. Es muss wunderbar sein, einen Tropensturm abzureiten, dachte sie. Sie stellte sich vor, wie großartig es sein würde, wenn der Wind heulte, das warme Meerwasser über die Decks spülte, die Gischt sprühte und das Schiff selbst mit halsbrecherischer Geschwindigkeit dahinflog. Vielleicht machte all das die See für die Männer so anziehend, die Erregung, wenn man sich gegen die entfesselten Kräfte der Natur stellte. Wie gern wäre sie ein Mann gewesen und hätte das erlebt!

Je länger sie darüber nachdachte, desto klarer wurde ihr, dass das alles gar nicht unmöglich war. Sie musste sich nur an Deck schleichen und einen Platz finden, an dem sie den Sturm unbeobachtet genießen konnte.

Die ersten Blitze zuckten durch die schwarze Nacht. Der Himmel öffnete seine Schleusen und schüttete eimerweise Wasser über ihr aus, sodass sie in Sekundenschnelle bis auf die Haut durchnässt war. Der Donner grollte um sie herum.

Es war noch besser, als sie es sich vorgestellt hatte. Aufregender, furchterregender, begeisternder. Ihr Herz schlug bis zum Hals, ihr Atem ging schnell, und mit jedem Atemzug atmete sie Regen und Gischt ein. Sie blinzelte sich das Wasser aus den Augen.

Aber sie war in Sicherheit. Es hatte einige Zeit und Mühe gekostet, den Schiffsjungen Jimmy zu überreden, aber irgendwann hatte er nachgegeben und ihr versprochen, sie festzubinden. Doch in dem beginnenden Sturm hatte niemand Zeit gehabt, sie zu beobachten.

Es war herrlich!

Das Schiff pflügte sich durch die Wellen und bockte wie ein wildes Pferd. Im einen Augenblick rasten sie nach unten, verschwanden in einem tiefen Schlund, und im nächsten Moment bewegte sich der Bug unerwartet wieder nach oben, und sie schossen mit furchterregender Geschwindigkeit himmelwärts. Einen Augenblick Stille – dann ging die Fahrt wieder hinunter.

Wasserwände, zwölf Meter hoch und mehr, bauten sich drohend vor ihnen auf und schlugen über ihnen zusammen, schäumten über die Decks, wo die Seeleute rutschten und schlidderten, manchmal bis an die Hüften im Wasser. Die Männer hielten sich an den Rettungsleinen fest, die überall gespannt waren.

Oh, wenn sie doch ein Mann wäre!

Das Meer schäumte und kochte, und das Schiff wurde wie eine Nussschale über den riesigen Ozean geschleudert. Sie fühlte, wie sich ihr Haar löste und ihr nass im Wind ins Gesicht schlug. Ein schneller Blick nach unten zeigte ihr, dass auch ihr Kleid nass war und an Brüsten und Schenkeln klebte.

Was für ein urtümliches, sinnliches Erlebnis! Eine Erfahrung, die man nur genießen konnte. Sie schloss die Augen und öffnete ihre Sinne dem Klang, den Gerüchen und Empfindungen, die der Sturm ihr schenkte. Hinreißend!

Sekunden später begriff sie, dass sie nicht mehr allein war. Sie öffnete die Augen. Da stand er. Ein Schauer lief ihr über den Rücken. Miles Bennett stand da und starrte sie ungläubig an, das Haar klatschnass an den Kopf gepresst, den Arm fest in eine Rettungsleine gehakt. Er kämpfte sich näher zu ihr, hielt sich weiterhin an der Leine fest. »Was tun Sie hier, zum Teufel! Was denken Sie sich denn dabei, um Himmels willen?«

Sein Zorn wurde von Sekunde zu Sekunde größer, sein Gesicht war leichenblass, sein Mund verkniffen. Sie wollte ihm antworten, aber er schnitt ihr das Wort ab. »Sie dummes, dummes Mädchen!«

Sein Hemd klebte an Brust und Oberarmen, und Georgina nahm unwillkürlich seine Kraft wahr. Er kam näher, schob sie ein Stück weiter und griff nach der Leine, mit der sie festgebunden war. »Um Himmels willen, Georgina!« Er sprach sie mit Vornamen an! »Wie dumm kann man denn sein? Begreifen Sie denn nicht, in welche Gefahr Sie sich bringen?«

»Ich wollte nur den Sturm genießen, ich … ich habe schon dafür gesorgt, dass ich gesichert bin.«

»Gesichert?« Er kämpfte mit den laienhaft gebundenen Knoten. »Sicher? Bei diesem Unwetter ist niemand an Deck sicher!« Wie zur Bestätigung zuckte über ihnen ein Blitz über den Himmel. »Wer hat denn diese verdammten Knoten gemacht?« Seine nassen Finger taten sich schwer, das Chaos zu sortieren.

»Das darf ich Ihnen nicht sagen, ich will niemanden in Schwierigkeiten bringen.«

»Zu spät«, knurrte er. »Offenbar war es jemand von der Mannschaft, vermutlich der arme kleine Jimmy. Jung, grün hinter den Ohren und freundlich, ein williges Opfer für eine alberne Frau.«

Georgina warf ihm einen wütenden Blick zu.

»Also habe ich recht. Ihnen ist hoffentlich klar, dass Sie ihn damit vermutlich um seine Lehrstelle gebracht haben.«

»Nein!« Sie drehte sich, sodass er aufhören musste, an den Knoten herumzunesteln. »Nein, lassen Sie es nicht an ihm aus! Ich habe ihn gezwungen.«

»Aber warum, um Gottes willen? Sie wussten doch, dass die Passagiere unter Deck bleiben sollten.«

»Ich wollte den Sturm sehen. Ich bin mein Leben lang beschützt und verwöhnt worden und habe nie etwas Aufregendes erlebt. Ich will nicht die unschuldige, ahnungslose junge Dame bleiben, die von allem abgeschirmt wird.«

»Nun, das hier ist jedenfalls kaum der richtige Augenblick, um Bekanntschaft mit der großen weiten Welt zu machen.« Sein Blick glitt an ihr hinunter; offenbar bemerkte er erst jetzt ihren Zustand. Und augenblicklich schien er zu vergessen, was er noch hatte sagen wollen. Zögernd, fast unwillig sah er sie an. Als sein Blick zu ihrem Gesicht zurückkehrte, sah sie die Hitze in seinen Augen. Er hielt ihren Blick kurz fest, dann schüttelte er den Kopf.

»Na, Mut haben Sie jedenfalls. Aber wenn Sie ein Seemann wären, würde ich Sie dafür auspeitschen lassen. Aber sich so zur Schau zu stellen …« Er sah noch einmal an ihr hinunter. »Sie lenken die Männer von der Arbeit ab, und Sie haben Jimmy in arge Schwierigkeiten gebracht. Außerdem kostet es mich jede Menge Zeit, Sie zu retten. Zeit, die ich eigentlich meiner Mannschaft widmen müsste. Himmel, Georgina, wenn Sie keine Frau wären …«

Ein Krachen und ein blendend weißer Blitz schnitten ihm das Wort ab. Es hörte sich an, als würde das Schiff in zwei Teile gespalten. »Gütiger Gott!« Miles keuchte auf, als der Vormast rauchend und zischend herunterstürzte, Taue und Segel hinter sich her ziehend. Die Matrosen stolperten in Deckung, und auf dem Vorderdeck schrie ein Mann laut auf.

Miles wandte sich wieder Georgina zu. »Das hätte auch Sie treffen können.« Sie sahen sich in die Augen. Miles legte ihr eine Hand auf die Schulter. Sie wusste nicht, woher der Gedanke kam, aber plötzlich wünschte sie sich, er würde sie küssen.

Aber er tat es nicht.

»Sie müssen einen Moment hierbleiben, bis ich wiederkomme. Beten Sie, dass nicht noch ein Blitz einschlägt.«

Und damit war er verschwunden.

Überall waren Gebrüll und schnelle Schritte zu hören. Die Luken wurden geöffnet, und Passagiere kamen herausgeschwärmt, schreiend und in panischer Angst. Einige stöhnten, andere beteten laut, klammerten sich an Kinder und Besitztümer.

»Rauch! Wir brennen!«, rief jemand.

»Wir sinken!«, schrie ein anderer.

Das Schiff schwankte heftig; ohne den Vormast war das Manövrieren viel schwieriger geworden. Die Passagiere rutschten übers Deck. Mit jeder Welle verloren mehr von ihnen den Halt. Andere stolperten über Ausrüstungsgegenstände, die heruntergefallen waren und überall herumrutschten.

»Mann über Bord!«, ertönte der Ruf.

Georgina versuchte auszumachen, wer gerufen hatte, aber sie konnte es nicht erkennen. Der Ruf wurde weitergegeben, alle spähten hinaus, aber es war niemand zu sehen. Im Chaos auf Deck und bei den heftigen Bewegungen des Schiffs hätte man ohnehin nichts unternehmen können. Wer auch immer da über Bord gegangen war – er war verloren.

Miles schrie dem Zweiten Maat zu, er solle das Vordersegel unter Kontrolle bringen, und lief zurück zu den Passagieren. »Runter, alle runter!«

Die Passagiere eilten auf ihn zu, klammerten sich an ihn und flehten ihn an, sie zu retten. »Gehen Sie unter Deck, die einzige Gefahr besteht darin, über Bord gespült zu werden. Wir haben durch den Blitzschlag einen Mast verloren. Gehen Sie runter, damit Sie nicht über Bord gespült werden!«

Er rief einige Matrosen zur Hilfe, und gemeinsam drängten sie die Passagiere wieder den Niedergang hinunter, ohne sich groß darum zu kümmern, ob jemand stürzte. Dabei wiederholte er ständig, unter Deck seien sie in Sicherheit. Dann sicherte er gemeinsam mit den Matrosen die Luke. Der Kapitän stand am Steuer, sodass sich Miles um die Sicherung des Mastes kümmern konnte. Sie beobachtete ihn, wie er sich schnell und entschlossen bewegte und offenbar alles unter Kontrolle hatte. Die Männer sprangen auf jeden Befehl hin.

Es dauerte eine Weile, bis er zu Georgina zurückkam. Wasser und Wind setzten ihr jetzt doch merklich zu, und die Begeisterung über den Sturm wich dem Überdruss angesichts des endlosen Regens. Sie war müde, nass und durchgefroren. Allmählich tat sie sich selbst leid, ihr Abenteuer war ihr sauer geworden.

Außerdem hatte Miles ihr das Gefühl gegeben, ein dummes Kind zu sein. So sehr sie sich wünschte, sie müsste ihn nie wieder sehen, so sehr hoffte sie, er würde bald kommen und sie aus ihrem Elend erlösen. Die Matrosen starrten sie unverschämt an, sie hatte sich töricht zur Schau gestellt und hatte keine Möglichkeit, sich vor den gierigen Blicken zu schützen. Miles rief ständig irgendwelche Befehle, aber er kam nicht zu ihr, um sie aus ihren Fesseln zu lösen und in ihre Kabine zu bringen.

Irgendwann wurde sie dann doch gerettet, aber nicht von Miles, sondern vom Zweiten Maat. Sie rief nicht nach ihrem Steward – je weniger Leute sie in diesem Zustand sahen, desto besser. Mit tauben Fingern versuchte sie das klatschnasse Kleid auszuziehen, das ihr am Körper klebte. Aber auch die trockenen Kleider würde sie kaum anziehen können, solange sie so nass war, und sie fluchte leise, weil sie vor Kälte so sehr zitterte. Endlich hatte sie trockene Wäsche angezogen, und da sie es leid war, noch länger in ihrer Seekiste nach einem warmen Nachthemd zu suchen, kroch sie unter die Bettdecke und rollte sich zusammen.

Trüb und elend graute der nächste Morgen. Der Sturm hatte sich gelegt, und die Passagiere kamen allmählich an Deck. Alle sahen furchtbar aus, auch Miles war blass und sein Gesicht trug die Zeichen der vergangenen Nacht. Aber er sah Georgina nicht an, und sie mied seinen Blick ebenfalls.

Alle, die sich jetzt mit ernster Miene an Deck versammelten, konnten sehen, wie sehr der Sturm gewütet hatte. Ein Matrose war von dem herunterkommenden Mast erschlagen worden. Ein weiterer Mann war über Bord gegangen und verschwunden. Jedem von ihnen hätte das passieren können. Das Schiff selbst war schwer beschädigt und musste repariert werden, bevor es weitersegeln konnte.

Der Kapitän hielt einen Gottesdienst für die beiden Toten. Passagiere und Mannschaft standen verloren dabei, während die Gebete gesprochen wurden. Der Leichnam des erschlagenen Matrosen war vom Segelmacher in ein Stück Tuch eingenäht worden und wurde nun der See übergeben, mit Bleigewichten an den Füßen, damit er möglichst schnell unterging. Die Hinterlassenschaften der beiden Toten wurden versteigert, aber kaum einer machte sich die Mühe, dafür zu bieten. Georgina war sicher, dass alle Anwesenden ähnlich dachten wie sie. Auch sie hätte letzte Nacht über Bord gespült werden können. Es hätten auch ihre Besitztümer sein können, die hier versteigert wurden. Ja, wer konnte wissen, ob nicht ihre Besitztümer als nächste versteigert werden würden? Die Segel flatterten lose im Wind. Und der graue Himmel weinte große Tränen aus Regen in ihre Gesichter.

Die Auktion dauerte nicht lange, und die Matrosen gingen wieder an die Arbeit. Ein neuer Mast wurde gebaut, neue Segel genäht. Die Passagiere gingen unter Deck, um aufzuräumen und sich nach den Schrecken der Nacht ein wenig auszuruhen.

»Miss Stapleton?« Das war Miles.

Sie drehte sich um. »Ja?«

Er zog sie zur Seite, damit niemand zuhören konnte. Sein Blick war leer. Sie fragte sich, wie sehr ihr eigenes Verhalten dafür verantwortlich war und wie viel dem Zustand des Schiffes und den Verlusten in der Mannschaft geschuldet war. Vermutlich eher Letzteres. Er nahm solche Dinge mit Sicherheit ernst. Vielleicht war auch sein eigenes Fortkommen von den Todesfällen betroffen.

»Miss Stapleton«, sagte er mit gesenktem Blick, als wollte er sie nicht ansehen. Er hielt inne.

Georgina kam ihm zur Hilfe. »Miles …« Der Vorname ging ihr leicht von den Lippen. »Miles, es tut mir leid. Ich war so töricht, das sehe ich jetzt ein. Ich weiß, es war falsch von mir. Ich mache das wieder gut, ich gehe von jetzt an den Schwierigkeiten aus dem Weg.«

Er sah sie erstaunt an, als hätte er einen Streit erwartet. »Ja, ich fürchte, das ist auch nötig, denn sonst müssen wir drastische Maßnahmen ergreifen. Auf keinen Fall dürfen Sie noch einmal im Sturm an Deck kommen, außer, wenn alle von Bord müssen.« Er lächelte schief. »Wir können einen Kabinenpassagier kaum auspeitschen, und Sie im nächsten Hafen vom Schiff zu bringen ist auch nicht möglich, denn das wird, wenn alles gut geht, bereits Adelaide ein.«

»Aber Sie tun Jimmy nichts, oder?«

»Nun …«

»Oh, bitte! Ich habe ihn so sehr gebeten, es zu tun, und er will immer alles richtig machen.« Sie legte ihm eine Hand auf den Arm, fast ohne es zu merken.

»Machen Sie sich keine Sorgen.« Um Miles' Mundwinkel zuckte es. »Ich habe seinen Fall dem Kapitän unterbreitet, und er wird ein paar Tage bei Wasser und Brot in Ketten verbringen müssen, aber ansonsten wird ihm nichts passieren. Ich denke allerdings, das wird ihm eine Lehre sein. Von jetzt an wird er es sich zwei Mal überlegen, bevor er sich von einer Hexe zu irgendetwas überreden lässt.«

Hexe. Was für ein Kompliment. Er war alles andere als einverstanden mit ihrem Handeln, aber ihre Gründe verstand er tief im Herzen doch.

»Ich glaube allmählich, eine Farm irgendwo im Busch und Horden von wilden Aborigines passen tatsächlich besser zu Ihnen als die gepflegte Langeweile eines englischen Landsitzes, Miss Stapleton«, sagte er ironisch.

Georgina versuchte ihr Lächeln zu unterdrücken, aber es fiel ihr schwer. »Da könnten Sie recht haben, Mr Bennett.«

Sie bemerkte, dass ihre Hand immer noch auf seinem

Arm lag, und ließ sie sinken. Für einen Augenblick sahen sie sich an, als wollten sie noch etwas sagen. Aber dann drehte er sich um und ging.

»Miles?« Ihre Stimme war etwas höher geworden. Sie hatte noch etwas auf dem Herzen, und jetzt musste sie ihn fragen. »Es war nicht meine Schuld, dass der Mann letzte Nacht über Bord ging, oder? Oder hätten Sie ihn retten können, wenn Sie nicht mit mir beschäftigt gewesen wären?«

Er sah sie fragend an, als hätte er gerade eine ganz neue Seite an ihr entdeckt. Dann zuckte er mit den Schultern. »Wer kann das schon wissen? Vermutlich nicht. Wenn bei einem solchen Sturm ein Mann über Bord geht, kommt normalerweise jede Hilfe zu spät.«

»Wenn ich in irgendeiner Weise dazu beigetragen habe, dann tut es mir unendlich leid.«

Er sah sie wieder mit diesem abwägenden Blick an.

»Ich bin vielleicht leichtsinnig und vergnügungssüchtig und all das, aber ich bin nicht einfach nur egoistisch.« Sie hielt inne, aber er sagte nichts. »Und ich bin bereit, mich der Welt und meiner Verantwortung zu stellen.«

Er lächelte. »Ja, da bin ich inzwischen sicher.« Er sah sie nachdenklich an, und dann lächelte er noch mehr. »Ich habe hart über Sie geurteilt, als Sie an Bord kamen, und auch bei einigen anderen Gelegenheiten. Aber ich hatte nicht uneingeschränkt recht, das muss ich immerhin zugeben. Sie sind mehr als nur das verwöhnte, privilegierte Mädchen, das ich zu Anfang sah. Sie haben Mut und einen offenen Geist. Und Sie sind bereit, aus Ihren Fehlern zu lernen. Ja, es ist mehr an Ihnen dran, als man auf den ersten Blick denkt. Aber trotzdem: Gott schütze die Welt vor Ihnen.«

4

Peeta lag nackt in einer nach Krinkari stinkenden Hütte. Seit zwei Tagen war sie hier, die weißen Männer hatten sich immer wieder über sie hergemacht, sie hatten sie geschlagen, und dann hatten sie sie im Dunkeln eingesperrt und waren auf Seehundjagd gegangen.

Wie hatte das geschehen können? Vor ein paar Tagen noch war sie bei der Initiationsfeier gewesen, hatte Thukeri zugesehen und daran gedacht, ihn zu heiraten. Dann war er ihr im Wald gefolgt, und sie hatten sich geküsst und in den Armen gehalten und über all die Dinge gelacht, die sie miteinander tun würden, sobald seine *Narambi*-Zeit vorbei war.

Dies war ihre Strafe, weil sie das Tabu gebrochen hatte. Sie hätte niemals mit Thukeri sprechen, geschweige denn ihn küssen dürfen. Egal, wie gut es sich angefühlt hatte. Es war falsch, es war böse, und jetzt musste sie leiden.

Ein kratzendes Geräusch an der Tür sagte ihr, dass jemand zurückgekommen war. Peeta kroch in die Ecke, die am weitesten von der Tür entfernt war, und rollte sich zusammen. Sie konnte sich nicht mehr wehren, dazu war sie inzwischen viel zu schwach.

Ein Strahl Tageslicht streckte sich in den Raum. Sie wich noch weiter zurück.

Eine Frauenstimme rief nach ihr. »Kleine, bist du in Ordnung?«

Die Stimme sprach Ramindjeri, ein Dialekt, der dem ihren sehr ähnlich war.

Peeta setzte sich auf. »Wer bist du?«

»Ich bin Nyakinyeri von den Ramindjeri in Longkuwar. Ich habe dir eine Decke und etwas zu essen mitgebracht.«

Die Frau legte Peeta die Decke um die Schultern und stellte einen Teller mit etwas Undefinierbarem vor sie hin. »Iss, dann geht es dir besser.«

»Sag mir erst, wo bin ich hier?«

»Karkukangar. Kangaroo Island sagen die Krinkari.«

»Bin ich tot?«

Die ältere Frau legte lachend den Kopf in den Nacken. »Tot? Du bist ausgesprochen lebendig, würde ich sagen. So wie du gezappelt und gekreischt hast, als sie dich mit dem Boot hierhergebracht haben. Und nach den Tönen zu urteilen, die ich die letzten zwei Tage aus dieser Hütte gehört habe.«

»Aber wenn das hier Karkukangar ist, warum sind wir dann nicht tot? Ist dies nicht der Ort, an den die Seelen der Toten kommen?«

»Doch, dies ist der Ort, Ngurunderi hat es so bestimmt. Aber es ist eben auch Kangaroo Island, wo die weißen Männer Wale und Seehunde fangen.«

Peeta schniefte und versuchte, sich mit dem Handrücken das Blut von Mund und Nase zu wischen. Sie zog den Teller näher zu sich heran.

»Du siehst ja furchtbar aus. Ich hole dir Wasser, damit du dich waschen kannst, bevor du isst«, sagte die ältere Frau und verschwand. Wenig später kam sie mit einer Schüssel mit sauberem Wasser wieder, und Peeta trank erst einmal einen großen Schluck, bevor sie sich Gesicht und Hände wusch.

Dann machte sie sich über das fremdartige Essen her. Es schmeckte widerlich, aber nach zwei Tagen ohne einen Bissen war es besser als nichts. Die Frau verschwand, während sie aß, kam dann mit einer frischen Schüssel Wasser, einem Tuch und einigen anderen Dingen wieder.

»Jetzt wird gebadet, du bist ja in einem schrecklichen Zustand«, sagte die Frau mit einem Blick auf ihren Körper. Sie blinzelte, als müsste sie ein paar mitleidige Tränen zurückdrängen.

Peeta lag still, während die Frau sie wusch und ihre Wunden mit Salbe versorgte. »Sie haben dir sehr wehgetan, deine Nase sieht aus, als wäre sie gebrochen.«

Peeta nickte. »Als sie mich ins Boot geworfen haben. Na, jetzt werden sie mich nicht mehr anrühren, ich bin wieder kräftiger nach dem Essen und Trinken, so seltsam es auch geschmeckt hat. Beim nächsten Mal bin ich vorbereitet.«

Nyakinyeri sah Peeta mitleidig an. »Gib lieber nach, Kleines, am Ende ist das der einfachere Weg.«

»Auf keinen Fall. Ich will fliehen, egal wie.«

»Vergiss es, Liebes. Von hier kommst du nie zurück aufs Festland. Sie sagen, es sind zehn Meilen bis dahin, aber was heißt das schon? Einige haben versucht, rüberzuschwimmen, und sie sind alle ertrunken. Und wenn sie dich erwischen, dann werden sie dich wieder schlagen.«

»Das ist auch nicht schlimmer, als hier zu bleiben, mit diesen widerwärtigen Männern.«

»Nein? Glaubst du? Dann sieh dir das mal an!«

Die Frau schob ihr Kleid am Rücken in die Höhe und drehte sich um.

Peeta zog mit einem zischenden Laut die Luft ein. Der Rücken der Frau war voller Narben, die Haut entstellt vom Hals bis zu den Hinterbacken. Lauter Narben. Dagegen sahen die Manggi-Schnitte aus wie kleine Kratzer. »Wer hat dir das angetan?«

»Die Männer hier. Sie nennen das Auspeitschen. Das war, als ich versucht habe zu fliehen. Wenn du schlau bist, suchst du dir einen der besseren unter ihnen aus und hältst dich an ihn.

Das habe ich auch getan.«

»Auf keinen Fall. Irgendwie komme ich hier weg. Sie sind da drüben am Coorong, meine Familie und auch Thukeri, der Mann, den ich liebe. Und ich kehre zu ihnen zurück, das schwöre ich dir.«

»Sie werden dich fesseln und einsperren, bis sie sicher sind, dass du nicht mehr abhauen willst. Bis sie dir so weit vertrauen, ist es tiefer Winter. Und wenn du dann fliehst verschwindest du im kalten Wasser wie die anderen.«

»Die anderen?«

»Zwei Frauen haben versucht, hinüber zum Festland zu schwimmen, eine mit ihrem Kind auf dem Rücken. Entweder sind sie ertrunken oder die Haie haben sie gefressen.«

5

Jack stand mit dem Hut in der Hand da, den Zügel in der anderen und den Kopf gesenkt, während sein Herr den großartigen kastanienbraunen Vollblüter bestieg. Niemand durfte dieses Pferd reiten außer Charles Lockyer selbst, nicht einmal der Pferdeknecht.

»Mittagessen mit den Cathcarts, ich bin am späten Nachmittag zurück. Dann ist hier alles erledigt, hoffe ich.« Charles sah ihn an, ohne den Kopf zu senken, denn er trug einen hohen Kragen.

»Ja, Sir.«

Ein kurzes Nicken, dann ließ Jack den Zügel los, und das Pferd machte einen Sprung, als es die Sporen fühlte.

Kleine Staubwolken erhoben sich, wo die Hufe auf den Weg trafen. Jack setzte den Hut wieder auf, wischte sich die Hände an der geflickten Hose ab und beobachtete, wie Reiter und Pferd zwischen den majestätischen Bäumen verschwanden. Ein oder zwei Minuten wartete er noch, um sicherzugehen, dass sein Herr nicht zurückkam. Dann wandte er sich dem zweistöckigen Steinhaus mit dem eleganten Eingang zu, betrachtete es nachdenklich und machte sich auf den Weg zum Hintereingang, wo die Küche lag.

Die Knechte durften das Haus nicht betreten, durch

welche Tür auch immer. Seit Wochen war dies die erste Gelegenheit, sie zu sehen. Er klopfte, für den Fall, dass einer der anderen Dienstboten in der Nähe war.

Edith kam zur Hintertür. »Jack! Was machst du denn hier?« Sie wischte sich die bemehlten Hände nervös an der Schürze ab. Auch auf ihrer Wange und auf den dunklen Locken, die sich aus der Haube befreit hatten, hatte sie Mehl.

»Ich dachte mir, ich sage mal schnell Hallo, solange der Herr weg ist.« Jack grinste breit.

»Du bringst uns noch beide in Schwierigkeiten.« Sie warf einen raschen Blick über den Hof. »Schnell, komm rein, bevor dich jemand sieht.«

In der Küche war es warm und duftete süß, als wären die Backöfen voll mit Brot und Kuchen. Schüsseln mit Teig standen auf dem Tisch, und Edith ging sofort wieder an die Arbeit. »Du kannst dich ruhig setzen«, sagte sie. »Nimm dir eine Tasse, es muss noch was in der Kanne sein. Man kommt ja hier nicht oft dazu, eine Pause zu machen, also solltest du die Gelegenheit nutzen.«

Jack goss sich eine Tasse Tee ein und sah ihr zu, wie sie die großen Teigberge auf den bemehlten Tisch vor sich warf. Mit ihren kleinen Fäusten schlug sie darauf ein und begann dann zu kneten. Jack fand sie wunderbar. Ihre Wangen und Lippen waren von der Anstrengung rosiger als sonst, ihr Haar rutschte unter der Haube hervor und fiel locker um ihr Gesicht. Die kleinen Brüste unter ihrer Schürze und dem fadenscheinigen Kleid bewegten sich ein bisschen, während sie arbeitete. Als Edith vor ein paar Monaten nach Lockyer Downs gekommen war, da war sie ein blasses, halb verhungertes Mädchen gewesen. Jetzt war sie ein bisschen kräftiger, aber noch lange nicht so mollig, wie er es sich gewünscht hätte.

»Komm Mädchen, ich knete für dich, du wirst ja viel zu schnell müde.« Er stand auf, als wollte er sie wegschieben.

»Kommt ja gar nicht in Frage, Jack! Das Brot für den Herrn darf doch nicht nach Pferdestall riechen. Ich mache das schon. Ich mache es schließlich jeden Tag, du sollst nicht so ein Theater um mich machen.«

»Aber ich mache gern Theater um dich, ganz ehrlich!«

Edith hielt inne und sah ihn über den Teigberg hinweg an. »Du bist ein guter Mann, Jack. Aber wenn du weiterhin so nett zu mir bist, dann kriegst du Schwierigkeiten. Es gibt schon Gerede, und du weißt, hier wird kein Techtelmechtel zwischen den Mädchen und den Knechten geduldet.«

»Dann sorgen wir dafür, dass das Gerede ein Ende nimmt.«

»Was meinst du denn damit?« Sie schlug die Augen nieder.

»Lass uns heiraten, Edith. Du weißt, ich hab dich gern. Vom ersten Tag an. Wir heiraten, und dann kann uns keiner mehr Vorschriften machen, wann wir miteinander reden dürfen und wann nicht.«

»Oh, Jack!« Jetzt sah sie ihn an.

»Ja was, oh, Jack?«

»Wir können doch nicht heiraten. Wir kriegen niemals die Erlaubnis, das weißt du ganz genau. Verheiratete Frauen kriegen hier keine Stelle, und Frauen mit Kindern schon gar nicht. Der Herr will das nicht, er hält nichts davon, verheiratete Frauen einzustellen.«

»Und er meint, er könnte über unser Leben bestimmen?«

»Das meint er, und er kann es ja auch«, erwiderte sie trocken. »Er bestimmt hier die Regeln.«

»Na, wenn er keine verheirateten Frauen einstellt, dann arbeitest du eben nicht mehr für ihn!« Jack stellte seine Tasse mit Schwung auf den Tisch zurück. »Dann sorge ich eben für dich.«

»Jack, versteh mich nicht falsch. Ich habe dich sehr gern, und du bist ein guter Mann. Aber ich kann es mir nicht leisten, meine Stelle hier zu verlieren. Ich muss für meine Mutter sorgen, für meine jüngeren Brüder und Schwestern. Du kannst uns doch nicht alle unterhalten.«

»Wie geht es deiner Mutter überhaupt?«

»Gestern habe ich Post von ihr bekommen. Es geht ihr nicht gut. Sie hustet Blut, und der Arzt hat ihr gesagt, lange geht es nicht mehr.«

»Keine Hoffnung, dass sie wieder gesund wird?«

Edith biss sich auf die Lippe. »Nein. Sie hat die Schwindsucht, und sie wird daran sterben, genau wie mein Dad. Ich kann es mir überhaupt nicht leisten, meine Arbeit zu verlieren. Und aufhören zu arbeiten kann ich schon gar nicht.«

»Aber das kann doch nicht ewig so weitergehen!«

Edith zog die Schultern hoch.

»Hör mal, bloß weil Mr Lockyer keine verheirateten Frauen einstellt, heißt das doch nicht, dass es keine Arbeit gibt. Wir warten, bis meine Schwester aus England kommt – sie muss eigentlich schon unterwegs sein – und dann gehen wir hier weg und suchen uns was

Besseres. Es gibt doch auch Leute, die Ehepaare einstellen. Wir könnten deine Familie nachholen und uns um sie kümmern; meine Schwester würde auch mithelfen. Sie hat ein großes Herz, ihr kommt bestimmt bestens miteinander aus.«

Edith hielt mit Teigkneten inne und atmete tief durch. »Jack, ich hab dich wirklich gern, und ich würde dich schon morgen heiraten, wenn das alles so einfach wäre, aber das ist es eben nicht! Wir sollten warten, bis deine Schwester hier ist, und dann sehen, wo wir gemeinsam Arbeit finden. Ich habe das Gefühl, wenn wir jetzt schon Pläne machen, führt uns das in die Irre.«

»Gut, dann also keine Pläne, aber würdest du denn wenigstens einmal laut Ja sagen? Oder muss ich darauf auch warten?«

Sie knetete weiter.

»Gib's zu, es liegt an meiner Geschichte, oder? Ja, ich bin ein freigelassener Sträfling, aber ich bin kein schlechter Kerl. Ich habe bloß ein paar Äpfel vom Baum geklaut, damit meine Schwester was zu essen hatte.«

»Nein, es liegt nicht an deiner Geschichte, Jack, das weißt du ganz genau. Die Hälfte aller Leute hier sind freigelassene Sträflinge.«

Er ergriff zärtlich ihr Handgelenk. »Edith, was sagst du? Ich halte es auch geheim, bis du selbst so weit bist. Komm, erfüll einem armen Mann seinen einzigen Wunsch.«

Edith lachte und schob sich mit der freien Hand eine Haarsträhne hinters Ohr. »Du kannst ein Mädchen wirklich zu allem überreden.«

Er stand auf und zog sie näher zu sich. »Heißt das Ja?«

Sie lachte wieder. »Ja, aber du darfst wirklich zu niemandem ein Wort sagen. Versprochen?«

Jack nahm sie in die Arme und tanzte mit ihr um den großen Eichenholztisch, bevor er ihr einen dicken Kuss auf die Lippen gab. »Du machst mich glücklich!«

»Noch nicht.«

»Doch, allein der Gedanke macht mich schon glücklich.«

»Schau aber bitte nicht so glücklich drein, sonst erzählt es jemand dem Herrn, und dann gibt es Ärger.«

Jack lachte. »Da könntest du recht haben. Auf Lockyer Downs dürfen nur die reichen Leute glücklich sein.«

In diesem Moment hörten sie Schritte auf dem Flur. »Schnell Jack! Verschwinde!« Sie schob ihn zur Tür.

»Nur noch ein Kuss!«

Sie hauchte ihm einen winzigen Kuss auf die Wange. »Raus!«, flüsterte sie.

* * *

Peeta nahm einige von Nyakinyeris Ratschlägen an und ignorierte den Rest. Unter den zehn weißen Männern in der Siedlung war einer weniger gewalttätig als die anderen. Ihn suchte sie sich aus.

Er war ein düster dreinblickender, sehr zurückhaltender Mann; auf seinem Rücken hatte sie die Narben gefühlt. Auch er war irgendwann ausgepeitscht worden, vielleicht hielt er sich deshalb mit der Gewalt zurück.

Als er eines Tages aufstand, um ihre elende Hütte zu verlassen, sprang Peeta auf und legte ihm die Arme um den

Hals. »Nimm mich mit! Ich will deine Frau sein. Nur noch für dich, nicht für die anderen.«

Er versuchte sich zurückzuziehen, wohl auch, weil er ihre Worte nicht verstand. Doch sie ließ sich nicht so leicht abweisen.

»Nein, nein, dich will ich. Überlass mich nicht den anderen, diesen Tieren«, schrie sie. Sie klammerte sich an ihm fest und küsste ihn.

Er lachte. Sein ganzes Gesicht leuchtete auf, wie sie es noch nie an ihm gesehen hatte.

»Lach nicht! Ich sorge gut für dich. Ich werde dankbar sein!«

Er tätschelte ihr den Arm. Dann sah er sie genauer an und schien über ihr Angebot nachzudenken. Schließlich nickte er, legte ihr die Decke um, nahm sie am Arm und führte sie aus der Hütte.

Zum ersten Mal draußen! Bisher war immer Nyakinyeri in die Hütte gekommen, hatte ihr etwas zu essen gebracht und ihr sogar ein paar Worte in der Sprache der Krinkari beigebracht.

Peeta war der älteren Frau dankbar, aber sie wusste, dass sie ihre Fluchtpläne unbedingt geheim halten musste. Sie hatte die Absicht, sich unter den Schutz dieses Mannes zu stellen und auf eine gute Gelegenheit zur Flucht zu warten.

Zwischen den Männern gab es Streit, als sie mit ihrem Beschützer aus der Hütte kam, aber der Vormann zuckte nur mit den Schultern und nickte zustimmend. Der Mann, den sie sich ausgesucht hatte, nahm sie mit in seine eigene Hütte.

Je mehr es so aussah, als hätte sie sich damit abgefunden,

zu bleiben, desto besser standen ihre Chancen, irgendwann zu entkommen. Aber Ned, wie er sich nannte, war nicht dumm. Er schloss sie nach wie vor in seiner Hütte ein, wenn er auf Seehundjagd ging. Peeta tat so, als machte es ihr nichts aus. Wenn er zu Hause war, erwartete er von ihr, dass sie kochte und putzte, sich um den kleinen Garten und die Hühner kümmerte und auch sonst alle Hausarbeiten erledigte. Er war nicht besonders freundlich zu ihr, aber er misshandelte sie auch nicht. Damit er glaubte, sie richte sich auf einen längeren Aufenthalt ein, zeigte sie großes Interesse an seiner Sprache.

Und tatsächlich wuchs sein Vertrauen zu ihr. Sie durfte gelegentlich die Hütte verlassen, zuerst nur gemeinsam mit ihm, wenn Seehundshäute zu reinigen waren oder Waltran gekocht werden musste. Dann durfte sie auch allein losziehen, um Wallaby-Fallen aufzustellen und für Nahrungsmittel zu sorgen, damit nicht alles nur nach Salzfleisch, schimmeligem Mehl und Eiern schmeckte. Und sie beeindruckte ihn tatsächlich, wenn sie frischen Fisch und wohlschmeckendes Gemüse aus dem Busch mitbrachte. Bald ließ er ihr ganz und gar freie Hand, und sie konnte gehen, wohin sie wollte, solange sie nur bei Einbruch der Dunkelheit zurück war.

* * *

»Der Herr möchte noch ein Sandwich und etwas Heißes zu trinken, bevor er schlafen geht. Bringst du es ihm hinauf? Diese Treppen sind so spät am Abend einfach nichts mehr für meine alten Beine«, sagte die Haushälterin.

Edith zuckte zusammen. Sie mochte Charles Lockyer nicht. Er war nicht unfreundlich, aber auch nicht besonders nett, und irgendwie schien er immer etwas an ihr auszusetzen zu haben.

»Sind diese Mädchen nicht einfach furchtbar?«, hatte er eines Tages zu einem Freund gesagt, als das Tablett ein wenig geklappert hatte, und so getan, als wäre sie gar nicht anwesend.

»Bist du so lieb?«, bat die Haushälterin. Es war eigentlich keine richtige Bitte, denn Edith musste ohnehin gehorchen, aber die Haushälterin war im Grunde genommen ganz nett. Sie kleidete ihre Befehle immer in eine Bitte.

»Ja, Mrs Grindle«, knickste Edith. »Ich bringe es sofort rauf.« Sie half der Haushälterin, das Abendessen aufs Tablett zu stellen, und balancierte es dann auf einer Hand, während sie durch den Flur und die Hintertreppe ging.

Schon auf der Treppe hatte sie einen richtigen Kloß im Hals. Es war nicht nur die arrogante Art des Herrn, er sah sie auch immer so komisch an, als glaubte er, sie gehöre ihm mit Leib und Seele.

Vor seiner Tür blieb sie einen Augenblick stehen, rückte ihre Haube zurecht und zupfte an ihrer Schürze. Dann klopfte sie.

»Herein!« Er las in einer Zeitung.

»Ihr Abendessen, Sir«, knickste sie.

Als er ihre Stimme hörte, blickte er auf. Auf den ersten Blick war er ein gepflegter Mann mit guten Manieren, aber sie wusste inzwischen, dass sich seltsame Dinge unter der Oberfläche verbargen. Auch was sich die anderen Dienstboten erzählten, machte sie misstrauisch. Er war weder böse noch brutal, aber er war ganz eindeutig der Meinung, sein Stand gäbe ihm mehr Privilegien und Rechte als anderen.

»Hierher, bitte.« Er deutete auf den Tisch neben sich. Er vergaß niemals, bitte zu sagen, bemerkte sie.

Sie musste dicht an ihm vorbeigehen, und seine Blicke machten sie nervös. Ängstlich, einen Fehler zu machen, zitterte ihre Hand ein wenig, sodass Tee in die Untertasse schwappte.

»Du hast Tee verschüttet, wisch ihn weg.«

Sie schwieg.

»Dein Name ist Edith, nicht wahr?«

Sie nickte, nahm das Tuch von ihrem Arm und hob die Tasse, um den Tee aufzuwischen. In diesem Augenblick spürte sie, wie seine Hand an ihrer Brust entlangstrich, und ging einen Schritt rückwärts, die Tasse noch in der Hand.

»Was ist, Edith?«

Sie starrte auf den Boden, wollte ihn auf keinen Fall anschauen.

»Stell die Tasse wieder hin.«

Nun sah sie ihn doch an und bemerkte das amüsierte Glitzern in seinen Augen. Da sie ihm auf keinen Fall wieder so nahe kommen wollte, streckte sie die Hand mit der Tasse aus.

»Nein, stell sie auf die Untertasse. Du weißt, dass du mir die Tasse nicht so geben darfst. Oder hast du das nicht gelernt?« Er lachte.

Sie zögerte immer noch.

»Edith, du musst tun, was ich dir sage, unverzüglich, sonst werfe ich dich raus. Ich verlange unbedingten Gehorsam von meinen Dienstboten.« Er ließ die Worte wirken. »In jeder Hinsicht«, fügte er dann hinzu und lächelte, als hätte er etwas vollkommen Einsichtiges und auch durchaus Höfliches geäußert.

»Ja, Sir«, murmelte sie und stellte die Tasse zurück auf die Untertasse.

»So, und jetzt sei und braves Mädchen, schließ die Tür ab und komm wieder her.« O Gott, was konnte er denn noch von ihr wollen? Sie hatte allerlei Tratsch über ihre Vorgängerin gehört. Bitte nicht, betete sie im Stillen. Bitte nicht.

»Ich ... ich glaube, ich werde in der Küche gebraucht, Sir.« Das Herz schlug ihr bis zum Hals.

»Das wird wohl noch ein wenig Zeit haben«, lächelte er.

Sie überlegte, ob sie sich widersetzen sollte.

»Nun mach schon, schließ die Tür ab.«

Sie ging zur Tür, schloss sie ab und drehte sich langsam um. Ihre Hände waren schweißnass, und sie wischte sie an ihrem Rock ab.

»Komm her.«

»Sir, ich bin ein anständiges Mädchen und ich würde ...«

»Was du würdest oder nicht, spielt hier keine Rolle. Ich bin hier der Herr im Haus, und ich sage dir, komm her. Wenn du mit dem Pferdeknecht herumschmusen kannst, wirst du doch wohl über den Herrn nicht die Nase rümpfen? Ich bezahle gut und hier wird niemand geschlagen. Geben und nehmen, sage ich immer.«

Ihre Mutter brauchte das Geld, ihre Brüder und Schwestern. Wenn sie jetzt nicht gehorchte, würde er sie sofort entlassen. O Gott!

Was würde Jack sagen? Ausgerechnet heute, wo er sie gebeten hatte, seine Frau zu werden ...

Sie schluckte und ging auf ihn zu. Er nahm ihre Hand und legte sie vorn auf seine Hose. »Du verstehst mich wohl«, sagte er. »Es ist einsam hier draußen für einen Mann mit normalen Bedürfnissen. Und jetzt brauche ich dich.«

»Bitte nicht, Sir, ich war noch nie mit einem Mann zusammen«, murmelte sie. Sie wandte den Kopf ab und spürte, wie ihr das Blut in den Kopf stieg.

»Umso besser.« Er bewegte ihre Hand auf und nieder. Sie konnte ihn nicht ansehen, es war so demütigend. »Es ist gar nichts dabei«, sagte er. »Zieh deinen Rock hoch.«

Sie zog ihre Hand zurück und ging rückwärts zur Tür. Ihr ängstlicher Blick sprach vermutlich Bände.

»Ja, ich habe schon gesehen, dass er scharf auf dich ist. Wenn ihr beide eure Arbeit behalten wollt, dann sei vorsichtig.« Er zog ihr den Rock bis über die Hüften hinauf und drückte sich gegen sie, während sie mit dem Rücken zur Tür stand.

* * *

Sie konnte nicht aufhören zu weinen. Sie musste sich waschen, schnell. Sie ertrug den Gedanken an ihn nicht. Durch die Küchentür lief sie auf den Hof und nahm einen Eimer mit zur Wasserpumpe vor dem Stall. Als sie zu pumpen begann, schlugen die Hunde an.

»Still!«, flüsterte sie ihnen zu, als sie auf sie zugelaufen kamen. Sie hatten sie erkannt, weil sie ihnen jeden Tag die Reste aus der Küche brachte, und sprangen freudig um sie herum. »Himmel noch mal, seid still, ihr Dummköpfe!«

Zu spät, sie hatten Jack schon geweckt. Sie sah die Stalllaterne, dann ging die Tür auf, und da stand er auch schon, in Hose und Hemd.

»Was ist los?«, rief er. »Ach, du bist's, Mädchen. Ich dachte schon, es wären Diebe. Was machst du denn um diese Zeit da an der Pumpe?«

»Ich brauche noch Wasser für das restliche Geschirr«, rief sie und hoffte, ihre Stimme würde sie nicht verraten. »Alles in Ordnung.«

»Ich helf dir schnell«, sagte er und kam mit der Laterne in der Hand zu ihr herüber.

»Nein, Jack, es ist wirklich alles in Ordnung. Ich habe schon genug.« Sie ließ die Pumpe los und drehte sich schnell um.

»Was ist denn los, Edith? Was fehlt dir?« Mit wenigen schnellen Schritten war er bei ihr.

»Ich hab's bloß eilig. Wir sehen uns morgen früh.« Sie ging weiter, das Gesicht abgewandt, damit er ihre verweinten Augen nicht sah.

Aber er griff nach ihrem Arm und drehte sie zu sich um. »Mädchen, was ist los?«

Sie senkte den Blick.

»Du hast ja geweint!«

Sie schüttelte den Kopf und kniff die Augen zu, um die Tränen zurückzuhalten. Er sah sie forschend an. »Deine Mutter?«

Sie schüttelte den Kopf.

»Sag's mir, was hat dich so durcheinandergebracht? Oder wer?«

Sie biss sich auf die Lippe und schüttelte wieder den Kopf.

»Ich krieg's schon raus, und wenn ich Mrs Grindle fragen muss.«

»Nein, Jack!« Sie versuchte sich seinem Griff zu entwinden. Sie wollte auf keinen Fall, dass er davon erfuhr. Er war eine treue Seele, und wie alle treuen Menschen würde er gefährlich werden, wenn er herausfand, dass ihr jemand wehgetan hatte.

»Sag's mir! Niemand darf meinem Mädchen etwas tun!«

»Pst, du weckst ja alle auf!«

»Dann sag's mir.«

Sie hob die Hände vors Gesicht. »Versprich mir, dass du nichts unternimmst. Du bringst mich nur noch mehr in Schwierigkeiten. Versprich's mir, Jack!«

»Ich verspreche es dir, ich tue nichts, was du nicht willst. Was ist passiert?«

»Der Herr …«, flüsterte sie.

»Was hat er getan?«

»Er … er … o Jack! Er hat mich gezwungen, wirklich! Glaub's mir!«

Aber er kam gar nicht auf die Idee, sie könnte nicht die Wahrheit sagen. »Er hat dich angefasst?«

Edith griff nach seinen Ärmeln. »Jack, bitte, tu nichts Unüberlegtes!«

»Was hat er gemacht? Wie ist es passiert?«

Sie zog ihn in den Schatten des Efeus an der Rückwand des Hauses und erzählte ihm alles.

»Der Hund! Ich bringe ihn um, verlass dich drauf!« Er schüttelte ihre Hand ab.

»Jack, bitte, tu's nicht!«, flüsterte sie. »Ich sorge dafür, dass es nicht wieder passiert. Aber wenn du jetzt etwas unternimmst, wirft er uns beide raus. Und wer weiß, ob das schon alles ist. Ich traue ihm nicht, ich habe Geschichten über Dienstboten gehört, die ihm die Stirn geboten haben. Er muss doch nur behaupten, wir hätten etwas gestohlen, dann landen wir beide im Gefängnis. Niemand würde uns glauben!«

»Das tut er nicht.«

»Doch, Jack. Wir sind vollkommen machtlos, er und seinesgleichen machen hier die Gesetze. Sag nichts, tu nichts, um meinetwillen. Du hast es mir versprochen.«

»Und so was nennt sich Gentleman«, murmelte Jack.

»Aber so ist es nun mal, Jack. Wir sind von ihm abhängig. Ich kann es mir nicht leisten, meine Stelle zu verlieren, solange meine Familie mich braucht. Und du kannst es dir auch nicht leisten, schließlich ist deine Schwester auf dem Weg hierher.«

»Ich finde, du solltest gehen, bevor es wieder passiert, Edith. Vielleicht sollten wir beide gehen. Wenn er es einmal gemacht hat, versucht er es wieder.«

»Aber wir haben überhaupt kein Geld! Du hast dein Erspartes deiner Schwester geschickt, damit sie die Überfahrt bezahlen kann. Und ich habe mein Geld an meine Mutter geschickt.«

»Du kannst hier nicht bleiben.«

»Aber ich muss, solange ich keine andere Möglichkeit habe.«

»Es gibt noch andere Farmen, irgendjemand hat bestimmt Arbeit für uns.«

»Nein, Jack, du weißt genauso gut wie ich, dass hier rund um Portland Bay und Port Phillip Bay nicht viele Farmen sind.«

»Die Reichen nehmen sich einfach, was sie wollen«, sagte er bitter.

»So ist es, Jack, sie nehmen sich, was sie wollen, und wir müssen gehorchen.«

»Nein, so leicht nehme ich das nicht hin. Irgendwann zahle ich ihm das heim.«

6

Adelaide, Kolonie Süd-Australien
Juni 1840

Georgina begriff schnell, warum die Siedler diesen Ort Port Misery genannt hatten. Der kleine, sumpfige Bach war eine echte Enttäuschung nach dem schönen Blick auf Adelaide, den sie gestern vom St.-Vincent-Golf gehabt hatten.

Sie hatten über die schön bewaldete blaue Hügelkette gesprochen, über den schartigen Rand von Mount Lofty, den Sandstrand von Holdfast Bay und das warme Wasser, in dem die Delfine tauchten und sprangen. Aber jetzt fuhren sie zwischen mattgrünen Mangroven hindurch, und das Schiff kämpfte sich mühsam durch den sumpfigen Kanal. Letzte Nacht hatten die hungrigen Stechmücken sie fast aufgefressen, die Herren konnten so viel rauchen, wie sie wollten.

Wenn sich doch nur endlich etwas verändern würde! Georgina hatte sich seit dem Sturm Mühe gegeben, Ärger zu vermeiden, aber das Ergebnis war fast unerträgliche Langeweile.

Zu Hause hatte es Tanztees, Besuche, Jagden und Partys gegeben. Jede Menge junger Männer hatten sich vorgestellt. Und wenn sie keine Ruhe fand, konnte sie immer noch ihren feurigen Hengst aus dem Stall holen und reiten, über Zäune springen und durch den Wald streifen. Das half immer. Nur hier auf der *Cataleena* gab es nichts, was ihre Tage aufgeheitert hätte, wenn man von ihren gelegentlichen Begegnungen mit Miles Bennett einmal absah.

Tante Mary und Onkel Hugh hatten Mitleid mit ihr und arrangierten einen Landausflug, während das Schiff im Hafen entladen und wieder beladen wurde. Das Gepäck der Reisenden wurde ebenso wie die Passagiere mit flachen Booten transportiert und dann an den Strand geworfen, wo es der steigenden Flut zum Opfer fiel, wenn es nicht weggeholt wurde. Alle möglichen Gegenstände lagen im Schlamm oder schwammen um die Boote herum.

Mit einem Wagen wurden sie nach Adelaide gebracht. Der Fahrer würde am nächsten Tag zurückkommen und sie mitsamt neuem Gepäck, Vieh und Landarbeitern wieder zum Schiff bringen.

Die Stadt selbst war ein chaotischer Ort mit provisorischen Häusern, die wie zufällig über die sumpfige Ebene verstreut lagen. Einige Häuser waren aus Lehm und hatten Dächer aus Holzschindeln oder Reet, andere waren ganz aus Holz gemacht. Richtige Gebäude gab es eigentlich gar nicht, und zwischen den Häusern waren sogar Zelte und einfache Verschläge zu sehen. Unterkunft war hier offensichtlich Mangelware.

»Sieht aus wie ein Zigeunerlager«, lachte Georgina. »Ich hoffe, in Portland Bay sind sie schon ein bisschen weiter.«

Ihre Tante nahm ihr die Bemerkung offenbar ein wenig übel. »In Portland Bay sieht es ganz anders aus. Hier stand ja vor drei Jahren noch kein einziges Haus. Du hättest es sehen sollen, als wir ankamen, da hatten wir zuerst nicht mehr als ein Zelt in den Dünen.«

»Aber ihr wohnt jetzt hoffentlich nicht in einer Lehmhütte.«

»Nein, das tun wir nicht, aber es ist auch keine Schande, mit den am Ort verfügbaren Materialien zu bauen.« Ein Schwarm leuchtend roter und grüner Sittiche flog vor ihnen über die Straße und verschwand in den Bäumen.

»Ich habe im Hafen gehört, es sollen jetzt achttausend Siedler hier sein, und sie erwarten dieses Jahr noch weitere fünftausend. Nicht schlecht nach gerade mal drei Jahren, würde ich sagen. Sie müssen die Leute halt nur unterbringen«, sagte Onkel Hugh.

»Nein, das ist eine ganze Menge, und sobald man vom Hafen wegkommt, ist der Ort ja auch ganz hübsch«, gab Georgina zu, um die beiden ein wenig zu besänftigen. »Die Bäume sehen seltsam aus, aber schön. Und die Vögel sind wirklich großartig.«

Clendenning Park lag im Südosten der Stadt, vor den lilafarbenen Hügeln, die im Nachmittagslicht leuchteten. Die Häuser standen am Ende einer langen Auffahrt mit jungen Eichen, zu beiden Seiten erstreckten sich Felder und eingezäunte Weiden mit Schafen und Kühen. Weiter hinten waren große Obstgärten mit jungen Bäumen zu sehen. Unter den Apfelbäumen weidete ein Rudel Kängurus.

Das Haus war eines der wenigen, die aus Sandstein gebaut waren. Die sanfte Farbe passte gut zu den Bäumen und Hügeln, und im Vergleich mit den anderen Häusern der Stadt war es großzügig gebaut, mit einer breiten Veranda und großen grünen Fensterläden, die die Sommersonne aussperrten.

Das Innere war genauso angenehm wie das Äußere. Die

Zimmer waren hoch und mit offenen Kaminen aus Marmor eingerichtet. Ihre Tante hatte immer schon einen guten Geschmack besessen.

Die Tapeten stammten sicher aus England, so feine Muster waren wohl kaum in der jungen Kolonie hergestellt worden. Die Grundfarben waren Hellgrün und Rosa, und um die Fenster hingen Vorhänge aus üppiger Seide und Samt. Die Holzböden waren auf Hochglanz poliert und mit schönen Teppichen belegt. Einige Möbelstücke erkannte sie wieder, ihre Tante hatte sie wohl aus Clendenning Hall in England mitgenommen. Nach der zweistündigen Fahrt vom Hafen freute sich Georgina auf ein Bad, ein Nickerchen und ein gutes Abendessen. Und tatsächlich hatte die Haushälterin, die sie mit großer Herzlichkeit begrüßte, alles für sie vorbereitet.

Das Mädchen, das Georgina zugewiesen worden war, half ihr beim Baden, Anziehen und Frisieren. Die Badewanne war tief, das Wasser heiß, und Georgina fühlte sich so sauber und frisch wie schon seit Monaten nicht mehr.

»Schön, endlich mal wieder frisches Essen zu bekommen, nicht wahr?«, bemerkte ihre Tante am Abend.

»Ja, wirklich«, seufzte Onkel Hugh. Der Schiffskoch hat sich wirklich alle Mühe gegeben, aber allmählich gingen uns ja doch die frischen Vorräte aus. Schön, dass Bennie jetzt wieder für uns kocht. Er ist eine echte Perle. Wir müssen nur aufpassen, dass der Gouverneur ihn uns nicht wegschnappt.«

Georgina trank einen Schluck von dem fruchtigen deutschen Riesling und blickte den langen Tisch hinunter auf das funkelnde Tafelsilber und die Teller mit dem Goldrand. »Und der Wein ist auch besser«, sagte sie zu ihrem Onkel.

»Ja, wenn man etwas Anständiges haben will, muss man es mitbringen, das wirst du auch noch feststellen. Wenn du dich mit Charles niedergelassen hast, wirst du merken, was du alles hättest mitbringen sollen, zum Beispiel Dienstboten. Die meisten taugen nicht viel, man findet in den Kolonien nur mit sehr viel Mühe die richtigen Leute.«

Georgina warf einen Blick auf die ungerührten Mienen der Dienstboten um sie herum. Was sie wohl über eine solche Bemerkung dachten? Vermutlich sprachen sie doch auch englisch, und taub waren sie wohl nicht. Sie zuckte innerlich zusammen; vor ihren Ausflug ins Zwischendeck mit Miles Bennett hätte sie darüber wohl niemals nachgedacht.

»Und wie ist es mit denen, die ihr mitgebracht habt? Taugen sie mehr?«

Ihr Onkel winkte mit der Serviette. »Das will ich doch hoffen!«

»Sind sie schon von Bord gegangen?«

»Keine Ahnung.« Ihr Onkel wischte sich mit einer gezierten Geste den Mund ab. »Der Aufseher kümmert sich um alles. Die Kabinenpassagiere gehen zuerst von Bord, es kann sein, dass sie noch bis morgen auf dem Schiff bleiben müssen. Wichtiger ist für uns, dass wir das Vieh sicher an Land bekommen, dann die Stallknechte und schließlich die Dienstboten fürs Haus. Aber es kümmert uns eigentlich nicht so sehr, sie haben ohnehin Glück gehabt, jemanden zu finden, der ihnen die Überfahrt bezahlt und ihnen hinterher gleich Arbeit gibt.«

»Hast du Informationen darüber, ob sie die Überfahrt alle überlebt haben?«

»Wie bitte?«

»Nun, nach allem, was ich gehört habe, waren die Verhältnisse im Zwischendeck nicht die besten. Es gab ziemlich viele Krankheiten.«

Von ihrem Besuch im Zwischendeck hatte sie ihren Verwandten nichts erzählt. Ihre Tante zuckte mit den Schultern. »Das ist der Lauf des Lebens, meine Liebe. Ich denke, der Aufseher wird uns mitteilen, wie viele von ihnen bei guter Gesundheit hier angekommen sind und gleich anfangen können zu arbeiten. Aber lass uns von etwas anderem sprechen. Wie ist dein erster Eindruck von der Kolonie?«

»Nun, ehrlich gesagt, es geht hier etwas … rauer zu, als ich erwartet hatte. Clendenning Park ist allerdings wirklich schön.« »Aber auch ein bisschen rau, oder?«, unterbrach sie ihr Onkel.

»Nein, nein, es ist zauberhaft. Es muss eines der hübschesten Häuser in der gesamten Kolonie sein«

»Aber Liebes!«, wehrte er ihr Kompliment ab. »Das ist doch gerade erst der Anfang. Wir wollen möglichst bald zwei Seitenflügel anbauen, wir brauchen einen Ballsaal, und in diesem Speisezimmer finden nur sechzehn Personen Platz, da besteht also auch großer Bedarf.«

»Und ich hätte gern eine große Laube im östlichen Teil des Gartens«, ergänzte ihre Tante.

Da es ganz danach aussah, als würde sie sich sofort in die Details der Planung stürzen, unterbrach sie Georgina. »Und wie fühlt es sich an, hierher zurückzukehren?«

»Auf eine Art sind wir natürlich ganz froh«, erwiderte ihr Onkel, der wie so oft für sich und seine Frau sprach. »Es ist ja immer schön, wenn man wieder festen Boden unter den

Füßen hat. Und hier gibt es so viel zu tun. Auf der anderen Seite werden wir England immer vermissen. Die Kultur, das Grün, das ruhigere Leben ...«

»Bereut ihr denn eure Entscheidung?«

»Nein, selbstverständlich nicht. Der Rat des Arztes war ja eindeutig. Wenn Mary weiterhin im kalten englischen Klima hätte leben müssen, dann hätte sie den Rest ihrer Tage im Bett oder im Sessel verbracht.«

»Ist dein Rheuma hier wirklich so viel besser geworden, Tante Mary?«

»O ja, zweifellos! Stell dir vor, als wir England das erste Mal verließen, konnte ich kaum noch gehen. Jetzt habe ich fast keine Beschwerden mehr, nicht einmal im Winter. Nein, wir könnten auf keinen Fall zurück nach England. Und jetzt, da dein lieber Vater von uns gegangen ist und du selbst in Australien bist, haben wir ja auch nichts mehr, was uns dorthin zieht. Ich hoffe, du wirst hier genauso glücklich wie wir.«

Georgina war sich nicht so sicher. Sie wollte den beiden nichts davon sagen, aber Australien war ihr sehr fremd. Das weite, offene Land, die wild aussehenden Aborigines, die fremdartigen Vögel, Tiere und Bäume, die einfachen Behausungen und Kleider, der endlose Dreck in den Straßen ... Sie war eben doch mehr Bequemlichkeit gewöhnt.

Während sie sich für die Nacht fertig machte, dachte sie über ihre Zukunft nach. Seit sie England verlassen hatte, war sie voller Unruhe. Das Schiff und die raue See waren ein Abenteuer gewesen, aber ihre innere Stimme sagte ihr, dass sich ihr Leben grundlegend verändern würde. Sie fühlte sich rastlos, erkannte sich selbst kaum wieder.

Das alles hatte vermutlich mehr mit Miles Bennett zu tun als mit Charles. Eigentlich hätte sie sich doch unbändig auf das Wiedersehen freuen müssen!

Sie schüttelte ihre Unruhe ab, während das Mädchen ihr die langen blonden Locken bürstete. Vielleicht musste sie einfach erst einmal richtig ankommen.

In dieser Nacht schlief sie lange und genoss das große Bett mit der frischen, gut gelüfteten Wäsche und den sauberen, lavendelduftenden Decken. Was für eine Erleichterung, ein Zimmer zu haben, in dem man sich bewegen konnte. Und frische Luft.

Während Onkel Hugh und der Aufseher sich am nächsten Tag darum kümmerten, das Vieh vom Schiff zu holen, half Georgina ihrer Tante, den Stapel mit Briefen und Einladungen durchzusehen. »Großartig!«, rief ihre Tante aus und hielt eine Karte mit Goldrand in die Höhe. »Das trifft sich ja gut, morgen Abend gibt es ein Essen im Regierungshaus.« Sie reichte Georgina die Einladung.

»Das ist sicher eine gute Gelegenheit, viele Leute kennenzulernen.«

»Ich schicke jemanden zu Mrs Gawler mit der Bitte, die Einladung auch auf dich auszudehnen. Ja, es ist die ideale Gelegenheit, dich den richtigen Leuten in Adelaide vorzustellen. Du wirst zwar auf Dauer nicht allzu viel davon haben, aber du kannst immerhin sagen, dass du hier die besten Familien kennengelernt hast, bevor du nach Portland Bay weiterfährst. Dort gibt es sicher einige Verwandte.«

»Aber was soll ich anziehen?«

»Hast du kein Abendkleid in dem Koffer, der mit hier-hergebracht wurde?«

»Doch, eins aus blauer Seide mit schmaler Taille.«

»Du hast es bei dem Essen auf Castlereagh getragen, nicht wahr? Wenn ich mich richtig erinnere, ist der Schnitt nach der neuesten Mode, mit weitem Rock und tiefem, spitzem Ausschnitt.«

»Genau«, nickte Georgina und legte die Einladung wieder auf den Tisch.

»Das ist gut. Man ist hier immer sehr darauf erpicht, die neueste Mode aus London zu sehen, und wir wollen doch niemanden enttäuschen.« Ihre Tante legte den Kopf schief.

»Nein«, lachte Georgina.

»Das neue Regierungsgebäude ist wahrscheinlich noch nicht ganz fertig, wir werden also noch in dem alten Haus zusammenkommen. Warte nur, bis du das siehst, dann wird dir Clendenning Park nicht mehr rau vorkommen. Im Grunde genommen ist es nicht mehr und nicht weniger als eine Hütte, immerhin mit mehreren Zimmern. Die Wände sind aus Holzbohlen, die mit Lehm verputzt und dann weiß gestrichen wurden. Und das Reetdach … Und … Nun, die Eingeborenen liegen in Sichtweite des Hauses nackt in der Sonne, ohne einen Faden am Leib.« Die Tante errötete und wechselte das Thema, als wäre ihr gerade erst wieder eingefallen, dass sie mit einem unverheirateten jungen Mädchen sprach.

Doch abgesehen von der originellen Bauweise des Regierungsgebäudes war das Abendessen im Grunde wie zu

Hause, stellte Georgina zu ihrer großen Freude fest. Die Gäste waren gut gekleidet und hatten gute Manieren, und das achtgängige Essen war großartig. Champagner, Weißwein und Burgunder flossen den ganzen Abend in Strömen, und es gab jeden erdenklichen Luxus – soweit man ihn in Konserven aus England importieren konnte.

Gouverneur Gawler war Mitte vierzig, etwas militärisch in seiner Art und sehr aufrecht und fromm in seinem ganzen Auftreten. Für diesen Anlass hatte er sich zeremoniell gekleidet, mit Rot und Gold, mit Schärpe, Schwertkoppel und Säbeltasche. Auf dem Kopf trug er einen Helm mit vielen weißen Federn.

Georgina interessierte sich nicht sehr für ihn; hinter dem offiziellen Auftreten konnte sie den eigentlichen Mann kaum erkennen. Seine Gattin schien eine praktisch veranlagte, vernünftige Frau zu sein, und Georgina nahm mit Wohlwollen zur Kenntnis, dass sie sie zwischen zwei gut aussehende, charmante junge Männer gesetzt hatte. Sie waren beide voller Begeisterung, sprachen ununterbrochen und erzählten von wilden Ritten und Fahrten mit teuren Vierspännern, immer auf der Suche nach Land und Siedlungsplätzen.

»Es ist eine aufregende Gegend, nicht wahr?«, fragte Georgina.

»Ja, zu schade, dass Sie nicht bleiben können«, antwortete der eine junge Mann, Mr Barratt. »In diesem Klima ist man gern draußen, und irgendwie ist es immer spannend. Man kann hier viel Spaß haben und viel Geld verdienen.«

»Und das gesellschaftliche Leben wird durch die vielen neuen Gesichter nie langweilig«, ergänzte Mr Richardson, der andere Mann. »Alle sind so gastfreundlich und wohltätig. Wir kommen bestens miteinander aus, offenbar verbindet uns doch die Entscheidung, auf diesen neuen Kontinent zu gehen, sehr stark untereinander.«

»Nun, ich denke, das wird in Portland Bay nicht anders sein«, sagte Georgina.

»Es ist ähnlich, aber nachdem sich Portland Bay näher an den älteren Siedlungen, also an Van Diemen's Land und Sydney, befindet, ist man dort weniger unternehmungslustig als hier«, sagte Mr Barratt, als wollte er sie gern dazu überreden, zu bleiben.

Georgina amüsierte sich sehr, wie immer, wenn die Männer um ihre Aufmerksamkeit wetteiferten und versuchten, sie zu beeindrucken. »Sie haben also die heldenhafte Aufgabe der Kolonisation übernommen«, sagte sie mit perlendem Lachen.

»In der Tat«, stimmten die beiden ziemlich ernst zu, ohne zu merken, dass sie sich über sie lustig machte.

»Die Kolonie vergrößert sich schnell«, erzählte Mr Richardson. »In allen Richtungen gibt es inzwischen zehn Meilen weit neue Siedlungen. Wo Wasser ist, da lassen sich auch Siedler nieder. Es gibt ein deutsches Dorf, Klemzig; von dort kommen die Butter und das frische Gemüse in unsere Stadt. Inzwischen gibt es sogar ein Dorf zwanzig Meilen von hier, an dem Fluss namens Gawler, und gestern habe ich gehört, dass nahe bei Encounter Bay, unweit der Walfangstation, ebenfalls einiges geplant ist. Sie werden auf ihrem Weg nach Portland Bay daran vorbeikommen, Miss Stapleton, es ist nur ein kleines Stück hinter dem Ende unserer Halbinsel. Danach kommt dann allerdings wirklich nichts mehr. Der Coorong gilt als eine sehr fruchtbare Gegend, aber dorthin ist noch niemand vorgedrungen. Seit der erste Forscher, Collet Barker, dort mit einem Speer getötet wurde, hat es einen schlechten Ruf wegen der schwarzen Wilden.

»Nun, Hawdon ist wohl in die Nähe gekommen, als er sein Vieh von Osten herübergebracht hat. Er hat berichtet, das Land sei sehr fruchtbar, und es gebe dort mehr Schwarze als irgendwo sonst in einer australischen Kolonie. Sobald wir genug Hilfe haben, um die Wilden zurückzuschlagen, werden wir wohl auch dort Land nehmen.«

»Bonnie Roy – oder Mrs Elliot, wie sie inzwischen heißt – war doch auch dort, oder?«, fragte Richardson.

»Ja, und sie haben es beide überlebt, sie und Captain Elliot«, schmunzelte Barratt.

»Warum lächeln sie darüber?«, fragte Georgina, die sich ausgeschlossen fühlte.

»Mrs Elliot ist unsere heldenhafte Buschfrau hier. Sie hat im Coorong bei den Wilden gelebt und einige ihrer Frauen von Kangaroo Island gerettet, wo sie angeblich von den Seehundjägern als Sklavinnen gehalten wurden. Die Schwarzen hielten sie für eine Art Sonnengöttin, wahrscheinlich wegen ihrer roten Haare. Nanggi, haben sie sie genannt und angeblich sogar angebetet.«

»Nanggi – das klingt ja nach einer verwegenen Frau.«

»Das ist sie auch, aber wir lieben sie trotzdem. Sie ist schon eine echte Type. Und singen kann sie!«

»So viel Abenteuer, und da haben Sie immer noch Zeit für Abendessen und Champagner?«, neckte Georgina die beiden. »Sie sind offenbar echte Helden.«

Auch an anderen Stellen am Tisch wurde über die Schwarzen aus dem Coorong gesprochen. Dieses Thema interessierte sie nun wirklich nicht. Sie hatte ein paar von ihnen gesehen, bemitleidenswerte Kreaturen. Aber alle anderen waren offenbar ganz erpicht auf das Thema. »Die Eingeborenen werden immer aufrührerischer, allmählich kann man gar nicht mehr ruhig schlafen«, sagte eine Frau mittleren Alters, die Ehefrau des Arztes.

»Ja, vor ein paar Monaten wurden zwei Männer mit dem Speer getötet«, erwiderte Mr Barratt und wandte sich Georgina zu. »Ein Schafhirte in der Nähe einer Farm auf den Torrens und dann noch einer am Unterlauf des Para.«

»Sie haben gesehen, welche Vorteile eine fortschrittliche Zivilisation auch ihnen bringen könnte, und jetzt wollen die Faulpelze das alles für sich«, ergänzte ein kräftiger Mann, ein hoher Beamter, der Georgina vor dem Essen vorgestellt worden war.

»Ja«, sagte seine Frau. »Vor ein paar Tagen ist die arme alte Mrs Jackson von einem dieser Kerle im Norden von Adelaide angegriffen worden. Er wollte weißes Geld, hat er gesagt.«

»Ja, und dann diese grauenhaften lauten Zeremonien, und immer laufen sie nackt herum! Man muss wirklich etwas tun, um sie endlich unter Kontrolle zu bekommen.«

»Wir müssen für sie tun, was wir können«, erwiderte der Gouverneur und senkte den Blick auf den Tisch. »Sie haben keine Religion, keine Bildung, überhaupt keine Zivilisation. Und sie scheinen immer kurz vor dem Verhungern zu sein.« Es gab ein höflich zustimmendes Gemurmel am Tisch, aber Georgina spürte genau, dass die meisten ihm nicht wirklich zustimmten. »Ich möchte Sie alle bitten, die Erklärungen meines Vorgängers einzuhalten und dafür zu sorgen, dass auch Ihre Schafhirten und Farmer dies tun. Keine Übergriffe gegen die Eingeborenen, unter keinen Umständen.« Der Gouverneur sprach mit sehr ernster Stimme.«

»Aber sie sind lüsterne, wilde Ungeheuer, und ich werde es mir nicht nehmen lassen, meine Frau und meine Familie zu schützen«, rief einer der Siedler.

»Sie wissen, dass diese Menschen Untertanen des britischen Empires sind und vom Gesetz geschützt werden«, sagte Gouverneur Gawler mit Nachdruck. »Genau wie wir. Die Mörder dieser beiden Schafhirten werden vor Gericht gestellt werden.«

»So ist es«, stimmten ihm die Besonneneren unter den Kolonisten zu.

»Auf die Königin und das britische Gesetz«, brachte jemand einen Toast aus.

»Auf die Königin und das britische Gesetz«, wiederholten alle mit erhobenen Gläsern.

Nach dem Essen gab es Musik – beliebte Nummern von Rossini und Donizetti – und Tanz. Sobald der Gouverneur außer Hörweite war, erzählte Mr Barratt von der letzten Gelegenheit, bei der Gawler Mitgefühl mit den Eingeborenen gezeigt hatte. »Eine seiner ersten Taten nach seiner Ankunft war, dass er eine Rede vor einer Versammlung von Siedlern und Eingeborenen hielt. Er hat einige Worte speziell an die Schwarzen gerichtet und ihnen gesagt, er komme von der großen Königin und sie ließe ausrichten, sie liebe ihre schwarzen Untertanen, und sie müssten sie ebenfalls lieben und respektieren. Der Übersetzer hatte natürlich alle Mühe, mit seinem Redeschwall mitzuhalten, deshalb bin ich mir nicht sicher, wie viel unsere schwarzen Mitbrüder davon verstanden haben«, berichtete er, während er mit Georgina einen Walzer tanzte. »Die Schwarzen kannten ihn schon, weil seine Kinder einen Kakadu haben. Sie glauben jetzt, der Kadaku sei sein Totemtier. Und man könnte ja auch drauf kommen, wenn er da mit seinem Federhelm steht. Na, auf jeden Fall hat er bei dieser Gelegenheit Lebensmittel an die Schwarzen verteilt, und einer von ihnen hat von einem Baum herunter gerufen: »Lecker lecker, feiner Kakadu Gouverneur!«

Georgina lachte. »Das ist also der Lohn für sein Mitgefühl.«

»Mehr kann er nicht erwarten«, nickte ihr Tanzpartner.

Auf dem Weg nach Hause in der Kutsche bat Tante Mary Georgina, noch einmal über ihre bevorstehende Abreise nach Portland Bay nachzudenken. »Ich glaube ja, es wäre besser, wenn wir Charles einen Brief schreiben und ihm mitteilen, dass du hier bist. Ich bin sicher, er wäre sehr glücklich, dich hier abzuholen. Mir gefällt die Vorstellung gar nicht, dass du allein reisen willst.«

»Ich komme schon zurecht, Tante Mary.«

»Da bin ich mir nicht so sicher. Wenn ich mir noch eine Seereise zutrauen würde, dann würde ich dich selbst hinbringen, aber ich muss mich erst einmal von der letzten erholen.«

»Und ich muss mich um alles hier kümmern«, fügte ihr Onkel hinzu. »Der Aufseher war der beste, den wir hier kriegen konnten, aber ich bin nicht restlos zufrieden, muss ich sagen, da ist schon noch einiges zu tun.«

»Macht euch keine Sorgen«, sagte Georgina. »Ihr habt mich so weit begleitet, wie es ging. Ein paar Wochen noch, dann bin ich bei Charles. Richard und Gemma leisten mir Gesellschaft, und damit ist auch der Schicklichkeit Genüge getan.«

»Ja, sie sind wirklich sehr vornehme junge Menschen. Gemma ist eine echte Lady.«

Georgina biss sich auf die Zunge. Gemma machte sie wahnsinnig, und sie würde ihr so gut wie möglich aus dem Weg gehen. Aber das musste sie ihrer Tante ja nicht auf die Nase binden.

Das Mondlicht fiel aufs Gesicht ihrer Tante. »Was ist, Tante Mary? Worüber machst du dir noch Sorgen?«

»Man macht sich doch immer Sorgen, wenn jemand eine Seereise unternimmt, Liebes.«

»Ach, jetzt haben wir doch den größten Teil der Strecke hinter uns, und im Grunde ist uns nichts passiert. Das Schiff ist nicht gesunken, wir sind nicht an der Pest gestorben und auch nicht von blutrünstigen Piraten entführt worden. Liebste Tante, ich fahre doch nur noch nach Portland Bay!«

»Aber das heißt nicht, dass du außer Gefahr bist. Die Südküste ist tückisch, da ist schon so manches gute Schiff untergegangen.«

»Ach, Tante.«

»Ja, sogar in der Portland Bay selbst hat es schon einige Schiffbrüche gegeben«, insistierte ihre Tante. »An Cape Nelson ist die *Isabella* gesunken, und es war ein großer Glücksfall, dass alle an Bord überlebt haben.

»Einen umsichtigeren Kapitän als Alistair McGlashan gibt es nicht«, sagte Onkel Hugh. »Du musst dir wirklich keine Sorgen machen.«

»Den Stürmen an dieser Küste ist niemand gewachsen. Sag es ihr, Hugh, auf mich hört sie ja nicht.«

Hugh nickte. »Und es ist nicht nur die gefährliche Küste. Der Coorong sieht aus wie ein paar Hundert Meilen weicher, sicherer Sandstrand, aber es ist eine Leeküste. Die Walfänger sagen, wenn man dorthin getrieben wird, dann schafft man es nicht wieder zurück aufs offene Meer. Und wenn man in Schwierigkeiten gerät, gibt es an der ganzen südöstlichen Küste keinen einzigen sicheren Hafen oder auch nur eine Siedlung.«

»Hör auf«, schauderte Tante Mary.

»Ich danke euch für eure Sorgen«, sagte Georgina. »Aber ich muss fahren, wie auch immer. Außer, ihr wollt, dass ich einen neuen Landweg erkunde.«

»Aber da holen dich die Schwarzen!«, rief ihre Tante.

Onkel Hugh lachte. »Sie hat aber doch recht, Mary. Es hilft doch nichts, sich mit Gefahren zu beschäftigen, die wahrscheinlich nie eintreten, und ihr auch noch Angst zu machen. Nach menschlichem Ermessen kann auf dieser Fahrt überhaupt nichts passieren.«

* * *

Sobald sie am nächsten Tag die schützende Bucht verlassen hatten, wurde das Wetter schlecht. »Sie kennen das ja inzwischen: Warm anziehen, Bullaugen schließen, Gepäck verstauen, alles festzurren, Miss Stapleton«, sagte der Erste

Maat zu ihr. »So wie es aussieht, bekommen wir wieder kräftigen Wellengang.«

»Ein schwerer Sturm?«

»Zumindest starker Wind, nach den Wolken zu urteilen.«

»Darf ich an Deck bleiben?«

Er sah sie nachdenklich an. »Gut, dass Sie diesmal wenigstens fragen. Ich bewundere Ihren Mut, auch wenn Sie irgendwie immer im Weg stehen. Seien Sie einfach vernünftig, und wenn der Befehl kommt, dann gehen Sie hinunter.«

Georgina fand es an Deck wesentlich angenehmer als bei den Kabinenpassagieren, denen es bereits jetzt ziemlich schlecht ging. Seekrankheit hatte einfach einen durchdringenden Geruch, selbst wenn die Betroffenen sich hinter verschlossenen Türen befanden. Sie zog sich mehrere Schichten Kleidung an, hüllte sich in ihren wollenen Umhang, zog die Pelzhandschuhe und eine feste Haube an und ging hinauf, um frische Luft zu schnappen.

Der Wind hatte schon mächtig aufgefrischt, die Wellen wurden von Minute zu Minute höher, und die grauen Wolken wurden im Südwesten ganz schwarz. Georgina fand eine windgeschützte Stelle, an der sie nicht im Weg stand, und hockte sich hin, um den Sturm zu beobachten. Die Matrosen liefen umher, refften die Segel, zogen die Rettungsleinen und sorgten dafür, dass alle losen Gegenstände verstaut wurden. Es sah nach einer schlimmen Nacht aus.

Die schwarzen Wolken hatten sie inzwischen ganz eingeschlossen; dann brach der Sturm los. Der Donner grollte und krachte, Blitze zuckten über den Himmel. Regen setzte ein und traf das Schiff mit aller Macht. Bald kamen auch noch große, scharfkantige Hagelbrocken dazu. Der Wind verwandelte sich in einen kreischenden, heulenden Dämon, der das Schiff mit beängstigender Geschwindigkeit vor sich hertrieb.

Georgina beschloss, nach unten zu gehen. Sie wollte den Seeleuten nicht im Weg sein, und so tastete sie zur Luke, eine Hand an der Rettungsleine, die andere vor dem Gesicht, um sich vor dem Hagel zu schützen. Irgendjemand hielt sie am Arm, um ihr zu helfen. Regen und Hagel machten es fast unmöglich, zu sehen, wer es war, aber sie brauchte auch nichts zu sehen. Sie wusste, dass er es war.

Als sie ein Stück den Niedergang hinunter war, blickte sie auf. Miles. »Ich gehe, bevor ich mich in Schwierigkeiten bringe«, lachte sie.

»Immerhin sind Sie lernfähig!«, rief er über das Sturmesbrausen hinweg.

»Genau, aber diesmal ist es auch viel kälter. Ich ziehe mir jetzt die nassen Sachen aus, bevor ich mir den Tod hole.«

Miles zog ein ernstes Gesicht, drehte sich kurz um und sah sie dann wieder an. Das Wasser lief ihm übers Gesicht und tropfte von seinem Kinn.

»Bleiben Sie warm angezogen.«

»Ist es so gefährlich?«

»Noch nicht, aber ein schlechterer Küstenabschnitt für einen Südweststurm ist kaum zu finden.«

»Kein sicherer Hafen, Leeküste«, rief sie zurück.

»Genau.« Er nickte anerkennend. »Wenn etwas passiert, brauchen Sie unbedingt warme Kleidung.«

»Kann ich irgendwas tun?«, rief sie.

»Wenn wirklich etwas passiert, sorgen Sie dafür, dass die Leute ruhig bleiben und sich ebenfalls warm anziehen.«

»Aye, aye, Sir!« Sie salutierte.

Miles schenkte ihr ein schiefes Grinsen und verschwand. Die Luke über ihr fiel krachend zu.

Inzwischen war der Sturm wirklich fürchterlich, und man hörte es auch den Befehlen der Offiziere oben an, wie angespannt die Lage war.

Eine Leeküste, hatte ihr Onkel gesagt. Wenn man auf diese Küste getrieben wurde, kam man nicht wieder weg. Kein sicherer Hafen, keine Siedlung. Nur wilde Schwarze.

Ein paar Augenblicke brauchte sie, um sich auf eine mögliche schnelle Flucht vorzubereiten. Sie war nicht in Panik, aber es wäre dumm von ihr, jetzt unvorbereitet ins Bett zu gehen. Sie zog so viel aus, dass sie bequem schlafen konnte, zog sich etwas Trockenes an und hüllte sich in einen trockenen Umhang. Ihren schweren Mantel zog sie als letztes an, ließ aber die Kapuze nach hinten hängen. Sie zog sich die festen Halbstiefel aus Ziegenleder an, packte ein paar weitere Kleidungsstücke in eine kleine Tasche, dazu das Bild von ihrem Vater, ihr Geld und ihren Schmuck. Und dann legte sie sich auf die Bettdecke und lauschte.

Der Sturm wurde eher noch stärker. Der Wind kreischte und heulte in der Takelage, die Wellen krachten gegen das Schiff. Sie hielt sich am Bett fest, um nicht hinauszufallen. An Schlaf war nicht zu denken. Vielleicht sollte sie doch lieber wieder an Deck gehen. Aber sie wurde sofort umgeworfen, als sie aufstand. Sie kroch zurück zum Bett, aber dort konnte sie sich nicht entspannen, es fühlte sich einfach zu unsicher an. Sie zog die Decken mit hinunter und legte sich damit auf den Boden. Hier konnte sie wenigstens nicht noch tiefer fallen.

Fast hätte sie sich gewünscht, nicht allein in der Kabine zu sein, dann hätte sie wenigstens jemanden gehabt, mit dem sie reden und auch mal einen Witz machen konnte, um die Spannung zu lösen. Ein wenig Ablenkung wäre jetzt gut. Aber es ging Stunde um Stunde weiter. Georgina klemmte sich zwischen Kommode und Bett, um das ständige Hin- und Herrollen auf dem Boden zu verhindern. Durch das verschlossene Bullauge drang Wasser. Die Wellen spülten wohl übers Deck und die Niedergänge hinunter, denn unter ihrer Tür drang ebenfalls Wasser ein und durchnässte ihre Decken.

Manchmal döste sie kurz ein, aber immer nur für ein paar Minuten, denn dann entspannte sie ihre Arme, und wenn sie sich nicht mehr festhielt, krachte sie wieder gegen das Bett oder die Wand. Es war, als würde der Sturm niemals aufhören und als würde er immer schlimmer. Georgina konnte ihre Uhr nicht sehen, aber sie wusste, es war spät in der Nacht.

Mit einem plötzlichen Schlag, begleitet von einem grauenhaften Krachen, wurde sie durch die ganze Kabine geschleudert. Ein scheußliches Knirschen ließ darauf schließen, dass sich das Schiff immer noch bewegte, möglicherweise an einem Riff entlang. Dann neigte es sich zur Seite, bis es in einem 45-Grad-Winkel stand.

Schreie erfüllten die Luft.

Auf Deck!, war ihr erster Gedanke. Sie tastete in der Dunkelheit nach ihrer Tasche, denn im Sturm wurden alle Lampen gelöscht. Dann kroch sie auf Händen und Knien zur Tür. Aus allen Winkeln war Geschrei und Verwirrung zu hören. Der Flur vor ihrer Kabine stand unter Wasser.

Sie erinnerte sich an Miles Anordnungen.

»Zieht euch warm an, geht an Deck!«, rief sie in die Finsternis. »Zieht euch warm an!« Dann stolperte sie durch den Kabinenflur zum Niedergang.

An Deck herrschte unbeschreibliches Chaos. Die Menschen heulten vor sich hin, große Wellen spülten übers Schiff und zogen die strampelnden Menschen mit sich. Ihre Köpfe verschwanden über Bord in dem riesigen Strudel, und bald hörte man auch ihre Schreie nicht mehr.

Georgina hielt sich am oberen Ende des Geländers fest und blickte auf die Wellen. Hinunter konnte sie nicht mehr, so verführerisch der Gedanke auch war: Ihre Kabinenseite lief bereits voll Wasser. Aber auf Deck herrschte ebenfalls tödliche Gefahr. Sie warf einen Blick auf ihre Tasche. Nein, sie konnte sich damit nicht belasten. Sie ließ sie los, bewegte sich vorsichtig weiter, wartete auf den Rückzug der nächsten Welle, bevor sie zur Reling auf der oberen Seite des geneigten Schiffs lief.

Dort hielt sie sich fest, nass, schon wieder durchgefroren und zu Tode erschrocken. Ständig wurden Menschen über Bord gespült, und sie konnte nichts für sie tun. Sie konnte sich nur festhalten. Sie dachte daran, zu beten, aber sie hatte seit Jahren nicht mehr gebetet, und sie glaubte nicht, dass Gott ihr ausgerechnet jetzt zuhören würde.

Jemand bewegte sich auf sie zu. Sie streckte eine Hand aus und zog.

Wenigstens etwas, was sie tun konnte.

»Rettungsboote losmachen!«, befahl der Kapitän mit donnernder Stimme.

Die Mannschaft, angeführt vom Ersten Maat, kämpfte auf dem Hauptdeck, manchmal bis zum Hals im Wasser, darum, die Boote freizubekommen.

»Frauen und Kinder zuerst!«, rief Miles und hielt einige Männer zurück, darunter Geoffrey Bressington. Er sah sie an. »Georgina! Kommen Sie, das ist Ihre einzige Hoffnung!« Jedenfalls glaubte sie das zu hören, denn der Wind riss ihm die Worte von den Lippen. Sie wusste, sie sollte jetzt zu den Rettungsbooten kriechen, aber sie fürchtete sich, die Reling loszulassen, sie fürchtete sich vor dem Wasser, das übers Deck strudelte.

Sie schüttelte den Kopf. Nein, sie würde nicht loslassen. Noch nicht.

Sie beobachtete, wie sich die Boote mit Frauen und Kindern füllten. Wer zuerst kam, hatte einen Platz, auch wenn Rose Ewell behauptet hatte, die Kabinenpassagiere würden bevorzugt werden.

Mit irrsinniger Kraft rauschten die Wellen übers Schiff und rissen Holzteile los. Der Hauptmast kam mit einem Krachen herunter, zerschlug eins der Rettungsboote und hielt einige schreiende Menschen fest. Und die Wellen schlugen weiter auf das Schiff ein, bis fast nichts mehr davon übrig war. Georgina konnte hören, wie es zerbrach. Wieder eine große Welle, die das Hauptdeck und den Mittelteil des Schiffs mitnahm. Fünfzig Passagiere, die sich dort festgehalten hatten, verschwanden im Meer. Das zweite Rettungsboot kenterte, sodass alle, die darin saßen, ins Wasser stürzten. Das dritte Rettungsboot wurde leer davongerissen. Und mehr Rettungsboote gab es nicht.

Wo war Miles? Sie spähte überall nach ihm, aber sie konnte ihn nicht sehen. Vor einigen Augenblicken hatte er noch Frauen und Kindern ins Rettungsboot geholfen. Jetzt war er nirgendwo mehr zu entdecken.

Die Schreie der Menschen erhoben sich über dem Heulen des Windes. Das andere Ende des Schiffs konnte Georgina nicht sehen, sie hatte keine Ahnung, ob es überhaupt noch da war. Sie hielt sich einfach so gut wie möglich fest und konzentrierte sich auf die Wellen. Es kam ihr vor, als hinge sie schon seit Stunden an der Reling. Ihr ganzer Körper war kalt und steif, Wind und Wasser zerrten an ihren nassen Kleidern, als wollten sie sie zum Aufgeben überreden.

Es war so kalt! Hatte sie das jetzt laut gerufen? Wie konnte man so durchgefroren sein und trotzdem noch Leben in sich haben? Sie zitterte unkontrollierbar, ihre Arme taten weh, in ihren Händen hatte sie schon längst kein Gefühl mehr. Sie waren taub und gefühllos, ohne jede Kontrolle. Lieber Gott, es war so kalt!

Sie schüttelte sich. Wenn sie weiterhin nur an die Kälte dachte, würde sie natürlich erfrieren. Aber sie musste ihre Willenskraft zusammennehmen, sie musste an etwas Warmes denken. Sie konzentrierte sich auf den letzten Funken Wärme, der noch tief in ihr existierte. Sie stellte sich vor, sie sei ein Ofen und tief in ihr seien ein paar letzte Kohlenstücke, die noch glühten. Sie stellte sich vor, wie die Wärme tief aus ihrem Inneren ausstrahlte und sich Stück für Stück ausdehnte. Irgendwann, so sagte sie sich, würde die Wärme sogar in ihren Fingern und Zehen ankommen. Sie konnte sie schon fühlen, wie sie die Arme und Beine entlangkroch. Finger und Zehen wurden immer wärmer, die Kälte zog sich zurück, ganz allmählich, Stückchen für Stückchen wurde ihr wärmer. Es war so kalt! Nein! Es wurde wärmer, immer noch ein bisschen wärmer.

Sie konzentrierte sich auf nichts anderes mehr. Ganz leicht bewegte sie Finger und Zehen, um der Wärme weiterzuhelfen. Immer noch ein bisschen wärmer.

Dann konzentrierte sie sich wieder auf ihre Körpermitte. Sie stellte sich ihr Herz als Sonne vor, heiß und glühend, wie es mit jedem Schlag und jedem Atemzug neue Wärme ausstrahlte. Und sie überzeugte sich, dass sie es spüren konnte, wie es in ihrem Körper immer wärmer wurde …

Ein Stöhnen in ihrer Nähe holte ihre Aufmerksamkeit zurück auf das sinkende Schiff.

Andere Menschen waren in ihrer Nähe, hatten sich wie sie in die relative Sicherheit der oberen Reling gerettet. Jetzt hingen sie dort, einige schluchzten, einige beteten, andere riefen Gott um Gnade an. Georgina hielt sich damit nicht auf. Sie hatte sich jetzt unter Kontrolle, und sie würde sich auf die Wärme und aufs Überleben konzentrieren. Sie dachte darüber nach, was sie tun würde, wenn sie über Bord gespült wurde. Sie würde sich nicht der Dunkelheit ergeben. Sie würde sich auch nicht dem kalten, nassen Tod ergeben, sondern sie würde mit den Beinen strampeln, um den Kopf über Wasser zu halten, beschloss sie, und darauf hoffen, dass sie irgendwo ein Wrackteil zu fassen bekam.

Die Nacht war lang, und jede Minute in der Kälte glich einer Ewigkeit in der Hölle. Die Menschen beteten, dass der Morgen grauen möge. Und allmählich wurde es heller. Doch als das schwache graue Licht von Osten über den Himmel kroch, konnten sie sehen, dass es keine Hoffnung auf Rettung gab.

7

Keine Hoffnung, kein rettendes Schiff, kein Rettungsfloß, das auf sie zugerudert kam. Nichts. Nur endloser grauer Nebel.

Die *Cataleena* war in drei Teile zerbrochen, der mittlere Teil war verschwunden. Das Hüttendeck, an dem sich Georgina festklammerte, hing auf einer Sandbank fest. Der Bug war ebenfalls gestrandet, ein Stück von ihnen entfernt, gerade noch sichtbar durch den dichten Nebel.

Das Wrack stand schräg in die Höhe, sodass die Backbord-Kabinen drei Meter unter Wasser lagen, während die Kabinen auf der Steuerbordseite drei Meter über das Wasser hinausragten. Der Wind hatte etwas nachgelassen, aber nach wie vor schlugen schwere Brecher auf das, was von dem Schiff übrig geblieben war.

Die Überlebenden in ihrer Nähe waren durchnässt, durchgefroren und vollkommen hilflos. Sie sahen sich schweigend an. Georgina sah, dass Gemma und ihr Bruder noch da waren. Der Kabinenjunge Jimmy Cole ebenfalls; seine Sommersprossen leuchteten in seinem kalkweißen Gesicht, und seine abstehenden Ohren waren blau gefroren. Geoffrey Bressingtons dunkles Haar fiel ihm bis über die Brauen. Er war ein Stück höher geklettert und versuchte trotz allem gut auszusehen. Der Kapitän betrachtete seine verletzte rechte Hand. Etwa ein Dutzend weitere Passagiere war noch da, die meisten kannte sie nicht, darunter ein Baby und ein etwas größeres Kind. Rose Ewell hatte offenbar das Rettungsboot nicht mehr erreicht – was ihr das Leben gerettet hatte.

Und Miles war da. Georgina seufzte erleichtert auf. Offenbar war er doch nicht mit den Rettungsbooten weggespült worden. Jetzt schaute er nach allen Passagieren und Mannschaftsmitgliedern. »So weit in Ordnung?«, stöhnte er, als er bei ihr vorbeikam. Sie nickte, und er schleppte sich weiter.

Natürlich war sie nicht in Ordnung. Sie war vollkommen verängstigt, halb erfroren, verletzt und durchnässt. Aber sie war am Leben, und das war schon viel.

»He!«, rief einer der Passagiere und zeigte ins Wasser. Ein Seemann hielt sich an einem Wrackteil fest und paddelte mit den Händen. Er trieb mit den Wellen in Richtung Ufer, schien auch ganz gut voranzukommen, aber dann erfasste ihn eine Strömung und zog ihn zurück, so nah an ihnen vorbei, dass sie ihm in die Augen sehen konnten, hinaus aufs offene Meer. Sie sahen in schweigendem Schrecken zu.

»Werft ihm eine Leine zu!«, rief Miles und sprang auf. Aber es war schon zu spät, und sie konnten nur noch zusehen, wie er ihren Blicken entschwand. Einer nach dem anderen, wandten sie sich ab.

»Schaut doch!«, rief Georgina. Der Nebel hatte sich ein wenig gelichtet und gab den Blick auf eine Hügelkette frei.

»Die Küste!« Sie hatte noch nie etwas so Schönes gesehen, jedenfalls kam es ihr in diesem Moment so vor.

»Tatsächlich!«, rief Miles.

Die Küste war etwa einen Kilometer entfernt, und fast hätten sie gejubelt, aber dann sahen sie wieder die Wellen, die zwischen ihnen und dem rettenden Ufer tobten. Es würde nicht leicht werden, an Land zu kommen. Mit zunehmender Verzweiflung sah Georgina zu, wie der Nebel sich immer mehr zurückzog. Nichts war dort zu erkennen, kein Licht, kein Gebäude, nicht das geringste Zeichen menschlichen Lebens.

Miles und der Kapitän sprachen kurz miteinander, dann bat der Kapitän um die Aufmerksamkeit aller Überlebenden.

»Bitte hören Sie mir zu. Ich will ehrlich sein, es gibt nur wenig Hoffnung, dass uns ein anderes Schiff rettet oder dass wir an Land kommen können. Hier herrscht nur wenig Schiffsverkehr, und die wenigen, die vielleicht unterwegs sind, haben sicher Schutz vor dem Sturm gesucht. Wer doch noch bei diesem Wetter fährt, hat versucht, so weit wie möglich hinaus aufs offene Meer zu kommen.«

Sie sahen sich mit leeren Blicken an.

»Ich bin der Kapitän, und ich übernehme die volle Verantwortung für das, was geschehen ist.«

»Sie haben alles Menschenmögliche getan. Das Wetter und die Küste …«, unterbrach Miles ihn, aber der Kapitän hob die Hand und sprach weiter.

»Ich übernehme die Verantwortung für das Unglück, so unvermeidlich es vielleicht auch war.« Er schüttelte langsam den Kopf. »Wir vermuten, dass das Schiff auf eine Sandbank aufgelaufen ist. Es gibt hier viele Untiefen, vor allem rund um die Mündung des Flusses Murray, und ich vermute, dass wir uns dort befinden, obwohl es bei diesem Nebel schwer festzustellen ist. Wir sind offenbar nach Nordosten abgedriftet, was wir aber mit unseren normalen nautischen Mitteln nicht mehr erkennen konnten. Warum das Schiff in mehrere Teile zerbrochen ist, wissen wir nicht. Die einzige Erklärung dafür liegt in der Bauart, aber diese Frage ist jetzt unerheblich. Wenn wir diesen Schiffbruch überleben, dann nur auf eigene Faust. Wir müssen auf jeden Fall zusammenbleiben, und ich bitte Sie, meinen Anordnungen ohne Ausnahme Folge zu leisten.«

Die Überlebenden nickten.

»Gibt es denn in dieser Gegend keine einzige Ansiedlung? Niemand, der das Schiff sehen und eine Rettungsmannschaft losschicken könnte?«, fragte Geoffrey Bressington.

»Die einzige Ansiedlung an der gesamten Südostküste ist die Walfangstation in Encounter Bay. An ihr sind wir vermutlich gestern am frühen Abend vorbeigefahren. Und was die Walfangboote angeht, so glaube ich nicht, dass sie bei diesem Wetter hinausfahren, obwohl eigentlich Walfangzeit ist.«

Miles fuhr fort. »Es gibt einiges zu tun für Sie alle.« Einige schauten ihn benommen und fragend an, andere waren eifrig bemüht zu helfen. Miles nahm Blickkontakt mit Georgina auf. »Zunächst müssen wir aus den Kabinen retten, was wir können. Alle Decken, Kleidung, Nahrungsmittel und Trinkwasser.« Georgina, Richard und einige andere nickten. »Ich möchte diejenigen unter Ihnen, die in einer Steuerbordkabine gereist sind, bitten, Ihre Besitztümer mit den anderen zu teilen.« In diesem Augenblick bewegte sich das Wrack, und alle Überlebenden schraken zusammen. »Sie sehen es selbst, auch diese Kabinen werden unter Umständen nicht mehr lange über Wasser liegen. Wenn es Personen unter uns gibt, die tauchen können, dann möchte ich Sie bitten, aus den unteren Kabinen zu retten, was zu retten ist.«

»Aye, aye, Sir!«, erwiderten einige Matrosen.

»Außerdem müssen wir alle Leinen und alle Holzbalken zusammentragen und sichern, um daraus ein Floß zu bauen.« Er sah die Frauen, die Kinder und die Verletzten an. »Und diejenigen, die nicht in der Lage sind, etwas zu tun, halten bitte Ausschau. Wir müssen verhindern, dass noch mehr Menschen hinaus aufs offene Meer getrieben werden. Wenn Sie jemanden im Wasser sehen, schlagen Sie Alarm, es ist durchaus denkbar, dass Überlebende an uns vorbeitreiben. Wir werden einige Haken und Leinen bereitlegen, um Menschen und Holzbalken aus dem Wasser zu fischen. Und schließlich brauchen wir ein paar Männer, die anfangen, das Floß zu bauen.«

Georgina stand auf, kalt und steif wie sie war, und sah sich um. Sie wollte gern helfen und zunächst dafür sorgen, dass die Vorräte aus den oberen Kabinen an Deck gebracht wurden, aber sie fürchtete sich, allein hinunterzugehen. Geoffrey und Richard würden für die schwereren Arbeiten gebraucht; Gemma lag zitternd und hilflos im Nachthemd da und würde keine Hilfe sein. Die beiden Frauen mit den Kindern hatten alle Hände voll zu tun.

Rose. Die unmögliche, gewöhnliche Rose mit den gefärbten Haaren.

Rose erwiderte ihren schweigenden, prüfenden Blick.

»Rose, würden Sie mit mir in die Kabinen gehen, um zu retten, was zu retten ist?« Ihre Stimme zitterte vor Kälte.

Rose sah sie immer noch an, dann antwortete sie mit einem schiefen Lächeln: »Wir müssen das zusammen durchstehen. Ein solches Unglück kennt keine Klassen-unterschiede.« Und dann lachte sie, ein wenig heiser zwar, aber ihr Blick sagte Georgina, dass ihr Verhältnis dabei war, sich zu ändern. Georgina nickte anerkennend, lächelte und reichte Rose eine Hand, um ihr aufzuhelfen. Ihre Blicke trafen sich. Sie waren mutig, beherzt und stark. Sie wussten instinktiv, dass sie beide eine echte Chance hatten, diesen Schiffbruch zu überleben. Das Wissen, dass sie sich aufeinander verlassen konnten, überbrückte die Klassenschranken zwischen ihnen. Es dauerte nur Sekunden, dann war zwischen ihnen ein festes Band geknüpft. Rose nickte ebenfalls.

Vorsichtig gingen sie den Niedergang hinunter, der in einem seltsamen Winkel wegstand. Da die Kabinenpassagiere keinen eigenen Proviant bei sich gehabt hatten, waren hier nur wenige Lebenmittel zu finden, nur zwei Gläser mit Früchten in Branntwein, ein paar Flaschen Portwein, eine Tüte Salzmandeln und ein großes Stück Käse. Aber sie fanden einige Decken und trockene Kleidung.

Die Decken und Kleider wurden an die Frauen mit den Kindern und an Gemma und Richard weitergegeben, die nur ihr Nachtzeug anhatten. Die Lebensmittel bekam der Kapitän zur weiteren Verteilung. Er gab sie an die beiden Frauen zurück.

»Könnten Sie bitte dafür sorgen, dass jeder etwas bekommt?«

Einer der Seeleute gab ihnen ein Messer, ein anderer brachte eine Tasse, die von einer Person zur anderen weitergegeben wurde. Der Kapitän und Miles nahmen kein Essen an, Miles gab seine Ration an die Frau mit dem Baby weiter. Ihre Stimmung hob sich etwas, als sie gegessen hatten, und alle bewegten sich wieder mehr.

Im Zwischendeck hatten die Seeleute noch mehr gefunden: etwas Fleisch, Schinken, Weintrauben und Käse. Der Kapitän verbot ihnen jedoch zunächst, den Schinken zu essen, weil das Salz zu viel Durst machte. Alle anderen Lebensmittel wurden den Frauen übergeben.

Die Seeleute arbeiteten den größten Teil des Vormittags an dem Floß, weil sie die einzigen Werkzeuge besaßen, abgesehen von der Schöpfkelle des Kochs. Aber irgendwann war das grob gezimmerte Floß doch fertig.

»Wir brauchen zwei Freiwillige«, sagte der Kapitän. »Und ich sage gleich dazu, das Paddeln ist gefährlich und anstrengend, ganz zu schweigen von dem langen Fußmarsch, um Hilfe zu holen, wenn die Küste erst einmal erreicht ist.«

Georgina sah sich um; auch Rose beobachtete die Gruppe eingehend.

Geoffrey Bressington betrachtete seine Fußspitzen. Aber Richard Cambray fing Georginas Blick auf und sah sie mit einem seltsamen Feuer an. Sie konnte die Gedanken hinter seiner Stirn förmlich sehen. Er hatte mit seiner Tapferkeit und seinem Heldenmut geprahlt, um sie zu beeindrucken, und jetzt sprang er auf. Eine Welle des Entsetzens lief ihr den Rücken hinunter. Hätte sie ihn doch nur nicht angesehen!

»Ich bin bereit!«, sagte er.

»Aber Richard, Sie müssen sich um Ihre Schwester kümmern.«

Seine Schwester war der gleichen Meinung. Sie umklammerte seine Beine: »Nein, tu's nicht, Richard!«

»Aber ich muss! Ich kann immerhin schwimmen.«

»Du darfst mich nicht verlassen«, flehte Gemma.

Richard sah auf seine Schwester hinunter und dann zu Georgina, die schnell den Blick senkte. Doch er sprach schon weiter auf seine Schwester ein. »Es ist unsere einzige Chance, jemand muss es versuchen, sonst besteht keine Hoffnung auf Rettung. Irgendetwas müssen wir tun, wenn wir nicht verhungern, verdursten oder erfrieren wollen. Miss Stapleton wird sich um dich kümmern. Nicht wahr, Miss Stapleton?«

»Aber … aber sicher. Trotzdem, Richard, wollen Sie es sich nicht doch noch einmal überlegen?«

»Nein. Ich habe schon einmal jemanden vor dem Ertrinken gerettet, davon habe ich Ihnen doch erzählt, Georgina. Ich bin ein erfahrener Schwimmer, meine Chancen sind recht gut.« Er richtete sich auf.

Georgina wusste, er tat es um ihretwillen, und ihr Entsetzen wuchs von Sekunde zu Sekunde.

»Ich gehe mit Ihnen«, sagte Jimmy Cole, angesteckt von seiner offensichtlichen Begeisterung.

»Wartet mal«, unterbracht ihn Miles. »Vielleicht sollte lieber ich mitgehen.«

»Nein Miles, Sie werden hier gebraucht. Ich bin nicht besonders beweglich«, protestierte der Kapitän mit einem Blick auf seine verletzte Hand. »Und ich bin auch nicht mehr der Jüngste. Ich brauche Sie hier für den Fall, dass unsere Passagiere Hilfe benötigen.«

»Ich bestehe darauf«, sagte Richard.

»Dann soll es so sein«, sagte Miles mit einem Schulterzucken. »Aber wir sollten vorsichtshalber ein Tau an dem

Floß befestigen, damit wir es zurück zum Wrack ziehen können, falls es Schwierigkeiten gibt.«

»In Ordnung«, erwiderte Richard und rieb sich die Hände, als wäre er auf dem Weg zu einem Jungenabenteuer.

Das Tau wurde an das Floß gebunden, und dann setzten sie das Floß ins Wasser.

»Sieht nicht besonders stabil aus«, murmelte Miles beim Anblick des kleinen Gefährts, das auf den Wellen tanzte. »Aber was anderes haben wir nicht.«

Der Kapitän bat Rose, den beiden jungen Männern eine Extraration Proviant zu geben, die die beiden schnell herunterschlangen, bevor sie sich bereit machten.

»Geh nicht, Richard, verlass mich nicht!«, rief Gemma und klammerte sich an ihren Bruder. Erfolglos versuchte er, sich aus ihrem Griff zu befreien. »Richard, ich kann ohne dich doch nicht weiterleben! Lass mich nicht allein! Ich könnte es nicht ertragen, dich zu verlieren«, flehte sie.

Richard war ihr Gefühlsausbruch sichtlich peinlich. Seine Entschlossenheit schien eher noch stärker zu werden. »Gemma, ich muss gehen. Wir sind Cambrays, wir müssen mutig sein. Sonst verlieren wir doch alle Hoffnung!«

»Nein, Richard, nicht du. Wir haben doch nur noch uns.«

»Wenn ich jetzt nicht versuche, das Ufer zu erreichen und Hilfe zu holen, dann ist von uns bald auch nichts mehr übrig.« »Aber du kannst dich doch nicht für diese Leute opfern!« Ihr Blick streifte Rose, Georgina, Miles und zwei Matrosen.

Er biss die Zähne aufeinander und richtete sich auf.

»Gemma, du vergisst dich. Ich kann es tun, und ich werde es tun. Ich habe schon einmal meinen Mut bewiesen und einem Mann das Leben gerettet. Du kannst mich nicht umstimmen.«

Jimmy stand etwas unschlüssig neben ihm. Miles klopfte ihm auf die Schulter. »Du bist ein guter Seemann, mein Junge, der tapferste Schiffsjunge, den ich je hatte. Deine Familie wäre stolz auf dich. Klammer dich an das Floß, was auch immer geschieht. Und wenn du in die Brandung kommst, strampel so viel du kannst.«

Jimmy nickte. Für dieses Lob hatte er fünf Monate lang hart gearbeitet. »Sir«, sagte er mit leiserer Stimme. »Wenn mir etwas zustoßen sollte, würden Sie meiner Mutter einen Brief schreiben?«

»Das verspreche ich dir. Ich würde ihr schreiben, dass du wie ein echter Seemann dem Tod ins Auge gesehen hast. Aber das wird nicht nötig sein. Du ist jung und kräftig.«

»Danke, Sir.«

»Nein, wir haben dir zu danken, Jimmy.«

Georgina und ein paar andere stimmten in den Dank mit ein.

Jimmy ließ sich vorsichtig auf das Floß hinunter und legte sich auf den Bauch. Richard küsste seine Schwester zum Abschied, verneigte sich über Georginas Hand und ging.

Etwas an seiner Bewegung alarmierte Georgina und Miles gleichermaßen. »Nein!«, schrien sie wie aus einem Munde, aber da war es schon zu spät.

Richard sprang. Sie alle sahen entsetzt, wie seine Füße das Floß trafen, das sich zur Seite neigte und umschlug. Er wurde am Kopf getroffen, und versank. Im selben Augenblick traf eine große Welle das Floß und ließ es zehn Meter nach vorn schnellen. Auch Jimmy ging unter.

Von Richard war nichts mehr zu sehen. Gemma begann zu schreien, und Georgina hielt sie fest, versuchte sie zu beruhigen und dafür zu sorgen, dass sie das Grauen nicht mit ansehen musste. Jimmys Kopf tauchte wieder auf, er schnappte hektisch nach Luft, sah sich um und begann auf das Floß zuzuschwimmen.

»Zieht das Floß zurück«, rief jemand.

»Wartet!«, sagte Miles. »Die Wellen treiben ihn auf das Floß zu, wenn wir es jetzt einziehen, verfehlt er es und treibt nur noch weiter weg.«

»Richard!«, schrie Gemma. Aber er blieb verschwunden.

Alle beobachteten Jimmy und feuerten ihn an. Und er schaffte es tatsächlich. Er klammerte sich schwer atmend an dem Floß fest und zog sich dann daran hoch. Das Floß war inzwischen zwanzig bis dreißig Meter von dem Wrack entfernt; die Überlebenden konnten ihn ebenfalls sehen und jubelten ihm zu. »Holt ihn zurück!«, befahl Miles. »Allein schafft er es nicht.«

Sie zogen an dem Tau, strafften es und gaben sich dann alle Mühe, es Stück für Stück zurückzuziehen, gegen den Wind, die Wellen und die Flut.

Und dann passierte das Undenkbare: Der Knoten, mit dem sie das Seil aus zwei Teilen zusammengebunden hatten, löste sich. Das Floß mit Jimmy darauf trieb weiter vom Schiff weg. Er begann wie wild zu paddeln, als hoffte er, er würde es aus eigener Kraft zurück schaffen, aber vergeblich. Als ihn die Kräfte verließen, trieb er noch weiter weg.

»Um Himmels willen, Miles, tun Sie doch etwas!«, schrie Georgina und wischte sich die Tränen vom Gesicht. Sie hatte Gemma losgelassen, und Gemma war auf dem Deck zusammengesackt.

»Wir können nichts für ihn tun außer beten«, sagte Miles.

»Wer auch immer versuchen würde, ihn zu retten, wäre mit Sicherheit verloren. Cambray ist ein verdammter Narr!«, knurrte er Georgina noch zu, so leise, dass nur sie es hören konnte.

Georgina rang die Hände. Es bestand eine winzige Chance, dass Jimmy es schaffen würde, aber sie zweifelte daran. Eine halbe Stunde beobachteten sie ihn noch, aber das Floß trieb parallel zur Küste, und irgendwann verschwand es ganz aus ihrem Blick.

Einige Zeit später trieb Richards Leichnam mit dem Gesicht nach unten auf dem Wasser. Er blutete aus einer großen Kopfwunde, und es war klar, dass man nichts mehr für ihn tun konnte. Georgina war nur froh, dass Gemma nicht mehr zusah, als der Körper plötzlich zu zucken schien und dann unter Wasser gezogen wurde.

Haie. Niemand sagte ein Wort.

Sie alle waren in düsteres Schweigen verfallen. Zwei oder drei begannen gemeinsam zu beten: für Jimmy, für sie alle auf dem Wrack, für die auf dem Vorschiff. Rose spielte mit dem Kind, damit die Mutter eine Weile die Beine ausstrecken konnte.

Richard war ein Idiot, dachte Georgina, aber gleich darauf bekam sie heftige Schuldgefühle. Er hatte es ihretwegen getan.

Der dumme Junge hatte versucht, für sie den Helden zu

spielen, und jetzt hatte er sein Leben verspielt. Wie der mitleiderregende Antiheld in einer dummen Abenteuergeschichte.

Georgina sah sich um. Die Überlebenden reagierten ganz unterschiedlich auf die Katastrophe; vom törichten Heldentum eines Richard Cambray bis zum sorglosen Egoismus eines Geoffrey Bressington, der sich nur um sich selbst kümmerte.

Gemma lag hilflos da. Der Kapitän hatte viel zu viel Verantwortung übernommen und lehnte jede Unterstützung ab. Er wurde immer schwächer. Miles hatte inzwischen wenigstens etwas gegessen.

Miles. Sie seufzte den Namen leise vor sich hin. Miles. Er ging über das Deck, gab hier und da Befehle und kümmerte sich um Gemma und andere, die sich nicht selbst helfen konnten. Verantwortlich, das beschrieb sein Verhalten sehr gut.

Rose hatte sich der Lage erstaunlich gut gewachsen gezeigt. Sie war immer noch sehr vulgär, aber unter der rauen Schale verbarg sich offenbar ein goldenes Herz. Sie spielte immer noch mit dem kleinen Kind, zählte Finger und Zehen und machte Späße mit ihm. Und die Überlebenden aus dem Zwischendeck respektierten sie wie niemanden sonst. Vielleicht, weil sie sich so vehement für eine Verbesserung der Verhältnisse unter Deck eingesetzt hatte.

Georgina spürte ein heftiges Schuldgefühl. Sie hatte die schrecklichen Verhältnisse dort unten gesehen, war schockiert und entsetzt gewesen, aber sie hatte nichts unternommen. Sie hatte weggesehen und für Ablenkung gesorgt.

Sie hatte gewusst, dass die Bediensteten ihrer Tante und ihres Onkels unten im Zwischendeck litten, aber auch dagegen hatte sie nichts unternommen. Sie hatte ihren Verwandten nichts von den Bedingungen dort unten gesagt, hatte sie nicht einmal dazu aufgefordert, ebenfalls mit Miles Bennett hinunterzugehen. Sie hatte einfach die Augen zugemacht und nicht mehr daran gedacht.

Sie hätte etwas tun können. Sie hätte etwas tun müssen.

Sie war dazu erzogen, nur für ihr eigenes Vergnügen zu leben, anders als Rose. Aber was hätte sie tun können? Angesichts der Not dort unten wären alle Lebensmittel- oder Kleiderspenden nur ein Tropfen auf dem heißen Stein gewesen. Sie hätte wohl auch kaum ihre Kabine zur Verfügung stellen können. Nein, das wäre wohl zu weit gegangen. Aber jetzt war ihr klar, dass sie Zeit hätte zur Verfügung stellen können. Sie hatte ja weiß Gott sonst nichts zu tun gehabt. Sie hätte ein paar Leuten lesen und schreiben beibringen können, das immerhin.

Jetzt war es zu spät.

Aber ein Blick hinüber zu Rose sagte ihr, dass es überhaupt nicht zu spät war. Sie konnte jetzt und hier damit anfangen, weniger egoistisch zu sein.

Sie kroch zu der Mutter mit dem Baby. »Ich nehme es ein Weilchen, dann können Sie sich ein bisschen ausruhen oder sogar schlafen.«

»Aber sie hat gekotzt«, sagte die Mutter und deutete mit dem Kinn auf das Kleidchen, das von oben bis unten beschmiert war und übel roch. »Das wollen Sie nicht wirklich tun.«

Georgina schluckte, beschloss dann aber, nicht gleich beim ersten Hindernis zurückzuschrecken. »Wenn Sie es aushalten, kann ich es auch. Sie brauchen eine Pause, und ich verspreche Ihnen, ich kümmere mich um sie, als wäre sie mein eigenes Kind.«

Sie nahm das übel riechende Bündel in den Arm. Zum Glück schlief das Baby, und sie musste es nur festhalten und wärmen. Der Geruch brachte sie fast zum Würgen, aber es dauerte nicht lange, dann hatte sie sich daran gewöhnt.

Sie sah hinunter auf das kleine, schlafende Gesicht. Zarte, taufrische Haut und ein Mund wie eine leicht geöffnete Rosenknospe. Die arme Kleine! So blass und dünn, was für ein Start ins Leben! Sie konnte erst wenige Monate alt sein.

In diesem Moment wurde ihr klar, dass die Kleine wohl auf der *Cataleena* geboren war. Sie warf einen Blick auf die Mutter, die zur Küste hinüberstarrte. Ob es wohl dieselbe Frau war, die sie damals im Zwischendeck gesehen hatte? Wahrscheinlich. Aber es war dort so dunkel gewesen, und das Gesicht der Frau war schmerzverzerrt gewesen.

Was für ein Ort, um zur Welt zu kommen. Und wenn man es recht bedachte und das Kind ansah, konnte es durchaus auch der Ort sein, auf dem es diese Welt wieder verließ. Georgina lief ein Schauer über den Rücken. Womit hatte dieses Kind das verdient? Womit hatte Georgina ihren viel besseren Start verdient? Wer hatte das bestimmt? Gott? Das Schicksal?

Sie dachte darüber nach, wie viel Glück sie gehabt hatte. So viele Privilegien, keine materiellen Nöte. Bildung,

Schutz, Liebe. Keine Probleme. Ihre Eltern waren gestorben, ja, aber sie hatte keinen Mangel erlebt, sie war geliebt worden und würde immer geliebt werden.

Als es dunkel wurde, reichten sie beide Kinder wieder zu ihren Müttern hinüber. Rose und Georgina kuschelten sich aneinander, eine seltsame Verbindung, aber immerhin würden sie beide warm bleiben. Gemma lag immer noch weinend an der Reling und wies jeden Trost zurück. Georgina kroch zu ihr hinüber und streckte eine Hand aus. »Gemma, kommen Sie zu Rose und mir, damit Sie in der Nacht ein bisschen Wärme bekommen.«

»Gehen Sie weg.«

»Denken Sie an Richard. Er würde nicht wollen, dass Sie die Hoffnung aufgeben. Sie müssen sich selbst helfen und Hilfe annehmen.«

Plötzlich wandte Gemma ihr das verschwollene, tränennasse Gesicht zu. Ihre Augen, in denen sich die sinkende Sonne spiegelte, sahen geradezu bösartig aus. »Richard! Wie können Sie es wagen, seinen Namen auszusprechen? Sie haben ihn umgebracht. Er hat es Ihretwegen getan. Er könnte noch hier sein, wenn Sie nicht wären.«

Georgina zuckte zurück, als hätte man sie geschlagen. Nein, sie hatte ihn nicht umgebracht, das hatte er mit seinem törichten Heldenstück selbst getan.

Miles legte ihr eine Hand auf den Arm und ging neben ihr in die Hocke. »Sie haben getan, was Sie konnten, Georgina, vielen Dank. Kümmern Sie sich um sich selbst, ich schaue nach Miss Cambray.«

Sie kroch wieder zurück zu der Decke, die sie mit Rose

teilte. »Nehmen Sie's nicht persönlich«, sagte Rose. »Sie hat ihren Bruder verloren, den letzten aus ihrer Familie.«

»Sie tut mir leid. Ich weiß, was das bedeutet.«

Rose nickte.

»Sie auch?«

»Ich habe nur noch meinen Bruder Jack«, sagte Rose.

»Und wo ist er jetzt?«

»In Portland Bay, er ist Vorarbeiter auf einer großen Farm.«

»Vorarbeiter? Das klingt, als wäre er ein tüchtiger Mann.«

»Ist er auch, ein guter Mann und ein tüchtiger Arbeiter. Er hat sich aus dem Elend herausgearbeitet.« Rose sah unschlüssig auf ihre Hände, dann gab sie sich einen Ruck. »Er war im Gefängnis, aber er hat seine Zeit abgesessen, hat sich gut geführt, und sie haben ihm die Überfahrt bezahlt. Dann durfte er irgendwann die Strafkolonie verlassen, solange er sich beim Bürgermeister meldete und regelmäßig den Gottesdienst besuchte.

Inzwischen dürfte er wohl entlassen sein, ein freier Mann. Endlich frei, nach zehn langen Jahren.«

»Eine lange Zeit«, murmelte Georgina.

»Ich hab ihn seit zwölf Jahren nicht mehr gesehen. Aber ich will zu ihm ziehen, oder besser gesagt, ich wollte es. In Portland Bay.«

»Darf ich Sie fragen, worin sein Verbrechen bestand?«

»Er hat ein paar Äpfel aus einem fremden Garten vom Baum gestohlen. Wir hatten tagelang nichts mehr zu essen bekommen.« Rose standen die Tränen in den Augen. »Ich war erst zwölf, er war sechzehn. Unsere Eltern waren tot, und wir hatten nichts. Überhaupt nichts.«

»Zehn Jahre wegen einiger Äpfel?«

»So sieht eure Gerechtigkeit aus«, erwiderte Rose zynisch.

»Unser allmächtiges Rechtssystem.«

Georgina schwieg. Sie hatte überhaupt nicht gewusst, dass das Leben so hart sein konnte. Sie hatte nie so viel Bitterkeit erlebt. Sie schauderte und zog ihren Mantel fester um sich.

* * *

Ein neuer Tag. Keine Spur von Jimmy oder dem Floß. Zwei weitere Schiffbrüchige waren während der Nacht verschwunden, und das Baby war gestorben. Die Mutter hielt den winzigen Körper fest im Arm und weinte leise. Georgina spürte, wie auch ihr die Tränen kamen. Das arme Kind hatte nie eine Chance gehabt.

Niemand brachte es über sich, es der Mutter wegzunehmen. Draußen auf dem offenen Meer tanzte ein großes weißes Etwas auf den Wellen. »Was ist das?«, fragte Georgina und stand auf, um es besser sehen zu können.

»Gott sei gelobt, das ist eins von unseren Rettungsbooten!«, rief der Kapitän schließlich. »Es treibt kieloben auf uns zu.«

Sie beobachteten es voller Bangen. »Wenn es noch etwas näher kommt, könnte ich rüberschwimmen«, sagte Miles.

Nach einer Stunde war es etwas näher gekommen. Der Wind frischte wieder auf, sodass die Wellen wieder Schaumkronen bekamen.

»Jetzt oder nie«, sagte Miles grimmig entschlossen.

»Wollen Sie rüberschwimmen?«, fragte der Kapitän.

»Ja, wenn nicht jemand anderer meint, er könnte es tun«, erwiderte er und sah sich um. Aber niemand meldete sich. Er zog das Hemd aus, band sich eine Leine um die Taille und überprüfte noch einmal sämtliche Knoten.

»Nein!«, schrie Gemma und stand zum ersten Mal wieder auf.

»Ich komme schon zurecht, Miss Cambray. Ich bin ein sehr guter Schwimmer, und wenn meine Kräfte doch versagen sollten, kann man mich wieder zum Schiff ziehen. Sie bleiben schön hier sitzen und passen auf sich auf, bis ich wieder da bin. Bitte, Miss Cambray.« Er legte ihr eine Hand auf die Schulter, und endlich gab sie nach, legte sich wieder aufs Deck und bedeckte die Augen mit beiden Händen.

Georgina stellte sich an die Reling. Er sprang mit elegantem Schwung ins Wasser und begann mit langsamen, kräftigen Zügen zu schwimmen. Georgina beobachtete ihn mit klopfendem Herzen. Er tauchte unter den großen Wellen hindurch, und sie hielt jedes Mal die Luft an, bis er wieder auftauchte, die Hand fest an ihren Hals gelegt.

»So ist das also, meine Liebe«, sagte Rose leise.

Georgina sah sie an. Kein Spott, keine Boshaftigkeit. Sie war so überrascht, dass ihr keine Antwort einfiel.

»Stimmt's?«, fragte Rose noch leiser. Georgina überlegte. Konnte Rose mit ihrer Vermutung recht haben? Suchte sie deshalb immer wieder seine Gesellschaft? Hatte sie deshalb die Gespräche mit ihm so genossen, selbst wenn sie sich stritten? Lehnte sie Gemma deshalb so vehement ab? War ihr seine Meinung deshalb so wichtig?

Aber Rose wartete nicht auf eine Antwort. »Das kommt

vor«, lachte sie. »Und zwar bei den unwahrscheinlichsten Gelegenheiten.«

Es hatte keinen Sinn zu leugnen, dachte Georgina. Sie würde später darüber nachdenken. Wenn es ein Später gab. Sie wandten ihre Blicke wieder Miles zu. Er hatte das Boot erreicht und hielt sich schwer atmend an der Seite fest, bevor er es umdrehte und sich hineinzog. Keuchend und zitternd lag er da. Endlich setzte er sich auf, löste die Leine von seiner Taille und band sie am Bug des Bootes fest. Dann hob er die Hand und gab den Freiwilligen auf dem Wrack ein Zeichen.

Georgina hielt ihm ihre Decke hin, als er wieder an Bord kam. Er nickte ihr dankbar zu und zog sie zitternd und erschöpft um seine Schultern. Gemma stand wieder auf und brach in seinen Armen weinend zusammen. »Gott sei Dank!«

Er schob sie sanft ein wenig von sich. »Vorsicht, Miss Cambray, Sie wollen doch nicht nass werden. Gehen Sie lieber wieder zurück zu Ihrer Decke und halten Sie sich warm.«

»Dem Herrn sei Dank, dass es jemanden gibt, der den Platz meines Bruders einnehmen kann«, murmelte sie mit einem Blick zum Himmel.

Georgina hätte Miles am liebsten in die Arme geschlossen und gewärmt. Sie sah Rose an, und Rose erwiderte ihren Blick. Sie mussten nichts sagen, Rose wusste genau Bescheid. Und was noch viel wichtiger war: Georgina wusste Bescheid.

Rose zwinkerte ihr kräftig zu, und Georgina erwiderte lachend die Geste, die sie gestern noch als vulgär verurteilt hätte. Dann teilte sie wieder eine Essensration aus. Ein Mann namens Reynolds, der in Adelaide zugestiegen war, schnappte sich mehr, als ihm zustand; die anderen rissen ihm das Essen wieder aus der Hand. Beim nächsten Mal würde sie ihm als Letztem etwas geben.

Der Kapitän verschenkte seine Ration wieder. Er war selbst ziemlich schwach, und Georgina hielt sein Verhalten für dumm; seine Stimme wurde immer schwächer, sodass Miles ganz und gar die Verantwortung übernehmen musste.

Die Männer arbeiteten den Rest des Tages daran, Ruder zu bauen, und Georgina hatte Zeit, sich mit Rose zu unterhalten.

Wie verschieden ihre Lebensläufe waren! Georgina hatte immer im Überfluss gelebt, während Rose ums Überleben kämpfen musste. Als ihr Bruder nach Australien gebracht worden war, hatte man sie in ein Armenhaus gesteckt, einen furchtbaren Ort, wo Schläge und Hunger an der Tagesordnung waren. Irgendwann hatte sie eine Stelle als Hausmädchen bekommen, wo es fast ebenso schlimm war. Aber sie konnte hart arbeiten und einiges aushalten, und sie hatte sogar etwas Geld gespart. Als der Brief von ihrem Bruder gekommen war, in dem er ihr mitteilte, dass er frei war und nach Portland Bay ziehen würde, hatte sie sich auf die lange Reise vorbereitet. Zwölf lange Jahre, und jetzt würden sie endlich wieder zusammen sein.

Georgina bewunderte ihre neue Freundin. Sie war eine starke, pflichtbewusste Frau. Hoffentlich würde sie es schaffen, nach Portland Bay zu kommen.

Als die Ruder fertig waren, war der Himmel wieder zugezogen, und außerdem wurde es dunkel. »Wir sollten um

Regen beten«, sagte der Kapitän. »Damit wir endlich wieder etwas zu trinken bekommen.« Sie stellten alle auffindbaren Behälter auf, bevor sie sich zur Nacht niederlegten. Aber es gab keinen Regen, sondern nur wieder Sturm, sodass sie sich festhalten mussten und kaum Schlaf fanden. Ihre Haare waren steif vom Salzwasser, ihre ständig nassen Arme und Beine wurden wund und schwollen an.

Am Morgen lagen sie unruhig unter ihren Decken und warteten, was der Kapitän und der Maat beschließen würden. Es schien wenig sinnvoll zu sein, Freiwillige mit dem Rettungsboot loszuschicken, solange die Wellen so hoch waren. Aber wenn sie warteten, würde das Wetter womöglich noch schlechter!

Am Nachmittag wurde klar, dass es keine Wetterbesserung geben würde. Zwei Matrosen zogen ihre Hemden und Jacken aus und tauchten noch einmal ins Wrack. Sie fanden drei Flaschen Milchpulver und ein Paket Eier. Georgina vermischte beides in der einzigen Tasse und gab etwas Portwein dazu, sodass jeder eine Portion bekam. Einige tranken die Mischung langsam und genossen sie, andere stürzten sie schnell hinunter. Mr Reynolds bekam als Letzter etwas.

* * *

Am dritten Tag klarte es auf, aber Wind und Wellen ließen einfach nicht nach. Immerhin war der Nebel verschwunden. Aber als sie zu dem anderen Wrackteil hinüberschauten, war es wieder kleiner geworden.

Gemma lag still, als wäre kein Leben mehr in ihr. Die

arme Frau mit dem Baby klammerte sich immer noch an die Leiche ihres Kindes und starrte blicklos vor sich hin. Die andere Mutter und ihr Kind waren verschwunden; wahrscheinlich hatten sie in der Nacht den Halt verloren und waren abgerutscht. Geoffrey Bressington sah mittlerweile ebenso wild und ungekämmt aus wie die anderen Männer und trug einen schwarzen Dreitagebart.

Der Kapitän schaute forschend hinüber zur Küste. Manchmal hörten sie ihn etwas von Segeln murmeln. Seine verletzte Hand war angeschwollen, offenbar hatte er Fieber und phantasierte.

Mit trostlosen Blicken starrten sie alle vor sich hin, als Miles plötzlich aufstand und sie ansprach. »Wir müssen eine Entscheidung treffen. Das Rettungsboot ist fertig, das Wetter ist gut, wenn auch immer noch ziemlich rau. Zu dieser Jahreszeit können wir kaum etwas Besseres erwarten. Das Wasser ist allerdings immer noch gefährlich, vielleicht schaffen wir es auch nicht durch die Brandung, vor allem an den Sandbänken ganz nah vor dem Ufer. Je leichter das Boot ist, desto eher schaffen wir es. Diejenigen, die es ans Ufer schaffen, haben außerdem einen schweren Weg vor sich, es kann Tage dauern, bevor sie zu der Walfangstation in Encounter Bay kommen, und die Stämme in diesem Gebiet sind nicht gerade für ihre Gastfreundschaft berühmt. Ich würde vorschlagen, wir schicken vier Männer mit dem Rettungsboot los, starke Ruderer, also am ehesten vier Seeleute. Zwei könnten sich dann auf den Weg machen, und sobald das Wetter es zulässt, könnten die anderen beiden versuchen, mit dem Boot uns nachzuholen. Was halten Sie davon?

Die Leute nickten.

»Nun, dann Freiwillige vor.«

Einige Seeleute nickten sofort, sei es aus eigenem Interesse oder aus Tapferkeit. Einer von ihnen, Mick Moriarty, war Georgina schon während der Reise aufgefallen. Er war ein untersetzter Kerl mit kräftigem Nacken, der mit seinen kleinen, eng stehenden Augen ständig die Frauen an Deck beobachtet hatte. Er fluchte entsetzlich und spuckte häufig aus. Und was für Georgina fast noch schlimmer war: Er war Ire.

Der zweite Freiwillige war ein Schwede namens Berg, ein großer, schlanker Mann. Die anderen beiden kannte sie nicht.

»Ich zahle jedem zweihundert Pfund, der Hilfe holt oder uns mit dem Boot von diesem Wrack bringt!«, rief Mr Reynolds.

»Ich verdopple den Betrag«, fügte Georgina hinzu. »Vierhundert für jeden.«

Miles nickte. »Also gut. Mick, Berg, Roy und Henry, ihr nehmt das Rettungsboot. Ihr seid gute Männer, und ihr werdet euren Lohn bekommen. Vielen Dank, dass ihr euch zur Verfügung stellt, wir denken an euch.«

Georgina gab jedem der Freiwilligen noch eine kleine Essensration, dann bereiteten sie sich auf die Fahrt vor. Das Rettungsboot wurde über die Seite hinuntergelassen.

Plötzlich stand Geoffrey Bressington auf. »Wartet, ich fahre mit!«

»Nein, vier sind genug«, sagte Miles schnell.

»Aber ich will hier weg! Auf diesem Wrack hat doch keiner eine Chance«, rief Bressington, der die Risiken offenbar gegeneinander abgewogen hatte und außerdem sah, wie wenig Proviant noch übrig war. »Sagen Sie den Männern, einer von ihnen muss hierbleiben.«

»Das werde ich nicht tun«, entgegnete Miles mit fester Stimme. »Sie sind gute, starke Ruderer.«

Georgina konnte seine Gedanken lesen. Die vier Seeleute handelten aus Pflichtgefühl, während Geoffrey Bressington nur an sich selbst dachte, wie er in den letzten Tagen immer wieder bewiesen hatte. Richard hatte eine Andeutung ihr gegenüber gemacht, dass Bressington von seiner Familie nach Australien geschickt worden war, weil man den Tunichtgut loswerden wollte. Vielleicht hatte er recht gehabt, vielleicht hatte Bressington Schande über seine Familie gebracht. Ein Mädchen entführt, jemanden betrogen … Sie war ja selbst beinahe auf ihn hereingefallen.

Geoffrey wandte sich an die vier Seeleute. »Würde einer von Ihnen mit mir tauschen?«

Alle vier blickten zu Boden.

»Ich zahle fünfhundert Pfund an denjenigen, der mir seinen Platz überlässt. Im Falle seines Todes geht das Geld an seine nächsten Angehörigen.«

Eine unglaubliche Summe. Der Seemann, der dieses Geld bekam, würde nie mehr arbeiten müssen. Seine Familie würde Armut und Elend hinter sich lassen.

Einer der Männer hielt inne. »Fünfhundert Pfund, sagen Sie? Und das kriege ich schriftlich?«

Geoffrey nickte. »Auf der Stelle. Sie bekommen einen Schuldschein, ich bekomme eine Kopie, und ich nehme die Informationen über Ihre Familie mit.«

Der Mann sah Miles an. »Sir, ich habe acht Kinder …«

Mehr musste er nicht sagen. »Es ist Ihre Entscheidung, Roy«, erwiderte Miles. Schnell wurden Papier und ein Stift gesucht; der Kapitän stellte den Einband seines Gebetsbuchs zur Verfügung. »Wenn Sie klein schreiben, sollte das reichen«, sagte Miles und riss das Papier in zwei Teile. »Und wenn Sie Ihren Namen schreiben, Mr Bressington, erwähnen Sie bitte auch Ihre Erben oder rechtlichen Nachfolger. Und dann bitte mit Datum unterschreiben.«

Geoffrey warf ihm einen kalten Blick zu, aber er tat, wie ihm geheißen. Dann wurde alles noch einmal abgeschrieben, von Zeugen unterschrieben und mit dem Datum versehen. Georgina hielt sich im Hintergrund. Miles tat gut daran, Bressington nicht zu trauen, irgendetwas an dem Mann war so, dass sie ihm lieber aus dem Weg ging. Er hatte keine weiteren Annäherungsversuche unternommen, aber unter diesen Umständen war das ja auch kein Wunder.

»Bitte …« Gemma rief mit schwacher Stimme nach ihnen.

Miles drehte sich um. »Ja?« Seine Stimme klang geduldiger, als Georgina für möglich gehalten hätte.

»Wenn es noch Papier gibt, ich müsste etwas aufschreiben.«

»Kann das nicht warten?«

»Nein, ich will die Chance nutzen und ein neues Testament aufsetzen.«

Miles atmete tief durch. »Wir lassen das Rettungsboot zu Wasser, dann kümmern wir uns darum.«

»Nein, bitte, ich will, dass die Männer eine Kopie mitnehmen. Es kann doch sein, dass sie es schaffen. Ob wir die nächste Nacht überleben, ist alles andere als sicher. Mein Bruder ist tot, und wir haben keine Erben. Vielleicht gibt es noch irgendwo einen entfernten Verwandten, den wir nicht kennen, aber … Bitte, geben Sie mir den Stift.«

Er reichte ihr den Stift und das letzte Stück Papier.

»Ich werde meinen gesamten Besitz Ihnen vermachen, Miles!« Ihre Augen leuchteten in einer seltsamen Mischung aus Dankbarkeit, Abhängigkeit und vielleicht einer aufkeimenden Liebe.

Alle anderen drehten sich zu ihr um und sahen sie an.

»Nein, Miss Cambray«, sagte er sanft, aber bestimmt. »Ich habe keinerlei Ansprüche an Sie.«

»Das ist mir klar, und selbst wenn Sie welche hätten, würden Sie sie nicht erheben. Aber Sie haben sich nach Richards Tod um mich gekümmert. Sie haben in jeder Weise den Platz meines Bruders eingenommen. Eigentlich haben Sie das schon während der gesamten Reise getan. Sie verdienen eine Belohnung dafür.«

»Nein, Miss Cambray, das ist nicht recht. Ich habe nur meine Pflicht als Offizier dieses Schiffs getan. Ich will Ihr Erbe nicht.«

»Sie können damit tun, was Sie wollen. Von mir aus verschenken Sie es.« Sie schrieb weiter.

»Aber das ist lächerlich«, protestierte er. »Sie leiden unter den Nachwirkungen des Unglücks. Frauen Ihres Standes vererben ihren Besitz nicht an einen einfachen Seemann.«

»Ich bin im Vollbesitz meiner geistigen Kräfte.« Jetzt war auch ihre Stimme ganz fest. »Und Sie sind kein einfacher Seemann.«

»Wenn wir zurück in der Zivilisation sind, werden Sie

sich dafür schämen. Sie werden feststellen, dass Sie nicht klug gehandelt haben.«

»An Ihrer Stelle würde ich es nehmen und hier nicht den Helden spielen«, sagte Geoffrey Bressington mit zynischem Tonfall.

»Miss Stapleton, sagen Sie ihr, dass sie das nicht tun soll!«, bat Miles Georgina.

»Wenn Sie feststellt, dass es falsch war, kann sie ihr Testament später jederzeit wieder ändern«, bemerkte Georgina und zuckte mit den Schultern. Es war ihr vollkommen gleichgültig, was Gemma tat oder auch nicht tat.

»Es gibt kein Später«, sagte Gemma. »Das weiß ich genau.«

»Sagen Sie das nicht«, erwiderte Rose. »Wir lassen die Hoffnung nicht sinken bis zuletzt.«

»Ich spüre das. Sie werden vielleicht überleben, Miss Ewell, aber ich nicht. Dann kann ebenso gut jemand meinen Besitz erben, der seiner würdig ist.« Gemma ließ sich nicht beirren.

»Ich möchte Sie jetzt bitten, meine Unterschrift und meinen klaren Geisteszustand zu bezeugen. Es soll keine Schwierigkeiten geben, wenn ich nicht mehr bin.«

Seufzend willigten sie ein. Gemmas Testament wurde von allen unterschrieben, die lesen konnten, dann las sie alles noch einmal durch, wickelte das Testament in ein Stück Ölzeug und reichte es Geoffrey. Die Kopie bekam Miles.

Die Männer wurden ins Boot hinabgelassen, mit Tauen und einem Eimer zum Schöpfen. »Gott sei mit euch«, murmelte Georgina.

8

Georgina hielt die Luft an, während sie die Männer beobachtete, die zum Ufer ruderten. Alles ging gut, bis sie in der
Brandung bei den ersten Sandbänken ankamen und das
kleine Boot kaum noch zu kontrollieren war. Sie hörten
Rufe und Flüche über das Wasser.

Das Boot drehte sich. Die Ruderer kämpften sich ein Stück
zurück, versuchten wieder, die Brandung zu überwinden und
ruderten wie wild, damit sie vor den Wellen blieben. Aber
diesmal drehte der Rückstrom sie breitseits zu den Wellen.

»Dieser verdammte Bressington ist nicht stark genug, sie
rudern nicht gleichmäßig«, fluchte Miles. Eine große Welle
schlug über das Boot, und sie sahen, wie einer der Matrosen heftig Wasser schöpfte. Die nächste Welle brachte das
Boot zum Kentern.

Georgina sah die Köpfe in der wilden Brandung. Berg
mit seinen blonden Haaren war deutlich zu erkennen, der
zweite Mann war vermutlich Henry. Die anderen beiden
waren verschwunden. Und das arme kleine Boot trieb her-
renlos in der Strömung.

Die beiden Schwimmer, die wohl sahen, dass sie gegen
die Wellen nicht zum Boot kamen, schwammen Richtung
Ufer. Einer verschwand in der Strömung, der andere
schwamm weiter, wurde aber immer wieder zurückgezogen. Vor und zurück, vor und zurück … Das musste Berg
sein, dachte Georgina. Er war ein guter Schwimmer, aber
wie lange würde er durchhalten?

Dann hatte er die Brandung hinter sich und war ganz nah am Strand. Er stand auf und taumelte ans Ufer.

Die Menschen auf der *Cataleena* jubelten. Aber im selben Moment erwischte ihn eine Welle von hinten, er wurde unter Wasser und wieder zurück ins Meer gezogen. Wenig später war er nicht mehr zu sehen.

Das Meer hatte alle vier Männer mit sich genommen. Keiner von ihnen würde seinen Lohn bekommen. Georgina spürte, wie ihr ein kalter Schauer über den Rücken lief. Die Männer ertrunken, das Boot verloren, und sie saßen immer noch auf dem Wrack fest. »Gott sei Dank, dass ich hiergeblieben bin«, murmelte Roy, bevor er ein Gebet für die Toten sprach. Das kleine Boot tanzte weiterhin unerreichbar auf dem Wasser.

Im Laufe des Tages frischte der Wind wieder auf, ein kalter Südwest, der ihnen die Nässe und Kälte bis in die Knochen trieb. Sie sangen Kirchenlieder, mit heiseren Stimmen und geschwollenen Lippen. Aber die Lieder brachten ihnen keinen Trost. Georgina spürte, wie die Bitterkeit sich in ihr ausbreitete. Was für ein elender, trauriger Tod ihnen allen bevorstand!

Sie waren nur noch zehn. Gemma, Rose, Miles, der Kapitän, Mr Reynolds, Roy, drei weitere Seemänner und sie. Zehn von hundert. Gab es denn keine Gnade für sie?

»Es wäre besser gewesen, gleich zu ertrinken«, murmelte Gemma und begann leise zu schluchzen. Aber niemand hatte noch die Kraft, sie zu trösten. Die Kirchenlieder verstummten.

Rose dachte offenbar, andere Lieder wären hilfreicher,

und begann mit einem groben Trinklied. Aber bald wurde ihre Stimme so brüchig, dass sie es sein ließ.

Der Wind heulte, und es wurde immer kälter. »Sollten wir nicht unter Deck gehen?«, rief Gemma.

»Ja«, krächzte Rose. »Wir erfrieren hier draußen sonst noch.«

»Zu gefährlich«, erwiderte Miles. »Das Schiff könnte jederzeit auseinanderbrechen oder wegrutschen, und dann laufen die Kabinen ganz schnell voll.«

Sie teilten den letzten Proviant unter sich auf.

Es wurde noch kälter, sodass sie sich kaum noch festhalten konnten. Miles hatte einen Arm um Gemma gelegt und versuchte ein wenig zu schlafen.

Am nächsten Morgen war sie tot. Sie hatte einfach aufgegeben. Rose und Georgina nahmen ihre Decke an sich, sie war zu kostbar, um verloren zu gehen. Rose zog Gemmas Schuhe an. So würde es weitergehen, einer nach dem anderen würde apathisch zugrunde gehen. Georgina legte sich hin. Sie konnte nicht mehr denken, sich nicht mehr warm halten. Durch halb geschlossene Augen beobachtete sie den Himmel. Schlafen konnte sie nicht, aber für alles andere fehlte ihr die Kraft. Dunkle Wolken zogen über den Himmel, ein einziges Muster der Verzweiflung.

Mitten am Tag begann es zu regnen, kalte, schwere Tropfen. Die wenigen verbleibenden Behälter und einige Bahnen Segeltuch wurden ausgelegt, um das Wasser aufzufangen. Georgina konnte nicht warten; sie leckte die Tropfen von ihren Händen und Armen, saugte ihren Ärmel und den Saum ihres Kleides aus, selbst die Haarsträhnen vor ihrem Mund. Die anderen folgten ihrem Beispiel. Roy kroch zu Gemma hinüber und saugte das Wasser aus ihren Haaren.

Der Regen auf ihrer Haut schmeckte nach Salz, aber er befeuchtete ihre trockenen, geschwollenen Lippen und Zungen und wusch das Salz aus den Wunden. Vor Erleichterung brach Georgina in Tränen aus. Sie bedeckte ihr Gesicht mit beiden Händen, damit es niemand sah, aber ihre Schultern zuckten. Verzweifelt versuchte sie, sich zur Ordnung zu rufen. Sie wollte nicht so enden wie Gemma! Mehr als bei allen anderen verachtete sie die Schwäche bei sich selbst.

Sie spürte jemanden neben sich. »Wir sind noch lange nicht tot, Liebes«, sagte Rose zu ihr. Georgina blickte ihre neue Freundin an. Rose war selbst den Tränen nahe, ihre Lippen zitterten. Sie wischte sich die ersten Tränen mit dem Rocksaum ab, und Georgina folgte ihrem Beispiel. Dann lachte sie laut, und auch Georgina brachte ein schwaches Grinsen zustande. »Was hast du vor ein paar Tagen gesagt? Im Unglück sind wir alle gleich?«

Noch vor einer Woche war ihre gesellschaftliche Stellung ihr so wichtig gewesen. Wie schnell und wie dramatisch sich alles geändert hatte! Wie sehr sie selbst sich geändert hatte! All die Regeln ihrer Gouvernante – wie lächerlich ihr das jetzt vorkam.

Sie lachte in sich hinein. Sie hatte ihr Gesicht mit dem Rocksaum abgewischt. War sie jetzt zum gesellschaftlichen Abschaum geworden? Hatte sie allen Respekt vor sich selbst verloren? Oder war sie einfach frei? Vielleicht hatte all das überhaupt keine Bedeutung.

Der Kapitän stand auf. »Zeit zum Abendessen, meine Damen«, sagte er.

»Kapitän, bleiben Sie da«, rief Miles, der die Situation sofort durchschaute.

Der Kapitän drehte sich um und sah ihn mit glasigem Blick an. »Ich bin der Kapitän auf diesem Schiff, Mr Bennett. Sie sind ein sehr guter Erster Maat, und es wird nicht mehr lange dauern, dann können Sie Befehle geben, aber im Moment bin ich hier der Kapitän. Und ich gehe jetzt unter Deck. Wer Wert auf ein Abendessen legt, sollte mir folgen.«

»Ja, Sir«, erwiderte Miles. »Aber ich habe gerade die Glocke gehört. Es ist Zeit, die Position zu bestimmen.«

»Oh, ist das so?« Der Kapitän sah sich verwirrt um.

»Ja, Sir, ich hole die Instrumente.«

Der Kapitän setzte sich, und einen Augenblick später hatte er sowohl das Abendessen als auch die nautischen Instrumente vergessen. Leise murmelte er irgendwelche Befehle vor sich hin und erklärte dem Schiffseigner, was passiert war.

Georgina hätte ihn gern gedrängt, etwas zu essen, aber die Vorräte waren aufgebraucht. Seit vier Tagen und Nächten hatte er nichts zu sich genommen, kein Wunder, dass seine Kräfte nachließen. Aber sie hatte auch nichts mehr.

Als er das nächste Mal anfing, zum Abendessen zu bitten, tat Miles nichts mehr, sondern starrte nur noch zum Himmel. Kaum war der Kapitän den Niedergang hinuntermarschiert, bewegte sich das Schiff heftig, sodass die Planken krachten. »Der Kapitän!«, schrie Miles und sprang ohne zu zögern hinter ihm her. Einen Augenblick später hörten sie ihn durch das Wasser platschen.

Als er wieder hinaufkam, war er vollkommen durchnässt

und zitterte. »Ertrunken«, sagte er zu Georgina. »Da unten ist alles voll Wasser.« Er kniff die Lippen zusammen, und starrte voller Bitterkeit vor sich hin.

»Sie haben wirklich getan, was Sie konnten. Auf die Dauer war er nicht mehr unter Kontrolle zu halten, er verlor allmählich regelrecht den Verstand. Irgendwann muss man dann auch an sich selbst denken.«

»Ja, das ist wohl so.« Sein Blick war müde.

Georgina legte ihm tröstend eine Hand auf den Arm. »Miles, Sie haben wirklich alles getan.« Er schaute in die andere Richtung, schüttelte sie aber nicht ab. »Jetzt sind Sie der Kapitän; Sie sind für uns alle hier an Bord verantwortlich.«

Er schenkte ihr ein grimmiges Lächeln. »Vermutlich. Mein erstes Kommando habe ich mir etwas anders vorgestellt.«

»Nein, aber ehrlich, Sie müssen jetzt an sich denken. Und an uns.«

Er zog die hellen Brauen hoch. »Sagen Sie das in meinem oder Ihrem Interesse, Miss Stapleton?«

»Reine Uneigennützigkeit gibt es nicht, Kapitän.« Sie lächelte ein wenig schief, so steif waren ihre Lippen und Wangen von der Kälte.

»Ich versuche es gerade herauszufinden«, erwiderte er. Dann legte er sich hin und versuchte sich ein wenig zu erholen. Georgina streckte sich ebenfalls aus und zog ihren dicken, feuchten Mantel fester zusammen. Sie war so müde! Am schlimmsten waren der Hunger und die Schwäche, dachte sie, die Kälte kümmerte sie gar nicht mehr so sehr.

Der Tag endete stürmisch und mit hohem Wellengang. Georgina war nicht sicher, ob sie noch eine Nacht auf dem Wrack überleben würde. Die fünfte Nacht in Kälte und Nässe, festgeklammert an den Resten des Schiffs. Ihre Hände waren so kalt, dass sie daran zweifelte, ob sie sich die ganze Nacht festhalten könnte.

Als sie sich ein Tau holte, hörte sie Miles' Stimme. »Was machen Sie da?«

»Ich will mich festbinden«, erwiderte sie und wickelte sich das Tau um die Taille.

»Das würde ich an Ihrer Stelle nicht tun«, riet er ihr.

»Nein?«

»Nein, denn wenn das Wrack sinkt, gehen Sie mit ihm unter.«

Georgina zuckte mit den Schultern. »Vielleicht wäre so ein schnelles Ende ohnehin besser. Wenn das Schiff sinkt, schaffen wir es vermutlich nicht bis ans Ufer, ich jedenfalls habe nicht mehr genug Kraft, um weit zu schwimmen. Es wäre eine Erlösung, endlich zu ertrinken.«

»Machen Sie sich nicht lächerlich.«

Georgina zuckte noch einmal mit den Schultern. Er sah sie ernst an, als fragte er sich, ob sie womöglich in der Nacht ins Wasser springen würde. Aber in diesem Moment kam Rose zu Georgina gekrochen und flüsterte ihr etwas ins Ohr. »Ja, warum nicht? Es sieht uns ja niemand«, gab Georgina ihr zur Antwort.

Rose räusperte sich und sprach in die Dämmerung hinaus.

»Georgina und ich haben einen Plan. Wir denken, wir können uns alle nur warm halten, wenn wir uns zusammentun und so dicht beieinander schlafen wie möglich. Alle sechs, wir sollten ganz eng zusammen liegen. Wenn Sie näher kommen wollen, ist das in Ordnung für uns.«

»Keine Sorge, Schätzchen«, sagte einer der Seeleute in dem vergeblichen Versuch, einen Witz zu machen. »Mit diesen nassen Hosen habe ich ohnehin keine Chance.«

Niemand sprach mehr ein Wort, als sie sich in der Dunkelheit zusammenkuschelten: Miles, Georgina, Rose, Roy und die anderen beiden Matrosen. Georgina lag zwischen Miles und Rose, deren Gesellschaft sie der der Matrosen bei Weitem vorzog. Aber Miles lag neben ihr, als wäre er unberührbar, auf dem Rücken, die Arme und Beine gerade ausgestreckt. Am liebsten wäre es ihr gewesen, er hätte sich auf die Seite gedreht und sie in die Arme genommen, aber sie hatte keine romantischen Vorstellungen dabei. Ihr war nur so verdammt kalt!

Sobald er eingeschlafen war, rollte er ein wenig von ihr weg auf die Seite. Georgina folgte ihm, legte sich an seinen Rücken, und Rose tat dasselbe bei ihr. Je stärker der Wind wurde, desto enger schmiegten sie sich alle aneinander. Dann drehte sich Miles im Schlaf auf die andere Seite, und Georgina steckte ihre Hände in seine Achselhöhlen, um sie aufzuwärmen. Er wurde kurz wach, nahm sie in die Arme und hielt sie fest. Jetzt, da ihr Rücken und ihre Vorderseite warm waren, schlief auch sie ein.

Ein lauter Schrei von Rose weckte sie. Eine Welle, hoch wie ein Haus, stand direkt über ihnen, und eine Sekunde später wurden sie alle ins Wasser getragen. Georgina schnappte nach Luft, bevor sie ganz unterging. Nein! Sie konnte doch nicht schwimmen! Sie schlug und trat um sich, bis sie fühlte, wie sie mit den Füßen Halt bekam. Den Kopf über Wasser, atmete sie heftig aus und gleich wieder ein, bevor die nächste Welle kam.

Strampelnd suchte sie nach einem Wrackteil, an dem sie sich festhalten konnte, aber man sah fast nichts, und alle paar Sekunden ging sie wieder unter. Die schweren Röcke verhedderten sich um ihre Beine.

»Georgina!«, hörte sie Rose' Stimme in der Nähe und drehte sich, so gut sie konnte. Rose hatte ein großes Stück Holz erwischt.

Georgina paddelte heftig in ihre Richtung, und eine Welle half ihr voran. Mit einem Arm umklammerte sie die dicke Schiffsplanke, keuchend, schnaubend. Rose hing auf der anderen Seite, ebenfalls keuchend. Das eiskalte Wasser hatte blitzschnell alle Schläfrigkeit vertrieben.

»Was war das?«, schrie Georgina.

»Das Wrack ist gesunken, hat einfach unter uns nachgegeben«, stöhnte Rose.

»Und wo sind die anderen?«

»Weiß nicht.«

Sie spähten über die Wasserfläche. Alle möglichen Wrackteile waren dort zu sehen, aber kein einziger Mensch.

»Los jetzt, in diesem eiskalten Wasser halten wir es nicht lange aus.«

»Aber wohin?«, fragte Georgina verzweifelt. Ihr Mantel drückte ihr die Kehle zu.

»Richtung Ufer. Los, Mylady, strampeln, dorthin!« Rose neigte den Kopf, und Georgina erkannte, dass sie wirklich nichts mehr zu verlieren hatte.

Sie strampelten und ruhten sich aus, strampelten weiter

und ruhten sich wieder aus, fast eine halbe Stunde lang. Die großen Brecher kamen regelmäßig, und trotzdem überraschten sie sie jedes Mal wieder, und sie schluckten Wasser, sodass sie ständig husten und würgen mussten.

Die Pausen wurden immer länger. Ihre Röcke waren noch schwerer geworden, so schien es ihnen. Nach nur einer Minute Strampeln mussten sie schon wieder ausruhen.

»Fertig?«, fragte Georgina. Sie löste den Gürtel ihres Mantels und ließ ihn los, er war einfach zu gefährlich.

»Noch einen kleinen Moment«, erwiderte Rose.

»Ich trete, du kannst dich ausruhen«, sagte Georgina. Rose versuchte, ihr zu helfen, aber sie konnte sich kaum noch bewegen. Sie hing nur noch apathisch an der Schiffsplanke, die Augen zum Himmel verdreht.

»Komm, Rose, nicht aufgeben. Wir haben jetzt fünf Tage durchgehalten, jetzt schaffen wir die paar Stunden auch noch. Es wird bald Morgen, dann sehen wir besser.« Sie drückte Rose einen Kuss auf die Wange. Noch vor drei Monaten hätte sie bei dem bloßen Gedanken an so etwas laut geschrien vor Entsetzen. Sie trat weiter.

Nach ein paar Minuten bemerkte sie zu ihrem äußersten Schrecken, dass die Planke leichter geworden war. Sie drehte sich um. Rose war weg. Sie hatte losgelassen!

»Rose! Rose!«, schrie Georgina und versuchte sie irgendwo zu entdecken. Aber es war sinnlos, sie war nicht mehr zu sehen.

Dann musste sie also allein weitermachen. Sie war schon nah an den Sandbänken, das konnte sie an der Brandung hören. Jetzt hieß es vorsichtig sein, damit sie nicht von der

Planke gerissen wurde. In diesem Moment fiel ihr etwas ein. Warum war sie nicht schon längst darauf gekommen? Sie zog sich auf die Planke, umschlang sie mit den Armen und ruhte sich ein wenig aus, bevor es in die Brandung ging. Der Wind fuhr eisig durch ihre nassen Kleider, aber wenigstens konnte sie sich ein bisschen ausruhen.

Dann ging es los. Die Strömung ergriff sie, erste Brecher rollten über sie hinweg. Sie wurde gedreht, flog ein Stück durch die Luft, hielt sich krampfhaft fest und schnappte nach Luft, wann immer es möglich war. Zwanzig, dreißig Meter vor ihr war die Uferlinie. Die Planke wurde mit dem einen Ende in den Sand gedrückt, sodass sie losgerissen wurde. Das Holz traf sie am Kopf. Jetzt nicht aufgeben! Die Arme ausgestreckt, trat sie weiter Wasser, spürte Sand unter sich, wagte nicht aufzustehen, damit ihr nicht dasselbe passierte wie Berg.

Ihre Hände krallten sich in den Sand, als sie von der Strömung wieder zurückgezogen wurde. Mit der nächsten Welle ging es wieder vorwärts. Und wieder zurück. Irgendwann schrie sie laut vor Verzweiflung, Erschöpfung und Wut. Der Rettung so nah und nicht in der Lage zu sein, die letzten Meter zu schaffen! Sie schluckte Wasser, schnappte nach Luft, war nahe daran, bewusstlos zu werden.

Da sah sie etwas Unglaubliches. Jemand lief ihr entgegen!

Gott sei Dank, ich bin gerettet, dachte sie noch. Dann wurde alles schwarz.

9

Wenigstens war sie nicht schwanger geworden, dachte Edith. Gott sei Dank dafür, wenn auch sonst nicht für allzu viel. Sie hatte ihrem Herrn weiterhin zu Willen sein müssen, um ihre Arbeit nicht zu verlieren. Er wusste, dass er sie in der Hand hatte, mehr war nicht nötig. Sie spielte mit, ohne sich gegen ihn zur Wehr zu setzen, er musste sie nicht zwingen, eigentlich war er sogar ziemlich höflich, aber gleichzeitig war es klar, dass er dies alles für sein gutes Recht hielt. Er war ihr Herr, er empfand nichts für sie, nicht einmal Respekt.

Und sie hatte keine andere Wahl. Jack erzählte sie nichts davon, sie ließ ihn in dem Glauben, sie ginge dem Herrn so gut wie möglich aus dem Weg. Es war nicht nötig, dass er auch noch unter der Situation litt.

»Edith, der Herr hat nach dir gefragt. Er ist in seinem Arbeitszimmer«, sagte die Haushälterin zu ihr.

»Worum geht's denn, Mrs Grindle?«

»Keine Ahnung, tu einfach, was man dir sagt, Mädchen.«

Edith ließ das Gemüse, das sie gerade putzte, ins Wasser fallen, wusch sich die Hände und schüttelte den Sand von ihrer Schürze.

Sie klopfte vorsichtig an der Tür.

»Herein!«, rief er.

Er saß hinter seinem riesigen Schreibtisch aus Eichenholz, hinter ihm die Regale mit den ledergebundenen Büchern, um ihn herum der Geruch von Leder, Zigarren und Männlichkeit.

»Sie haben nach mir geschickt, Mr Lockyer?« Sie spürte, wie ihr Gesicht zu einer leblosen Maske der Unterwerfung erstarrte.

»Ja, Edith, ich habe gute Nachrichten.« Er stützte die Ellbogen auf dem Schreibtisch auf.

Gute Nachrichten. Was konnte das bedeuten?

»Ein Freund von mir, Mr Hendry aus Port Philip Bay, sucht nach Dienstboten.« Er nahm einen Stapel Papiere. »Er hat mich gefragt, ob ich jemanden entbehren könnte, und da dachte ich an dich.«

Port Philip Bay! Das war weit weg von Lockyer Downs und auch von ihrer Familie in Portland Bay.

»An mich, Sir?«

»Ja, ich dachte mir, das wäre doch eine gute Gelegenheit für dich, etwas zu lernen. Du kannst natürlich auch hier aufhören und dir selbst etwas suchen.« Er faltete die Papiere zusammen und verschnürte sie mit einem dünnen Band.

Sie hatte nichts mehr zu verlieren. »Habe ich Sie in irgendeiner Weise verärgert, Sir?«

»Nein, ganz und gar nicht.«

»Warum schicken Sie mich dann weg?«

Er schwieg, als müsste er darüber nachdenken.

»Verstehen Sie, Jack und ich … wir sind sozusagen verlobt.

Wir möchten irgendwann heiraten. Gäbe es bei Mr Hendry vielleicht auch eine Stelle für ihn?«

»Nein, Jack brauche ich hier, er ist ein guter Mann.«

»Aber wir würden uns dann gar nicht mehr sehen!«

»Soweit ich weiß, habt mich nicht um Erlaubnis gebeten, euch zu verloben.«

»Wir sind erwachsene Menschen und können eigene Entscheidungen treffen.«

»Das ist wahr.« Er hielt kurz inne, als wollte er seine nächsten Worte besonders betonen. »Und ihr tragt die Folgen für eure Entscheidungen.« Dann zog er eine Schublade auf und legte die Papiere hinein. Er nahm einen Brief in die Hand, der auf dem Schreibtisch lag.

»Dieser Brief, Edith, ist von meiner Verlobten, Miss Georgina Stapleton. Sie schreibt mir, dass sie auf dem Weg nach Australien ist. Eigentlich müsste sie fast schon hier sein, ich vermute, dass sie bald eintrifft. Ich will nicht, dass sie irgendwelche unschicklichen Dinge hier vermutet. Sie ist ein unschuldiges Mädchen aus gutem Hause. Ich will keinen Tratsch hier, deshalb sorge ich dafür, dass du verschwindest. Du trägst keine Schuld daran, das ist mir klar, und deshalb habe ich aus reiner Güte dafür gesorgt, dass du anderswo Arbeit bekommst.«

Unter seinem mitleidigen Blick spürte sie, wie ihre Schultern nach vorn sackten. Ihr Schicksal lag nicht mehr in ihrer Hand. »Wann soll ich abreisen?«

»Ich sorge dafür, dass du morgen nach Portland Bay gebracht wirst. Von dort kannst du das nächste Schiff nehmen. Jack kann dich fahren, dann habt ihr Gelegenheit, euch zu verabschieden.«

Wenigstens musste sie nicht zu Fuß gehen. Und sie und Jack könnten auf dem Weg Pläne machen. »Danke, das ist sehr freundlich von Ihnen.«

Charles Lockyer lachte. »Ich habe Mr Hendry eine Ladung Saatgut versprochen, es ist dein Glück, dass diese Lieferung jetzt ansteht.«

Edith hörte ihm zu, aber gleichzeitig rasten die Gedanken durch ihren Kopf. Jack würde versuchen, Lockyer Downs zu verlassen. Wie wertvoll wohl das Saatgut war? Ob sie es vielleicht verkaufen konnten? Würden sie auf diese Weise die Ketten von Lockyer Downs abschütteln? Nein, das war gegen das Gesetz, und Mr Lockyer würde es nicht auf sich beruhen lassen. Er würde sie bis ans Ende der Welt verfolgen, wenn sie ihn auszutricksen versuchten.

Aber Jack würde es tun. Er würde den Wagen in Portland Bay stehen lassen, würde mit ihr aufs Schiff gehen und versuchen, in Port Philip Bay Arbeit zu finden.

»Und kommt nicht auf die Idee, dass Jack seine Sachen packen könnte, Edith.« Sie zuckte zusammen. »Ich bin nicht dumm, Edith, das solltest du inzwischen begriffen haben. Ich bin sicher, Mr Hendry hätte ebenfalls kein Verständnis dafür.« Hendry würde sie rauswerfen, das war die Drohung.

»Nun, Edith, wir haben uns verstanden, denke ich. Wer sich seiner Stellung bewusst ist, der wird auf Lockyer Downs fair behandelt.«

* * *

Edith rückte ihre einfache kleine Haube zurecht und stellte ihre Tasche mit Kleidern hinter sich. Jack saß neben ihr, mit ernstem Gesicht, und strich sich ratlos über den Bart.

Die Landschaft zog an ihnen vorbei.

»Welchen Grund hat er dir denn gesagt, Mädchen?«

»Sein Freund braucht ein Hausmädchen, und er will seinem Freund einen Gefallen tun. Das war's. Ich habe ihm von uns erzählt, aber das interessiert ihn nicht. Wir sind einfach keine freien Menschen, Jack.«

Sie sah ihn an. Er legte die Stirn in Falten und zog die Schultern hoch. »So ist es. Wir müssen zusehen, wie wir damit zurechtkommen.« Er dachte an seine Tage als Sträfling, das war ihr klar.

»Irgendwann zahle ich ihm das heim«, fuhr er fort. »Ich kann warten.«

Edith versuchte, seine Gedanken in weniger gefährliche Bahnen zu lenken.

»Wenigstens bin ich jetzt weg von Lockyer Downs, und ich kann die Augen nach einer neuen Stelle für dich offen halten.

Denn die beste Rache wäre es doch, wenn du kündigst. Ich warte, bis ich dort gut angesehen bin, und dann frage ich nach einer Stelle für dich.«

»Weißt du, Mädchen, ich habe auch schon mal über Südaustralien nachgedacht. Da läuft das alles ein bisschen anders als hier und in New South Wales, wo die Siedler das Land einfach in Anspruch nehmen. In Südaustralien wird das Land aufgeteilt und verkauft. Da geht alles mit rechten Dingen zu, habe ich gehört. Wenn einer Geld hat, hat er dort die gleichen Rechte wie jeder andere, und kann sich ein Stück Land kaufen. Das klingt doch gut.«

»Ehrlich gesagt, für mich klingt das fast zu gut, um wahr zu sein.«

»Ich weiß auch nicht, ob es wahr ist, ich habe es nur gehört. Aber vielleicht ist es einen genaueren Blick wert.

Wenn meine Schwester kommt und wir genug Geld für die Fahrt nach Adelaide sparen können, dann sollten wir es probieren. Dort könnten wir einen neuen Anfang machen, als freie Menschen. Und deine Familie holen wir so schnell wie möglich nach.«

»Ich bin nicht sicher, ob wir jemals freie Menschen sein werden«, sagte Edith leise.

10

Gewellter grauer Sand vor ihr. Kalt, so kalt. Sand, wohin das Auge reichte. Kleine Wellen, Muscheln, Seegras. Und das Heulen des Windes in den Ohren.

Das Licht veränderte sich, aber der Sand blieb immer derselbe, kalt und nass. So kalt.

»Georgina, stehen Sie auf! Georgina!« Jemand rüttelte sie an der Schulter.

Sie sank zurück in die Bewusstlosigkeit.

»Georgina, wachen Sie auf! Wir erfrieren hier! Wir müssen Schutz suchen.«

Sie schlug die Augen auf. Das Licht war ganz anders als beim letzten Mal. Welche Tageszeit war es?

Sie setzte sich steif auf. Es war so kalt. Dröhnender Wind und Brandung und ein Nebel, so dicht, dass man nicht weit sehen konnte, weder Richtung Land noch aufs Wasser hinaus. Alles war kalt, grau und verhangen.

Miles zog sie an der Hand. »Kommen Sie, wir können nicht hier im Wind bleiben. Wir müssen hinaufgehen, zu den Dünen.«

»Ich bin zu müde.«

Sie schüttelte den Kopf.

»Aber ich bin auch müde, zu müde, um Sie zu tragen. Kommen Sie, sonst gehe ich allein.« Er zog wieder an ihrem Arm.

»Lassen Sie mich hier liegen, ich komme später nach«, sagte sie und legte sich wieder hin.

»Dann holen die Schwarzen Sie irgendwann«, sagte er.

Das brachte Leben in ihre müden Knochen. »Schwarze?« Sie rappelte sich auf. Ihre Röcke waren nass und schwer von Sand und Salz, sie schleppte sie hinter sich her durch den Sand. Miles nahm ihren Arm. Schweigend stolperten sie durch den Sand, der unter ihren Füßen wegrutschte.

Auf der Rückseite der ersten Dünenkette ließ der Wind wunderbarerweise nach. Sie konnten immer noch das Brüllen der Brandung hören, aber jetzt klang sie doch etwas gedämpft. Sie gingen weiter hinunter, zu müde, als dass sie etwas anderes hätten tun können als der Schwerkraft zu folgen. Sie rutschten und stolperten abwärts, bis sie nur noch von endlosen Sandhügeln und trockenem Gebüsch umgeben waren.

»Wir werden alle Mühe haben, uns warm zu halten«, sagte Miles und zerrte an einem der Büsche, um ein paar Zweige abzubrechen.

»Ist doch egal.« Georgina ließ sich fallen.

»Später wird es Ihnen nicht mehr egal sein. Los, helfen Sie mir, wir bauen uns einen Unterstand.«

»Nein, ich bin zu müde. Und so verdammt durstig.«

Sie saß verzweifelt im Sand, den schmerzenden Kopf in den Händen, unfähig, irgendetwas zu unternehmen. Miles zog sie am Arm zum Stehen hoch. »Hier wird jetzt nicht gestorben«, sagte er. »Kommen Sie hierher, zu diesem Gebüsch, wir kriechen hinein.«

Er zog sie auf die andere Seite des Busches und bahnte einen Weg in die Mitte. Während Georgina noch hilflos dastand, brachte er bündelweise Zweige herein, die er abgebrochen hatte, und legte sie auf den Boden. Dann packte er sie obendrauf.

Im Einschlafen hörte sie, wie er noch mehr Zweige brachte.

Als sie erwachte, hörte sie den Wind im Gebüsch rascheln und hatte den stechenden Geruch fremder Pflanzen in der Nase. Es war so finster, dass sie nicht die Hand vor Augen sah. Miles hatte im Schlaf von hinten den Arm um sie gelegt. Sie spürte seinen Atem an ihrer Wange.

Sie schlief ein mit dem Gedanken, wie gut es war, dass er sie vom Strand weggezerrt hatte.

Neben ihrem Kopf schrie ein einsamer Vogel, dann kam von irgendwoher die Antwort. Im kalten Morgenlicht rührten sich alle möglichen Tiere um sie herum; der Busch erwachte zum Leben.

Sie war so durstig, dass ihre Zunge am Gaumen klebte. Wenn sie nicht bald Wasser fand, wäre sie am Ende. Sie hob Miles' schweren Arm von ihrer Taille und kroch auf allen vieren aus dem großen Busch, in dem sie geschlafen hatten. Ihre steifen, zitternden Muskeln und ihre schweren Kleider erlaubten ihr kaum eine richtige Bewegung.

Immer noch auf allen vieren, sah sie sich forschend um. Einsamkeit, wohin sie blickte. Bäume, Gras, Himmel und Sand waren in Grautönen und einem seltsamen gedämpften Grün gemalt. Eine windgepeitschte Einöde war diese Küste.

Sie wollte Wasser und etwas zu essen suchen, aber sie fürchtete sich, allein hinauszugehen. Die Szene war gespenstisch, und sie zitterte ebenso sehr vor Angst wie vor

Kälte. Sie waren am düstersten Ort auf Erden gelandet, so viel war sicher.

Sie überließ sich wieder der Schwerkraft und lag auf dem Bauch im kalten Sand. Wie würden sie jemals die Kraft finden, in dieser leblosen Landschaft nach Wasser und Essen zu suchen?

Als sie wieder aufschaute, sah sie eine Pflanze mit dicken Blättern direkt vor sich. Seltsame Blätter, die in einem merkwürdigen Kontrast zur Umgebung standen, kleine und dick, als wären sie voller Wasser. Sie streckte die Hand nach ihnen aus und zerdrückte ein Blatt zwischen ihren Fingern. Tatsächlich, es war voller Saft.

Was hatte sie schon zu verlieren? Sie nahm das nächste Blatt und legte es sich auf ihre geschwollene Zunge. Es schmeckte gut, saftig und ein wenig salzig, aber unbedingt essbar. Sie hatte zumindest erwartet, dass es bitter sein würde. Sie saugte es aus und spuckte die Reste in den Sand. Noch ein Blatt. Sie wartete, aber es brannte und stach nicht, und es ging ihr gut.

Noch ein Stück. Sie gewöhnte sich an den Geschmack. Ein Stück vor ihr wuchs die Pflanze in großen Mengen. Vielleicht zwanzig Minuten lang aß sie ein Blatt nach dem anderen, langsam, fast genüsslich. Nach einer Weile fühlte sie sich wirklich erfrischt und sah sich genauer um.

Der Wind hatte nachgelassen, und hinter den Dünen hatte sich Tau abgesetzt. Im Sonnenlicht funkelten die Wassertropfen von jedem Halm und Blatt. Sie kroch langsam zurück zu dem Busch, in dem sie die Nacht verbracht hatten, und sammelte die Tropfen auf ihrer Zunge.

Die Erleichterung war unglaublich. Sie machte weiter,

griff dann wieder nach ein paar Händen voll von den seltsamen Blättern und steckte sie sich in den Mund, verzweifelt darum bemüht, ihren leeren Magen zu füllen.

»Miles, kommen Sie, holen Sie sich den Tau, solange er da ist«, rief sie mit vollem Mund.

Ein Rascheln sagte ihr, dass er gleich auftauchen würde. »Was in Gottes Namen tun Sie da?« Seine Stimme war heiser.

»Ich esse diese saftigen Pflanzen.«

»Und wenn sie giftig sind?«

Sie nahm wieder eine Handvoll. »Lieber vergiftet als verhungert«, sagte sie.

Miles beobachtete sie. Sie stand auf und trank noch etwas Tau. Er folgte ihr. Auch der Tau schmeckte ein wenig nach Salz, aber er war besser als nichts.

Dann drehte sie sich um, setzte sich und betrachtete die Landschaft um sie herum. Die kalte Wintersonne ließ die Spitzen der Dünen in allen möglichen Farben aufleuchten, rosa, gelbbraun und golden. Das Grün der seltsamen halbrunden Büsche wurde lebhafter. Kleine braune Vögel machten sich daran zu schaffen und flogen zwitschernd und pfeifend von einem Busch zum anderen.

Georgina musste lachen, auch wenn kaum ein Ton über ihre Lippen kam. Ihre Schultern zuckten.

»Was ist«, fragte Miles misstrauisch.

Sie keuchte auf.

»Werden Sie jetzt verrückt oder was?« Er beäugte die saftige Pflanze mit grimmigem Blick.

»Nein, ich lache, Miles. Begreifen Sie doch, wir sind am Leben. Wir haben überlebt. Wir … haben … überlebt.

Wir leben, auch wenn das heißt, dass wir Tau von jedem Blatt in dieser Wüste lecken müssen. Wir leben.«

Miles schüttelte mühsam den Kopf und begann wieder Tau zu lecken. Ein Viertelstunde lang oder länger. Dann setzten sie sich beide in den Sand.

»Und was tun wir jetzt?«, fragte sie.

»Wir versuchen etwas zu essen und Wasser zu finden.« Er klang verzweifelt. Er war müde, todmüde, und die Lachfältchen in seinem Gesicht waren von Erschöpfung und Sorge tiefer geworden. Bartstoppeln sprossen aus seiner gebräunten Haut.

»Und wo?«

»Weiter im Landesinneren muss es Wasser geben«, schlug er vor und zog die Schultern hoch.

»Was ist mit Wrackteilen? Es müsste doch einiges hier angetrieben worden sein.«

»Gute Idee. Wir sollten auch noch mal nach anderen Überlebenden suchen. Haben Sie noch jemanden gesehen, nachdem das Schiff gesunken ist?«

»Ja, Rose war noch eine Weile bei mir, wir sind auf einer großen Schiffsplanke getrieben, aber irgendwann hat sie wohl losgelassen, denn als ich mich umdrehte, war sie auf einmal nicht mehr da. Trotzdem kann es natürlich sein, dass sie es geschafft hat. Hast du denn niemanden gesehen?«

Er schüttelte den Kopf. »Keine einzige Menschenseele. Am Ende dachte ich, es sind wohl alle mit untergegangen, deshalb bin ich an Land geschwommen. Wir haben ein verdammtes Glück gehabt, dass wir es lebend geschafft haben.« Er sah sie an. »Oder wir sind einfach zu zäh.«

Sie lachte heiser. »Als ich in die Brandung kam, dachte ich, das war's. Und ich wäre wohl auch wirklich nicht da rausgekommen, wenn Sie mich nicht gerettet hätten. Denn das haben Sie ja wohl getan.«

»Als ich Sie schreien hörte, habe ich erst meinen Ohren nicht getraut. Ich war schon auf dem Weg in die Dünen. Am Anfang dachte ich, es ist nur der Wind, aber dann habe ich mich umgedreht und gesehen, wie Sie immer vor und zurück gespült wurden. Sie hätten es ja beinahe allein geschafft, wenn Ihre schweren Röcke Sie nicht behindert hätten. Mich hätten Sie beinahe auch noch mitgezogen, als ich runterlief, um Sie aus dem Wasser zu ziehen. Eine halbe Stunde habe ich bestimmt gebraucht, bis ich Sie am Ufer hatte.«

»Ich kann mich an nichts erinnern.«

»Nein, Sie waren praktisch bewusstlos. Sie haben ja auch einen ordentlichen Schlag abbekommen.« Er streckte die Hand nach ihrer Braue aus. »Was zum Teufel ist denn da passiert?«

Sie spürte seine sanfte Berührung auf ihrem Gesicht und sah die Sorge in seinem Blick. Ihr kamen die Tränen, und am liebsten hätte sie sich von ihm in die Arme nehmen lassen. Es war eine furchtbare Zeit gewesen, für sie beide. Sie könnte ein bisschen Zärtlichkeit gut gebrauchen. Er blickte ihr mit einer Sehnsucht in die Augen, dass sie seine Gedanken fast lesen konnte. Ein paar Sekunden lang sagten sie beide kein Wort, sahen sich nur an. Dann war der Moment verflogen. Es durfte nicht sein, es war gegen alle gesellschaftlichen Regeln.

Er blickte zur Seite. Sie befühlte die riesige Beule an ihrer

Stirn und erinnerte sich, wie die riesige Schiffsplanke auf sie zugeschnellt war, in dem Moment, als sie in die Brandung kamen. »Das war die Schiffsplanke, an der ich mich die ganze Zeit festgehalten hatte. In der Brandung.«

»Na, jedenfalls sehen Sie mit diesem Ei auf der Stirn wirklich fürchterlich aus.«

»Ist das so?« Sie sah an sich herunter. Ihr wollener Umhang war voller Sand und Salz, vollkommen verschmutzt. An der Seite war er aufgerissen, und einige Knöpfe fehlten. Das Kleid war nass und schmutzig, von den Knien abwärts zerrissen und am Mieder ebenfalls aufgerissen. Die Spitze an ihren Handgelenken war weg. Das Kleid war einmal blau gewesen, jetzt zeigte es nur noch ein streifiges Grau. Ihre Halbstiefel waren durchnässt und fleckig, die Strümpfe hingen ihr in Fetzen um die Knöchel. Ihr Haar hing in Strähnen herunter, und sie zog es über die Schulter, um es sich genauer anzusehen. Nie im Leben würde sie einen Kamm durch dieses blonde Gewirr bringen. Mit einem Finger fuhr sie über ihre aufgesprungenen Lippen und über die Insektenstiche auf ihrem Gesicht. Ihr eines Auge war verschwollen, Arme und Beine voller blauer Flecken.

»Ich muss überhaupt ganz fürchterlich aussehen.«

»Schlimmer! Absolut abstoßend. Nein, ernsthaft: Im Moment würden Sie auf einem Ball wohl keine Komplimente einheimsen. Aber ich würde mir darüber keine allzu großen Gedanken machen, heute Abend gibt es auf dem Coorong keine Soiree.«

»Aber was werden die Leute denken, wenn wir in die Zivilisation zurückkehren?«

»Georgina!« Er lachte leise. »Falls wir jemals in die Zivilisation zurückkehren, sollten Sie sagen. Darüber machen wir uns Gedanken, wenn es so weit ist.«

Sie musste ein wenig lächeln.

»Besonders großartig sehen Sie auch nicht aus«, sagte sie mit einem Lachen in der Stimme. »Ihr Haar ist voller Sand und Seegras.« Sie beugte sich vor, um etwas davon zu entfernen. »Und rasiert haben Sie sich auch schon länger nicht mehr. Außerdem haben Sie eine böse Schramme auf der Wange.« Sie widerstand der Versuchung, ihn zu streicheln. »Ihre Offiziersjacke ist an der Schulter aufgerissen, und Ihre Hosen müssten mal wieder in die Wäsche. Obwohl ich mir nicht sicher bin, ob das reicht, denn geflickt werden müssten sie auch. Eine Naht ist bis zum Knie aufgerissen. Wenn Sie Karriere machen wollen, müssen Sie etwas unternehmen.«

»Mal sehen«, sagte er und stand mit einem schiefen Lächeln im Gesicht auf.

Sie rappelte sich ebenfalls auf und stolperte hinter ihm her Richtung Ozean. Er stand oben auf der vordersten Düne und beobachtete das Meer und den Strand, als sie zu ihm aufschloss. Schweigend schauten sie eine Weile hinaus.

Das stürmische graue Meer warf sich an die Küste wie seit Millionen Jahren. Von ihrem Schiff war nichts mehr zu sehen. Als hätte es nie existiert.

Auch von den Menschen war nichts zu sehen. Die einzigen Spuren am Ufer waren die, die sie am Tag zuvor selbst hinterlassen hatten. Hätten nicht Wrackteile überall gelegen, man hätte meinen können, sie hätten sich das alles nur ausgedacht.

Aber tatsächlich lagen die Wrackteile am ganzen Strand verteilt. Georgina hatte noch nie so etwas gesehen. Holz in allen Formen und Größen, zersplitterte Decksplanken, eine zerbrochene Treppe, ein Stück von der Verzierung am Heck. Fässer, Taue, Kleidung, Kisten, Flaschen, Säcke, zerbrochene Möbel und sogar ein Stück vom Klavier. Die Tasten waren noch zu sehen. Ein Bild der Verwüstung, ein Denkmal der wilden, zerstörerischen Kraft des Meeres.

Es war wie ein Wunder, dass sie das alles überlebt hatten.

»Niemand zu sehen«, sagte er, ohne sie anzusehen.

»Niemand«, erwiderte sie.

Sie waren vollkommen allein.

»Hallo! Ist da jemand?«, rief sie, so laut sie konnte.

»Sch!« Er schubste sie in den Sand und ließ sich neben sie fallen.

Sie zog sich ein Stück zurück. »Was machen Sie denn da?«, rief sie.

»Wollen Sie uns unbedingt bei den Schwarzen anmelden?«

»Haben Sie jemanden gesehen?«

»Sch!« Er sah sich noch eine Minute lang um, dann stand er langsam auf.

»Nein, niemanden«, erwiderte. »Aber Sie haben verdammtes Glück gehabt, dass die Schwarzen nicht schon auf uns gewartet haben.«

»Glauben Sie denn, sie sind hier irgendwo?«

»Ich bin mir absolut sicher. Irgendwo sind sie. Vielleicht weiter im Landesinneren. Sie müssten ja verrückt sein, bei diesem Winterwetter hier am Wasser zu bleiben. Aber ich bin sicher, sobald sie etwas von den Wrackteilen mitbekommen, werden sie alles durchsuchen und nach Überlebenden schauen.«

»Und was machen wir dann? Wenn wir ins Landesinnere gehen, laufen wir ihnen in die Arme. Und wenn wir hier bleiben, finden sie uns auch.«

»Aber je später, desto besser. Inzwischen sollten wir uns mit irgendetwas bewaffnen, was wir am Strand finden. Wir gehen runter und sehen nach, kommen Sie.«

Sie liefen durch den weichen Sand hinunter und durchsuchten die Wrackteile. Miles stürzte sich auf ein Wasserfass. »Voll!«, rief er leise und suchte mit seinen Blicken schon nach etwas, womit er das Fass öffnen konnte. Mit einem Stück Hartholz war die Arbeit schnell getan.

Georgina durchsuchte eine zerbrochene Kiste und fand darin eine alte Pfanne und eine Porzellantasse ohne Henkel, die sie mitnahm.

»Vielen Dank«, sagte er und neigte das Fass, sodass das Wasser in die Tasse lief. Während sie trank, füllte er die Pfanne für sich.

»Langsam, Miles«, warnte sie ihn.

Sie schenkten sich beide noch einmal ein und tranken langsamer, bis sie ihren Durst einigermaßen gestillt hatten.

»Lieber Gott, ja«, sagte er und wischte sich den Mund ab.

»Was für ein glücklicher Fund. Das Wasser hilft uns wenigstens ein paar Tage lang.«

Georgina stellte ihre Tasse auf das Fass und ging weiter den Strand hinunter. Sie fand ein Messer und ein Feuerzeug und legte beides neben das Fass. Miles hatte einige volle Flaschen mit Brandy gefunden, die in einer Holzkiste auf Stroh lagen.

Als Georgina einige Schritte weiter gegangen war, fand sie

Rose. Ihr Gesicht war weiß, die Lippen blau verfärbt, die Haare ein verfilztes goldenes Netz auf dem Sand. Ihre Gesichtszüge sahen entspannt und friedlich aus, als wäre sie mit glücklichen Gedanken gestorben. Was ihren Tod verursacht hatte, konnte man nicht erkennen. Keine Verletzungen, keine gebrochenen Knochen, kein Blut auf den Lippen.

Georgina kniete sich in den Sand und nahm die kalte Hand ihrer Freundin. Sie war immer sicher gewesen, dass Rose es am ehesten schaffen würde, so zäh und tapfer wie sie war.

Was für eine seltsame Freundschaft zwischen ihnen entstanden war, nachdem das Schiff auf die Sandbank aufgelaufen war. Sie hätte wohl kaum eine Frau finden können, die verschiedener von ihr war als Rose. Aber sie war eine unglaubliche Stütze und eine vertrauenswürdige Freundin gewesen. Eine, die gelegentlich genauer über sie Bescheid gewusst hatte als sie selbst. Sie hatte auch als Erste etwas von der Anziehung zwischen Georgina und Miles bemerkt.

»Ich liebe dich, Rose«, flüsterte sie, ließ ihren Kopf auf Rose' Brust sinken und weinte leise in sich hinein.

Sie hörte seine Schritte nicht, aber sie spürte seine Hand warm auf ihrer Schulter und zuckte zusammen. Dann sah sie hoch zu ihm.

»Nicht weinen«, sagte er und hob die Arme, als wollte er ihr Trost spenden. Dann ließ er sie wieder sinken, als hätte er begriffen, dass das unmöglich war.

»Warum nicht?« Sie sah ihn durch ihre Tränen hindurch an.

Er berührte ihre Wange und fing eine Träne mit dem Finger auf. »Weil es nicht hilft.«

»Rose war so stark. So voller Hoffnung und Begeisterung. Und jetzt ist sie tot. Ich habe sie geliebt, Miles, wirklich. Es klingt seltsam, ich weiß, aber ich habe sie mehr geliebt, als ich es mir je hätte vorstellen können.«

Er nickte verständnisvoll, schüttelte dann aber langsam den Kopf. »Sie kamen aus so unterschiedlichen Verhältnissen. Sie sind so fein, Ihrer überlegenen Stellung so bewusst und so ... so ...«

»Selbstsüchtig?«

»Zumindest gedankenlos«, sagte er.

Gedankenlos. Sie versuchte das Wort zu verdauen.

»Ich weiß«, sagte sie und schüttelte ebenfalls den Kopf. »Ich weiß, ich war gedankenlos. Bin es vielleicht immer noch. Ich kann es nicht erklären ... Aber wir wollten beide nicht sterben.

Wie hat sie gesagt? Im Unglück sind wir alle gleich. Ich möchte ihren Bruder finden und ihm erzählen, was passiert ist, wie sie war.«

»Mehr können Sie nicht tun«, nickte er.

»Ich bin auch ein bisschen stolz darauf, wie es mit Rose lief. Ich bin vielleicht verwöhnt, aber ich habe für mich selbst gesorgt und überlebt.«

»Stimmt«, sagte er.

Er hätte ebenso gut »Willkommen in der Wirklichkeit« sagen können.

»Ich finde, ich habe mich gut verhalten. Ich habe nicht nur für mich selbst gesorgt, sondern auch für ein paar andere. Und ich habe mich weder dumm, noch verantwortungslos verhalten. Obwohl es mir nicht leichtfiel.« Sie klang ein wenig verletzt, sie konnte es selbst hören.

»Natürlich.« Er klang jetzt freundlicher.

»Und was ist mit Ihnen? Sind Sie ganz und gar unbesiegbar, unverletzlich? Verstört Sie das alles nicht?«

»Nun …«

Sie unterbrach ihn. »Sie würden es nicht zugeben, nicht wahr? Sie sind einer von diesen Männern, die die Zähne zusammenbeißen und nach vorn schauen. Stark und sicher, unschlagbar.«

Sie sah den unterdrückten Zorn in seinem Blick, aber er sprach ganz ruhig. »Sie haben recht. Das ist meine Überlebensstrategie, so habe ich es schon als Kind gelernt. Anders geht es nicht, sonst geht man unter. Auf mich hat nie jemand aufgepasst.«

»Es tut mir leid, Miles. Es tut mir leid, dass Sie eine so schwere Kindheit hatten.«

Er blickte zur Seite, als hielte er es nicht aus, darüber nachzudenken. Das Schweigen hing schwer und lastend zwischen ihnen, nur der Wind und die rauschenden Wellen waren zu hören.

»Ich werde sie hier beerdigen«, sagte Georgina schließlich und schaute auf Rose hinab.

»Das kostet sehr viel Zeit und Kraft. Und außerdem könnten die Tiere sie wieder ausgraben«, sagte er leise.

Sie sah ihn eindringlich an. »Sie sind immer aufs Praktische bedacht, nicht wahr?« Dann marschierte sie ein Stück den Strand hinauf und begann mit beiden Händen zu graben.

Miles kam ihr zu Hilfe. Sie sprachen kein Wort, bis sie ein flaches Grab ausgehoben hatten. »Ich hole sie«, sagte er dann.

Er trug den Leichnam nach oben, und sie legten sie in die Kuhle. Dann schaufelten sie Sand darüber, bis alles gut bedeckt war.

»Mehr können wir nicht für dich tun, Rose«, sagte Georgina. »Ruhe in Frieden.« Dann sah sie Miles an. »Im Unglück sind wir alle gleich, Miles, selbst Sie und ich.«

Er sah sie nachdenklich an. »Sind wir das?« Er schien ihre Worte anzuzweifeln. »Vielleicht habe ich Sie wirklich falsch beurteilt«, sagte er dann, ohne seine erste Frage zu beantworten.

»Sie hatten Ihr Urteil über mich schon fertig, als wir ein paar Tage auf See waren, nicht wahr? Sie haben mich für eine leichtfertige Person mit wenig Hirn gehalten. Geben Sie's schon zu.«

»Nun, ich …«

»Genau. Und es war unfair von Ihnen, mich so schnell zu beurteilen, selbst wenn es stimmte.«

Er zog seine salzverkrusteten Augenbrauen hoch, als wäre er überrascht von ihrer Ehrlichkeit.

»Wenn Sie länger und genauer hingeschaut hätten, dann hätten sie unter all der Leichtfertigkeit vielleicht noch etwas entdeckt. Ich interessiere mich nicht nur für mein eigenes Vergnügen, und ich bin weder dumm noch hilflos.«

»Das habe ich inzwischen auch begriffen.«

Sie lächelte. »Gut. Und es gibt noch viel mehr zu entdecken.«

Er sah sie immer noch an. Ja, er war neugierig, das war ganz offensichtlich. Sehr neugierig. Er sah aus, als wollte er noch mehr sagen, hielte sich aber zurück. Georgina erwiderte seinen forschenden Blick, bis er wegsah und sich abwandte, als müsste er einsehen, dass er nichts mehr tun oder sagen konnte. Oder durfte.

Sie gingen am Wasser entlang zurück und drehten jedes einzelne Wrackteil um, das vielleicht nützlich sein konnte.

»Ich habe furchtbaren Hunger«, sagte Georgina.

»Es sieht aber nicht so aus, als würden wir hier etwas Essbares finden. Wir werden wohl erst einmal mit den saftigen Blättern weitermachen müssen.«

»Bis jetzt haben sie mir nicht geschadet.«

»Dann wollen wir hoffen, dass sie auch in größeren Mengen nicht giftig sind.«

»Irgendwo muss sich hier aber doch etwas zu essen finden«, sagte Georgina und bückte sich. »Diese Muscheln zum Beispiel. Die sehen aus wie unsere Herzmuscheln. Mal sehen, ob noch etwas drin ist, geben Sie mir mal Ihr Messer.«

Er nahm sein Seemannsmesser vom Gürtel und reichte es ihr.

Die Muschelschalen waren etwa drei Zentimeter groß, am einen Ende halbrund und am anderen ein wenig spitz zulaufend. Und sie waren fest geschlossen.

Georgina steckte das Messer hinein und drehte es. Drinnen war ein wenig Muskelfleisch und Eingeweide. Sie nahm den Muskel und steckte ihn in den Mund.

»Hm, gut«, sagte sie. »Probieren Sie mal.« Sie öffnete eine Muschel für ihn.

»Gut«, nickte er und sammelte selbst ein paar davon auf. Immer wenn die Wellen sich zurückzogen, knieten sie sich hin und durchsuchten den nassen Sand mit ihren Fingern.

»Was für ein Glück, dass wir Ebbe haben«, sagte sie.

Miles legte seine Muscheln auf ein Stück Holz und trat mit dem Fuß darauf, bevor er das Innere entfernte, sie nahm das Messer. Bald waren sie von leeren Muschelschalen umgeben.

»Als Vorspeise gar nicht so übel«, meinte Miles. »Was haben Sie denn noch so im Angebot?«

»Es gibt hier viele Vögel, da müssten eigentlich auch irgendwo Eier und Nester sein«, überlegte Georgina. Sie war ja nicht ein Leben lang mit geschlossenen Augen unterwegs gewesen, wenn sie zu Pferd über Land geritten war.

»Stimmt. Dann sollten wir jetzt unsere Beute vom Strand und zu unserem Lieblingsbusch schaffen und nachsehen.«

»Was ist mit den Schwarzen?«

»Wir bewegen uns vorsichtig, aber wir müssen ja die Gegend erkunden, wir können nicht ewig hierbleiben. Die Chance, dass wir hier gerettet werden, ist extrem gering. Die meisten Schiffe halten sich von dieser Küste fern, und Siedlungen gibt es hier nicht.«

»Dann los.«

»Vielleicht sollten wir noch ein paar Muscheln mitnehmen.«

»Ja, ich grabe noch ein paar aus«, sagte sie und scharrte mit einem Stück Holz im Sand.

»Ich rolle schon mal das Wasserfass aus der Flutzone.«

Der Wind brachte Gischt mit sich, und das Wasser hatte Georginas Kleider wieder durchnässt. Allmählich wurde ihr wirklich kalt, und sie war froh, als Miles ihr signalisierte, er wolle gehen. Sie tranken noch etwas aus dem Fass und nahmen sich jeder eine Tasse Wasser mit nach oben. Schwere Wolken waren aufgezogen, und die Landschaft sah wieder grau und düster aus.

Der Sand flog von ihren Füßen vor ihnen her, als sie über die Vordünen stiegen. Die gesamte Natur schien dem kalten Südwind entkommen zu wollen, stellte Georgina fest. Die Tiere versteckten sich im Schutz der Dünen, alle Büsche und Bäume streckten sich nach Norden, als bäten sie still um Schutz. Nur ein paar Gräser hielten den Sand mit ihren ausgestreckten Armen am Boden. Die gesamte Landschaft sah uralt, verwittert und zerrissen aus, verkrümmt und verdreht. Hier und da lagen große Haufen gebleichter Muschelschalen wie riesige Mosaiken im Sand.

»Wir sind nicht die einzigen, die Meeresfrüchte mögen«, bemerkte Miles grimmig.

Sie verstauten ihre Schätze in ihrem Gebüsch.

»Dann auf ins Landesinnere«, sagte Miles.

Sie kletterten über eine Reihe von Sandhügeln. »Dort hinauf.«

Miles deutete auf die bisher höchste Düne.

Auf halbem Wege hielt er inne und sah sich wachsam um. Oben würden sie sehr gut zu sehen sein. Aber er konnte niemanden entdecken, nur die Endlosigkeit der Dünenlandschaft.

»Gütiger Himmel!«

Für einen Augenblick waren die Schwarzen vergessen. Vor ihnen erstreckte sich eine lange, schmale Lagune, so weit das Auge reichte, parallel zur Küste und zur Dünenkette. An einigen Stellen war sie schmal genug, sodass man hinüberschwimmen konnte, an anderen war sie eine Meile breit. Das Wasser schimmerte silbrig und spiegelte die schweren Wolken, die von Süden hereinkamen. Und auf dem Wasser waren Vögel. Vögel jeder Größe und Art.

»Kein Wunder, dass die Schwarzen sich nicht am Meer herumtreiben«, bemerkte Miles. »Hier gibt es genug Wasservögel, um eine ganze Armee satt zu bekommen.«

Sie sahen sich wieder nach Anzeichen menschlicher Behausungen um, aber da sie nichts fanden, gingen sie hinunter ans Ufer.

Große Bäume mit kahlen Stämmen standen nackt im eisigen Wind am Wasserrand. Verkrümmte tote Äste streckten sich in den Himmel. Regenpfeifer mit schwarz-weiß-grauem, windzerzaustem Gefieder standen im flachen Wasser und schlossen die Augen gegen die Kälte.

Georgina rümpfte unwillkürlich die Nase. Es stank nach allen möglichen fauligen, verwesenden Dingen, nach Fisch, Dung, brackigem Sumpf und nassem Moos.

»Da haben wir unseren Wasservorrat, wenn das Fass leer ist«, sagte Miles.

Georgina stellte sich auf einen Stein und probierte. »Ein bisschen brackig.«

Miles lachte. »Dann müssen wir uns etwas Besseres suchen.«

Sie gingen am Rand der Lagune entlang. Georgina sah als Erste das große Nest aus Ried und Gras, das nur ein kleines Stück vor ihnen im Wasser trieb. Zehn große Eier lagen darin.

»Die sind ja fünf oder sechs Mal größer als Hühnereier«, sagte sie. »Müssen von einem großen Vogel stammen.«

»Schwan oder Pelikan vielleicht«, erwiderte Miles.

Sie nahmen sechs von den Eiern mit. Drei konnte jeder tragen, und Georgina wollte der Vogelmutter noch welche lassen.

Rohe Eier waren schwierig zu essen, und sie wollten lieber kein Feuer machen, obwohl sie ein Feuerzeug gefunden hatten. Also öffnete Miles eine Flasche mit Brandy, und sie vermischten sie mit den Eiern.

Dann wurden die Schatten länger, und die Kälte kroch ihnen in alle Knochen. Der Brandy machte Georgina müde, und sie krochen in ihren Busch.

»Gute Nacht, Miles.«

»Gute Nacht, Georgina«, erwiderte er.

Sie lagen beide ganz still auf ihren Lagern. Georgina dachte über ihn nach. Am liebsten wäre es ihr gewesen, er hätte sich an sie geschmiegt wie in der Nacht zuvor. Es war so entsetzlich kalt. Sie rückte ihr Blätterlager zurecht.

»Können Sie nicht schlafen?« Seine Stimme klang seltsam in der Dunkelheit.

»Nein. Zu kalt.«

»Dann kommen Sie her«, sagte er und zog sie an sich. Sie überließ sich bereitwillig der Wärme in seinen Armen. Sie wusste, es war unschicklich, aber gütiger Himmel, hatten sie denn in den letzten Wochen nicht genug Kälte und Nässe ertragen? Hatte er denn nicht genauso gelitten wie sie? Sie hatten keine Decken, konnten kein Feuer machen. Sie hatte ihren Mantel im Wasser ausgezogen, weil er sie zu ertränken drohte. Warum sollte sie sich nicht an diesem Mann wärmen?

Er war ein schwieriger Mann, dieser Miles. Sehr zurückhaltend, als würde er keinen Menschen auf der Welt brauchen. Irgendwann einmal hatte er das sogar schon gesagt. Natürlich brauchten sie einander, verstand er das denn nicht? Er war ebenso abhängig von ihr wie sie von ihm. Sie mussten einander helfen. Und jetzt brauchte er ihre Wärme vermutlich ebenso sehr wie sie die seine.

»Georgina?«, flüsterte er, als hätte er ihre Gedanken gelesen. »Ich habe mich geirrt. Sie sind eine wunderbare Frau, Sie haben einen ungeheuren Überlebenswillen, und Sie haben in den letzten Tagen sehr viel geleistet.« Sie schmiegte sich enger an ihn. »Es war meine Schuld. Es tut mir leid, dass Sie so viel durchmachen mussten und immer noch müssen.«

»Was war Ihre Schuld?«, fragte sie.

»Bei einem Schiffbruch muss der Offizier die Verantwortung übernehmen.«

»Miles, Sie tragen dafür doch keine Verantwortung!« Sie drehte sich zu ihm um. »Sie sind doch nicht schuld daran! Gegen einen Sturm oder eine gefährliche Küste sind wir alle machtlos.«

Er rückte ein Stück von ihr ab, als hätte er erst jetzt begriffen, dass er sie in den Armen hielt. »Aber ich hätte vielleicht mehr tun können, um Leben zu retten. Irgendetwas.«

»Sie haben getan, was Sie konnten.« Sie hätte ihn so gern in die Arme genommen, sein Gesicht berührt. »Sie haben sich untadelig verhalten.«

Er seufzte fast ein wenig erleichtert. »Vielleicht haben Sie ja recht.«

Sie schwiegen eine Weile. Georgina spürte, dass sein Atem leiser und flacher wurde. Er war eingeschlafen. Wie erschöpft musste er sein!

Sie hätte auch endlich schlafen sollen. Aber sie konnte nicht. Sie spürte seinen Körper, den süßlichen Duft des

Brandys in seinem Atem, das Heben und Senken seines Brustkorbs.

Sie hätte ihn gern ganz fest gehalten, aber sie wollte ihn auf keinen Fall wecken.

Manchmal verhielt er sich, als wollte er sie auf Abstand halten. Er war sehr geradeaus, sehr entschlossen, voranzukommen, sehr selbstbewusst. Aber er hatte auch etwas sehr Liebenswertes an sich. Seine blauen Augen, die sonnengebräunte Haut, die goldfarbenen Härchen auf seinen Unterarmen, sein klarer Körperbau ... Er sah gut aus, und er war intelligent und tüchtig.

Ihre Gedanken gingen in die falsche Richtung, das war ihr klar. Wenn sie noch irgendetwas von einer Dame an sich hatte, würde sie jetzt dafür sorgen, dass das aufhörte. Sie würde sich wegdrehen und die Gedanken an seinen schlanken Körper aus ihrem Kopf verbannen. Aber es war zu kalt, um sich wegzudrehen, und sie brauchte ein wenig Trost und Freude. Außerdem schlief er ja und kannte ihre Gedanken nicht.

Bis zu dem Schiffbruch hatte sie nie so dicht bei einem Mann gelegen. In den beiden vergangenen Nächten waren sie beide halb erfroren gewesen und außerdem zu erschöpft, um überhaupt zu denken.

Geoffrey Bressingtons Annäherungsversuche waren das Äußerste an Körperkontakt gewesen, was sie je erlebt hatte. Und sie hatte auf seine Hände und Lippen reagiert, obwohl sie ihn eigentlich gar nicht leiden konnte und ihm auch nicht traute. Wie würde sie auf einen Mann reagieren, zu dem sie sich hingezogen fühlte?

Sie wusste mehr, als ihren Verwandten recht gewesen

wäre. Schließlich hatte sie auf einem Anwesen gelebt, auf dem es Hunde, Pferde und Kühe gab. Und blind war sie auch nicht. Sie verstand genau, was in ihrem Körper vor sich ging: Sie sehnte sich nach ihm, und im Grunde genommen hatte sie Glück, dass er schlief.

Seine Hand zuckte im Schlaf, fuhr an ihrer Seite entlang und streifte ihre Brust. Sie spürte, wie ihr ganzer Körper darauf reagierte. Würde dieser Mann sie begehren, wenn sie ihn begehrte?

Sie strich mit ihren Händen über seinen Körper, konnte der Versuchung nicht widerstehen. Als er sich ein wenig von ihr wegbewegte, seufzte sie leise. Sie würde noch warten müssen.

* * *

Peeta hatte das Ufer der Insel erforscht, die Gezeiten und die Wellen, und an Tagen mit klarer Sicht hatte sie sehnsüchtig auf die ferne Küste geblickt. Seit sie auf Karkukangar war, hatte sie über ihre Flucht nachgedacht, hatte geplant, von wo sie aufbrechen würde, wann die richtige Zeit und Gelegenheit dafür wäre.

Es würde eine weite Strecke sein, die sie schwimmen musste. Das größte Risiko war die Erschöpfung. Stück für Stück hatte sie das Material für ein Floß gesammelt, Riedgras, Büsche und kleine Baumstämme. Sie hatte sich Taue aus Fasern gemacht und sie in einer weiter entfernten Bucht in einem Busch versteckt. Dann hatte sie angefangen, das Floß zu bauen, das stärkste Floß, das sie je gesehen hatte.

Es war Winter, und das Wasser war entsetzlich kalt. Viele

Male hatte sie das Floß zu Wasser gelassen und gepaddelt, um Übung zu bekommen. Jedes Mal hatte sie sich ein wenig weiter vom Ufer entfernt, um ihre Arme und Schultern so stark wie möglich zu machen. Und nach jedem Versuch hatte sie ihre Flucht noch ein wenig hinausgeschoben. Sie hatte gewusst, dass es sehr schwierig und sehr gefährlich werden würde.

Endlich waren die brüllenden, kalten Stürme des Spätwinters aufgekommen und hatten die Insel regelrecht durchgeschüttelt. Es war keine günstige Zeit für die Flucht, aber Peeta wusste, wenn sie jetzt nicht bald zu den Kurangk zurückkehrte, dann würde Thukeri sich vielleicht eine andere Frau suchen. Wenn er überlebt hatte. Wenn das Land unter der Sonne wärmer wurde, wenn der Frühling kam, dann erwärmten sich auch die Menschen. Und das wollte sie nicht verpassen.

Sie wartete, bis die Männer zum Walfang ausgezogen waren. Es war ein windstiller Tag, der Sturm hatte sich gelegt. Das Wasser war einigermaßen ruhig, und die Strömung bewegte das Wasser Richtung Festland und Richtung Süden.

Ja, es hatte schon Leute gegeben, die es geschafft hatten. Und Ngurunderi würde jetzt keine neuen Wellen herbeibefehlen. Sie konnte es schaffen. Ganz bestimmt!

Sie rieb sich die Haut dick mit Waltran ein und zog ihr Kleidungsstück aus Seehundfell an, eine Art Krinkari-Jacke, die ihre Arme, ihren Leib und die Oberschenkel bedeckte. Dann nahm sie eine kräftige Mahlzeit zu sich und packte sich etwas Proviant in einen Lederbeutel. Und dann begab sie sich in ihre geheime Bucht, um das Floß zu holen.

* * *

Der nächste Tag verging wie die vorherigen. Sie suchten wieder den Strand ab, aber es gab keine Spur von weiteren Überlebenden. Ein weiterer Toter war angespült worden, aber Georgina kannte das Gesicht nicht. Vermutlich war es jemand aus dem Zwischendeck. Sie begruben auch ihn, dann sammelten sie wieder Muscheln und kehrten zurück in ihr Lager.

»Ich bin noch nie in meinem Leben so müde gewesen«, sagte Georgina. »Wirklich noch nie. Meine Beine sind wie Blei.«

Miles nickte nur, zu müde, um ihr zu antworten.

Georgina rappelte sich auf und begab sich zu dem großen Busch, in dem sie geschlafen hatten. Erst am nächsten Morgen wachte sie wieder auf.

So ging es weiter: Der Weg zum Strand, die Suche nach Überlebenden und brauchbarem Strandgut, Muscheln essen. Der Versuch, sich gegen den eisigen Wind zu schützen, um einigermaßen warm zu bleiben. Georgina konzentrierte ihre Suche auf alles, womit sie ihre Kleidung ergänzen oder ersetzen konnte. Sie fand eine gestrickte Kniedecke, die halb im Sand begraben war, und eine kräftige, nur ganz wenig zerrissene Jacke für Miles. Auch ein Tau und etwas Garn förderte sie zutage.

Eine bleiche Wintersonne ließ sich am Nachmittag durch die Wolken sehen. Sie legten sich auf die Nordseite einer Düne und saugten das bisschen Wärme förmlich in sich auf.

»Wenn wir diese Wärme nur speichern könnten«, sagte Georgina. Miles reckte sich lächelnd und nahm sich noch ein paar Muscheln. Sie konnte nicht anders, als ihn beobachten und alles zu speichern, jedes Wort, jede Bewegung, jeden Blick. Und sie fragte sich, ob es ihm genauso ging.

Er biss mit Genuss in das Muschelfleisch, sodass der salzige Saft ihm übers Kinn lief. Sie stellte sich vor, dass sie ihn ableckte, und fragte sich sofort, woher denn nur solche Gedanken kamen. Dieses Erlebnis, hier im Sand zu sitzen, Muscheln zu essen und Wasser zu trinken, hatte etwas sehr Erdverbundenes. Nach einer Zeit des Mangels fühlte es sich fast an wie ein üppiges Festessen. Es dauerte lange, weil die Muscheln so klein waren und so sorgfältig aus der Schale gepult werden mussten.

Er bemerkte ihren Blick und erwiderte ihn, eine Sekunde lang so voller Sehnsucht, so zärtlich, dass ihr Herz einen Schlag aussetzte. Er begehrte sie so sehr wie sie ihn, daran hatte sie keinen Zweifel.

Ein neuer Tag begann. Am Nachmittag gingen sie zur Lagune, wo sie die Kleider auswuschen, die sie am Vormittag am Strand erbeutet hatten. Dann versteckte sich Georgina im Schilf und zog sich aus, um sich zu waschen.

Sie machte sich Arme und Beine nass und rieb ihre Haut mit den nassen Händen ab. Dann watete sie ein Stück in das kalte Wasser, das ihr fast den Atem nahm, aber auch sehr erfrischend war. Wieder an Land, zog sie ihre eigenen Kleider wieder an. Sie würde sie morgen waschen, wenn die anderen trocken waren.

Als sie aus dem Schilf zurückkam, sah sie, dass Miles

ebenfalls nasse Haare hatte. »Das fühlt sich schon viel besser an«, sagte er, während er sein Hemd anzog.

»Allerdings.«

»Wunderbar, endlich das Salz von der Haut zu waschen.«

»Wie lange ist es her, seit das Schiff auf die Sandbank aufgelaufen ist? Acht Tage? Ich hoffe, ich muss nie mehr so viel Salz auf der Haut haben.« Sie drehte ihr Haar zusammen und drückte es mit den Händen aus. Es hinterließ nasse Flecken auf ihrem Kleid.

Sie spürte den Wind auf dem nassen Stoff, fühlte ihre Brustwarzen, fühlte sich frisch und lebendig, fühlte ihre Haut nach dem belebenden Bad glühen.

Sie blickte auf.

Miles sah sie an, als wäre er sich ihres Körpers jetzt noch mehr bewusst. Ihre Brustwarzen mussten sichtbar sein, denn sie hatte sich kurz vor dem Schiffbruch das Korsett ausgezogen, damit sie bequemer in ihren Kleidern schlafen konnte.

Sie spürte, wie sich ihr Mund öffnete, wie sie leise aufkeuchte, als sie die Wärme in seinem Blick bemerkte. Und dann wusste sie es. Er dachte an die wilde Nacht mit dem Tropensturm, an die Nacht, als er sie an Deck gefunden hatte, mit aufgelöstem Haar und nassem Kleid. Auch damals hatte er sie mit dieser verhaltenen Bewunderung angesehen.

Und diesmal würde ihn kein brennender Schiffsmast ablenken.

11

Georgina sah, wie die Ader an seiner Kehle pochte. Sie sah ihn an, das Heben und Senken seines Brustkorbs, die goldfarbenen Haare in seinem Hemdausschnitt, das leuchtende Blau seiner Augen. Sie war sich absolut sicher.

Aber sie wusste auch, er würde nicht den ersten Schritt tun. Er war zu unabhängig, zu verantwortungsbewusst dafür. Sie musste es tun. Ihre Beine bewegten sich, ohne dass sie darüber nachdachte, auf ihn zu.

Er stand reglos da und sah auf sie herunter.

Sie stellte sich auf die Zehenspitzen und legte eine Hand auf seine Brust.

»Miles«, sagte sie leise.

Er sah sie immer noch an, wachsam jetzt, schweigend. Er wartete ab, was sie tun würde.

Sie streckte sich nach ihm aus und küsste ihn auf den Mund. Seine Lippen waren kalt vom Baden, und sie reagierten nicht. Sie hob ihr Kinn und sah ihn an.

»Was tun Sie da?«, fragte er leise. Er war immer noch wachsam, aber seine Erregung war deutlich zu spüren.

»Was glauben Sie denn?« Sie streckte die Hand nach ihm aus, und diesmal nahm sie sein Gesicht in beide Hände und ließ ihre Lippen auf seinem Mund.

»Nimm mich in die Arme«, flüsterte sie, und zu ihrer Überraschung tat er es. Seine starken Arme umfassten ihren Rücken, und er zog sie an sich. Sein Kuss war zuerst fest, dann wurde er wärmer und weicher, sodass ihr ein Wirbel durch den Bauch fuhr.

Sie fühlte, wie sie gegen ihn sank und sich dem Gefühl ganz überließ. Warme Wellen des Verlangens durchströmten sie, ließen sie ein wenig taumeln, sodass er sie fester halten musste.

Dann umschloss er ihre Lippen mit den seinen, schmeckte sie, umspielte sie, teilte ihre Lippen und Zähne mit seiner Zunge, sodass sie dahinschmolz. Seine Hände begannen auf ihrem Rücken zu spielen, hinauf und hinunter.

Sie drängte ihre Hüften gegen ihn und öffnete den Mund noch mehr. Ihre Hände umfassten seinen Nacken, ihre Finger spielten in den weichen, feuchten Locken, die sie dort fand.

Seine Hände fuhren in ihre nassen Haare, und er hielt sie fest und küsste sie noch inniger, bis sie es fast nicht mehr aushielt. Sie wollte bei ihm liegen, hier und jetzt. Es war ihr vollkommen gleichgültig, wer sie war oder wer er war, wo sie waren und was geschehen war.

Plötzlich entzog er sich ihrer Umarmung.

»Was ist?«

»Was ist? Gütiger Himmel!« Er trat noch einen Schritt zurück. »Das hier gerät außer Kontrolle, das ist es.«

»Warum? Wir wollen es beide, oder nicht? Du begehrst mich schon eine ganze Weile.«

»Etwas begehren und etwas haben sind zwei verschiedene Dinge, das habe ich von klein auf gelernt«, sagte er leichthin und fuhr sich mit beiden Händen durch die Haare. »Georgina ... Miss Stapleton, Sie wissen nicht, was Sie da tun.«

»Nein, auf eine Weise weiß ich es wirklich nicht, weil ich etwas Derartiges noch nie getan habe. Aber ich weiß, was ich will, nämlich dich.« Sie streckte die Hand nach ihm aus.

»Und Sie gehen immer so direkt darauf zu, wenn Sie etwas wollen?«

»Warum nicht?«

»Ich vermute, Sie bekommen es dann auch.«

Er drehte sich ungeduldig weg, als könnte er sich keinen Augenblick mehr unter Kontrolle halten, wenn er noch wartete. Mit einem seiner nassen Stiefel trat er auf einen umgestürzten Baum und hielt sie damit von sich fern. »Das Unglück hat Sie verwirrt, das muss es wohl sein. Mädchen Ihres Standes präsentieren sich nicht einem einfachen Seemann wie auf dem Silbertablett.«

»Ich bin kein Mädchen mehr, sondern eine Frau von neunzehn Jahren. Und Sie sind kein einfacher Seemann, sondern Offizier. Im Übrigen bin ich alles andere als verwirrt. Geben Sie es doch zu, Miles, die Anziehung war von Anfang an da. Seit dem Tag, als ich in Plymouth an Bord ging. Gut, wenn der Schiffbruch nicht gewesen wäre, dann wären wir wohl nach Portland Bay gesegelt und jeder seiner Wege gegangen, und wir hätten es beide bedauert. Aber jetzt sind wir hier, nur wir beide. Und es gibt keinen Grund, irgendetwas zu bedauern.«

Er blickte auf die Lagune hinaus, als wollte er ihre Worte nicht hören. Vögel flogen auf und traten Wasser, während sie sich erhoben.

»Miles? Ich habe recht, oder nicht? Das Schicksal hat in unser Leben eingegriffen, und wir sollten das Beste daraus machen. Ich bin ehrlich genug, es auszusprechen, kühn genug, wenn Sie so wollen. Ich brauche den Trost Ihrer Umarmung, Ihrer Lippen.«

Er antwortete nicht. Sie ging auf ihn zu und legte die Hand auf seinen Arm, aber er schüttelte sie ab, als hätte die Berührung ihn verbrannt. »Georgina, hören Sie auf!«

»Warum?«

»Ich will ... ich will Sie nicht ausnutzen.« Er sah sich um, schaute wieder auf die Lagune hinaus und schüttelte den Kopf. »Natürlich fühlen Sie sich einsam. Vielleicht sind Sie mir auch ein wenig dankbar, weil ich Sie sozusagen gerettet habe. Und Sie fühlen sich unbesiegbar, weil Sie das alles überlebt haben, aller Wahrscheinlichkeit zum Trotz. Sie fühlen sich mir nah, weil wir hier am Ende der Welt aufeinander angewiesen sind. Aber das dürfen Sie doch nicht verwechseln mit ... mit dem, was hier vor ein paar Minuten vor sich ging.«

»Ich verwechsele gar nichts, ich weiß genau, was ich tue.«

»Das können Sie gar nicht wissen, dafür sind Sie viel zu jung und unerfahren.« Er sah sie forschend an. »Jedenfalls nehme ich das an.«

»Körperlich bin ich das. Ich bin nicht so leichtfertig, wie Sie jetzt gerade andeuten. Ich flirte gern und habe ein wenig Spaß, aber ich laufe nicht herum und verführe fremde Männer – oder auch weniger fremde.«

»Dann verführen Sie mich lieber auch nicht. Niemand würde mir glauben, wenn ich behaupten würde, Sie hätten mich verführt.«

»Ich würde es jederzeit zugeben, falls wir irgendwann in die Zivilisation zurückkehren.«

Er lachte laut und zeigte seine geraden weißen Zähne. »Ein grober Seemann ohne Geld lässt sich nach einem Schiffbruch von einer schönen jungen Erbin verführen, oder wie? Es würde immer heißen, ich wäre nur hinter Ihrem Geld her gewesen und hätte die Situation ausgenutzt. Hören Sie doch auf, das ist ja wie in einem schlechten Roman!«

»Miles ...«

»Schlagen Sie sich das aus dem Kopf! Wenn Sie später auf diese Szene zurückblicken, werden Sie sich ohnehin schon dumm genug vorkommen.« Er nahm die nassen Kleider in die Hand und marschierte die Düne hinauf, zurück zu ihrem Lager. Georgina blickte ihm fassungslos hinterher. Die ganze Angelegenheit hätte ihr jetzt auch furchtbar peinlich sein können, aber das war nicht ihre Art, war es nie gewesen. Sie war enttäuscht und vielleicht ein wenig verletzt, weil er sie zurückgewiesen hatte, aber das änderte nichts an der Tatsache, dass sie ihn begehrte. Nein, sie begehrte ihn eher noch mehr.

Sie wartete eine Weile, dann ging sie ebenfalls zurück.

Miles hatte die Kleider auf dem Busch zum Trocknen aufgehängt und war dabei, noch mehr Gestrüpp zu sammeln.

»Was tun Sie da?«

»Wenn wir uns damit zudecken, ist es wärmer.«

»Und wir müssen uns nicht mehr gegenseitig warm halten, oder?« Sie brachte die Sache sofort auf den Punkt.

»Schauen Sie, Georgina, trotz allem, was ich gestern darüber gesagt habe, dass ich nicht mehr der Erste Maat bin und Sie nicht mehr der Passagier – andere Leute würden es wohl vollkommen anders sehen. Sie würden sagen, dass ich die Pflicht habe, mich um Sie zu kümmern, dass ich Verantwortung für Sie trage, damit Ihnen nichts passiert.«

»Sie machen sich Sorgen um Ihren Ruf und Ihre Karriere, ist es das?«

»Das habe ich nicht gesagt, und das habe ich auch nicht gemeint. Sie wissen das, und Sie drehen mir das Wort im Mund herum.« Er zerbrach die Zweige mit den Händen.

»Ich verrate niemandem etwas«, sagte sie ruhig. »Es würde Ihrer Karriere nicht schaden.«

»Georgina, hat noch nie jemand Nein zu Ihnen gesagt? Sind Sie so verwöhnt, dass Sie immer alles bekommen haben, was Sie wollten? Mein Gott, Sie spazieren durch das Leben wie ein Kind durch den Spielzeugladen.«

»Nicht immer.« Sie drehte ihre nassen Haare zwischen den Fingern.

»Nun, dann hören Sie jetzt ein Nein von mir, und damit Schluss. Wenn Sie mich weiter bedrängen, müssen wir getrennt schlafen, egal, wie kalt es ist.« Er drückte ihr eine Ladung Gestrüpp in den Arm und nickte zu der Stelle, wo sie es hinlegen sollte.

»Sie haben Angst. Sie haben Angst, mir nahe zu kommen, weil das Verlangen genauso in Ihren Adern pulsiert wie in meinen.« Sie stand immer noch mit den stachligen Zweigen im Arm da. Er hielt inne und sah sie an. »Ich bin ein ganz normaler Mann mit normalen Bedürfnissen. Meine Zurückhaltung ist bewundernswert, aber nicht endlos.«

»Dann hören Sie auf damit und lieben Sie mich.« Sie warf das Gestrüpp zu Boden.

»Sie vergessen sich.«

Georgina verzog den Mund und lachte laut. »Oh, Miles, ich hätte nie gedacht, dass Sie so zickig sein könnten.«

Jetzt verzog er ebenfalls den Mund.

»Na los, lachen Sie doch!«

»Meine Dame, Sie sind wirklich unverbesserlich.«

»Und es gefällt Ihnen.«

»Kommen Sie, wir hören auf zu streiten. Wir haben noch mehr als eine Stunde Tageslicht, lassen Sie uns einfach noch ein bisschen spazieren gehen.«

Sie vermutete, dass er das Thema wechseln wollte, ging aber bereitwillig auf seinen Vorschlag ein. Sie hatten sich noch nicht besonders gut mit der Umgebung vertraut gemacht, abgesehen von ihren Beutetouren, und es war eine gute Idee, sich noch ein wenig aufzuwärmen, bevor es dunkel wurde.

»Wir könnten zur Lagune hinuntergehen und den Vögeln zuschauen, wie sie sich für die Nacht niederlassen«, schlug er vor.

Diesmal gingen sie weiter nördlich hinunter. »Wer als Erster unten ist!«, rief sie und rannte los.

Er lief sofort hinter ihr her, und bald sprangen sie durch den Sand wie spielende Kinder. Die Anspannung zwischen ihnen war vergessen.

Doch ihr Lachen verstummte sofort, als sie den Toten auf dem Gestell sah. Sie blieb stehen. Miles war sofort bei ihr, das Messer in der Hand. Sie blieben beide keuchend stehen und betrachteten den seltsamen Anblick: ein großes Gestell, hoch über dem Boden, auf hohen Pfählen errichtet, aus Gestrüpp und Gras zusammengeflochten, die an den Rändern wie Fransen herunterhingen.

Der Leichnam sah alt und vertrocknet aus, als läge er schon seit Jahren dort.

Er saß aufrecht, die Beine angezogen und zusammengebunden. Auch die Arme waren sorgfältig gebeugt neben dem Körper aufgestellt.

»Dieser Mann, wer auch immer es sein mag, ist nicht hier gestorben. Er ist nach seinem Tod hierher gebracht worden«, sagte Miles.

Die sinkende Sonne beleuchtete das grotesk verzogene Gesicht oder was davon übrig war, mit seiner eingefetteten, mit Ockerfarbe eingestrichenen und geschwärzten Haut, die sich fest über den Knochen spannte. Ein grausiger Anblick.

»Lassen Sie uns gehen, das macht mir Angst«, sagte Georgina.

»Warten Sie, wir sollten ihn uns genauer ansehen.« Er streckte sich nach dem Rand des Gestells. In diesem Moment rutschte etwas herunter.

»Seine Waffen«, sagte Miles und griff nach einem Speer und einer Keule.

»Nicht anfassen!«

»Warum denn nicht?«

»Es bringt Unglück, wenn man die Waffen eines Toten berührt. Tun Sie's nicht.«

»Aber wir können sie gut gebrauchen.«

»Legen Sie sie wieder zurück. Bitte!«

Miles zuckte mit den Schultern und warf den Speer zurück auf das Gestell, sodass es zitterte und wackelte. Der Schädel des Toten löste sich vom Körper, rollte herunter und landete neben Georginas Füßen.

»Du lieber Himmel! Gehen wir, Miles, das ist ja furchtbar hier.«

Sie nahm seine Hand, und sie eilten im Sonnenuntergang zurück zu ihrem Lager. Gelegentlich sahen sie sich um.

Alle Gedanken an getrennte Schlafplätze waren nach diesem Ereignis vergessen. Sie räumten ihr Lager schnell auf, warfen Flaschen, Tassen und Vorräte unter einen anderen Busch. Dann brach Miles noch einen Ast mit Blättern ab, um ihre Spuren zu verwischen.

»Irgendwo hier in der Nähe müssen die Schwarzen sein«, flüsterte Georgina, zu ängstlich, um laut zu sprechen.

»Das wussten wir schon die ganze Zeit, der Tote hat uns nur daran erinnert.«

»Eine ziemlich grausige Erinnerung. Ob sie uns auch so bestatten würden?«

»Glaube ich nicht«, erwiderte er trocken. »Das war vermutlich ihr Häuptling, sonst hätten sie sich wohl kaum die Mühe gemacht. Eine seltsame Form von besonderem Respekt, nehme ich an.«

»Ekelhaft«, murmelte sie. »Wirklich ekelhaft.«

Eine Weile lagen sie ruhig nebeneinander. Georgina zuckte bei jedem Geräusch zusammen. Der Anblick des Toten hatte ihren Erlebnissen noch einmal eine ganz neue Wendung gegeben.

»Glauben Sie, dass sie uns finden?«

»Irgendwann schon. Angeblich gibt es in dieser Gegend besonders viele von ihnen.«

»Und werden sie uns töten?«

»Das will ich nicht hoffen, aber sicher bin ich nicht. Sie sind wie alle Menschen, manche sind freundlich, manche nicht. Das kommt wohl darauf an, was sie mit den Siedlern erlebt haben.«

Das Heulen der Dingos klang über die Dünen.

Georgina schwieg einen Moment. »Miles?«, sagte sie dann.

»Ja?«

»Ich habe Angst.«

Er drehte sich zu ihr um und griff nach ihrer Hand. »In der Nacht werden sie uns wohl kaum finden, Sie können also ruhig schlafen. Morgen sieht die Sache anders aus, vielleicht waren wir zu sorglos. Wir müssen immer wachsam sein.«

Sie lagen schweigend da, die Augen offen und voller Anspannung. Die Wolken hatten sich verzogen, sodass der zunehmende Mond durch das Blätterdach schien. Georgina konnte Sterne sehen. Was für ein Leben hatte sie geführt? Was hatte sie bisher erreicht, was stand ihr noch bevor? Würde sie jemals in die Zivilisation zurückkehren und ihren Träumen folgen? Sie fragte sich, wie wichtig ihre alten Träume noch waren.

»Miles?«

»Ja?«

»Was sollen wir tun?«

»Ich glaube nicht, dass noch jemand außer uns beiden überlebt hat.« Seine Antwort klang pragmatischer, als sie erwartet hatte. »Ich glaube, wir haben die Gegend gut durchforscht, und offenbar sind keine anderen Überlebenden hier, also können wir uns allmählich auf den Weg

Richtung Nordwesten machen. Eier, Muscheln und saftige Pflanzen können wir auch unterwegs sammeln.«

»Miles, ich würde auch lieber nicht mehr allzu lange hierbleiben, aber es besteht ja durchaus die Möglichkeit, dass es doch noch Überlebende gibt, irgendwo hier an der Küste. Ich glaube, es ist noch zu früh, wir sollten bleiben und nachsehen, ob noch jemand da ist. Wir müssen den anderen doch helfen, sicher nach Adelaide zurückzukommen.«

»Das passt zu Ihnen. Irgendwie halten Sie das hier offenbar für eine Art Robinson-Idyll, für Ferien im Paradies. Sie glauben, wenn wir noch ein bisschen hierbleiben, bekommen Sie, was Sie wollen.«

»Finden Sie nicht, dass wir hier darauf hoffen können, gerettet zu werden?«

»Nein, in dieser Gegend wird niemand nach uns suchen. Wenn Sie die Hoffnung aufgeben, dass wir doch noch in Portland Bay ankommen, dann werden sie vermuten, dass wir alle auf See umgekommen sind.«

»Aber wir sind hier nicht in unmittelbarer Gefahr. Es gibt nicht besonders viel zu essen, aber wir können eine Weile überleben«, drängte Georgina weiter. »Und wenn wir uns auf den Weg machen, ist es genauso gefährlich wie hier. Wer sagt uns denn, dass die Schwarzen weiter die Küste hinauf nicht noch wilder sind als die hier in der Nähe?«

Miles schwieg.

»Inzwischen wird man wissen, dass wir nicht in Portland Bay angekommen sind. Man wird an der Küste nach uns suchen und das Wrack finden. Es ist dumm, hier wegzugehen.«

»Ja, vielleicht haben Sie recht«, sagte er resigniert.

Georgina beobachtete die Wolken, die über den Mond hinwegzogen. Sie schwiegen noch fünf Minuten.

»Sind Sie noch wach, Miles?«

»Ja, Georgina«, erwiderte er mit einem übertriebenen Seufzen. Sie wusste genau, dass er sich über sie lustig machte.

»Denken Sie auch darüber nach, wie Ihr Leben aussieht und was Sie damit anfangen wollen? Was Sie noch tun wollen, bevor Sie sterben?«

»Ich versuche, möglichst wenig ans Sterben zu denken.« Sie hörte das Lachen in seiner Stimme.

»Nein, Sie wissen schon, was ich meine. Eine Neubewertung.«

»Was bewerten Sie denn neu?«

»Mein Leben ist bisher so eng und behütet gewesen. Wissen Sie, ich habe nie die sogenannten einfachen Leute kennengelernt, von unseren Dienstboten abgesehen. Rose zum Beispiel. Sie hat mir die Augen geöffnet. Man fragt sich doch, was man noch alles verpasst hat.«

»Hm?«

»Es muss doch noch mehr im Leben geben als endlose Partys und Vergnügungen. Ich habe jetzt das Gefühl, ich würde gern etwas erreichen, etwas leisten. Etwas anderes als Ehe und Kinder und sozialen Aufstieg. Ich möchte mehr von der Welt erleben. Es wäre doch schade, wenn ich mit so wenig Erfahrung sterben müsste, verstehen Sie?«

»Ja, ich glaube schon. Ich habe selbst auch schon darüber nachgedacht. Vielleicht sollte ich die Seefahrt aufgeben und einen neuen Anfang machen. Es heißt, hier draußen kann man es schaffen, selbst wenn man aus einfachen Verhältnissen stammt. Hier ist es einfacher, auf eigene Faust etwas zu erreichen.«

Sie stützte sich neben ihm auf den Ellbogen und sah ihm ins Gesicht, das im Mondlicht schwach zu erkennen war. »Ist das so wichtig, dass Sie es auf eigene Faust schaffen?«

»Natürlich! Ich bin zu stolz für irgendetwas anderes.«

Er drehte sich auf die Seite, sodass er ihr gegenüber lag. Für einen Augenblick schwieg er, dann fuhr er fort. »Was die Erfahrungen angeht, so haben Sie vielleicht recht. Ich liege hier und frage mich, warum ich wieder zur See gehen sollte, wo die Welt doch so viel mehr zu bieten hat. Was würden Sie gern erleben?«

»Alles.« Sie legte sich wieder hin, ihre Wange in ihre Ellenbeuge geschmiegt. Er war ihr so nahe, dass sie seine frisch gewaschene Haut riechen konnte.

»Das ist ziemlich viel. Was, wenn uns die Schwarzen morgen umbringen? Was hätten Sie dann noch gern erlebt.«

Sie lächelte leise. »Das wollen Sie nicht wissen«, sagte sie leise.

»Doch, das würde ich sogar sehr gern wissen.« Er ging ihr in die Falle.

»Wenn mich die Schwarzen morgen umbringen würden«, sagte sie langsam, »dann gäbe es nur eine Erfahrung, die ich vermissen würde. Ich würde gern das Gefühl haben, das Wichtigste erlebt zu haben, das eine Frau erleben kann. Die Liebe mit einem Mann.«

»Oh, Georgina, nicht schon wieder!« Er wandte sich ab.

»Sie haben gut reden!«, flüsterte sie. Laut zu sprechen

wagte sie nicht. »Ich wette, Sie sind keine Jungfrau mehr.«
Gütiger Himmel, selbst sie war allmählich schockiert von
dem, was sie da sagte.

»Das ist doch nun wirklich etwas anderes.«

»Nein, ist es nicht.« Sie setzte sich auf. »Es mag ja sein,
dass ich ein dummes Oberschichtmädchen bin, aber ich
bin eben auch ein menschliches Wesen, eine Frau, und eine
abenteuerlustige Frau noch dazu. Ich weiß, dass ich kühner
bin, als ich sein sollte, aber so bin ich nun mal. Wenn Sie
neunzehn Jahre alt wären und noch nie geliebt hätten und
dazu verurteilt wären, morgen zu sterben, dann würden Sie
es gern noch erleben, oder nicht?«

»Sie sind aber nicht dazu verurteilt, morgen zu sterben.«

»Nein, aber es könnte trotzdem passieren. Unser Leben
hängt an einem seidenen Faden. Unsere Überlebenschance
ist ziemlich gering, das haben Sie selbst gesagt.«

Sie konnte sehen, wie er den Kopf schüttelte.

»Es könnte sein, dass wir es nicht in die Zivilisation zurück schaffen. Dann könnten wir doch wenigstens unser
Lebensende damit verbringen, glücklich zu sein. Warum
sollen wir nicht genießen, was wir haben, und tun, was wir
wollen? Es ist vielleicht unsere letzte Chance.«

Ihre Stimme wurde brüchig; wenn ihre kleine Ansprache
schon auf ihn keinen Eindruck machte, so doch auf sie
selbst.

Je länger sie über den Tod und alles Verpasste nachdachte, desto mehr tat sie sich selbst leid. Ihre Augen wurden feucht, aber sie wischte die Tränen weg. Miles musste
sie nicht sehen.

Aber zu spät. »Weinen Sie wirklich oder ist das nur

Schau?« »Die Tränen sind echt, aber ich weiß eigentlich nicht, warum«, lachte sie und wischte sich noch einmal über die Augen.

»Zu viel Gerede über Tod und Gefahr«, erwiderte er.

»Wahrscheinlich.«

»Kommen Sie, ich nehme Sie in den Arm, bis Sie einschlafen. Es ist einfach zu kalt. Aber kommen Sie bloß nicht auf falsche Ideen.« Er zog sie am Arm, sodass sie mit dem Rücken zu ihm lag, eng an ihn geschmiegt. Dann legte er den Arm um sie, beschützend und warm, aber sehr väterlich.

»Und jetzt schlaf, Kleines«, sagte er. Er hätte den Altersunterschied nicht so betonen müssen, er konnte doch höchstens fünf oder sechs Jahre älter sein als sie. Mit diesem Gedanken schloss sie die Augen und versuchte zu schlafen.

Miles lag vollkommen still neben ihr, aber sie konnte spüren, dass er auch nicht schlief. Sie konnte ihren eigenen Herzschlag hören. Eigentlich hätte sie sich schämen müssen für all das, was sie heute gesagt hatte, aber das tat sie nicht. Sie begehrte Miles. Warum musste er ein solcher Gentleman sein?

Gentleman. Was für ein Wort. Genau genommen war er kein echter Gentleman, auch wenn seine Familie irgendwann einmal der Oberschicht angehört hatte. Aber mit seinen altmodischen Vorstellungen von Pflicht und Ritterlichkeit hatte er eben doch sehr viel von einem Gentleman, während diejenigen, die diesen Titel von Geburt an trugen, oft nur ihre eigenen Interessen im Sinn hatten. Geoffrey Bressington war ein solcher Mann gewesen, genau wie Mr

Reynolds. Sein Versuch, bei der Essensverteilung mehr zu ergattern, als ihm zustand, war jedenfalls ganz und gar unritterlich gewesen.

Bei Miles war es – leider – anders: Sein Verantwortungsgefühl und seine Wahrnehmung ihrer beider heikler Situation waren einfach stärker als die gegenseitige Anziehung.

Sie tat so, als schliefe sie, murmelte ein wenig vor sich hin und drängte sich dann noch näher an ihn, als wollte sie seine Wärme spüren. Er atmete ein wenig schneller, und sie konnte spüren, wie seine Erregung wuchs. Sie seufzte, bewegte sich wieder, sodass seine Hand auf ihrer Brust zu liegen kam. Er ließ sie liegen.

Sie wusste, er wollte sie nicht wegnehmen, wollte sie berühren, er wagte es nur nicht.

Verführung war so einfach, dachte sie.

Sie konnte seinen Herzschlag an ihrem Rücken spüren, seinen Atem an ihrem Hals. Sie drehte sich um, sodass er ihren schlanken weißen Hals und ihre leicht geöffneten Lippen sah. Einen Augenblick später hatte er sich auf einen Ellbogen gestützt und küsste sie leicht auf den Mund.

Sie rührte sich nicht. Er küsste sie wieder, so leicht wie Schmetterlingsflügel. Sie murmelte ganz leise seinen Namen, als hätte sie den Kuss nur geträumt, und ließ ihre Hand in seinen Nacken gleiten.

Und tatsächlich brach sein Widerstand zusammen. Er keuchte auf, umarmte sie, riss sie förmlich an sich. Sie ließ sich hängen, als hätte sie keine Kraft für irgendeine Art von Widerstand. Er küsste sie wieder, diesmal mit aller Kraft. Seine Barthaare strichen über ihre Haut, sie roch das Lagunenwasser und einen Hauch Brandy in seinem Atem. Und dann ergab sie sich träge, als hätte er sie mit seinen Berührungen geweckt.

Seine Hände erforschten ihren Körper, fuhren zuerst über ihre Rippen und ihren Bauch, dann über ihre Pobacken und Schenkel und schließlich über ihre Brüste, mit festen, sicheren Bewegungen.

Er zog den Kopf ein wenig zurück, damit er ihr Gesicht sehen konnte. Seins lag im Schatten; sie konnte seinen Ausdruck nicht erkennen.

»Du bist eine Verführerin, Georgina. Eine Seehexe, wie sie im Buche steht, mit deinen funkelnden meerblauen Augen und deinem einladenden weichen Mund. Du hast mich verzaubert und mich dazu verleitet, mein Schiff auf Grund zu setzen, nicht wahr?«

Sie hörte die Schärfe in seiner Stimme, aber ohne es zu sehen, erkannte sie auch das Lächeln darin. Und sie lächelte zurück. »Natürlich. Ich begehre dich mehr als alles andere auf der Welt. Es war fast diesen Schiffbruch wert, dass ich dich jetzt für mich habe. Vielleicht nur einen Tag oder eine Woche lang, aber mehr habe ich ja vielleicht auch nicht. Ich will das Beste aus meinem Schicksal machen.«

Sie zog ihn wieder zu sich herunter. Ihre Körper drängten sich aneinander, verschlangen sich von den Lippen bis zum Becken. Einmal lag sie oben, einen Augenblick später erdrückte er sie fast mit seinem Gewicht und seiner Kraft, küsste und streichelte sie. Sie wollte sich die Kleider vom Leib reißen und ihm noch näher kommen, Haut an Haut, Körper an Körper.

Sie rollte wieder auf ihn, bewegte ihr Becken an ihm, getrieben von einem urtümlichen Bedürfnis. Niemand musste ihr sagen, was zu tun war, ihr Denken war ausgeschaltet. Ihr Körper hatte das Kommando übernommen, sie bewegte sich an ihm, spürte seine Härte an ihren Schenkeln.

Er nahm sie in die Arme und drehte sie um, sodass sie wieder unter ihm lag. Wieder streichelte er sie, mit kühlen, sicheren Händen, und sie fühlte, wie er sie auszog. Die Verführerin wurde zum Opfer, und sie verfiel seinem Zauber ebenso sicher, wie er ihr verfallen war.

Dann waren sie beide nackt, und der Wind fühlte sich frisch an auf ihrer Haut. Seine warmen Hände zogen eine Spur auf ihrem Körper.

»Ich will dich jetzt, Miles«, drängte sie.

»Ich will dich auch, meine Liebste«, sagte er, und die letzten beiden Worte schickten einen Hitzestrahl durch sie hindurch.

Er drang mit ekstatischer, schrecklicher Langsamkeit in sie ein, einmal, zweimal, dreimal, immer nur ein bisschen, bis ihr Körper nachgab und ihn willkommen hieß, allen Widerstand hinter sich ließ und die Sehnsucht ihres Herzens übernahm.

Ihre Welt bestand nur noch aus ihm, alles andere war vergessen – das Rascheln der Blätter, das Brüllen des Ozeans, die kleinen Zweige, die unter ihnen zerbrachen, der scharfe Duft der zerdrückten Blätter, die Kälte auf ihrer Haut, die Sterne und der Mond über ihnen.

Der Rhythmus riss sie mit sich in die Höhe, bis die Spannung unerträglich wurde und der Strom der Freude endlich ihr gehörte. Der Strom, den sie sich so sehr gewünscht hatte.

Er lag auf ihr, bedeckte sie wie ein Mantel aus Liebe. Sie keuchten beide. Er küsste sie sanft und zärtlich auf den Mund, auf die Nasenspitze und die Augenbrauen.

In ihren Adern strömte die Liebe wie warmer Honig.

»Oh, Miles«, sagte sie träumerisch.

»Hmm«, erwiderte er und küsste sie noch einmal.

Dann erhob er sich, nahm sie in seinen Armen mit sich, sodass sie nebeneinander lagen und sich in die Augen sehen konnten.

»Du hast also die Wahrheit gesagt«, murmelte er und strich mit den Fingern über ihr Gesicht. »Du warst wirklich noch Jungfrau.«

»Natürlich. Ich lüge dich doch nicht an«, sagte sie.

»Nein?«

»Nein!«

»Dann warst du wirklich eingeschlafen und die Einladung war vollkommen unbewusst?«

Sie schnappte nach Luft, dachte einen Augenblick daran, alles abzustreiten, aber dann musste sie lachen und er lachte mit. »Ich kann einfach nicht lügen«, sagte sie lächelnd.

»Ich würde deine Tricks sowieso bemerken.«

»Dann hast du nichts mehr gegen meine Tricks einzuwenden?«

»Nein. Es sind aber auch sehr angenehme Tricks, muss ich sagen.«

Ihre Finger spielten mit den Locken in seinem Nacken, und sie versank im Blick seiner himmelblauen Augen. Sie mussten nichts mehr sagen, sie konnte ihre Augen ohnehin nicht abwenden, ebenso wenig wie er. Sie hatte das Gefühl, geradewegs in seine Seele zu blicken.

Endlich hatte sie mit ihm geschlafen, nach einer so langen, so heftigen Zeit des Begehrens. Nachdem sie schon gedacht hatte, es würde nie eine Gelegenheit dazu geben. Sie war allein mit ihm, und niemand würde sie vor der Kraft ihrer eigenen Instinkte schützen, niemand würde sie vor den Folgen ihrer Leidenschaft schützen, die sie gespürt hatte, seit sie ihn das erste Mal gesehen hatte, an dem Tag vor vielen Monaten, als sie in Plymouth an Bord der *Cataleena* gegangen war.

Sie hatte bekommen, was sie sich so sehr gewünscht hatte: Miles Bennett. Und es war schöner, als sie gedacht hatte. Ihr ahnungsloser Körper hatte auf seine Berührungen in ungeahnter Weise reagiert.

So viele Fragen gingen ihr durch den Kopf, Fragen, die sie nicht laut aussprechen konnte. Fand er sie wirklich anziehend? Begehrte er sie ebenso sehr wie sie ihn? Oder hatte er nur ihrem Drängen nachgegeben?

»Miles?«

»Hm?«

Sie hielt inne und schluckte. »War es ein Fehler?«

»Dass wir uns geliebt haben?«

»Ja.«

»Glaubst du, dass es ein Fehler war?«, fragte er.

»Für mich nicht. Ich begehre dich immer noch, ich bereue nichts, keinen Augenblick. Und nachdem ich jetzt weiß, wie es sich anfühlt, begehre ich dich eher noch mehr.«

Sie hielt inne und wartete auf eine Antwort, aber er schwieg beharrlich.

»Begehrst du mich wirklich?«, fragte sie.

Er schien nach den richtigen Worten zu suchen. Seine

Finger strichen an ihrem Ohr entlang und schickten Funken des Vergnügens ihr Rückgrat hinunter.

»Georgina, ich habe dich ebenso sehr begehrt wie du mich. Das kann ich nicht leugnen, selbst wenn ich es gern täte. Du würdest die Lüge ohnehin erkennen. Aber ... Aber was wir hier tun, ist verrückt. Wer weiß, vielleicht liegt es nur an unserer Einsamkeit an diesem wilden, verlassenen Ort, nach einem solchen Unglück. Vielleicht ist es auch die Furcht vor dem, was noch kommen kann ...«

»Nicht für mich.«

»Das weißt du doch nicht.«

»Doch. Und du weißt es auch.«

Er seufzte, ging jedoch nicht näher darauf ein. »Georgina, was auch immer uns dazu gebracht hat, wir können die Augen nicht vor der Tatsache verschließen, dass ich dir gegenüber in der Pflicht bin. Was ich getan habe, ist verantwortungslos, dumm und ausgesprochen rücksichtslos.«

»Das ist mir egal.«

»Aber mir nicht. Du hast recht, vielleicht ist dies unsere letzte Chance auf Erfüllung, aber es könnte auch der Anfang einer Katastrophe sein. Wenn es uns wirklich gelingt, in die Zivilisation zurückzukehren, was dann? Glaubst du, deine ehrenwerte Tante und dein Onkel würden dir gestatten, dich mit jemandem wie mir zusammenzutun? Wir können es uns einfach nicht leisten, uns zu sehr aufeinander einzulassen und es hinterher zu bereuen.«

»Ich lasse mich nicht zu sehr auf dich ein. Nicht so sehr, dass ich mich nicht irgendwann zurückziehen könnte.«

»Bist du dir sicher?«

»Ich bin eine starke Frau.«

Seine Hände glitten unter ihren Körper. »Das bist du. Aber ich fürchte, du hast etwas vergessen.«

»Nämlich?«

»Nicht etwas, sondern jemanden, nämlich Charles.«

Charles! »Verdammt noch mal, warum musst du mich an ihn erinnern?«, stöhnte sie.

»Ich hätte nicht gedacht, dass das nötig ist. Du solltest eigentlich ständig an ihn denken.«

Georgina wandte den Kopf ab. »Ich muss zugeben, ich habe schon lange nicht mehr richtig an Charles gedacht. Er ist ein Freund aus meiner Kindheit, und mein Vater hielt große Stücke auf ihn. Wir haben uns verlobt, weil es … von uns erwartet wurde. Und weil wir dachten, es wäre richtig. Er hielt es für angemessen, und alle anderen auch. Ich … ich mag ihn sehr, und bis heute habe ich auch gedacht, das wäre eine gute Basis für eine erfolgreiche Ehe. Ich wusste, wir würden friedlich und bequem zusammen leben. Wir haben die richtigen Verbindungen, leben ähnlich … oder lebten, muss ich wohl sagen. Aber meine Gefühle für ihn und für dich sind Welten voneinander entfernt. Ich habe mich nie danach gesehnt, ihn zu küssen, ihn zu berühren …« Sie schwieg und sah Miles wieder an. »Außerdem kann es ja sein, dass ich ihn nie wiedersehe. Und jetzt bin ich hier. Mit dir.«

»Es war also ganz bequem für dich, ihn zu vergessen.«

Sie schwieg einen Moment, konnte ihre Gedanken aber nicht wieder auf Charles konzentrieren. »Miles«, sagte sie und sah ihn an.

Er erwiderte ihren eindringlichen Blick.

»Du hast mir noch nicht geantwortet.«

Er küsste sie wieder, mit samtweichen Lippen, innig und lange, und umarmte sie fest. Dann sah er ihr wieder in die Augen.

»Sag es«, flüsterte sie.

»Ich sage es doch die ganze Zeit.«

»Mit Worten.«

»Ich begehre dich, Georgina Stapleton. Ich begehre dich mehr als jede andere Frau in meinem Leben. Ich begehre dich so sehr, dass ich deinen unmöglichen Forderungen nachgebe, dass ich meinen guten Ruf ruiniere – und deinen gleich mit. So sehr, dass ich meine Pflichten als Schiffsoffizier vergesse, dem armen Charles Hörner aufsetze, dich auf diesem stacheligen Bett aus Blättern liebe, unrasiert und halb verhungert, während unsere schmutzigen, zerrissenen Kleider noch um uns herumhängen und uns wenigstens ein bisschen Wärme spenden. Mit wilden Schwarzen irgendwo da draußen, die ihre Speere auf uns richten. Ja. So sehr begehre ich dich.«

Sie lachte leise. »Beweis es mir.«

Als er sich wieder auf sie legte, keuchte sie laut.

12

Peeta legte ihren Kopf auf das Floß. Einen Tag und eine Nacht lang war sie jetzt gepaddelt; sie war vollkommen durchgefroren und so müde wie noch nie in ihrem Leben. Am liebsten hätte sie einfach aufgegeben.

Aber das tat sie nicht. Sie war zäh und stark, die Strömung trug sie in die richtige Richtung und half ihr. Ngurunderi war über die Insel gegangen, nachdem das Wasser gestiegen war. Sie konnte es schaffen. Sie paddelte noch eine Stunde und legte sich dann erschöpft wieder hin.

So erschöpft.

Sie stellte sich Thukeri vor, der am Ufer stand und wartend die Arme nach ihr ausstreckte. »Komm, Peeta, ich liebe dich.«

Sie paddelte weiter.

* * *

Ein gefiederter Nachbar begrüßte den Morgen mit seinem Gezwitscher. Georgina streckte sich wie eine Katze, die in der Sonne gelegen hat. Miles fuhr mit der Hand über ihren Körper, über ihre Brüste und ihren Bauch, zu ihrer Hüfte und zurück.

»Hmm«, machte sie.

»Hmm«, erwiderte er.

Sie drehte sich um, sah ihn an und schmiegte sich an seine Brust. »Du bist besser als ein heißer Ziegelstein im Bett.«

»Freut mich zu hören. Die meisten Ziegelsteine sind nicht besonders agil im Bett.«

»Nein, aber sie halten einen auch nicht vom Schlafen ab.«

Sie lagen still da und hörten dem Morgengesang zu.

»Eigentlich wäre es ganz schön, wenn wir hier nie wieder wegmüssten«, sagte Georgina träumerisch.

»Findest du?« Er stützte sich auf einen Ellbogen.

»Wir könnten uns eine Hütte aus Schilf und Lehm bauen und von Muscheln leben. Und Enten. Niemand würde uns finden.«

»Genau, und du könntest die Schwarzen mit angespitzten Stöcken vertreiben, während ich die Dingos mit bloßen Händen erwürge.«

»Hör auf, du machst ja alles kaputt! Es war eine so schöne Vorstellung.«

»Ja, wunderbar. Auf die Dauer hältst du es doch ohne Seidenkleider und Daunenbetten gar nicht aus.«

»Weiß ich nicht.«

»Aber ich. Verstehst du, im Moment ist das alles neu für dich, aber bald wirst du es satthaben und dir deinen gewohnten Luxus wieder wünschen.«

Sie wusste, er meinte noch etwas anderes, aber sie wollte dem jetzt nicht nachgehen.

»Ich werde dieses Erlebnis so sehr genießen, wie ich kann. Über Daunenbetten mache ich mir Gedanken, wenn und falls ich sie wieder zu sehen bekomme.«

Damit rollte sie sich auf Miles und küsste ihn spielerisch auf den Mund. »Und mit dem Genießen fange ich jetzt gleich an.«

Irgendwann trieb sie der Gedanke an ein Frühstück aus ihrem luftigen Schlafzimmer.

»Wir sollten uns für den Aufbruch zur Walfangstation fertig machen und heute noch losgehen«, sagte Miles, als sie nebeneinander saßen und die saftigen Blätter lutschten.

»Muss das sein?«

»Warum nicht?«

»Nun, bisher waren wir hier sicher. Wenn wir jetzt losgehen, laufen wir womöglich den Schwarzen über den Weg.«

»Aber wir können nicht ewig hier bleiben.«

»Nein, aber wir könnten uns noch einen Tag ausruhen und vorbereiten. Und noch einmal nach anderen Überlebenden Ausschau halten. Wir könnten die nassen Kleider trocknen lassen und die schmutzigen Kleider waschen, die wir im Moment tragen. Immerhin ist heute richtig sonniges Wetter.«

»Warum willst du die Sachen waschen? Sie sind doch total zerrissen. Wenn es gut läuft, sind wir in einer Woche zurück in der Zivilisation und kriegen so viel saubere Kleider, wie wir wollen.«

»Ich würde schon gern ein bisschen annehmbar aussehen, wenn wir dort ankommen.«

»Georgina, man wird dich mit offenen Armen und größter Erleichterung willkommen heißen, egal, was du anhast.«

Georgina schwieg.

»Was geht dir denn noch im Kopf herum? Warum willst du noch nicht hier weg?«

Sie sah ihn mit weit aufgerissenen Augen an. Sie konnte es ihm ebenso gut sagen. »Es fängt gerade an, mir Spaß zu machen.«

Er ließ sich lachend auf den Rücken fallen. »Ich hätte es mir denken können. Es macht ihr Spaß. Natürlich. Und was Georgina Stapleton angeht, kann die Zivilisation dann ebenso gut zur Hölle fahren.«

So, wie er jetzt dalag, würde sie ihm leicht eine Lektion erteilen können, dass man so nicht mit ihr umsprang. Sie warf sich auf ihn. »Wenn du mich auslachst, kannst du ebenso gut gleich mit zur Hölle fahren, Miles Bennett!«

»Du bestrafst mich also, weil ich die Wahrheit sage?«

»Ja. Ich bestrafe dich mit Küssen, bis du zugibst, dass du am liebsten auch mit mir hierbleiben würdest.« Sie bombardierte ihn mit Küssen, aber er wehrte sich, fing an, sie zu kitzeln, bis sie quietschend um Gnade flehte.

»Aufhören!« Sie versuchte, von ihm herunterzurollen, aber er verfolgte sie und kitzelte sie noch mehr.

»Gib zu, dass du ganz und gar vergnügungssüchtig bist.«

»Ich gebe es zu!«, kreischte sie und versuchte, seinen Händen zu entkommen. »Aber du bist ein Sadist. Jetzt habe ich bestimmt überall blaue Flecken.«

»Ich bin kein Sadist, sondern ein Masochist.«

»Warum das denn?«

»Weil ich mich in deine Fänge begeben habe.«

»Oh.« Sie wollte noch mehr antworten, aber er küsste sie schon wieder und brachte sie so zum Schweigen. Für einen Augenblick zappelte sie herum, um ihm zu zeigen, dass er sie nicht so leicht besiegen konnte, aber dann gab sie den Überredungskünsten seines Mundes nach.

Seine Hand ging zu ihren Rippen. »Kein Wunder, dass du blaue Flecke bekommst, da ist ja überhaupt nichts mehr, außer Haut und Knochen. Wenn du nicht bald in die Zivilisation zurückkehrst, ist irgendwann gar nichts mehr an dir dran.«

Sie genoss den Spaß mit ihm, aber sie spürte auch die Dringlichkeit, mit der er sie zu überzeugen versuchte.

Sie sah ihm in die Augen. »Du denkst immer an die Zukunft, nicht wahr? Du glaubst, dass du etwas tun musst, und du willst es tun. Du kannst nicht sorglos für den Augenblick leben, du musst immer planen und rechnen und überlegen, was für Folgen dein Handeln haben könnte.«

»Und du, liederliches Weib«, sagte er, »du machst dir überhaupt keine Gedanken über die Zukunft und die Folgen deines Handelns, weil du nur dein Begehren stillen willst.«

»Genau«, lachte sie. »Und warum auch nicht?«

»Ja, warum nicht? Du hast dir noch nie über etwas anderes Gedanken machen müssen als übers Vergnügen. Du musstest noch nie planen, woher deine nächste Mahlzeit kommen sollte oder wie du dich aus der Armut herausschuftest.«

»Aber so sehr du auch geplant und gerechnet hast, Tatsache ist, dass wir im Moment überhaupt nichts besitzen und dass ich mir keine Gedanken darüber mache.« Sie ließ ihre Hand über seinen Rücken gleiten und kniff ihn in den Hintern.

»Genau. Alte Gewohnheiten gibt man nicht so leicht auf, und ich habe das Gefühl, du entwickelst neue Gewohnheiten, die nicht viel besser sind als die alten. Du lernst schnell, oder?« Er zog eine Augenbraue hoch.

»Nur, weil du ein so inspirierender Lehrer bist«, erwiderte sie mit Unschuldsmiene.

Er riss sie an sich und ließ seine Hand in ihr offenes Mieder gleiten.

Der Tag verlief so, wie Georgina es vorgeschlagen hatte: lange Zwischenspiele entspannter Liebe und dazwischen die Vorbereitungen für den Aufbruch am nächsten Tag. Am Vormittag durchsuchte Miles noch einmal die Wrackteile, während Georgina mit einer großen Schale nach Muscheln grub. Als sie fertig war, setzte sie sich in den Sand und betrachtete die wunderbare Aussicht. Solange sie nur ans Überleben gedacht hatte, war ihr nur aufgefallen, wie verlassen die Gegend war. Jetzt, mit all der Freude in ihren Gedanken, kam ihr alles viel schöner vor.

Ein sanfter Nebel zog vom Meer her Richtung Land, füllte die Senken und ließ die Sanddünen oben herausschauen wie große, sanft geformte Leiber voller Energie. Die lilafarbenen Wölbungen der Muschelschalen klirrten wie Teetassen aus feinem Porzellan zwischen ihren Fingern. Ja, es war schön hier. Das ganze Leben war schön. Miles war schön.

Nach dem Mittagessen leerten sie zwei Brandyflaschen aus und suchten nach Trinkwasser. Georgina bemerkte als Erste den leuchtend grünen Kreis am Rand der Lagune.

»Da muss es Wasser geben, Miles!«

Sie gingen hin, um nachzusehen. Die vielen Vögel und die Fußspuren von Tieren bestätigten ihren Verdacht. Es gab zwar keine Quelle, aber als Georgina mit ihrer großen Muschelschale im Sand grub, füllte sich die Kuhle schnell mit Wasser. Sie benutzten die Schale als Becher und schöpften beide Flaschen voll.

Dann vertiefte Miles die Kuhle, sodass sie am nächsten Tag reichlich frisches Wasser haben würden.

Die Eier, die sie zum Abendessen aßen, schmeckten mit dem Brandy ganz annehmbar. Nach dem Essen lehnte sich

Miles an ein großes Grasbüschel, und sie ruhte an seiner Brust. Sie sahen sich um, während die späte Sonne helle Flecken auf den Sand malte und im Windschutz sogar Wärme zu spüren war. Dies war wirklich ein angenehmer, geschützter Ort.

Sie wusste, dass sie das alles zum letzten Mal sah, diesen Ort, an dem das Schicksal ihr Leben von Grund auf verändert hatte. Wie froh sie über die letzten Tage war!

An einigen Stellen rieselte der Sand, und sie betrachtete die Dünen, diese wunderbare Symphonie von sanfter Bewegung, wechselnden Mustern und körniger Gestalt. Das Korallenrot und Gelb der wilden Fuchsien schien sich in den goldgeränderten Wolken zu spiegeln, die sich im Sonnenuntergang rosa färbten. Der Sand nahm das Rosa und Gold auf, wurde aprikosenfarben.

Sie hatte gedacht, hier wären nur Wildnis und Ödnis zu finden, eine wasserlose, unfruchtbare, kalte und bleiche Wüste ohne Leben und Freude. Aber was sie gefunden hatte, war Schönheit, goldene, üppige Schönheit, die wie ihre Haut voller Leben und Liebe errötete, glühte. So viel wunderbares Leben.

Ihr Blick kehrte zu ihrem Platz zurück, zu Miles. Der Sonnenuntergang spiegelte sich auch auf seinem Gesicht, auf den blonden Haaren und Wimpern und den hellen Bartstoppeln. Er schaute in die Ferne, ganz allein und für sich und absolut anbetungswürdig. Sie kniete sich vor ihn hin, um ihn zu küssen. Seine Hände umfassten ihr Gesicht, und er lehnte sich ein wenig zurück, bevor er flüsterte: »Oh, Georgina ...«

Und dann brauchten sie keine Worte mehr.

* * *

»So, das war dein Vergnügungstag, aber jetzt ist es wirklich an der Zeit, ins echte Leben zurückzukehren«, erklärte er am nächsten Morgen, sobald sie wach war.

Georgina legte ihm statt einer Antwort die Arme um den Hals.

Seine Reaktion war nicht unbedingt kühl, aber doch so, dass sie es nicht als Ermutigung auffassen konnte. »Wir müssen aufstehen und los, je mehr Meilen wir heute schaffen, desto eher haben wir die Gefahr hinter uns. Ich fülle schon mal die Flaschen mit Wasser, dann kannst du dich bereit machen. Essen können wir unterwegs.«

»Du bist so ernst heute.«

»Gestern hast du deinen Willen bekommen, heute bin ich dran. Abmarsch in zwanzig Minuten.«

Georgina sah ihm nach. Was war nur in ihn gefahren? Bereute er, was zwischen ihnen geschehen war? Offensichtlich hatte er in der Nacht nachgedacht, und jetzt war er zu seinem tüchtigen, herrischen, fast unmenschlichen Selbst zurückgekehrt. Nun gut, ihre Zeit würde kommen, beschloss sie. Jetzt räumte sie erst einmal alle Hinterlassenschaften in den Busch, die sie nicht mitnehmen würden, und fegte dann den Lagerplatz mit einem Zweig. Dann packte sie alles andere in zwei alte Kleidungsstücke, die sie am Strand gefunden hatten, reichte eins an Miles weiter, als er zurückkam, und warf sich das andere Bündel über die Schulter.

»Wir sehen aus wie Landstreicher«, lachte sie und schob sich das Haar aus der Stirn.

»Hmm«, erwiderte Miles.

»Immer noch so ernst?«, fragte sie.

»Wir haben einen schwierigen Weg vor uns«, erwiderte er.

»Da müssen wir unseren Verstand beisammenhalten.«

»Ich habe alles beisammen, keine Sorge. Aber das heißt nicht, dass ich keinen Spaß haben darf.«

»Es wäre besser, wachsam zu sein, statt sich auf den Spaß zu konzentrieren.«

Georgina wischte sich das Lächeln vom Gesicht. »Wie sehen deine Pläne aus?«, fragte sie ernst, aber immer noch mit einem neckenden Unterton.

»Ich bin nicht sicher«, erwiderte er ungerührt. »Unten am Wasser kommen wir besser voran und müssen nicht so viel auf und ab gehen.«

»Und wir könnten vielleicht ein Schiff sichten.«

Er schüttelte den Kopf. »Sehr unwahrscheinlich. Außerdem werden wir Essen und Wasser brauchen, und das finden wir nicht am Strand.«

Georgina rückte ihr Bündel zurecht. »Sollten wir dann eher an der Lagune bleiben oder ist das zu gefährlich wegen der Schwarzen?«

»Ich vermute, sie haben weiter landeinwärts Schutz gesucht, sonst hätten wir sie längst zu sehen bekommen. Wir könnten einfach so schnell wie möglich unten am Wasser entlanggehen und die Sache mit dem Proviant vorerst vergessen. Und hoffen, dass wir es schaffen, bevor uns die Vorräte ausgehen.« Er klang regelrecht grimmig.

»Andererseits habe ich die ganze Zeit Hunger und bin auch noch ziemlich erschöpft. Wer weiß, wie lange ich so schnell gehen kann. Ich denke, wir sollten so gehen, dass wir einige Zeit durchhalten.«

»Je schneller wir gehen, desto eher sind wir außer Gefahr.«

»Dann würde ich sagen, wir marschieren heute Vormittag unten am Wasser entlang, sodass wir eine ordentliche Strecke zurücklegen. Und mittags queren wir hinüber zur Lagune und suchen uns eine Wasserstelle und etwas zu essen.«

»Gut. Aber sprich leise und halt die Augen offen«, sagte er ernst.

»Aye, aye, Sir!« Sie salutierte.

Er verzog den Mund zu einem zögernden Grinsen. »Machst du dich über mich lustig?«

»Ja.«

Das Lachen sprudelte einfach so aus ihr heraus. »Ich kann einfach nicht anders, wenn du so ernst bist. Wenn du dir etwas in den Kopf gesetzt hast, kannst du unheimlich stur sein.«

»Nur auf diese Weise erreicht man etwas.«

»Ach, es gibt noch mehr Wege«, lachte sie, und er stimmte mit ein.

»Du hast bis jetzt noch jeden an den Haken gekriegt, nicht wahr?« Er warf einen langen Blick von der Düne die Küste entlang.

Georgina schämte sich fast ein wenig, denn so war es. Gute Manieren und ein hübsches Gesicht, das hatte bis jetzt immer gereicht. »Ich gebe es nicht gern zu, aber es hat fast immer funktioniert«, sagte sie.

»Bei mir auch?«

»Nein, du warst ein ziemlich harter Brocken. Ich musste erst ein bisschen erwachsen werden, damit du dich für mich interessierst.«

Miles nahm sie bei der Hand und sie gingen die Düne hinunter zum Strand. »Deine Ehrlichkeit ist manchmal ziemlich entwaffnend. Mit Selbstbetrug hältst du dich nicht lange auf, nicht wahr?«

»Ich wüsste nicht, warum. Und ich betrüge auch niemand sonst. Alles ehrlich.«

Der Weg durch den Sand am Wasser entlang war einfacher, aber immer noch anstrengend. Dieser Sand wurde nicht richtig hart, sondern blieb weich und rutschig, sodass ihre Waden und Knöchel schwer arbeiten mussten. Ihre Röcke, die von einer überraschenden Welle durchnässt worden waren, klatschten gegen ihre Beine. Sie hatte alle Mühe, mit Miles Schritt zu halten.

Bald keuchte sie nur noch. »Miles, geh langsamer, du bist zu schnell für mich.«

Er drehte sich um und sah sich um. Sein Mund wurde schmal.

»Ich gebe mir wirklich Mühe, aber wenn wir in diesem Tempo weitermachen, bin ich noch vor dem Mittagessen am Ende. So geht das nicht!«

»Dann bleiben wir jetzt stehen und ruhen uns ein wenig aus.«

Sie ließ sich auf einem trockenen Flecken nieder. »Puh!« Miles setzte sich neben sie.

»Weißt du«, sagte sie und ließ den Blick schweifen, »früher habe ich ja gedacht, ich sei der Mittelpunkt der Welt. Inzwischen habe ich begriffen, wie groß die Welt ist und was für eine winzige Rolle ich darin spiele.« Sie sah sich wieder um. »Ich bin nur ein Sandkorn, und die Welt ist eine riesige Wanderdüne.«

»Die Katastrophe hat dir gutgetan«, sagte er mit einem Lächeln in den Augen. »Man sollte Derartiges allen jungen Damen der oberen Gesellschaftsschichten empfehlen.«

»Wohl wahr, sie sollten alle mal so was durchmachen.« Sie ließ eine Hand voll Sand durch ihre Finger rieseln.

Miles lächelte wieder. »Aber glaub mir, sie würden es nicht alle so überstehen wie du. Unabhängig von deiner Erziehung, liegt es einfach in deinem Charakter, dass du dieser Sache gewachsen bist. Das kann nicht jeder.«

»Wohl nicht, nein.« Sie musste an Gemma denken, deren schwächliche Natur während des Schiffbruchs so offensichtlich geworden war. Aber sie richtete ihre Gedanken schnell wieder auf etwas anderes. »Ich fühle mich wie ein ganz anderer Mensch, als hätte ich mich tief im Inneren verändert. Ich bin mir so vieler Dinge bewusst, und ich habe erkannt, was im Leben zählt.«

»Wie wird Charles wohl die neue Georgina gefallen?«

Charles. Er holte sie mit einem Ruck auf den Boden der Tatsachen zurück.

»Keine Ahnung. Vermutlich wäre ihm eine nette, biegsame Ehefrau lieber ...«

»Na, die bekommt er sicher nicht«, unterbrach sie Miles lachend. »Aber das warst du wohl vorher auch nicht.«

»Mag sein, aber meine Wertvorstellungen hätten immerhin den seinen entsprochen, wenn das hier nicht passiert wäre. Nun, wir werden wohl noch mehr Streitpunkte finden.«

»Du klingst nicht mehr so sicher, was diese Ehe angeht.«

»Bin ich auch nicht«, sagte sie mit grimmigem Blick. Nicht, seit ich dich kennengelernt habe, fuhr sie im Stillen fort.

Sie schwiegen ein paar Minuten, dann wechselte Georgina das Thema. »Und du, Miles? Wie fühlt es sich für dich an, wieder in das ursprünglich geplante Leben zurückzukehren?«

Er blickte aufs Meer hinaus, als suchte er nach dem Wrack der *Cataleena.* »Ich werde wohl erst mal mit meinem zerstörten Ruf zurechtkommen müssen.«

»Zerstört?«

Er zuckte mit den Schultern. »Ich bin der einzige überlebende Offizier unseres Schiffes, und das heißt, ich muss die Verantwortung übernehmen. Wer ein Schiff verliert, kann seine Karriere unter Umständen an den Nagel hängen, verstehst du?«

»Du hast es doch nicht verloren, der Sturm hat es dir genommen. Darunter darf doch deine Karriere nicht leiden.«

»Das sehe ich anders.« Er schaute sie ernst an.

»Und ist sie dir so wichtig, diese Karriere?«

»Was denn sonst? Ich muss Erfolg haben, ich muss der Welt zeigen, dass ich im Leben vorankommen kann. Und diese Geschichte bringt das alles in Gefahr.«

»Gibt es denn nichts anderes im Leben, was dir wichtig ist?«

»Nichts, was mir einfach so zufällt. Die einzigen Dinge, die ich mir wirklich wünsche, sind außerhalb meiner Reichweite.« Er sah sie mit ungewöhnlicher Intensität an und warf dann eine Handvoll Sand vor sich hin. »Aber wenn wir nicht in die Zivilisation zurückkehren, werden sich diese Probleme niemals lösen.«

Er stand auf und streckte seine Hand aus, um sie hochzuziehen. »Ich habe von der Düne aus keine Wasserstelle gesehen, wir können also unten am Strand weitergehen.«

Als ihr Wasser fast ausgetrunken war, kletterten sie über die Dünen. »Wir sollten dorthin gehen, wo das viele Grün ist. An einer solchen Stelle haben wir beim letzten Mal auch Wasser gefunden.« Sie deutete auf eine Stelle an der Lagune. Miles nickte, und sie machten sich auf den Weg.

Der Coorong wechselte ständig die Stimmung, je nach Wetter und Farbe des Himmels, der sich auf der ausgedehnten Wasserfläche spiegelte. Jetzt sah er blau und weiß aus, strahlend und klar. Die Sonne schien, der Himmel war von einem intensiven Blau, der Sand schimmerte weiß und das Wasser leuchtete in einem funkelnden Aquamarin.

In der Nähe der grünen Vegetation fanden sich viele Tierspuren und Vögel. Aber bald mussten sie feststellen, dass sie den falschen Weg genommen hatten, denn das Grün wurde immer dichter, sodass sie kaum durchkamen.

Wenn sie sich nicht mit Gewalt durchschlagen wollten, mussten sie über den steilen Sandhügel zurückgehen, der sich wie ein kahler Berg hinter ihnen erhob und den sie gerade hinuntergekommen waren.

»Wohin sollen wir gehen, was meinst du?« Miles kratzte sich den Bart.

»Nicht zurück, solange die Sonne scheint und wir kein Wasser haben, ist der Hang viel zu steil.

»Aber ich weiß nicht, wie wir durch diesen Busch kommen sollen.«

»Wir werden es versuchen müssen.«

»Wo, glaubst du, ist das Wasser?«

»In der Mitte, wo die Bäume am höchsten sind.«

»Dann los.« Er rückte sich das Bündel auf seinem Rücken zurecht.

Sie gingen langsam, stolperten über niedrige Äste, krochen unter anderen hindurch. Miles versuchte ihnen einen Weg zu bahnen. Manchmal kamen sie kaum noch voran, die Äste schienen nach ihnen zu greifen, sich in ihren Kleidern zu verhaken und ihnen die Haut zu zerkratzen. Es war anstrengend und heiß, und Georgina glaubte schon fast nicht mehr, dass sie die Wasserstelle noch finden würden. Ihr Gesicht wurde immer heißer und war schon ganz zerkratzt.

Sie hielt ihr Bündel vor sich und schob sich durch das Gewirr der Zweige, stolpernd und fluchend. Als sie mit den Haaren an einem Ast hängen blieb, schrie sie auf. »So ein blöder Weg!«, brach es aus ihr heraus. »Es muss doch noch einen anderen geben, wir hätten außen herumgehen sollen, bis wir ihn finden.«

»Jetzt ist es zu spät, wir würden ewig brauchen, wenn wir jetzt umkehren. Also können wir ebenso gut vorwärts gehen.«

Sie kämpften weiter, mit heißen Gesichtern und grimmiger Entschlossenheit. Die grünen Hügel waren jetzt so groß, dass sie ihnen die Sicht versperrten.

»Ich hoffe nur, dass wir nicht auch noch im Kreis gehen«, stöhnte Miles. Aber in diesem Moment traten sie hinaus auf eine Lichtung. Und da war auch die Quelle, die langsam in einen kleinen, tiefen Teich sprudelte.

»Gott sei Dank!«, rief Georgina aus und schoss an Miles vorbei auf den Teich zu.

»Warte!«, zischte Miles und riss sie wieder in den Busch zurück. Er schaute sich vorsichtig um. »Niemand da«, nickte er schließlich.

Georgina lief voran und ließ sich am Wasser auf die Knie nieder. Sie schöpfte Hände voll Wasser und schlürfte geräuschvoll. »Was für ein Segen!« Sie hockte sich auf die Fersen.

»Süßwasser«, sagte Miles und wischte sich den Mund ab.

»Hmm, köstlich«, erwiderte sie. Dass sie einmal etwas so Schlichtes wie Trinkwasser als köstlich bezeichnen würde, hätte sie noch vor ein paar Monaten nicht für möglich gehalten. Sie kroch wieder an den Teich und spritzte sich Wasser auf ihre heiße, zerkratzte Haut. Dann setzten sie sich beide in den Schatten, um auszuruhen.

Plötzlich beugte sich Miles vor. »Sieh mal da!«, sagte er. Auf dem Boden am Wasser waren zahlreiche Fußspuren von Tieren zu sehen, aber eine Spur war zweifellos menschlich. Ein großer, breiter Fuß hatte einen tiefen Abdruck hinterlassen.

»Schwarze!«, flüsterte Georgina.

Miles nickte.

»Ja, und sieh dir den Teich mal genau an, der ist auch von Menschen bearbeitet. Die Steine hat jemand hingelegt, damit das Wasser nicht im Sandboden versickert. Das hier ist eine bekannte, viel benutzte Wasserstelle.«

»Und da ist auch der Weg, auf dem sie normalerweise herkommen.«

»Dann sollten wir uns hier nicht lange aufhalten. Wir füllen unsere Flaschen und verschwinden.«

Sie schaute hinauf zur niedrig stehenden Sonne. »Aber wohin? Das ist die große Frage. Wir müssen uns etwas zu essen suchen und ein Lager bauen.«

»Darüber denken wir unterwegs nach«, erwiderte Miles, der schon eilig dabei war, die Flaschen zu füllen.

Ihre eigenen Fußspuren waren deutlich im weichen Boden zu sehen, bemerkte Georgina. »Was machen wir mit unseren Spuren?«, fragte sie Miles. »Die werden doch sofort bemerkt. Wir sollten unbedingt die Schuhe ausziehen.«

»Gute Idee.«

Sie zogen beide ihre Schuhe aus und steckten sie mit den Wasserflaschen in ihre Bündel, bevor sie noch einmal mit nackten Füßen über ihre Stiefelspuren gingen. Der Boden war angenehm kühl, aber das Gehen auf dem rauen Untergrund erwies sich bald als sehr unangenehm.

Trotzdem kamen sie ziemlich schnell bis zur Lagune, möglichst weit weg von dem Weg, der zur Quelle führte. »Vielleicht könntest du für ein paar Eier und Saftpflanzen sorgen, und ich erkunde die Gegend«, sagte Miles, nachdem er sein Bündel auf den Boden geworfen hatte.

»O bitte, nicht schon wieder Eier und Saftpflanzen!« Sie ließ sich neben die Bündel fallen.

»Darauf läuft es aber leider hinaus, vorausgesetzt, du findest nichts anderes.«

»Ich habe furchtbaren Hunger, wir brauchen etwas Nahrhafteres. Wir haben so viele Tierspuren gesehen, und in der Lagune müsste es Fische geben. Zu schade, dass wir sie nicht fangen können.«

»Hmm, darüber habe ich auch schon nachgedacht.« Er setzte sich. »Ich vermute, die Tiere kommen in der Dämmerung zur Wasserstelle. Vielleicht könnte ich mich in der Nähe verstecken und versuchen, irgendetwas mit bloßen Händen zu erwischen.«

Georgina spürte, wie ihr das Wasser im Mund zusammenlief bei dem Gedanken an richtiges Essen. »Glaubst du, das klappt?«

»Keine Ahnung, aber ich kann es immerhin versuchen.«

»Ich kann auch zum Strand runtergehen und Muscheln ausgraben.«

»Aber jetzt ist Hochwasserzeit.«

Georgina seufzte. »Miles, ich muss zugeben, ich bin nach diesem Nachmittag ziemlich am Ende. Es ist wirklich anstrengend, und ich weiß nicht, wie wir das mit so wenig Proviant und Wasser schaffen sollen. Solange wir nicht so weit gehen mussten, waren Muscheln und Saftpflanzen ganz erträglich, aber jetzt …« Ihre Stimme verlor sich.

Er seufzte. »Da hast du leider recht.«

Sie schwiegen eine Weile.

»Vielleicht sollten wir einfach weiterlaufen, man kann mehrere Tage ohne jede Nahrung auskommen«, dachte er laut.

»Aber nicht ohne Wasser. Wenn sich die Sonne auf dem Sand spiegelt, wird es heiß und trocken, obwohl es Winter ist.«

Miles fuhr sich mit der Hand übers Gesicht, sodass seine Bartstoppeln knisterten. »Dann müssen wir so weitermachen wie heute.«

Georgina ließ die Schultern sinken. »So dauert es Wochen; wir werden langsam verhungern.«

»Gib die Hoffnung nicht so schnell auf.« Als sie keine Antwort gab, fuhr er fort: »Ruh dich aus, bevor du nach Eiern suchst. Ich gehe zurück zu der Quelle und schaue, was ich zum Abendessen erwischen kann.«

Georgina schickte ihm ein schwaches Lächeln hinterher, bevor sie sich selbst aufraffte.

»Drei Eier, ein paar Saftpflanzen und einige Pilze, die aber ziemlich zweifelhaft aussehen«, sagte sie später. »Was hast du?«

»Nichts. Ich habe zwei Kängurus gesehen, bin aber nicht nah genug an sie herangekommen, um sie mit einem Ast zu erschlagen, bevor sie mich sahen.«

»Na, wunderbar. Rohe Eier, giftige Pilze und Gras. Ein echtes Festessen.«

Die schweren Wolken türmten sich am Himmel auf; der Sand und die Lagune schimmerten in einem dumpfen Grauton. Der Wind sang sein Klagelied im Schilf und fegte kalt über die Lagune. Ein trauriger Anblick.

Georginas Magen gab ein lautes Knurren von sich.

»Georgina?«

»Ja?«

»Wir sind noch am Leben. Wir haben gute Chancen, nach Encounter Bay zu kommen, selbst wenn wir auf dem ganzen Weg nichts mehr zu essen bekommen. Glaub mir, das Schlimmste haben wir hinter uns, gib die Hoffnung nicht auf.«

»Wie lange ist es her seit unserem Schiffbruch?«

»Nun, wir waren fünf Nächte auf dem Wrack, bevor es sank …«

»Eine Nacht, bis wir ans Ufer kamen, dann haben wir zwei Nächte die Wrackteile durchsucht. Und dann zwei Nächte …« Sie zögerte.

»Elf Nächte«, nickte er. »Und jetzt liegen noch höchstens vier vor uns, vielleicht auch nur zwei oder drei, je nachdem, wie schnell wir vorankommen. Wir haben zwei Drittel des Weges hinter uns, womöglich sogar drei Viertel. Wir sollten zurück an den Strand gehen und unten am Wasser entlanglaufen.«

Als sie über die vorderste Dünenreihe kamen, bemerkte Georgina etwas am Ufer. »Was kann das sein, Miles?«

»Vielleicht ein Seehund«, erwiderte Miles und spähte nach dem schwarzen Etwas.

»Vielleicht auch ein Toter«, meinte Georgina, die immer noch an die Leute von der *Cataleena* dachte.

Aber Miles legte ihr eine Hand auf den Arm. »Es bewegt sich!«

Jetzt sah Georgina es auch: Es war ein Mensch, der aus dem Wasser gekrochen kam. Hoffnung keimte in ihr auf. Noch ein Überlebender! Doch sie erstickte diese Hoffnung sofort wieder. Nach sechs Tagen im Wasser würde es keine Überlebenden mehr geben.

Sie liefen und rutschten die Düne hinunter, und Miles sah sich dabei hektisch um. »Er ist allein«, sagte er dann, und sie begriff, worum es ihm ging. Dies war kein Überlebender von der *Cataleena,* sondern ein Aborigine!

Als sie noch näher kamen, wurde ihnen klar, dass es

sich um ein Mädchen handelte. Die Kleine hatte die Augen fast geschlossen und kroch zitternd und stöhnend an Land, ohne zu bemerken, dass dort Menschen standen. Dann brach sie still auf dem Sand zusammen. Irgendetwas stimmte offenbar ganz und gar nicht mit ihr. Miles und Georgina waren mit wenigen Schritten bei ihr. Ohne lange nachzudenken, rief Georgina: »Alles in Ordnung?«

Das Mädchen schlug die Augen auf und stieß einen mitleiderregenden Schrei aus. »Ist ja gut, wir helfen dir«, sagte Georgina. Aber das Mädchen rollte sich zusammen, die Knie fest an die Brust gezogen, und bedeckte ihren Kopf wimmernd mit beiden Armen.

»Sie hat Angst«, murmelte Miles.

»Keine Sorge«, sagte Georgina und legte der Kleinen eine Hand auf den Arm. »Mein Gott, Miles, sie ist eiskalt. Und ihre Haut ist ganz verschwollen, schau dir das an. Wie bei uns, als wir an Land kamen.«

Miles kniete sich hin und berührte mit seinem Arm die Hand des Mädchens, das nur leise wimmerte. Dann strich er an ihrem Arm hinauf bis zur Schulter und befühlte das Fell, das den größten Teil ihres Körpers bedeckte.

»Sie hat ein Seehundfell an, aber das ist ganz durchnässt«, murmelte er. »Schwer und nass, und es scheuert an den Rändern.«

»Außerdem hat sie was am Knöchel, der ist ganz blau und geschwollen.«

Miles nahm eine Wasserflasche aus seinem Bündel, entkorkte sie und zeigte sie dem Mädchen. Als keine Reaktion kam, setzte er der Kleinen die Flasche sehr vorsichtig an den Mund. Sie schmeckte kurz und nahm dann ein paar Schlucke.

»Was wohl mit ihr geschehen ist? Warum kommt sie aus dem Meer?«, fragte Georgina ratlos.

Miles betrachtete den Horizont. »Kein Schiff«, sagte er. »Kein Wrack.«

»Wir müssen sie erst mal wieder warm kriegen«, bemerkte Georgina. »Mein Gott, wenn wir doch nur ein Feuerzeug und ein bisschen Holz hätten.«

»Wir schaffen sie über die Dünen. Wir wissen doch mittlerweile, wie es geht: In den Windschatten mit ihr, und dann etwas zu essen, Wasser, Wärme. Geh du über die Düne und such uns einen guten Lagerplatz. Ich trage sie hinauf und schaue von oben, wo du bist.«

Georgina nahm Miles' Bündel und ihr eigenes und wartete, bis Miles das Mädchen auf die Arme genommen hatte. Dann gingen sie die steile Düne hinauf.

»Wenigstens wiegt sie nicht viel«, sagte Miles.

»Sie kann nicht älter als vierzehn oder fünfzehn sein.«

Miles legte das Mädchen vorsichtig in den Windschatten eines großen Busches, wo sie Sonnenschein abbekommen würde, sobald die Sonne wieder zu sehen war. Er und Georgina brachen schnell ein paar Zweige ab und bauten einen zusätzlichen Windschutz. Georgina nahm die Hand des Mädchens. »Wie sollen wir sie nur jemals warm bekommen? Sie ist so unterkühlt, dass sie nicht einmal mehr zittert.«

Miles zog seine Jacke aus, Georgina ihren Umhang.

»Zieh ihr erst einmal das Seehundfell aus, damit wir es trocknen können«, sagte Miles und drehte sich um.

Georgina kniete sich neben das Mädchen und öffnete die Kleidung. Dann zog sie der Kleinen vorsichtig das seltsame Kleidungsstück aus, legte den Umhang in den Sand und rollte sie darauf. Die Ärmel würden besonders schwierig werden, und sie musste sehr vorsichtig sein, denn die nasse, verschwollene Haut klebte am Stoff. Schließlich hatte sie dem Mädchen den Umhang angezogen und legte ihr Miles' Anzugjacke über die Unterschenkel und Füße und die gestrickte Decke um die Schultern.

»Geschafft«, keuchte sie. »Wenigstens ist sie jetzt trocken.«

Georgina hatte noch nie eine andere Frau nackt und aus der Nähe gesehen. In Adelaide waren nackte Aborigines unterwegs gewesen, aber sie hatte brav den Blick abgewandt. Dieses Mädchen hatte eine wunderhübsche Figur mit vollen, festen Brüsten und einem flachen Bauch. Aber es trug seltsame Male auf dem Rücken, die aussahen wie winzige Brandnarben. Und über den Brüsten gab es Schnittmale. All diese regelmäßigen Male sahen nach Stammeszeichen aus, aber auf dem Rücken und Hintern waren schreckliche Narben zu sehen, kreuz und quer, ganz deutliche Zeichen von Gewalt. Einige waren noch relativ frisch, die Haut war noch nicht richtig abgeheilt.

Miles breitete das nach Fisch riechende nasse Kleidungsstück über einen Busch und Georgina versuchte, das Wasser aus dem Leder zu drücken.

»Sollten wir ihr nicht etwas zu essen geben?«, fragte Georgina.

»Erst mal Wasser und Wärme«, erwiderte Miles. »Zu essen gibt es später.«

Sie setzten sich zu beiden Seiten neben die Kleine, die still dasaß wie tot.

»Sie atmet noch«, sagte Georgina. Miles nickte.

»Sieht so aus, als müssten wir eine Pause machen.«

»Ja, du kriegst halt immer deinen Willen. Wir werden noch ein bisschen im Paradies bleiben, bis sie allein zurechtkommt.«

»Wenn sie es schafft«, sagte Georgina leise.

»Ich frage mich, wie sie hierherkommt. Sie muss ja ewig im Wasser gewesen sein.«

Georgina schüttelte den Kopf.

»Das kann ich mir nicht vorstellen, außer, sie ist von einem Schiff gefallen. Wieso sollte jemand im Winter so lange Strecken schwimmen?«

Miles zog die Schultern hoch.

»Wenn Sie kein Englisch spricht oder es nicht schafft, werden wir es wohl nie erfahren.« Er warf einen Blick zum Himmel. »Sieh dir das an, die dicken Wolken im Südwesten. Es könnte Regen geben.«

Georgina nickte beklommen. Seit dem großen Sturm hatten sie keinen Regen mehr gehabt. »Wir sollten unser Nachtlager besser ausrüsten.«

»Ich versuche, ob ich nicht doch ein Feuer machen kann«, sagte Miles. »Wenn es jetzt regnet und die Kleine die ganze Nacht nicht trocken wird, dann überlebt sie das nicht.«

»Ich dachte, ein Feuer würde die Schwarzen anlocken.«

»Jetzt haben wir eine von ihnen hier, da ist es auch schon egal.«

Georgina lachte über seinen drolligen Ton. »Ich breche

noch mehr Büsche ab und lege sie auf, für den Fall, dass es regnet.«

»Ja, und versuch ein paar längere Stöcke zu finden, damit wir eine Art Hütte bauen können.«

Der Nachmittag verging geschäftig; sie sammelten alles ein, was sie vielleicht für die Nacht brauchen würden – Essen, Wasser, Feuerholz, bergeweise Gestrüpp, lange Stöcke und Ranken, um alles zusammenzubinden.

Bei Einbruch der Nacht hatten sie eine stabile Schutzhütte gebaut und mit vielen Lagen Gestrüpp bedeckt. Nach vielen, vielen Versuchen hatte Miles mit dem erbeuteten Messer und einem Feuerstein sogar Funken schlagen können und ein kleines Feuer zustande gebracht. Das Knistern des Feuers war das schönste Geräusch, das sie seit dem Schiffbruch gehört hatten. Nach so vielen bitterkalten Tagen endlich wieder richtige Wärme!

»Oh, Miles, du bist ein so kluger Mann«, sagte Georgina und rieb ihre Hände über dem Feuer. Miles stand hinter ihr, die Arme um ihre Taille gelegt. »So werde ich von beiden Seiten gewärmt. Sie drehte den Kopf, um ihn zu küssen, ihre Hände noch auf seinen muskulösen Unterarmen.

Er drehte sie ganz herum, sodass ihre Rückseite vom Feuer gewärmt wurde. Sie legte ihm die Arme um den Hals, und er küsste sie so süß und zärtlich wie schon lange nicht mehr, so liebevoll, dass ihr Herz wehtat. Dann zog er sich ein bisschen zurück und blickte ihr mit heißem Verlangen in die Augen.

»Georgina, du …«

Sie sah ihn an und wartete.

»Ich …«

Er brachte es einfach nicht über die Lippen.

»Ich … du … du bist so schön …«, sagte er schließlich ganz langsam.

Aus dem Unterstand war Husten und Stöhnen zu hören. Das Mädchen. »Ich gehe schon«, sagte Georgina ruhig und machte sich von ihm los.

»Sie schläft noch«, berichtete Georgina wenig später. »Ob wir sie nicht vielleicht doch wecken sollten? Sie ist nicht mehr so kalt wie vorhin.«

»Wenn sie wach wird, bringen wir sie ans Feuer.«

Es wurde dunkel, und an ihrem Platz am Feuer lag Georgina bald wieder in seinen Armen. All ihre Sorgen waren in die Nacht hinaus verschwunden.

Am nächsten Morgen begann es tatsächlich zu regnen, und das Mädchen rührte sich mit leisem Wimmern. Georgina half der Kleinen auf, zog sie aus und half ihr wieder in ihr eingeöltes Kleidungsstück. Dann gab sie ihr etwas zu trinken und ließ sie weiterschlafen.

Miles achtete auf das Feuer, damit der Regen es nicht löschte. Die Landschaft, die gestern noch golden und silbern geschimmert hatte, war jetzt dumpf und düster, ein einziges Meer aus grauen Tönen. Fürs Erste saßen sie hier fest. Aber an diesem Abend nahm Miles sie schweigend in seine Arme und hielt sie an seiner Brust, warm und sicher, vor dem Regen geschützt. Im Einschlafen hörten sie den Regen auf dem Dach ihrer Hütte.

13

Große braune Augen ruhten wachsam auf ihr. Georgina wusste nicht, wie lange das Mädchen schon wach war.

»Hallo«, sagte sie und erwiderte den Blick.

»Wahrscheinlich spricht sie kein Englisch«, sagte Miles, der dabei war, das Messer auf einem Stein zu schleifen.

»Nein, aber wenigstens sollten wir versuchen ihr klarzumachen, dass wir nichts Böses im Schilde führen«, erwiderte Georgina.

Das Mädchen sah sie immer noch an. Georgina deutete auf sich. »Georgina«, sagte sie. »Miles«, ergänzte sie dann und deutete in die andere Richtung.

Keine Antwort.

»Sie ist hübsch«, sagte Georgina. »Jetzt, wo sie die Augen offen hat – so große Augen!«

»Hmm«, machte Miles, der sich auf sein Messer konzentrierte.

Georgina ging zu dem Mädchen und berührte seine Hand. Das Mädchen zog die Hand langsam zurück, wachsam, aber nicht besonders verängstigt.

»Jetzt sieht sie schon besser aus, ihre Haut ist wieder normal.« Das Fußgelenk war immer noch stark geschwollen und dunkelblau verfärbt. »Aber sie wird eine ganze Weile nicht gehen können.«

»Dann werden wir uns um sie kümmern müssen«, erwiderte Miles.

»Ja, wir können sie hier kaum allein lassen, sie kann ja

nicht für sich sorgen. Wilde Hunde könnten auf sie losgehen, oder sie könnte einfach verhungern.«

Immer noch dieser aufmerksame Blick.

»Auf diese Weise bekommst du dann auch mal wieder deinen Willen und wir bleiben hier«, lachte er.

»Genau, noch ein paar Tage im Paradies«, grinste Georgina. Dann hörte sie etwas, womit sie nicht gerechnet hatte. Das Aborigine-Mädchen lachte ebenfalls. Georgina fuhr herum. »Verstehst du, was wir sagen?«

»Ein bisschen«, sagte das Mädchen mit blitzenden Augen.

»Ich dachte, du verstehst kein Englisch. Warum hast du bis jetzt nicht geantwortet?«

»Peeta ist vorsichtig.«

»Peeta? Ist das dein Name?«

»Ja, Dgordina«, lachte sie.

»Miles, sie hat uns die ganze Zeit zugehört.«

»Na, ein Glück, dass wir keine Mordpläne ausgeheckt haben.«

»Also, Peeta«, wandte sich Georgina wieder an das Mädchen. »Woher kommst du.«

»Meine Leute leben hier. Kurangk.«

»Im Coorong?«

»Ja. Die Kandukara.«

»Kandukara? Hier in der Nähe?«

Peeta nickte. »Kennst du Kandukara?«

»Nein, wir haben sie noch nicht getroffen. Was ist dir passiert? Wie kommst du mitten im Winter aufs Meer?«

»Ich erzähle dir, aber erst muss gehen. Komme wieder«, sagte sie und wimmerte leise auf, als sie Gewicht auf den verstauchten Fuß gab. Georgina half ihr, als sie ein Stück vom Lager weghumpelte. Miles half ebenfalls mit.

Eine Weile später kam sie zurückgekrochen und lehnte jede Hilfe ab. Der Regen hatte aufgehört, sodass sie am Feuer sitzen und reden konnten. Peeta konnte nur wenig Englisch, aber mit Händen und Füßen und einigen Zeichnungen im Sand machte sie ihnen ihre Geschichte klar. Sie stammte aus dieser Gegend und war von den Seehundjägern nach Kangaroo Island entführt worden. Nach mehreren Monaten dort hatte sie sich ein Floß gebaut und den Anzug aus Seehundfell gefertigt und war dann aufgebrochen, um über die Backstairs Passage zu paddeln.

Die Strömung war aber viel stärker gewesen als erwartet, und statt in der Nähe von Encounter Bay zu landen und den Rest des Weges zu Fuß zurückzulegen, war sie ewig an der Küste entlanggetrieben worden, ohne der Strömung entgehen und durch die Brandung ans Ufer paddeln zu können.

»Das müssen aber doch zehn bis fünfzehn Meilen sein!«, sagte Miles ungläubig.

»Ein Tag, eine Nacht«, bestätigte Peeta. »Kalt, sehr kalt.«

»Und was ist mit dem Floß passiert?«, fragte Miles.

»Floß ging verloren.« Peeta zuckte mit den Schultern. »Dann schwimmen, bis Wasser wirft Peeta auf Sand. Fuß verletzt.«

»Sie muss genau wie wir auf die Sandbänke getroffen sein.«

»Wie lange warst du auf Kangaroo Island?«

»Oh, lange. Erst warme Zeit, dann kalte Zeit«, erwiderte Peeta.

Georgina nickte. Vom Sommer oder Herbst an und bis in den Winter.

»Ich habe gedacht, die Seehundjäger entführen keine Frauen mehr. Ich dachte, Mrs Elliot – so hieß sie doch? – hat dem ein Ende bereitet«, sagte Georgina. »Kennst du Mrs Elliot? Bonnie Elliot?«

»Nein, immer viele Entführungen. Lange. Hörte auf, als Nanggi nach Kangoroo Island geht. Aber fängt wieder an. Kein Ende.«

»Nanggi! Ja, so hieß sie bei euch. Mrs Elliot.«

»Nanggi, ja. Du kennst Nanggi?«

»Nein, ich kenne sie nicht. Kennst du sie?«

»Nein, Peeta kennt sie nicht, hört nur Geschichte. Nanggi mit dem roten Haar wie die Sonne.«

Dann wollte Peeta wissen, wie Georgina und Miles an diese Küste gekommen waren, und sie erzählten ihr davon und zeigten ihr, was sie gegessen hatten.«

»Witjeri«, sagte Peeta und zeigte auf die Pflanze. »Kuti«, nannte sie die Muscheln.

Als es Zeit war, genug Proviant und Wasser für den Mittag, das Abendessen und Frühstück zu sammeln, wollte Peeta helfen, aber Miles bestand darauf, dass sie ihren Knöchel ausruhte, also gingen sie zu zweit hinunter an den Strand, um Muscheln auszugraben.

Die Sonne kam wieder durch, sodass das Licht auf dem Wasser tanzte. Endlich waren sie wieder allein und schauten zu zweit vom höchsten Punkt der Düne zum Strand und darüber hinaus. Georgina spürte Miles' Arm um ihre Taille und wandte sich zu ihm. »Jetzt hab ich dich wieder für mich«, sagte er.

»Hmm«, erwiderte sie und beugte sich vor, um ihn zu küssen. Die Schmetterlinge in ihrem Bauch wussten genau, was kommen würde.

Er schloss sie in die Arme, fuhr mit den Händen hinunter bis zu ihrem Po, zog sie an sich und sie spürte seine Härte. Der Kuss wurde immer inniger. Himmel, sie begehrte ihn so sehr!

Er griff nach ihrer Hand und zog sie die Düne hinunter in eine Senke mit Büschen. Dort ließ er sich in den Sand fallen, zog sie hinterher, sodass sie über ihm kniete. Dann schob er ihren Rock hoch.

So liebte sie ihn am meisten, wenn er sie begehrte, nach ihr verlangte, sich verzweifelt nach ihrem Körper sehnte. Sie blickte auf ihn hinunter, ließ ihre wilde blonde Mähne über ihr Gesicht fallen und lachte vor schierem Vergnügen.

* * *

»Es muss schon fast eine Woche her sein, dass wir Peeta gefunden haben«, sagte Georgina.

»Ja, sie sagt, sie kann jetzt zu ihrem Volk gehen.«

»Aber sie humpelt noch ganz furchtbar, wenn sie meint, dass wir es nicht sehen.«

»Sie ist unheimlich tapfer«, lächelte Miles.

»Immerhin hat sich unsere Lebensmittelversorgung doch erheblich verbessert, seit sie besser laufen kann.«

Peeta hatte Georgina essbare Beeren gezeigt, und Miles hatte sie auf die Fischfallen hingewiesen, die an einigen Stellen in der Lagune angelegt waren und an denen sie bisher ahnungslos vorbeigelaufen waren.

Bald hatte sich ihre magere, eintönige Kost sehr verbessert, und Georgina lernte Fertigkeiten, die sie nie für möglich gehalten hätte.

Georgina beobachtete Miles, der den Fisch zum Braten auf dem Feuer vorbereitete, wie Peeta es ihm gezeigt hatte. Er sah jetzt viel besser aus, nachdem die Kratzer, blauen Flecken und Schwellungen abgeklungen waren. Georgina ging davon aus, dass sie selbst jetzt auch besser aussah, ohne die Beule an der Stirn und das zugeschwollene Auge. Sie blickte an ihren Kleidern hinunter. Inzwischen trug sie ihren Umhang wieder, denn Peeta hatte ihren Anzug aus Seehundfell wieder an. Der Umhang hatte Risse und Flecken, war genauso ausgeblichen wie ihr Kleid und schmutzig am Saum.

Beim Gedanken an das Abendessen beim Gouverneur vor etwa einem Monat musste sie lachen. Da hatte sie das schöne Abendkleid getragen, hatte sich das Haar hochgesteckt und eine Perlenkette umgelegt. Was für eine Veränderung!

Aber es kümmerte sie nicht. Sie war hier, sie war mit Miles zusammen, und mehr brauchte sie nicht. Sie hatten sich darauf geeinigt, noch ein paar Tage hierzubleiben, bis Peeta wirklich in der Lage war, zu ihrem Volk zurückzukehren. Dann würden sie weiterziehen Richtung Encounter Bay.

* * *

Ihr Herz klopfte wie wild, sie keuchte. Ihr Magen verkrampfte sich vor Angst, ihre Zunge und ihr ganzer Mund waren trocken. Die ganze Zeit hatten sie damit gerechnet, aber als es tatsächlich passierte, war es doch ein Schock. Im einen Moment war sie mit Miles allein in der Wildnis gewesen, im nächsten Augenblick sahen sie sich umgeben von Menschen.

Sie waren in eine große Gruppe Aborigines hineingelaufen, die durch die Dünen zogen. Acht Erwachsene, darunter nur eine Frau, und zwei Kinder, und sie alle waren genauso überrascht wie Georgina und Miles. Die schwarzen Männer hatten ihre Speere und Keulen zur Verteidigung erhoben, die Frau war mit den Kindern ein paar Schritte zurückgewichen. Sie alle schrien gleichzeitig auf sie ein.

Georgina sah sie in heller Panik an. Sie sahen so primitiv und kriegerisch aus: in Felle gekleidet, die an den Schultern zusammengebunden waren, mit langen, verfilzten Haaren voller Seegras, Sand und Zweige, mit Federn geschmückt. Die Männer trugen Vollbärte, die bis hinunter auf die Brust reichten. Die Frau ging mit nackter Brust. Ihre Arme und Beine waren mit weißem Kalk in seltsamen Mustern bemalt. Eine wilde Truppe.

Und sie und Miles waren unbewaffnet. Acht gegen zwei, dachte Georgina. Und Peeta ist drüben im Lager.

Die Zeit schien still zu stehen. Sie schluckte, jeder Nerv summte vor Verzweiflung. Die Szene stand leuchtend und klar vor ihren Augen, als hätte die Gefahr ihre Sinne geschärft.

Sie konnte ihre eigene Angst riechen, aber auch den ungewaschenen Fischgeruch der Leute, die sie umringten. Sie hörte die Vögel rufen, die Insekten in den Büschen surren. Der leichte Wind wehte trockene Blätter über den Sand.

Seltsam, dass ihr so etwas jetzt auffiel. Irgendwie verging die Zeit jetzt langsamer, als hätte sie beinahe angehalten.

Sie hörte Miles, der ruhig mit den Leuten sprach. Er verbeugte sich tief und streckte die Hände aus, als wollte er sich unterwerfen, zumindest aber zeigen, dass er nichts Böses im Schilde führte.

Georgina hatte ihn immer nur dominant erlebt.

Jetzt fiel er auf die Knie. »Georgina«, sagte er zu ihr, »ich versuche sie abzulenken. Wenn mir das gelingt, geh, ich halte sie hier auf. Lauf am Strand entlang, so schnell du kannst. Lass dich nicht aufhalten und lauf zu Peeta.

Er nahm sein Messer und legte es auf den Sand. Einer der Männer griff blitzschnell danach.

Georgina sank neben ihm auf die Knie. »Ich verlasse dich nicht.«

Zwei der Männer senkten ihre Speere, andere kamen mit ihren Keulen bedrohlich nahe. Die Frau sprach mit scharfer Stimme, und einer der Keulenträger zog sich ein paar Schritte zurück.

»Bitte, tut uns nichts«, krächzte Georgina. »Wir haben nichts Böses vor.«

Einer der Männer brüllte sie an, sodass sie sich zusammenkauerte. So viel Angst hatte sie in ihrem ganzen Leben noch nicht gehabt. *Das war's,* dachte sie. *Das ist das Ende.*

Als sie aufblickte, senkten die Männer die Speere, aber ihre Gesichter zeigten immer noch blanke Aggression. Sie sprachen wütend untereinander.

Szenen aus ihrem Leben zogen vor ihrem inneren Auge vorbei. Ihr Vater, ihre Tante, ihr Onkel, die grünen Wiesen und blühenden Gärten ihrer Kindheit. Ihr altes Kindermädchen, ihre strenge Gouvernante. Georgina Stapleton, das verwöhnte, verhätschelte Mädchen aus der guten Gesellschaft, würde hier ihr Ende finden, hier in dieser gottverlassenen Wildnis am Ende der Welt. Sie stand auf. »Tut uns nichts«, keuchte sie.

Aber die Männer brüllten nur wieder los, und Miles zog sie am Rocksaum zurück in den Sand.

»Sei nicht dumm!«, flüsterte er.

Die Männer berieten sich, wägten offenbar ab, was mit ihnen geschehen sollte. Die Frau kam auf Georgina zu, die ein bisschen zurückwich, als sie von der schwarzen Hand berührt wurde. Die Frau nahm Georginas Haare in die Hand und sah ihr in die Augen, betrachtete ihren Körper, ihre Brüste und Hüften. Dann sprach sie mit den Männern, und Georgina war sicher, das Wort »Nanggi« zu hören, das dann auch von einigen Männern wiederholt wurde. Es wurde genickt, und dann schien es fast, als würde die Angst und Aggression von ihnen abfallen.

»Nanggi, Bonnie«, sagte Georgina mit wildem Nicken.

»Nanggi«, erwiderte die dunkelhäutige Frau.

»Bonnie Roy, Nanggi!«, antwortete Georgina. Diese Leute kannten Nanggi ebenfalls! Vielleicht würden sie auch Peeta kennen. »Peeta, Peeta, Karkukangar«, sagte sie und benutzte den Namen, den Peeta für Kangaroo Island verwendet hatte.

Die Frau hielt plötzlich inne.

»Peeta«, sagte sie und zeigte mit dem Finger auf Georgina.

»Ja, ich kenne Peeta!« Die Worte sprudelten nur so aus Georgina heraus. »Peeta ist bei uns, da hinten in den Dünen.«

Traurig schüttelte die Frau den Kopf. »Peeta … Krinkari … Karkukangar«, hörte Georgina.

Sie schüttelte heftig den Kopf. »Nein, Peeta ist hier!« Sie deutete mit den Fingern eine Laufbewegung an und zeigte in die Dünen. »Peeta!«

Einer der Männer trat vor und bedrohte sie wieder mit dem Speer. Aber die Frau hielt ihn zurück.

»Peeta?«, fragte sie.

Georgina nickte heftig. »Ja, sie ist hier.« Die Frau sah sie verwirrt an. »Komm mit«, sagte Georgina und griff nach dem Arm der Frau. Die anderen murmelten etwas, aber die Frau winkte ab und ließ sich von Georgina mitziehen. Miles stand auf, blieb aber in gebeugter Haltung. Bald folgten sie alle Georgina durch die Dünen.

»Peeta!«, rief Georgina, als sie sich dem Lager näherten. »Peeta!«

Peeta sprang auf, als die Gruppe in Sicht kam. Die Frau schrie verzweifelt auf, sprang auf Peeta zu und nahm sie in die Arme. Auch Peeta schrie auf, tief aus ihrem Inneren kam der herzzerreißendste Schrei, den Georgina jemals gehört hatte. Unwillkürlich kamen ihr die Tränen. Es wurde viel gerufen und geschrien, als die Aborigines Peeta umringten, und alle umarmten sie und fielen sich dann ebenfalls in die Arme. Georgina hatte noch nie etwas so Rührendes gesehen. Miles stand neben ihr; auch ihm waren die Tränen in die Augen gestiegen.

Sie redeten alle auf einmal, riefen, lachten, weinten, tätschelten Peeta, küssten sie. Die ältere Frau machte sich los und kam mit weit ausgebreiteten Armen auf Georgina zu. Sie umarmte sie fest, küsste sie, streichelte ihr übers Haar.

Georgina weinte nur noch mehr. Dann wurde Miles umarmt, und alle aus der Gruppe kamen zu ihnen, berührten sie, klopften ihnen auf die Schultern.

»Sie wollen uns zeigen, dass sie uns nichts tun«, sagte Georgina und drohte Miles mit dem Zeigefinger. »Verwöhntes, dummes, lästiges Mädchen«, erinnerte sie ihn. Miles warf den Kopf lachend in den Nacken. »Der Punkt geht an dich, Georgina.«

Die schwarze Frau verstand offenbar, was zwischen ihnen vorging, lachte mit und drohte Miles ebenfalls mit dem Finger. Die Spannung ließ nach. Georgina atmete tief und zitternd ein.

»Peeta geht jetzt nach Hause«, sagte Peeta und machte sich los. »Miles und Georgina kommen mit. Müssen kommen. Bitte!«

Georgina sah Miles an. »Ich denke, wir sollten gehorchen.«

»Das wäre ja mal ganz was Neues für dich.«

Georgina lachte. »Du musst vielleicht noch lernen, mal keine Befehle zu erteilen.«

Aber Miles war schon wieder ernst. »Das hält uns noch weiter auf«, sagte er.

»Ja, aber wir stehen dann auch unter ihrem Schutz. Vielleicht begleiten sie uns sogar nach Encounter Bay.«

»Da könntest du recht haben«, sagte Miles.

Zwei der Männer legten Peeta ihre Arme um die Taille, sie umfasste ihre Schultern, und sie trugen sie Richtung Lagune. Georgina und Miles packten ihre paar Habseligkeiten und folgten der Gruppe zu einer Stelle, wo man die Lagune zu Fuß und später mit dem Kanu einigermaßen leicht überqueren konnte.

Die beiden Kanus waren aus der Rinde großer Eukalyptusbäume gemacht, an den Seiten hochgebogen und mit Lehm verschmiert. In der Mitte brannte jeweils ein kleines Kohlenfeuer auf einer Plattform aus Lehm, nassem Schilf und Schlamm. Der älteste der Männer bedeutete Miles und Georgina, sich im ersten Kanu neben das Feuer zu setzen. Die Fischgräten am Boden zeigten, wozu es gedacht war: Hier wurden die frisch gefangenen Fische gebraten. Einer der Männer stand im Bug des Kanus, die Frau schob es ins Wasser, und schon glitten sie auf der großen silbrigen Fläche dahin. Das andere Kanu fuhr mit weiteren drei Leuten an Bord los, der Rest der Gruppe würde wohl nachgeholt werden. Das Kanu lag tief im Wasser, und die kleinen Wellen schwappten an die Reling.

Sie sah, dass der Seemann Miles sich für das Fahrzeug interessierte. Er verdrehte den Kopf, um den Mann zu beobachten, der sie hinüberruderte und still und stolz im Bug des Kanus stand. Der lange dunkle Bart wehte im Wind. Sein Speer, der ein Stück Knochen als Spitze hatte, wurde mit der stumpfen Seite als Paddel benutzt und mit großer Kraft und Geschicklichkeit geführt, sodass das Boot ganz gerade im Wasser lag.

Am Ufer angekommen, warteten sie, während eins der Kanus zurückfuhr, um die übrigen Mitglieder der Gruppe zu holen.

Die Vegetation hier am anderen Ufer unterschied sich deutlich von dem, was sie bisher kennengelernt hatten. Salzmarsch und Dünengras hatten niedrigen Büschen Platz gemacht, das allmählich höher wurde, sodass sie bald auf ausgetretenen Pfaden an hohen Teebäumen vorbeigingen. Endlich kamen sie in das Gebiet der Eukalyptusbäume, die leichten Schatten über die hellen Blüten der Yakkas und die goldenen Köpfe der Banksien warfen, die das monotone Graugrün belebten.

So weit vom Meer entfernt, hatte der Wind nachgelassen, und Georgina verstand, warum sie an der Küste keinen Schwarzen begegnet waren.

* * *

Als sie die Lichtung betraten, waren erstaunte Rufe zu hören. »Peeta! Peeta!« Dieselbe Reaktion wie bei der ersten Begegnung, Freude, Tränen, Aufregung, aber diesmal von einer größeren Gruppe von etwa vierzig Menschen. Wieder wurde offenbar die ganze Geschichte erzählt, wieder waren erschrockene, verzweifelte Schreie zu hören, Ausdruck von Trauer und Erleichterung. Es wurde umarmt und geküsst und Köpfe geschüttelt, als könnte keiner glauben, dass Peeta wirklich wieder da war. Zu Hause bei ihrem Volk.

Dann wandten sich alle Georgina und Miles zu, mit wachsamen Blicken und fragenden Stimmen, bis Peeta alles erklärte.

Und dann befahl der alte Mann, den Peeta Tenetje genannt hatte, allen zu schweigen. Die Menschen auf der Lichtung versammelten sich, um ihm zuzuhören. Man hörte wieder die Worte Peeta, Krinkari, Karkukangar.

Georgina verstand, dass er die Geschichte mit seinen eigenen Worten nacherzählte. Er deutete aufs Meer, beschrieb die Zerstörung ihres Schiffs im Sturm, und sie hörte die Worte Kuti und Witjeri.

Alle nickten und machten sich dann offenbar an die Vorbereitung eines Essens. Die glimmenden Feuer wurden mit frischem Holz angefacht. Das Dorf sah aus, als wäre es schon seit Monaten oder gar Jahren bewohnt. Georgina hatte immer gedacht, die Aborigines wären Nomaden, die sich nirgendwo fest niederließen, aber hier waren richtige Hütten aus Lehm, Holz, Seegras und Blättern gebaut worden, die vor dem Wind schützten. Einige waren halbrund, sodass man bei Tageslicht draußen sitzen konnte, andere waren rund und hatten einen kleinen Eingang, der mit Häuten verhängt war. Wahrscheinlich waren sie zum Schlafen gedacht. Zwanzig solcher Hütten zählte sie.

Dazwischen lagen Werkzeuge und Fallen, Fischnetze, Seile, Matten, Körbe, Schüsseln aus Holz und Teller aus dicker Baumrinde, abgenagte Knochen und Häute. Bellende Hunde und kreischende Kinder liefen um die Lagerfeuer, an denen die Frauen das Essen zubereiteten. Georgina sah hungrig zu, wie ein großes Känguru ins Feuer geworfen und darin gedreht wurde, um das Fell abzubrennen.

Auf einem anderen Feuer, das in einem Bett aus Kohlen brannte, wurden einige kleinere Tiere gebraten. Georgina erkannte Eidechsen und eine Beutelratte. Yamswurzeln wurden ins Feuer geschoben. Als das Kohlenfeuer fast ganz heruntergebrannt war, brachte man die Fische, etwa 30 Zentimeter lang und blausilbern schimmernd. Zwei Dutzend Fische hingen auf einem Speer, und wurden jetzt vorsichtig auf die Kohlen gelegt. Der blaue Rauch lag schwer in der stillen Luft.

Endlich war der erste Teil des Essens fertig. Peeta hatte Georgina schon gezeigt, wie man den gebratenen Fisch häutete und die Filets vom Knochen löste. Hier wurde keine Zeit fürs Schuppen und Ausnehmen verschwendet; Haut und Schuppen dienten als Kochgeschirr. Das Fleisch war heiß und saftig und schmeckte wunderbar.

»Thukeri«, sagte eine der Frauen und schmatzte anerkennend. Das hieß offenbar »köstlich«.

Dann kamen Beutelratte und Eidechse an die Reihe. Saft und Fett liefen Georgina über die Finger, als sie das zähe Muskelfleisch von den Knochen zog und sich in den Mund stopfte. Sie lächelte Miles an, der es ihr gleichtat. Der Saft lief ihr übers Kinn, und sie wischte ihn mit dem Handrücken weg. Gut, dass Tante Mary sie nicht sehen konnte.

Inzwischen war das Känguru gar. Es hatte kräftiges dunkles Fleisch und schmeckte fast wie Wild.

Das Fleisch war heiß und sättigend, wenn auch etwas rauchig. Die weichen Yamswurzeln schmeckten gut, fand Georgina, fast wie süße Kartoffeln mit knuspriger, kräftig schmeckender Schale – genau das Richtige nach all den salzigen Muscheln der letzten Wochen.

Als sie signalisierten, dass sie satt waren, wurden die Reste und das Wasser weggebracht. Der alte Mann sprach mit zwei Frauen, die verschwanden und bald wiederkamen, gemeinsam mit Peeta. Die junge Frau schien geschwächt von der Reise ins Dorf, denn sie stützte sich schwer auf die Arme der Frauen und war in Felle gehüllt, als würde sie frösteln.

Tenetje ließ sie sich setzen. Die Frauen zogen das Fell zurecht, damit sie warm blieb, dann gab der alte Mann weitere Befehle. Einige Männer setzen sich und diskutierten mit.

Georgina und Miles beobachteten die Szene. Der alte Mann leitete die Diskussion, und die Männer drehten sich immer wieder um und deuteten auf Georgina und Miles. Der alte Mann schüttelte wiederholt den Kopf, sodass sich sein langer weißer Bart von einer Seite zur anderen bewegte und die silbrigen Haarbüschel berührte, die ihm auf den Schultern und der Brust wuchsen. Alle hier waren ziemlich behaart, selbst die Frauen, und einige der Großmütter hatten richtige Schnurrbärte.

Die Diskussion ging noch eine Weile weiter, bis offenbar eine Einigung erzielt war. Der Mann sprach mit Peeta, und sie nickte. Dann drehte sie sich zu Georgina um. »Älteste sagen, wir bringen euch nach Longkuwar, zu den Walfängern. Wenn allein, ihr trefft böse Leute, vielleicht werdet getötet. Krinkari werden gehasst und gefürchtet. Ich gehe mit, ich kann Englisch.«

»Aber du kannst doch noch nicht so weit laufen mit deinem geschwollenen Knöchel.«

»Doch, kann laufen, ein paar Tage Ruhe, dann wir gehen.«

»Gut.«

Noch ein paar Tage mit Miles. Sie wollte die Zeit mit ihm genießen, denn sie wusste, er hatte recht: Wenn sie in die Zivilisation zurückkehrten, war ihre gemeinsame Zeit vorbei. Sie wollte nicht darüber nachdenken, dafür war genug Zeit, wenn es so weit war. Dann würde sie sich mit ihren Gefühlen beschäftigen, nicht jetzt.

Einige der Frauen räumten eine Hütte aus und stellten

sie Georgina und Miles zur Verfügung. Die Ngowanthie, wie sie sie nannten, war aus Lehm und Gras über einem Rahmen aus frischen Zweigen gebaut. Innen war sie dunkel und roch nach Rauch. Die Feuerstelle war jetzt kalt, aber ein Haufen Asche und halb verbranntes Holz zeigte, wie man sich hier im schlimmsten Winter warm hielt.

Auf jeden Fall war diese Hütte perfekt dafür geeignet, den starken Winden standzuhalten, die von der Küste kamen. Im Grunde war es immer dasselbe Muster: rund geformte Sanddünen, Büsche, Bäume, Hütten – sie alle beugten sich vor der Kraft des Windes.

Georgina war satt und sehr müde; sie legte sich sofort hin und zog eine der Felldecken über sich. Der fremde Schweißgeruch ließ sie die Nase rümpfen, aber sie war froh über die Wärme. Miles legte sich neben sie und berührte sie mit der Hand.

»Nicht so ganz das, was wir für heute geplant hatten«, sagte er.

»Das kannst du laut sagen.«

»Sieht so aus, als müssten wir warten, bis Peeta gehen kann, wenn wir nicht ohne ihre Begleitung weiterwollen.«

»Wir müssten verrückt sein, wenn wir das täten. Peeta hat mir gesagt, die Schwarzen weiter oben an der Küste würden uns sofort umbringen. Die Weißen haben hier einen ziemlich schlechten Ruf. Nein, das Risiko sollten wir nicht eingehen. Außerdem müssen wir uns doch nicht hetzen.«

»Sicher müssen wir das, meine liebe Georgina, denn allmählich fragen sich wohl alle, wo die *Cataleena* bleibt. Ich trage die Verantwortung dafür, dass die Eigentümer so bald wie möglich von unserem Schiffbruch erfahren. Und deine Angehörigen, wie auch viele andere Leute, werden deinen Tod betrauern. Die Familien der anderen Passagiere warten schließlich auch auf Nachricht.«

»Nun, ich finde trotzdem, wir sollten dankbar sein, dass man hier so gut für uns sorgt. Und wir sollten die Hilfe annehmen, selbst wenn wir noch ein paar Tage hier warten müssen.«

Er stützte sich auf den Ellbogen. »Warum zögerst du es so hinaus?«

»Ich bin hier glücklich.«

»Du lebst gern hier bei den Kandukara?«

»Du weißt genau, was ich meine, oder muss ich es dir buchstabieren?« Er musste doch begreifen, dass es ihr um ihn ging!

Er schwieg einen Augenblick, bevor er antwortete.

»Du weißt, dass es nicht so weitergehen kann, nicht wahr?«

»Aber warum können wir es nicht einfach genießen, solange es dauert?«

»Weil wir bald getrennte Wege gehen werden. Ich bin mir ohnehin nicht sicher, ob das nicht alles ein einziger großer Fehler ist.«

»Hast du deine Meinung geändert? Über mich, über uns?«

Wieder schwieg er. »Nein. Du bist eine sehr anziehende Frau, das kann ich nicht leugnen.«

So wie er es sagte, klang es, als ginge es ihm nur um ihren Körper. Aber er musste doch mehr empfinden! Konnte er nicht zugeben, dass er auch mit dem Herzen dabei war?

Dass er es nicht aussprach, machte es auch für sie schwierig, über ihre Gefühle zu reden. Wenn er wirklich nichts für sie empfand, was taten sie dann hier? Und wie würde er reagieren, wenn sie ihm sagte, was ihr Herz empfand?

Sie beschloss, den Stier bei den Hörnern zu packen. »Begehrst du mich nur, Miles? Oder brauchst du mich?«

»Ich brauche niemanden, Georgina.«

»Niemanden?«

»Man muss in dieser Welt allein zurechtkommen.«

»Kein Mensch ist eine Insel.«

»Wie bitte?«

»Kein Mensch ist eine Insel, lebt ganz für sich allein. Jeder ist Teil eines Kontinents, Teil des Ganzen. Wenn ein Stück Erde weggeschwemmt wird, schrumpft Europa ...«

»Hast du dir das ausgedacht?«

»Nein ... es ist sehr schmeichelhaft, dass du das von mir denkst, aber es stammt von einem der größten Dichter aller Zeiten, von John Donne. Kennst du ihn nicht?«

»Nein.«

»Meine Gouvernante hat mir die ernsten unter seinen Gedichten beigebracht. Die Liebesgedichte musste ich selbst finden«, lachte sie.

»Kein Wunder, dass ich dann noch nichts von ihm gehört habe. Als du dich mit Dichtung beschäftigt hast, musste ich Knoten lernen.«

»Kann sein. Aber es ist so, Miles, niemand ist eine Insel. Wir alle sind voneinander abhängig, und das gilt ganz besonders für uns beide. Wir brauchen einander, das musst du zugeben.« »Jeder Mensch ist eine Insel, Georgina. Wenn man es ganz genau betrachtet, sind wir alle allein.«

»Na, wenn ich gewusst hätte, dass du das so siehst, dann wäre ich heute früh nicht bei dir geblieben. Dann hätte ich dich auf deiner kleinen Insel gelassen, damit die Kandukara dich umbringen, und du hättest dich auf deinen eigenen Verstand verlassen müssen, um zu überleben.«

Miles nahm sie in die Arme. Im flackernden Licht der Lagerfeuer vor ihrer Tür konnte sie sein Gesicht so eben erkennen. »Da haben Sie leider recht, Miss Stapleton, ich verdanke Ihnen mein Leben und schulde Ihnen Dank.«

»Ich bin also nicht nur verwöhnt und lästig?«

»Nein, du bist klug und bestehst fast jede Situation … und du bist wunderbar genusssüchtig«, sagte er, und seine Stimme wurde tiefer.

Sie schob ihn mit beiden Händen weg. »Nimmst du mich eigentlich ernst?«

»Aber sicher!«

Er lachte leise und kehlig, und sie entspannte sich in seinen Armen. Sein Gesicht bewegte sich in der Dunkelheit auf sie zu, und sie fühlte seine Lippen an ihrem Mund.

»Du bist klug. Du bist die verführerischste Frau, die mir je begegnet ist. Ich bin verdammt froh, dass du mich gerettet hast, und ich verspreche, dass ich dich absolut ernst nehme«, sagte er und betonte jedes Wort mit einem Kuss.

Georgina legte ihm die Hände um den Hals. Er hatte ihre Frage wieder nicht beantwortet, aber sie konnte warten.

* * *

Am nächsten Tag konnten sie sich wirklich einmal entspannen. Sie mussten sich nicht ängstlich vor den Aborigines verstecken, und sie hatten genug zu essen. Die Kandukara sorgten für sie, und sie konnten sich frei bewegen.

Am Morgen verbrachten Peeta und Georgina einige Zeit miteinander am Lagerfeuer, während Miles mit den Männern auf die Jagd ging.

Peeta erzählte ihr mehr von ihrer Entführung und Gefangenschaft bei den Seehundjägern und wie sie dort behandelt worden war.

»Das ist ja schrecklich! Ich frage mich, wie du das überlebt hast. Deine Familie ist schrecklich froh, dich wiederzuhaben.«

Peeta hatte sie inzwischen förmlich ihrer nächsten Familie vorgestellt: ihrer Mutter, ihrem Vater und ihrer Schwester.

»Ja, Mutter und Vater sehr, sehr froh. Aber jetzt große Probleme für Peeta.«

»Warum das denn?«

»Peeta ist schmutzig. Genommen von weißen Männern.«

»Aber das ist doch nicht deine Schuld!«

Peeta zuckte mit den Schultern. »Ist schmutzig. Vielleicht weißes Baby, vielleicht Krankheit. Sehr schlimm.«

»Das ist ja furchtbar!«, rief Georgina und musste zunächst einmal die Erkenntnis verdauen, dass sich diese wilden, schmutzigen Leute durch den Kontakt mit den Weißen verunreinigt fühlten. »Das kommt schon in Ordnung, sie brauchen nur ein bisschen Zeit, um sich daran zu gewöhnen.« Sie wusste nicht, ob ihre Worte Sinn ergaben, aber irgendetwas Tröstendes musste sie ja sagen.

Peeta brach in Tränen aus, zum ersten Mal, seit sie sie am Strand gefunden hatten. Es musste schlimm für sie sein, zu ihrer Familie zurückzukehren und das ganze Trauma ihrer Entführung noch einmal zu erleben.

»Das wird schon«, sagte Georgina matt, aber Peeta schüttelte den Kopf. »Nein, sie sagen, ich kann nicht heiraten Thukeri. Wollte heiraten, bevor Krinkari mich mitnehmen. Jetzt zu schmutzig.«

»Ach Gott! Und dieser Mann, will er dich denn noch?«

Peeta zuckte wieder mit den Schultern. »Weiß nicht, kann nicht mit ihm sprechen. Er Sohn von Tenetje, dem Ältesten. Zu gut für Peeta.«

»Ach, Peeta, das tut mir so leid! Kann ich denn gar nicht helfen?«

Peeta schüttelte den Kopf und wischte sich übers Gesicht, um die Tränen zu trocknen.

»Wir denken uns etwas aus.« Georgina tätschelte ihr die Hand. Dann stellte sie mehr Fragen über Thukeri und Peetas Hoffnung, dass sie ihn vielleicht doch noch würde heiraten dürfen. Alles andere wäre doch entsetzlich unfair, nachdem sie so viel durchgemacht hatte.

»Thukeri hat denselben Namen wie der Fisch?«, fragte sie.

»Ja, selben Namen, süß und saftig«, erwiderte Peeta und schaute schelmisch, bevor ihr bei dem Gedanken wieder die Tränen kamen.

Mittags kamen die Männer zurück ins Dorf. Miles schien ungerührt, als sie ihm von Peeta erzählte. »So ist das überall auf der Welt«, sagte er.

»Aber nicht in meiner Welt.«

»Nein, in deiner nicht, Georgina, aber so ergeht es vielen Frauen. In deinen Kreisen werden die hässlichen Seiten der menschlichen Natur hinter einer starren Schicht von Höflichkeit und Sitten versteckt, und hinter weicheren Schichten von Seide und Satin.«

»Das glaube ich einfach nicht. Die Männer in meiner Gesellschaftsschicht sind nicht so.«

»Du bist nur immer beschützt worden.«

»Nein, das glaube ich nicht. Eine gute Erziehung verbessert die Natur des Menschen doch sehr.«

Er zuckte mit den Schultern und zog dann wieder mit den Männern davon. Spät am Nachmittag kamen sie wieder und brachten zum Abendessen ein Känguru und einen Wombat mit. Einige Frauen waren in den Sumpf gegangen, wo sie kleine Fische fingen – eine einfache, aber sättigende Nahrung. Zum Nachtisch gab es getrocknete Beeren namens Muntherys, die ein bisschen nach Apfel schmeckten.

Bei Sonnenuntergang zogen sich Miles und Georgina zurück und genossen einen Abend der Zweisamkeit mit langen Gesprächen und inniger Liebe. Wieder spürte Georgina, dass sie am liebsten nie in die Zivilisation zurückgekehrt wäre.

Am folgenden Tag war Peeta ganz aufgelöst. »Was ist denn los?«, fragte Georgina sie.

»Ich war bei Putari«, erzählte Peeta ihr.

»Putari?«

»Doktor. Sie sagt, Peeta hat Kind von weißem Mann im

Bauch.« Sie zeigte mit dem Finger darauf, die großen braunen Augen voller Tränen.

»Oh, Peeta!«

»Ja, ganz schlimm.«

»Aber es ist doch nicht deine Schuld!«

»Egal. Weißes Baby nicht gut. Hat Krankheit von weißem Mann, wird krank, krank, krank geboren und stirbt, viel Schmerzen.«

Georgina verstand die Verbindung zwischen dem weißen Vater und einem kranken Kind nicht ganz, aber Peeta schien ganz sicher zu sein. Georgina wusste nur wenig über Geschlechtskrankheiten, aber das musste es wohl sein. Syphilis. Endloser Schmerz und Krankheit, Wahnsinn und ein elender Tod. Was für ein furchtbares Leben für ein Baby.

»Und jetzt?«

»Wir machen Ende.«

»Wie bitte? Was macht ihr?«

»Wir machen Ende mit Baby jetzt. Putari hilft Peeta. Peeta hat Pangki-Wurzel und Blätter von Wurildi und Wolokaii- Gras. Dann gehen wir auf Frauenweg. Besser jetzt, wo noch ganz, ganz klein, nicht warten, bis Baby geboren und Baby krank und viel Schmerz.«

Georgina war entsetzt, aber sie schob den Gedanken beiseite. »Oh, Peeta, es tut mir so leid, dass weiße Männer dir das angetan haben.« Sie legte dem Mädchen eine Hand auf den Arm. »Kann ich irgendwie helfen?«

»Komm mit«, bat Peeta sie. »Komm mit auf Frauenweg.«

Das war das Letzte, was Georgina tun wollte, aber dieses Mädchen brauchte Unterstützung, und sie brauchte Peeta, wenn sie heil nach Encounter Bay kommen wollte. »Bist du sicher, dass du mich dabeihaben willst?«

»Niemand sonst will mitkommen«, sagte Peeta.

Eine ältere Frau, offenbar die Putari, kam mit Peetas Mutter zurück ins Lager. Sie gab Peeta einige gekochte Wurzeln und Blätter. Peeta aß sie langsam; alle anderen wandten die Blicke ab und mieden sie. Natürlich wusste jeder hier Bescheid, aber es wurde nicht darüber gesprochen, und Peeta konnte offenbar kein offen gezeigtes Mitgefühl erwarten.

Nach einer Weile nickten die Putari und die Mutter, und Peeta stand auf. Georgina schloss sich der kleinen Gruppe an, und sie gingen in den Busch, weg vom Lager. Georgina beobachtete, wie Peetas Mutter eine Grube aushob und ein Feuer machte, und half Holz sammeln. Sie warfen Steine und Holz ins Feuer, und als es heruntergebrannt war, nahmen sie die Steine heraus und warfen Blätter darauf. Dann wurde der Ofen mit einer Känguruhaut bedeckt.

Wenig später wurden die Blätter herausgeholt, ein wenig abgekühlt und zu Paketen geformt, die Peeta im unteren Rücken und auf dem Bauch platzierte. Dann wurde sie mit Fellen bedeckt, um die Wärme zu erhalten.

Georgina hielt ihre Hand, als die Felle wieder weggenommen wurden und die Putari anfing, Peeta mit den Fäusten zu massieren. Sie nickte zufrieden, und während sie warteten, nahm die Ärztin ein Schneckenhaus aus ihrer gewebten Tasche, deutete auf Georginas Mund und fuhr mit dem Finger über ihre Lippen. Dann sprach sie mit Peeta, und Peeta übersetzte.

»Georginas Lippe tut weh, Putari Medizin.«

Georgina nickte und fuhr ebenfalls mit dem Finger über ihre trockenen, aufgesprungenen Lippen. Die Putari zog einen Stöpsel aus Gras aus dem Schneckenhaus und tupfte mit dem Finger hinein, bevor sie die Salbe auf Georginas Lippen strich. Was auch immer es sein mochte, es brachte sofortige Linderung.

»Danke!«, sagte Georgina.

* * *

Sie erzählte Miles keine Einzelheiten über ihren Tag, nur dass sie mit ein paar Frauen außerhalb des Dorfes gewesen war. Sie wollte nicht, dass er anfing, sich über ungewollte Schwangerschaften Gedanken zu machen. Und sie wollte auch lieber selbst nicht darüber nachdenken.

Am nächsten Morgen ging sie Peeta besuchen.

»Baby weg«, sagte Peeta, die auf ihrem Lager lag.

»Bist du traurig?«

»Hm?«

»Weinst du?« Georgina rieb sich die Augen.

»Nein, nicht weinen, besser für Baby. Kein Schmerz für Baby.«

»Und was ist mit dir, Peeta, wie geht es dir?«

»Jetzt wieder gut für Thukeri«, sagte Peeta. Das war ihr offenbar das Wichtigste.

»Hat es wehgetan?«

Peeta schüttelte den Kopf. »Nein, nicht wehgetan, muss nur ausruhen. Heute noch nicht nach Longkuwar.«

»Das will ich hoffen! Du darfst nicht aufstehen, solange es dir nicht besser geht.«

»Vielleicht morgen, oder Tag nach morgen«, sagte Peeta.

Georgina berichtete Miles später an diesem Tag davon, als sie ein wenig an der Lagune spazieren gingen.

»Peeta sagt, sie muss noch ein paar Tage ausruhen.«

»Was fehlt dem Mädchen denn?«

»Es geht ihr noch sehr schlecht, Miles, und ihr Knöchel ist noch immer geschwollen«, sagte sie, ohne die Frage wirklich zu beantworten. »Je mehr sie mir erzählt von dem, was sie durchgemacht hat, desto schlimmer klingt das alles für mich. Sie muss sich erst richtig erholen, bevor sie wieder eine lange Reise unternimmt. Und wir schulden ihr ein bisschen Geduld.«

»Warum schulden wir ihr überhaupt irgendetwas?«

»Weil es weiße Männer waren, die ihr das angetan haben.«

»Aber dafür tragen wir doch keine Verantwortung!«, unterbrach er sie.

»Aber wir sind von ihr abhängig, wenn wir nach Encounter Bay kommen wollen.«

Er blieb stehen und wandte sich ihr zu. »Und von unseren eigenen Fähigkeiten, würde ich sagen.«

»Ich habe es dir schon einmal gesagt, Miles, niemand ist eine Insel. Wir sind abhängig von Peeta und ihren Leuten, ob es dir nun passt oder nicht.«

»Lass uns nicht zu viel über diese Leute nachdenken«, sagte er und zog sie an sich. »Es ist schön, mal ohne zwanzig Paar braune Augen für sich zu sein.«

Georgina schloss die Augen, als er sie küsste. Sie schloss die Welt aus und legte alle Gedanken an die Zukunft zur Seite.

14

Am folgenden Abend hielten Tenetje und die anderen Ältesten Rat. Peeta sah viel besser aus, als sie herübergehum-
pelt kam, um neben Georgina am Feuer zu sitzen.

»Sie reden, wer mit euch geht«, sagte sie.

»Aber du kommst doch auch mit, oder?«

»Ja, ich komme, und noch mehr.«

Georgina beobachtete die Diskussion der Männer. Es
gab einen intensiveren Wortwechsel zwischen Tenetje und
einem der Männer mittleren Alters, einem säuerlich drein-
blickenden Mann mit Triefaugen.

Endlich nickte der Älteste. Peeta wandte sich mit leuchtenden Augen an Georgina. »Sie sagen, Thukeri kommt
mit. Thukeri ist Sohn von Tenetje, großer Mann. Verstehst
du? Andere Clans hören auf ihn. Er spricht für unseren
Clan. Sonst spricht Tenetje. Aber er fühlt sich zu alt. Er
will, dass Thukeri das Tendi kennenlernt.«

»Tendi?«

»Viele Leute. Entscheiden, was tun mit Krinkari im
Ngarrindjeri-Land.«

Die Krinkari, das sind wir, dachte Georgina. *Ganz klar.
Wir Briten, die wir in ihr Land eindringen, ihre Frauen
stehlen, ihre Leute umbringen. Ihnen das Wild wegnehmen.
Und dann an ihren Küsten Schiffbruch erleiden und Hilfe
verlangen, um zu überleben.* Der Gedanke war schwer zu
ertragen.

Georgina nickte.

»Dieses … Tendi … würde es auf jeden Fall stattfinden, oder hat das mit uns zu tun?«

»Nein, viele reden von Tendi, lange schon. Aber jetzt bin ich wieder da, und ihr seid da. Gute Zeit für Tendi. Kommt bald. Zu viele Krinkari kommen. Zu viel Gefahr für uns und alle Ngarrindjeri.«

»Und was werden sie davon halten, wenn wir dabei sind, bei diesem Tendi? Werden sie wütend auf uns sein?«

»Nein, du bist Frau, Mimini. Und Miles keinen Speer, kein Pundepurre.«

»Pundepurre?«

Peeta ahmte ein Gewehr nach. »Njarrindjeri keine Angst. Du meine Freundin, unsere Freundin. Du gehst als Freundin zum Tendi. Thukeri spricht für Tenetje, sagt, du bist Freundin.«

»Und Thukeri? Ist das dein Mann?«

Peeta ließ den Kopf sinken und sah Georgina vorsichtig an. »Ja. Wir wollen heiraten, aber Krilli, der mit dem grauen Bart, will mich auch heiraten. Streitet mit Tenetje. Will nicht, dass Thukeri mitgeht.«

»Was ist denn los?«, fragte Miles flüsternd.

»Sie beschließen darüber, wer mit uns geht«, antwortete sie. »Und es gibt Streit darüber, ob der Sohn des Ältesten mitgehen soll, Thukeri. Der große, schlanke, agile Typ, du kennst ihn doch. Sieht sehr gut aus, hat Prestige und Einfluss bei den anderen Clans, aber Krilli, das ist der mit dem grauen Bart und den Triefaugen, will auch mit, weil er glaubt, Thukeri würde sich auf der Reise an Peeta heranmachen.«

»Wie schön, dass du den ganzen Hoftratsch kennst«, flüsterte Miles.

»Für Peeta ist das alles sehr wichtig, denn ihr Glück hängt davon ab«, erwiderte sie trocken. »Und für uns ist es auch wichtig, denn sie werden beschließen, was sie von der Invasion der Krinkari halten. Und von uns. Es ist absolut in unserem Interesse, dass Thukeri für uns spricht, denn er wird uns unterstützen, wenn es schwierig wird.«

Aber Georgina wollte Peeta auch helfen, weil sie einfach schrecklich fand, was dem Mädchen passiert war. Sie fühlte sich verantwortlich für Peeta, seit sie sie am Strand gefunden hatte, und noch mehr, seit sie zusammen den Frauenweg gegangen waren.

Krilli sprach laut und kräftig, und sie brauchten die Sprache nicht zu verstehen, um zu begreifen, dass er sehr viel Nachdruck in seine Rede legte.

Endlich nickte der Älteste wieder, und auch die anderen Ratsmitglieder schienen sich einig zu sein. Sie sprachen mit Peeta, die wiederum mit Georgina redete. »Thukeri kommt mit, aber Krilli auch. Krilli passt auf, dass Thukeri und Peeta nicht zusammen gehen, bis Rat beschließt, wer heiratet Peeta. Mein Onkel Pameri kommt auch mit. Er passt auf, dass Thukeri und Krilli nicht streiten.«

»Und warum können die Ältesten nicht jetzt entscheiden, wen du heiratest? Dann gäbe es keine Probleme mehr.«

»Geht nicht.« Peeta schüttelte den Kopf. »Sie sagen, vielleicht Krilli. Aber Peeta will Krilli nicht, sie will Thukeri.«

»Und warum lassen sie dich nicht Thukeri heiraten?«

»Sie sagen, vielleicht wird Peeta verrückt.«

»Warum das denn?«

»Peeta gestohlen von Krinkari. Vielleicht schlechtes Mädchen, nicht gut für Thukeri.«

»Sie wollen sehen, wie du dich benimmst, oder? Sie wollen sichergehen, dass du ein gutes Mädchen bist?«

Peeta nickte. »Krilli passt auf, Onkel Pameri passt auf. Dann sagen sie Tenetje, Thukeris Vater. Wenn Thukeris Vater sagt Nein, dann Peeta heiratet Krilli.«

»Aber warum wollen sie denn, dass du Krilli heiratest?«

»Krilli alter Mann, passt besser auf auf Mädchen, auch auf schlechtes Mädchen. Ist strenger.«

»Das ist aber kein Vergnügen für ein Mädchen.«

»Nein.«

»Na, dann hoffe ich wirklich von ganzem Herzen, dass es gut für dich ausgeht.«

Peeta nickte.

»Könnt ihr das nicht später besprechen?«, ging Miles dazwischen. »Peeta, kannst du sie fragen, wie lange wir bis nach Longukwar brauchen?«

Georgina verdrehte die Augen, aber Peeta fragte trotzdem nach und wandte sich dann wieder an Miles. »Vielleicht fünf Tage Weg.« Sie zuckte mit den Schultern.

»Sie müssen doch wissen, wie weit es ist!«

»Kommt drauf an.«

»Worauf?«

»Wie schnell wir gehen, wo wir Essen finden. Und Wasser. Wo wir andere Njarrindjeri treffen, Halt machen für Tendi.«

»Na, großartig«, murmelte Miles trocken, sodass nur Georgina ihn hören konnte. »Tausende von Leuten warten auf Nachricht von der *Cataleena* und alles, woran unsere Begleiter denken, ist Abendessen und ein bisschen Tanz.«

»Kannst du nicht lernen, die Zeit zu genießen, statt dich immer verantwortlich zu fühlen?«, erwiderte sie lachend.

Aber es ging um mehr als ein bisschen Tanz, das war ihr klar. Es ging um die Zukunft dieser Menschen. Das Auftauchen von Georgina und Miles hatte eine Entscheidung nötig gemacht, die in den nächsten Jahren noch ernste Folgen haben würde.

Miles und Georgina hatten damit gerechnet, dass sie am nächsten Tag losgehen würden, aber es schien keine Reisevorbereitungen zu geben. Die Männer redeten endlos über das Tendi, die Frauen sammelten Essen und kümmerten sich um ihre Kinder. Das ganze Dorf war so entspannt wie immer.

Am nächsten Tag genau dasselbe.

»Ich habe davon gehört, man nennt das Aborigine-Zeit«, sagte Miles leise zu Georgina. »In Adelaide wurde darüber gesprochen. Sie haben offenbar eine andere Zeitvorstellung als wir und sind deshalb nie in Eile. So etwas wie Verabredungen kennen sie nicht.«

Georgina zuckte nur mit den Schultern. Sie fand das alles ungeheuer faszinierend. Sie lernte so viel von Peeta und den anderen Frauen, tauchte ein in eine ganz andere Kultur, in der alles neu war: die Art, wie sie sich anzogen, was sie aßen, ihre Religion, die Beziehungen zwischen Männern und Frauen … alles. Es gab so viel zu essen, dass sie die meiste Zeit des Tages reden, spielen, singen und tanzen konnten. Sie erzählten endlose Geschichten, praktizierten uralte Rituale, glaubten an alle möglichen Götter und Geister, an Magie und Beschwörungen. Es war wirklich faszinierend.

Peeta brachte ihr die Vorstellung von Miwi näher, der inneren Kraft und dem Sinn für Ziele und innere Verbundenheit, an den die Ngarrindjeri so innig glaubten. Sie spürte dieses Miwi auch in sich. Es wuchs, stärkte ihr Selbstvertrauen, verband sie immer stärker mit Miles und mit diesen Menschen.

Auf der praktischen Seite lernte sie, wie man in Australien überleben konnte: was sie essen konnte, wo und wie sie es fand oder fing, wo es Wasser gab ... wie anders wäre die Zeit mit Miles am Strand verlaufen, wenn sie dort schon hätte sehen können, dass überall um sie herum Lebensmittel waren!

Noch drei Tage vergingen, bevor sie ihre Reise nach Lonkuwar antraten, wie die Kandukara es nannten. Schöne Tage mit Miles, mit reichlich Zeit zum Reden über ihre Kindheit, ihre Hoffnungen und Träume, über alles.

Am Abend waren sie wieder allein in ihrer Hütte. Georgina rollte sich auf den Bauch, um Miles in dem sanften Mondlicht anzusehen, das durch die Tür schien.

»Mit dem Bart siehst du jetzt aus wie ein Pirat«, scherzte sie und streichelte ihm übers Gesicht. Sie neigte den Kopf, um ihn sanft zu küssen, spürte aber sein Zögern. »Komm, schlaf noch mal mit mir, Miles«, sagte sie träumerisch.

»Georgina, ich mache mir immer mehr Sorgen«, sagte er.

»Aber worüber denn?«

»Darüber, dass ich mich so sehr in eine Sache verstricke, die nicht weitergehen kann.«

»Wir werden einfach getrennte Wege gehen«, antwortete sie leichthin, obwohl sie genau wusste, dass es ihr überhaupt nicht leichtfiel.

»Und wenn du ein Baby bekommst, Georgina? Hast du daran schon gedacht? Dann können wir nicht mehr getrennte Wege gehen.«

Georgina schwieg. Auf diese Frage gab es keine einfache Antwort, das war ihr klar.

Er stützte sich auf den Ellbogen und strich ihr mit dem Finger über die Oberlippe. »Es gibt keine Zukunft für uns, verstehst du. Du würdest von der Gesellschaft ausgestoßen, wenn du aus der Wildnis zurückkehrst, schwanger von einem Seemann. Wir müssen aufhören, bevor es zu spät ist.«

»Miles …«

»Nein, hör mir zu, Georgina. Ich habe immer schon das Gefühl gehabt, dass wir eine ungeheure Dummheit begehen. Und ich sehe es jetzt klarer als je zuvor. Wir gehen ein zu großes Risiko ein.«

»Aber es könnte ohnehin schon passiert sein, warum sollten wir also aufhören?« Sie lachte.

»Georgina, geh nicht so leicht darüber hinweg. Ich versuche dich nur zu schützen.«

Sie schob ihn sanft auf den Rücken und kniete sich hin, sodass die Felldecke wegrutschte und ihr nackter Körper im Mondlicht zu sehen war. Dann nahm sie seine Hand und legte sie an ihre Brust. »Lieb mich jetzt, Miles«, sagte sie.

»Du hast von Peeta und den Mimini Zauberei gelernt«, sagte er. »Du hast mich verhext.«

Dann zog er sie zu sich herunter, sodass ihre Lippen sich trafen.

Am nächsten Tag brachen sie endlich auf, um den Coorong zu durchqueren und nach Encounter Bay zu gehen. Georgina war überrascht, wie wenig Gepäck sie mitnahmen. Wenn sie in England zu einer Reise von 200 Kilometern aufgebrochen wäre, hätte sie jede Menge Kleider mitgenommen, dazu Reiter, einen Postillon, einen Kutscher, heiße Ziegelsteine für die Füße, Decken und Kissen.

Peeta trug nur einen Lederrock um die Hüften und einen Umhang aus dem Fell von Beutelratten. Außerdem hatte sie eine Tasche dabei, einen Korb mit getrockneten Früchten und Kernen und einen Grabstock. Georgina fand es fast unglaublich, dass eine Frau so viel Bein zeigte, aber vielleicht war der Rock ganz praktisch, wenn sie durch die Lagune waten mussten. Peeta war ein hübsches Mädchen, und weder Krilli noch Thukeri konnte den Blick von ihren glatten Schenkeln abwenden.

Auch die Männer reisten mit leichtem Gepäck. Sie trugen schöne Umhänge aus Beutelrattenfell, ihre Bumerangs und verschiedene Speere. Peetas Onkel hatte ein paar kleine Lederbeutel bei sich, in denen, so sagte Peeta, Zaubermittel aufbewahrt wurden. Thukeri trug einen ungewöhnlichen Kopfschmuck aus Federn, der mit einem Fellstreifen an seinem Hinterkopf befestigt war.

Miles sah sehr nach rauem Seemann aus in seinen zerrissenen Hosen und dem fleckigen Hemd und mit seinem struppigen Bart, der inzwischen mehrere Wochen alt war. Georgina wusste nur zu genau, dass ihr eigener Umhang und ihr Kleid kaum noch wiederzuerkennen waren. Vor dem Schiffbruch wäre sie entsetzt gewesen, mit einem Kleid herumzulaufen, auf dem ein Schlammspritzer zu sehen war, oder mit einem Kratzer auf ihren Stiefeln. Jetzt war sie einfach dankbar, dass sie noch ein Kleid und Stiefel besaß. Sie hätte auch wie Gemma enden können, nur mit einem Nachthemd.

Tenetje schenkte ihnen Umhänge aus Beutelrattenfellen, damit sie es auf dem Weg warm hatten. Georgina war dankbar für dieses Geschenk, aber sie fragte sich, wie sehr sie beide sich schon den Eingeborenen angeglichen hatten, sie mit ihrem verfilzten blonden Haar und Miles mit seinem Rauschebart. Dass sie sich inzwischen ziemlich eingeboren fühlte, war jedenfalls sicher.

Sie glühte am ganzen Leib von einfachen Bedürfnissen, die sie vor dem Schiffbruch überhaupt nicht gekannt hatte. Alles schien … irgendwie sinnlicher. Der Wind auf ihrer Haut, der Rhythmus beim Gehen, das Summen der Insekten in der Luft. Die Hitze ihrer Körper, die Feuchtigkeit, die Empfindlichkeit ihrer Brustwarzen. Sie war lebendiger als je zuvor. Jeden Schritt ging sie mit Kraft und Zuversicht. Sie war am Leben, und das fühlte sie. Ihr Miwi wurde jeden Tag stärker, hatte Peeta gesagt.

Die Gruppe wanderte an der Landseite der Lagune entlang, wo es überall Nahrung und Wasser gab. Georgina, die sich über ihr Überleben und über den Weg keine Gedanken machte, ging hinter den Männern und genoss die Landschaft.

Denn die war wirklich unglaublich – so riesig, so großartig und so unberührt von aller Zivilisation. Es gab Hunderte von Vogelarten: singende Honigfresser mit ihren gelb gestreiften Gesichtern, rußschwarze Austernfischer am Wasser, Seeschwalben, Regenpfeifer, Papageien mit roten

Rücken und orangefarbenem Bauch, die in den Bäumen herumturnten, Reiher und Ibisse im Flachwasser der Lagune, schwarze Enten am Nachmittagshimmel, rote Sumpfhühner im Schilf, Brauensäbler, die in den Bäumen herumlärmten, Staffelschwänze mit ihrem schillernd blauen Gefieder, die von Busch zu Busch und über den Erdboden eilten, der dicht mit dem feinen Laub der Teebäume bedeckt war. Es war wirklich ein Naturparadies.

Die Pflanzenwelt war ähnlich vielfältig, und nachdem Georgina sich inzwischen daran gewöhnt hatte, konnte sie auch die Schönheit schätzen, die darin lag. Haarige Spinifex, knotige dunkelgrüne Simse, die blauen Blüten der Dianella, runde Kissenbüsche, uralte Niaulibäume, deren papierene Rinde sich im Wind abschälte und flatterte, scharf hervorschießendes Alpen- Raugras, Hügel von Schwingelgras, Seegrasbälle, die im Wind dahinrollten, weiß und gelb leuchtendes Berufkraut, niedrige rubinrote Quellerpflanzen am Rand der Lagune. Tausende von winzigen verschiedenen Pflanzen krochen am Boden entlang.

Durch die Dünen stolzierten Emus; große graue und kleine braune Kängurus merkten wachsam auf, wenn sie vorbeikamen. Schildkröten spazierten langsam über den Weg, und Eidechsen sprangen über jeden Sonnenflecken.

Einige Male am Tag begegneten sie anderen Menschen. Die Reaktion war immer dieselbe: Zuerst waren die Ngarrindjeri wachsam und beobachteten sie genau, dann erklärten ihre Begleiter, warum sie zusammen unterwegs waren, sodass sich alle ein wenig entspannten, aber das Misstrauen verschwand nie vollständig. Wenn Georgina etwas sagte, hörte sie in dem Gemurmel ihrer Zuhörer immer wieder das Wort »Nanggi«.

Offenbar hatte jeder hier schon von Bonnie Roy gehört, und allgemein schenkte man einer weißen Frau wohl mehr Vertrauen und war nicht automatisch auf Kampf oder Flucht eingestellt. Georgina und Miles waren ganz offensichtlich keine Seehundjäger, die mit der Absicht unterwegs waren, Frauen zu entführen. Sie gehörten zu einer anderen Art Krinkari, zur selben Art wie Nanggi.

Immer wenn sie mit anderen Clans zusammentrafen, wurde über die große Versammlung namens Tendi gesprochen, die weiter oben an der Küste stattfinden sollte. Das war eine ernste Angelegenheit, denn es standen wichtige Entscheidungen für die Njarrindjeri an. Natürlich würden sie dort auch singen, tanzen und Geschichten erzählen wie bei jeder Versammlung, auch bei den kleineren Zusammentreffen von Familien oder ganzen Dörfern.

Die ersten drei Nächte verbrachten sie in den Winterlagern. Georgina wusste nicht, ob die Ngarrindjeri sie und Miles für ein Ehepaar hielten oder einfach annahmen, dass die Weißen zusammenbleiben wollten; jedenfalls wurde stets eine Hütte für sie frei gemacht.

Trotz aller Anstrengungen gelang es ihr, die vermutlich letzten Nächte mit Miles zu genießen, der Natur ihren Lauf zu lassen und entschlossen dafür zu sorgen, dass die Gedanken an die Rückkehr in die Zivilisation und alles, was damit zusammenhing, möglichst wenig in ihrem Kopf herumspukten. Sie sprachen nie darüber, aber die Zukunft stand zwischen ihnen, füllte das Schweigen zwischen ihren Worten und hing über ihnen, wenn sie sich voneinander

lösten. Er musste ihr nicht sagen, dass er darüber nachdachte, sie wusste es auch so.

Was über die Zukunft gesagt werden konnte, hatten sie
gesagt. Jede Stunde, die sie mit ihm verbrachte, überzeugte
sie mehr davon, dass sie ihn ganz und gar begehrte, nicht
nur seinen Körper, nicht nur seinen Schutz auf dem Weg
durch die Wildnis, sondern den ganzen Menschen, mit
Leib und Seele, Herz und Sinn. Heute, morgen, im nächsten Monat und in den Jahren, die noch kommen sollten.
Für den Rest ihres Lebens.

Ihr Miwi wurde jeden Tag stärker, das konnte sie fühlen, immer kraftvoller und intensiver. Ihr Geist erhob
sich, streckte sich aus, verpflichtete sie und stärkte ihre
Verbindung mit Miles, Peeta und den Ngarrindjeri. Mit
dem Coorong, seinen Jahreszeiten, dem Kommen und
Gehen von Ebbe und Flut, seinen Flüssen, Seen und Tei-
chen. Ihr Miwi beherrschte ihr Denken, ließ sie die Macht
und Leidenschaft ihrer Gefühle für Miles spüren. Sie
fühlte sich stärker mit dem Leben und der Liebe verbunden als jemals zuvor. Und sie begehrte Miles mit einer Intensität, die sie nie für möglich gehalten hatte, solange sie
noch mit hübschen jungen Männern in irgendwelchen
Londoner Salons flirtete.

Aber wie um alles in der Welt sollte sie bekommen, was
sie sich wünschte? Wie, wenn sie einander doch bei aller
Verbundenheit so unendlich fern waren?

In der vierten Nacht auf dem Weg bauten sie sich provi-
sorische Unterstände in den Dünen auf der Meerseite der
Lagune, weil eine Überquerung der Lagune weiter vorn
immer schwieriger werden würde. Von hier aus würden sie

an der Küste entlang nach Longkuwar und bis zur Walfangstation gehen.

Sie saßen am Lagerfeuer, das sie gegen den kalten Wind vom Meer schützte. Miles und Georgina sprachen hauptsächlich miteinander und gelegentlich mit Peeta. Gespräche mit den Ngarrindjeri-Männern gestalteten sich schwieriger, weil Peeta alles übersetzen musste.

»Ngurunderi kam hier entlang«, erzählte Peeta.

»Ngurunderi, wer ist das«, fragte Georgina und warf noch ein Stück Holz ins Feuer.

»Großer Mann, Vater aller Ngarrindjeri.«

»Ein Vorfahr oder Großvater? Oder war er ein Gott?«, fragte Miles, der sich gerade ein saftiges Stück von dem Fisch nahm, den die Männer am Nachmittag gefangen hatten.

»Ja, Vater und Gott«, erwiderte Peeta und zog sich eine Fischgräte aus dem Mund. »Hat gemacht die Fische, Vögel, das Land, alles.« Sie deutete mit der Gräte in alle Richtungen. »Kam auf dem Fluss in seinem Kanu, suchte seine zwei Frauen. Böse Frauen, sind weggelaufen, viel Ärger. Er war sehr böse.«

Miles lächelte Georgina an. »Man kann doch hinkommen, wo man will, die Frauen machen immer Ärger«, murmelte er.«

»Ich würde sagen, wenn ein Mann zwei Frauen hat, fordert er den Ärger ziemlich heraus«, lachte Georgina.

»Vor allem, wenn sie so sind wie du«, erwiderte er.

Georgina wandte ihm demonstrativ den Rücken zu. »Erzähl weiter, Peeta«, sagte sie.

»Damals war Fluss klein. Großer Ponde-Fisch schwamm vor Ngurunderi. Ngurunderi jagt ihn mit Speer. Aber Fisch schwimmt schnell, macht so und so mit dem Schwanz.« Sie bewegte Arm und Hand, um es zu zeigen.

»Er schlug mit dem Schwanz aus?«

»Ja, und Fluss wird groß, wird wie Schlange. In Tagalang Ngurunderi wirft Speer, aber trifft nicht. Ponde schwimmt schnell, geradeaus bis zu großem See. Da sieht Ngurunderi Nepele, Bruder von seinen Mimini.«

»Seinen Frauen«, übersetzte Georgina für Miles.

»Nepele!, ruft er. Fisch, Fisch, fang ihn! Und Nepele hilft ihm. Ngurunderi schneidet Fisch auf mit Maki, nimmt Stücke und wirft in den See. Gibt Namen für alle Fische. Und als er hört Leute im Busch, macht er Vögel. Dann riecht er Fisch, gebratener Fisch. Seine Frauen essen Fisch, Narambi. Schlecht für Frauen, dieser Narambi-Fisch. Frauen nehmen Floß über See und fahren weg. Wind kommt, Wellen. Ngurunderi jagt Frauen, wirft Kanu in den Himmel und macht das da.«

Georgina verstand überhaupt nicht, warum Ngurunderi sein Kanu in den Himmel geworfen hatte, aber sie folgte Peetas Blick. »Die Sterne?«

»Viele Sterne, da.« Peeta zeigte mit dem Finger auf den breiten Streifen aus Sternenlicht, der sich über den Horizont zog.

»Die Milchstraße? Das Band aus Sternen?«, fragte Miles.

»Ja, das da. Wir sagen Ngurunderis Kanu. Und dann macht Ngurunderi … hmmm … viele Sachen.« Offenbar war Peetas Englisch nicht gut genug für den ganzen Rest der Geschichte.

»Dann gut Ngurunderi durch Tangkenald-Land am Meer, wo Nanggi wohnt.« Sie deutete in die Richtung, aus der sie gekommen waren. »Bei den Milipa. Dort trifft er Mann mit bösem, bösem Geist, großer Kampf, tötet Mann mit Plongi und verbrennt Mann im Feuer. Und dann geht nach Longkuwar wie wir. Ihr werdet sehen, wo Ngurunderi geht und macht für Ngarrindjeri-Volk.«

Der Feuerschein tanzte auf ihrer Haut und ließ ihre Augen funkeln, was ihre Geschichte noch dramatischer erscheinen ließ.

»Er wohnt in Longkuwar, seine Frauen sehen ihn, er sagt, kommt zurück. Aber Frauen böse, kommen nicht zurück, gehen nach Karkukangar. Damals gab es Weg zu Fuß nach Karkukangar. Ngurunderi böse auf Frauen. Ruft wie Donner das Meer. Meer macht große Wellen. Frauen sterben, machen große Inseln, ihr werdet sehen. Kein Weg mehr zu Fuß.«

»Die Inseln sind auf den Karten eingezeichnet«, nickte Miles.

»Dann sagt Nguruderi, Zeit zu den Geistern zu gehen. Er geht nach Karkukangar und wirft Speer ins Meer. Taucht ins Meer, ist sauber, sagt mit Stimme wie Donner: Alle Menschen tauchen ins Meer wie ich tauche. Dann sauber, können gehen zum Himmel, zu den vielen Sternen – Milchstraße? – wie Ngurunderi. Und geht in Himmel, Land der Toten. Alle Toten jetzt gehen nach Karkukangar und dann zum Himmel mit Ngurunderi.«

Peeta hockte sich auf ihre Fersen, ganz offensichtlich zufrieden mit ihrer Geschichte. Georgina beobachtete sie und dachte darüber nach, wie schnell Peeta die neuen englischen Wörter in ihre Geschichte aufgenommen hatte. Milchstraße. Kein Wunder, dass sie in den wenigen Monaten auf Karkukangar so viel Englisch gelernt hatte.«

»Eine wunderbare Geschichte«, sagte Miles.

»Ja, beste Geschichte. Ngurunderi großer Mann.«

»Aber sag mir, Peeta, was haben seine beiden Frauen denn eigentlich angestellt?«

»Gehorchen nicht.«

»Ich meine, bevor sie weggelaufen sind.«

Peeta zuckte mit den Schultern. »Böse Frauen.«

»Ich finde, du solltest dir das eine Warnung sein lassen, Georgina. Benimm dich, sonst lasse ich dich vom Meer ertränken.«

»Ist das der Grund für den Schiffbruch? Das war dann aber ein ziemlicher Fehlschlag, denn ich habe ja überlebt«, lachte sie. Kurz erschrak sie über ihr Gelächter, aber ja, inzwischen war es ihnen möglich, darüber zu lachen, und es war ja niemand da, dem es etwas ausmachte.

»Das nächste Mal überlebst du es nicht.«

»Du vergisst, dass ich nicht deine Frau bin«, erwiderte sie mit einem Schmunzeln.

Miles lachte. »Man muss auch für kleine Dinge dankbar sein.«

Jetzt erzählte Thukeri eine Geschichte. Peeta versuchte zu übersetzen und erklärte zunächst, dass es die Geschichte von dem Fisch gleichen Namens sei. Georgina verstand nicht viel von dem, was er sagte, aber es wurde offenbar viel Kanu gefahren, es wurden Fische gefangen, es gab ein Lagerfeuer und überhaupt waren alle glücklich.

Peeta übersetzte die grobe Linie »Die zwei Männer fangen viel Thukeri-Fisch.«

Dann zog Thukeri ein wichtiges Gesicht und richtete sich auf, er spielte jetzt offenbar eine besonders wichtige Person.

»Fremder kommt, sagt, gib mir Fisch«, übersetzte Peeta mit ernster Stimme.

Thukeri bedeckte den Fang mit etwas. »Schilfmatte über Fisch«, erklärte Peeta. Thukeri schüttelte feierlich den Kopf und hielt die leeren Handflächen vor sich hin. »Männer sagen, nicht genug Fisch, müssen Familien satt machen«, sagte Peeta.

Thukeri übernahm wieder die Rolle des wichtigen Mannes, wurde wütend und zeigte auf die imaginären Fischer und den Fisch. Er sprach jetzt sehr laut.

»Ihr lügt«, übersetzte Peeta. »Ich weiß, ihr habt viel Fisch. Nie wieder fangt ihr saftigen Thukeri.«

Thukeri sah wieder aus wie die Fischer, stand da und beobachtete offenbar, wie der Fremde wegging. Er zuckte mit den Schultern, schien dann die Matten wegzuziehen und den Fisch zuzubereiten. Aber dann verzog er voller Entsetzen das Gesicht.

»Anderer Fisch, viele Gräten. Kann man nicht essen«, sagte Peeta, während Thukeri niedergeschlagen dastand. Peeta übersetzte seine Worte. »Was tun wir? Familie kann nicht essen diesen Fisch, muss ersticken.« Thukeri hustete heftig. »Männer gehen heim zu Familie, sehr traurig. Alte Leute sagen, der Fremde war Ngurunderi. Jetzt sind alle Ngarrindjeri bestraft, weil zwei Männer so geizig.« Alle Ngarrindjeri am Feuer nickten und murmelten zustimmend. »Nicht teilen, sehr böse. Sehr, sehr böse«, erklärte Peeta.

Georgina tauschte einen Blick mit Miles. »Ich glaube nicht, dass das einfach nur Geschichten sind, Miles. Sie enthalten alte Gesetze, Lehren, alles, was das Leben dieser

Menschen ausmacht. Eine Karte des ganzen Landes, ihrer Verbindungen untereinander. Und wir sind ebenfalls mit ihnen verbunden, wir sind in die Geschichte dieses Volkes und dieses Ortes eingewoben. Unser Miwi verbindet sich und wird jeden Tag stärker. Wir sollten ihnen gut zuhören, glaube ich.«

Miles sah sie voller Wärme an. »Ich hätte nie gedacht, dass du mit diesen Menschen so eine innige Verbindung haben könntest.«

»Ja, weil du gedacht hast, ich könnte mit niemandem außerhalb einer eigenen Klasse und Kultur eine Verbindung aufnehmen. Aber das kann ich sehr wohl, und ich tue es. Du bist derjenige, der sich immer ein bisschen abseits hält«, sagte sie eindringlich.

* * *

Am fünften Tag ihrer Wanderschaft gingen sie in Sichtweite des Ozeans durch die Dünen. Wieder erstreckte sich die riesige Wasserfläche vor ihnen, die Wellen schlugen wie seit Urzeiten unaufhörlich auf den Strand.

Es war ein urtümliches, aber wissendes und auf seine Weise großartiges Land. Ein Land, das jetzt auch durch ihre Adern strömte, das ein Teil von ihr selbst geworden war, den sie nie mehr verlieren würde. Es war die Wiege einer Liebe, die in ihrem Herzen bleiben würde. Wie sollte sie diese Liebe loslassen, wenn sie in die sogenannte Zivilisation zurückkehrte? Wie sollte sie in dieses Leben zurückkehren, das sich einmal so sicher vor ihr erstreckt hatte?

Ihre Aufmerksamkeit kehrte von der Zukunft zur Gegenwart zurück, als sie sich einer großen Gruppe näherten, die sich am Strand versammelt hatte.

Es gab einige Lagerfeuer, der Rauch verteilte sich mit dem Wind. Große Gruppen saßen um jedes Feuer, viele Frauen und ältere Männer im Schneidersitz. Die Jüngeren standen, die Kinder liefen herum und spielten im Sand. Es mussten mehr als hundert Menschen sein, und von überallher kamen noch mehr.

»Das Tendi?«, fragte Georgina Peeta.

»Alle kommen, machen Begrüßung, dann Tanzen und Geschichten. Morgen sind alle da, dann beginnt Tendi.«

»Und was tun wir?«

»Ihr bleibt bei mir, bis Pameri erklärt, warum ihr hier. Dann macht, was ihr wollt. Machen Hütte in den Dünen, suchen Feuerholz, Georgina hilft kochen, sucht Essen. Miles hilft Männern, Jagen, Fischen, Netze.«

»Und morgen?«

»Morgen sehen Tendi, aber nicht reden. Dürft nicht reden. Nur für große Männer der Ngarrindjeri.«

»Nach allem, was Peeta mir darüber berichtet hat, handelt es sich um eine Art Ratsversammlung, ein Nationalrat aller Stämme der Ngarrindjeri«, erklärte Georgina Miles. »Das Tendi tritt zusammen, wenn ein Problem gelöst werden muss, wenn Gesetze verabschiedet oder durchgesetzt werden sollen.«

»Aber worum geht es diesmal?«, fragte Miles.

Peeta hatte ihn gehört und drehte sich um. Sie wusste nicht, das Georgina schon mit ihm darüber gesprochen hatte. »Krinkari kommen. Erst einer oder zwei, dann stehlen Frauen, dann Nanggi kommt. Macht Ende, aber jetzt geht wieder los. Dann zwei Krinkari-Schiffe sinken. Sie kommen hierher, viele, sehr viele.« Sie versuchte ihre Botschaft ein bisschen abzuschwächen. »Krinkari nicht alle schlecht. Nicht alle böse. Nanggi, Georgina, Miles, gute Krinkari. Nicht alle gut, nicht alle böse. Manche haben kein Gesetz, kein Miwi, sind nicht gut. Ngarrindjeri sehen, was passiert, wenn viele Krinkari kommen. Schreckliche Krankheit«, sie tupfte sich mit dem Finger ins Gesicht.

»Windpocken«, nickte Georgina.

»Ja, wie Tenetje. Dann wir sehen, was passiert mit Kaurna, mit Ramindjeri. Keine Tiere, kein Wasser, kein Land. Töten Leute mit Pundepurre. Stehlen Frauen. Mehr Krankheit.« Sie deutete auf ihren Unterleib. »Wir sehen das alles. Ich sehe das alles. Ich höre von den Frauen auf Karkukangar, Frauen aus Tasmanien. Wir wissen, was kommt.« Sie hielt inne und schüttelte den Kopf. »Morgen Tendi entscheidet.«

Georgina wusste nicht, was sie sagen sollte. Peeta hatte mit jedem Wort recht. Die Krinkari würden kommen, erst nur ein paar, dann mehr. Es würde Ärger geben, dann würde man Truppen schicken. Und die Ngarrindjeri würden sterben, wenn sie sich gegen die langsame, unaufhaltsame Invasion der Krinkari wehrten. Sie würden sich mit allen Krankheiten anstecken – Masern, Windpocken, Grippe …

Peeta entfernte sich ein Stück von ihnen und schaute in den Sonnenuntergang, als würde von dort die Rettung kommen.

»Sie sind zum Untergang verurteilt«, sagte Miles leise.

Georgina war entsetzt über seine Resignation. »Aber es muss doch eine Möglichkeit geben, das aufzuhalten.«

»Nein, es gibt keine Möglichkeit, Georgina, wir sind wie die Flut an ihrer Küste, erbarmungslos und unaufhaltsam. Sie können nur weichen oder im Kampf gegen uns sterben.«

»Aber es muss doch eine Möglichkeit geben, ihnen zu helfen!«

»Wie denn?«

»Indem man den Krinkari verbietet, hier zu siedeln.«

»Aber das wird nicht passieren. Die Reichen und Mächtigen wollen das fruchtbare Land hier bebauen, es ist ein Vermögen wert.«

Georgina sah ihm ins Gesicht, als erhoffte sie sich eine Lösung. Aber sie wusste, es war vergeblich. Ihre Leute würden dieses Land erobern. Die Reichen und Mächtigen, genau die Leute, die sie ein Leben lang als ihre Leute betrachtet hatte. Bis jetzt.

Sie ließ sich auf die Knie fallen. Ja, die Ngarrindjeri waren zum Untergang verurteilt. Das Leben, wie sie es kannten, würde sich bald unwiderruflich verändern. Ihr Paradies auf Erden würde ihnen nicht mehr gehören. Sie würden ihre Verbindung zu diesem Land verlieren, die alten Sitten und ihr Glaube würden aussterben. Ihr Miwi würde schwächer werden, verderben und am Ende seine ganze Kraft verlieren. Die Frauen würden missbraucht und die Männer getötet werden. Krankheit und Verderbnis würden ihr wunderbares Leben zerstören.

Dann begriff sie. Sie hatte die Seiten gewechselt. Noch vor ein paar Monaten war sie eine der reichen Krinkari gewesen, in deren Augen die Aborigines der wahren Zivilisation, dem Fortschritt nur im Wege standen. Jetzt war ihr Miwi mit dem Coorong, mit Miles und mit den Ngarrindjeri verbunden. Sie war nicht mehr eine der Krinkari-Siedler, sie gehörte zu diesen Menschen hier. Zu den Ngarrindjeri. Die Kandukara waren ebenso ihre Familie wie die Stapletons, die Clendennings und – wenn es denn sein musste – die Lockyers.

Miles zog sie am Arm. »Wir können nichts für sie tun, Georgina. Wir müssen jetzt dafür sorgen, dass wir ein Nachtlager bekommen, und wir dürfen uns nicht zu sehr einmischen.«

Georgina sah ihn traurig an, voller Trauer um diese Menschen und ihre Lebensweise, die sich für immer verändern würde, und nicht zum Besseren.

Sie gingen in die Dünen, um sich einen Unterschlupf für die Nacht zu bauen, bevor das Licht zu sehr nachließ. Georgina blieb auf der Düne stehen und schaute auf das Treiben am Strand. Inzwischen waren sehr viele Leute dort versammelt. In zehn Jahren würden solche großen Versammlungen nur noch eine ferne Erinnerung für sie sein. In zehn Jahren würden die Clans weit verstreut leben, einige dieser stolzen Krieger würden als Bettler in den weißen Siedlungen umherstreifen und nach Geld, Schnaps und etwas zu essen suchen. Überall hier würden Europäer leben, mit Schafen und Kühen, und das Schlagen von Äxten würde durch den Busch dröhnen.

Sie überblickte den goldenen Strand in seiner ganzen Länge. Die Vögel bereiteten sich auf den Sonnenuntergang vor. Eine unverdorbene Schönheit erstreckte sich in Gold-

und Blautönen, so weit das Auge reichte. Sie drehte sich um, überblickte die silberne Lagune, die parallel zur Küste verlief. Pelikane flogen niedrig über das ruhige Wasser. Die Dünenreihe dehnte sich endlos bis zum Horizont.

Ein bitteres Gefühl von Verlust stieg in ihrer Kehle hoch. Die Ngarrindjeri würden ihr Land an die Siedler verlieren. Ihr Paradies würde verschwinden. All diese reiche, wunderbare Schönheit und die außergewöhnliche Kultur dieser Menschen mit ihren Geschichten, Mythen und ihrer Magie. Trauer ergriff sie, und Tränen stiegen ihr in die Augen, sodass alles verschwamm. Sie hatte das Gefühl gehabt, ihr würde das Herz brechen, als ihr Vater so tragisch starb; sie hatte einen heftigen Verlust empfunden, als Rose ertrunken war. Aber das waren unvermeidliche Todesfälle einzelner Menschen gewesen. Hier würde alles verloren gehen. Viele Menschenleben, das Wohlergehen der meisten, die Schönheit dieser ungezähmten Wildnis. Sie hatte nie so sehr getrauert wie in diesem Augenblick.

Als Miles nach ihr rief, wischte sie sich die Tränen weg und ging zu ihm, um ihm beim Bau des Unterstands zu helfen.

»Bald ist das alles vorbei«, sagte sie.

»Ich weiß«, erwiderte er und nahm sie in die Arme. »Ich weiß.«

Später, als der Nachmittag in den Abend überging, saß sie mit einigen Frauen am Lagerfeuer, starrte in die Flammen und fühlte die Traurigkeit in sich. Als eine weitere Gruppe an den Strand kam, sah sie kurz auf, nahm sie aber kaum zur Kenntnis, bis sie das Wort »Krinkari« hörte. Sie stand auf, um die Neuankömmlinge in Augenschein zu nehmen. Die Sonne war inzwischen untergegangen, jetzt wurde es schnell dunkel.

»Mein Gott!«, rief sie aus, und sie sah, dass auch Miles aufmerksam geworden war. Zwei grob aussehende Männer waren an den Strand gekommen, einer hatte offenbar große Schwierigkeiten beim Gehen, der andere trug einen zerfetzten Mantel. Und sie waren zweifellos Weiße.

»Krinkari!«, hauchte Miles.

In diesem Augenblick erkannte Georgina den einen der beiden Männer. »Geoffrey Bressington!«

Er hatte sie gehört und sah sich um. »Mein Gott, Georgina Stapleton! Das ist ja nicht zu glauben!« Im nächsten Augenblick war er bei ihr, umarmte sie lachend.

»Mick Moriarty!«, hörte sie Miles rufen. Und dann umarmten sie sich alle vier, riefen und redeten, alles zur gleichen Zeit, klopften sich auf den Rücken, schüttelten lachend die Köpfe.

Georgina trat einen Schritt zurück, als könnte sie es immer noch nicht glauben.

»Wir dachten, wir seien die einzigen Überlebenden! Als wir euch das letzte Mal gesehen haben, trieb das Rettungsboot weg. Was ist denn geschehen?«, fragte Miles.

»Lass mich bloß erst hinsetzen«, bat Mick und ließ sich vorsichtig im Sand nieder.

»Was ist mit dem Bein?«, fragte Georgina und warf einen Blick auf den Verband, den er provisorisch angelegt hatte.

»Gebrochen, glaube ich. Eine große Welle hat mich auf den Strand geschleudert, als wir nah ans Ufer kamen, und hat mir das Bein verdreht. Dann hat's geknackst.«

Die anderen setzten sich neben ihn in den Sand.

»Erzählt!«, rief Georgina.

Geoffrey Bressington ergriff das Wort. »Wir haben die Kontrolle über das Boot verloren, als wir in die Brandungszone kamen«, sagte er.

Georgina sah, wie Mick und Miles einen finsteren Blick tauschten. Alle wussten, dass Geoffrey Bressington daran schuld war.

»Das windige kleine Ding ist gekentert, und wir sind alle ins Wasser gefallen. Mick und ich haben uns unter dem Boot festgehalten, was aus den anderen beiden geworden ist, wissen wir nicht, wir haben nichts mehr von ihnen gesehen. Wir sind einfach drunter geblieben, da war ja genug Luft, und wir waren wenigstens vor dem Wind geschützt. Wir wollten es nicht riskieren, zu schwimmen, die Brandung war zu heftig. Die Ruder waren weg, es hatte also auch keinen Sinn, das Boot wieder umzudrehen. Also haben wir uns einfach festgehalten und uns treiben lassen und gebetet, dass es mit der Strömung irgendwann ans Ufer käme und nicht hinausgezogen würde.«

»So müssen wir wohl vier oder fünf Stunden in der Strömung getrieben sein, rein in die Brandung und wieder hinaus aufs offene Meer«, fügte Mick hinzu.

»Dann hat uns eine riesige Welle über die Sandbänke hinausgetragen, sodass wir ins flache Wasser kamen. Da haben wir beschlossen zu schwimmen. Die Brecher waren riesig und haben uns auf den Strand geworfen und wieder rausgezogen, immer wieder. Am Ende haben wir es irgendwie geschafft, an Land zu kommen.«

»Wie haben Sie das mit dem kaputten Bein geschafft?«, fragte Georgina.

»Das Bein war so taub von der Kälte, dass ich den Schmerz erst spürte, als mir wieder warm wurde.«

»Wir haben das Boot auf den Strand gezogen und uns in die Dünen verzogen. Wir waren einfach zu müde und durchgefroren, um weiterzugehen und Hilfe zu holen.«

»Aber wir Idioten hätten das Boot weiter raufziehen sollen«, ergänzte Mick wieder. »Denn als wir wach wurden, haben wir beschlossen, dass ich noch mal rausfahren und Leute vom Schiff holen sollte, während Mr Bressington losging, um Hilfe zu holen. Aber als wir an den Strand kamen, war das Boot weg. Die Flut war sehr hoch gestiegen und hatte es mitgenommen.«

»Und dann?«

»Ich konnte nicht weit gehen«, sagte Mick.

»Also habe ich etwas zu essen und Wasser gesucht«, erklärte Geoffrey geschmeidig und ignorierte den finsteren Blick, den Mick ihm zuwarf. »Erzählen Sie ruhig, was wirklich passiert«, murmelte der Seemann. Georgina erinnerte sich jetzt an ihn, er war immer ein mürrischer Typ gewesen und hatte sich offenbar nicht sehr verändert.

Geoffrey wollte offenbar weitermachen, aber Miles unterbrach ihn. »*Was* ist wirklich passiert?«

»Er hat mich da liegen lassen, hat gesagt, ein Verletzter wäre ihm zu viel, er würde auf eigene Faust zusehen, dass er die Zivilisation erreicht. Im Stich gelassen hat er mich und Sie alle. Kein Gedanke daran, irgendjemanden von der *Cataleena* zu holen.«

»Für Sie hat es sich vielleicht so angefühlt, aber das stimmt nicht, ich bin nur gegangen, um etwas zu essen und Wasser zu suchen.«

»Das habe ich damals schon nicht geglaubt, und ich glaube es jetzt immer noch nicht«, murmelte Mick.

»Sie waren nicht ganz bei sich nach dem Schiffbruch und hatten schreckliche Schmerzen, waren durstig und halb verhungert. Ich wollte wirklich zurückkommen.« Er wandte sich an Miles und Georgina. »Mick hatte Halluzinationen«, sagte er und erzählte weiter. »Nachdem ich wohl ein paar Stunden gelaufen bin, traf ich die Schwarzen. Sie haben mir zu essen und zu trinken gegeben und wollten mich mit in ihr Lager nehmen, aber ich habe darauf bestanden, zu Mick an den Strand zurückzugehen.«

»Sie haben gedacht, ich könnte Sie beschützen«, höhnte Mick, aber Geoffrey erzählte weiter.

»Bis wir uns genug ausgeruht hatten, um weiterzuziehen, hatten die Schwarzen die Küste nach dem Schiff und weiteren Überlebenden abgesucht, aber nichts gefunden. Da haben wir angenommen, dass das Schiff mit Mann und Maus gesunken sei.«

Miles machte weiter. »Das Wrack lag noch ein paar Tage auf der Sandbank, bis es irgendwann nachts gesunken ist. Aber es war ziemlich dicker Nebel.«

»Wie haben Sie zwei überlebt?«, fragte Geoffrey voller Interesse.

Miles und Georgina erzählten ihre Geschichte. Dann setzten sich alle ans Feuer und sprachen über die möglichen Gründe für den Schiffbruch und die Reaktionen, wenn die Nachricht davon in Encounter Bay ankäme.

»Schon seltsam, dass wir uns nicht gefunden haben«, sagte Georgina.

»Die Strömung hat manchmal gewechselt«, bemerkte Miles.

»Ja, wir sind nordwestlich des Wracks gelandet«, bestätigte Mick, »ein ganzes Stück entfernt.«

»Das würde es erklären«, sagte Miles.

Peeta kam zu ihnen und wurde Mick und Geoffrey vorgestellt. Sie sah an diesem Abend besonders hübsch aus mit ihrer eingeölten dunklen Haut und den großen braunen Augen, die im Feuerschein funkelten. Georgina wusste, dass alle Männer am Feuer Peeta ansahen. Sie war jung und anmutig, hatte einen besonders ebenmäßigen Körperbau, einen schlanken Hals und hohe Wangenknochen, sodass sie attraktiver war als die meisten anderen Ngarrindjeri-Frauen. Mick und Geoffrey sahen sie mit ebenso hungrigen Blicken an wie die Ngarrindjeri-Männer.

Aber Peeta hatte nur Augen für Thukeri, der stolz und aufrecht auf der anderen Seite des Feuers saß. Mit liebevollem Blick und leicht geöffneten Lippen sah sie ihn an, und zwischen den beiden schwirrten geheime Botschaften hin und her, ohne dass sie ein Wort sprechen mussten.

Dann gingen die Ngarrindjeri vom Lagerfeuer weg, um zu singen und zu tanzen. Mehr als hundert, vielleicht sogar zweihundert von ihnen – das Schauspiel ließ Georgina vor Aufregung erschauern. Das Feuer ließ die Körper der Tänzer mit ihren Fellumhängen und Bemalungen aufleuchten. Die Gesänge und Trommelklänge waren wie aus einer anderen Welt. Die Stimmen dröhnten, mischten sich mit den Wellen, die auf den Strand schlugen. Ein bewegendes, faszinierendes Erlebnis.

Der Tanzrhythmus vibrierte in Georginas Körper und

wärmte sie von innen. Sie spürte sich selbst und den Mann neben ihr auf ganz besondere Weise.

Im Laufe des Abends wurde der Wind kälter. Georgina gähnte und zog ihren Fellumhang fester um die Schultern. »Ich glaube, ich gehe schlafen«, sagte sie.

Miles sah sie kurz an, bevor er Geoffrey und Mick ansprach. »Wir haben ein Stück den Strand hinunter in den Dünen eine Hütte, Sie sind dort herzlich willkommen. Ich denke, das Fest wird die ganze Nacht dauern.«

»Genau«, bestätigte Peeta.

»Nein, hier am Feuer ist es besser«, antwortete Mick. Wir haben keine Decken, da hinten würden wir nur frieren. Und vielleicht finden wir ja auch irgendwo noch einen Arm, der uns wärmt«, lachte er.

Vielleicht war es nur ein Scherz, aber Georgina war dennoch beunruhigt.

»Ich teile gern meine Decke«, bemerkte Miles.

»Na, so sehr freue ich mich nun auch wieder nicht, Sie zu sehen«, lachte Geoffrey.

Georgina sah Miles an. Sie konnte ihm kaum anbieten, unter seine Decke zu schlüpfen, sodass die anderen beiden ihre bekamen. Aber Geoffrey hatte ihren Blick bemerkt. »Keine Sorge, wir sind an das Lagerfeuer gewöhnt. Ich bleibe auch hier.« Er zog seinen Mantel fest um die Schultern und sah Georgina vielsagend an. Sie konnte nur vermuten, was er über sie und Miles dachte.

Im Mondschein suchten sie sich den Weg durch die Dünen. Als sie an ihrem rasch zusammengezimmerten Unterstand ankamen, waren die Trommeln fast nicht mehr zu hören. Georgina breitete ihre Decke auf dem Sand aus, und Miles legte seine Decke über sie beide. Sie rollte in seine warme Umarmung.

»Da unten im Wind war es kalt«, murmelte er.

»Miles, ich fürchte, Geoffrey hat Verdacht geschöpft.«

»Vermutlich. Ja, ich denke auch, das ist das Ende, meine Liebe. Von jetzt an müssen wir vorsichtig sein.«

Sie schwieg.

»Was denkst du?«, fragte er.

»Ich will nicht, dass es endet.« Ihre Stimme brach.

»Du hast dein Vergnügen gehabt, das wolltest du doch. Wir haben beide gewusst, dass es endet, wenn wir in die Zivilisation zurückkehren. Du hast das gewusst, oder nicht?«

Ja, sie hatte es gewusst. Aber sie hatte nicht gewusst, dass es sich so anfühlen würde.

»Du bist so still.« Seine Hände glitten über ihren Rücken.

Sie wandte ihm das Gesicht zu und küsste ihn zärtlich auf den Mund. »Ich werde dich vermissen«, sagte sie.

Aber es war mehr als das. Es würde ihr das Herz brechen. Sie konnte es jetzt schon fühlen, wie ihr Herz in zwei Teile zerbrach. Wenn sie sich wirklich trennen müssten, wäre es noch schlimmer. Aber was sollte sie sagen?

Er küsste sie ebenso zärtlich. Sie würde von ihm nie zu hören bekommen, wonach sie sich so sehnte. Er würde nie sagen, dass er sie liebte, selbst wenn es so war. Er würde immer an die Folgen denken, würde bedenken, dass es keine Zukunft für sie beide gab. Er würde pragmatisch denken und versuchen, es nicht noch schlimmer zu machen. Verdammt, er war einfach zu verantwortungsbewusst, um ihr zu sagen, dass er sie liebte.

»Oh, Miles«, sagte sie und legte ihm die Arme um den Hals. Sie fühlte sich von ihm angezogen wie eine Pflanze von der Sonne. Sie konnte ihn spüren, Knie an Knie, Hüfte an Hüfte, Brust an Brust. Ein sehnsüchtiger Schrei kam tief aus ihrem Inneren. Seine Arme antworteten ihr, umfingen sie fest, und ihre Münder stießen zusammen in einer Explosion von Leidenschaft.

Es war, als wüssten ihre Körper, dass dies das letzte Mal war, und sie begehrten einander noch mehr als je zuvor. Miles' Hand bewegte sich über ihren Körper, zog ihre Kleider weg. Sie tat es ihm gleich, knöpfte sein Hemd auf und zog es ihm über die Schultern. Ihre Hände fuhren über seine Brust, genossen die Berührung seiner Haut und seiner Muskeln, die Härchen unter ihren Fingerspitzen.

Sie hielten nichts zurück, gaben sich der Zärtlichkeit und der Verzweiflung hin, und bald waren sie beide nackt, ohne an den kalten Wind vom Meer zu denken. Miles fuhr mit seinen warmen Lippen und mit seiner Zunge über ihre Brustwarzen, sodass Wellen von heißem Verlangen sie durchfuhren. Sie gab sich ihm hin in dem sicheren Wissen, dass sie allein waren und dass niemand sie hören würde.

»Langsam, du lüsternes Weib, wenn dies unsere letzte gemeinsame Nacht ist, dann wollen wir sie auskosten«, lachte er. Er wartete, bis sie wieder ruhiger atmete, bevor sie den Tanz des Lebens neu aufnahmen, der Rhythmus sie beide packte und mitnahm. Jedes Mal, wenn sie fast am Höhepunkt angekommen war, zog er sich zurück, wechselte die Stellung, bremste sie, küsste sie zärtlich und fuhr mit der Hand über ihre glatte Haut.

Als sie die Spannung endgültig nicht mehr aushielt, legte

sie ihre Hände auf seine Schultern und drückte ihn auf den Rücken. Sie saß rittlings auf ihm, bewegte sich, wie sie es wollte, und genoss jeden einzelnen Augenblick.

Dann war es plötzlich vorüber. Sie legte das Ohr an seine Brust und konnte seinen donnernden Herzschlag hören, ihr Haar strömte über seinen Körper und sie genoss die Wärme ihrer nackten Körper.

Sie sagte nichts. Sie wollte das Gefühl für alle Zeit in sich aufnehmen, ihn in sich spüren, den süßen Duft seiner Haut, den Geschmack seiner Lippen, seine Umarmung, sein schönes Gesicht im Mondschein. Sie wollte, dass es niemals endete.

Sie pulsierte noch vom letzten Beben ihrer Leidenschaft. Wie sollte sie jemals für einen anderen Mann etwas Ähnliches empfinden? Seine Finger zeichneten ihre Kinnlinie nach, und sie sah ihm in die Augen.

Sie leuchteten mit einer nie gesehenen Leidenschaft, mit einer Mischung aus Feuer und Eis, fast schmerzlich, und der Schmerz, den sie sah, rief ein Echo in ihr wach.

»Miles, ich liebe dich«, sagte sie, ohne darüber nachzudenken, was sie da tat. Und sein Blick sagte ihr, dass er dasselbe dachte.

Aber dann schloss er die Augen, als wollte er nicht, dass sie es sah. »Sag das nicht«, murmelte er und wandte den Kopf ab.

»Aber es ist wahr!«

»Ich will es nicht hören. Was nützt es uns?«

Sie nahm sein Kinn und drehte ihn zu sich herum.

»Irgendwie muss es eine Möglichkeit geben.«

»Aber es gibt keine Möglichkeit. In ein oder zwei Tagen

sind wir in Encounter Bay. Dann bist du wieder Miss Stapleton, die Nichte der Clendennings, und ich bin der traurige Erste Maat eines gesunkenen Schiffs. Und das war's.«

»Wir sind viel mehr als das, das weißt du, auch wenn du es nicht zugibst.«

»Wir müssen das vergessen. Ich muss zurück nach England, und du musst zu Charles in Portland Bay.«

»Ich will Charles nicht, ich will auch nicht nach Portland Bay, ich will dich!«

»Und wie lange würde das so gehen? Wirst du mich immer noch wollen, wenn die Zeitungen all das Schöne, was wir erlebt haben, in den Dreck gezogen und überall in der Kolonie verbreitet haben? Wirst du mich immer noch wollen, wenn ich wieder auf See bin, auf einer Reise um die Welt, und du nur mit Seemannsfrauen und ein paar verarmten Adligen zu tun hast?«

»Du musst nicht mehr zur See gehen, du musst überhaupt nichts tun, wenn du nicht willst. Ich habe genug Geld für uns beide.«

»Himmel, Georgina! Für was für einen Mann hältst du mich denn?« Er machte sich aus ihren Armen frei und starrte hinaus in die Dünen.

»Was denn?«

»Ich bin doch kein verfluchter Abenteurer, der von deinem Erbe lebt!«

»Du und dein verdammter Stolz! Kannst du das nicht sein lassen?«

»Nein, mein Stolz ist alles, was ich habe, und ich bin damit ziemlich weit gekommen.«

»Und er ist wichtiger als ich.« Ihre Stimme brach.

Er legte die Hand auf ihren Arm. »Nein, ist er nicht, nicht jetzt und nicht hier. Aber so kann es doch nicht weitergehen. Bald kommt ein neuer Frühling nach diesem stürmischen Winter, und du wirst bereuen, was du heute sagst. Und das will ich nicht miterleben müssen.«

»Ich werde es nicht bereuen, niemals.«

Er drehte sich zu ihr um und nahm sie wieder in die Arme. »Schau, Georgina, hier und jetzt, in der Wildnis, haben wir nur uns, und das ist das Wichtigste auf der Welt. Aber bald sind wir wieder in der Zivilisation, und du wirst dich erinnern, wie wichtig alles andere ist. Und du wirst froh sein, dass wir uns so und nicht anders entschieden haben.«

»Wirst du mich denn nicht vermissen?«

»Natürlich werde ich dich vermissen, aber wir müssen uns trennen und unsere getrennten Leben weiterleben.«

Als sie ihn ansah, kamen ihr die Tränen. Sie hatte hören wollen, dass ihn die Sehnsucht förmlich zerreißen würde, dass er es nicht aushalten würde, getrennt von ihr zu sein. Aber das sagte er nicht.

Und vielleicht fühlte er es auch nicht.

Er schien tief in Gedanken zu sein. »Und dann gibt es womöglich noch ein Problem, das wir lösen müssen.«

»Nämlich?«

»Wie ich schon sagte, es könnte sein, dass du ein Kind von mir bekommst. Ich möchte, dass du mir versprichst, es mir zu sagen, wenn es so sein sollte. Ich würde dich auf keinen Fall mit einer solchen Situation allein lassen.«

»Damit käme ich zurecht.«

»Aber wie?«

»Ich würde Charles heiraten, denke ich«, sagte sie leichthin.

»Und es ihm sagen?«

»Machst du Witze? Es Charles sagen? Um Gottes willen, nein, er ist so was von spießig!«

Aber sie wusste genau, dass es so nicht gehen würde. Sie würde Charles nicht betrügen.

»Versprich mir, dass du es mir sagst, wenn es so ist.«

Sie sah ihn an. Ein Kind wäre der einzige Grund für ihn, bei ihr zu bleiben. Sie zählte nicht, er selbst zählte nicht, ihre Gefühle füreinander zählten schon gar nicht. Er würde es nur tun, weil er sich verantwortlich fühlte. Das sagte viel über ihn aus.

»Nun?«

»Ich verspreche es dir«, sagte sie zögernd.

Sie wusste nicht, ob sie um eine Schwangerschaft beten sollte oder nicht.

»Wir sollten ein bisschen schlafen«, sagte er, zog sich an und warf ihr ihre Kleider zu.

»Ja, du hast recht.«

Sie schmiegte sich in seine Arme, mit ihrem Rücken an seiner Brust, wie sie sich in den letzten Wochen immer gewärmt hatten. Es würde das letzte Mal sein. Sie starrte in die silbrige, mondbeschienene Einöde der Dünenlandschaft und weinte stille Tränen, ohne ein Geräusch zu machen. Sie wollte seinen Trost nicht, sie war allein und würde ihre Tränen für sich behalten.

Bald war er eingeschlafen und sie war wirklich allein mit ihren einsamen Gedanken.

* * *

Thukeri saß Peeta am Feuer gegenüber und beobachtete sie
mit sanftem Blick. Kein Zweifel, er begehrte sie genauso
sehr wie sie ihn. Sie durften sich nicht berühren, aber das
Verbot machte den Gedanken umso köstlicher. Thukeri
war mit Waltran eingerieben und mit Ockerfarbe bemalt.
Seine Haut schimmerte, und das Spiel seiner Muskeln
wurde durch das flackernde Feuer noch betont. Er sah stark
aus, und Peeta konnte an nichts anderes denken als an seine
Umarmung.

Die Leute tanzten immer noch am Strand, und die
Trommeln dröhnten durch die Nacht. Ihr Puls nahm den
Rhythmus auf.

Er sah aus wie ein Bild von Ngurunderi: jung, schlank,
kräftig und männlich. Göttergleich in seiner Schönheit.
Der Feuerschein spiegelte sich auf seinem Gesicht. Seine
Lippen waren voll, aber fest, seine Wangenknochen und
sein Kinn stolz und stark. Seine langen Arme und Beine
hatte er ausgestreckt, und sein Lendentuch führte ihren
Blick unweigerlich an seinen Schenkeln hoch.

Als sie ihm wieder ins Gesicht sah, schaute er sie ebenfalls an und öffnete ein wenig den Mund, als wollte er etwas sagen. Dann schaute er schnell zu den anderen am
Feuer, und Peeta folgte seinem Blick. Der eine der beiden
Krinkari lag auf der Seite und schnarchte, den Kopf auf
einen Arm gebettet. Pameri schlief ebenfalls, und auch
Krilli schien einzunicken.

Die übrigen Leute am Feuer gehörten zu anderen Gruppen, und sie waren in eine Diskussion über die Jagd an die-

sem Morgen vertieft. Nur der zweite Krinkari war noch wach. Er bemerkte Peetas Blick nicht, weil er ihren Körper anstarrte, ihre Brust, die durch den Fellumhang zu sehen war.

Sie schauderte unter seinem Blick. Diese Krinkari-Männer – jedenfalls die meisten von ihnen – verursachten ihr immer wieder eine Gänsehaut. Vielleicht waren es ja nur die Erinnerungen an die Monate bei den Seehundjägern. Sie zog den Umhang fester um ihre Schultern.

Dann sah sie Thukeri wieder an. Er lächelte. Sie deutete mit dem Kinn Richtung Dünen, dorthin, woher sie am Morgen gekommen waren. Er nickte unmerklich.

Der Krinkari streckte sich im Sand aus und gähnte. Als er endlich die Augen schloss, stand sie langsam auf und ging vorsichtig an Krilli und ihrem Onkel Pameri vorbei, um die beiden nicht zu wecken.

Sie streckte sich und ging weg vom Feuer Richtung Dünen, ohne sich umzusehen. Sie wusste, Thukeri würde nachkommen, sobald er es für richtig hielt.

Am Rand der Dünen angekommen, schaute sie den Strand entlang. Dort brannten ein Dutzend oder sogar noch mehr Feuer, und sie hörte das Singen und die Trommeln. Der Mond hatte sich hinter einer dicken Wolkenbank versteckt.

Sie atmete tief die frische kalte Luft ein, die vom Meer herüberwehte. Es war an der Zeit. Er würde kommen. Er gehörte zu ihr. Er begehrte sie, und sie würden heute Nacht ihre Verbindung mit der langersehnten Vereinigung besiegeln, die ihnen so lange verwehrt worden war. Ihre verzweifelte Flucht von Karkukangar hatte sich gelohnt.

Sie hörte ein Rascheln im Gebüsch. Da war er. Sie drehte sich um, bereit ihn in die Arme zu schließen.

Plötzlich wurde ihr etwas über den Kopf geworfen, sie spürte Arme um ihren Oberkörper und fiel, landete auf der Schulter und hörte den Angreifer aufstöhnen.

Sie schrie und kämpfte, um ihre Arme und ihren Kopf zu befreien. Es roch nach Krinkari. Um ihren Kopf war Krinkari- Stoff. Es war einer von den Krinkari!

Sie schlug um sich, versuchte freizukommen, krallte mit einer Hand nach ihm.

»Still, Mädchen! Still!«

Sie schrie wieder und spürte seine Hände auf ihrem Gesicht und Mund. Sie schlug wieder nach ihm, krallte ihre Fingernägel in sein Fleisch. Er fluchte, aber als er ihre Hand wegschlug, fühlte sie den Bart an ihren Fingerspitzen und wusste, sie hatte ihn im Gesicht erwischt.

Sie kreischte und trat mit aller Kraft um sich. Er warf sich über sie, und sie spürte seine Hände um ihren Hals.

»Still, habe ich gesagt.«

Sie schrie wieder, wohl wissend, dass sie laut sein musste, damit man sie über den Wind und die Gesänge hinweg hören würde. Aber er drückte noch fester zu, und der Schrei erstarb in ihrer Kehle.

Er schlug sie, sodass sie laut aufjaulte. »Sei still, sonst gibt es noch mehr davon.«

Sie spürte Blut auf ihrer Lippe, aber das war ihre geringste Sorge. Unter der Decke bekam sie wenig Luft, und sie keuchte und schnappte nach Atem, während sie weiterkämpfte und trat und versuchte, den Stoff zu zerbeißen. Sie warf sich von einer Seite zur anderen, aber er hielt sie immer noch fest. Angstvoll und frustriert schrie sie wieder.

»Peeta!« Das war Thukeris Stimme. »Peeta!«

Sie schrie wieder.

Plötzlich war sie frei, die Decke weggezogen, Sand flog ihr in die Augen. Sie versuchte aufzustehen, während die schweren Schritte in den Dünen verschwanden. Der Krinkari war gerade verschwunden, als Thukeri auftauchte.

»Thukeri!«, rief sie.

»Peeta!« Er ließ sich in den Sand neben ihr fallen und schloss sie in die Arme. »Peeta! Ist alles in Ordnung mit dir? Was ist passiert?«

»Der Krinkari hat mich überfallen.«

Er sprang auf.

»Wohin willst du?« Sie streckte den Arm aus, um ihn zurückzuhalten.

»Ihm hinterher! Geh zurück zum Strand, wir treffen uns dort.« Er wartete nicht ab, was sie dazu sagte, sondern lief dem Krinkari nach.

Kopfschüttelnd zog sie sich den Umhang fest um die Schultern. Nicht zu glauben! Das letzte Mal, dass sie mit Thukeri weggegangen war, hatte man sie auch überfallen. Beide Male hatten sie ihre Verbindung endlich besiegeln wollen, und jedes Mal war ein Krinkari aufgetaucht.

Bei Ngurunderi, ob da Hexerei im Spiel war? War das die Erklärung? Hatte sie irgendjemanden so sehr verärgert, dass man sie verflucht hatte? Im Grunde genommen war das die einzige Erklärung für die Dinge, die seit ihrer Initiation geschehen waren. Sie war verhext, das war es! Aber wer würde so etwas tun? Wer würde ihr so etwas antun? Wen hatte sie so sehr verärgert?

Krilli.

Und kaum war ihr der Name durch den Kopf gegangen, stand er auch schon vor ihr.

»Krilli!« Sie sprang auf, mit plötzlicher Furcht in den Augen. Sein plötzliches Auftauchen war die Bestätigung, dass er sie verflucht hatte. Sie wich vor ihm zurück.

»Was machst du hier draußen?« Sie ging noch ein paar Schritte rückwärts. »Wo ist Thukeri? Ich habe gesehen, dass er dir gefolgt ist.«

»Hier ist er nicht.« Peeta ging zurück bis zu einem großen Busch, aber Krilli sprang plötzlich auf sie zu und packte sie am Arm. »Du bist in die Dünen gegangen, um ihn zu treffen, oder etwa nicht?«

Sie hatte eine Entschuldigung, der Krinkari hatte ihr eine Entschuldigung geliefert! »Nein, ich bin ein Stück gegangen, weil mein Bauch so voll war nach dem vielen Essen. Und da hat mich der Krinkari überfallen. Siehst du, ich blute.«

Er fuhr ihr mit der Hand übers Gesicht und blickte dann auf das verschmierte Blut und die Tränen auf seiner Hand.

»Der Krinkari hat mich überfallen. Thukeri hat gesehen, wie er vom Feuer aufstand und mir folgte, und ist mir nachgegangen, um mir zu helfen. Und da war der Krinkari auch schon bei mir. Siehst du, da im Sand kann man die Spuren noch sehen. Thukeri hat mich gerettet und ist ihm nachgelaufen.«

»Ist das wahr?«

»Ja, ich schwöre, dass es wahr ist.«

»Dann müssen die Krinkaris sterben. Komm mit, wir gehen zu den Ältesten. Wir werden ein paar Krieger zusammenrufen, die Krinkaris suchen und sie alle töten.«

Was für eine dumme Idee, alle Krinkaris zu töten. Doch nicht Georgina und Miles. Sie hatten nichts getan, Georgina hatte ihr immer geholfen.

* * *

Georgina lag noch immer wach und dachte über Miles nach, als ein Rascheln und schnelle Schritte zu hören waren.

»Georgina!«, hörte sie eine atemlose Stimme. »Georgina!«

Peeta. Sie richtete sich auf.

»Was ist denn?«

»Schnell, es gibt Ärger. Steht auf!«

Miles saß aufrecht neben ihr, als Peeta zu ihren Füßen hinstürzte. Sie konnte sehen, dass das Mädchen aus der Nase blutete und weinte. Arme und Beine waren ganz zerkratzt.

»Der Krinkari hat mich überfallen!«

»Himmel noch mal!« Miles stand schon auf und griff nach seinen Stiefeln.

»Was ist passiert?«

»Ich gehe vom Feuer weg, in die Dünen …«

»Warum das denn?«, fragte Miles.

»Wollte Thukeri treffen, er nachkommen. Krinkari folgt mir, fängt mich.«

»Zum Teufel!«, sagte Georgina. Nicht schon wieder! Was war denn mit diesen verdammten Krinkari-Männern los? Hatten sie so viel Lust auf schwarzes Fleisch?

»Habe gekämpft und geschrien, Thukeri rettet mich. Krinkari geht weg von mir, läuft weg. Thukeri ihm nach. Krilli kommt auch, will nachsehen, ob Peeta gutes Mädchen. Er findet mich, ich erzähle ihm, jetzt er geht zu den Ältesten. Kann ihn nicht aufhalten.«

»Bist du verletzt, hat Mick tatsächlich versucht, dich zu vergewaltigen?«, fragte Georgina und sah sich die Kratzer an.

Peeta schüttelte den Kopf.

»Nein, alles gut. Aber alle Krinkari jetzt in Gefahr. Ngarrindjeri töten Krinkari. Ihr müsst laufen, laufen nach Longkuwar. Los!«

»Zieh dir die Stiefel an, Georgina«, befahl Miles. »Wenn sie hören, was passiert ist, werden sie sich rächen und uns alle töten.«

»Danke, dass du es uns gesagt hast, Peeta«, sagte Georgina und umarmte das Mädchen kurz. »Es tut mir so leid … es tut mir so leid, dass ein Landsmann von mir dir das angetan hat.«

»Manche Krinkari gut, manche böse«, nickte Peeta. »Manche Njarrindjeri gut, manche böse.«

»Du bist unheimlich fair«, sagte Georgina, während sie ihr Kleid zuknöpfte. Dann richtete sie sich auf, als fiele ihr plötzlich etwas ein. »Miles, wir müssen Geoffrey und Mick warnen!«

»Nein, nicht warnen, sonst merken Ngarrindjeri.«

Georgina drehte sich zu Miles um. »Aber wir können sie doch nicht hierlassen, dann werden sie ermordet!«

»Aber wenn wir sie warnen, stecken wir selbst mit drin, und Peeta kann jetzt wohl kaum zu ihnen hingehen, nach allem, was Mick getan hat. Dann denken ihre Leute, sie war einverstanden.«

»Stimmt das, Peeta? Wirst du wegen dieser Sache Probleme bekommen?«

Peeta zuckte mit den Schultern. »Älteste entscheiden, weiß nicht. Vielleicht treffen morgen, vielleicht jetzt, weiß nicht. Krilli sagt, töten alle Krinkari.«

»Also los, Georgina, wir müssen hier weg.«

Georgina schoss noch ein Gedanke durch den Kopf. »Kannst du Thukeri jetzt noch heiraten?«

Im Licht ihres eigenen Kummers wurde die Zukunft des Mädchens noch wichtiger für sie. Sie hatten mehr gemeinsam, als Peeta ahnte.

»Weiß nicht«, sagte Peeta. »Vielleicht nein.«

»Oh, Peeta, es tut mir so leid!«

»Wir müssen los!«, drängte Miles.

»Ich gehe mit bis Tapalwera, bis zum Fluss, dann renne zurück«, sagte Peeta.

»Danke«, erwiderte Miles, nahm Georgina am Arm und lief los.

Sie liefen im Zickzack durch die Dünen, schlängelten sich durchs Gebüsch und stapften durch tiefen Sand. Das Laufen fiel schwer in diesem Gelände, aber allmählich fanden sie einen Rhythmus, eine Art schnelles Gehen.

Die Dünen sahen im Mondlicht wie verzaubert aus. Bis zur Flussmündung würden sie kaum mehr auf Ngarrindjeri treffen, da alle bei der Versammlung waren. Sie liefen weiter, die Dünen hinauf und hinunter, bis sie an die Mündung des Murray kamen. Sobald sie außer Sichtweite des Versammlungsplatzes waren, liefen sie am Strand entlang, wo sie viel schneller vorankamen. Peeta humpelte, schien aber ganz gut zurechtzukommen.

In der ersten Morgendämmerung kamen sie am Fluss an, der nicht breit war, aber tief aussah. Die Strömung bildete Strudel, in denen das mitgeführte Holz verschwand.

»Wie sollen wir denn da hinüberkommen?«, fragte Miles verzweifelt.

15

Sie schauten auf das wild bewegte Wasser, das im kalten Mondlicht auf die Brandung traf. Wo sich der mitgeführte Schlamm mit dem Meerwasser vermischte, gab es dunkelbraune Flecken.

Georgina folgte mit ihren Blicken einem abgebrochenen Eukalyptusast, der in der Strömung schwamm und von den Wellen verschluckt wurde.

»Kannst du schwimmen?«, fragte Miles.

»Nein. Beim letzten Mal bin ich mit viel Glück und mit Hilfe einer Schiffsplanke davongekommen, aber ich würde es lieber nicht noch einmal versuchen.« Sie sah sich kurz um. »Außer, wenn Leute mit Speeren hinter mir her wären. Wie sieht's mir dir aus?«

»Gerade gut genug, um mich notfalls zu retten. Uns beide bringe ich auf keinen Fall hinüber. Was tun wir denn jetzt?«

Georgina sah Peeta an. »Wie kommen deine Leute über den Fluss?«

»Floß. Floß aus Schilf, oder schwimmen.«

»Peeta, ich fürchte, das schaffen wir nicht ohne dich«, sagte Georgina.

Peeta sah sich hektisch um. »Muss zurück!«

»Ich weiß, aber ohne dich haben wir keine Chance«, flehte Georgina. »Wenn der Fluss und das Meer uns nicht erwischen, dann tun es die Ngarrindjeri auf der anderen Seite. Wie weit ist es noch bis Longkuwar?«

»Knapp vierzig Kilometer«, antwortete Miles. »Wenn wir schnell gehen, können wir es heute noch schaffen.«

»Peeta, bring uns dorthin, bitte!«

Peeta sah sie unschlüssig an, dann zuckte sie mit den Schultern. »Georgina gute Freundin. Ich gehe mit.«

Georgian umarmte sie. »Danke! Tausend Dank! Ich werde dir das nicht vergessen, Peeta, vor allem nach dem, was die Krinkari dir angetan haben. Du bist ein Engel.«

»Also, was tun wir jetzt?« Miles hatte es offenbar eilig.

»Ein Stück hinauf, weg von Wellen. Vielleicht gibt es Floß.« Peeta ging los und suchte im Schilf und in den Dünen flussaufwärts nach einem zurückgelassenen Floß. Georgina und Miles halfen ihr beim Suchen.

»Ich habe eins!«, rief Miles nach kurzer Zeit. »Allerdings sieht es nicht besonders stark aus.«

»Das ist gut«, erklärte Peeta, nachdem sie das Geflecht aus Zweigen, Schilf und Gras inspiziert hatte. »Jetzt lange Stöcke.«

Miles brach einige Äste ab, während Peeta noch ein paar kleinere Reparaturen an dem Floß vornahm. Dann zogen sie es durch den Sand weiter flussaufwärts.

Georgina kletterte als Erste auf das Floß und setzte sich schnell hin, damit sie nicht herunterfallen konnte. Miles folgte ihr mit einem Stock in der Hand.

Peeta schob das Floß ins Wasser und hielt es mit den Händen fest, bis sie hüfthoch im Wasser stand. Dann zog sie sich hinauf. Etwas Wasser kam über den Rand, aber das Floß schwamm.

Peeta und Miles stakten mit den Ästen in die Strömung, während Georgina auf dem Bauch lag und mit beiden

Händen paddelte, so gut sie konnte. Ihr Herz klopfte zum Zerspringen.

Dann geriet das Floß in die Strömung, drehte sich hilflos wie der Ast, den sie beobachtet hatte, wurde weitergezogen auf den alles zerstörenden, dröhnenden Ozean zu. Georgina betete.

Stöhnend versuchte Miles, das Floß mit seinem Ast zu steuern. Peeta reichte Georgina ihren Ast und ließ sich ins Wasser gleiten. Sie hielt sich hinten am Floß fest und trat Wasser, um es zum anderen Ufer zu bewegen, während Georgina paddelte und Miles stakte.

Es war ein ungleicher Kampf: zwei Frauen, ein Mann und ein Floß gegen den mächtigsten Fluss des Landes, der auf seinem Weg zum Meer einen halben Kontinent durchquert hatte.

Aber sie kamen voran, und es sah tatsächlich so aus, als würden sie das andere Ufer erreichen, bevor sie ins Meer getragen wurden. Sie kletterten ans Ufer und zogen das nasse Floß in die Dünen.

»Brauche ich auf dem Rückweg«, sagte Peeta.

»Du ganz allein?«, fragte Georgina ungläubig.

»Ich auch ganz allein von Karkukangar«, nickte Peeta.

»Aber doch nicht mit so einem Floß?«, fragte Miles.

»So ein Floß«, bestätigte Peeta. »Gutes Ngarrindjeri-Floß, sehr stark.«

Miles schüttelte den Kopf. »Du bist ein unglaubliches Mädchen, Peeta. Wir haben großes Glück, dass wir dich bei uns haben. Und ich muss schon sagen, du weißt, wie man mit einem Floß umgeht.«

Georgina warf einen Blick in den Sonnenaufgang hinter ihnen, auf die vielen Meilen Sand, Seegras und Muscheln, die sie durchquert hatten. Sie schaute immer wieder zurück, lief dann weiter, keuchend, mit schmerzenden Lungen und pfeifendem Atem in ihrer trockenen Kehle.

Es ging um Leben und Tod. Wenn die Ngarrindjeri erfuhren, was passiert war, würden sie ihnen folgen, viele Krieger mit Speeren und Keulen. Durchtrainierte, schnelle Männer, die es gewöhnt waren, ihre Beute viele Meilen weit zu verfolgen. Die stundenlang laufen konnten, tagelang oder noch länger.

Irgendwann konnte Georgina nicht mehr laufen, schleppte sich nur noch dahin und schnappte nach Luft.

Doch nach den vielen Stunden auf ihrer verzweifelten Flucht endete die lange, ununterbrochene Sandküste. Zweihundert Kilometer Sand, endlose Dünen und Wasser.

»Halt!«, keuchte Georgina und ließ sich in den Sand fallen. »Pause!«

Peeta und Miles setzten sich zu ihr, sie alle keuchten und schnauften.

Nach ein paar Minuten war Peeta wieder zu Atem gekommen. »Hier Ngurunderi wirft Baum ins Meer. Hat diesen Ort gemacht. Ngarrindjeri fangen Fische hier.«

Georgina war froh, dass heute niemand zum Fischen hierhergekommen war.

Als sie ein Stück weiter gegangen waren, fiel Peeta wieder eine Geschichte ein. »Hier Ngurunderi tötet Seehund. Wir hören Seehund, schnauft auf Felsen«, sagte sie und zeigte auf eine Stelle, an der das Meer gegen die Granitfelsen schlug. Die Ngarrindjeri hatten für jeden Punkt in der

Landschaft eine Erklärung, und viele Erklärungen waren mit dem großen Ngurunderi verbunden.

Sie kletterten an einer kleinen Felsenbucht vorbei und kamen auf eine Landspitze, die sich in den Ozean hinausstreckte. Hier wuchsen Kiefern und Banksien, die von den heftigen Winden fast zu Boden gedrückt wurden. An den Felsen unter ihnen dröhnten selbst an diesem ruhigen Tag die Brecher. Seegras und Gischt waren in der Luft. Drohende schwarze Felsen erhoben sich und verschwanden wieder in den Wellen.

Georgina sah sich das Schauspiel an und schauderte, dankbar, dass die *Cataleena* auf eine Sandbank aufgelaufen war. So weit sie wussten, gab es nur vier Überlebende. Und jetzt waren vielleicht nur noch sie zwei übrig.

Sie suchten sich einen Weg hinunter zu den Felsen, die seit Millionen von Jahren vom Meer bearbeitet worden waren. Von Weitem hatten sie apricotfarben ausgesehen, jetzt konnte man erkennen, dass sie eine Mischung aus allen möglichen Farben waren, mit perlgrauem Quartz und pechschwarzen Stückchen darin. Sie gingen weiter, bis sie die Landzunge umrundet hatten.

»Schaut doch!«, sagte Miles und deutete nach vorn. »Encounter Bay! Da ist sie, und was man da hinten am Ende der Bucht sieht, das ist Rosetta Head, wo die Walfangstation liegt.«

Eine riesige Bucht mit Sandstrand und niedrigen Hügeln lag vor ihnen. In der Mitte wurde sie durch eine kleine Landzunge unterbrochen, eine Insel und ein paar Felsen, die aus dem blau schimmernden Meer hervorstachen. Sie konnten den Rauch sehen, der aus der Siedlung aufstieg.

Zwei Segelschiffe lagen im Hafen. Georgina traten die Tränen in die Augen. Mehr als einmal hatte sie gedacht, dass sie die Zivilisation nie wieder sehen würden.

»Halt, Miles, bleib noch mal stehen«, sagte sie keuchend. »Warte einen Moment, wir sind fast da.« Sie ließ sich auf einen Felsblock fallen. »Bis jetzt haben wir nichts von den Kriegern gesehen, und wir sind so nah an unserem Ziel.«

Miles und Peeta setzten sich zu ihr, atmeten tief durch und blickten nach vorn.

»Wir haben es geschafft!«, seufzte Miles und lehnte sich auf dem Stein zurück.

»Ich habe gedacht, wir schaffen es nie«, sagte Georgina, immer noch mit Tränen in den Augen. Sie beugte sie hinüber zu Peeta und umarmte sie. »Danke, Peeta, vielen Dank, dass du uns hierhergebracht hast.«

»Ich gehe mit zur Walfangstation, brauche essen und trinken, dann gehe zurück«, sagte sie.

»Ja, ja, natürlich. Und ich hoffe, du bekommst nicht zu viel Ärger, weil du uns hierhergebracht hast.«

»Hoffe auch«, sagte Peeta. »Aber böses Gefühl.«

»Wenigstens hat uns niemand verfolgt«, sagte Miles mit einem Blick zurück.

Sie ruhten sich noch einen Moment aus und schauten. Schiffe und Häuser, Zeichen einer weißen Siedlung, Symbol ihrer Rettung. An der Landzunge in der Mitte der Bucht waren einige Gebäude zu sehen, einige auf Granite Island und dann wieder in der Ferne in Rosetta Head. Dort stieg auch der Rauch auf.

Sie standen wieder auf und machten sich bereit. Peeta ging voraus.

»Miles?« Georgina griff nach seinem Arm. »Schau noch einmal zurück, bevor wir es nicht mehr sehen.«

Sie sahen auf die lange Kurve aus Sand und die Dünenreihe, die sich selbst an diesem klaren Tag in der Unendlichkeit verlor. So weit waren sie gekommen. Die Mündung des Murray war von hier aus nicht mehr zu sehen, nur Sand, Meer und Dünen. Die Halbinsel, auf der sie jetzt standen, markierte nicht nur die Grenze zwischen Coorong und Encounter Bay, sondern auch zwischen Vergangenheit und Zukunft, zwischen Wildnis und Zivilisation, zwischen dem Schiffbruch und der Fortführung ihres Lebens.

Und noch etwas.

Er drehte sich um und sah ihr in die Augen, und die Botschaft ging zwischen ihnen hin und her, ohne dass ein Wort gesprochen wurde.

Seine blonden Locken, die dieselbe Farbe hatten wie die Dünen, wurden vom Wind zerzaust, und seine Augen hatten das Blau des Meeres. Es war ihr, als hätte sie ihn nie so sehr geliebt wie in diesem Augenblick.

»Das ist das Ende für uns, meine Liebe. Und es war wunderbar, solange es ging«, sagte er.

Georgina sah sich nach Peeta um. Sie ging voraus und sah sich nicht um. Für einen Augenblick stürzte sie Miles in die Arme, und er zog sie an sich.

»Oh, Miles, ich werde dich so vermissen!«

Er beugte sich zurück, um ihr in die Augen zu sehen. Sie erwiderte seinen Blick, aber dann schaute sie auf seine Arme. Auf diese wunderbaren sonnengebräunten Arme mit den goldenen Härchen, die sie gerettet hatten, die sie warm gehalten hatten, sie aufgefangen hatten, wenn sie stolperte, und die sie leidenschaftlich umarmt hatten.

Ihre Erinnerung sprang zurück zu jenem Tag, an dem sie ihn zum ersten Mal gesehen hatte, als er ihr an Bord der *Cataleena* geholfen hatte, auf der anderen Seite der Erde. Wie lange war das her? Hätte sie damals gewusst, was ihr bevorstand, wäre sie dann an Bord gegangen? Oder hätte sie gezögert?

Sie sah ihm wieder in die Augen. Nein, es war alles gut so, wie es war.

»Miles, ich … ich liebe dich wirklich. Es ist nicht nur die leichtsinnige Vergnügungssucht eines dummen Mädchens.«

»Ich weiß. Aber das ganze Wissen nützt uns nichts, es führt zu nichts. Es ist vorbei. Wir müssen es aus unserer Erinnerung löschen. Du wirst mit deinem Leben weitermachen, ich mit meinem. Von heute an wird es sein, als wäre es nie geschehen.«

»So einfach ist das aber nicht.«

»Doch, so einfach ist es.«

»Kannst du es vergessen?«

Sein Griff wurde fester. »Wir *müssen* vergessen, was zwischen uns geschehen ist. Und niemand darf ein Wort davon erfahren. Aber natürlich werde ich dich nie vergessen, Georgina, solange ich lebe, werde ich dich nicht vergessen.« Seine blauen Augen wurden feucht, aber sie konnte nicht sagen, ob es Tränen waren oder die Sonne, die ihn blendete.

Er umarmte sie noch einmal, dann schob er sie entschlossen von sich weg. Für einen Augenblick sah er sie an, dann lächelte er und deutete mit großer Geste auf die Bucht, die vor ihnen lag.

»Die Zivilisation, eure Ladyschaft«, sagte er mit einer Verneigung.

Georgina lächelte schief. Er scherzte, um es ihnen beiden leichter zu machen.

Sie gingen hinunter, folgten der Küstenlinie bis zu der Landzunge, wo eine kleine Sandbucht tief in die Felsen einschnitt. Georgina kletterte hinunter.

»Wohin willst du?«

»Ich werde mich jetzt waschen, bevor wir in die Zivilisation zurückkehren«, sagte sie.

»Warum das denn? Wir sehen ohnehin wie Schiffbrüchige aus. Warte, bis du warmes Wasser und Seife bekommst.«

»Ich will nicht, dass die Leute denken, ich hätte mich gehen lassen.«

»Das hat dich doch die ganze Zeit nicht gekümmert.«

»Aber jetzt kümmert es mich. Dreht euch mal um«, lachte sie. Die Zivilisation kam näher.

Sie kletterte ganz hinunter in die kleine Bucht, die windgeschützt dalag, zog sich aus und legte die Kleider auf einen Felsen, bevor sie mit einem Schrei in das kalte, saubere Wasser sprang. Sie rubbelte sich ab, spülte ihre Haare aus, dann kam sie aus dem Wasser gerannt und zog sich die Kleider schnell wieder an. Die tropfende Haarmähne drehte sie zu einem Knoten im Nacken auf, zog ihre Stiefel an und kletterte wieder zu ihnen hinauf.

»Besser?«, grinste Miles.

»Viel besser«, sagte sie. »Jetzt bin ich zu allem bereit.«

»Ich sage es nicht gern, Miss Stapleton, aber Sie sehen aus, als hätten Sie sich im Heu getummelt«, sagte er und zupfte ihr trockenes Seegras vom Kleid.

»So etwas würde ich nie tun«, lachte sie. Aber das Herz war ihr trotzdem so schwer wie nie.

Die Bucht zog sich länger hin, als sie zuerst gedacht hatten. Nach der Entfernung, die sie zurückgelegt hatten, war es ihnen so vorgekommen, als wäre die Zivilisation zum Greifen nahe, aber erschöpft und hungrig, wie sie waren, kamen sie nicht mehr schnell voran. Georginas Knie fühlten sich ganz weich an, sie konnte die Füße kaum noch heben und stolperte immer wieder.

Die ersten Hütten, an denen sie vorbeikamen, waren offensichtlich schon seit längerer Zeit verlassen. Auf Granite Island konnten sie eine neuere Ansiedlung sehen, die noch besser erhalten war, aber auch dort schienen keine Menschen mehr zu leben.

So konnten sie nur enttäuscht aufseufzen und sich bis ans Ende der Bucht weiterschleppen. Die späte Sonne hatte sich hinter dicken Wolken im Westen versteckt, und die Bucht sah nicht mehr so blau und funkelnd aus wie noch zu Beginn des Tages. Georgina wurde das Gefühl von Schwere und Erschöpfung nicht mehr los. Wenn doch nur irgendjemand sie sehen und ihnen entgegenkommen würde, damit sie diesen letzten verzweifelten Weg nicht mehr machen müssten!

Sie fragte sich, wie sie die letzten Meilen schaffen sollte.

Dann kam die Sonne wieder durch und ließ den Strand aufleuchten. Die Flagge auf der Walstation flatterte bunt vor dem dunklen Meer und dem Himmel, und die Häuser darunter leuchteten auch auf, als lägen sie am Ende eines Regenbogens.

Was für ein schöner Anblick. Sie heftete ihren Blick darauf und zwang ihre Beine, weiterzuarbeiten.

Die ersten Gebäude waren Werkstätten und Trankochereien mit ihren riesigen Metalltöpfen, manche mannshoch. Darunter flackerten und rauchten große Feuer, die den Walspeck zum Schmelzen brachten. Der Gestank von dem kochenden Tran war widerwärtig. Zwei Männer schöpften die Reste aus den Töpfen und warfen sie in die Feuer darunter. Sie waren ganz in ihre Arbeit vertieft und sahen nicht, dass sich jemand näherte.

»Hallo?«, rief Miles.

Einer der beiden Männer drehte sich zu ihnen um. Einen Augenblick später eilte er ihnen entgegen. »Um Gottes willen!«, rief er aus.

»Wir sind von der *Cataleena,* sie ist vor dem Coorong gesunken«, erklärte Miles.

»O mein Gott! Johnston! Hol den Kapitän!«, rief der Mann seinem Helfer zu. »Das sind Schiffbrüchige!«

In den nächsten paar Minuten herrschte hektisches Treiben. Kapitän Hart und der Vormann wurden gerufen, aus allen Richtungen kamen Leute angelaufen, um zu hören, was mit der *Cataleena* und ihren Überlebenden geschehen war. Einer der Walfänger wurde losgeschickt Sergeant Hemmings zu holen, den Polizisten am Ort, der vor Kurzem aus Adelaide gekommen war.

Miles und Georgina wurden durch ein Tor aus Walknochen, die in der Sonne bleichten, zum Haus des Kapitäns gebracht, das weiter oben auf dem Hügel lag. Peeta trottete hinterher.

Als sie ins Haus geführt wurden, bemerkte Georgina, dass einer der Männer Peeta von der Tür vertrieb. »Sie gehört zu uns, sie hat uns das Leben gerettet. Sie braucht genauso Hilfe wie wir, lassen Sie sie bitte hinein.«

»Sie kann zum Lager der Schwarzen gehen.«

»Nein, bitte, ich möchte sie hier bei mir haben.«

Der Mann zuckte mit den Schultern und ließ Peeta herein.

Die drei Überlebenden wurden mit Brot, Pökelfleisch, Käse und kannenweise heißem, köstlichem Tee versorgt. Zuerst aßen und tranken sie nur, dann begannen sie zu erzählen. In dem Haus drängten sich die Menschen, die ihnen zuhören wollten.

»Was können Sie wegen der anderen beiden Männer unternehmen?«, fragte Miles den Polizisten.

»Ich werde eine Suchmannschaft losschicken«, sagte Sergeant Hemmings. »Kapitän Hart, können Sie ein paar Männer entbehren?«

»Natürlich. Sie können eins von den Walfangbooten nehmen, dann sind Sie schneller, als wenn Sie den ganzen Weg laufen müssen.«

»Gut dann brechen wir morgen früh auf«, sagte der Sergeant.

»Könnten Sie nicht sofort losfahren?«, fragte Georgina. »Es besteht ohnehin nur noch eine geringe Chance, dass sie noch am Leben sind. Je eher Sie sie finden, desto besser.«

»Tut mir leid, Madam, aber es ist ja schon fast dunkel. Es bringt nichts, heute noch loszufahren. Wir starten, sobald es hell wird.«

»Aber wir sind den ganzen Weg gerannt, um ihnen so schnell wie möglich Hilfe zu bringen. Bitte!«

»Nein, Georgina, er hat recht«, sagte Miles. »Im Dunkeln finden sie den Ort nicht, und es muss ja auch nicht sein, dass sie dort draußen in den Dünen übernachten. Wenn dort auf einmal ein Walfangboot auftaucht, bringt das ohnehin Aufregung genug.«

»Wir hätten sie gar nicht dort zurücklassen dürfen.«

»Damit wir die Sache auch nicht überlebt hätten?« Miles sah sie eindringlich und ziemlich erschöpft an.

Sergeant Hemmings sorgte dafür, dass am nächsten Morgen auch ein Bote nach Adelaide geschickt würde, der die Polizei und die Clendennings informierte. Kapitän Hart kümmerte sich um die Suchmannschaft. Peeta bot an, mit den Männern zurück auf den Coorong zu fahren, um ihnen zu zeigen, wo sie Moriarty und Bressington finden könnten.

Dann wurden alle Neugierigen aus dem Haus verbannt, sodass die müden Reisenden mit Betten und einem heißen Bad versorgt werden konnten.

Kapitän Hart bot Georgina gastfreundlich sein Bett an und sorgte dafür, dass in dem kleinen Wohnzimmer zwei Betten für ihn und Miles aufgestellt werden konnten. Eine bessere Unterkunft stand in der Walfangstation nicht zur Verfügung. Große Töpfe mit Wasser wurden auf den Herd gestellt, damit sie baden konnten, und Kapitän Hart schickte einen Mann los, der sich um passende Kleidung für sie kümmern sollte.

Peeta würde auf dem Boden bei Georgina schlafen, obwohl Kapitän Hart nicht besonders begeistert auf die Vorstellung reagierte, dass eine Aborigine in seinem Schlafzimmer nächtigen sollte. Die Zinkbadewanne wurde ins Schlafzimmer gebracht, Georgina schloss die Tür hinter sich, stellte sich vor den Spiegel und begann sich auszuziehen.

»Gütiger Himmel!«, entfuhr es ihr, als sie ihr Spiegelbild sah. Seit dem Schiffbruch sah sie sich zum ersten Mal. Trotz des Bades, das sie noch kurz vor ihrer Ankunft genommen hatte, stand ihr das Haar wild vom Kopf ab. Tang, Grashalme und Sand hatten sich darin festgesetzt.

Ihr Blick folgte ihrem Körper. Das ehemals schöne blaue Kleid war zu einem schmutzigen, zerfetzten grauen Lumpen verkommen, mit Fettflecken, wo ihr Essen in den Schoß gefallen war, und mit hässlichen Wasserrändern. Den untersten Teil des Rocks hatte sie ohnehin entfernt, damit sie nicht ständig beim Gehen in den Büschen hängen blieb. Ihre Knöchel standen über die Ränder der zerrissenen, aufgequollenen Stiefel hinaus, die aus weichem Leder gemacht und für längeres Gehen ganz und gar ungeeignet waren. Sie sah aus wie eine Bäuerin.

Dann warf sie einen genaueren Blick auf ihr Gesicht. Sie sah ganz anders aus als früher. Ihre Haut war von der Sonne golden gebräunt, und auf ihrer Nase zeigten sich ein paar Sommersprossen. Ihre hervorstehenden Wangenknochen zeigten deutlich, dass sie in den letzten Wochen nicht allzu viel zu essen bekommen hatte.

Aber das war noch nicht alles. Die mädchenhafte Weichheit war verschwunden. Ihre Augen hatten nicht mehr den Ausdruck von unschuldiger Flirtlaune. Ihre Lippen schienen fester und sinnlicher, der Schmollmund war verschwunden. Ihre ganze Haltung war irgendwie reifer, selbstbewusster und … wissender als vorher. Stolzer.

Hatte sie sich körperlich wirklich so sehr verändert? Oder sah man ihr nur an, was sie durchgemacht hatte?

Sie hob ihr Kinn und drehte den Kopf zur Seite. Kein Zweifel, die inneren Veränderungen waren da. Sie erinnerte sich, wie sie bei ihrer Abreise aus England gewesen war: voller Stolz auf ihre Herkunft, sehr selbstsicher, was ihre gesellschaftliche Stellung anbetraf. Ihr Interesse drehte sich hauptsächlich um ihre eigene Anmut und Schönheit und die Anerkennung, die man ihr deshalb entgegenbrachte. Sie hatte die schmeichelhafte Aufmerksamkeit der charmantesten Männer ihrer Klasse für sich gefordert, und die Freuden von Partys, Bällen, Picknicks und Jagden waren die Höhepunkte in ihrem Leben gewesen.

Und jetzt?

Sie hob wieder das Kinn und atmete tief durch. Jetzt lag ihr Stolz in ihr selbst, in ihrer eigenen inneren Stärke, ihrem Stehvermögen und ihrer Kraft, in ihrem Urteilsvermögen, was Männer und Frauen anging, dem Wissen, dass der Charakter viel wichtiger war als der gesellschaftliche Rang. Denn er hatte darüber entschieden, wie die Menschen nach dem Schiffbruch gelebt und gestorben waren.

Die Schönheit, für die sie in England berühmt gewesen war – jene sanfte, blasse, verwöhnte Schönheit –, hatte einem Eindruck von Gesundheit und Kraft Platz gemacht. Aber in Wirklichkeit war es ihr nicht mehr wichtig, ob andere ihr Anerkennung zollten oder nicht. Partys und Bälle waren ihr im Moment weniger wichtig als eine herzhafte Mahlzeit und ein gutes Miteinander. Sie war ebenso zufrieden mit gebratenem Känguru und frischen Muscheln aus der Hand am Lagerfeuer wie mit Hummerpastetchen und feinem Tafelsilber. Und die Tage und Wochen in den Dünen hatten sie gelehrt, dass das Schauspiel der Natur ihr Interesse länger fesseln konnte als die neueste europäische Mode.

Und was die Männer anging … Was zählte ihre schmeichelnde Aufmerksamkeit gegen die sinnliche Liebe eines Mannes wie Miles?

Miles!, dachte sie. Was würde sie tun? Solange es nur ums Flirten gegangen war, solange war sie von Mann zu Mann gezogen, aber das bereitete ihr jetzt kein Vergnügen mehr, nachdem es nur noch einen Mann auf der Welt gab, der ihr gefiel. Sie hätte alles aufgegeben, um einfach wieder mit ihm zusammen sein zu können und die schlichten, sinnlichen Freuden des Lebens zu genießen. Sie begehrte ihn so sehr – und doch war er jetzt schon unerreichbar für sie.

Er hatte recht gehabt. Von dem Augenblick an, da sie die Zivilisation erreicht hatten, waren sie in ihre früheren Rollen zurückgeschlüpft, zumindest in den Augen der anderen. Er war der Seemann, sie die Lady.

Es war zu viel für sie: die Erleichterung, dass sie angekommen waren; die Erkenntnis, dass sie überlebt hatten; der Empfang; das Erzählen und Durchleben der schrecklichen Geschichte ihres Schiffbruchs; die Art, wie ihre Beziehungen zu den Ngarrindjeri verdorben worden waren; die wachsende Kluft zwischen Miles und ihr, die durch die gesellschaftlichen Unterschiede aufgerissen wurde.

Ihr Spiegelbild verschwamm vor ihren Augen.

Ja, sie war erleichtert, dass sie es geschafft hatte, aber ein Teil von ihr hätte am liebsten die Zeit zurückgedreht, damit sie die Tage und Wochen mit Miles noch einmal erleben konnte. Sie sehnte sich nach ihm, mehr als nach irgendetwas sonst auf der Welt. Und er war das Einzige, was ihr wirklich unerreichbar war. Sie drehte sich um, warf sich aufs Bett und weinte in ihr Kopfkissen, als müsste ihr das Herz brechen.

»Was, Georgina?«, fragte Peeta, die kurz nach ihr ins Zimmer gekommen war.

»O Peeta, was soll ich denn nur machen?«, schluchzte sie.

»Was?« Peeta runzelte die Stirn.

Georgina schüttelte den Kopf und vergrub ihn noch tiefer im Kissen. Peeta, die nicht wusste, was sie tun sollte, öffnete die Tür und rief: »Miles, Georgina weint!«

Miles kam zur Tür, der Kapitän kurz hinter ihm. »Was ist denn?«

Georgina hob ihr tränennasses Gesicht vom Bett. »Ach, ich weiß auch nicht, ich fühle mich einfach schrecklich.«

Miles hob die Arme, als wollte er sie umarmen, ließ sie dann aber angesichts des Kapitäns hinter ihm wieder sinken und stand unschlüssig da. Georgina vergrub das Gesicht wieder in ihrem Kopfkissen und schluchzte weiter. Sie hörte Miles' Stimme hinter sich, als er ihr die Schulter tätschelte. »Es ist alles ein bisschen zu viel, Sie sind erschöpft.«

Er drehte sich zu Kapitän Hart um. »Das arme Mädchen, sie ist ganz überwältigt, wir haben ja gedacht, wir schaffen es nie bis hierher.«

»Kein Wunder, nach allem, was sie durchgemacht hat. Es war dumm von mir, nicht schon früher daran zu denken, aber wir brauchen eine passende Frau, die ihr hilft. Leider gibt es hier in der Walfangstation überhaupt keine Frauen, nur ein paar Schwarze. Mrs Newland, die Frau des Pfarrers, der kürzlich hier angekommen ist, wäre genau die Richtige, aber das ganze Pfarrhaus hat die Masern, dorthin können Sie also nicht. Ich schicke eine Nachricht zu Sanderson und frage an, ob Mrs Sanderson kommen würde. Inzwischen kann das schwarze Mädchen sicher helfen. Du«, sagte er zu Peeta, offenbar in der Annahme, dass es eher um den Zustand von Georginas Haaren als um ihre Gefühle ging, »hilf deiner Herrin beim Baden und Haarewaschen. Hier ist eine Bürste.«

Miles und Georgina tauschten Blicke. So schnell war Peeta also von einer Freundin und Heldin zum Dienstboten degradiert worden.

Die beiden Männer zogen sich zurück und überließen Georgina und Peeta sich selbst. Nachdem Georgina ausgiebig gebadet hatte und Peeta einige erfolglose Versuche mit der Bürste unternommen hatte, wickelte sich Georgina in die Handtücher, während die Zinkwanne weggebracht wurde, damit Miles baden konnte.

Eine Stunde später tauchte Mrs Sanderson auf und brachte unter anderem zwei Tageskleider mit, die Georgina nur ein wenig zu kurz waren, Schuhe und Strümpfe, Unterwäsche und ein Nachthemd sowie eine entsetzlich altmodische Haube. Und ein fast überwältigendes Ausmaß an weiblichem Mitgefühl.

Mrs Sanderson war eine zierliche Frau mit großen grauen Augen und dunklen Wimpern. Das dunkle Haar trug sie eng an den kleinen Kopf frisiert. Ein Hühnchen, dachte

Georgina. Leise gackernd, mit leuchtenden Augen und sehr nett. Sie nahm die Bürste des Kapitäns und begann die verfilzten Stellen aus Georginas Haar auszubürsten, Strähne für Strähne, an den Spitzen angefangen. Als es dunkel war, wurde Georgina in das Bett des Kapitäns gesteckt und konnte den Kopf noch gerade so lange oben halten, bis sie eine Tasse heiße Schokolade ausgetrunken hatte.

Die Mitglieder der Suchmannschaft, sahen nicht besonders begeistert aus, mit Ausnahme vielleicht des Polizisten, dachte Georgina am nächsten Morgen. Der Kapitän hatte ihnen die Walfänger als echten Abschaum der Menschheit geschildert, und er schien recht zu haben. Nicht dass sie kein Mitgefühl mit den Schiffbrüchigen gehabt hätten, sie waren nur nicht besonders interessiert daran, in die Wildnis zu ziehen und ihr eigenes Leben zu riskieren.

Peeta zog auf einmal scharf den Atem ein. Dann versteckte sie sich hinter Georgina. »Was ist denn?«, rief Georgina und drehte sich um. »Was ist denn auf einmal mit dir?«

Peeta hatte die Augen vor Angst weit aufgerissen. Sie deutete auf einen der Männer aus der Suchmannschaft. »Der da! Von Kangaroo Island«, flüsterte sie.

Georgina sah sich den Walfänger an. Er schien Peeta tatsächlich wiederzuerkennen, sagte aber nichts.

»Um Himmels willen, Peeta, dir wird doch hier niemand etwas tun!«

Aber der Schrecken blieb.

»Entschuldigen Sie uns einen Augenblick«, sagte Georgina und ging mit Peeta zurück ins Haus.

»Was ist los?«

»Mann war auf Kangaroo Island. Böser Mann.«

»O nein, das hat uns gerade noch gefehlt. Peeta, er kann dir hier nichts tun, dafür sorge ich. Und der Polizist wird dich auch beschützen.«

»Nein, ich gehe nicht. Peeta Angst.«

Das war unübersehbar. »Aber wie sollen sie denn Geoffrey und Mick finden, wenn du nicht mitgehst?«

»Gehe nicht«, sagte sie und zog sich in eine Ecke zurück.

Georgina seufzte. »Also gut. Aber wie kommst du zurück zu deinen Leuten, wenn du nicht mit der Suchmannschaft fährst?«

»Bleibe hier, bis sie zurück sind, dann gehe allein.«

Georgina sah sie an. Sie konnte kaum von ihr verlangen, dass Peeta ihnen noch mehr half, nicht nach der nächtlichen Flucht vom Coorong. Peeta musste genauso erschöpft sein wie sie selbst. Und sie hatte ihren eigenen Ruf bei ihren Leuten riskiert, indem sie ihnen zur Flucht verhalf. Sie konnten einfach nicht verlangen, dass sie gemeinsam mit einem Mann hier abreiste, der sie wohl schon einmal vergewaltigt hatte.

»Also gut. Du hast sowieso schon so viel für uns getan, ich kann wirklich nicht noch mehr von dir verlangen. Bleib hier im Haus, bis sie weg sind, und dann sehen wir weiter.«

Georgina und Miles zeigten den Männern auf einer Karte, wo sie Geoffrey und Mick vermuteten. Die Walfänger bekamen Gewehre, Essen, Rum, Wasser und Decken mit.

»Und denken Sie daran«, sagte Georgina noch zu dem Polizisten. »Diese Menschen haben sich eine oder zwei Wochen lang um uns gekümmert und wirklich alles für uns getan. Es kann durchaus sein, dass es Geoffrey und Mick gut geht, also stürmen Sie da nicht rein, solange sie nicht wissen, was los ist.«

»Vor allem schießen Sie bitte nicht, außer Sie werden angegriffen«, fügte Miles hinzu. »Diese Leute haben schreckliche Angst vor Europäern, und es scheint, als hätten sie gute Gründe dafür.«

»Ach was, das sind einfach Wilde, nach allem, was ich gehört habe. Vielleicht dieselben, die vor ein paar Jahren Kapitän Collett Barker abgemurkst haben«, rief einer der Männer.

Der Polizist ging dazwischen. »Wir werden herausfinden, was passiert ist, nicht mehr und nicht weniger. Und ihr habt es gehört, es wird nicht geschossen, außer in Notwehr. Ist das klar?«

Kapitän Hart unterstützte ihn.

Die Männer nickten verdrossen und stiegen dann in das Boot. Mit Rudern und Segeln würden sie von der Leeküste des Coorong auch wieder wegkommen, wenn sie ihren Auftrag erledigt hätten.

Miles und Georgina kehrten gemeinsam mit Kapitän Hart ins Haus zurück. Mrs Sanderson kam im Laufe des Vormittags mit ihrem offenen Wagen und ihrem Mann, der sie nach Adelaide bringen würde.

»Es tut mir so leid, dass wir kein besseres Gefährt für Sie haben, meine Liebe«, sagte sie. »Aber die Straße ist zu schlecht für unsere Kutsche.«

»Das ist wirklich kein Problem, Mrs Sanderson«, erwiderte Georgina. Dann wurde sie eingepackt und in den

Wagen gehoben, als hätte sie keine Beine mehr. Tatsächlich waren ihre Beine so müde wie nie, aber sie hätte durchaus noch selbst in den Wagen steigen können.

Mr Sanderson saß vorn auf dem Kutschbock und Miles stieg hinter ihnen auf. Georgina drehte sich um und sah ihn an, und mit Grauen begriff sie, wie sich die Kluft zwischen ihnen von Stunde zu Stunde immer mehr öffnete.

Peeta hatte beschlossen, sie zu begleiten, weil sie nicht bei den Walfängern auf der Station bleiben wollte und auch Sorge hatte, dem Mann von Kangaroo Island auf ihrem Weg zurück auf den Coorong noch einmal zu begegnen. Als sie sich zu Miles hinten auf den Wagen gesetzt hatte, verabschiedete sich Mrs Sanderson herzlich von ihrem Mann und trat dann einen Schritt zurück. »Meine besten Wünsche, Miss Stapleton und Mr Bennett. Und sollten Sie Kapitän Elliot und seine Frau sehen, bitte übermitteln Sie ihnen meine allerbesten Grüße.«

»Nanggi«, nickte Georgina. Anscheinend kannte hier jeder die Elliots.

Mr Sanderson ließ die Zügel schnalzen, der Wagen bewegte sich knarrend über den Hügel, und dann lag die Walstation von Encounter Bay, der einsamste Außenposten der Zivilisation, auch schon hinter ihnen.

16

Auf dem Weg durch den Busch verstand Georgina, warum man ihnen einen kräftig gebauten Wagen und keine Kutsche zur Verfügung gestellt hatte. In einigen Bereichen konnte man gar nicht von einer Straße sprechen, nur ein paar Radspuren hier und da, wo die Ochsenkarren durchgekommen waren.

Georgina sah jetzt, wie dünn die Besiedlung in der Kolonie war. In der ersten Nacht trafen sie eine Gruppe Landvermesser, die ihrer Geschichte gebannt zuhörten. Sie hatten den reitenden Boten nicht getroffen und deshalb noch nichts von den Neuigkeiten gehört. Es war ein einsamer Flecken, draußen im Busch und von allen Farmen weit entfernt, obwohl es nach Adelaide doch nicht mehr als 90 Kilometer waren.

Am nächsten Tag reisten sie durch ein raues Hügelland mit großen Eukalyptusbäumen. Die Landschaft war ganz anders als die Dünen und Sümpfe des Coorong, und die Nacht verbrachten sie in einem Lager bei den Männern, die an der neuen Straße nach Encounter Bay bauten. Eine wilde Truppe, aber sie stellten immerhin einen gewissen Schutz vor den Desperados dar, die durch den Busch streifen mochten. Die neu entstehende Kolonie litt mächtig unter den Verbrechern, die aus den Strafkolonien im Osten entflohen waren.

Die dritte Nacht verbrachten sie in einem nach englischen Standards sehr schlichten Gasthof, in dem es aber eine kräftige Mahlzeit und eine angenehme Unterkunft gab, verglichen mit dem, was Miles und Georgina in den letzten Wochen erlebt hatten.

Als sie in die Außenbezirke von Adelaide kamen, spürte Georgina zum ersten Mal, was ihnen bevorstand. Die Leute kamen jubelnd aus den Häusern gerannt und winkten den Überlebenden. Alle wollten das berühmte Paar sehen, dass den Zeitungsberichten zufolge nicht nur den Schiffbruch an der Küste überlebt hatte, sondern sich auch seit Wochen von Gras und Insekten ernährt hatte und von den Schwarzen terrorisiert worden war. Georgina war jetzt ganz dankbar für den Schutz, den Mrs Sandersons tiefe, sittsame Haube ihr bot, aber Miles musste es ertragen, dass er überall angestarrt wurde, wohin sie auch kamen.

Georgina hatte sich auf den friedlichen Rückzugsort Clendenning Park gefreut, aber als sie durch das Tor kamen und die Auffahrt hinauffuhren, sahen sie eine große Menge von Gratulanten, die bereits auf sie warteten. Onkel Hugh sprach ein paar leise Worte mit Mr Sanderson, dann übernahm er die Gratulanten und stellte sich auf eine Holzkiste, um eine kurze Ansprache zu halten. »Meine Damen und Herren, wir danken Ihnen für Ihre guten Wünsche, Ihre Freundlichkeit und das herzliche Willkommen, das meine Nichte, Miss Stapleton, und Mr Bennett sehr zu schätzen wissen«, sagte er. »Sie verstehen sicher, dass die beiden im Moment sehr erschöpft sind und keinen Besuch empfangen können, bis sie sich ein wenig erholt haben. Sie sind beide den Umständen entsprechend bei guter Gesundheit und guten Mutes. Von ihren Erlebnissen werden Sie zu gegebener Zeit noch mehr erfahren. Da sie jetzt aber vor allem Ruhe brauchen, möchte ich Sie alle bitten, jetzt nach Hause zurückzukehren.«

Er sprach lange genug, dass man Georgina schnell und in aller Stille aus dem Wagen und zur Tür hineintragen konnte. Ein schneller Blick zurück zeigte ihr, dass Miles zur Hintertür gebracht wurde, vermutlich in die Küche und zum Quartier der Hausangestellten. Welche Rolle auch immer er bei ihrem Überleben gespielt haben mochte, in den Augen ihrer Verwandten war er nur wenig besser als ein Dienstbote.

Für einen kurzen Moment fing sie seinen Blick auf, aber dann schloss sich die Tür hinter ihr. Was hatte sie da gesehen? Reue, Sehnsucht, noch etwas anderes?

Sie hatte sich nicht einmal von ihm verabschieden können. Sie hatte ihm nicht einmal danken können.

»Schau dir nur diese schönen Blumen an!«, sagte ihre Tante. Georgina sah sich in der Diele um. Auf nahezu jeder Fläche und auch auf dem Fußboden gab es Blumengebinde, einige in Körben, andere in Vasen, und alle mit Grußkarten versehen. Ihr schossen die Tränen in die Augen. Die Menschen waren so freundlich, aber so ganz und gar ahnungslos, wie sie sich fühlen mochte. Sie hatten wirklich keine Ahnung.

Ihre Tante brachte sie in ihr Zimmer. Der Korridor verschwamm vor ihren Augen. Sie blinzelte die Tränen weg, aber in ihrem Zimmer war es noch schlimmer als in der Diele. Überall Blumen, hiesige und englische. Schon jetzt wurden in der jungen Kolonie die altvertrauten Blumen gezüchtet, und viele von ihnen, die man so sorgfältig gegen das harte australische Klima beschützt hatte, waren aus Anlass ihrer Ankunft geschnitten worden.

Dazu gab es Körbe mit Obst, Käse, Marmelade und Keksen. Das Bett war belegt mit liebevoll eingepackten Geschenken. Ein Stapel Karten war von der Frisierkommode auf den Boden gerutscht.

Die Haushälterin glitt hinter ihnen ins Zimmer. »Die neuen Kleider habe ich hier eingeräumt«, sagte sie und öffnete den großen Schrank aus Eichenholz.

Er war förmlich vollgestopft mit neuen Kleider in allen Farben, Stoffen und Formen.

»Aber so viel haben wir nicht bestellt, Mrs Fisher«, sagte ihre Tante verwirrt. »Nein, Madam, viele Kleider sind Geschenke. Ich habe sie gleich aufgehängt, Madam, ich hoffe, das war richtig.«

»Aber natürlich.«

Die Haushälterin öffnete die Kommodenschubladen, die ebenfalls mit neuen Kleidern und Accessoires gefüllt waren: Handschuhe, Nachthemden, Schals und Taschentücher aus feinstem Stoff, mit Spitze oder zarter Stickerei. Es war, als gingen die Menschen davon aus, dass sie diese Dinge am meisten vermisst hatte.

Aber so war es natürlich nicht. Sie hätte all dies liebend gern für eine Umarmung von Miles eingetauscht. Die Tränen liefen ungehindert über ihre Wangen, als ihre Tante die Unmenge an Geschenken betrachtete, die auf sie warteten. Nur die Haushälterin bemerkte, dass etwas nicht stimmte. Sie hüstelte, aber Tante Mary reagierte nicht.

»Geht es Ihnen gut, Miss Georgina?«, fragte Mrs Fisher vorsichtig.

»Ach du liebe Güte«, sagte Tante Mary, als sie die Tränen bemerkte. »Das arme Mädchen, sie ist ganz überwältigt von der Freundlichkeit all dieser Menschen. Mrs Fisher, helfen Sie mir doch bitte mal, die Sachen vom Bett zu nehmen. Ich glaube, sie muss sich hinlegen.«

»Wo ist Miles?«, fragte Georgina mit zittriger Stimme, als sie sie ins Bett gepackt hatten.

»Ich denke, er wird zu Mittag essen, Liebes. Dein Onkel hat für ihn eine Unterkunft bei der Hafenbehörde organisiert, dort fühlt er sich am ehesten zu Hause.«

»Wohnt er nicht hier?«

»Selbstverständlich nicht, das wäre doch äußerst unpassend. Es wird schon genug Gerede über euch geben, ohne dass wir noch Öl ins Feuer gießen. Nein, die Leute sollen auf keinen Fall denken, dass du mehr mit ihm zu tun hast als unbedingt nötig.«

»Ich habe mich nicht einmal von ihm verabschiedet oder mich bedankt. Ich muss ihn unbedingt sehen!«, sagte Georgina und versuchte aufzustehen. Aber ihre Tante legte ihr eine Hand auf die Schulter und wandte sich dann an die Haushälterin.

»Vielen Dank, Mrs Fisher, das ist vorerst alles.«

Die Haushälterin zog die Tür leise hinter sich zu.

»Dein Onkel wird die richtigen Worte finden, da bin ich sicher.«

»Aber das ist doch … ich muss ihm selbst danken!«

»Georgina, du bist ganz offensichtlich überanstrengt. Ich würde vorschlagen, dass du deine Dankbarkeit ein wenig im Zaum hältst, bis du wieder etwas mehr Herrin deiner Gefühle bist.«

»Es ist einfach ein Gebot der Höflichkeit, Tante Mary, ich habe keine Ruhe, bis ich mit ihm gesprochen habe.«

Ihre Tante sah sie scharf an. »Georgina, ich muss dich wirklich bitten …« Sie stolperte über die Worte. »Wir wissen doch, was gut für dich …« Zwei rote Flecken erschienen auf ihren Wangen, während sie nach den richtigen Worten suchte, um die Frage zu formulieren, die Georgina bereits befürchtet hatte. »Mr Bennett«, sagte sie. »Er hat doch keine … nun … er hat doch nicht versucht, Vorteil aus deiner Situation zu ziehen?«

»Nein«, sagte Georgina ziemlich wahrheitsgemäß. Die Worte ihrer Tante waren gut gewählt. Nein, er hatte keinen Vorteil aus ihrer Situation gezogen. Sie hatte einen Vorteil aus seiner Situation gezogen, wenn überhaupt.

Aber ihre Antwort schien ihrer Tante nicht ganz zu genügen. »Ich muss dich ganz direkt fragen: Er hat dich doch nicht verführt?«

»Nein, Tante, das hat er nicht getan.« Sie hatte ihn verführt.

»Bist du sicher?«

»Er hat sich die ganze Zeit als perfekter Gentleman erwiesen«, erwiderte sie und hob das Kinn.

»Als Gentleman wird man ihn kaum bezeichnen können, Liebes, aber ich bin froh, dass nichts passiert ist. Du hättest Schreckliches durchmachen können, zumal er ja ein Seemann ist.«

»Er war ein Gentleman im wahrsten Sinne des Wortes, Tante, und er ist kein einfacher Seemann, sondern ein Offizier. Außerdem war seine Mutter, die ihn großgezogen hat, eine respektable Frau.«

»Du musst ihn nicht verteidigen, Liebes.«

»Nein, das sollte nicht nötig sein, aber ich werde ihn auch nicht schneiden.«

»Nein, natürlich nicht, das wäre sehr ungezogen und unhöflich. Aber du darfst dich auf keinen Fall mit ihm sehen lassen.«

»Warum denn nicht?«

»Weil natürlich alle nur zu gern eine Romanze ahnen würden, so lächerlich das klingt. Ihr beide allein, im heiratsfähigen Alter, frei von den Schranken der Zivilisation … So denken die Leute nun mal. Die Optimisten hoffen auf eine Romanze, die Pessisten halten deinen Ruf für ruiniert, da kannst du sicher sein.«

»Es geht niemanden etwas an, was dort draußen passiert oder auch nicht passiert ist.«

»Aber das sehen die Leute anders.« Ihre Tante setzte sich auf ihre Bettkante. »Du bist jetzt eine öffentliche Person.« Sie deutete auf die Stapel von Geschenken und Blumen. Georgina antwortete nicht, aber ihre Tante fuhr fort. »In einer kleinen Stadt wie dieser wird mehr getratscht als zu Hause. Ein Schiffbruch ist ein großes Ereignis, zumal ja alle, die hier leben, selbst die Gefahren einer Seereise auf sich genommen haben. Ich werde überall streuen, dass du so schnell wie möglich zu deinem Verlobten nach Portland Bay möchtest und deshalb auch abreisen wirst, sobald du wiederhergestellt bist. Das sollte allen Gerüchten den Boden entziehen. Und was Mr Bennett angeht, so werden wir den Kontakt mit ihm so gut wie möglich vermeiden.«

»Aber Tante, ich mag Mr Bennett.«

Ihre Tante sah sie eindringlich an. »Wie sehr magst du Mr Bennett?«

»Genug, um ihn als Freund zu betrachten.« Und noch

viel mehr, fügte sie im Stillen hinzu, aber das konnte sie ihrer Tante ja nicht erzählen.

»Dann sag es niemandem. Eine solche Freundschaft ist äußerst unpassend für ein Mädchen deiner gesellschaftlichen Stellung. Außerdem ist es ja zweifellos eine vorübergehende Freundschaft, die sich aus der gemeinsam überstandenen Gefahr ergibt. Du wirst das bald vergessen.«

»Das bezweifle ich, Tante.«

»Nun, er wird seiner Wege gehen und du deiner, zu Charles, darüber müssen wir ja nicht streiten«, sagte ihre Tante in einem Ton, der klar machte, dass das Thema damit beendet war. »Und jetzt musst du dich ausruhen«, bemerkte sie noch und zog die Vorhänge zu.

Von Ruhe konnte allerdings keine Rede sein, denn die Glocke an der Tür ging den ganzen Tag. Auch die Zeitung meldete sich und fragte nach Georginas Geschichte.

In ihrer Verzweiflung setzte ihre Tante eins der Mädchen auf die Veranda, um die Besucher abzuweisen, die Geschenke anzunehmen und allen zu sagen, dass in der kommenden Woche keine Besucher empfangen würden, da Georgina erschöpft sei.

Nach dem ersten Tag war Georgina es wirklich satt: die Störungen, das Starren der Besucher und die Geschäftigkeit um sie herum. Mit Peeta als Gesellschaft, da sie allein nicht aus dem Haus durfte, spazierte sie durch die Gärten und den Busch hinter dem Haus und saß stundenlang da, in ihre Gedanken versunken. Sie konnte Miles nicht vergessen, so sehr sie es auch versuchte. Manchmal versuchte sie es schon gar nicht mehr, sondern lag einfach auf einer

Decke unter einem Baum, die schweigende Peeta neben sich, und schloss die Augen.

Die Erinnerungen an die Zeit mit Miles kamen immer wieder, und sie genoss die Vorstellung, wie er sprach und sich bewegte, wie er sie berührte. Immer wieder sah sie seine blauen Augen vor sich, die sonnenblonden Locken, die goldfarbene Haut auf seinen Armen und dem Gesicht, seine ganze muskulöse Gestalt und das Gefühl seiner Haut unter ihren Fingerspitzen.

Sie dachte über alles nach, was sie gesprochen hatten, vor allem über die Zukunft. »Ich brauche niemanden. Ich komme allein zurecht«, hatte er gesagt. Und dass er kein Abenteurer sei, der von ihrem Erbe leben würde.

Er wollte sie nicht, das hatte er deutlich gesagt. Er konnte so weiterleben, als wäre nichts passiert, während sie sich nach ihm verzehrte, ihn nicht vergessen konnte und voller Grauen an die Hochzeit mit Charles dachte.

Warum hatte sie ihm nur gesagt, dass sie ihn liebte? Sie war immer schon entsetzlich ehrlich gewesen, was ihre Gefühle anging. Vielleicht hätte sie einfach alles für sich behalten sollen, so wie er.

Er hatte deutlich gemacht, dass er sie sehr anziehend fand, aber er hatte nie gesagt, dass er sie liebte. »Ich werde dich nie vergessen, Georgina«, hatte er gesagt. Aber was hieß das schon? Von Liebe hatte er jedenfalls nicht gesprochen.

Sie war krank vor Sorge bei dem Gedanken, dass sie ihn verloren hatte und Charles heiraten musste. Und sie fühlte sich mit jedem Tag nicht besser, sondern schlechter, die ganze Woche schon. Sie wurde immer lethargischer, als würde die Sehnsucht nach Miles ihr alle Kraft rauben. Der Gedanke an eine Zukunft ohne ihn hinterließ ein schweres, böses Gefühl in ihrem Magen. Nie hatte sie sich vorgestellt, dass sie so viel Kummer wegen eines anderen Menschen erleiden könnte. Früher hatte sie jedes Problem mit einem Lachen abgeschüttelt und war zum nächsten Vergnügen übergegangen.

»Fühlst du dich kräftig genug, mit Kapitän Lipson zu sprechen, Georgina?«, fragte ihre Tante an diesem Abend beim Essen.

Georgina zuckte mit den Schultern und schob das Essen auf ihrem Teller herum.

»Ich habe seinen Besuch um eine Woche verschoben, aber jetzt besteht er darauf. Er muss seine Berichte schreiben, sowohl für den Gouverneur als auch für die Schiffseigner.«

»Wer ist Kapitän Lipson noch mal?«

»Thomas Lipson ist unter anderem Hafenkapitän, Zollbeamter und Seeoffizier der Kolonialbehörde«, lachte ihr Onkel. »Streng genommen ist er der ungekrönte König des Hafens. Er ist verantwortlich für alle Angelegenheiten in unserer Kolonie, die mit dem Meer zu tun haben. Der Gouverneur erwartet von ihm einen genauen Bericht über den Schiffbruch.«

»Und warum spricht er nicht mit Miles?«

»Er hat bereits mit Mr Bennett gesprochen«, korrigierte ihr Onkel elegant ihren Gebrauch des Namens. »Aber er braucht auch Informationen von dir. Ein solcher Schiffbruch ist eine ernste Angelegenheit, zumal bei so vielen Menschenleben, und die Eigner wollen wissen, was passiert ist und wer dafür verantwortlich ist.«

»Nun, Miles und der Kapitän haben in diesem Sturm alles getan, was sie konnten.«

»Das musst du Kapitän Lipson sagen, nicht uns. Denn die Eigner können das Wort des Maats natürlich nicht einfach so akzeptieren.«

»Gut, ich spreche mit ihm«, seufzte Georgina.

»Und dann ist da noch die Geschichte mit den zwei anderen Überlebenden. Heute früh stand es in der Zeitung, die Suchmannschaft hat keine Spur von dem armen Mr Bressington und dem anderen Mann gefunden. Jetzt wird sich wohl der Coroner der Sache annehmen.«

»Die Walfänger haben die beiden also nicht gefunden?«

»Nein. Die Schwarzen waren sehr ängstlich, aber weder der Polizist noch die Walfänger konnten auch nur ein Wort aus ihnen herausbringen. Man muss wohl das Schlimmste befürchten. Der Gouverneur hat darauf bestanden, dass keine Verhaftungen vorgenommen werden, solange es keine Beweise gibt. Sieht so aus, als würde man noch mal eine Suchmannschaft losschicken.«

»Dass sie aus den Ngarrindjeri kein Wort herausgebracht haben, wundert mich gar nicht. Diese Leute haben furchtbare Angst vor Europäern, und außerdem sprechen sie kein Wort Englisch, mit Ausnahme von Peeta.«

»Ich bin trotzdem sicher, dass sie schuldig sind«, sagte ihre Tante.

»Wie kannst du dir so sicher sein?«

»Schließlich sind es Wilde.«

Georgina schloss seufzend die Augen. Es hatte keinen Sinn, darüber zu streiten, sie hatte keine Kraft für hoffnungslose Fälle.

»Du armes Ding bist offenbar noch immer sehr angegriffen«, sagte ihr Onkel und tätschelte ihr die Hand.

»Das ist ja auch kein Wunder«, fügte ihre Tante hinzu. »Obwohl ich dachte, du würdest dich etwas schneller erholen. Du siehst immer noch sehr verhärmt aus, Liebes, und du verbringst so viel Zeit damit, ganz allein im Garten zu sitzen und zu grübeln. Vielleicht sollten wir doch den Arzt rufen.«

»Wenn du meinst.«

Sie sagte ihrer Tante nicht, dass sie nicht allein im Garten saß, sondern mit Peeta, und dass sie sich in ihrer Gesellschaft wohler fühlte als mit irgendeinem anderen Mitglied des Haushalts. Sie sagte ihr auch nicht, dass sie die frische Luft brauchte, um überhaupt durch den Vormittag zu kommen.

Das Gespräch mit Kapitän Lipson verlief gut, und Georgina glaubte, eine verlässliche Zeugenaussage abgegeben zu haben, was die Verantwortung für den Schiffbruch anging. Schließlich hatte sich die gesamte Mannschaft unter den gegebenen Umständen korrekt verhalten. Sie sorgte dafür, dass sie ihnen wahrheitsgemäß von Miles' Fähigkeiten und Charakter berichtete, ihn aber auch nicht zu sehr lobte, um keinen Verdacht zu erregen.

Das Gespräch mit Polizeiinspektor Elliot erwies sich als wesentlich schwieriger. Er war ein strenger, hochgewachsener Mann, der immer im Kommandoton sprach, obwohl seine funkelnden blauen Augen mehr Wärme und Klugheit verrieten als sein offizielles Gebaren.

»Bevor ich Sie über Mr Bressington und Mr Moriarty befrage, Miss Stapleton, muss ich Ihnen sagen, dass ich einer der wenigen Siedler in dieser Kolonie bin, die den Coorong bereits durchquert haben. Ich möchte ihre schrecklichen Erinnerungen an die Küste nicht zu sehr wecken, aber ich wüsste doch gern, ob sie zufällig Milena oder Larinyerri getroffen haben. Oder ihre Leute vom Stamm der Tangani.«

»Nein, Inspektor Elliot, das glaube ich nicht. Ich bin sicher, dass sie sich vorgestellt hätten, denn die Ngarrindjeri haben mir von Ihnen erzählt.«

»Eher von meiner Frau, vermute ich«, schmunzelte der Inspektor.

»Sie nennen sie Nanggi«, lächelte Georgina.

»Die Sonnengöttin.« Der Inspektor schien sich zu amüsieren.

»Und sie nannten sie auch Bonnie Roy, sonst hätte ich das alles ja nie verstanden.«

»Ich weiß, dass sie von Besuchern belagert werden, Miss Stapleton, aber ich habe meiner Frau erzählt, dass ich mit Ihnen spreche, und sie bat mich, sie zu fragen, ob Sie sie empfangen würden. Könnte sie Ihnen vielleicht einen Vormittagsbesuch abstatten? Sie würde so gern hören, wie es den Ngarrindjeri geht.«

»Sehr gern, Inspektor. Es gibt nur wenige Menschen in Adelaide, die eine Vorstellung von der Gastfreundschaft und Warmherzigkeit unserer Gastgeber auf dem Coorong haben. Und Peeta ist ja immer noch bei mir. Sie ist keine Tangani, sondern vom Clan der Kandukara, die etwas weiter südlich leben. Aber sie wird sicher wissen, wie es Milena und ihren Leuten geht. Mrs Elliot hat dort einen tiefen Eindruck hinterlassen.«

»Das kann ich mir vorstellen«, sagte er trocken. »Sie hinterlässt überall tiefen Eindruck.«

Georgina schoss ein Gedanke durch den Kopf. »Nur eins noch«, sagte sie. »Peeta ist vielleicht ein bisschen empfindlich, was die Geschichte mit ihrer Entführung angeht. Sie sollten Nanggi – ich meine, Mrs Elliot – vielleicht darauf hinweisen, dass die Entführung Peeta noch sehr belastet.«

»Sie wurde entführt? Sie meinen, vor Bonnies Aufenthalt dort?«

»Nein«, sagte Georgina grimmig. »Danach. Erst vor ein paar Monaten. Sie ist übers Meer geflohen, auf einem Floß, und hat es nur mit knapper Not überlebt.«

Der Inspektor verzog die Lippen. »Das hätte ich jetzt lieber nicht gehört. Bonnie hatte so sehr gehofft, dass ihr Eingreifen dieser entsetzlichen Praxis ein Ende bereitet hätte.«

»Ich habe zum Glück nicht von weiteren Fällen gehört«, sagte Georgina ruhig.

Er schüttelte den Kopf. »Ich bin nicht sicher, ob ich ihr das sagen soll. Sie wird keine Ruhe finden, wenn sie erfährt, dass diese Ungerechtigkeit weitergeht. Und jetzt mit dem Baby …«

»Sie haben ein Baby?«

»Ja«, nickte er. »Ein kleines Mädchen mit leuchtend roten Locken wie seine Mutter.«

»Eine kleine Nanggi.«

»Genau«, lächelte er.

»Inspektor, ich fürchte, die Entführungen haben mit dem Verschwinden von Mr Bressington und Mr Moriarty zu tun.«

»Wie das, Miss Stapleton?«

Georgina erzählte ihm die ganze Geschichte, und so musste das Gespräch über seine eigenen Erfahrungen auf dem Coorong auf einen anderen Zeitpunkt verschoben werden.

In der Nacht nach dem Gespräch mit Inspektor Elliot hatte Georgina den ersten Albtraum seit dem Schiffbruch. Und so blieb es in den folgenden Nächten. Immer wieder erschienen die Ereignisse anders, wurden immer verwirrender. Der einzige rote Faden war die Anwesenheit von Miles Bennett. Manchmal ruderte er zum Ufer, manchmal ertrank er. Manchmal kümmerte er sich um sie statt um Gemma. Und manchmal war er der Kapitän.

Eine weitere Woche verging, und inzwischen empfing Georgina Besucher. Mr Barratt und Mr Richardson, ihre beiden Tischherren beim Essen im Gouverneurspalast vor vielen Wochen, kamen beide zu Besuch. »Sie sind eine Heldin!«, rief Mr Barratt aus und ergriff ihre Hände voller Begeisterung. Er erinnerte sie an Richard Cambray mit seinem jungenhaften Enthusiasmus und seiner naiven Bewunderung. Bei jenem Abendessen hatte sie seine Gesellschaft durchaus genossen und seine Geschichten über das abenteuerliche Leben in der Kolonie ganz unterhaltsam gefunden. Jetzt jedoch wusste sie, dass das echte Abenteuer ganz anders aussah. Seine Erlebnisse waren ein Kinderspiel im Vergleich zu dem, was sie durchgemacht hatte.

»Nein, Mr Barratt, ich habe nur getan, was jeder Mensch getan hätte.«

»Aber dass Sie das alles überlebt haben! Den Schiffbruch

und dann die wilden schwarzen Ungeheuer an dieser Küste!«

Wilde schwarze Ungeheuer! »Diese Menschen haben uns gerettet, Mr Barratt, sie haben uns nichts getan, und sie sind auf ihre Weise höchst zivilisiert.«

»Sie spielen das alles mit Ihrer natürlichen Bescheidenheit herunter, aber es ist einfach großartig! Ganz Adelaide spricht von Ihnen!« Seine gestärkten Hemdkragen hinderten ihn daran, den Kopf frei zu bewegen; für Georgina sah er aus wie ein naiver Wichtigtuer.

»Es wäre mir lieber, man würde nicht so viel von mir sprechen, Mr Barratt. Niemand kann sich vorstellen, wie es mir geht.«

Er wurde rot. »Wie unsensibel von mir, Miss Stapleton! In meiner Begeisterung für Ihr Heldentum habe ich Ihre Gefühle mit Füßen getreten.«

»Aber nein«, erwiderte Georgina und unterdrückte ein Gähnen. Gütiger Himmel, konnte er denn nicht endlich gehen? Sie hatte gern ein wenig mit ihm geflirtet, aber nachdem sie Miles kennengelernt hatte, war er einfach nur uninteressant.

Gott sei Dank wurden sie von einer hellen Stimme mit schottischem Akzent unterbrochen.

»Miss Stapleton, Mrs Elliot ist da«, sagte Mrs Fisher und führte die Besucherin herein.

»Mrs Elliot!«, sagte Georgina und stand auf.

»Miss Stapleton, ich habe mir so gewünscht, Sie zu sehen!«, rief ihre Besucherin und trat schnell auf sie zu. »Es tut mir leid, dass ich so lange gebraucht habe.«

»Aber ich bitte Sie!«, erwiderte Georgina. »Ich freue mich sehr, die berühmte Nanggi kennenzulernen.«

»Ja, und mein Haar ist immer noch rot und wie üblich in völliger Unordnung«, sagte Mrs Elliot und nahm ihre Haube ab, um die wild gewordenen roten Strähnen zurück in den dicken Zopf zu stecken, den sie um den Kopf trug.

»Wir haben so viel zu besprechen«, sagte Georgina und sah Mr Barratt bedeutungsvoll an.

»Nur zu, Miss Stapleton, ich muss mich ohnehin auf den Weg machen«, sagte Mr Barratt.

Zwei Stunden später sprachen sie sich schon mit Vornamen an, und Georgina bat ihre neue Freundin, sie bald wieder zu besuchen. Sie hatten so viel gemeinsam. Bonnie hatte nicht nur ein außergewöhnliches Abenteuer in der Kolonie erlebt, sondern auch bei den Ngarrindjeri gelebt, sie kannte Encounter Bay, Leonie Sanderson, und sie hatte einen Schiffbruch hinter sich, wenn auch nur einen kleinen.

Und, wie Georgina später an diesem Tag überlegte, sie war erfrischend unbekümmert, was Klasse und Status anging. Als wäre es ihr gar nicht bewusst, dass sie an jedem anderen Ort in der Welt ein wenig fehl am Platze wäre mit dem, was sie tat. Was für eine Befreiung.

In der Tageszeitung wurde am nächsten Tag Kapitän Lipsons Bericht abgedruckt. Onkel Hugh las ihn Georgina vor und nickte zufrieden. »Ein korrekter Bericht, oder nicht, meine Liebe?«

»Doch, durchaus«, seufzte Georgina.

»Du kommst auch darin vor«, sagte ihr Onkel. »Am Schluss des Berichts heißt es noch: Ich danke Miss Georgina Stapleton für ihre Informationen. Ihr selbstloses und mitfühlendes Handeln nach dem Schiffbruch und ihr tapferes Schwimmen an Land, gemeinsam mit einer Frau in ihrer Obhut, macht sie zweifellos zu einer Heldin.«

Georgina zuckte mit den Schultern, aber als sie an Rose dachte, fühlte sie, wie ihr die Tränen in die Augen stiegen. Rose war dem Ufer so nahe gewesen! Warum hatte sie so kurz vor dem Ziel aufgegeben? Georgina hatte sich immer wieder den Kopf darüber zerbrochen, ob sie wirklich alles getan hatte, um ihre Freundin zu retten. Aber sie hätte sie nicht halten können, während sie sich an der Planke festklammerte. Rose war die Erste gewesen, die begriffen hatte, was sich zwischen ihr und Miles abspielte.

»Wer war denn diese Frau, Liebes?«, fragte ihre Tante in ihre Gedanken hinein.

»Rose Ewell. Du erinnerst dich vielleicht an sie, sie hat sich für die Rechte der Passagiere im Zwischendeck eingesetzt, kurz nachdem wir aus England abgereist waren.«

»Ach, aus dem Zwischendeck«, murmelte ihre Tante und hatte das Interesse schon wieder verloren.

»Eine ziemlich unverschämte Person mit lauter Stimme?«, fragte Onkel Hugh.

»Genau. Am Ende standen wir uns ziemlich nahe. Ich wünschte, sie wäre noch am Leben.« Georginas Stimme brach.

»Aber, aber, meine Liebe«, sagte Tante Mary und nahm ihre Hand. »Du hättest ihr das gar nicht vorlesen sollen, Hugh. Je eher sie alles vergisst, desto besser.«

»Tut mir leid«, sagte ihr Onkel. »Ich kann mir wahrscheinlich gar nicht vorstellen, wie sie sich fühlt. Sehr gedankenlos von mir.« Er durchforstete mit seinem Blick immer noch die Zeitung. »Aber hier ist, glaube ich, noch etwas, was Georgina interessiert.«

»Es reicht, Hugh.«

»Nein, lass ihn nur, Tante Mary. Bitte lies weiter, Onkel Hugh.«

»Es heißt hier, dass Mr Bennett einen Wohltätigkeitsfonds für die Familien der ertrunkenen Seeleute einrichten will.«

»Wie in aller Welt kann er sich das leisten?«, unterbrach ihn Tante Mary.

»Er wird Spenden sammeln. Außerdem heißt es hier, er sei der Alleinerbe von Miss Gemma Cambray. Sollte ihr Testament gefunden werden, so kommt die gesamte Summe dem Fonds zugute. Wusstest du davon, Georgina?«

»Ja, ich war dabei, als sie ihr Testament gemacht hat. Ich habe sogar ihre Unterschrift beglaubigt.«

»Aber warum hätte sie etwas derart Verrücktes tun sollen? Den gesamten Cambray-Besitz einem Bürgerlichen vermachen? Die Cambrays haben ja nie darüber gesprochen, aber das muss ein ganz erhebliches Erbe sein. Beide Eltern sind an der Schwindsucht gestorben und haben den Kindern ein Vermögen hinterlassen. Richard und Gemma hatten wohl Angst, dass es ihnen ähnlich ergehen würde, deshalb wollten sie sich in den Kolonien niederlassen. Aber Gemma muss den Verstand verloren haben.«

»Auf mich machte sie einen ganz vernünftigen Eindruck, als sie ihr Testament schrieb. Sie wusste, dass sie nicht überleben würde, und Richard war schon verschwunden. Sie sagte, sie wollte nicht, dass ihr Vermögen an irgendeinen unbekannten Verwandten ginge und dass Mil… Mr

Bennett eine Belohnung für sein heldenhaftes Verhalten verdiene.«

»Ach, das ist doch … Und warum hören wir erst jetzt davon? Du hast bisher kein Wort darüber gesprochen, Georgina!«

»Ich hatte es fast schon vergessen. Erst als Kapitän Lipson mit mir sprach, ist es mir wieder eingefallen. Er sagte, Mr Bennett hätte eine Belohnung verdient, und dachte ich an Gemmas Worte und an ihr Testament. Ich glaube, Mr Bennett hat gar nicht die Absicht, Anspruch darauf zu erheben. Er hat Gemma angefleht, sich die Sache mit dem Testament noch einmal zu überlegen, und offenbar hat er mit niemandem darüber gesprochen. Und ich bezweifle auch, dass daraus irgendetwas wird, denn das Testament ist ganz sicher verloren gegangen. Es ist wohl mit den Schuldscheinen für die Seeleute verloren gegangen, die mit dem Rettungsboot fuhren, irgendwann bevor Mr Bennett das Ufer erreichte. Es gab noch eine Abschrift, aber die hatte Mr Bressington in Verwahrung, und der ist ja verschwunden.«

»Nun, ich finde, Mr Bennett gebührt Anerkennung für seine Idee, das Geld den Seemannsfamilien zur Verfügung zu stellen. Seine Mittel können ja nicht besonders üppig sein. Je mehr ich von ihm höre, desto mehr gefällt mir der Mann«, sagte Onkel Hugh.

Tante Mary sah ihn ratlos an.

Georgina dachte laut weiter. »Ich denke, wir sollten eine erhebliche Summe in diesen Fonds einzahlen. Denkt doch nur an die armen Seeleute, das bisschen Geld, das sie verdienen, das Risiko, das sie auf sich nehmen, und die Ängste, die ihre Familien ausstehen müssen.« Sie dachte an die Bedingungen im Zwischendeck und fragte sich, wie es wohl in den Mannschaftsquartieren ausgesehen hatte. Bei dem bloßen Gedanken wurde ihr schlecht.

»Du wirst immer ganz blass, wenn wir über den Schiffbruch sprechen, Georgina. Vielleicht solltest du dich ein bisschen ausruhen. Also, ich denke doch, wir sollten den Arzt rufen.«

Georgina war tatsächlich müde und freute sich auf ihr Zimmer, wo sie die engstirnigen Bemerkungen ihrer Tante nicht hören musste. Ihr Spiegelbild sah schrecklich aus. Sie fühlte sich auch schrecklich, aber ihr graute vor der ärztlichen Untersuchung. Auf dem Coorong und danach hatte sie jegliches Zeitgefühl verloren, aber sie war sicher, dass ihre Periode inzwischen erheblich verspätet war. Der Schiffbruch war am 24. Juni gewesen, und jetzt war es schon fast Mitte August. In der ganzen Zeit hatte sich nichts getan, allmählich musste sie wohl wirklich über die Möglichkeit einer Schwangerschaft nachdenken.

Der Arzt arbeitete im Auftrag ihrer Tante; sie durfte also nicht den geringsten Hinweis darauf geben, dass sie schwanger sein könnte, vor allem nachdem sie so darauf bestanden hatte, dass zwischen ihr und Miles nichts gewesen war. Und was würde Miles denken? Was würde er tun, wenn sie es ihm sagte?

Sie verdrängte diese Gedanken, während der Arzt sie am folgenden Nachmittag untersuchte. Er nahm ihren Puls und hörte ihr die Brust ab, schaute ihr in die Augen, betrachtete ihre Haut und ihre Fingernägel. Dann stellte er ihr viele Fragen über die Ereignisse der letzten Wochen. Wie lange sie ohne Nahrung und Wasser gewesen sei, was sie gegessen hatte, nachdem sie an Land gekommen war.

»Ihr körperlicher Zustand scheint mir sehr gut zu sein, Miss Stapleton«, sagte er schließlich. »Ich kann überhaupt nichts finden, auch wenn man vielleicht sagen könnte, dass sie ein bisschen dünn sind. Haben Sie Appetit?«

»Es geht so.«

»Hmm, ich könnte mir vorstellen, dass Sie normalerweise einen guten Appetit haben, richtig?«

»Ja.«

»Hmm, wie geht es Ihnen denn innerlich? Denken Sie noch viel an das, was passiert ist?«

»Die ganze Zeit.«

»Hmm. Wie sieht es mit Albträumen aus?«

»Sie werden eher mehr, als dass sie abnehmen würden.«

»Und Sie haben Schwierigkeiten, wieder ins normale Leben zurückzufinden, weil Sie das Erlebte noch nicht verarbeitet haben.«

»Genau so ist es.«

»Ja, ich kenne derlei, wissen Sie, ich war ja lange Militärarzt. Die Männer, die aus dem Krieg gegen Napoleon zurückkamen, aus Spanien … sie klagten über ähnliche Symptome. Es sind Nachwirkungen der belastenden Erlebnisse, kein Wunder, dass so etwas bei Ihnen auftritt.«

»Und was raten Sie mir?«

»Sie sollten schauen, dass Sie es loswerden. Reden Sie darüber, so viel Sie wollen. Sind Sie mit den Aktivitäten nach dem Schiffbruch befasst?«

»Was für Aktivitäten?«

»Nun, die Briefe an die Familien der Opfer, die Identifikation persönlicher Gegenstände der Toten und so weiter.«

»Nein, ich wusste nicht einmal …«

»Natürlich nicht«, unterbrach er sie. »Vermutlich hat man Sie ganz davon abgeschirmt in der Hoffnung, dass es Ihnen hilft zu vergessen, aber so geht das nicht.«

»Nein, bis jetzt nicht.«

»Also. Ich rate Ihnen, Miss Stapleton, am Tag so viel wie möglich über das Erlebte nachzudenken, dann lässt es sie nachts vermutlich in Ruhe. Sprechen Sie darüber, vor allem mit dem zweiten Überlebenden. Wie war noch mal sein Name?«

»Miles Bennett.« Ihr Herz klopfte schneller, wenn sie den Namen laut aussprach.

»Genau. Miles Bennett. Sprechen Sie mit ihm darüber. Schreiben Sie alles auf, wenn Sie die Geduld dazu haben, jede Einzelheit, so trivial sie Ihnen jetzt auch erscheinen mag. Und schreiben Sie jeden Gedanken, jedes Gefühl nieder. Schreiben Sie Briefe an die Familien der Toten und lassen Sie sie wissen, was mit ihren Lieben passiert ist. Nur auf diese Weise werden Sie es los.«

»Vielen Dank, Doktor. Es ist eine große Erleichterung, endlich einmal nicht zu hören, ich sollte meine Gedanken wegsperren.«

Er nickte. »Das ist das Mindeste, was ich tun kann. Den Rest erledigt die Zeit.« Er packte seine Instrumente ein und wandte sich zum Gehen.

»Doktor?«

»Ja?« Er drehte sich noch einmal um.

»Ich habe noch etwas vergessen.«

»Ja?«

»Könnte es sein, dass meine Erlebnisse sich auch auf meine … meine monatlichen Blutungen auswirken?«

Es war ihr schrecklich peinlich, eine solche Frage zu stellen, nicht nur wegen ihrer Hintergedanken, sondern vor allem, weil derlei normalerweise überhaupt nicht erwähnt wurde. Aber sie musste mit ihrer nagenden Sorge irgendwohin.

»Wenn es keine anderen, offensichtlicheren Gründe gibt«, sagte er und sah sie eindringlich an, »dann könnte das sehr wohl möglich sein. Die Belastung selbst und natürlich die lange Zeit mit ungewöhnlicher und schmaler Kost, kann so etwas durchaus bewirken. Sie müssen sich keine Sorgen machen, außer, es gibt noch mehr, was Sie mir sagen sollten.«

»Nein, ich habe mir schon so etwas gedacht«, erwiderte sie und bemühte sich, ihm in die Augen zu sehen.

»Gut. Ich werde Ihrer Tante sagen, auf welche Weise Sie sich am ehesten erholen könnten, Miss Stapleton«, sagte er.

Am Abend nach dem Essen kam ihre Tante auf den Besuch des Arztes zu sprechen. »Ich weiß nicht, ich glaube, es wäre am besten, wenn wir dich so bald wie möglich zu Charles bringen«, sagte ihre Tante. »Er kann dir sicher viel besser helfen als wir.«

Georgina war sich nicht sicher, ob sie ihre Reise noch verzögern sollte. Sie hoffte immer noch auf eine Möglichkeit, Miles für sich zu gewinnen. Aber andererseits – wenn das nicht möglich war, wäre es sicher besser, Charles möglichst bald zu heiraten. Wenn sie tatsächlich schwanger war, würde das Kind als seins durchgehen.

Ihr Onkel rettete sie vor der Verpflichtung, ihrer Tante zu antworten.

»Aber Mary, du weißt doch, dass sie noch nicht fort kann. Der Inspektor hat extra gebeten, dass sie hierbleibt, bis die Untersuchungen beendet sind. Sie ist die Hauptzeugin.«

»Und wie lange, meinst du, wird das dauern?«, fragte Georgina.

»Ja, wer weiß?«, erwiderte er. »Gestern sind die Polizisten aufgebrochen, die nach den Leichen der beiden Männer suchen sollen. Ich vermute, es wird ein bis zwei Wochen dauern, bis sie wieder da sind. Und vorher kann man gar nichts unternehmen. Nachdem dein schwarzes Mädchen mit ihnen gegangen ist, erfahren sie vielleicht etwas mehr als die Walfänger. Dann wird man wohl eine Untersuchung des Falls anordnen. Insgesamt würde ich mit sechs bis acht Wochen rechnen.«

Sechs bis acht Wochen, und dann noch einmal zwei bis drei Wochen, bis es eine Überfahrt nach Portland Bay gab. Noch eine weitere Woche bis zur Hochzeit, wenn es nicht übereilt aussehen sollte. Sie zählte die Wochen im Kopf zusammen. Im schlimmsten Fall würde ein halbes Jahr vergehen, bis sie verheiratet war. Dann würde man es auf jeden Fall sehen.

Sie würde Charles die Wahrheit sagen und ihn um Verzeihung bitten müssen. Allerdings konnte sie natürlich immer noch eine Fehlgeburt haben.

»Nun gut, dann werden wir etwas unternehmen müssen, um dich aufzuheitern«, sagte ihre Tante. »Am Ende hat der Doktor ja vielleicht recht. Vielleicht solltest du allmählich wieder in Gesellschaft gehen, auch wenn die Leute dich ständig über den Schiffbruch ausfragen. Würdest du das gern tun?«

»Es wäre immerhin eine Abwechslung.«

»Gut, dann werden wir ein paar passende Einladungen annehmen.«

»Ich würde gern Mr Bennett sehen«, sagte Georgina.

»Mr Bennett? Aber das kommt gar nicht in Frage, Liebes.«

»Tante, ich habe mich noch nicht einmal bei ihm bedankt!«

»Dein Onkel hat das Nötige erledigt, nicht wahr, Hugh?«

»Ja, durchaus …«

»Aber es muss von mir persönlich kommen. Was sollen denn die Leute denken, wenn er irgendwo erzählt, dass ich nicht mal Danke gesagt habe? Was sollen die Leute denn von meinem Benehmen halten?«

Das war ein starkes Argument für ihre Tante.

»Vielleicht solltest du ihm einen netten Brief schreiben«, schlug sie vor.

»Ich würde ihm gern persönlich danken.«

»Der Doktor hat doch auch gesagt, sie sollte mit ihm reden«, mischte sich jetzt Onkel Hugh ein.

»Ja, aber wir müssen auch an ihren Ruf denken! Und sie hat ja uns.«

»Ihr seid wirklich sehr nett zu mir, aber ihr habt – mit Verlaub – keine Ahnung, was ich erlebt habe. Wie denn auch? Miles ist der Einzige, der wirklich weiß, wovon ich spreche. Er ist der einzige Überlebende, der dabei war. Jetzt, wo Peeta weg ist, habe ich niemanden mehr hier, der den Coorong kennt, abgesehen von den Elliots, und die kenne ich ja noch nicht besonders gut.«

»Ich weiß nicht, warum eine Einladung an ihn ihrem Ruf so sehr schaden sollte«, sagte Hugh ruhig.

Tante Mary sah ihn an, als wüsste sie mehr als er, sagte aber nichts außer: »Wenn du es für richtig hältst, dann …«

»Lad den Mann zum Abendessen ein«, schlug Hugh vor.

»Vielleicht eher zum Mittag, das ist weniger förmlich.«

»Ich bin sicher, er kann mit Messer und Gabel umgehen, wenn das deine Sorge ist«, sagte Georgina spitz.

»Darum geht es nicht, wiewohl ich mich erinnere, dass seine Umgangsformen an Bord recht ordentlich waren«, erwiderte ihre Tante mit erzwungener Ruhe.

Miles nahm die Einladung an, und Georgina konnte den Tag kaum erwarten. Ihre Nervosität verstärkte noch die leichte Übelkeit, die jetzt ihr ständiger Begleiter war. Als er ins Zimmer kam, wäre sie am liebsten in Ohnmacht gefallen.

»Guten Tag, Miss Stapleton«, sagte er förmlich.

Er sah noch besser aus, als sie ihn in Erinnerung hatte. Beim letzten Mal hatte er Mr Sandersons schlecht passende Kleider angehabt. Sein Gesicht war glatt, sein festes Kinn ohne Bart. Er war besser angezogen als seinerzeit auf dem Schiff, hatte sich die Haare schneiden lassen und ein wenig Pomade aufgetragen, aber die Locken zeigten sich trotzdem.

Hätte sie nichts über ihn gewusst, sie hätte ihn mit Sicherheit für einen Mann von Stand gehalten, so gepflegt sah er aus.

»Guten Tag, Mr Bennett«, erwiderte sie und zwang sich, ihm in die Augen zu sehen. »Ich hoffe, es geht Ihnen gut.«

»Sehr gut. Viel besser als bei unserer letzten Begegnung.«

Das allgemeine Lachen löste die Spannung ein wenig.

Er sah sie bewundernd an. »Sie haben sich gut erholt«, sagte er. »Und es ist Ihnen sogar gelungen, mit der Bürste Ihre Haare zu entwirren, so scheint es.«

»Das hat aber auch Tage gedauert«, erwiderte ihre Tante.

»Das überrascht mich nicht. Ich bin noch nie so froh über die männliche Haartracht gewesen wie in diesen Wochen«, lächelte er.

Das Tischgespräch gestaltete sich einigermaßen steif, weil sie beide die Gegenwart der Verwandtschaft spürten und nicht aussprechen konnten, was sie auf dem Herzen hatten.

»Ich hatte auf einmal das Gefühl, dass ich Ihnen nicht richtig gedankt habe, Mr Bennett«, sagte Georgina.

»Es war aber auch ein ziemlicher Schock mit all diesen wartenden Menschen, fanden Sie nicht?«, entschuldigte er sie.

»Wohl wahr, aber das ist kein Grund. Denn ich habe Ihnen wirklich zu danken. Ohne Sie wäre ich nicht mehr am Leben.«

Sie beide hörten die doppelte Bedeutung in ihren Worten. Ihr ganzer Körper vibrierte in seiner Gegenwart.

»Was auch immer ich für Sie getan haben mag, Sie haben mir alles wiedergegeben, Miss Stapleton.«

Tante Mary zog ihre dünn gezupften Augenbrauen hoch.

»Ihre Nichte hat mir das Leben gerettet, hat sie das nicht erzählt?«

Hugh und Mary schüttelten den Kopf und sahen Georgina fragend an.

»Ach, das war doch gar nichts.«

»Allerdings! Wir wollten nach Encounter Bay aufbrechen und sammelten noch Proviant, als die Kandukara uns entdeckten«, erzählte Miles. »Sie müssen gedacht haben, ich sei gekommen, um eine ihrer Frauen zu entführen, und sie wollten mich mit ihren Speeren töten, als Geor... als Miss Stapleton eingriff. Sie beruhigte sie, schloss Freundschaft mit ihnen und rettete mir so das Leben.

»Diesen Teil der Geschichte kannte ich noch gar nicht«, bemerkte Onkel Hugh trocken.

Georgina zuckte mit den Schultern. »Mr Bennett schmückt da einiges aus.«

»Die Wahrheit ist, Mr Clendenning, dass wir beide ohne den jeweils anderen nicht überlebt hätten. Ich habe immer auf eigenen Füßen gestanden und die Hilfe anderer Menschen zurückgewiesen, wo ich konnte, aber Ihre Nichte hat mich gelehrt, dass niemand eine Insel ist.«

Georgina fiel fast in Ohnmacht, so dicht unter der Oberfläche lag die doppelte Bedeutung.

»Sie lesen John Donne?«, fragte Onkel Hugh überrascht.

»Ich schätze seine Dichtung sehr«, sagte Miles und lächelte Georgina an, die kurz davor war, dahinzuschmelzen.

Das Gesprächsthema Literatur bestand Miles sehr gut. »Und wo wir vom Schreiben sprechen«, sagte sie irgendwann, »ich würde gern den Familien der Ertrunkenen schreiben. Könnten Sie mir einige Adressen besorgen?«

»Was für ein freundlicher Gedanke, darauf hätte ich

auch selbst kommen können«, sagte er. »Ich helfe Ihnen gern dabei. Wir könnten uns die Liste aufteilen.«

»Ich habe eine Liste derjenigen, denen ich gern zuerst schreiben würde, vielleicht kann ich sie Ihnen nach dem Essen kurz zeigen. Und ich würde auch gern etwas zu dem Fonds beitragen, den sie bereitgestellt haben. Eine ausgezeichnete Idee, muss ich sagen.«

»Wenn Sie erlauben«, entschuldigte er sich bei den Clendennings. »Ich habe da noch ein Hühnchen mit Ihnen zu rupfen, Georgina. Denn ich vermute doch, dass Sie es waren, die Kapitän Lipson von Miss Cambrays Testament erzählt hat.«

»Ich gestehe es«, lachte sie.

»Ich habe nicht die Absicht, Anspruch auf den Besitz zu erheben.«

»Aber warum nicht? Vorausgesetzt natürlich, das Dokument wird irgendwann gefunden.«

»Ich habe nur meine Pflicht getan, nicht mehr und nicht weniger.«

»Sie haben viel mehr getan als Ihre Pflicht, und mit dem Fonds tun Sie es schon wieder.«

»Was ist mit Mr Bressingtons Geld für Roys Familie? Haben Sie das auch angegeben?«

»Ja, das ist überhaupt das Traurigste an der ganzen Sache. Der Schuldschein ist mit dem Testament verschwunden, vermutlich schon, als ich von der *Cataleena* wegschwamm.«

»Ich hatte von Anfang an das Gefühl, dass Roys Familie nie etwas von dem Geld zu sehen bekommen würde.«

»Ich auch.« Sein Blick zeigte ihr, dass er dasselbe dachte

wie sie. Aber über die Toten sagte man nichts Schlechtes, also schwiegen sie.

»Ich habe beiden Geld angeboten, wenn sie Hilfe holten – Berg, Henry, Mick und Mr Bressington. Und mein Angebot lag höher als das von Mr Reynolds und die Summe, die Mr Bressington Roy angeboten hatte. Natürlich haben sie es nicht geschafft, weil Berg und Henry ertrunken und Mick und Bressington auf dem Coorong gestorben sind. Aber ich werde auf jeden Fall das Geld an die Familien der Rettungsbootbesatzung schicken. Und vielleicht könnten wir aus dem Fonds auch Geld an die anderen schicken«, sagte Georgina.

Onkel Hugh unterbrach sie.

»Ich denke, ihr zwei solltet in Ruhe über alle Neuigkeiten, über den Fonds und die Briefe sprechen. Geht doch einfach ein bisschen auf die Veranda, ich bitte die Haushälterin, euch dort den Tee zu servieren.«

Georgina ging mit Miles hinaus, ein wenig abseits der Fenster, wo man sie belauschen und sehen konnte. Was sie ihm zu sagen hatte, duldete keine fremden Ohren. Sie hatte ihm auf dem Coorong versprochen, dass sie ihm eine Schwangerschaft nicht verheimlichen würde.

Bis der Tee kam, plauderten sie allgemein vor sich hin, aber als das Mädchen gegangen war, sahen sie sich schweigend an.

Endlich konnten sie über alles sprechen, aber Georgina wusste gar nicht recht, wo sie anfangen wollte. Sollte sie ihm erst sagen, wie sehr sie ihn vermisst hatte, oder ihm gleich von dem Baby erzählen? Und wie würde er reagieren?

Sie stellte ihre Teetasse hin. »Miles, ich muss mit dir reden. Über …«

»… über den Klatsch, nehme ich an«, unterbrach er sie.

»Welchen Klatsch?«

»Ich habe gehört, dein Ruf sei ruiniert und Charles werde dich wohl kaum noch heiraten.«

Seine Worte trafen sie schwer, ohne dass er es wissen konnte.

»Meine Tante hat mich ein wenig vorgewarnt, es überrascht mich also nicht. Die Leute nehmen jede Gelegenheit wahr, jemanden in den Schmutz zu ziehen, vor allem wenn er oder sie etwas hat, was ihnen fehlt«, sagte sie und wollte das Gerede als unwichtig abtun.

»Zu dir hat also niemand etwas gesagt?«

»Ich bin überhaupt noch nicht draußen gewesen. Meine Tante hat bisher keine Einladungen angenommen oder ausgesprochen, du bist der erste Gast hier. Hat mit dir jemand direkt gesprochen?«

»Nein, aber der Zeitungsmann hat versucht mir zu erklären, dass es meine Pflicht sei, unsere Geschichte öffentlich zu machen, um deinen guten Ruf vor weiteren Spekulationen zu schützen.«

»Nicht zu fassen«, sagte sie bitter.

»Georgina, wenn du noch nicht in der Stadt warst, hast du es vielleicht nur noch nicht mitbekommen. Vielleicht ist dein Ruf wirklich ruiniert, jedenfalls in den Augen der Gesellschaft. Ich will dir nur sagen, sollte das wirklich der Fall sein, sollte Charles die Verlobung lösen und solltest du keine anderen Möglichkeiten sehen, dann bin ich bereit, dich zu heiraten. Wenn dir das eine Hilfe ist.«

Ihre Enttäuschung war so groß, dass ihr die Galle hochkam. Sie schluckte. »Wenn mein Ruf ruiniert wäre, würdest du mich heiraten, um irgendwie die Scherben zu kitten?«

»Ja.«

»Wenn Charles mich nicht will?«

»Ja, das habe ich doch gesagt. Ich weiß schon, dass es dir in den Augen der Gesellschaft wenig nützen wird, mich zu heiraten, aber mein Angebot steht.«

»Zu freundlich«, murmelte sie, stellte ihre Tasse mit einem Klirren auf die Untertasse und wandte den Blick ab.

»Was ist denn? Was kann ich sonst noch tun?«

Als sie ihn wieder ansah, spürte sie wieder die leichte Übelkeit. Er wollte sie nicht heiraten, weil er sie liebte, nein, auf keinen Fall. Er wollte sie nur heiraten, wenn er dazu verpflichtet war. Dieses verdammte Pflichtgefühl, diese gottverdammte Distanziertheit!

Sie hatte ihm sagen wollen, wie sehr sie ihn vermisste, wie sehr sie ihn liebte. Und dass sie ein Kind von ihm erwartete!

Er starrte sie an und schien überhaupt nicht zu verstehen, was in ihr vorging.

»Machst du dir überhaupt etwas aus mir?«

»Ich würde dich heiraten, wenn dein Ruf so ruiniert wäre, dass eine Heirat mit mir dir nicht schadet«, sagte er, als könnte sie das trösten.

»Wenn du musst.«

»Ja, natürlich. Zweifelst du daran?«

Er würde es nur tun, wenn er musste. Nun, sie würde dafür sorgen, dass dieser Fall nie eintrat. Selbst wenn sie

Charles alles beichten und um sein Verständnis flehen müsste.

»Aus keinem anderen Grund, Miles?«

»Wir haben beide gewusst, was wir taten«, sagte er. »Wir wussten, dass es keine Zukunft hat, und wir kannten das Risiko. Dein Risiko.«

»Allerdings«, sagte sie schmallippig.

»Was ist, Georgina? Du siehst so aufgebracht aus. Fehlt dir etwas?«

»Nein, es ist alles in Ordnung.«

»Dann bin ich erleichtert. Ich dachte, es gäbe noch andere Gründe, warum du nicht in die Stadt gehst.«

Sie wusste, was er meinte, aber entgegen ihrem Versprechen beschloss sie, es ihm nicht zu sagen. Nicht nach diesem Gespräch. Sie würde ihn nicht auf diese Weise an sich binden. Sie würde das Kind nicht benutzen, um ihn zu binden, wenn er nicht wollte. Er konnte sein Leben weiterleben und sie vergessen, wenn er das wollte.

Sie würde ihn nie vergessen, das konnte sie gar nicht. Das Kind würde sie immer an ihn erinnern. Sie würde das Baby mit den blauen Augen und den blonden Haaren ansehen und dankbar sein, dass sie selbst ebenso blond und blauäugig war, sodass niemand Verdacht schöpfte.

»Nein, es gibt keinen anderen Grund, Miles«, sagte sie.

»Dann bin ich froh.«

17

»Aus dem Weg!«, schnauzte der Sergeant. Sein Pferd war unruhig und schlug mit dem Kopf, er konnte es kaum halten.

Peeta sprang an die Seite des Weges, und das Pferd lief voran. Sie wartete, bis die anderen vier Reiter und der Ochsenkarren an ihr vorbei waren, dann trat sie wieder auf den Weg.

Sie folgte dem Karren in einiger Entfernung. Die Männer ritten natürlich, aber sie musste zu Fuß gehen, hinter ihnen.

Man hatte ihr klargemacht, dass sie bestenfalls ein notwendiges Übel war. Sie wollten sie nicht bei sich haben, aber sie hatten keine andere Wahl.

Sie musste ihnen den Weg zeigen, wenn sie auf den Coorong kamen, in die Wildnis, wie sie sagten.

Sie durfte auch nicht auf dem Karren mitfahren. Auf dem wurden der Proviant, die Decken und die Zelte transportiert.

Es würde ihr ewig ein Rätsel bleiben, warum die Krinkari auf ihren Reisen immer so viel Gepäck mitnahmen. Wussten sie denn nicht, dass sie alles Nötige auf dem Weg finden würden? Sie hatten ihr gesagt, der Karren wäre auch nötig, um die beiden Krinkari zurückzubringen, nach denen sie suchten, und seien es nur ein paar traurige Überreste. Wenn diese zwei Männer so viel Respekt verdienten – was Peeta bezweifelte –, dann mussten sie doch richtig bestattet werden: Man musste sie räuchern, ihnen die Haut abziehen und ihre Körper mit Ockerfarbe einreiben, und dann musste man sie auf ein Gestell legen.

Tatsächlich war »Krinkari« eigentlich das Wort für Tote, die man auf diese Weise behandelt hatte. Weil die Weißen diesen Toten so ähnlich sahen.

Die Pferde und der Ochsenkarren wirbelten jede Menge Staub auf. Sie schnaubte, teils um sich von dem Staub zu befreien, teils aus Verachtung. Warum benahmen sich viele Krinkari so schlecht? Warum waren sie so unzivilisiert?

Georgina und Miles waren die Einzigen, die sie wirklich höflich behandelt hatten. Alle anderen taten so, als wäre sie eine niedere Kreatur. Sie sprachen verächtlich von ihr, wenn sie dabei war, obwohl ihnen doch klar sein musste, dass sie fast jedes Wort verstand. Und sie benahmen sich immer, als hielten sie alle Angehörigen ihres Volkes für dumm.

Heute früh hatten sie sich beschwert, sie würde schlecht riechen. Dabei rochen sie selbst, vor allem ihre schwitzigen Füße, die sie in dicht schließenden Tierhäuten versteckten. Die vielen Schichten ihrer Kleidung nahmen den Schweiß ebenfalls auf. Und ein Teil ihres Essens roch wie Exkremente, und ihre Körper stanken danach. Sie waren widerlich, genau wie die Krinkari auf Kangaroo Island.

Gut, dass die Männer sie nicht eingeladen hatten, mit ihnen zu essen. Sie sammelte sich ihr Essen und auch ihr Wasser unterwegs. Die Kaurna teilten mit ihr, wenn sie sie trafen. Sie hatten nicht dieselbe Sprache, aber wenn man sich Mühe gab, verstand man schon ungefähr, was sie meinten. Von ihnen hatte sie viel über diese Krinkari erfahren, denn die Kaurna hatten die volle Wucht der Invasion abbekommen.

Die Krinkari hatten ihnen die besten Jagdgründe weggenommen, ihre Wasserstellen waren von den Tieren der Krinkari verdorben, und man hatte sie aus ihren Lagerstätten vertrieben, selbst aus denen an den großen Flüssen, wo sie seit vielen Hundert Jahren lebten.

Auch die Kaurna-Frauen hatten schreckliche Erfahrungen mit den Krinkari gemacht. Tagsüber wurden sie mit Gleichgültigkeit oder direkter Verachtung behandelt, aber nachts kamen die Krinkari-Männer in die Lager, um mit ihnen zu schlafen. Sie benahmen sich, als schämten sie sich für ihre natürlichen Bedürfnisse und für die Anziehung, die die Aborigine-Frauen auf sie ausübten.

Sie seufzte. Diese Krinkari waren ein seltsames Volk. Wenn sie alle wie Georgina gewesen wären, hätte es keinen Ärger zwischen ihnen geben müssen. Aber so wie die Dinge liefen, würde es wohl einen Aufstand ihres Volkes geben. Es war schade, dass sie nicht bei Georgina hatte bleiben können, aber sie wollte auch zurück nach Hause, zu ihrer Familie und zu Thukeri. Und Georgina wollte nicht wieder zurück auf den Coorong, sondern bei ihrer Familie bleiben.

Diese Georgina war eine gute Frau, die Respekt verdiente.

Und sie war traurig gewesen, als Peeta ging. Sie hatte sie zum Abschied umarmt und geküsst, sehr zum Entsetzen der grauhaarigen Mimini.

Peeta schaute nach vorn. In dieser Gegend war sie noch nie gewesen. Die Weißen nahmen einen ganz anderen Weg auf den Coorong, weil ihr Karren am Strand nicht gut fahren konnte und auch nicht über die Flussmündung kam. Sie waren durch die Hügel zu dem hohen Berg gezogen, den die Krinkari Mount Lofty nannten. Peeta wusste, dass dies der Ort namens Urebilla war, von dem ihr die Kaurna erzählt hatten, der Ort, wo der Riese erschlagen worden war.

Dann ging es auf der anderen Seite wieder hinunter in die Ebene und zum großen Fluss, den sie Murray nannten. Die Krinkari-Siedlungen lagen jetzt weit hinter ihnen. In diesem Teil des Landes gab es nur ganz wenige Krinkari in kleinen, isolierten Gruppen.

Nachts fühlte Peeta sich bei den Männern nicht sicher. Georginas Rat folgend, schlief sie in Hörweite des Anführers, Sergeant Poole. Mit ihm hatte Georgina gesprochen und ihm erklärt, er müsse dafür sorgen, dass Peeta in Ruhe gelassen werde. Und tatsächlich hatte er mit seinen Männern darüber gesprochen, das hatte sie gehört.

Ihr Volk war nicht an Krinkari und ihre Pferde gewöhnt, und wohin sie auch kamen, versteckten sich viele Frauen und Kinder im Busch. Peeta wusste, dass sie zu beiden Seiten des Weges hockten, sie konnte ihre Augen sehen und sie flüstern hören, aber die Weißen schienen nichts davon zu bemerken.

Irgendwann kamen sie dann in die Gegend, wo Peetas Sprache gesprochen wurde, und sie wusste, dass sie nicht mehr fern von zu Hause war. Dann sah sie den Fluss, der sich durch die Ebene wand und zu den Seen strömte, wo er in die lang gestreckte Lagune übergehen würde, die in der Mitte des Coorong und ihres Landes lag. Fast zu Hause!

An diesem Abend lagerten sie am Fluss, und bald waren sie von Ngarrindjeri umringt. Zum ersten Mal seit Wochen konnte Peeta wieder ihre eigene Sprache sprechen.

»Wie hässlich sie sind!«, lachte eine alte Frau.

»Ja, so rote Haut!«, sagte eine andere. »Wie die kleinen Krabben, wenn sie gekocht werden.«

Die Polizisten waren erhitzt nach dem langen Weg, und einige hatten auch etwas Sonnenbrand.

Peeta lachte. »Ja, sie tragen so viele Kleider, sie werden in ihren Jacken gekocht wie die Yamswurzeln in der Schale. Deshalb werden sie so rot.«

Die Ngarrindjeri schlugen sich auf die Schenkel vor Lachen.

Die alte Frau wedelte mit einer Hand vor ihrem Gesicht herum. »Und wie sie stinken! Als wären sie schon vor Tagen gekocht worden und hätten seitdem in der Sonne gelegen.« Und alle lachten wieder.

»Was sagen sie?«, fragte der Sergeant.

»Äh, wie soll ich sagen?« Peeta suchte nach einer Antwort. »Sie nicht gesehen Pferde vorher. Finden lustig. Denken erst, Mann und Pferd ein Tier mit sechs Beinen.«

»Einfältige schwarze Landstreicher«, lachte einer der Polizisten.

Peeta lächelte und schwieg.

»Frag sie, wo wir über den Fluss kommen können.«

Peeta fragte. »Da drüben«, sagte ein hochgewachsener Mann und zeigte ein Stück den Weg zurück, den sie gekommen waren. Peeta schaute hinüber. Der Fluss hatte hier eine kräftige Strömung; sie war bereits im Wasser gewesen, hatte nach Muscheln getaucht, um etwas zum

Abendessen zu haben, und wusste, dass es hier überall sehr tief war. »Bei der Biegung?«, fragte sie verwirrt nach.

»Ja«, sagte der Mann mit ernsthaftem Nicken. Dann grinste er. »Da sollten sie hingehen, finden wir. Oder nicht?« Er blickte in die Runde, und alle nickten. Sie versuchten krampfhaft, ernst zu bleiben. »Denn wenn sie den Fluss dort überqueren«, sagte der Mann, »besteht die größte Chance, dass sie ertrinken.«

Peeta lachte. Die Versuchung war groß. Die Welt würde diese hässlichen, ungehobelten Männer bestimmt nicht vermissen. Aber Georgina hatte ihr gesagt, es sei wichtig, dass die beiden Krinkari gefunden würden, sonst wäre es schlecht für die Ngarrindjeri, es würde womöglich Vergeltungsaktionen geben.

»Beim letzten Mal, als Krinkari hier durchkamen, haben wir ihnen an der Stelle über den Fluss geholfen«, sagte eine Frau.

»Alles, was sie bei sich hatten, ist ins Wasser gefallen und weggeschwommen. Sie sind nicht ertrunken, aber sie haben geflucht und geschrien. Das war sehr lustig. Sie halten uns für dumm, deshalb sind sie nicht darauf gekommen, dass wir ihnen einen Streich gespielt haben.«

»Das sollten wir nicht tun. Je schneller die Männer weg sind, desto besser für euch. Wo ist denn wirklich die beste Stelle?«

»Sag ihnen, sie sollen es drei Biegungen weiter unten versuchen. Da wird der Fluss breiter, das Wasser ist seicht und fließt langsam, und dort sind auch die Ufer fester. Wenn du wirklich willst, dass sie es überleben, ist da der beste Platz«, sagte der Mann.

»Leider«, erwiderte Peeta.

»Was haben sie gesagt?«, unterbrach sie der Sergeant.

»Sie sagen mir guten Platz. Drei Biegungen weiter ist Fluss breit und langsam. Feste Ufer.«

»Und warum grinsen sie so?«

»Ich frage, ob sie helfen. Sie helfen gern.« Peeta senkte den Kopf, damit er ihr nicht in die Augen sehen konnte.

* * *

Die Flussüberquerung dauerte den ganzen Tag. Das Wasser war zu tief für den Ochsenkarren, sodass die Polizisten ihre Vorräte abladen und das Gefährt zerlegen mussten. Dann wurde es Stück für Stück mit einem Floß hinübergebracht, das die Ngarrindjeri-Frauen zur Verfügung gestellt hatten. Die Pferde schwammen hinüber, und zur großen Enttäuschung aller Zuschauer gab es keinerlei Verluste und keine peinlichen Situationen.

Von jetzt an führte Peeta die Polizisten, denn jenseits des Flusses kannten sich die Krinkari nicht aus, und es gab auch keine Karten. Um die Seen kamen sie langsam voran, denn Peeta war nicht daran gewöhnt, an einen Karren zu denken, und es gab immer wieder schlammige und sumpfige Abschnitte oder weichen Sand, sodass sie mehr als einmal anhalten und die Räder ausgraben mussten.

In dieser Gegend hatten nur wenige Menschen schon einmal Weiße gesehen, und Peeta musste viel Überzeugungsarbeit leisten, damit man sie durchließ oder ihnen den Weg zeigte. Die meisten Ngarrindjeri hier gehörten nicht zu ihrem Clan und waren ihr auch nicht persönlich bekannt; sie hatten keinen Grund, den Weißen zu trauen.

Endlich kamen sie an die Lagune. Von hier aus war das Gelände für den Karren ganz und gar ungeeignet, und Peeta riet ihnen, den Karren, die Ochsen und auch die Pferde auf der Landseite der Lagune zurückzulassen.

Sie stakte die Männer auf einem Floß hinüber, und bald trafen sie auf die ersten Bewohner des Dünengürtels, wo die Leute besonders misstrauisch waren, mehr als sie erwartet hatte, und auf jeden Fall mehr als vor ein paar Wochen, als sie mit Georgina und Miles hier durchgezogen war. Die meisten Frauen rannten weg und versteckten sich mit den Kindern.

Peeta übersetzte die Fragen, die Sergeant Poole stellte, denn er hatte keinen Versuch unternommen, auf dem Weg vielleicht ein paar Brocken ihrer Sprache zu lernen. Aber es gab nicht viele Antworten; auch die Männer schienen Angst zu haben und behaupteten, sie wüssten nichts über den Verbleib der beiden Krinkari. Die Polizisten sollten mit Peetas Clan sprechen, dort sei über die Männer gesprochen und beschlossen worden.

Peeta übersetzte alles.

»Die wissen doch mehr, als sie sagen!«, schnarrte einer der Weißen. »Wir sollten ihnen ein bisschen Angst einjagen, dann reden sie schon.«

»Ach, was soll's?«, sagte ein anderer. »Ist doch klar, dass sie dahinterstecken. Hängt ein paar von ihnen auf, dann wissen sie Bescheid.«

»Genau!«, rief ein dritter. »Wir müssen dieses Land sichern.

Es wird noch mehr Schiffbrüchige an dieser Küste geben, und wir können doch nicht zulassen, dass diese Bastarde noch mehr von uns abschlachten. Schaut euch doch den Kerl hier an, man sieht doch sofort, dass er ein Verbrecher ist.«

»Ich würde den Wilden ebenso gern eine Lektion erteilen wie ihr«, sagte der Sergeant. »Aber wir haben die Aufgabe, hier eine gründliche Untersuchung durchzuführen. Inspektor Elliot hat mir die Anweisung erteilt, sehr vorsichtig zu sein. Der Gouverneur hat diesen Wilden volle Rechte zugestanden und beobachtet sehr genau, was wir hier tun. Er verlangt einen ausführlichen Bericht von uns, und wenn wir Profit aus der Sache schlagen wollen, zum Beispiel durch Beförderungen, dann müssen wir uns professionell benehmen. Sonst bleiben wir für alle Zeit die kleinste und am schlechtesten bezahlte Polizeitruppe in den Kolonien.«

Die Männer grummelten vor sich hin und traten von einem Fuß auf den anderen. »Dann sollten wir machen, dass wir wegkommen, bevor sie noch mehr von uns abmurksen«, sagte einer.

»Das Mädchen soll uns zu ihrem Stamm führen, wir versuchen es da«, sagte der Sergeant.

Sie überquerten die Lagune wieder und gingen zwei Tage am Wasser entlang, bis Peeta ein paar interessante Fußspuren entdeckte. Das waren ganz sicher Krillis Spuren, denn er hatte einen schiefen Fuß und humpelte ein kleines bisschen. Als Kind hatte er sich mal den Fuß verbrannt, und das Narbengewebe hatte den Fuß nach innen gezogen.

Die Fußspur daneben war lang und schmal; durchaus

möglich, dass es Thukeri gewesen war. Und beide Fußspuren waren noch frisch, die Männer waren also nicht weit vor ihnen.

Am nächsten Tag fanden sie Thukeri, der an der Lagune saß und frischen Fisch überm Feuer briet.

»Peeta!« Er sprang auf und schloss sie in die Arme. »Peeta, du lebst! Dank sei dem Geist von Ngurunderi! Wo bist du gewesen? Was ist mit dir passiert? Du bist einfach verschwunden, und ich dachte schon, ich sehe dich nie wieder!« Er umarmte sie fest.

»Ach, Thukeri!« Sie küsste ihn.

In diesem Augenblick kamen die Weißen in Sicht. »Wer ist das?« Thukeri griff sofort nach seinem Speer.

Peeta legte ihm eine Hand auf den Arm. »Keine Sorge, sie sind mit mir unterwegs. Es sind Polizisten, und sie wollen die Krinkari finden, die wir beim Tendi getroffen haben.«

Thukeri sah die Männer angstvoll an; sie konnte die Ader an seiner Kehle pulsieren sehen, und er atmete schnell.

»Ich dachte, Krilli wäre bei dir«, sagte Peeta. Sie konnte nur hoffen, das Krilli nicht irgendwo in den Büschen lauerte, um die Weißen anzugreifen.

»Er ist weiter unten an der Lagune beim Fischen. Soll ich ihn holen?«

»Ja.«

Peeta drehte sich um und erklärte den Polizisten, dass Thukeri ein Mann aus ihrem Clan war und bei dem Fest am Strand dabei gewesen war. Sie erzählte ihnen auch, dass er jetzt Krilli holen ginge, der ebenfalls Zeuge gewesen sei.

Krilli kam mit Thukeri zurück, begrüßte Peeta aber nicht

annähernd so freundlich wie Thukeri. Die Polizisten beobachteten sie genau.

Thukeri lud sie ein, sich ans Lagerfeuer zu setzen und von seinem Fisch zu essen. Alle setzten sich, aber die Polizisten aßen nichts. Krilli sah Peeta und die Weißen misstrauisch an.

»Was wollen sie?«, fragte er.

»Sie wollen wissen, was mit den beiden Krinkari passiert ist.«

Krilli sah Thukeri nachdenklich an. Sein Blick war undurchdringlich.

»Frag die beiden, ob sie wissen, was mit Bressington und Moriarty passiert ist«, sagte der Sergeant.

»Er fragt euch, was mit den Männern passiert ist«, übersetzte Peeta.

Krilli sprang auf und zeigte auf Thukeri. »Er hat sie getötet!«, rief er. Ein paar von den Polizisten griffen nach ihren Waffen. Thukeri sprang ebenfalls auf. »Wovon redest du überhaupt, Krilli? Was sagst du denn da? Ich habe niemanden umgebracht.« Er sprach Ngarrindjeri, aber es war leicht zu erkennen, was er sagte.

»Was hat der Alte gesagt?«, fragte der Sergeant und griff nach Peetas Arm.

Peeta war so verwirrt, dass sie nicht richtig nachdachte. »Er sagt, Thukeri tötet sie, aber das stimmt nicht.«

Zwei von den Polizisten sprangen auf und zogen ihre Handschellen heraus. Sie gingen auf Thukeri zu, um ihn zu verhaften.

Dann ging alles sehr schnell.

»Nein, Halt!«, rief Peeta. »Nicht Thukeri. Er hat nichts

getan.« Sie zweifelte keinen Moment daran, dass Thukeri die Wahrheit sagte.

Aber der Sergeant rief: »Verhaften!«, und die beiden Polizisten stürzten sich auf Thukeri.

Peeta schrie: »Lauf weg!«, und Thukeri schoss wie ein Pfeil davon.

»Halt, oder wir schießen!«, brüllte einer der Polizisten, aber Thukeri lief weiter.

Einer der Polizisten feuerte. Thukeri sprang hoch, schrie und griff nach seinem Bein. Peeta konnte sehen, wie das Blut herausspritzte. Alle brüllten und schrien, außer Krilli. Thukeri rannte weiter, aber die Polizisten liefen ihm hinterher und hatten ihn schnell eingeholt. Er wehrte sich, versuchte weiterzufliehen, aber zu viert hatten sie ihn schnell zu Boden gerungen und ihm Handschellen angelegt.

»Sergeant!« Als Peeta sich umdrehte, sah sie, dass er sie und Krilli mit dem Gewehr bedrohte. »Er nichts getan. Krilli lügt!«

»Warum sollte er das tun? Der Mann ist schuldig, sonst wäre er doch nicht geflohen. Sein eigener Verwandter klagt ihn an.«

»Nein, stimmt nicht!«

»Warum sollte er lügen?«, wiederholte der Sergeant und sah von ihr zu Krilli und wieder zurück.

Peeta wandte sich an Krilli, der dicht hinter ihr stand. Er war ihre einzige Hoffnung. »Krilli, tu doch etwas! Bitte!«, flehte sie.

Aber Krilli zuckte nur mit den Schultern. »Was soll ich denn machen? Sie sind zu fünft, wir sind zu dritt, und sie haben diese brüllenden Waffen. Ich wusste ja nicht, was passiert, wenn ich die Wahrheit sage.« Seine Augen funkelten seltsam, als würde er sich heimlich freuen. Er triumphierte, das wurde ihr allmählich klar.

Und damit begriff sie auch, was für ein Spiel er spielte. Er hatte sich erfolgreich eines Rivalen entledigt.

Die Polizisten banden den sich windenden Thukeri mit einem Seil an einen Baum, als wären die Handschellen und das verletzte Bein noch nicht genug. »Bitte, Sergeant Poole«, flehte Peeta. »Es ist nicht wahr.«

»Er trägt den Mantel von einem Weißen«, rief einer der Polizisten. »Erst habe ich gedacht, er wäre nur schmutzig, aber jetzt sehe ich, er ist voller Blut am Kragen und an den Schultern. Den hat er einem der beiden Opfer gestohlen!« Sie begannen die Taschen zu durchsuchen.

»Ich habe nur eine einzige Frage«, sagte der Sergeant zu Peeta. »Woher weißt du, dass er unschuldig ist? Wenn ich recht verstehe, warst du zu dieser Zeit nicht hier.«

»Nein, ich …« Sie wusste nicht, ob sie ihm sagen sollte, dass sie Thukeri versprochen war.

»Wir haben alle gesehen, dass du ihn umarmt und geküsst hast.«

»Ja, wir … wir heiraten.«

»Ach so! Dann ist deine Aussage allerdings nicht viel wert.

Es ist ja klar, dass du ihn schützen willst. Aber du kannst ihm nicht helfen, er wird seine gerechte Strafe bekommen.« Er wandte sich ab. »Carrick, Ramsay, bewacht ihn gut«, befahl er. Die beiden Männer stellten sich rechts und links neben den Gefangenen.

Peeta lief zu Thukeri, aber sie schoben sie weg. »Haltet sie von dem Gefangenen fern, sie könnte ihm helfen zu fliehen«, sagte der Sergeant.

Peeta wandte sich noch einmal an ihn. »Bitte, ich gehe mit.

Er flieht nicht, ich verspreche.«

»Nein, du bleibst bei deinen Leuten. Die britische Gerichtsbarkeit wird sich um diesen Thu… Thu… Curly kümmern.« Er konnte den Namen nicht aussprechen.

Sie fiel vor dem Sergeant auf die Knie. »Nein, er Angst. Er kennt Krinkari nicht. Bitte, ich komme mit.«

Er trat leicht mit dem Stiefel nach ihr, sodass sie auf den Rücken fiel. »Nein, Schluss jetzt. Du hast deine Pflicht getan, geh nach Hause mit dem anderen.

Peeta sah sich um. Krilli war verschwunden.

»Wo ist er?«, rief der Sergeant. »Hat ihn irgendwer gesehen?« Aber die Polizisten schüttelten den Kopf.

»Phillips, Reece, ihm nach! Und ihr zwei passt hier auf, sagte er zu Ramsay du Carrick. »Sie könnten uns jederzeit angreifen.« Er hielt sein Gewehr im Anschlag.

Niemand sagte mehr ein Wort. Phillips und Reece kamen nach einer Stunde zurück, aber ohne Krilli.

»Verdammt!«, sagte der Sergeant. »Damit ist unser Zeuge weg, und wir hatten keine Zeit, uns die ganze Geschichte anzuhören.«

»Wir folgen ihm?«, fragte Peeta, aber der Sergeant schüttelte den hochroten Kopf. »Ich weiß nicht«, erwiderte er. »Jetzt haben wir ja den Mörder, warum sollten wir noch den anderen verfolgen? Er kann ohnehin nicht vereidigt werden. Und die Art, wie dieser Curly geflohen ist, beweist seine Schuld, würde ich sagen. Außerdem trägt er den blut-verschmierten Mantel seines Opfers.«

Peeta wusste nicht, was eine Vereidigung war, aber sie wollte Thukeris Version der Geschichte hören. »Wir fragen ihn? Ich sage englisch für Sie«, schlug sie vor.

»Nein, wir befragen ihn auf der Polizeiwache. Du bist ohnehin nicht objektiv, und ich will nicht, dass ihr beide irgendwelche Pläne ausheckt. Du wirst kein Wort mehr mit dem Gefangenen sprechen, sondern gehen. Geh zu deinen Leuten.« Er deutete mit dem Kinn in die Richtung, die sie nehmen sollte.

Peeta stand auf.

»Warten Sie, Sergeant, bevor sie sie gehen lassen, wahr-scheinlich hat er den Mord ja nicht allein begangen. Ma-chen wir uns nicht lächerlich, wenn wir nur mit dem einen Mann zurückkommen?«

»Schwierig zu sagen, was schlimmer ist. Wenn wir wei-tersuchen, stellt uns der andere womöglich eine Falle. Wir brauchen zwei Männer, die den Gefangenen bewachen, er darf uns auf keinen Fall entkommen. Das heißt, wir sind nur zu dritt gegen einen ganzen Stamm von möglichen An-greifern. Und dem Mädchen können wir nicht trauen.« Er drehte sich wieder zu ihr um. »Geh, los, hau ab!«

Peeta zog sich langsam zurück.

Die Fische waren inzwischen auf dem Feuer verbrannt, und der Qualm stach ihr in die Nase. Und da stand Thukeri, ihr geliebter Thukeri gefesselt an diesem Baum; das Blut lief aus seinem verletzten Bein. Würde das ihre letzte Erin-nerung an ihn sein?

Nein, sie konnte ihn nicht allein lassen mit diesen

grausamen Krinkari. Sie würde ihm folgen, bis nach Adelaide.

»Thukeri!«, rief sie. »Nicht verzweifeln, ich folge euch.«

»Sei endlich still!«, brüllte der Sergeant.

»Du erkennst mich am Ruf des Peetperim-Vogels!« Das würde Thukeri nicht vergessen, es war der Vogel, von dem sie ihren Namen hatte.

»Schnauze!« Der Sergeant sprang auf und griff nach ihr, aber Peeta drehte sich blitzschnell um und verschwand im Unterholz.

18

Georgina blickte auf den ritterlichen Brief, den sie bekommen hatte, in dem er ihr voller Mitgefühl schrieb, wie sehr er sich auf ihre Ankunft und auf die Hochzeit freute.

Sie ließ die Hand in den Schoß sinken. Wenn er wüsste …

Ihr Blick schweifte von der Veranda zum Garten ihrer Tante und darüber hinweg zu den blauen Hügeln. Was sollte sie nur tun? Wenn die Untersuchungen nicht bald beendet waren, würde ihr nichts anderes übrig bleiben, als Charles von seiner Verlobung mit ihr zu entbinden. Es wäre einfacher gewesen, wenn sie sofort nach Portland Bay abgereist wäre, aber jetzt würde es bald offensichtlich sein, dass man Charles Hörner aufgesetzt hatte, und sie hatte keine Ahnung, wie er darauf reagieren würde. Wenn sie ihn um Verständnis und Vergebung bat, wenn sie ihm die besonderen Umstände nach dem Schiffbruch erklärte, würde er sie dann noch heiraten?

Früher hatten ihr sein Geld und sein Bewusstsein für gesellschaftliche Schicklichkeit außerordentlich imponiert. Er war für sie eine gute Partie gewesen, außerdem kannte sie ihn seit ihrer Kindheit, und er war ein kultivierter Mann, mit dem man sich überall sehen lassen konnte. Jetzt waren all diese Tugenden womöglich ihr Untergang. Sein Bewusstsein für Schicklichkeit würde sich als verbohrter Konservativismus erweisen, seine guten Manieren als spießig.

Ob es besser wäre, ihm nichts zu sagen, bis er es selbst

sah? Dann wären sie immerhin schon verheiratet. Natürlich lief sie Gefahr, dass er sie dafür ein Leben lang hassen würde, und sie konnte es ihm nicht einmal verdenken. Schließlich konnte sie sich unter diesen Umständen kaum selbst respektieren. Nein, so ging das nicht.

Ihr Grübeln wurde durch einen Boten von Inspektor Elliot unterbrochen. Die Polizei hatte den Tod von Geoffrey Bressington und Mick Moriarty bestätigt, obwohl die Leichen nicht gefunden worden waren. Ein Schwarzer namens Black Curly wurde des Mordes beschuldigt und war verhaftet worden. Er hatte einen blutbefleckten Mantel getragen, der zweifellos von einem der Opfer stammte.

Es tat ihr leid, dass ausgerechnet einer der Ngarrindjeri für die Tat verantwortlich gemacht wurde. Angesichts der Vorgeschichte mit den Entführungen der Ngarrindjeri-Frauen durch Seehundjäger und Walfänger war jeder Mann, der in dieser Gegend eine schwarze Frau überfiel, in Lebensgefahr. Mick Moriarty war schlicht und einfach ein Verbrecher und hatte eine schnelle Bestrafung durch die Ngarrindjeri verdient. Natürlich wünschte sie niemandem den Tod, aber mit seinem Handeln hatte er nicht nur seinen eigenen Tod herbeigeführt, sondern auch den von Bressington. Und nun würde ein schwarzer Mann zur Verantwortung gezogen, weil er eine Frau aus seinem Volk verteidigt hatte. Black Curly war ein seltsamer Name; sie war erleichtert, dass wenigstens niemand von Peetas Clan in die Sache verwickelt war.

Der Brief des Inspektors besagte, dass sie bei der Anhörung in einer Woche nicht als Zeugin gebraucht wurde, wohl aber beim Prozess.

Sie faltete das Blatt zusammen und legte es auf den Tisch. Vor ein paar Monaten noch wäre sie der festen Überzeugung gewesen, dass ein Schwarzer, der zwei weiße Männer ermordet hatte, gehängt werden musste. Jetzt war ihr der Gedanke zutiefst zuwider. Die Ngarrindjeri wurden durch das Gesetz nicht wirklich geschützt. Sie konnten keinen Weißen wegen der Vergewaltigung oder Entführung einer Frau anzeigen. Und selbst wenn sie es konnten, würde er vermutlich nicht verurteilt. Dasselbe Rechtssystem konnte sie aber sehr wohl verurteilen, für schuldig befinden und bestrafen. Sie dachte an den Abend auf dem Coorong, bevor sie geflohen waren. Sie hatte von den Dünen aus über die weite, silbrig glänzende Landschaft des Coorong geblickt, und sie erinnerte sich an den bitteren Kummer, den sie empfunden hatte, weil diese Menschen so viel verlieren würden, wenn die Weißen kämen. Sie wünschte immer noch, sie könnte etwas gegen das Eindringen der Weißen tun.

Unwillkürlich legte sie die Hand auf ihren immer noch flachen Bauch. Gut, dass man noch nichts sah. Ihr Mieder wurde langsam etwas eng, und ihre Brüste spannten, aber es würde noch eine Weile dauern, sie musste ja nur behaupten, sie hätte nach ihrer Rückkehr etwas zugenommen.

Jetzt musste nur noch der Prozess gegen diesen Black Curly stattfinden, dann konnte sie nach Portland Bay abreisen.

Die andere Möglichkeit – es Miles zu sagen – drehte ihr den Magen schon beim Nachdenken um. Er wollte sie nicht, das hatte er sie ganz deutlich wissen lassen, wenn auch nicht mit Worten. Vermutlich hatte er sie nie gewollt.

Sie hatte ihn begehrt, und zwar in schamloser, rücksichtsloser Weise.

Er hatte sie nicht lieben wollen. Sie hatte ihn verführt, und sie musste die Folgen allein tragen.

Ihre Arbeit an den Briefen für die Hinterbliebenen wurde vom Mädchen unterbrochen, das hereinkam und knickste. »Miss Stapleton, das schwarze Mädchen ist da.«

»Peeta?«

»Ja, Miss, und sie ist in einer fürchterlichen Verfassung.«

»Sie sollte doch längst bei ihren Leuten auf dem Coorong sein!«

»Aber sie steht an der Hintertür, Miss, und bittet um Einlass. Soll ich sie wegschicken?«

»Nein!«, erwiderte Georgina. »Bring sie bitte hier herein.«

»Mrs Clendenning hat aber beim letzten Mal, als sie da war, gesagt, sie soll nicht mehr kommen«, gab das Mädchen nervös zu bedenken.«

»Und ich habe gesagt, bring sie herein. Irgendetwas stimmt doch da nicht!«

Das Mädchen knickste wieder und verschwand.

Peeta kam auf die Veranda gestürzt. Sie sah aus, als wäre sie durch die Hölle gegangen, und brach schluchzend und vollkommen erschöpft zu Georginas Füßen zusammen.

»Etwas Tee und Gebäck bitte«, sagte Georgina zu dem Mädchen, das sie mit offenem Mund anstarrte.

»Was ist denn passiert, Peeta?«

»Polizisten haben Thukeri.«

»Was?«

»Haben Thukeri in Adelaide. Georgina, bitte, du musst helfen!«

»Aber ja! Ja, natürlich helfe ich euch. Wie ist es denn dazu gekommen? Erzähl mir alles, von Anfang an.«

»Gehe mit Polizisten nach Kondilindjerung, spreche mit Clan dort. Wollen nichts sagen, haben große Angst. Kondilindjera-Leute sagen, sprich mit Krilli, Thukeri und Pameri.«

»Aber warum?«

»Peetas Problem.«

»Und waren deine Leute noch da?«

»Nein, schon weg.«

»Und dann?«

»Gehen weiter, finden Thukeri und Krilli nach drei Tagen.

Übersetze für Polizisten, frage, was ist mit Krinkari? Krilli zeigt mit Finger auf Thukeri, sagt, Thukeri tötet weiße Männer. Thukeri sagt Nein, stimmt nicht. Polizisten fragen mich, ich sage ihnen alles.«

Sie sprach so schnell, dass Georgina ihre Geschichte kaum verstand.

»Polizisten verhaften Thukeri, fesseln ihn. Ich sage, nein, nicht Thukeri. Aber Polizisten sagen, ja, Thukeri böser Mann. Ich weine, sage Thukeri, weglaufen. Er läuft. Polizisten schießen Thukeri ins Bein, fangen Thukeri und bringen nach Adelaide. Peeta folgt ihnen.«

»Das heißt, Thukeri ist wegen des Mordes an Mick und Geoffrey verhaftet worden? Er ist der, den sie Black Curly nennen?«

»Ja, aber er tötet Krinkari nicht.«

»Aber wer war es dann?«

»Weiß nicht. Darf nicht mit Thukeri sprechen, darf nicht mitgehen, bin heimlich gefolgt.«

»Hast du den Polizisten erklärt, dass das alles ein Missverständnis ist?«

»Ja, aber sie schießen mit Pundepurre. Sagen, Thukeri mein Mann, ich lüge für ihn.«

Sie brach wieder in Tränen aus. Georgina legte ihr eine Hand auf den Arm. Peeta war wirklich ein ungeheurer Pechvogel; die Krinkari hatten ihr kein Glück gebracht. Hätte sie nicht Miles und Georgina geholfen, nach Encounter Bay zu entkommen, dann hätte Mick sie gar nicht erst überfallen. Und hätte sie den Polizisten nicht bei der Suche nach den zwei Männern geholfen, dann säße ihr Verlobter jetzt nicht im Gefängnis.

Georgina zwang sich, ruhig nachzudenken. Sie glaubte Thukeri und Peeta; sie kannte die beiden gut genug.

Die britische Justiz war berühmt für ihre Fairness und Gerechtigkeit, auch wenn die Aborigines keinen Weißen vor Gericht bringen konnten. Es würde zu einem gerechten Urteil kommen, und zwar auf die Weise, für die es überall auf der Welt bekannt war. Der Angeklagte galt immer als unschuldig, bis seine Schuld erwiesen war. Es gab keine Beweismittel außer Krillis Anschuldigung, von dem Mantel einmal abgesehen. Und Krilli war noch nicht als Zeuge vernommen worden.

Die ganze Anklage basierte ausschließlich auf Hörensagen.

Dann hatte sie eine Idee. »Peeta, was für einen Grund hatte Krilli, so etwas zu sagen, wenn es nicht wahr ist?«

Peeta stopfte sich ein Stück Brot mit Butter in den Mund, verzog das Gesicht über den seltsamen Geschmack und spülte mit Tee nach. Dann hob sie ihr tränenverschmiertes Gesicht wieder. »Wenn Thukeri weg, muss Peeta heiraten Krilli.«

»Bist du sicher?«

»Krilli kein guter Mann. Streit mit Thukeri.«

»Und was werden deine Leute dazu sagen?«

»Werden Krilli glauben und nichts sagen.«

»Aber Thukeris Vater, euer Ältester, der wird doch ganz sicher einschreiten?«

»Kann nichts sagen. Sein Sohn genau wie alle Männer.«

»Er muss seinen Sohn behandeln wie alle anderen, damit er als fair angesehen wird?«

Peeta nickte.

»Aber was ist mit Pameri? Wo war er, als ihr die anderen beiden gefunden habt?«

»Weiß nicht.«

Georgina reichte Peeta ein Taschentuch, und sie wischte sich das Gesicht ab. »Gütiger Himmel, das sieht wirklich nicht gut aus. Aber noch ist nicht alles verloren. Ich will dir erklären, wie unsere Gesetze funktionieren. Thukeri wird vor Gericht gestellt, sein Fall wird von einem sehr klugen Mann beurteilt.«

»Wie Ältester?«, fragte Peeta.

»Ja. Wir nennen ihn Richter. Der Richter wird unterstützt von den Geschworenen, einer Gruppe angesehener Männer.«

»Eure Ältesten?«

»Genau. So wie euer Tendi. Die Polizisten müssen dort

beweisen, dass Thukeri ohne jeden Zweifel die Tat begangen hat. Thukeri darf selbst sprechen und dem Richter sagen, was passiert ist und was er weiß. Der Richter und die Geschworenen werden ihn anhören und sagen: Nein, er hat die beiden Männer nicht getötet.«

»Ist wahr?«

»Ja, das ist wahr. Deshalb sind die Gesetze der Krinkari so gut. Und der Gouverneur hat gesagt, alle schwarzen Leute müssen fair behandelt werden, denn die Königin liebt sie genauso wie die Krinkari. Thukeri wird also nicht bestraft werden, wenn er Mick und Geoffrey nicht getötet hat.«

»Ist wahr?«

»Ich verspreche dir, das Gericht wird ihn fair behandeln. Und jetzt iss etwas, du musst ja ganz ausgehungert sein«, sagte sie und reichte Peeta noch einmal den Teller mit Brot und Butter.

Peeta nahm noch ein Stück. »Was ist das?«, fragte sie und kratzte die Butter mit dem Zeigefinger ab.

»Butter. Sie wird aus Milch gemacht, von den Kühen.«

Peeta rümpfte die Nase. »Schmeckt nicht gut. Viel Fett.«

Georgina musste lachen. Ihre Tante würde der Schlag treffen, wenn sie hörte, dass eine Aborigine etwas gegen ihre wunderbare Butter sagte.

Georgina und Peeta gingen nicht zu der ersten Anhörung, denn nach wie vor legte Tante Mary großen Wert darauf, ihre Nichte der Öffentlichkeit zu entziehen. So las sie nur in der Zeitung darüber.

Seit Thukeris Verhaftung hatte es einige vorschnelle Artikel über »schwarze Wilde« gegeben, und an manchen

Stellen war auch eine Verstärkung der Polizei gefordert worden. Besorgte Bürger hatten öffentliche Versammlungen verlangt, auf denen über den Schutz der Siedler in entlegeneren Gebieten diskutiert werden sollte. Der Beauftragte für die Aborigines wurde kritisiert, weil er die Eingeborenen nicht unter Kontrolle hatte, und selbst der Gouverneur hatte sich entsetzt über die Morde an den unglücklichen Überlebenden eines Schiffbruchs geäußert. Überall galten die Schwarzen vom Coorong jetzt als wilde, unverbesserliche Mörder und Räuber.

Bürgermeister Henry Wigley hatte die erste Anhörung geleitet. Die Polizisten hatten zwei Beweisanträge gestellt: Zum einen gab es eine Anklage gegen Thukeri von Krilli, einem Mann aus seinem eigenen Stamm. Krilli war nicht mit nach Adelaide gebracht worden, weil er nicht vereidigt werden konnte, so hieß es. Zum zweiten war bei Black Curly der blutverschmierte europäische Mantel gefunden worden. Er hatte auch zugegeben, dass der Mantel einem der beiden Engländer von der *Cataleena* gehört hatte. Nach Aussage der Polizisten hatte Miles Bennett bestätigt, dass der Mantel Geoffrey Bressington gehörte.

Georgina legte die Zeitung auf den Tisch. Sie erinnerte sich gut an diesen Mantel, Geoffrey hatte ihn an Bord des Schiffes getragen, als sie aus England abgereist waren. Er hatte ihn am Tag des Schiffbruchs getragen und auch noch später, als sie ihn an Land wieder getroffen hatte. Da hatte das gute Stück allerdings schon ziemlich mitgenommen ausgesehen. »Keine Sorge«, hatte er am Lagerfeuer gesagt und sich in den Mantel gewickelt. Den Kragen hatte er hochgeschlagen.

Sie schauderte. Er hatte sie und Miles im Verdacht gehabt, ein Liebespaar zu sein. Sie konnte nur dankbar sein, dass er nicht hier war. Nein, sie wünschte ihm weiß Gott nicht den Tod, aber die Tatsache, dass er keine Gerüchte über sie verbreiten konnte, war ihr mehr als recht.

* * *

Drei Tage nach der Anhörung starb Colonel William Light, der Gründer der Stadt Adelaide. Clendenning Park war in höchster Aufregung; selbst Tante Mary war sehr betroffen.

»Gütiger Himmel, der Mann hätte wirklich mehr verdient«, sagte sie und tupfte sich die Augen. »Er konnte mehr als die meisten Beamten in dieser Kolonie zusammen. Doch, wirklich, ein Mann von großem Wissen und höchster Empfindsamkeit.«

»Light hat sich für Adelaide entschieden, Georgina«, sagte ihr Onkel. »Aber leider hat seine Entscheidung zu endlosen Streitigkeiten geführt. Die meisten seiner Gegner hatten allerdings viel weniger Ahnung als er. Sie fanden, die Stadt hätte an der Mündung des Murray gegründet werden sollen, oder in Encounter Bay.«

»An der Murray-Mündung? Da kann man doch keinen Hafen anlegen! Selbst bei gutem Wetter kommt man dort mit dem Schiff kaum vorbei, geschweige denn in einem Sturm. Und wenn ein Schiff die Mündung verfehlt, landet es auf den Sandbänken wie die *Cataleena*.«

»Wie gefiel dir denn Encounter Bay? Wäre diese Lage besser geeignet?«

»Das glaube ich kaum. Bei einem Sturm von Südwest,

und das ist ja die normale Windrichtung, trifft es die Schiffe dort mit voller Wucht. Bei dem Sturm, in dem unser Schiff untergegangen ist, wurden alle, die dort ankerten, auf die Küste zugetrieben. Ich finde, Light hatte recht.«

»Das finden wir auch, aber es gibt viele, die anderer Meinung sind«, erwiderte ihre Tante.

»Light hat die Stadt auch geplant und gebaut, aber auch dafür ist er kritisiert worden«, fügte ihr Onkel hinzu.

»Na ja, sie sieht ein bisschen zusammengestückelt aus, aber ich kann mir vorstellen, wie sie in ein paar Jahren sein wird. Die weite Parklandschaft rund um die Stadt gibt ihr doch eine gewisse Anmut und Großzügigkeit.«

»Ja, das finden wir auch. Außerdem hat Light auch das Umland erkundet. Aber das hat ihn wohl letztlich das Leben gekostet«, sagte ihre Tante.

»Nun, jedenfalls soll er auf einem Platz in der Stadt bestattet werden, und sein Grab soll die Inschrift ›Gründer der Stadt Adelaide‹ tragen. Dafür werde ich sorgen«, beendete Onkel Hugh das Gespräch. Und Tante Mary fügte hinzu: »Wir werden ein kleines Frauenkomitee gründen, dass sich um den Blumenschmuck kümmert.«

* * *

Zu dem Trauerzug für William Light waren unglaublich viele Menschen gekommen.

Die Prozession führte vom Haus des Verstorbenen im Westen der Stadt bis zur Trinity Church und von dort zu einem nahe gelegenen Platz. Fünfhundert Männer in dunkler Kleidung, der Bestatter und der Reverend Charles Howard vorneweg, dann folgten weitere Pfarrer. Die Vertreter der ersten Siedler gingen hinter ihnen, dann die Kolonialbeamten, darunter auch Richter Cooper, der Thukeris Verhandlung leiten würde. Und viele, viele mehr.

»Das müssen ja mehr als tausend Menschen sein«, sagte Georgina zu ihrer Tante.

»Zweitausend, erwiderte diese. »Gut, dass sie allmählich zu Verstand kommen. Er war ein großer Mann, ich hoffe, er sieht von dort oben, dass man ihm jetzt doch die gebührende Wertschätzung entgegenbringt. Lass uns in die Kirche gehen, bevor das große Gedränge anfängt.«

Als der Organist den Eingangsmarsch zu Ende gespielt hatte und der Reverend seine Ansprache begann, entdeckte Georgina Miles in der Menge. Er saß auf der anderen Seite neben Kapitän Lipson und sah sie an.

Ihr Herz klopfte laut, als sie seinen Blick lächelnd erwiderte, bevor ihre Tante etwas merkte und ihr mit einer kleinen Bewegung die Sicht versperrte.

Georgina sah wieder nach vorn. Miles! Sie hätte ihn so gern bei sich gehabt, aber das würde niemals möglich sein. Es war so schrecklich traurig! Sie hörte kaum noch etwas von der Predigt des Reverends, spürte nur die Schwere ihrer Reue, die ihr Herz mit sich in die Tiefe zog, als hätte man ihr einen Felsblock an die Füße gebunden und sie würde in der kalten Tiefe des Ozeans versinken.

Sie suchte nach ihrem Taschentuch und tupfte sich die Augen. Durch den Tränenschleier konnte sie sehen, dass viele Frauen weinten. Niemand würde etwas anderes als Trauer und Rührung bei ihr vermuten.

Aber ihre Gedanken weilten immer noch bei Miles, und sie seufzte tief. Was sollte sie nur machen? Sie liebte ihn so sehr.

Zu sehr, als dass sie ihn an sich gebunden hätte, solange er es nicht wollte. Zu sehr, als dass sie seinen Stolz gebrochen hätte, indem sie ihn zwang, sie zu heiraten, die reiche Frau. Und zu sehr, als dass sie ihm gestanden hätte, dass sie ein Kind von ihm erwartete.

Aber bereute sie, was zwischen ihnen geschehen war?

Nein, nicht eine Minute.

Eine Frau in der Reihe vor ihnen beruhigte ihr Baby. Beim nächsten Lied standen alle auf, und Georgina konnte über die Schulter ihrer Tante das kleine Gesicht sehen. Das Kind war fest in eine bestickte blaue Decke gewickelt, aber es streckte die kleinen Fäuste hinaus und fuchtelte damit herum. Das liebe kleine rosige Gesicht verzog sich zu einem Weinen. Der Mann neben der Frau nahm ihr das Kind ab, legte es über seine Schulter und klopfte ihm auf den Rücken.

Mit großen blauen Augen sah es Georgina an, dann verzog sich der winzige Mund zu einem Lächeln. Was für ein bittersüßer Augenblick. Sie dachte an ihr Baby. Miles' Baby. Er würde dieses Kind niemals kennenlernen, würde es niemals trösten, ihm auf den Rücken klopfen. Und sie würde ihn nie um Unterstützung bitten können, wie es die Frau vor ihr so selbstverständlich tat.

Wieder traten ihr die Tränen in die Augen, ihr Taschentuch war schon ganz nass. Sie schwankte ein wenig und sah Miles gerade lange genug, dass er ihre Tränen bemerkte. Als sie den Kopf abwandte, bemerkte sie Bonnie Elliot, die von ihr zu Miles schaute und zurück.

Bonnie sah sie fragend an. Georgina setzte ein tapferes Lächeln auf, aber Bonnie zog nur besorgt die Augenbrauen hoch, bevor sie ihr aufmunternd zulächelte.

Georgina schloss die Augen. Was sollte sie tun? War es falsch, ihm die Schwangerschaft zu verschweigen? Der Wunsch, ihn zu sehen, mit ihm zu sprechen, ihn zu bitten, sie in die Arme zu nehmen, war fast übermächtig. Aber es war unmöglich – oder ihre Tante würde es unmöglich machen.

Als der Gottesdienst zu Ende war, gingen sie auf den Platz vor der Kirche. Sie sah die Blicke und hörte das Geflüster, wenn man sie bemerkte. Jeder wusste, wer sie war, und alle wollten gern mit ihr sprechen, aber der Ernst des Anlasses hielt die meisten doch zurück. Trotzdem wurde sie vielen angesehenen Siedlern vorgestellt.

Sie fing Bonnies Blick noch einmal auf, einen mitfühlenden Blick, auch wenn die andere zu weit entfernt war, als dass sie miteinander hätten sprechen können.

»Mr Pullen«, hörte sie ihre Tante sagen, »das ist meine liebe Nichte, Georgina Stapleton. Georgina, darf ich dir Mr Pullen vorstellen, den Marinebeauftragten für Südaustralien.«

Georgina streckte die Hand aus. »Guten Tag, Mr Pullen«, sagte sie. »Sie haben da eine sehr wichtige Aufgabe.«

»In der Tat«, erwiderte er. »Sie haben es ja leider am eigenen Leibe …«

Er wurde von einer dröhnenden Stimme unterbrochen. »Ach, hier sind Sie, Pullen. Und hier ist junge Mann, von dem ich Ihnen erzählt habe.«

Georgina blickte auf und sah einen kräftig gebauten Mann durch die Menge drängen, Miles Bennett im Schlepptau. Sie spürte, wie ihr das Blut in den Kopf stieg, und sie biss sich auf die Unterlippe, um die Freude einzudämmen, die unbändig in ihr aufsprudelte. Sie musste sich gewaltsam von seinem Anblick losreißen, als Mr Pullen sie ansprach. »Miss Stapleton, haben Sie unseren Hafenkapitän Thomas Lipson schon kennengelernt?«

»Ja, wir hatten bereits das Vergnügen. Guten Tag, Kapitän Lipson.«

Er verneigte sich kurz über ihrer Hand. Dann wurde Miles Mr Pullen vorgestellt. »Und natürlich kennen Sie Miss Stapleton, da ist ja keine Vorstellung mehr nötig, Mr Bennett«, sagte Kapitän Lipson. »Er hat mir von Ihrem Überlebenskampf auf dem Coorong erzählt. Sie müssen eine bemerkenswerte Frau sein.«

Jetzt konnte ihre Tante sie nicht wegzerren, das wäre äußerst unhöflich gewesen.

»Erst wenn wir gefordert werden, wissen wir, was wir zu leisten imstande sind«, erwiderte Georgina.

Der Gouverneur kam durch die Menge auf sie zu. »Mrs Clendenning«, sagte er höflich.

Tante Mary knickste und zog Georgina zu sich. »Meine Nichte Georgina Stapleton haben Sie ja seinerzeit schon kennengelernt …«

»In der Tat, wie geht es Ihnen?«, erwiderte der Gouverneur Gawler und nahm Georginas Hand, als sie sich aus ihrem Knicks wieder erhob. »Ich hoffe, man sorgt gut für Sie in unserer Kolonie.«

»Sehr gut, Eure Exzellenz.«

»Kapitän Lipson!«, fuhr er fort und schüttelte dem Kapitän die Hand. »Und Mr Pullen, seien Sie gegrüßt. Ein trauriger Tag für Südaustralien.«

»Ja, unbedingt«, erwiderte Mr Pullen, dann wandte er sich kurz Miles Bennett zu. »Darf ich Ihnen Mr Miles Bennett vorstellen, Eure Exzellenz …«

»Eure Exzellenz.« Miles neigte den Kopf.

»Ah, Mr Bennett! Sie werden überall als Held gefeiert«, sagte der Gouverneur, doch sein Mund blieb streng und sein Ton mehr als trocken.

»Ich kann nur bedauern, dass das Schiff mit so vielen Menschen gesunken ist.«

»Aber das ist nach allem, was ich höre, nicht Ihre Schuld gewesen.« Die Augen des Gouverneurs richteten sich kurz auf Lipson.

»Ich habe getan, was ich konnte.«

»Und mehr als das, so weit ich höre. Ohne Ihren Einsatz hätte wohl niemand überlebt. Und Ihr Bericht an Kapitän Lipson hat alle von Ihrer Professionalität überzeugt.«

»Vielen Dank«, sagte Miles, den Hut in der Hand, sodass die Frühlingssonne auf seine goldblonden Haare schien.

Georgina war stolz auf ihn, wie er respektvoll, aber ohne jede unnötige Ehrfurcht, aufrecht vor dem Gouverneur stand. Ein geringerer Mann als er hätte sich jetzt aufgespielt oder sich vor dem Rang des Älteren klein gemacht.

»Ich kann nur hoffen, dass unsere Kolonie mit ihren gefährlichen, noch unkartierten Küsten in Ihren Augen nicht ganz ihren Glanz verloren hat.«

»Nein, ich bin tatsächlich überzeugt, dass diese Kolonie

eine große Zukunft vor sich hat. Und hier in Adelaide bin ich wunderbar gastfreundlich aufgenommen worden.«

»Wie erfreulich«, murmelte der Gouverneur und ging weiter.

»Nun, Mr Pullen«, sagte Thomas Lipson. »Ich versuche Mr Bennett davon zu überzeugen, dass er sich hier niederlässt. Wir brauchen Männer wie ihn. Ich hätte ihn gern als Stellvertreter, aber er will sich trotz aller Strapazen, die er durchgemacht hat, nicht an Land begeben. Stattdessen denkt er daran, als Kapitän auf einem Schiff zurück nach England zu reisen, was natürlich ein großer Verlust für uns wäre.«

Georginas Herz setzte einen Schlag aus. Miles sah sie mit undurchdringlichem Blick an.

»Allerdings, nach allem, was ich höre«, erwiderte Pullen.

Man hatte offenbar bereits über Miles gesprochen. »Ich suche ebenfalls einen Stellvertreter, jemanden, dem ich das Kommando über das Forschungsschiff übergeben könnte. Darüber würde ich gern mit Ihnen sprechen«, sagte er zu Miles. »Wie wäre es mit morgen?«

»Es tut mir leid, aber ich bin entschlossen, nach England zurückzukehren«, sagte Miles und sah Georgina noch einmal finster an. Sie hatte noch nie einen so verzweifelten Blick gesehen. Was fehlte ihm denn? Er hatte sich nicht halb so viel zum Narren gemacht wie sie. Er hatte ihr nicht gesagt, dass er sie liebte. Er war nicht bereit gewesen, irgendetwas aufzugeben, um bei ihr zu bleiben. Sie hatte all das getan. Und jetzt wollte er einfach verschwinden! Ihr brach das Herz, als sie anfing darüber nachzudenken.

»Aber das wäre außerordentlich schade! Hören Sie sich

doch wenigstens an, was ich anzubieten habe«, sagte Mr Pullen.

Miles nickte. »Nun gut«, sagte er zögernd.

»Besuchen Sie mich morgen, unser guter Kapitän hat meine Adresse.«

Miles nickte noch einmal.

Georgina spürte, wie ihre Tante sie am Ärmel zupfte. »Entschuldigen Sie uns, ich glaube, der Zug zum Light Square beginnt gleich«, sagte sie.

Georgina riss sich nur widerwillig von Miles' Anblick los. Als ihre Tante sie durch die Menge führte, sah sie sich noch einmal um. Da stand er, und seine Kiefermuskeln arbeiteten, während er ihr nachsah.

Nach der Zeremonie am Grab stellte ihre Tante sie weiteren Personen vor, aber die Gesichter und Namen rauschten an ihr vorbei, und sie antwortete nur noch automatisch.

Miles wollte fort, für immer. Er wartete auch nur auf das Ende des Prozesses und auf die Erlaubnis des Gouverneurs, die Kolonie zu verlassen. Wenn er das tat, war all ihre Hoffnung am Ende.

* * *

»Jack, komm her!«

»Ja, Mr Lockyer«, antwortete Jack. Vor Kurzem zum Vorarbeiter befördert, war er jetzt ständig gefordert.

»Jack, ich habe beschlossen, nach Südaustralien zu reisen, und ich möchte, dass du mich begleitest. Bereite alles vor, ich will so schnell wie möglich aufbrechen. Wir reiten bis Portland Bay und fahren dann mit dem ersten Schiff von dort aus weiter. Nein, noch besser, reite du nach Portland Bay voraus und sorg dafür, dass mein Agent eine Schiffspassage für uns bucht. Dann müssen wir in Portland Bay nicht warten.«

Er gab keinen Grund für die Reise an.

»Wann wollen Sie von hier aufbrechen?«

»Nun, irgendwann in den nächsten paar Tagen. Ich muss noch ein paar Dinge klären. Aber wie du sicher weißt, gehört meine Verlobte zu den wenigen Überlebenden der *Cataleena*.

Zuerst dachte ich, es wäre besser, sie hier hier zu erwarten, und das habe ich ihr auch in einem Brief geschrieben. Aber heute kam ein Brief von ihrer Tante, einer sehr ehrenwerten und vernünftigen Frau, die meint, ihre Nichte würde sich viel rascher erholen, wenn ich in der Nähe wäre, und ich sollte sie so bald wie möglich abholen.«

Für einen Augenblick sah es aus, als wollte er noch etwas sagen, aber dann schwieg er.

»Die arme Lady, Sir. Dieser Schiffbruch muss ja ganz schrecklich gewesen sein, wenn ich so sagen darf. Kein Wunder, dass sie nicht gern wieder aufs Wasser will, schon gar nicht allein.«

»Wohl wahr. Es ist eine Schande, dass die Überland-Strecke noch nicht besser ausgebaut ist, denn es wäre natürlich viel besser für sie, so reisen zu dürfen. Aber ich denke, sie fürchtet sich auch vor einem neuerlichen Angriff der Schwarzen.«

»Natürlich, Sir.«

»Wir werden alles vorbereiten müssen, damit sie die

größtmögliche Bequemlichkeit vorfindet. Deshalb brauche ich dich als Begleitung, denn ich werde alle Hände voll mit ihr zu tun haben.«

Jack unterdrückte nur mühsam ein Grinsen. Sein Herr war bekannt dafür, in solchen Fällen alle Hände voll zu tun zu haben, wohl wahr. Aber vielleicht war es ja bei Frauen seines eigenen Standes etwas anderes.

»Ja, Sir«, sagte er ruhig. Innerlich aber war er ganz und gar aufgewühlt. Das war seine Chance, auf die er so lange gewartet hatte. Seine Chance auf einen Neuanfang in Südaustralien, gemeinsam mit Edith.

Er schrieb seinen Brief an den Agenten, danach einen zweiten an Edith. Er rang nach Worten, die Zunge zwischen den Zähnen. Er hatte erst sehr spät schreiben gelernt, und es fiel ihm immer noch nicht leicht.

Liebe Edith,
ich hoffe, Du bist fröhlich und gesund, wenn Dich dieser Brief erreicht. Ich habe gute Nachrichten. Wie ich in meinem letzten Brief schon erwähnte, klingt alles gut, was ich aus der Kolonie Südaustralien höre. Jeder kann dort Land kaufen, zu einem fairen Preis. Und jetzt ist unsere Chance gekommen. Ich reise mit Mr Lockyer nach Adelaide. Das heißt, eine Passage ist bezahlt. Ich würde ihm lieber nicht den Streich spielen, ihn dort zu verlassen, aber er hat uns schließlich genug Streiche gespielt. Ich werde also mit ihm nach Adelaide gehen und ihn im letzten Augenblick vor unserer Rückkehr verlassen, wenn er meine Dienste am meisten nötig hat. Ich habe alles genau überlegt, und ich habe genug Geld für Deine Überfahrt,

Du solltest also sofort mitkommen. Wir werden dort einen
neuen Anfang machen, und Deine Familie holen wir
nach, sobald es uns besser geht, wie wir es geplant haben.
Kündige also Deine Stelle und bereite Dich darauf vor,
mit dem ersten Schiff nach Adelaide zu fahren.
In Liebe,
Jack

* * *

Georgina wischte sich das Gesicht mit einem kühlen, feuchten Tuch ab. Wie lange konnte es mit dieser Übelkeit noch weitergehen, ohne dass irgendjemand etwas merkte?

Ein kurzes, leises Klopfen war an ihrer Tür zu hören. »Miss Stapleton, Mrs Elliot ist da.«

Georgina raffte sich vom Bett auf und strich sich vor dem Spiegel das Kleid glatt. Es wurde jeden Tag schwieriger, die frühen Anzeichen einer Schwangerschaft zu verbergen, die Übelkeit und die Schwäche, lauter Dinge, die ihr bis jetzt vollkommen unbekannt gewesen waren.

»Wollen wir uns in den Garten setzen?«, fragte Bonnie und sah Georgina forschend an. Sie setzten sich auf eine Bank unter einem großen Eukalyptusbaum mit hellen Blüten und Tausenden von Bienen, die darin summten.

»Ich dachte, ich komme mal wieder vorbei und schaue nach dir«, sagte Bonnie. »Als ich dich gestern in der Kirche sah, machtest du einen etwas angegriffenen Eindruck.«

»O nein, mir geht es gut«, sagte Georgina zögernd. Wie gern hätte sie dieser Frau ihr Herz ausgeschüttet.

»Bist du sicher?«, fragte Bonnie.

»Vielleicht habe ich mich immer noch nicht von dem Schiffbruch und seinen Folgen erholt.«

Sie schwiegen beide einen Moment. Dann seufzte Bonnie tief auf. »Schau, Georgina, ich will nicht an dir herumbohren, aber ich dachte mir, du solltest etwas von mir wissen. Wir haben nämlich vielleicht mehr Gemeinsamkeiten, als du denkst. Ich erzähle dir das, weil ich den Eindruck habe, du bist bedrückt. Ich weiß, du hast hier niemanden außer deiner Tante und deinem Onkel. Versteh mich nicht falsch, sie sind beide höchst ehrenwerte Leute, aber sie sind viel älter als du und schon sehr sesshaft. Sie sind für dich eher ein Ersatz für die Eltern, keine gleichaltrigen Freunde. Außerdem glaube ich, du bist ein bisschen mutiger und abenteuerlustiger als sie. Es könnte schwierig für dich sein, mit ihnen über alles zu sprechen, was nach dem Schiffbruch passiert ist.«

Georgina sah Bonnie eindringlich an. Sie hätte so gern gesprochen, aber sie war sich nicht sicher, wie sie es anfangen sollte.

»Also, ich erzähle dir etwas von mir«, begann Bonnie.

»Ich habe schon ein bisschen von dir gehört, muss ich zugeben«, sagte Georgina. »Aber mit Sicherheit nicht alles. Warum glaubst du, wir hätten Gemeinsamkeiten?«

»Du bist begeisterungsfähig und mutig. Ich glaube, du hast genau wie ich einiges erlebt, was deinen Blick auf die Welt und deine Wertvorstellungen verändert hat. Vermutlich stellst du derzeit fast alles in Frage.«

»Ja«, sagte Georgina und setzte sich aufrecht hin.

Und Bonnie erzählte ihre Geschichte, angefangen mit den frühen Jahren, die sie allein mit ihrem Vater verbracht hatte. Sie erzählte, wie ihre Mutter sich mehr oder weniger zufällig gegen das Gesetz gestellt hatte, als die Highlander aus den schottischen Highlands vertrieben worden waren, und wie sie alle damit ganz plötzlich zu Gesetzesbrechern geworden waren. Dann hatte sie sich in den Polizisten Rowan Elliot verliebt, und ihr Vater war ganz und gar gegen diese Verbindung gewesen. Schließlich war ihr Vater unter der falschen Anschuldigung verhaftet worden, er habe einen Walfänger ermordet, und war in der Untersuchungshaft gestorben. Der schwere Konflikt mit Rowan, der sich daraus ergab, war für eine ganze Weile stärker gewesen als ihre Liebe, und sie hatte als Geächtete in der Wildnis leben müssen.

»Das schockiert dich jetzt sicher«, sagte Bonnie.

»Nur ein bisschen. Die Zusammenfassung hatte ich schon gehört«, lachte Georgina. »Für mich klingt das nach einem unglaublich romantischen Abenteuer.«

»Das war es auch«, lächelte Bonnie. »Aber es war auch hart. Bald musste ich mit den anderen Geächteten fliehen, und Rowan verfolgte uns. Mein Beschützer war Bram Devlin, der charmanteste unter den Geächteten. Irgendwann landeten wir auf dem Coorong bei den Tangani … Und jetzt wird es schwierig …«

Georgina war ganz Ohr.

»Nun. Wenn man in einer so windzerzausten Wildnis lebt, wo alles wild ist – die Menschen, die Tiere und die Pflanzen … Wenn man von so erdverbundenen Menschen umgeben ist, die nur für ihre Beziehungen, Familien und Kinder leben, für ihre Initiationsriten, Ehe und Liebe … Dann … Dann wird man sich seiner menschlichen Bedürfnisse so bewusst … der Sehnsucht und des Hungers …« Bonnie konnte nicht weitersprechen.

Georgina spürte, wie ihr die Tränen kamen. Auch Bonnie blinzelte ein paar Tränen weg, bevor sie weitererzählte. »In einer solchen Situation werden viele andere Dinge unwichtig: Klassenunterschiede, gesellschaftliche Konventionen, alte Feindschaften, und in meinem Fall auch die manchmal falschen Grenzen von Gesetz, Rasse, Kultur, all diese Dinge, die aufgeblasen und von unnötigen Regeln bestimmt sind.« Sie lächelte. »Ja, und dann tut man Dinge, die natürlicher lebenden Menschen eben auch natürlicher vorkommen. Man liebt, als gäbe es kein Morgen. Und so könnte es ja schließlich auch sein.«

Georgina spürte, wie ihr zwei Tränen über die Wangen liefen. Gütiger Himmel, Bonnie verstand sie wirklich!

Bonnie nahm ihre Hand. »Ich habe dort in der Wildnis zwei Männer geliebt, zu unterschiedlichen Zeiten. Vielleicht hätte ich das nicht tun sollen, aber ich habe es getan, und ich habe sie beide wirklich geliebt. Und beide Male habe ich mich überhaupt nicht um gesellschaftliche Schranken gekümmert, sondern bin nur meinem Herzen gefolgt. Ich weiß, wie das ist, Georgina. Ich habe genau wie du die Trommeln gehört, die weisen alten Gesänge, habe an den uralten Zeremonien teilgenommen und gespürt, was für ein Zauber in der Luft lag. Ich habe die Kraft des Miwi gespürt, den Kreislauf des Lebens gesehen. Ich habe es im Pulsieren meiner Adern gefühlt und im Glühen meines Herzens.«

Georgina fühlte, wie ihre Unterlippe zitterte, und konnte kein Wort sagen. Sie hob ihr Taschentuch an den Mund und nickte.

»Und nichts von alledem war schlecht. Nichts, und ich bereue keinen einzigen Augenblick. Natürlich war es hart, in die Kultur der Weißen zurückzukehren, aber ich habe es überlebt, und Sie werden es auch überleben.«

»Woher wussten Sie, dass …«, hauchte Georgina.

Bonnie lächelte und schob eine rote Haarsträhne zurück unter ihre Haube. »Ich habe die Blicke zwischen dir und Miles gesehen, als wir in der Kirche waren.«

Georgina schluchzte auf, und Bonnie tätschelte ihr die Hand. »Ich weiß, was du durchmachst, ich habe das alles auch erlebt. Es ist eine einzige Qual. Und ich stand ja vor derselben Situation, meine Eltern waren beide tot und ich hatte keine Geschwister, an die ich mich wenden konnte. Du stehst ganz allein vor der größten Entscheidung deines Lebens.«

Ein paar Augenblicke schwiegen sie beide.

»Aber welche Entscheidung du auch immer triffst, du bist eine Frau mit einem guten Herzen, und es wird immer Menschen geben, die dich lieben und dir beistehen. Natürlich wird es auch Menschen geben, die dich nicht verstehen, aber hier wird vieles nicht ganz so eng gesehen wie am anderen Ende der Welt.«

»Was soll ich denn tun?«

»Wenn du keine Entscheidung treffen kannst, mit der du glücklich bist, dann entscheide dich nicht, jedenfalls noch nicht. Halte dir so lange wie möglich alle Wege offen. Sonst triffst du eine Entscheidung, die dich für lange Zeit unglücklich macht.«

»Aber die Zeit läuft mir weg!«, rief Georgina.

Bonnie warf einen schnellen Blick auf ihren Bauch.

»Genau«, sagte Georgina. »Du hast es erraten.«

Wieder schwiegen sie beide, dann lächelte Bonnie. »Nun ja, eine schottische Bauerntochter, die bei den Walfängern und später bei den Geächteten gelebt hat, die Piratin, Entführerin und schließlich ein gefallenes Mädchen gewesen ist und schwanger vor den Traualtar trat, kann über dich wohl kaum ein Urteil fällen, meine Liebe.«

Mitgefühl, dachte Georgina. Bonnie sprach ganz einfach voller Mitgefühl. Sie fürchtete sich vor gar nichts. Mitgefühl. Deshalb war sie eine Geächtete, eine Piratin und eine Entführerin geworden.

Sie dachte an Rose, mit der sie Ähnliches erlebt hatte. Sie wusste, dass sie in diesem Augenblick eine tiefe, machtvolle Verbindung mit einer Frau einging, die aus vollkommen anderen Verhältnissen kam.

Und dann dachte sie an Peeta. Mit Peeta war es genauso. Warum empfing sie immer wieder dieselbe Botschaft? Waren Klasse und Rasse am Ende wirklich so unbedeutend?

»Du sollst nur wissen, dass ich dir helfen und deine Freundin bleiben werde, wie auch immer du dich entscheidest. Himmel!«, lachte sie. »Wir sind die einzigen weißen Frauen, die bei den Ngarrindjeri gelebt haben, wir müssen doch zusammenhalten!«

»Nanggi!«, lächelte Georgina. »Du bist genau im richtigen Augenblick wie eine Sonnengöttin in mein Leben getreten. In einer Zeit großer Dunkelheit.«

Bonnie lächelte auch. »Triff die richtigen Entscheidungen für dich, Georgina, nicht für irgendjemand sonst.« Sie hielt kurz inne. »Und jetzt lass uns noch kurz das Thema wechseln. Ich habe gehört, dass du Mr Bennett hilfst, einen Wohltätigkeitsfonds für die Familien der ertrunkenen Seeleute einzurichten.«

»Ja, und ich bin auch schon fast mit den Briefen fertig.«

»Das ist ein Thema, das mich schon lange beschäftigt. Kann ich irgendwie helfen?«

»Nun, ehrlich gesagt, ich habe die Sache ganz gut im Griff, und sie hilft mir, mit meinen Erinnerungen zurechtzukommen, aber wenn du sonst etwas für irgendeine andere benachteiligte Gruppe tun willst, bin ich sofort dabei. Mir sind auf dem Schiff und in den Wochen nach dem Schiffbruch wirklich die Augen aufgegangen.«

»Tatsächlich würde ich gern etwas für die Aborigines hier in der Stadt tun. Einige von ihnen verkommen total, und sie werden so schändlich behandelt …«

»Ich helfe dir«, erklärte Georgina. »Nach allem, was Peeta und ihr Volk für mich getan haben, würde ich ihren Brüdern und Schwestern nur zu gern helfen.«

»Also gut. Sobald du dich entschieden hast und wenn du hierbleibst und Zeit erübrigen kannst, dann denken wir genauer darüber nach.«

19

Der Oberste Gerichtshof war in einem Raum im Haus von Richter Cooper an der südöstlichen Ecke des Whitmore Square zusammengetreten. Die Straße war voll von Menschen. Nicht nur der Angeklagte war inzwischen berühmt, die Zeugen waren es auch. Als Georgina, Peeta und Tante Mary aus der Kutsche stiegen und sich ins Haus begaben, ging ein Raunen durch die Menge.

Der Gerichtssaal war ebenfalls voll. Zwei Männer standen eilig auf, um Georgina und ihrer Tante ihre Plätze anzubieten, aber Georgina drückte Peeta auf einen der Stühle und blieb mit leicht hochgezogener Augenbraue stehen, bis sich auch noch ein dritter Mann in der Reihe erhob.

Miles saß auf der anderen Seite des Saals und nickte ihnen zu. Wieder konnten sie nichts anderes tun als sich ansehen.

Das Tageslicht kam von den zwei Bereichen mit hohen Fenstertüren von der Gartenseite herein. Richter Cooper betrat den Saal und setzte sich auf einen erhöhten Platz zwischen den Fenstern, von wo er einen guten Blick auf die Gesichter des Angeklagten und der Zeugen hatte. Seine eigenen Reaktionen waren aus dem Saal kaum auszumachen.

Er hatte eine Glatze und eine lange Nase, und Georgina sah durchaus Freundlichkeit in seinem Gesicht. »Er sieht aus, als wäre er ein guter Mensch«, sagte sie zu Peeta, die neben ihr saß.

»Warte nur, heute Abend ist Thukeri frei.«

In diesem Moment wurde Thukeri in den Saal geführt. Man hatte ihm irgendwelche Lumpen angezogen, die ihm nicht wirklich passten, im Gesicht hatte er Verletzungen und Schwellungen, als wäre er geschlagen worden. Tatsächlich sah er jetzt wie ein Krimineller aus.

Die Zuschauer zischten voller Widerwillen gegen den Schwarzen, der zwei Weiße getötet hatte, und Thukeri zog den Kopf ein wie eine Schildkröte.

Georgina war entsetzt, wie stark er sich verändert hatte. Als sie ihn zuletzt gesehen hatte, war er ein großer, stolzer Krieger gewesen, Sohn des Ältesten und hoch angesehener Vermittler bei den anderen Clans. In seinem wunderbaren Mantel aus Beutelrattenfellen, mit Speer und Keule in der Hand, hatte er sehr würdig ausgesehen.

Jetzt, sah er ganz anders aus: schmutzig, niedergeschlagen und verängstigt.

Er stand schweigend und regungslos da, während die Anklage von dem Gerichtsdiener Henry Newenham verlesen wurde. »Du, Black Curly aus dem Coorong-Stamm, bist angeklagt, Geoffrey Gervase Bressington und Michael Patrick Moriarty am 26. Juli mutwillig ermordet zu haben.«

James Cronk, der Gerichtsvertreter der Aborigines, übersetzte die Anklage.

Thukeri sah ihn verständnislos an. »Spricht James eure Sprache?«, flüsterte Georgina Peeta zu.

Peeta schüttelte den Kopf. »Nein, spricht Kaurna, wie Leute in Adelaide.«

»Versteht Thukeri ihn denn?«

»Paar Worte.«

»Hast du verstanden, was dir vorgeworfen wird?«, fragte der Richter Thukeri in freundlichem Ton.

James Cronk übersetzte auch diese Frage. Einer der Polizisten stieß Thukeri an, und er nickte.

Georgina richtete sich auf. Thukeri konnte unmöglich verstanden haben, was man ihm sagte, außer, man hatte ihm in der Untersuchungshaft Kaurna und Englisch beigebracht, was sie aber stark bezweifelte. Sie sah Miles alarmiert an, und sein Gesicht zeigte dasselbe. Gab es denn hier keinen Übersetzer in seiner eigenen Sprache?

»Und was sagst du dazu?«

Thukeri sah den Übersetzer verständnislos an. Wieder stieß ihn ein Polizist an, und er murmelte eine Antwort.

»Nicht schuldig, Euer Ehren«, sagte James Cronk.

Die Zuschauer zischten.

Richter Cooper räusperte sich.

»Ich möchte ein paar allgemeine Bemerkungen vorausschicken, bevor wir den Fall verhandeln«, sagte er. Sein Blick schweifte über die Zuschauer. »Seit Südaustralien eine britische Provinz ist, leben alle Menschen in diesem Gebiet unter dem britischen Gesetz. Das bedeutet: Siedler und Eingeborene sind gleichermaßen den britischen Gesetzen unterworfen und werden nach britischen Rechtsmaßstäben verurteilt, wenn sie diese Gesetze übertreten.«

»Hört, hört!«, erklang es hier und da im Saal.

Der Richter sah die Zuschauer sehr eindringlich an. »Das heißt aber auch, es ist meine Pflicht, dafür zu sorgen, dass jeder Untertan, sei er Siedler oder Eingeborener, vom Gesetz geschützt wird. Wir sind hier nicht bei den Kängurus, und ich werde keine Störungen dulden. Der Angeklagte ist unschuldig, bis er durch einen regulären Prozess für schuldig befunden wird. Der Beauftragte für die Aborigines ist hier heute anwesend, um eine faire Behandlung des Angeklagten sicherzustellen.«

Matthew Moorhouse, der Beauftragte, erhob sich kurz und nickte.

Der Richter wandte sich an John Ramsay, den Pflichtverteidiger, der Thukeri zugeordnet worden war und jetzt scheinbar teilnahmslos aus dem Fenster sah. »Ich vermute, dass wieder argumentiert werden wird, das britische Gesetz könne auf die unwissenden Eingeborenen nicht angewandt werden, wie es beim letzten Mal schon der Fall war, als ich einen ähnlichen Mordfall hier zu verhandeln hatte.« John Ramsay sah den Richter an. »Lassen Sie mich dazu Folgendes erklären: Unwissenheit schützt nicht vor Strafe. Wie ich schon beim letzten Mal gesagt habe: Wenn die Eingeborenen so viel Kontakt mit den Siedlern haben, dass sie vertraut klingende britische Namen annehmen, dann können sie auch nach britischem Gesetz verurteilt werden.«

Georgina warf Miles einen schnellen Blick zu. Thukeri hatte keinen britischen Namen angenommen, erst bei der Verhaftung durch die Polizisten hatte er diesen seltsamen Namen bekommen. Sie waren die Einzigen, die ihn Black Curly genannt hatten.

Sollte sie etwas sagen? Konnte sie das tun? Oder würde man sie dann des Saales verweisen?

Der Richter wandte sich jetzt mit strengem Blick an die zwölf Geschworenen: allesamt angesehene Siedler, alle weiß und alles Männer, wie Georgina bemerkte.

»Ich bitte Sie, sich den Angeklagten genau anzusehen und während der gesamten Verhandlung zu überlegen, ob er sich der Tatsache bewusst ist, dass er gegen das Gesetz verstoßen hat. Wenn das so ist, dann kann er auch nach unseren Gesetzen be- und verurteilt werden.«

Die Geschworenen nickten und sahen Thukeri eindringlich an, der unter ihrem Blick noch mehr zusammenschrumpfte, den Blick senkte und den Kopf hängen ließ. Er sah niemanden an, und seine Ketten klirrten, als er sich bewegte.

Georgina war sich sicher, dass einige Geschworene bereits ihr Urteil gefällt hatten, und allmählich spürte sie, wie sich ihr Magen verkrampfte.

Der Generalstaatsanwalt, Mr Bernard, trat mit Perücke und schwarzem Talar auf, als er seine Erklärung abgab. »Meine Herren«, verkündete er, »es ist meine Pflicht, einen Fall vor dieses Gericht zu bringen, wie es ihn in diesem Land noch nicht gegeben hat. Bisher haben sich die Siedler in Südaustralien einer beispielhaften Behandlung ihrer schwarzen Brüder und Schwestern gerühmt. Und während fast jede andere Kolonie auf Erden vom Blut der Ureinwohner beschmutzt wurde, hat in Südaustralien noch kein Siedler die Hand gegen einen Schwarzen erhoben.«

Beispielhaft? Das ging ja gut los, dachte Georgina. Hier war jemand absolut nicht darauf aus, Sympathie für die Aborigines zu wecken.

»Wir haben vielleicht die Tiere verschreckt, die in ihrem primitiven Zustand ihre Nahrung darstellten. Aber wir haben ihnen bessere Nahrung gegeben und noch mehr: Wir haben ihnen den Status britischer Untertanen gegeben und ihnen so den Weg zu ihrem zukünftigen Glück geebnet.«

Georgina fragte sich, ob Peeta und Thukeri das wohl auch so sahen. Der Generalstaatsanwalt schritt durch den Saal, während er weitersprach. »Ich bin sicher, jeder Engländer würde die freundschaftlichen Beziehungen zwischen uns und den Aborigines gern aufrechterhalten. Aber, meine Herren …« Er hielt kurz inne, um seine Worte wirken zu lassen. »Aber wir müssen sie zu zivilisierten Menschen machen.« Sein Blick streifte die Geschworenen. »Und das heißt zu allererst, wir müssen ihnen beibringen, den Wert des menschlichen Lebens zu achten. Sie müssen lernen, dass Mord – und jedes andere Verbrechen ebenso – immer und zu allen Zeiten streng bestraft wird. Seit der Errichtung dieser Kolonie haben die Eingeborenen erlebt, dass Engländer bestraft wurden – einer sogar zum Tode. Und wenn sie nun erfahren, dass dieselben Strafen für Schwarze und Weiße gelten, dann wird das ihren Respekt uns gegenüber und unser Vertrauen zu uns stärken. Denn dann sehen sie, dass Verbrecher – und nur Verbrecher, wohlgemerkt – bestraft werden.«

»Was wäre das für ein schöner Tag, wenn die Seehundjäger und Walfänger für das Verbrechen der Entführung bestraft würden«, murmelte Georgina leise. Ihre Tante sah sie streng an und schüttelte den Kopf.

Der Monolog des Staatsanwalts ging weiter, streifte die allgemeinen Vorstellungen von Richtig und Falsch und kam dann zu dem Angeklagten, an dem, wie er erklärte, nun endlich ein Exempel statuiert werden musste, damit Schlimmeres verhütet würde, unkontrollierte Vergeltungsaktionen beispielsweise. Georgina begann zu begreifen, was Thukeri bevorstand, und der Knoten in ihrem Magen wurde immer fester. Hätte sie Peeta doch nichts von der Überlegenheit und Fairness der britischen Justiz erzählt! Außerdem war es entsetzlich stickig in diesem Saal, und ihr wurde schon wieder übel.

»Lassen Sie mich also die Beweismittel vor Ihnen ausbreiten«, fuhr der Staatsanwalt fort. »Ich will Ihnen zunächst den Hintergrund dieses ruchlosen Verbrechens darlegen. Am Abend des 24. Juni geriet das Schiff *Cataleena* auf dem Weg von Adelaide nach Portland Bay und Port Phillip in einen heftigen Sturm und lief vor dem Küstenstreifen namens Coorong auf Grund, einige Kilometer südlich von der Mündung des Murray. Zwei Zweiergruppen überlebten den Schiffbruch und die schrecklichen fünf Tage, die darauf folgten: Zum einen Mr Geoffrey Bressington, ein höchst ehrenwerter Mann, der sich im Bezirk Port Phillip ansiedeln wollte, und Mr Michael Moriarty, ein Seemann. Zum anderen Miss Georgina Stapleton, die auf dem Weg zu ihrem Verlobten in Portland Bay war, und Mr Miles Bennett, Erster Maat des Schiffes.«

Georgina hörte das Geflüster in der Menge und bemühte sich starr geradeaus zu blicken.

Mr Bernard fuhr fort. »Ich will Ihnen beschreiben, was diesen unglücklichen Reisenden widerfuhr, damit Ihnen die erschreckenden Bedingungen klar werden, unter denen sie überlebten, aber auch der ganze Schrecken dieses furchtbaren Verbrechens. Alle vier waren bereits sehr belastet an Leib und Seele, als sie sich plötzlich in der Gewalt der wilden Schwarzen wiederfanden.«

Georgina hörte nur halb zu und beobachtete stattdessen Miles.

»Durch die Aussagen von Miss Stapleton und Mr Bennett wissen wir, dass es eine Zusammenkunft der Eingeborenen gab, bei der besprochen wurde, was man gegen den Zustrom der Siedler unternehmen sollte. Wir wissen nicht, wie die Entscheidung ausgefallen wäre, wenn die Überlebenden der *Cataleena* nicht geflohen wären. Aber wir wissen, dass es Unruhe gab und dass Teile der Eingeborenen auf dem Coorong sich bereit machten, die friedlichen Siedler anzugreifen.«

Georgina sah Miles an, der verwirrt und entsetzt den Kopf schüttelte. Der Staatsanwalt verdrehte jede einzelne ihrer Aussagen. Aber er war noch nicht fertig. »Eine Frau namens Peeta von einem Stamm auf dem Coorong berichtete ihnen, sie sei von einem der weißen Männer überfallen worden, und eingedenk des guten Verhältnisses zu Miss Stapleton riet sie ihr und Mr Bennett zur Flucht. Ob die Geschichte von dem Überfall wahr ist oder nicht, werden wir nie erfahren. Vielleicht war es auch nur ein Trick, um die Überlebenden, die sich erst vor Kurzem wiedergefunden hatten, zu trennen. Eine Frage muss dabei erlaubt sein. Wenn Mr Moriarty eine unnatürliche Neigung zu schwarzen Frauen hatte, warum hatte er sie nicht schon vorher ausgelebt? Und wenn es so war, leistete die schwarze Frau seinen Annäherungsversuchen Widerstand oder genoss sie das Zusammensein mit ihm und beklagte sich erst später, aus Gründen, die wir nicht kennen? Und wenn sie Widerstand leistete und sich daraus ein Kampf ergab, warum tat sie das? Aus dem Verhalten der schwarzen Bevölkerung in

der Nähe von Adelaide wissen wir, dass die Eingeborenen-
frauen den Beziehungen zu Europäern in der Regel nicht
abgeneigt sind, da sie auf diese Weise Dinge erlangen, die
sie sich wünschen: die Annehmlichkeiten des europäischen
Lebens in Form von Lebensmitteln, Kleidung, Decken und
so weiter. Außerdem hatte die Frau zuvor berichtet, dass sie
bereits Beziehungen zu Europäern unterhalten hatte, nämlich mit einem Seehundjäger auf Kangaroo Island, bei dem
sie als seine Frau lebte, bis sie seiner müde war und ihn verließ. Ihre eigenen Stammesangehörigen trauten ihr nicht
mehr, sodass ihr die Heirat mit dem Partner ihrer Wahl verboten wurde. Ein höchst zweifelhafter Charakter, meine
Herren.«

Peeta sah Georgina mit ungläubig aufgerissenen Augen
an.

»Sie verdrehen alle Tatsachen!«, flüsterte Georgina ihr
wütend zu. »Das habe ich nie gesagt, glaub mir!«

»Tatsächlich baten Miss Stapleton und Mr Bennett die
Frau namens Peeta, auch Mr Bressington und Mr Moriarty
zu warnen, dass man sie beschuldigte und dass ihr Leben in
Gefahr sei. Das verweigerte sie jedoch und drohte, man
würde auch Miss Stapleton und Mr Bennett töten, wenn
sie nicht sofort die Flucht ergriffen.

Indem sie die beiden nach Encounter Bay führte, sorgte
sie dafür, dass sie weder mit Mr Bressington noch mit Mr
Moriarty sprechen konnten.

Meine Herren, der einzige Anhaltspunkt für einen Überfall auf diese Frau ist ihre eigene Aussage. Außerdem war es
wohl ihr Plan, selbst zu entkommen, bevor ihre eigenen
Leute sich ein Urteil über den angeblichen Überfall bilden

konnten. Jedenfalls berichtete sie dem Angeklagten Black Curly von dem sogenannten Überfall, wie sie selbst zugegeben hat. Der Angeklagte fühlte sich zu der jungen Frau hingezogen, hatte aber wegen ihres schlechten Rufs nicht die Erlaubnis, sich ihr zu nähern. Wir können uns seine Gefühle vorstellen, als er von dem angeblichen Überfall erfuhr.«

Der Staatsanwalt drehte sich schwungvoll zu den Geschworenen um.

»Ipso facto haben wir ein Motiv für die Tat, für den Mord an zwei unschuldigen, hilflosen Männern. Wir wissen nicht. was dann passierte. Wir wissen nur, dass die Suchmannschaft aus Encounter Bay unter der Leitung von Constable Hemmings einige Tage später auf dem Coorong eintraf und keinerlei Hilfe von den Schwarzen bekam, die immer noch dort versammelt waren. Vielmehr machten die Schwarzen einen ängstlichen Eindruck, als hätten sie ein schlechtes Gewissen. Die Leichen der beiden Weißen wurden nicht gefunden, sodass Sergeant Hemmings, der sich mit seinen Männern bald darauf zurückzog, vermutete, man habe sie ins Meer geworfen und den Haien überlassen.«

Er atmete tief durch. »Die zweite Suchmannschaft unter Sergeant Poole traf die Versammlung nicht mehr an, fand die Eingeborenen aber in der vermuteten Region. Auch sie zeigten große Angst und rieten den Polizisten, sich an die drei Stammesbrüder der jungen Frau Peeta zu wenden, denn sie seien verantwortlich für das Geschehen. Peetas Ehre sei verletzt worden – so zweifelhaft sie auch sein mag – und ihr Clan hätte Vergeltung geübt. Nach drei Tagen fand man zwei der drei Männer. Black Curly, den Sie hier vor sich sehen, trug zu diesem Zeitpunkt einen Mantel europäischer Machart, der nach Auskunft der verbleibenden Überlebenden Mr Geoffrey Bressington gehört hat. Jetzt jedoch war der Mantel blutverschmiert, regelrecht getränkt in Blut. Einer der beiden Männer, sein Name ist Creelly, beschuldigte den anderen, Black Curly, die beiden Weißen ermordet zu haben. Der Beschuldigte ergriff daraufhin die Flucht, was seine Schuld durchaus bestätigt. Später widersetzte er sich der Festnahme und wurde im Verlauf dieser Auseinandersetzung sogar angeschossen. Nur mit Hilfe von Ketten und Handschellen konnte er nach Adelaide verbracht werden. Sein Stammesbruder Creelly wurde nicht nach Adelaide gebracht, da er nicht vereidigt werden konnte und man ihn für seine noble Tat nicht mit einer strapaziösen Reise bestrafen wollte.«

Georgina griff nach Peetas Hand. Sie spürte, wie ihre Freundin neben ihr zitterte.

»Vor Ihnen steht also Black Curly, der von seinem eigenen Verwandten beschuldigt wird und den blutgetränkten Mantel seines Opfers trug. Ein entsetzlicher, brutaler Mord hat dort auf dem Coorong stattgefunden. Das Motiv liegt auf der Hand, und ich denke, der Mörder steht vor uns. Die Beweise, meine Herren, sprechen für sich. Ich werde jetzt den Angeklagten befragen.«

Er wandte sich an Thukeri. »Bist du Black Curly vom Coorong?«

James Cronk übersetzte, der Polizist stieß Thukeri an, und Thukeri nickte.

»Es wird berichtet, dass du in der Nacht des 26. Juli an

einer Versammlung von Eingeborenen teilgenommen hast, bei der es um eure Reaktion auf die Ausweitung des europäischen Siedlungsgebiets ging. Ist das korrekt?«

Thukeri nickte dumpf. Georgina saß kerzengerade. Er kannte nicht einmal die Bezeichnungen der Monate, geschweige denn eines konkreten Datums!

»Ein Vorschlag auf dieser Versammlung lautete, sich zu erheben und alle Weißen zu töten, die in euer Land eindringen.

Ist das zutreffend?«

Thukeri nickte. Ein Raunen ging durch den Saal.

Die Befragung setzte sich fort, James Cronk übersetzte, und Thukeri nickte jedes Mal, wenn er von dem Polizisten angestoßen wurde. Mit wachsendem Entsetzen begriff Georgina, dass er alles bejahen würde, was ihm der Staatsanwalt unterstellte. Sie sah sich um in der Hoffnung, sein Verteidiger würde aufspringen und protestieren. Aber Mr Ramsay war konzentriert dabei, seine Fingernägel zu reinigen. Der Beauftragte für die Aborigines schrieb eifrig mit, unternahm aber nichts.

Niemand würde sich für Thukeri einsetzen! Sie alle waren viel zu sehr daran interessiert, bei den Mächtigen in dieser engstirnigen kleinen Gesellschaft möglichst wenig anzuecken. Und Mr Ramsay wusste genau, wer in Zukunft zu einen Mandanten gehören würde.

Sie wollte laut ausrufen, wie unfair dieser Prozess war. Sie wollte Thukeri daran hindern, immer nur zu nicken. Peeta neben ihr war vollkommen erschlagen von dem, was um sie herum vor sich ging, und sah verwirrt und verängstigt aus. Georgina nahm tröstend ihre Hand.

»Du hast also Mick Moriarty und Geoffrey Bressington mit einer Keule erschlagen und ihre Leichen ins Meer geworfen, trifft das zu, Black Curly.«

Thukeri nickte gottergeben und ließ den Kopf hängen, als das Zischen im Zuschauerraum wieder aufbrandete. Der Staatsanwalt drehte sich zum Richter um. »Euer Ehren«, sagte er, »ich glaube, wir müssen keine weiteren Zeugen befragen, denn der Mann hat soeben ein Geständnis abgelegt.«

Georgina sah Miles an, der die Zähne fest aufeinanderbiss.

Der Richter wandte sich an den Übersetzer. »Sind Sie absolut sicher, dass der Angeklagte alles verstanden hat, Mr Cronk?«

»So sicher, wie man bei diesen Eingeborenen sein kann, Euer Ehren«, erwiderte Mr Cronk. »Es gibt natürlich immer Schwierigkeiten bei der Übersetzung.«

»Könnten Sie dem Angeklagten die Frage noch einmal stellen? Hat er oder hat er nicht die beiden Weißen, Mr Bressington und Mr Moriarty, ermordet? War er oder war er nicht verantwortlich für das, was den beiden Männern auf dem Coorong widerfuhr?«

James Cronk sprach etwa eine Minute, während Thukeri ständig nickte. »Nach seiner eigenen Aussage ist er für die Tat verantwortlich, Euer Ehren«, sagte der Übersetzer dann.

Georgina schlug die Hände vors Gesicht. Warum tat er das? Er hatte Peeta geschworen, dass er die beiden Männer nicht getötet hatte.

Der Richter wandte sich nun an Mr Ramsay. »Heißt das, Ihr Mandant erklärt sich jetzt schuldig?«

»Mr Cronk, könnten Sie ihn bitte fragen?«, bat John Ramsay.

»Ja, er erklärt sich jetzt schuldig, Euer Ehren«, sagte der Übersetzer.

Der Richter sprach mit dem Gerichtsdiener und dann mit den Geschworenen. »Meine Herren, ich danke Ihnen für die Zeit, die Sie sich heute genommen haben, und für Ihre Geduld. Sie sind mit Dank entlassen, nachdem der Angeklagte sich nunmehr schuldig bekennt.«

»Das Gericht zieht sich zur Beratung über das Strafmaß zurück«, rief der Gerichtsdiener. »Erheben Sie sich von Ihren Plätzen.«

Der Richter verließ den Saal, und die Geschworenen packten ihre Sachen und gingen ebenfalls hinaus.

»Es wird ja wohl nicht lange dauern«, bemerkte Tante Mary, als Georgina aufstand. »Setz dich hin.« Sie zupfte an ihrem Ärmel, aber Georgina schüttelte sie ab und zwängte sich durch die Sitzreihen, bis sie endlich vor Miles stand. Um sie herum hörte man Gemurmel.

»Miles! Das können wir doch nicht zulassen! Er hat doch kein Wort verstanden!«

»Ich weiß«, flüsterte Miles wütend. »Der ganze Prozess ist ein einziger Schwindel, dieses Gerede von Zivilisation und Gerechtigkeit! Man sollte diesen Staatsanwalt sofort einsperren!«

»Und wir dürfen kein Wort zu Thukeris Verteidigung vorbringen.«

»Nein. Und Peeta steht jetzt da wie eine Hure und außerdem auch noch wie eine Komplizin. Wirklich widerlich«, stöhnte er.

Der Gerichtsdiener starrte sie wütend an.

»Was machen wir denn jetzt?« Ihre Stimme wurde lauter.

»Ruhe im Saal!«, rief der Gerichtsdiener mit donnernder Stimme.

»Ich fürchte, im Moment können wir nicht viel tun«, erwiderte Miles.

»Aber ich kann doch nicht hier sitzen und das mit ansehen!« Sie schlängelte sich wieder durch die Sitzreihe und in den Mittelgang, wo sie auf den Gerichtsdiener traf. »Mr Newenham, guter Mann, ich weiß genau, dass der Angeklagte kein einziges Wort von dem verstanden haben kann, was man ihm sagte. Dieser Prozess darf nicht weitergeführt werden, bis man einen richtigen Übersetzer für ihn bereitstellt.«

»Das geht mich nichts an, Miss.«

Sie wandte sich an den Verteidiger. »Mr Ramsay, Thukeri versteht doch überhaupt nicht, was hier vorgeht. Er weiß nicht, was er gestanden hat. Sie müssen eingreifen!«

»Aber ich kann nichts für ihn tun, nachdem er sich schuldig bekannt hat.«

»Sie müssen etwas tun, Sie sind doch sein Anwalt!«

»Ich habe meine Pflicht getan.«

»Aber mehr auch nicht.«

»Setzen Sie sich, Miss!«, befahl der Gerichtsdiener ihr streng.

»Mr Moorhouse?« Sie sah den Beauftragten für die Aborigines flehend an.

»Seine Rechte sind nicht verletzt worden, er hat anwaltlichen Beistand …«

»Setzen Sie sich!«, befahl der Gerichtsdiener wieder.

Georgina schüttelte den Kopf, als der Richter den Saal wieder betrat. Er war nur wenige Minuten draußen gewesen.

»Bitte gehen Sie zurück zu Ihrem Platz, Miss«, murmelte Mr Newenham, während alle aufstanden und der Richter sich setzte.

Georgina stolperte zu ihrem Platz zurück, hin und her gerissen zwischen Unglauben und Verzweiflung. Ihre Tante zog sie auf ihren Sitz und hielt sie fest am Arm. Peeta sah Georgina mit furchtsamen Augen an. Sie wussten beide, was jetzt passieren würde. Peeta vertraute auf sie. Sie musste etwas tun.

Als sie aufsprang, fühlte sie die Panik in allen Gliedern.

»Euer Ehren!«, sagte sie.

Mr Newenham sprang ebenfalls auf. »Ruhe im Gerichtssaal!«, rief er. Aber sie sprach ungerührt weiter. »Der Gefangene spricht kein Englisch, Sir. Und er spricht auch kein Kaurna, die Sprache des Übersetzers. Er weiß nicht, was er gestanden hat.«

Um sie herum wurden Stimmen laut. »Ruhe!«, brüllte der Gerichtsdiener.

»Ich kann nicht ruhig hier sitzen und zusehen, wie Unrecht geschieht.«

»Wer ist diese junge Frau?«, fragte der Richter.

»Miss Georgina Stapleton«, antwortete sie, bevor es der Gerichtsdiener tat. »Überlebende von der *Cataleena*. Ich war anwesend und in der Nähe von Thukeri, der hier Black Curly genannt wird, in der Nacht, bevor der Doppelmord angeblich stattfand. Er ist unschuldig.«

Richter Cooper hob die Hand und hielt den Gerichtsdiener für einen Moment zurück. »Waren Sie Zeugin, als der Mord geschah?«

»Nein, aber …«

»Haben Sie irgendeinen Beweis für Ihre Behauptung, der Angeklagte habe den Mord nicht begangen?«

»Nein, aber …«

»Dann muss ich Sie bitten, sich wieder hinzusetzen und zu schweigen, Miss Stapleton«, sagte er und wandte sich wieder an die Geschworenen.

»Euer Ehren, hören Sie mich bitte an. Er hat uns geholfen, er …«

Er sah sie streng an. »Miss Stapleton, wenn Sie nicht schweigen, muss ich Sie aus dem Saal entfernen lassen.«

»Georgina, sei jetzt still, du blamierst dich ja vor allen Leuten«, zischte ihre Tante.

Georgina setzte sich. Der Richter fuhr fort, als hätte es keine Unterbrechung gegeben, und sie schloss die Augen, weil sie das, was jetzt kam, nicht ertrug. Der Saal drehte sich um sie.

»Black Curly, du wirst nach deinem Geständnis schuldig gesprochen des Mordes an Geoffrey Gervase Bressington und Michael Patrick Moriarty. Ich habe zur Kenntnis genommen, dass du den beiden anderen Überlebenden von der *Cataleena* geholfen hast, aber das enthebt dich nicht der Verantwortung für die beiden Morde. Dein Verbrechen wiegt umso schwerer, als die Opfer dir vertrauten. In diesem Fall muss ein Exempel statuiert werden.« Er hielt inne. Georgina blickte auf und sah, dass er tief durchatmete. »Ich verkünde das folgende Strafmaß. Du wirst bis nächsten Dienstag in dem Gefängnis bleiben, in dem du bisher inhaftiert warst, und am Dienstagvormittag um zehn Uhr wirst du zum Hinrichtungsplatz geführt werden und am Hals aufgehängt bis zum Tode. Danach wirst du im Gefängnishof in einem Armengrab beigesetzt. Möge der Herr unser Gott deiner schwarzen Seele gnädig sein.«

Die Zuschauer brachen in Jubel aus.

Georgina schlug eine Hand vor den Mund, um nicht verzweifelt aufzuschreien. Ihr Blick richtete sich auf Miles, Thukeri und vor allem auf Peeta, die aufrecht neben ihr saß und leise stöhnte. Thukeri hatte kein Wort verstanden, nur Peetas entsetzter Blick sagte ihm, wie sein Urteil lautete.

Sie waren alle vollkommen schockiert. Das Unvorstellbare war geschehen, das Gericht hatte einen Unschuldigen zum Tode verurteilt.

»Mr Cronk, übersetzen Sie bitte. Und Mr Newenham, bitte treffen Sie alle nötigen Vorbereitungen für die Hinrichtung und sorgen Sie dafür, dass eine Reihe von Vertretern seines Stammes anwesend sind, damit sie sehen, was in diesem Land mit Verbrechern geschieht.«

Thukeri wurde abgeführt. An der Tür blieb er kurz stehen und sah Peeta ein letztes Mal traurig an. Die Gerichtsverhandlung war geschlossen. Peeta brach in Tränen aus, und Georgina tätschelte ihr ratlos die Hand. »Wir werden etwas unternehmen, Peeta, das verspreche ich dir. Wir werden das nicht auf sich beruhen lassen.«

Tante Mary zog die beiden auf die Straße hinaus. »Miles, wir müssen etwas unternehmen!«, rief sie ihm zu und eilte zu ihm.

»Versuch alle Verbindungen spielen zu lassen«, sagte er,

während ihre Tante sie zurück zur Kutsche zog. »Ich werde versuchen, mit dem Richter zu sprechen.«

Georgina blieb stocksteif stehen. »Tante, ich muss das erst klären, ich kann nicht zulassen, dass Thukeri gehängt wird, das wäre ein entsetzlicher Justizirrtum.«

»Wir fahren jetzt nach Clendenning Park«, sagte ihre Tante entschlossen.

»Dann musst du ohne mich fahren, ich komme später nach«, erwiderte Georgina.

Ihre Tante kniff die Lippen zusammen. Ein Streit in der Öffentlichkeit war unter ihrer Würde.

»Es tut mir leid, Tante, aber diese Leute haben uns das Leben gerettet, und ich werde sie nicht im Stich lassen.«

»Gut«, murmelte ihre Tante. »Aber sorg bitte dafür, dass du dich in der Öffentlichkeit nicht noch mehr blamierst. Ich werde noch ein paar Einkäufe erledigen und dann zum Southern Cross Hotel hinuntergehen und auf dich warten. Nimm die Kutsche.«

»Danke, Tante!« Georgina umarmte sie.

Ihr erster Weg führte sie zu Polizeiinspektor Rowan Elliott, bei dem sie ohne einen Termin hereinplatzte, sehr zur Überraschung seines Sekretärs.

»Miss Stapleton!«, rief Elliott, stand hinter seinem Schreibtisch auf und reichte ihr die Hand. Dann hörte er ihrem Bericht aufmerksam zu. »Das ist ja furchtbar!«, sagte er. »Aber ich weiß ehrlich gesagt nicht, was ich da tun kann. Ich habe bereits genauestens die Aussagen meiner Polizisten überprüft, damit sie nichts Falsches sagen, aber durch den Trick des Staatsanwalts ist das alles null und nichtig.

Hinzu kommt die Unfähigkeit des Übersetzers und des Pflichtverteidigers. Aber in die Gerichtsverhandlung selbst kann ich nicht eingreifen, das widerspricht allen Prinzipien unseres Rechtssystems. Die Polizei kann keinen Einfluss auf das Gericht ausüben.«

»Können Sie denn gar nichts unternehmen?«

»Offiziell, nein. Persönlich bin ich vollkommen Ihrer Meinung, dass hier ein Unschuldiger verurteilt worden ist.« Man sah ihm deutlich an, dass er sich den Kopf zerbrach, um eine Lösung zu finden. »Henry Jickling könnte ihnen vielleicht helfen, eine Wiederaufnahme des Verfahrens zu bewirken. Er ist ein ziemlich exzentrischer Bursche, aber ein ausgezeichneter Anwalt, und er hat eine Vorliebe für solche Fälle und einen ausgeprägten Sinn für Gerechtigkeit. Er hat übrigens auch Bonnie vertreten.«

»Bonnie! Vielleicht könnte uns Bonnie irgendwie helfen.«

»Ja, Sie sollten sie unbedingt aufsuchen. Bonnie hat immer großartige Ideen, und sie wird Ihnen sicher helfen.« Inspektor Elliott erklärte ihr den Weg zu seinem Haus und wünschte ihr eindringlich viel Erfolg.

* * *

Und tatsächlich war Bonnie sofort Feuer und Flamme. Sie setzte ihre Haube auf und eilte mit Georgina in die Stadt, um alle möglichen einflussreichen Leute aufzusuchen.

Zuerst versuchten sie es beim Beauftragten für die Aborigines, aber er erklärte ihnen voller Bedauern, dass sein Amt ihm kein Eingreifen in ein Gerichtsverfahren erlaubte. Er hatte dafür gesorgt, dass der beste verfügbare Übersetzer anwesend war und dass der Angeklagte einen Verteidiger bekam. Mehr konnte man nicht tun, zumal der Gefangene sich schuldig bekannt hatte.

Ihr nächster Besuch galt dem Regierungssitz. Gouverneur Gawler hatte so deutlich davon gesprochen, dass die Eingeborenen geschützt werden müssten, dass Georgina sich seines Mitgefühls sicher war. Aber der Gouverneur war nicht da. Sie konnte nur mit seinem Privatsekretär, Mr George Hall, sprechen. Gemeinsam mit Bonnie erzählte sie Mr Hall die ganze Geschichte, und er war voller Mitgefühl, erklärte ihnen aber gleich, der Gouverneur könne nur unter ganz ungewöhnlichen Umständen in ein Gerichtsverfahren eingreifen.

»Aber die Umstände sind ungewöhnlich! In ein paar Tagen wird man hier einen Unschuldigen hängen!«

»Sie müssen verstehen, dass die Kolonie hart durchgreifen muss, wenn Weiße ermordet werden. Wo kämen wir denn sonst hin?«

»Aber er hat sie nicht ermordet!«

»Das wissen Sie nicht, Miss Stapleton, Sie waren nicht dabei.«

»Thukeri hat gesagt, er hat es nicht getan.«

»Selbstverständlich sagt er das, wenn ihm der Galgen droht. Aber ebenso selbstverständlich wird man ihm in Adelaide nicht glauben. Außerdem hat er gestanden. Und Sie hätten beim letzten Mal dabei sein müssen, als hier zwei schwarze Mörder gehängt wurden. Die Menge hat gekocht! Dabei war der Fall nicht einmal so drastisch wie diesmal. Schließlich hat der Mann zwei hilflose Schiffbrüchige abgeschlachtet. Nein, ich fürchte, er wird weder von Seiten des Gouverneurs noch von irgendwo sonst mit Mitleid rechnen können.«

Georgina sah ein, dass all ihre Argumente hier fruchtlos waren. »Wann ist der Gouverneur wieder da?«

»Er ist auf einer längeren dienstlichen Reise und kommt erst nächste Woche zurück, zu seinem zweijährigen Dienstjubiläum am nächsten Donnerstag.«

»Aber Thukeri soll nächsten Dienstag schon gehängt werden.«

»Dann wird er zu spät kommen«, sagte der Sekretär bedauernd.

Georgina gab sich geschlagen. Sie dankte dem Mann, nahm Peeta an der Hand und ging. »Wir versuchen es jetzt bei Richter Coopers Schwester«, sagte Bonnie. »Ich kenne sie, sie hat mir schon einmal geholfen.«

Mrs Winton wohnte in der Nähe ihres Bruders, Richter Cooper. Georgina starrte vor sich hin, während die Kutsche durch die schlammigen Straßen von Adelaide zu dem Platz rollte. Mit jeder Minute wuchs ihre Verzweiflung. Sie hatten so wenig Zeit!

Peeta blieb mit dem Kutscher vor dem kleinen Steinhaus, während Mrs Wintons Mädchen Georgina und Bonnie hereinbat und in dem sehr förmlichen Wohnzimmer Platz nehmen ließ. Wenig später hörte man feste Schritte in der Diele, und dann kam eine ältere Dame ganz in Schwarz ins Zimmer. Georgina erinnerte sich jetzt, sie hatte Mrs Winton schon bei der Beerdigung von William Light gesehen.

»Lange nicht gesehen, Mrs Elliott!«, sagte sie mit funkelnden Augen und streckte ihre Hand zum Gruß aus.

»Zu lange, schwarze Witwe«, lachte Bonnie und küsste die ältere Frau auf die Wange, bevor sie ihr Georgina vorstellte.

»Müssen Sie mich immer so nennen?« Mrs Winton lachte auch. »Was verschafft mir die Ehre?«, fragte sie dann mit neugierigem Blick.

»Es sollte eigentlich ein Freundschaftsbesuch sein, denn den schulde ich Ihnen in der Tat, aber ich komme wieder einmal mit einer Bitte«, erwiderte Bonnie.

»Schießen Sie los.« Sie forderte die beiden Besucherinnen mit einer Handbewegung zum Sitzen auf. Sekunden später gab es Tee, und die drei Frauen steckten die Köpfe zusammen. Georgina und Bonnie erzählten der schwarzen Witwe von Thukeris Bedrängnis und dem Fehlurteil.

»Mein Bruder hat den Fall mir gegenüber erwähnt«, nickte Mrs Winton. »Und er hatte von Anfang an das Gefühl, ihm seien da die Hände gebunden. Ich bin nicht sicher, ob ich viel machen kann, denn natürlich sollte er unabhängig von allen äußeren Einflüssen urteilen können, und da ist er sehr heikel. Aber ich werde selbstverständlich erwähnen, dass ich Sie getroffen habe und dass Sie schwere Bedenken anmelden. Viel mehr, fürchte ich, werde ich nicht tun können.«

»Das verstehe ich vollkommen«, murmelte Georgina.

Sie schwiegen einen Moment und hofften auf andere Ideen, die Mrs Winton vielleicht hatte. Ihre Gastgeberin strich sich mit einer schwarz behandschuhten Hand über die andere, legte dann einen Zeigefinger an die Lippen und dachte nach. Plötzlich setzte sie sich kerzengerade hin. »Die Zeitung, Bonnie! Gehen Sie zur Zeitung. Ich bin sicher, man würde dort gern die Einzelheiten der Geschichte von Miss Stapleton veröffentlichen und auch ihrer Sorge um Thukeri den gebührenden Raum geben.«

Bonnie nickte. »Ja, das ist es. Wir brauchen Unterstützung von höchster Stelle.«

Wenig später stiegen sie wieder in ihre Kutsche und winkten der eleganten Frau in dem schwarzen Spitzenkleid zum Abschied.

Bonnie erklärte dem Kutscher den Weg zum Büro des *Register,* und dort angekommen, marschierten sie zu dritt, Peeta im Schlepptau, geradewegs ins Büro des Herausgebers. Als sie ihm von Georgina, ihren Erlebnissen und dem Gerichtsverfahren gegen Thukeri erzählten, sah er Georgina erwartungsvoll an. »Ich bin bereit, Ihnen die Exklusivrechte an meiner Geschichte zu überlassen«, sagte sie zu ihm, wohl wissend, dass der *Register* und der *South Australian* heftige Konkurrenten waren. »Aber ich stelle natürlich Bedingungen.«

»Und die wären, Miss Stapleton?« Der Herausgeber rieb sich schon die Hände.

»Sie müssen auch Peetas Geschichte veröffentlichen, von ihrer Entführung nach Kangaroo Island bis zu Thukeris Verurteilung wegen Mordes. Und beide Geschichten müssen diesen Samstag gedruckt werden.«

»Das lässt uns nicht viel Zeit für die Vorbereitung.«

»Ich kann damit auch zum *South Australian* gehen.«

Er tat so, als überlegte er einen Moment, dann gab er sich geschlagen. »Es ist mir ein Vergnügen, beide Geschichten zu veröffentlichen, Miss Stapleton«, sagte er mit funkelnden Augen. »Sie werden übermorgen, das heißt Samstag, am prominentesten Platz im *Register* gedruckt.«

Georgina sah Bonnie an, und Bonnie nickte. Ihre grünen Augen leuchteten. »Dann ist das abgemacht.« Georgina neigte anmutig den Kopf.

20

»Georgina! Wie konntest du nur so viel Aufmerksamkeit auf dich ziehen!«, rief ihre Tante sichtlich schockiert.

»Nachdem wir uns so viel Mühe gegeben haben, deinen Namen aus den Zeitungen herauszuhalten«, ergänzte Onkel Hugh und schüttelte enttäuscht den Kopf.

Sie schauten die Zeichnung an, die Georgina nach dem Schiffbruch an Strand zeigte. Die Ähnlichkeit war verblüffend, aber wie sie aussah!

»Hast du denn gar nicht an unseren guten Ruf gedacht?«, klagte ihre Tante.

Georgina fühlte, wie ihr Mund einen rebellischen Zug annahm. Sie sollten froh sein, dass sie den Zeitungsleuten nicht alles erzählt hatte, was auf dem Coorong passiert war.

»Du machst uns unmöglich!«, fuhr ihre Tante fort.

Georgina war auf einiges gefasst gewesen, aber sie hatte doch mit etwas mehr Verständnis gerechnet.

»Ich will ein Menschenleben retten«, antwortete sie kühl und ließ ihre Worte wirken. »Ich hatte den Eindruck, nur so kann ich Aufmerksamkeit auf diesen Fall lenken.«

»Da hätte es doch wohl andere Möglichkeiten gegeben.« Ihr Onkel schüttelte den Kopf. »Du hättest das mir überlassen sollen. Ich hätte sicher etwas unternehmen können, ohne den guten Namen unserer Familie zu riskieren.«

»Ich hätte gedacht, dass es dem guten Namen unserer Familie nur nützen könnte, wenn wir uns für Gerechtigkeit einsetzen«, sagte sie leise.

Ihre Tante starrte sie wütend an. Sie war offenbar weder mit ihrem Verhalten noch mit ihrer Erklärung zufrieden.

Die Geschichten in der Zeitung hatten einige Furore gemacht. Georgina wurde noch am Samstagnachmittag zu Richter Cooper gebeten. Ihre Tante weigerte sich, mitzugehen, und sagte, sie hätte alles in ihrer Macht Stehende getan, um Georgina zu schützen und den Anstand zu wahren. Jetzt gäbe sie es auf. Also nahm Georgina Peeta mit und fand im Haus des Richters auch Miles vor, dazu den Beauftragten für die Aborigine, Matthew Moorhouse, Sergeant John Hemmings aus Encounter Bay und Sergeant Henry Poole, den Leiter der zweiten Suchmannschaft.

Mr Ramsay war nicht dabei. »Ich habe Sie heute Nachmittag hierher gebeten, um zu sehen, was wir in Sachen Black Curly tun können. Vielleicht müssen wir das Verfahren wirklich wieder aufnehmen, aber ich würde gern zunächst ein informelles Gespräch führen«, sagte der Richter mit ruhiger Stimme. »Miss Stapleton, könnten Sie mir noch einmal die Ereignisse schildern, die zu dem Mord geführt haben?«

Georgina verblüffte sie alle, indem sie aus Peetas Blickwinkel sprach und die schwarze Frau gelegentlich bat, das Gesagte zu bestätigen. Sie begann mit Peetas Entführung nach Kangaroo Island durch die Walfänger und Seehundjäger.

»Ich glaube nicht, dass das hier von Bedeutung ist, Euer Ehren«, bemerkte Sergeant Poole.

»Es hat zum Tod von Bressington und Moriarty geführt, also muss es von Bedeutung sein«, erklärte sie ihm schroff und wandte sich dann wieder an den Richter. »Mit der

Entführung hat alles angefangen, Euer Ehren, und nur so erklärt sich, warum diese beiden Männer getötet wurden.«

»Fahren Sie fort«, sagte er.

Sie beschrieb die Bedingungen, unter denen Peeta auf Kangaroo Island hatte leben müssen. Wieder wurde sie von Sergeant Poole unterbrochen. »Miss Stapleton, Sie tun Black Curly keinen Gefallen, wenn Sie so Partei ergreifen. Wenn Sie sich recht erinnern, haben die Walfänger in Encounter Bay Sie gerettet, und soweit ich weiß haben einige von den Männern vorher auf Kangaroo Island gelebt.«

»So ist es«, bestätigte Constable Hemmings.

Georgina sah den Sergeant an. »Wir wollen aber doch bei der Wahrheit bleiben, nicht wahr? Sie haben uns nicht gerettet, sie haben uns Obdach gewährt und uns zu essen gegeben, als wir in Encounter Bay ankamen.«

»Die Ngarrindjeri haben gerettet«, murmelte Peeta, die zum ersten Mal in dieser Gruppe das Wort ergriff.

»Nun, ich möchte bemerken, dass ich die junge Dame aus dem Wasser gezogen habe, ein Teil der Ehre gebührt dann wohl auch mir«, sagte Miles mit trockenem Humor.

»Sehr komisch«, bemerkte Georgina ironisch. »Ja, viele Leute haben mir geholfen, aber ich denke doch, es ist mir ganz gut gelungen, aus eigener Kraft zu überleben.«

Richter Cooper lächelte, und sie fuhr fort mit ihrer Geschichte.

Er nickte auch, als sie von ihrem Erschrecken sprach, als sie bemerkt hatte, dass der einzige verfügbare Übersetzer nur Kaurna sprach.

»Ja, ich muss sagen, das hat mich selbst einigermaßen beunruhigt«, sagte er. »Nicht nur in diesem Fall, sondern auch schon früher. Diese armen Teufel verstehen weder die juristischen Vorgänge noch unsere Sprache, und ihre Dialekte sind schon sehr unterschiedlich.«

Miles ergänzte noch ein paar Details. Dann berichteten die beiden Polizisten von ihren Suchaktionen. Als sie alle fertig waren, schaute Richter Cooper sorgenvoll in die Runde.

»Kann man irgendetwas tun, Euer Ehren?«, fragte Georgina.

Er lächelte. »Außerhalb des Gerichtssaals bin ich Mr Cooper. Und im Gerichtssaal herrscht mir ohnehin zu viel Pomp und Feierlichkeit. Kein Wunder, dass die Eingeborenen Angst davor haben. Auf sie müssen wir ja denselben Eindruck machen wie ihre Zauberärzte.«

Miles lächelte Georgina an, aber sie bemühte sich, ernst zu bleiben und dem Richter aufmerksam zuzuhören.

»Ja, ich glaube schon, dass man da noch etwas machen kann«, sagte er. »Ich habe heute Nachmittag eine Verabredung mit dem Gouverneur.«

»Ich dachte, er ist auf Reisen.«

»Das war er auch, aber seine Frau wurde krank, und deshalb ist er vorzeitig zurückgekehrt. Er hat Ihren Bericht in der Zeitung gelesen und ist sehr besorgt deswegen. Auf seine Anregung hin habe ich dieses Treffen hier arrangiert.«

»Und was werden Sie ihm empfehlen?«

»Ich werde ihm eine Wiederaufnahme des Verfahrens empfehlen, weil der Angeklagte keinen angemessenen Übersetzer hatte, Miss Stapleton. In der Zwischenzeit sollten Sie in der Lage sein, die Verteidigung des Mannes zu organisieren, wenn Sie wollen.«

»Oh, danke, Richter Cooper, vielen Dank!«

»Das ist meine Pflicht, ich muss dafür sorgen, dass der Gerechtigkeit genüge getan wird, Miss Stapleton«, sagte er liebenswürdig.

»Haben wir Zeit, noch mehr Zeugen aufzutreiben?«, fragte Miles.

»Selbstverständlich. Ihr Anwalt, wenn Sie ihn denn für Black Curly bestellen, kann so viele Zeugen aufbieten, wie er will. Aber ich muss Sie warnen. Machen Sie sich nicht zu viel Hoffnungen.«

»Warum nicht? Es ist doch möglich, dass wir Augenzeugen finden, die beweisen, dass Thukeri den Mord nicht begangen hat«, sagte Georgina.

»Ganz so einfach ist es leider nicht. Verstehen Sie, die Eingeborenen können keine rechtsverbindliche Zeugenaussage abgeben, weil sie nicht vereidigt werden können.«

»Und warum nicht?«

»Sie glauben nicht an Gott, Miss Stapleton. Sie glauben nicht an das Leben nach dem Tod, von dem die Europäer behaupten, dass sie daran glauben. Sie haben keine Angst, dass Gott sie nach ihrem Tod bestraft, wenn sie hier falsches Zeugnis ablegen.«

»Aber das ist doch absurd!«

Miles legte ihr eine Hand auf den Arm, um sie zu beruhigen.

»Aber es stimmt doch! Nur weil sie nicht auf die Bibel schwören, kann man doch nicht einfach behaupten, dass sie lügen!«

»Das behauptet ja auch niemand, Miss Stapleton.«

»Und sie haben ihren eigenen Glauben.« Sie wandte sich

an Peeta. »Ihr glaubt doch an ein Leben nach dem Tod, oder nicht, Peeta? Du hast mir erzählt, dass die Toten nach Kangaroo Island kommen und von dort weiter in den Himmel. Und ihr glaubt an einen Schöpfer, Ngurunderi, nicht wahr?«

»Ja, Ngurunderi macht alle Länder für Ngarrindjeri, alle Menschen, alles«, bestätigte Peeta.

Georgina sah den Richter an. »Könnten sie denn nicht auf Ngurunderi schwören?«

Die Polizisten kicherten. Der Richter schüttelte langsam den Kopf und seufzte. »Ich wünschte, das könnte ich zulassen, aber damit würde ich mich zum Gespött des gesamten Rechtswesens von England bis hier machen. Und es würde den Fall kein bisschen glaubwürdiger machen.«

»Das Problem ist nur, Euer Ehren, die Europäer, die den Mord bezeugen könnten, leben nicht mehr. Es muss Ngarrindjeri geben, die die Tat beobachtet haben, aber sie können nicht vereidigt werden. Das heißt, es gibt überhaupt keine Zeugen.« »Das ist leider wahr, aber anders geht es nicht weiter.«

»Könnten wir wenigstens dafür sorgen, dass Peeta Thukeri aufsucht und seine Aussage einholt? Sie könnte sie übersetzen.«

Der Richter dachte kurz nach. »Sie sprechen genau denselben Dialekt?«

»Ja, Mr Cooper«, murmelte Peeta. »Peeta und Thukeri gleicher Clan.«

»Aber Sie sind, oder vielmehr waren, sozusagen verlobt«, warf der Sergeant ein.

»Haben Sie einen anderen Übersetzer zur Hand, Sergeant?«

»Nein, Sir.«

»Gibt es irgendeine schriftliche Aussage von Curly – oder Thukeri?«

»Nein, Sir, der Gefangene kann weder schreiben noch unterschreiben«, erwiderte Sergeant Poole.

»Nun, dann werde ich mit Inspektor Elliott sprechen und ihn bitten, eine Aussage aus dem zusammenzustellen, was Peeta übersetzt. Wenn Sie einen anderen Übersetzer finden, der denselben Dialekt spricht, soll es mir auch recht sein. Diese Aussage muss von dem Übersetzer und Thukeri in Gegenwart eines Zeugen bestätigt werden. Eines verlässlichen Zeugen. Habe ich mich klar ausgedrückt?«

»Ja, Sir.«

»Und noch eins: Wenn ich es recht verstehe, heißt der Mann Thukeri, nicht Black Curly. Ist das richtig, Miss Stapleton, Peeta?«

Beide Frauen nickten.

»Dann sorgen Sie bitte dafür, dass in den Papieren der korrekte Name auftaucht.«

»Ja, Sir.« Der Polizist nickte mit versteinerter Miene.

»Wenn es Ihnen nichts ausmacht, könnten Sie Peeta jetzt gleich mitnehmen, damit sie den Gefangenen besuchen kann.«

»Das lässt sich machen, Sir.«

»Ich hole dich später dort ab«, sagte Georgina.

»Das wäre dann alles«, seufzte der Richter.

»Vielen Dank«, erwiderten Miles und Georgina.

Der Richter brachte die beiden selbst zur Tür. »Meine Schwester lässt Sie grüßen, Miss Stapleton«, sagte er mit ruhiger Stimme.

Georgina nickte. »Erwidern Sie die Grüße bitte auf das Herzlichste, Euer Ehren.«

Der Regen hatte aufgehört, aber die vorbeifahrenden Wagen ließen roten Schlamm aufspritzen. »Kann ich dich irgendwo absetzen, Miles?«

»Ich glaube nicht, dass du mich in der Kutsche mitnehmen solltest, wenn du das meinst, Georgina. Das würde die bösen Zungen nur wieder aufwecken; deine Tante wäre entsetzt.« Er nahm sie am Arm und zog sie vom Straßenrand zurück, als ein Wagen vorbeifuhr. Die Berührung schickte ihr einen Schauer über den Rücken, und als sie zu ihm aufsah, erstarben ihr die Worte auf den Lippen. Er sah ihr in die Augen und ließ die Hand sinken.

Sie fühlte das Bedauern, weil er sie losließ, aber ihr fiel immer noch keine passende Bemerkung ein. Das Einzige, was ihr einfiel, war, dass sie ihn liebte und ihn begehrte und ein Kind von ihm erwartete.

»Georgina, ich muss es jetzt sagen«, begann er.

»Ja?«

Ihr Herz klopfte laut vor plötzlicher Hoffnung.

»Ich war tief beeindruckt, als ich gestern die Zeitung las. Ich hätte nie gedacht, dass du dein Privatleben und womöglich deinen guten Ruf in der Gesellschaft aufs Spiel setzen würdest, um unsere beiden schwarzen Freunde zu retten.«

Das hatte sie nicht hören wollen, aber es war kein schlechtes Kompliment.

»Ich weiß, dass du wenig von mir hältst, und ich verstehe auch, warum. Der erste Eindruck, den ich auf dich gemacht habe, war nicht besonders gut. Und du hattest recht.

Du hast immer wieder behauptet, ich würde im Zweifelsfall die Rücksicht auf Klassenunterschiede an erste Stelle setzen.«

»Das habe ich bis jetzt tatsächlich gedacht.«

»Und aus gutem Grund. Aber ich habe mich geändert, Miles, ich bin nicht mehr der verwöhnte Snob, der ich einmal war.«

»Und was, glaubst du, hat dich so verändert?«

»Der Schiffbruch natürlich, Rose Ewell, die Ngarrindjeri …« Sie hielt inne, um ihm in die Augen zu sehen. »Und du.«

Er erwiderte ihren Blick. »Wir haben uns beide verändert«, sagte er.

»Miss Stapleton!« Vor ihnen kam eine Kutsche schlidernd zum Stehen.

»Der Herausgeber des *Register*«, sagte sie bedauernd. Sie hätte seine nächsten Worte zu gern noch gehört.

Der Herausgeber ließ sein Pferd ein paar Schritte rückwärts gehen. »Wie geht es Ihnen, Miss Stapleton?«

Sie hob ihren Rocksaum ein wenig und trat auf Zehenspitzen über eine Schlammpfütze hinweg neben seine Kutsche. »Danke der Nachfrage, es geht mir gut«, erwiderte sie.

»Sie leiden hoffentlich nicht unter der öffentlichen Aufmerksamkeit?«

»Das war es mir wert, vielen Dank. Wir haben die Wiederaufnahme des Verfahrens erreicht«, sagte sie.

»Oh, ist das wahr? Wo erfahre ich nähere Einzelheiten darüber?«

»Bei Richter Cooper oder George Hall, dem Sekretär des Gouverneurs, würde ich vermuten.«

»Vielen Dank für den Tipp!«

»Darf ich Ihnen Miles Bennett vorstellen?« Sie zeigte auf ihren Begleiter, der neben sie getreten war, und stellte die beiden Männer einander vor.

»Ihre Geschichte würden wir auch gern drucken«, sagte der Herausgeber.

»Ich glaube nicht, dass ich Miss Stapletons Bericht noch etwas hinzuzufügen habe, obwohl ich ihre Tapferkeit noch mehr betont hätte.«

»Ich bin sicher, sie war zu bescheiden.«

»Das kann man wohl sagen.«

»Nun, vielleicht sprechen wir doch noch mal darüber, Mr Bennett. In der Zwischenzeit muss ich mich aber um diesen Prozess kümmern. Kann ich einen von Ihnen ein Stück mitnehmen? Die Straßen sind ja fürchterlich bei diesem Wetter.«

»Nein, danke, meine Kutsche wartet«, erwiderte sie.

»Mr Bennett?«

»Ich werde ein Stück zu Fuß gehen, aber trotzdem vielen Dank.« Sie traten wieder zurück auf den Gehweg, als die Kutsche weiterfuhr.

»Miles, wir müssen reden, aber nicht hier«, sagte Georgina.

»Du hast recht. Ich würde sagen, wir warten, bis Peeta die schriftliche Aussage von Thukeri hat, und dann machen wir weiter. Vielleicht finden wir doch noch ein paar Zeugen, auch wenn sie nicht vereidigt werden können. Ihre Aussagen haben nicht so viel Gewicht, aber sie sind besser als nichts«, entgegnete er, ohne zu bemerken, dass er auf der vollkommen falschen Fährte war.

Georgina ging auf den Themawechsel ein. »Ja, wir müssen wahrscheinlich einiges organisieren.«

»Du findest mich bei Mr Lipson im Norden der Stadt, wenn du mich brauchst.«

Der Fahrer kam mit der Kutsche nah an den Gehweg, und sie ging einen Schritt darauf zu.

»Ich warte, bis ich von dir höre«, sagte Miles.

»Miles?«

Sie legte ihm eine Hand auf den Arm, um ihn noch einen Moment aufzuhalten.

»Ja?«

»Hast du dich schon entschieden, ob du zurück nach England gehst?«

»Nein, noch nicht endgültig.«

Sie sah ihn forschend an, konnte in seinem Gesicht aber kein Anzeichen finden. »Verstehe«, sagte sie.

»Ich kann ohnehin nicht weg, solange nicht alles aufgeklärt und erledigt ist.«

»Nein, natürlich.«

Er half ihr in die Kutsche. »Bis bald«, sagte er.

Sie sah ihm nach, als er wegging. Ob es wohl jemals so weit kommen würde, dass alles aufgeklärt und erledigt war?

Aber in der Zwischenzeit hatte sie genug zu tun. Zunächst einmal musste sie von Peeta hören, was Thukeri gesagt hatte. Sie ließ den Kutscher zum Gefängnis fahren, wo Peeta schon auf sie wartete. »Nun, was hat er gesagt?«, fragte sie Peeta, als diese in die Kutsche kletterte.

Peeta schüttelte den Kopf, als müsste sie selbst erst schlau aus der Geschichte werden. »Thukeri sagt, nur ein Krinkari tot.«

»Wie bitte?«

»Nur ein Krinkari tot, der andere lebt.«

»Aber was ist dann aus ihm geworden?«

»Weiß nicht. Aber Thukeri fast gehängt deswegen.« Peeta sah wütend aus.

»Ja, es war wirklich knapp, aber jetzt kommt es ja zu einem neuen Prozess. Erzähl weiter, was hat er noch gesagt?«

»Thukeri sagt, Pameri nimmt Krinkari mit nach Adelaide. Über Land.«

»Moment, fang noch mal ein bisschen früher an. Was ist passiert, nachdem wir geflüchtet sind?«

»Älteste sprechen bis zum Morgen. Sonne geht auf, keiner findet Krinkari. Suchen in den Dünen. Finden einen Krinkari lebendig, einen tot. Viel Blut.«

»Was?«

»Ein Krinkari tötet anderen.«

»Nein!«

»Ja! Ein Krinkari tötet anderen. Nicht Ngarrindjeri!«

»Aber wie kann das sein?«

»Krinkari sagt, er tötet anderen Krinkari. Böser Mann, tut Peeta weh. Thukeri sagt zu Ngarrindjeri, böser Krinkari tut Peeta weh, jetzt tot, kein Problem für guten Krinkari.«

»Moment Peeta, nur damit ich dich richtig verstehe. Mick war der Mann, der dich überfallen hat.«

»Weiß nicht, hatte schwarze Haare.«

»Schwarze Haare hatten sie beide, aber es war Mick, das kann gar nicht anders sein. Dann hat Geoffrey Mick getötet, richtig?«

»Ja.«

»Aber das kann nicht sein. Geoffrey hätte Mick doch niemals getötet, wenn überhaupt, dann hätte es andersherum sein müssen. Mick hätte Geoffrey getötet. Allerdings kann ich mir auch das gar nicht vorstellen, außer …« Sie dachte kurz nach. »Außer, Mick hat Geoffrey getötet und den Ngarrindjeri dann erzählt, Geoffrey hätte dich überfallen. So könnte es sein. Dieser Mick war ein grober, unzuverlässiger Mann. Und wie hat er Geoffrey getötet?«

»Mit Plonggi auf den Kopf. Viele Male.«

»Bist du sicher? Hat Thukeri das so gesagt?«

Peeta nickte. »Thukeri sagt, ein Krinkari tötet anderen. Ganz sicher. Dann geht er durch den Busch. Sagt, er geht nach Adelaide. Pameri geht mit, zeigt ihm Weg.«

»Aber wir haben Mick hier nicht gesehen. Wenn er noch am Leben wäre, müsste er doch längst hier angekommen sein. Nein, das passt alles nicht zusammen. Ich glaube, ich muss selbst mit Thukeri sprechen.«

»Thukeri lügt nicht.«

»Nein, das meine ich auch nicht. Aber vielleicht ist er verwirrt. Die ganze Geschichte klingt unglaublich! Wo sollte Mick denn sein?«

Peeta zog die Schultern hoch.

»Und wie ist Thukeri an den Mantel gekommen?«

»Krinkari sagt, Thukeri rettet ihn, er schenkt ihm Mantel. Krinkari zieht Mantel von anderem Krinkari an.«

»Er hat ihm den Mantel geschenkt?«

»Ja! Thukeri stolz, rettet weißen Mann, hat Mantel von weißem Mann.«

»Das heißt, Mick hat ihn Geoffrey ausgezogen, nachdem er ihn getötet hat.«

Peeta nickte.

»Oh, Peeta, ich fürchte, die wenigsten Weißen werden bereit sein, das alles so ohne Weiteres zu glauben.«

Peeta nickte wieder.

»Ich glaube, ich lade Miles für morgen zum Mittagessen ein, vielleicht fällt ihm etwas dazu ein.«

Aber aus der Einladung wurde nichts, denn als Georgina zurück ins Southern Cross Hotel kam, wurde sie von ihrer Tante in Empfang genommen. »Georgina, hast du denn den Ball bei den Alders ganz vergessen? Beeil dich, Kind, du musst dich fertig machen.«

»Oh, tut mir leid, ich war so beschäftigt, dass ich es ganz vergessen habe.«

Dieser Ball sollte das erste gesellschaftliche Ereignis sein, bei dem sie nach ihrer Rückkehr nach Adelaide wieder anwesend war. Ihre Tante hatte beschlossen, dass ein paar fröhliche gesellschaftliche Aktivitäten ihrer Nichte helfen könnten, aus ihrer Lethargie zu erwachen.

Vor dem Schiffbruch wäre Georgina nur zu gern darauf eingegangen, aber jetzt fand sie das alles zwar angenehm, aber sinnlos und leer. Sie hatte Wichtigeres im Kopf als Mode und Frisuren und den neuesten Klatsch und Tratsch.

Bisher hatte ihre Tante für sie nur kleinere Einladungen organisiert, aber ohne Miles machte das alles keinen Spaß. Selbst das Flirten mit gut aussehenden, wohlhabenden Männern interessierte sie nicht mehr. Sie fragte sich, ob es fair war, das alles auf Miles zurückzuführen. Vielleicht war sie auch einfach nur erwachsen geworden.

Für heute Abend waren sie jedenfalls zu einem Ball bei

den Alders eingeladen, einer bekannten, sehr angesehenen Siedlerfamilie. Die Einladung war ausgesprochen und angenommen worden, bevor Georginas Geschichte im *Register* erschienen war.

Zu Hause angekommen, schlang Georgina schnell ein paar Bissen hinunter und ging dann in ihr Zimmer. Sie war gerade mit Baden fertig, als ihre Tante leise an die Tür klopfte und hereinschaute.

»Oh!«, sagte Georgina. »Komm rein.« Sie hatte im Morgenmantel auf dem Bett gesessen und schon wieder über Thukeri nachgedacht. Eine Nachricht von Richter Cooper war gekommen, und sie hatte sie gerade gelesen. Die Wiederaufnahme des Verfahrens gegen Thukeri war beschlossen, die Verhandlung würde nächsten Monat stattfinden, sodass sie weitere Zeugen auftreiben konnten. Das war ganz wunderbar für Thukeri, bedeutete aber, dass sich ihre Reise nach Lockyer Downs noch weiter verzögerte. Bis jetzt sah man ihr die Schwangerschaft noch nicht an, und für eine Weile würde sie mit dem Korsett auch noch einiges vertuschen können. Sie hatte immer wieder darüber nachgedacht, es Miles doch noch zu sagen, aber er schien entschlossen, die Kolonie zu verlassen. An sie dachte er dabei nicht, aber er konnte ja auch nicht ahnen, dass sie ihn brauchte. Er wusste nach wie vor nur, dass sie nach Portland Bay zu ihrem Verlobten wollte.

»Bist du noch nicht fertig?«, unterbrach ihre Tante das Grübeln.

»Muss ich wirklich dahin?« Sie hatte so viel anderes im Kopf, als das sorglose Gesicht aufzusetzen, das man von ihr erwartete.

»Es passt gar nicht, aber gerade deshalb musst du hingehen, Liebes. Nach deinem heutigen Auftritt in der Zeitung werden sich alle die Mäuler zerreißen. Ich kann mir denken, dass du lieber nicht hingehen würdest, aber wenn du jetzt zu Hause bleibst, bestätigst du nur die bösen Gedanken der anderen.«

Ihre Tante hatte sie gründlich missverstanden.

»Und ich denke, du solltest etwas Dezentes tragen, Georgina«, fuhr sie fort. »Wir sollten den Eindruck erwecken, dass du eine nette junge Dame bist, die niemals auf die Idee kommen würde, eine solche Geschichte in die Zeitung zu bringen.«

»Vielleicht sollte ich lieber etwas Gewagtes tragen«, lächelte Georgina, um ihre Tante ein bisschen zu reizen. »Um den Leuten zu zeigen, dass ich zu meinen Überzeugungen stehe.«

Ihre Tante schloss vor Schreck die Augen. »Du lieber Himmel! Auf keinen Fall!«

Georgina lachte. »Ich ziehe an, was dir am angenehmsten ist, liebe Tante.«

Ihre Tante überhörte die Ironie und ging ins Ankleidezimmer, wo das Mädchen einige Kleider zur Auswahl bereitgelegt hatte. Dort inspizierte sie ein Kleid nach dem anderen. »Die Farbe ist schön, aber der Ausschnitt ist zu groß. Wir wollen doch nicht, dass jemand denkt, du hättest die erzwungene Zweisamkeit mit einem Seemann genossen.«

»Nein, das wollen wir nicht«, murmelte Georgina mit niedergeschlagenem Blick.

»Dies hier ist zu kräftig in der Farbe, obwohl ich zugeben muss, dass es sehr gut zu deinen Augen passt«, sagte sie zu dem Kleid aus pfauenblauer Seide.

»Zu kräftig, jawohl«, bemerkte Georgina trocken.

»Ich denke, das hier wird gehen.« Ihre Tante hielt ein Kleid aus zarter hellrosa Seide in die Höhe. Es war mit winzigen Zuchtperlen und kleinen cremefarbenen und rosa Rosenknospen bestickt. Ihre Tante hatte es vor ihrer Rückkehr für sie bestellt.

»Ein sehr schönes Kleid, aber darin sehe ich ja aus wie eine Debütantin.«

»Und genau so soll es sein. Süß und unschuldig …«

»Sittsam, bescheiden und passiv«, beendete Georgina den Satz.

»Exakt. Lach meinetwegen darüber, Liebes, aber es wäre nicht gut für dich, wenn unsere angesehensten Siedler dir heute Abend die kalte Schulter zeigten.«

»Warum sollten sie das tun?«

»Weil du in der Öffentlichkeit schmutzige Wäsche gewaschen hast. Weil du dich in der Öffentlichkeit produziert hast, wie es eine junge Dame aus guter Familie niemals tun würde.«

Das Anwesen der Alders lag in der Nähe der Hügel östlich von Adelaide. Als sie ankamen, staute sich bereits eine lange Reihe von Kutschen in der Auffahrt.

»Sehr ungünstig, wir sind ein bisschen spät dran, du wirst dich also nicht unauffällig unter die Gäste mischen können. Nun gut, dann hilft nur ein nettes, bescheidenes Lächeln«, erklärte ihre Tante. »Und sei so gut, vermeide jedes Gespräch über das Schiffsunglück und die Wochen danach.«

Aber so zahm war Georgina nicht.

»Mr und Mrs Hugh Clendenning! Miss Georgina Stapleton«, dröhnte die Stimme des Butlers. Plötzlich schwiegen die versammelten Gäste, alle Köpfe wandten sich ihr zu. Die meisten Gesichter zeigten einfach Neugier, aber einige waren auch voller Verachtung und strenger Missbilligung.

Georgina hielt den Kopf hoch und ließ den Blick durch den Saal schweifen, als wollte sie alle herausfordern. Sie lächelte nicht, sie ging auf Konfrontation. Einige Gesichter kannte sie von dem Abendessen beim Gouverneur. Wie sehr hatte sie sich seitdem verändert!

Für einen Augenblick blieb das peinliche Schweigen bestehen, bis die Gastgeber auf sie zukamen. »Georgina, wie schön, Sie zu sehen«, gurrte Mrs Alder. Und George Alder küsste sie auf die Wange.

»Hugh, Mary«, sagten sie und begrüßten Onkel und Tante. »Herzlich willkommen.«

Nachdem das Schweigen gebrochen war, hörte man allgemeines Flüstern und Reden. Georgina wusste, sie war jetzt Thema Nummer ein. Aber ihre Tante atmete hörbar auf. Die Alders waren die ungekrönten Könige in der feinen Gesellschaft der Kolonie, und wenn sie beschlossen, Georgina zu akzeptieren, dann würden es alle anderen auch tun.

Georgina hielt den Kopf hoch und lächelte kühl, als sie in die ersten höflichen Gespräche einbezogen wurde. Wenig später begann die Musik, und sie wurde bald von Mr Barratt zum Tanz aufgefordert, und danach folgte eine ganze Reihe von Tanzpartnern, lauter junge Männer, die ihr gern vorgestellt werden wollten. Über den Schiffbruch mit ihr zu sprechen, wagte fast keiner von ihnen. Und ihre

Kommentare über den Prozess, über Thukeri und Peeta zeugten von Vorurteilen, die sie an diesem Abend nicht ausräumen würde.

Als sie gerade ein Glas Champagner trank und mit Freunden ihres Onkels sprach, kam Mr Pullen auf sie zu.

»Guten Abend, Miss Stapleton.«

»Mr Pullen.« Ihr Herz tat einen Sprung bei seinem Anblick. Vielleicht wusste er ja Neues über Miles und seine Zukunftspläne. Schließlich hatte er Miles eine attraktive Stelle angeboten.

»Darf ich bitten?«, fragte er.

»Wäre es sehr unhöflich, wenn ich Sie bitten würde, sich lieber für einen Augenblick zu mir zu setzen?«

»Aber nein, gar nicht«, erwiderte er, zog sich einen Stuhl heran und nahm darauf Platz.

Die Freunde ihres Onkels begrüßten weitere Bekannte, sodass sie mit Mr Pullen allein war. Wie konnte sie auf Miles zu sprechen kommen, ohne dass es ihm auffiel?

»Nun, Mr Pullen, wie geht es mit Ihren Vermessungsarbeiten voran?«

»Gut, sehr gut«, antwortete er. »Aber wir stehen ja erst ganz am Anfang. Es gibt so viel zu tun, und die Zeit drängt, wie Sie ja selbst schon bemerkt haben.«

Sie nickte. Jetzt lief das Gespräch in die gewünschte Richtung. »Sie brauchen wirklich dringend einen Stellvertreter.«

»Wohl wahr. Wenn ich nur endlich den Richtigen finden würde!« Sie schwieg, um ihm Gelegenheit zu geben, weiterzusprechen. »Leider hat Mr Bennett mein Angebot ja abgelehnt.«

»Oh, wie schade!« Ihr Herz hatte einen Schlag ausgesetzt, wenn auch nicht unbedingt aus Mitgefühl für Pullen. Miles würde zurück nach England gehen, sie würde ihn nie wiedersehen, sie würde ihn für immer verlieren. Noch etwas, womit sie fertig werden musste, abgesehen von der Frage, was mit Charles werden sollte, und dem Schicksal von Thukeri und Peeta.

»Ja, zu schade«, fuhr Pullen fort. »Aber ich kann es ihm nicht vorwerfen. Ein Mann mit seinen Fähigkeiten muss nach den besten Gelegenheiten suchen, und ich vermute, er war es leid, immer nur der zweite Mann zu sein.«

Gerade als sie das Thema wechseln wollte und ihr Onkel wieder zu ihnen trat, strahlte Mr Pullen übers ganze Gesicht. »Mr Bennett! Wie schön, dass Sie kommen konnten!«

Georgina blickte erschrocken auf. Ja, da war er tatsächlich, er kam genau auf sie zu. Sie hatte ihn noch nie im Abendanzug gesehen, und der Anblick raubte ihr fast den Atem. Seine enge schwarze Hose brachte seine schmalen Hüften und seine langen Beine gut zur Geltung. Seine schneeweiße Krawatte war elegant gebunden, und das Haar war nach vorn gekämmt und lockte sich unkonventionell, aber raffiniert auf seiner Stirn. Er sah ganz einfach wie ein perfekter Gentleman aus.

»Ihr Diener, Miss Stapleton«, sagte er mit einer Verbeugung. »Mr Clendenning, guten Abend. Mr Pullen.« Er nickte.

Georgina beobachtete ihn, wie er mit den beiden Herren ein paar Höflichkeiten austauschte. Er sah einfach unglaublich aus. Ihre Erinnerung sah ihn mit ungekämmten

Haaren und einem Monatsbart vor sich, in zerrissenen, schmutzigen Kleidern. In ihrer Erinnerung war er immer noch auf dem Coorong. Stattdessen stand er hier vor ihr wie ein Gentleman. Die Stimmung des ganzen Abends war plötzlich verändert.

»Darf ich bitten, Miss Stapleton?«, fragte er und schaute schnell zu ihrem Onkel, als wollte er um Erlaubnis bitten. Hugh nickte, Georgina lächelte und legte Miles eine Hand auf den Arm.

»Gott sei Dank, ein Walzer«, sagte sie, als die Musik einsetzte. »Da können wir reden.«

»Du siehst aus, als hättest du ein Gespenst gesehen«, schmunzelte er und nahm sie in die Arme.

»Hab ich auch. Ich wäre nie auf die Idee gekommen, dass du hier bist.«

Jetzt lachte er laut. »Offenbar hält man mich mittlerweile für gesellschaftsfähig.«

»Wie hast du das geschafft? Ist es nur der Respekt vor dem Helden, der den Schiffbruch überlebt hat, oder …«

Sie begannen zu tanzen, und bald sah sie nichts mehr außer seinen Augen.

»Kann schon sein. Aber eigentlich liegt es wohl daran, dass Thomas Lipson mich bei sich aufgenommen hat. Sein Vater stammte aus derselben Stadt wie die Familie meiner Mutter und hat wohl mal für meinen Großvater gearbeitet. Außerdem öffnen sich hier die Türen ohnehin leichter.«

»Hast du dich entschlossen, was du tun wirst?« Sie wartete angespannt auf seine Antwort, hielt den Atem an und hoffte ganz einfach, er würde nicht nach England zurückkehren.

»Ich denke noch darüber nach. Die Kolonie bietet ungeheure Möglichkeiten, und ich hatte einige Angebote, sowohl von den Kolonialbehörden als auch von Geschäftsleuten. Aber ich will nicht für irgendjemanden den Lakai spielen.«

Er würde gehen, sie fühlte es.

»Vielleicht gründe ich ein eigenes Unternehmen. Ich glaube nicht, dass Pullen so leicht einen Stellvertreter finden wird, aber ich habe genug gespart, um ein kleines Schiff zu kaufen und mich damit als unabhängiger Vermesser selbstständig zu machen. Er ist auf mich angewiesen, anders schafft er seine Arbeit gar nicht. Und Schiffe werden hier immer gebraucht.« Seine Augen strahlten. »Denk doch nur, Georgina, je weiter sich die Siedlungen ausbreiten, desto wichtiger wird es, Waren und Menschen übers Meer zu transportieren. Südaustralien wird bald eine ganze Reihe von Häfen haben, und ich werde die Schiffe besitzen, um diese Häfen anzufahren. Die Ketsch ist der ideale Schiffstyp dafür. Und mit dem Wissen über die neuen Häfen, das ich als Vermesser sammle, kann ich auch gleich noch in ein paar gute Stücke Land in den Hafenstädten investieren.«

»Große Pläne, Miles.«

»Aber ich denke, so kann es gehen«, erwiderte er ernst.

»Ich freue mich für dich, Miles, ich weiß ja, wie wichtig dir der Erfolg ist. Und ich bin sicher, du wirst Erfolg haben. Das ist der Anfang des großen Bennett-Imperiums.«

»Das will ich hoffen«, sagte er mit leisem Lachen. Sie sah ihm in die Augen und vergaß alles um sich herum. Wie schön, dass er da war. Vielleicht war die Kluft zwischen ihnen doch nicht so groß, wie er immer gedacht hatte.

Die Musik verklang, und als Georgina sich umsah, bemerkte sie sofort den strengen Blick ihrer Tante. Die Botschaft war unmissverständlich: Es war höflich, wenn auch ein bisschen gewagt, einen Tanz mit Mr Bennett anzunehmen, aber ein zweiter Tanz wäre ganz und gar undenkbar. Georgina konnte nur hoffen, dass ihre Gefühle nicht für sämtliche Gäste sichtbar gewesen waren.

»Deine Tante wirft mir finstere Blicke zu, ich bringe dich lieber wieder zum Tisch«, sagte er leise.

Sie drehte sich zu ihm um. »Ich melde mich, wir müssen unbedingt über Thukeri und seine Version der Ereignisse sprechen.«

»Irgendwelche Neuigkeiten?«

»Das kann man wohl sagen.« Aus dem Augenwinkel beobachtete sie ihre Tante. »Aber hier ist nicht der richtige Ort dafür. Ah, Tante Mary.« Ihre Tante schenkte Miles ein kühles Lächeln. »Gerade sagte ich zu Miles, dass ich noch einige Dinge wegen des Prozesses mit ihm besprechen muss. Ich habe ihn für morgen Nachmittag nach Clendenning Park eingeladen, passt dir das oder hast du andere Pläne?«

Sie war furchtbar unhöflich, das war ihr wohl bewusst, aber auf diese Weise würde die Einladung am leichtesten zustande kommen. Tatsächlich sah ihre Tante sie nur mit mildem Tadel an. »Äh, nein, ich glaube nicht, dass wir etwas anderes vorhaben. Wenn es Mr Bennett passt …« Sie schien im Stillen zu hoffen, dass er ablehnen würde.

»Es passt mir sehr gut«, sagte er freundlich und mit einem leisen Funkeln im Blick.

21

»Was ist, Georgina?«, fragte Peeta am nächsten Morgen.

Georgina fühlte sich schwindelig, Peeta musste das bemerkt haben. »Ich bekomme ein Baby.«

»Miles' Baby?«

»Ja, Miles' Baby. Und ich habe keine Ahnung, was ich machen soll.«

»Du liebst Miles, oder?«

»Ja, ich liebe ihn, sehr sogar. Viel zu sehr«, sagte sie traurig.

Peeta klatschte in die Hände und lachte. »Dann bist du glücklich. Du hast Baby von Miles, Älteste sagen heiraten. Sei glücklich.« Peeta strahlte.

Georgina musste unwillkürlich lächeln. »Sehr unwahrscheinlich. Wir Krinkari sind nicht wie die Ngarrindjeri. Wenn ich das Kind bekomme, ist das eine Schande.«

»Warum Schande?«

»Weil ich nicht mit ihm verheiratet bin.«

»Also du heiratest ihn.«

»Nein, die Ältesten wollen nicht, dass ich ihn heirate.« Wie sollte sie das erklären? »Ich bin die Tochter eines Ältesten, Miles nicht. Sie wollen nicht, dass ich ihn heirate. Das würde Schande über die Familie bringen.«

»Aber Baby ohne Vater ist auch Schande.«

»Genau. Ist das nicht verrückt? Man fragt sich, wer eigentlich zivilisierter ist, die Ngarrindjeri oder die Krinkari.«

Peeta verzog nachdenklich das Gesicht.

»Auf jeden Fall darfst du niemandem davon erzählen, Peeta. Nicht, solange ich mich noch nicht entschieden habe, was ich mache. Kannst du ein Geheimnis bewahren?«

»Was ist Geheimnis?«

»Wie die Zeremonien der Ngarrindjeri. Es ist geheim. Du darfst niemandem davon erzählen.«

»Geht nur Peeta und Georgina an«, nickte Peeta.

Georgina nickte auch.

»Aber Miles. Geht auch Miles an, oder?«

»Nein, es geht Miles nichts an, nur uns zwei.«

»Aber Miles ist Vater.«

»Findest du, ich sollte es ihm sagen?«

»Ja. Sonst noch mehr Schande.«

* * *

»Wie kommt es, dass deine Tante dir erlaubt hat, mich nach Clendenning Park einzuladen?«, fragte Miles später, als sie im Garten unweit des Hauses saßen.

»Sie hat die Hoffnung aufgegeben, meinen Ruf zu retten, nachdem ich mit der Zeitung gesprochen habe«, lachte Georgina. »Außerdem hatte sie keine andere Wahl. Ich habe es erst gestern Abend angesprochen, als du dabei warst. Wenn sie da abgelehnt hätte, dann hätte das sehr unhöflich ausgesehen, und nichts schreckt sie mehr als der Gedanke, man könnte sie für schlecht erzogen halten.«

»Du bist schlau.«

»Mir bleibt nichts anderes übrig.«

Das Mädchen kam und stellte Erfrischungen auf dem Tisch vor ihnen ab.

»Und was gibt es jetzt Neues von Thukeri?«, wollte er wissen.

Georgina zögerte. Nach dem Gespräch mit Peeta am Morgen war sie entschlossen, ihm von ihrer Schwangerschaft zu erzählen. Aber sie wusste nicht, wie sie anfangen sollte, zumal er so brennend an Thukeri interessiert zu sein schien. Sie würde ihm erst von Thukeri erzählen und danach mit dem heikleren Thema weitermachen.

Als sie ihm Peetas Bericht wiedergab, blieb ihm der Mund offen stehen. »Das klingt ja unglaublich!«, sagte er. »Warum sollte Mick Geoffrey töten? Ich kenne ihn gut, er stand ja unter meinem Kommando. Er war launisch, aber ein Mörder ... nein.«

»Aber was für eine Erklärung sollte es sonst geben? Geoffrey hat Mick doch sicher nicht ermordet.«

»Ich hätte das auch nicht gedacht, aber zwischen den beiden herrschte ganz schön dicke Luft.«

Miles strich sich übers Kinn.

»Wie kommst du darauf?« Sie trank einen Schluck Tee.

»Wie sie sich angeschaut haben ...«

»Ja, daran erinnere ich mich auch. Mick hat ihn ja auch beschuldigt, ihn am Strand im Stich gelassen zu haben. Geoffrey blieb allerdings bei seiner eigenen Version der Geschichte. Nun, vermutlich werden wir nie erfahren, was da passiert ist.«

»Nein, ich glaube auch nicht, dass Mick jetzt noch in Adelaide auftaucht. Er muss irgendwo auf dem Weg ums Leben gekommen sein, glaubst du nicht?«

»Wer weiß?« Sie zuckte mit den Schultern. »Aber viel wichtiger ist jetzt die Frage, was wir für Thukeri tun können.«

Sie sprachen weiter über den Prozess. Sollten sie weitere Ngarrindjeri-Zeugen holen?

»Peeta wird versuchen, noch mehr Einzelheiten von Thukeri zu erfahren. Sie hat gesagt, sie geht für eine Weile ins Lager der Kaurna vor der Stadt, das ist näher am Gefängnis. Offenbar sind die Wände des Gefängnisses nur aus Brettern gemacht, sie können also ganz einfach miteinander reden.«

»Ich kann es ihr kaum verdenken, dass sie woanders hingeht, wenn sie hier genauso kühl empfangen wird wie ich«, sagte Miles.

»Eher noch kühler, das kann ich dir sagen.«

»Kann ich mir kaum vorstellen«, lachte er.

Die Einladung an ihn hatte den guten Willen ihrer Verwandten deutlich strapaziert. Georgina lief ein kalter Schauer über den Rücken bei der Vorstellung, was sie sagen würden, wenn sie auch nur eine Andeutung machte, dass sie ihn heiraten wollte. Und wie sie reagieren würden, wenn sie ihnen sagte, dass sie ein Kind von ihm erwartete, wagte sie sich gar nicht vorzustellen.

»Was ist denn? Du siehst ja ganz verschreckt aus«, sagte Miles und griff nach ihrer Hand.

»Oh, Miles«, begann sie. Jetzt würde sie ihm die Wahrheit sagen.

In diesem Moment kam ihre Tante über den Rasen auf sie zugeeilt.

»Verdammt!«, murmelte sie.

Miles setzte sich sofort wieder gerade hin.

»Was ist denn, Tante Mary?«

»Eine Nachricht vom Polizeiinspektor. Sie ist gerade gekommen. Der Mann sagt, es sei eilig.« Ihre Tante mied Miles' Blick.

»Entschuldigt mich«, sagte Georgina und riss den Umschlag auf, um den Inhalt zu überfliegen.

»Ja, zum Teufel!«, sagte sie dann.

»Georgina, musst du solche Worte in den Mund nehmen?«

Georgina sah Miles an, als hätte sie ihre Tante gar nicht gehört. »Geoffrey Bressington ist in Adelaide.«

»Wie bitte?«, sagten ihre Tante und Miles wie aus einem Munde.

»Hier, ich lese es euch vor:

Liebe Miss Stapleton,
nur eine kurze Notiz, um Sie wissen zu lassen, dass Mr Geoffrey Bressington, Überlebender beim Schiffbruch der Cataleena, am späten gestrigen Abend in Adelaide eingetroffen ist. Er wurde in die Stadt gebracht, nachdem man ihn in der Nähe eines Ortes namens Strath Albyn aufgefunden hatte, etwa 30 Kilometer südlich des Mount Barker. Mr Bressington hat mich gebeten, Ihnen mitzuteilen, dass er im Southern Cross Hotel abgestiegen ist. Wie Sie sich sicher vorstellen können, ändert dies einiges an der Mordanklage gegen Thukeri. In seinem Prozess wird es jetzt nur noch um den Mord an Mr Michael Patrick Moriarty gehen.
Meine Ehrerbietung,
Inspektor Elliott

»Man stelle sich das vor!«, sagte ihre Tante. »Was muss der Ärmste durchgemacht haben!«

Miles und Georgina sahen sich an und dachten offensichtlich dasselbe.

»Wo war er denn die ganze Zeit?«, fragte Miles.

»Ja, das ist die Frage. Und wie passt das alles mit Thukeris Geschichte zusammen? Wenn ein Weißer angeblich den anderen ermordet hat, dann muss Geoffrey ja wohl Mick ermordet haben. Und warum in aller Welt sollte er das tun? Ich kann mir gar nicht vorstellen, dass er so wütend wegen des Überfalls auf Peeta gewesen sein soll.«

»Ich frage mich …«, murmelte Miles.

»Wir müssen ihn unbedingt nach Clendenning Park einladen. Der Ärmste!«, fuhr Tante Mary fort, als hätten die beiden nicht gerade schwerste Bedenken angemeldet.

Georgina sah Miles wieder an. Ihn hatte niemand so eilig eingeladen.

Tante Mary scheuchte sie zurück ins Haus, um einen kurzen Brief an Geoffrey Bressington aufzusetzen. Wieder war eine Chance vertan, Miles endlich reinen Wein einzuschenken.

Georgina brachte ihn zur Kutsche. »Ich muss dich treffen!«, flüsterte sie, als er sich über ihre Hand beugte.

Er sah auf und nickte fast unmerklich und wandte sich dann ab, um sich von ihrer Tante zu verabschieden.

Geoffrey Bressingtons Geschichte stand schon am nächsten Tag in allen Zeitungen. Angeblich hatte er nach dem Schiffbruch sein eigenes Leben riskiert, um Mick Moriarty vor dem Ertrinken zu retten. Er hatte den Verletzten mehrere Tage lang in den Dünen versorgt, und dann hatte er ihrer beider Leben ein weiteres Mal gerettet, als sie von den wilden Schwarzen angegriffen worden waren. Es war ihm geschickt gelungen, sich mit den Schwarzen anzufreunden, und sie hatten bis zu der Versammlung bei ihnen gelebt, wo sie die beiden anderen Überlebenden getroffen hatten. In der Nacht hatte Mick versucht, ein schwarzes Mädchen zu überfallen, und am nächsten Morgen hatten die Schwarzen Vergeltung geübt. Sie hatten mit ihren Keulen auf Mick und Geoffrey eingeschlagen, ihnen die warmen Mäntel abgenommen und sie in den Dünen liegen lassen. Geoffrey hatte die Bluttat jedoch überlebt. Nachdem er einige Tage halb bewusstlos in den Dünen gelegen hatte, war er in den Busch entkommen und lange Zeit in einer Art Dämmerzustand herumgeirrt. Irgendwann hatte er begriffen, dass er Richtung Nordwesten gehen musste. Er hatte sich am Sonnenstand orientiert und sich an die Hoffnung geklammert, irgendwann auf die Überlandroute zu stoßen, die in die östlichen Kolonien führte. Tatsächlich war er nach vielen Wochen auf einen Karrenweg gestoßen und ihm gefolgt, bis er in der Nähe der neuen Ansiedlung Strath Albyn auf einige Holzfäller getroffen war. Sie hatten ihn bei sich aufgenommen und ihn nach ein paar Tagen in die Zivilisation zurückgebracht.

Was für eine Geschichte!

Geoffrey Bressington galt sofort als Held, zumal die Narben auf seiner Wange Zeugnis von dem Angriff durch die Schwarzen ablegten.

Bei alledem sah er bemerkenswert fit und wohlgenährt

aus, als er zwei Tage später auf Einladung von Tante Mary zum Mittagessen auftauchte. Georgina hatte kaum Gelegenheit, ihn detailliert zu befragen; ihre Verwandten hätten das als sehr unhöflich empfunden. Was er von sich aus erzählte, passte gut zu dem Zeitungsbericht, aber eine zusätzliche Information hatte er doch – eine, die Georgina lieber nicht gehört hätte.

»Haben Sie einen der Männer erkannt, die mit Keulen auf Sie losgegangen sind?«, fragte sie ihn.

»Der junge Mann, der Peeta schöne Augen machte, war dabei. Wie hieß er doch gleich? Thukerli?«

»Thukeri ist Peetas Verlobter«, korrigierte Georgina ihn.

»Genau der.« Er strich über die Narbe neben seinem langen schwarzen Schnurrbart. »Natürlich war er außer sich vor Wut, wer könnte ihm das verdenken? Schließlich war sein Mädchen angegriffen worden, und ich vermute, die Schwarzen empfinden in diesem Punkt genauso wie wir. Außerdem war sie ein wirklich besonderes Exemplar.«

Georgina drehte sich der Magen um. Auf der einen Seite tat er so, als sähe er die Ngarrindjeri als Menschen, auf der anderen Seite kamen immer wieder solche Bemerkungen – wilde Schwarze, ein besonderes Exemplar. Als hätten sie keine Mitmenschlichkeit verdient. Dabei hatten sie ihn doch genauso bei sich aufgenommen wie Miles und Georgina.

»Nun, dann wird es Sie freuen zu hören, dass dieser Black Curly verhaftet wurde und für den Mord an Mr Moriarty hängen wird, daran kann gar kein Zweifel sein«, sagte ihre Tante und führte den Löffel mit Suppe zum Mund. »Zumal es ja jetzt einen Augenzeugen gibt.«

Geoffrey lächelte. Dieses Lächeln hatte sie schon einmal

gesehen, damals, als er Gemma Cambray den Hof gemacht hatte. Er sah aus wie eine Katze, die an der Sahne genascht hatte.

Es war vollkommen klar, das etwas faul war an seiner Geschichte, dachte Georgina. Das spürte sie nicht nur, sie kannte auch die Unterschiede zwischen Thukeris und Geoffreys Version. Nein, irgendetwas stimmte hier nicht.

Geoffreys Geschichte würde all jenen absolut glaubhaft erscheinen, die sämtliche Aborigines für brutale Wilde hielten, vor allem, wenn sie die einzelnen Beteiligten nicht kannten. Was für eine fürchterliche Situation!

»Aber, aber, Miss Stapleton«, sagte Bressington zu ihr. »Sie sind ja so blass geworden. Geht es Ihnen nicht gut?«

Seine Frage schien ganz und gar unschuldig, aber in seinen Augen funkelte ein gefährliches Feuer.

»Danke der Nachfrage, Mr Bressington, doch, es geht mir gut. Aber Ihre Erzählung lässt die Erinnerung wieder hochsteigen«, sagte sie.

»Ja, meine arme Nichte erholt sich nicht ganz so leicht, wie wir gehofft hatten. Körperlich geht es ihr ausgezeichnet, sie hat sogar etwas zugenommen, aber ihr Geist leidet immer noch«, sagte ihre Tante.

Geoffrey zog die schwarzen Augenbrauen hoch. »Tatsächlich?«

»Ja«, bestätigte ihr Onkel. »Der Arzt hat ihr empfohlen, möglichst viel über ihre Erlebnisse zu reden, und wir sind froh, dass Sie jetzt hier sind, denn Sie beide haben ja viel gemeinsam, und es wird ihr sicher guttun, mit Ihnen zu sprechen. Sie müssen recht bald wiederkommen, Sie sind hier jederzeit willkommen.«

»Vielen Dank«, erwiderte Geoffrey und neigte den Kopf. »Und wie geht es Mr Bennett, haben Sie ihn häufiger gesehen?«

»Er ist und bleibt ein Seemann, auch wenn man ihn sehr freundlich in die hiesige Gesellschaft aufgenommen hat«, bemerkte Tante Mary kühl.

»Wohl wahr«, bestätigte Geoffrey mit öligem Lächeln.

Zwei Tage später besuchte er sie wieder. Georgina verbrachte den Vormittag im Garten, als er zu ihr vorgelassen wurde.

»Mr Bressington«, sagte sie mit leiser Stimme.

»Miss Stapleton, guten Morgen.«

»Guten Morgen«, erwiderte sie. Die Übelkeit setzte ihr furchtbar zu, sobald sie den Kopf hob.

Er setzte sich zu ihr und betrachtete sie eindringlich. »Gute Güte, liebes Kind, Sie sehen sehr angegriffen aus. So bleich habe ich Sie ja noch nie erlebt. Ich fürchte, Ihr Onkel hat recht, Sie müssen über Ihre Erlebnisse sprechen. Vielleicht gibt es ja Dinge, die Sie noch keiner Menschenseele berichten konnten.«

Er griff nach ihrer Hand, aber sie zog sie weg. Der Schweiß brach ihr aus. Sie versuchte das Thema zu wechseln. »Es wird Sie interessieren, dass mir der Arzt empfohlen hat, an die Familien der Ertrunkenen zu schreiben. Er hielt das für eine gute Therapie, und ich bin seinem Rat gefolgt. Mr Bennett besorgt gerade die Adressen der nächsten Angehörigen.«

»Das ist sehr freundlich von Ihnen.«

»Ich wusste, dass Sie das interessieren würde, denn Roy war ja auch unter den Ertrunkenen.«

Geoffrey Bressington sah sie verständnislos an. »Roy?«

»Sie hatten eine Abmachung mit ihm, erinnern Sie sich?«

»Hatte ich das?«

»Sie haben angeboten, ihm oder seiner Familie fünfhundert Pfund zu bezahlen, wenn er Ihnen seinen Platz im Rettungsboot überlässt.«

»Ach, war das so. Ja, darum muss ich mich kümmern.«

»Ich kann Ihnen die Adresse zukommen lassen.«

»Da wäre ich Ihnen außerordentlich dankbar.« Er strich sich über den Schnurrbart und fuhr dann mit der Hand wieder über die Narbe. »Ich frage mich, ob wohl auch die Familien der anderen Männer ihre Belohnung bekommen haben.«

»Ich hatte ganz vergessen, dass Sie ja auch zu den Ruderern gehörten. Ich werde dafür sorgen …«

»Nein, lassen Sie nur, es geht mir nicht ums Geld. Ich habe es aus Mitmenschlichkeit getan«, sagte er mit seiner öligen Stimme und strich wieder über die Narbe.

Die Geste ließ ihr einen Schauer über den Rücken laufen. Seltsam, dass manche Gedanken, Gefühle, Klänge und Gerüche ihr so viel Übelkeit verursachten. Sie hielt sich das Taschentuch vor den Mund, aber es war schon zu spät. Sie stand auf, ging ein paar Schritte, fiel dann auf die Knie und übergab sich.

»Miss Stapleton!«, rief er und legte ihr eine Hand auf die Schulter.

»Bitte, lassen Sie mich, es geht gleich wieder«, murmelte sie und wischte sich das Gesicht mit dem Taschentuch ab.

»So kann ich Sie doch nicht sich selbst überlassen«, sagte

er und half ihr zurück auf die Bank. Dort saß sie, alles drehte sich vor ihren Augen.

»Gütiger Himmel, mein armes Mädchen, Sie sind aber noch sehr angegriffen.«

Seine Worte ließen alle Alarmglocken schrillen. »Nein, es ist nichts. Vermutlich habe ich etwas Falsches zum Frühstück gegessen.«

Sie wandte sich ab. Der Ausdruck falschen Mitleids in seinem Gesicht war unerträglich. »Weiß schon jemand davon?«, fragte er weiter.

Sie schüttelte den Kopf.

»Nicht einmal Mr Bennett selbst?«

Sie gab ihm keine Antwort.

»Mein armes Mädchen. Frauen haben es wirklich nicht leicht. Ein bisschen Freude, die Wärme und der Trost in den Armen eines anderen Menschen ... und Sie bezahlen teuer dafür.«

Er wusste offenbar ganz genau, was ihr fehlte.

»Weiß denn Ihr Verlobter von Ihrem Zustand?«

»Bitte, lassen Sie mich«, stöhnte sie.

»Aber ich will Ihnen helfen!«

Sie sah ihn an. »Ich brauche Ihre Hilfe nicht.«

»Mein liebes Kind, Sie werden alle Hilfe brauchen, die Sie bekommen können«, sagte er. »Sie sind in einer Situation, um die Sie niemand beneiden wird. Ich vermute einmal, es ist nicht passiert, solange Sie unter den Fittichen Ihrer Tante waren. Das heißt, Sie werden es nicht mehr lange verbergen können.«

Sie sagte immer noch nichts.

»Ihr Verlobter wird es zweifellos erfahren, so dumm ist er

nicht. Und Charles Lockyer ist ein Mann von großem Ehrgefühl und hohen moralischen Standards, habe ich gehört. Was also tun? Sie könnten irgendwo anders leben, Ihr Kind allein großziehen, auch wenn das sehr schwierig würde.« Er ließ seine Worte wirken. »Was werden Sie also tun?«

»Ich finde schon einen Weg.«

»Und wie soll ein solcher Weg aussehen? Welche Möglichkeiten haben Sie denn? Sie denken doch sicher nicht daran, ihn zu heiraten?«

»Lassen Sie mich!«

Er lachte Laut. »Nein, Georgina, das wäre wirklich dumm von Ihnen. Für Sie wäre es der vollkommene gesellschaftliche Abstieg, außerdem wären auch Ihre Verwandten davon betroffen. Der ehrliche Name Ihrer Familie würde in den Schmutz gezogen. Stellen Sie sich doch einmal vor, was die Leute sagen würden. Eine so niedrige Gestalt wie dieser Miles Bennett! Natürlich können Sie immer noch behaupten, Sie seien vergewaltigt worden. Aber dann würde man ihn hängen, das ist Ihnen sicher klar.«

Sie sah ihn an und bemerkte das Vergnügen in seinen Augen, während er ihr eine Katastrophe nach der anderen ausmalte.

»Ich könnte Ihnen helfen, wenn Sie das wünschen.«

»Ich will Ihre Hilfe nicht!«

»Das mag schon sein, aber vielleicht bleibt Ihnen gar nichts anderes übrig, als sie anzunehmen. Ich glaube nämlich, dass ich Ihnen eine Lösung all Ihrer Probleme anbieten könnte.

Wenn Sie interessiert sind. Und ich bin sicher, wenn Sie ein wenig nachdenken, sind Sie interessiert.«

»Wie sollte diese Lösung aussehen?«

»Man wird Verständnis dafür haben, wenn Sie Ihre Verlobung lösen, nach allem, was Sie durchgemacht haben. Schließlich kann kein Mensch von Ihnen verlangen, dass Sie einfach so weiterleben, als wäre nichts geschehen.«

Sie wartete schweigend, was er noch zu sagen hatte.

»Und man hätte sicher auch Verständnis dafür, wenn Sie sich einem Mitüberlebenden eher zugeneigt fühlen würden, einem Mann, der über jeden Verdacht erhaben ist und dessen Verbindung mit Ihnen die hässlichen Gerüchte über das, was dort unten in den Dünen passiert ist, zum Schweigen brächte.«

»Was in aller Welt meinen Sie?«

»Nun, meine Liebe, ich bin durchaus bereit, Sie vor dem gesellschaftlichen Ruin zu retten. Ich heirate Sie, wir begeben uns auf eine längere Hochzeitsreise, um die alten Wunden zu heilen. Und wenn wir nach geraumer Zeit zurückkehren, bringen wir ein kräftiges Baby mit. Niemand muss erfahren, dass das Kind nicht von mir ist und wann es geboren wurde. Jeder wird glauben, dass unsere Ehe im Himmel gestiftet wurde. Und wir gelten als Helden bis an unser seliges Ende.«

»Und warum sollten Sie mir einen solchen Gefallen tun?«

»Sie sind eine sehr attraktive Frau, das habe ich immer schon gedacht.«

»Das ist aber noch nicht alles.«

»Nun, natürlich hätte ich kein regelmäßiges Einkommen, wenn ich mich um Sie kümmerte und mit Ihnen auf Reisen ginge. Denn es müsste ja eine lange Reise sein, damit wir uns gründlich von all den grausigen Erlebnissen erholen können. Mein Einkommen müsste sozusagen aus Ihrem Erbe bestritten werden, würde ich sagen.«

Darum ging es ihm also. Er wollte ihr Geld. Er wusste, dass sie die Alleinerbin ihres Vaters war.

»Und wenn ich Ihr freundliches Angebot ausschlage?«

»Ich bin ein Gentleman, meine Liebe, ich würde kein Wort verlauten lassen. Aber das müsste ich ja auch nicht. Denn sehen Sie, Sie können es auf Dauer nicht verbergen.«

Es klang wie eine Drohung. Und er sah sie an, als wüsste er genau, was er tat. Sie konnte sich nicht darauf verlassen, dass er schwieg. Er würde sein Wissen gegen sie verwenden, wenn es ihm günstig erschien.

Seine schwarzen Augen leuchteten triumphierend.

Frag niemals, wem die Stunde schlägt, dachte sie und zitierte im Stillen die letzten Zeilen eines Gedichts von John Donne. *Sie schlägt dir selbst.*

22

Eine Woche vor dem Prozesstermin traf sich Georgina mit Miles, Peeta und Henry Jickling, dem Anwalt, den sie auf Elliotts Rat hin mit Thukeris Verteidigung beauftragt hatten. Sie diskutierten mehr als zwei Stunden lang über die Beweislage und ihre Strategie.

Georgina berichtete, was Geoffrey ihr erzählt hatte.

»Ungünstig«, sagte Henry. »Äußerst ungünstig. Ich habe keine Ahnung, wie wir das zurückweisen sollen, wenn der Angeklagte nicht vereidigt werden kann. Und auf die Geschworenen dürfen wir nicht allzu sehr hoffen. Ich bezweifle, dass wir Thukeris Unschuld je beweisen können, aber vielleicht gelingt es uns, einige Zweifel bei ihnen zu säen. Wenn sie nicht restlos überzeugt sind, dass Thukeri den Mord begangen hat, dann können sie ihn auch nicht schuldig sprechen, und dann wird er nicht verurteilt. Das muss unser Ziel sein.«

Während Henry sich einige Notizen machte, sah Georgina Miles an. Von dem Rest des Gesprächs mit Geoffrey konnte sie ihm nichts erzählen, aber eine Angelegenheit war ihr noch wichtig.

»Übrigens, Miles, ich habe mit Geoffrey auch über das Geld gesprochen, das er Roys Familie schuldet, weil Roy ihm seinen Platz im Rettungsboot überlassen hat. Allerdings habe ich den Eindruck, er will sich vor der Zahlung drücken.«

»Das sieht ihm ähnlich, deshalb habe ich ja darauf bestanden, dass die Schuldscheine ausgestellt wurden.«

»Aber soweit wir wissen, sind sie verloren oder zerstört, nicht wahr?«

»Ja, leider. Aber ich kriege ihn vielleicht doch noch dran.«

»Wie das denn?«

Miles lächelte mit leisem Triumph. »Nun, der Herausgeber des *Register* hat mich gebeten, Geoffreys Geschichte zu kommentieren.«

»Und was hast du ihm gesagt? Dass Geoffrey nicht ganz so heldenhaft war, wie er sich jetzt darstellt?«

»Nein, das würde dumm aussehen. Ich habe dem Herausgeber gesagt, Geoffrey sei ein noch viel größerer Held, als er selbst zugibt. Ich habe ihm berichtet, wie beeindruckt ich war, als er Roy fünfhundert Pfund für den Platz im Rettungsboot anbot, und dass ich dieses Verhalten als ein Zeugnis außerordentlicher Charakterstärke angesehen habe.«

»Du bist doch ein schlauer Kopf, Miles! Ja, das dürfte ihn gehörig unter Druck setzen.«

»Wenn der *Register* das druckt, hat Roys Familie wenigstens ein bisschen Hoffnung, das Geld zu bekommen.«

Henry Jickling blickte auf. »Klingt so, als sei dieser Bressington ein höchst zweifelhafter Charakter.«

»Darauf können Sie Gift nehmen«, bemerkte Georgina.

Henry ließ seinen Stift in der Luft hängen. »Wissen Sie noch mehr über den Mann, das seine Zuverlässigkeit als Zeuge schwächt?«

»Nur starke Vermutungen.«

»Das reicht mir leider nicht.«

»Nun, Mick und Geoffrey erzählten zwei sehr widersprüchliche Fassungen ihrer Geschichte, als wir sie trafen«, berichtete Miles an ihrer Stelle. »Und sein Verhalten den Damen an Bord gegenüber war nicht besonders ritterlich. Georgina hat das selbst erlebt«, fuhr er ruhig fort.

»Ist das so, Miss Stapleton? Können Sie mehr darüber sagen?« Er sah ihren erschrockenen Gesichtsausdruck. »Oder lieber nicht?«

Natürlich könnte sie vor Gericht von Bressingtons verschiedentlichen Annäherungsversuchen erzählen, aber wie würde er reagieren? Würde er sich revanchieren, indem er in aller Öffentlichkeit ihren Lebenswandel in Zweifel zog?

Peeta beobachtete sie genau. Nur sie beide, Peeta und sie, wussten von den möglichen Folgen dieser Strategie. Georgina kaute auf ihrer Unterlippe. »Ich muss zugeben, dass das auch auf mich ein schlechtes Licht werfen würde«, sagte sie leise.

»Auf keinen Fall!«, erklärte Henry.

»Aber du warst ja nicht allein betroffen«, sagte Miles. »Nachdem du seine Annäherungen zurückgewiesen hast, ging es mit Gemma Cambray weiter. Ihr Bruder hat irgendwann ein ernstes Wort mit ihm geredet, das habe ich selbst gehört. Ich vermute, sie war die zweitreichste unverheiratete Frau an Bord nach dir.«

»Mr Bennett, wäre es Ihnen möglich, Bressingtons Verhalten vor Gericht zu beschreiben, ohne die Damen namentlich zu erwähnen?«, fragte Henry.

»Selbstverständlich, ich habe ja nichts zu verlieren.«

»Gut, dann werde ich Sie als Zeugen aufrufen lassen. Erzählen Sie mir alles, was Ihnen noch einfällt.

Miles starrte einen Moment nachdenklich auf den Tisch. »Nun, außer dem bisher nicht ausgezahlten Geld war da noch sein Verhalten im Rettungsboot. Vermutlich hat er den Tod zweier Seeleute verursacht, weil er so schlecht rudern konnte. Und dann gibt es die zwei widersprüchlichen Berichte über sein Verhalten an Land, die ich schon erwähnt habe. Mick hat behauptet, Geoffrey hätte ihn am Strand mit einem gebrochenen Knöchel sitzen lassen und sei erst zurückgekehrt, als er die Ngarrindjeri getroffen habe.«

»Das ist doch schon mal ein Anfang«, brummte Henry und kritzelte weiter.

»Und dann könnte man noch so einiges über sein Verhalten sagen, nachdem das Schiff auf Grund gelaufen war. Jeder konnte sehen, dass er ausschließlich seine eigenen Interessen im Kopf hatte«, fügte Georgina hinzu. »Außerdem bin ich mir fast sicher, dass er seine ganz eigenen Gründe hatte, England zu verlassen.«

»Da soll sich mein Schreiber die englischen Zeitungen ansehen. Wann ist die *Cataleena* in England losgefahren?«

»Im Februar.«

»Dann soll er sich die Zeitungen von Weihnachten bis in den Februar ansehen, vielleicht findet er ja etwas.«

Im Korridor vor Henry Jicklings Büro nahm Miles Georginas Hand. »Georgina, ich möchte dir eins sagen: Wenn wir scheitern, wenn Thukeri doch noch verurteilt wird, dann bestimmt nicht, weil du dir nicht genug Mühe gegeben hast. Du hast wirklich alles getan. Und Henry Jickling ist der beste Anwalt, den wir finden konnten.«

»Trotzdem mache ich mir Sorgen, Miles.«

»Ich weiß, es geht mir ja genauso. Mir würde das Herz brechen. Und an Peeta mag ich gar nicht denken. Ich will nur, dass du dir auf keinen Fall die Schuld gibst, wenn es tatsächlich passiert.« Er blickte ernst auf sie hinunter, ihre Hand immer noch in seiner.

Ihr Herz setzte einen Schlag aus. »Miles, ich wüsste nicht, was ich ohne dich tun sollte. Nicht nur wegen Peeta und Thukeri, sondern …«

Seine blauen Augen wurden noch etwas dunkler. Er setzte zum Sprechen an, ließ es dann bleiben und versuchte es schließlich noch einmal: »Ich werde dich vermissen, wenn du gehst«, murmelte er.

»Vielleicht sollte ich einfach nicht gehen, hast du schon mal daran gedacht?«

»Hast du daran gedacht?«, fragte er zurück.

»Ich habe hin und her überlegt, aber ich weiß einfach nicht, was ich tun soll. Vielleicht sollte ich Charles schreiben, dass ich nach dem Unglück einfach nicht mehr dasselbe fühle … dasselbe denke … über das Leben und … auch über eine Heirat mit ihm.«

»Vielleicht wird dir aber, wenn du ihn wiedersiehst, klar, dass ein Leben mit ihm doch genau das Richtige für dich wäre.«

»Ich weiß es nicht, Miles. Wirklich nicht.«

»Triff jetzt keine Entscheidungen. Warte, bis der Prozess über die Bühne ist.« Er führte sie aus dem Haus. »Die nächsten Tage werde ich sehr beschäftigt sein, ich will mir ein Schiff ansehen, eine hübsche kleine Brigantine. Aber wenn du mich brauchst, komme ich sofort.«

* * *

Am Morgen des Prozesstages war es warm, und Blütenduft hing schwer in der Luft. Der Schlamm war getrocknet, Staubwolken wirbelten über den Whitmore Square und ließen die Zuschauer ins Haus flüchten.

Als Georgina und Peeta kamen, war der Saal schon voll. Jeder in der Stadt wusste, dass dieses Gerichtsverfahren die berühmten Überlebenden der *Cataleena* in zwei Lager gespalten hatte. Georgina nickte Mr Barratt zu, der wohl ebenfalls vor allem aus Neugier gekommen war. Bonnie Elliott schob sich vorsichtig durch die Menge, um sich neben sie zu setzen.

Sie winkte Miles zu; von Geoffrey war jedoch nichts zu sehen. Sie war froh, dass er nicht in ihrer Nähe sitzen konnte, denn je länger sie darüber nachdachte, desto klarer wurde ihr, dass sie wirklich nichts mit ihm zu tun haben wollte.

Als die Anklage verlesen wurde, war er immer noch nicht aufgetaucht. Dafür saß Henry Jickling da und sah ziemlich exzentrisch aus in seinem schlecht sitzenden Anzug mit den viel zu kurzen Hosen. Er trug eine dicke Brille mit grün gefärbten Gläsern, und selbst damit sah er offenbar sehr schlecht. In der Stadt erzählte man sich, dass er schon Baumstämme gegrüßt hatte, weil er sie für Passanten hielt. Und vor Gericht sprach er oft die falschen Personen an.

Aber er war ein erfahrener Anwalt mit einem außerordentlich scharfen Verstand. Und er hatte ein mitfühlendes Herz und war bereit, einen Aborigine zu vertreten, mit vollem Engagement und ohne einen Gedanken daran, dass er sich bei seinesgleichen damit vielleicht lächerlich machte.

Noch nie hatte ein Aborigine einen bezahlten Anwalt gehabt.

Henry hatte entschieden, dass Peeta nicht als Übersetzerin fungieren würde, wenn es nicht unbedingt nötig war. Er war im Besitz einer vollständigen schriftlichen Aussage des Angeklagten in englischer Sprache, die er verlesen würde. Auf diese Weise musste er Thukeri nicht direkt befragen.

Stattdessen wurde Peeta als Zeugin aufgerufen. Sie konnte zwar nicht vereidigt werden, aber ihre Aussage war trotzdem sehr wertvoll. Vor allem konnte sie Zweifel an Geoffreys Glaubwürdigkeit säen.

Sie erzählte von ihrer Entführung und dem Missbrauch durch die Männer auf Kangaroo Island, von ihrer Flucht und von ihrer Hilfe für Miles und Georgina. Dann berichtete sie, was in der Nacht der Versammlung passiert war. Ihre Beziehung zu Thukeri wurde kaum erwähnt.

Wie sie da im Zeugenstand auftrat, sah sie wunderschön aus: eine intelligente, stolze junge Frau. Georgina konnte nur hoffen, dass auch andere das erkannten. Eine Schande, dass ihre gebrochene Nase das Bild ein wenig trübte – ein Überbleibsel von ihrer Zeit auf Kangaroo Island.

Georgina hatte ihr ein einfaches blaues Kleid geschenkt, in dem sie noch hübscher aussah als ohnehin schon. Es war schlicht und schmucklos, aber Peeta sah hinreißend darin aus.

Und die Art, wie Henry Jickling sie befragte, betonte ihre Jugend und Unschuld auf besondere Weise.

»Sie sind also vom Lagerfeuer weggegangen, und der Weiße ist Ihnen gefolgt. In den Dünen hat er Sie überfallen und versucht, Ihnen die Kleider vom Leib zu reißen. Er hat Sie niedergeschlagen und sich auf Sie gestürzt und versucht, Sie zu vergewaltigen, ist das richtig?«

»Der weiße Mann folgt mir, wirft Decke über meinen Kopf, sodass ich nicht sehe und nicht atmen kann, zieht mir Kleid aus, schlägt mich, ja.« Ihr Kinn zitterte.

»Er hat versucht, Sie zu vergewaltigen, trifft das zu?«

Seine direkte Frage löste Gemurmel im Saal aus, aber es war klar, dass er den Geschworenen die Situation unmissverständlich vor Augen führen wollte.

»Ja, Mr Jickling. Peeta viel Angst. Schreit und kämpft, kratzt mit Fingernägeln ins Gesicht.«

»Sie haben sich gewehrt, nicht wahr?«

»Ja, habe gekämpft und gekratzt und geschrien.«

»Und was geschah dann?«

»Mann hört jemand kommen, zieht Decke weg und läuft weg.«

»Konnten Sie ihn sehen?«

»Ja, gut sehen. Weißer Mann.«

In diesem Augenblick ging die Tür auf, und Geoffrey Bressington betrat den Saal. Georgina fragte sich, was ihn wohl aufgehalten hatte, und wandte sich wieder Peeta zu.

Auch Peeta hatte sich zur Tür gedreht. In ihrem Gesicht zeichnete sich abgrundtiefes Erschrecken ab. Georgina begriff sofort. Diesen Blick hatte sie schon einmal gesehen: als Peeta in Encounter Bay den Seehundjäger von Kangaroo Island erkannt hatte. Es war ein Blick des Wiedererkennens, voller Grauen.

In diesem Moment begann Peeta leise zu wimmern. Sie

krümmte sich, versteckte ihr Gesicht mit ihren Armen und wimmerte leise vor Angst. Im Saal wurde es lauter.

»Was ist los?«, donnerte der normalerweise so ruhige Richter Cooper, um sich Gehör zu verschaffen.

Peeta drehte sich zu ihm um und sah ihn respektvoll an. »Dieser weiße Mann. Er war es!«, keuchte sie.

Im Gerichtssaal brach ein Tumult aus. Überall wurde aufgeregt gesprochen, Peeta weinte, Georgina sprang auf, um sie zu trösten. Thukeri rief ihr etwas in seiner Sprache zu und befreite sich aus dem Griff der Wachen.

Henry Jickling, der nicht erkennen konnte, wen Peeta meinte, rief: »Wer ist es? Wer?«

Miles sprang auf. »Henry, es ist Geoffrey Bressington. Er hat sie überfallen!« Georgina legte die Arme um Peeta und sah Geoffrey Bressington an, der am anderen Ende des Saals stand. Die Narben auf seiner Wange leuchteten auf seiner weißen Haut wie tiefe Kratzer von Fingernägeln.

»Ruhe im Saal!«, rief der Gerichtsdiener. »Ruhe, sage ich!«

Der Richter schlug mit seinem Hammer auf den Tisch, bis der Tumult sich endlich legte. Henry Jickling ging auf ihn zu, stolperte dabei aber über einige Bücher, die er neben sich auf dem Boden abgelegt hatte. »Euer Ehren«, schnaufte er, als er sich wieder gefangen hatte. »Ich muss um Vertagung bitten. Mit diesem Verlauf konnte niemand rechnen, ich muss mit der Zeugin sprechen.«

»Sie ist jetzt ohnehin nicht in der Verfassung, mit ihrer Aussage fortzufahren«, sagte der Richter trocken und sah den Staatsanwalt an, der lediglich mit den Schultern zuckte und nickte.

»Die Verhandlung ist geschlossen und wird bis auf Weiteres vertagt«, erklärte der Richter und verließ den Saal. Auch der Angeklagte wurde hinausgeführt.

Jetzt brach das Chaos im Saal erst richtig los. Miles kämpfte sich zu Peeta, Bonnie und Georgina vor. »Gütiger Himmel, was war das denn? Hattest du Bressington noch nicht gesehen, nachdem er nach Adelaide gekommen war?«

Peeta schüttelte den Kopf. »Nein. Peeta denkt, das ist Mick. Denkt, er ist tot. Denkt, es kommt Gespenst.« Sie wischte sich die Tränen weg.

Geoffrey Bressington stand immer noch am anderen Ende des Saals, aber der Blick, mit dem er sie alle drei betrachtete, war jetzt voller Hass. Georgina lief ein Schauer über den Rücken. Er würde sich irgendwie rächen, so viel war sicher.

Sie wandte sich wieder an Miles. »Wir müssen reden. Kannst du morgen nach Clendenning Park kommen? Ich werde Henry Jickling auch einladen.«

»Nein, tut mir leid, morgen geht es nicht, ich habe geschäftlich zu tun. Übermorgen?«

»Ja, in Ordnung.«

»Ich werde da sein«, sagte er.

Onkel Hugh war fassungslos, als Georgina ihm beim Mittagessen erzählte, was im Gerichtssaal passiert war. »Also wirklich, Georgina, du bringst dich da in eine unmögliche Situation. Je eher du zu Charles kommst, desto besser. Ich verstehe im Übrigen wirklich nicht, wie du das Wort eines Gentlemans anzweifeln kannst.«

»Und ich verstehe nicht, wie du dich so für diese Wilden einsetzen kannst. Du solltest endlich begreifen, dass es ein Kampf wir gegen sie ist. Auf welcher Seite stehst du eigentlich?«, schimpfte ihre Tante.

»Ich stehe auf der Seite der Gerechtigkeit.«

»Wie kommst du nur auf solche Ideen? Du hast dich ganz offensichtlich zu viel mit Leuten von niedrigem Stand abgegeben.

Daher kommen diese ausländischen Vorstellungen. Redet dieser Mr Bennett auch solchen Unsinn?«, fragte ihr Onkel.

»Es ist kein Unsinn, Onkel Hugh. Es geht um Gerechtigkeit gegenüber jedermann, sei es ein Aborigine oder ein Siedler, Mann oder Frau, unabhängig von der Klasse. Wir müssen diese Sache aufklären und die Wahrheit ans Licht bringen!«

»Die Wahrheit? Nur zu, aber erwarte bitte nicht von uns, dass wir seelenruhig zusehen, wie du dich zum Narren machst.

Seit diesem Schiffbruch stimmt etwas in deinem Kopf nicht mehr!« Ihre Tante stand auf. »Du bist auf dem besten Wege, dich außerhalb der guten Gesellschaft zu stellen, meine Liebe.«

»Dann sollte ich den Weg vielleicht einfach weitergehen.«

»Was soll das denn heißen?«

Georgina sah die beiden an. Sie waren aufgeblasen, stolz und selbstgerecht – aber sie hatten sie freundlich und selbstlos in ihrem Haus aufgenommen, und sie durfte weder ihren Ärger noch ihre Angst an ihnen auslassen.

»Nichts, Tante. Es … es tut mir leid, wenn euer guter Ruf unter meinem Verhalten leidet.«

Die Gesichter wurden schon wieder freundlicher. »Überlass es doch Mr Jickling, diesen Leuten zu helfen«, bat ihre Tante.

»Halt dich persönlich ein wenig zurück. Du hast alles getan, damit sie fair behandelt werden.«

»Ich denke darüber nach«, sagte Georgina. »Im Moment bin ich einfach nur erschöpft und muss mich ein bisschen ausruhen.«

»Tu das, Liebes«, sagte ihre Tante. »Dann bist du zum Abendessen wieder frisch. Ein kleines Nickerchen, und dann kannst du mir ein wenig bei den Vorbereitungen helfen.«

Georgina knirschte insgeheim mit den Zähnen. Das Letzte, was ihr jetzt fehlte, waren Gäste zum Abendessen.

Aber tatsächlich hatte ihre Tante ein ganzes Dutzend sorgfältig ausgewählter Gäste zu Tisch geladen. Junge Leute, wie sie es nannte, die Georgina ein wenig ablenken sollten.

»Warte nur, bald bist du wieder besser aufgelegt«, sagte sie, als sie den Tisch gedeckt hatten. »Hier, nimm die Platzkarten und such dir einen netten Tischherrn aus.«

Sie betrachtete die Tischkarten. Alles angenehme, wohlmeinende Leute, aber in ihren Augen so furchtbar langweilig! Sie interessierten sich für nichts anderes als Mode und Tratsch und andere Nichtigkeiten.

Als es später wurde, drehten sich die Gespräche um die nächste Jagd oder das nächste Pferderennen. Wie viel lieber hätte Georgina den Abend mit Bonnie und Rowan verbracht … und mit Miles …

Tante Mary, die entschlossen war, für einen entspannten, vergnüglichen Abend zu sorgen, hatte den Butler angewiesen, die Gläser gut gefüllt zu halten. Am Ende der sechs Gänge, als der Süßwein zum Dessert eingeschenkt wurde, waren die meisten Gäste bereits ein wenig angeheitert. Tante Mary und Onkel Hugh erklärten, sie würden die jungen Leute jetzt sich selbst überlassen und sich zurückziehen.

Kaum hatten sie das Speisezimmer verlassen, griff Mr Barratt das Thema der Gerichtsverhandlung am Vormittag auf. Er kannte Georgina am längsten.

Seine erste Frage war noch einigermaßen harmlos: »Nun sagen Sie mir doch, Georgina …« Seine Zunge war schon ziemlich schwer. »Nun sagen Sie mir doch, hat das schwarze Mädel sich das alles ausgedacht oder ist es einfach ein Missverständnis?«

»Das weiß doch jeder, dass diese Schwarzen unverbesserliche Lügner sind.« Die Bemerkung einer der Frauen zu ihrem Tischnachbarn war sicher nicht für die Allgemeinheit bestimmt gewesen, aber in der peinlichen Stille nach Mr Barratts Frage war sie dennoch deutlich zu hören.

Georgina ging sofort in Kampfstellung. »Peeta ist eine absolut integre Frau. Ich kenne sie seit Monaten, habe wochenlang mit ihr zusammengelebt. Sie lügt nicht.«

»Dann muss sie sich irren, was die Identität des Angreifers angeht«, versuchte ein anderer Gast die Situation zu beruhigen.

»Warum denn?« Georgina sah ihn eindringlich an. »Ist es denn wirklich so unvorstellbar, dass ein Mann aus unseren Kreisen sich einem schwarzem Mädchen nähert? Schützt der gesellschaftliche Rang vor niederen Instinkten?« Sie sah sich herausfordernd am Tisch um.

»Nun, darum geht es doch wohl«, erwiderte eine der Frauen. »Gute Erziehung und gute Herkunft besiegen das Animalische im Menschen.«

Georgina erinnerte sich, dass sie dasselbe irgendwann auch zu Miles gesagt hatte. Inzwischen wusste sie es besser. »Das glaube ich nicht«, sagte sie. »Denken Sie doch einmal nach. Wie viele Männer aus unseren Kreisen gehen zu Prostituierten oder halten sich eine Geliebte?«

Das Schweigen am Tisch lastete schwer auf allen Anwesenden. Jetzt hatte sie die Grenzen des guten Geschmacks wohl wirklich überschritten.

»Also wirklich, Miss Stapleton …«, sagte einer der jungen Männer schließlich.

»Ja, wirklich«, konterte sie, wild entschlossen, die Gesellschaft gründlich zu schockieren. »Und wie viele halten sich an das, was sie ›schwarzen Samt‹ nennen?«

Das Schweigen wurde noch tiefer.

»Sie wissen genau, was ich meine. Fragen Sie doch mal die Frauen in den Aborigine-Lager am Torrens. Jede Nacht kommen weiße Männer dorthin, um ihre Lust zu stillen. Und das sind beileibe nicht nur Männer aus den niedrigeren Schichten.«

Die heftigen Proteste wurden durch den Butler unterbrochen, der mit Portwein und Zigarren hereinkam. Georgina lehnte sich zurück. Sie wusste, sie hatte etwas Unerhörtes getan, aber sie war froh darüber. Die Überheblichkeit und Selbstgerechtigkeit dieser Menschen war einfach unerträglich. »Meine Damen«, sagte sie in das unbehagliche Schweigen hinein, »ich denke, wir ziehen uns zurück und überlassen die Herren ihrem Portwein und ihren Zigarren.«

Am nächsten Tag wachte sie mit Kopfschmerzen und einem schlechten Gewissen auf. Sie war keine gute Gastgeberin gewesen. Gute Gastgeberinnen lenkten das Tischgespräch auf unverfängliche Themen und beruhigten die Stimmung. Nichts davon hatte sie getan.

Sie konnte nur hoffen, dass ihre Verwandten nichts davon erfuhren. Sie hatte die Dinge beim Namen genannt, aber diese Art Ehrlichkeit wurde nun mal nicht besonders geschätzt.

»Und wie ging der Abend noch zu Ende, Liebes?«, fragte ihr Onkel beim Frühstück.

Sie sah ihn an, dann ihre Tante. »Es wurde etwas laut zum Ende hin«, sagte sie. »Ich hoffe, wir haben euch nicht gestört.«

»Aber nein. Solange ihr euren Spaß hattet, ist alles in Ordnung.«

Es war besser, wenn sie es von ihr erfuhren. »Ich weiß nicht, ob es für alle wirklich Spaß war. Es gab eine heftige Diskussion.«

»Und worüber?«

»Über den Prozess.«

»O nein, du hast das Thema doch hoffentlich nicht beim Essen aufgebracht?« Ihre Tante verdrehte die Augen.

»Mr Barratt hat es aufgebracht. Und fast alle am Tisch schienen ihm zuzustimmen, dass Peeta nicht glaubwürdig ist, nur weil sie eine Aborigine ist. Das konnte ich so nicht hinnehmen.«

»Nun, ich hoffe, ihr konntet das beilegen, sonst ist dein guter Ruf wohl endgültig dahin«, bemerkte ihre Tante.

»Ehrlich gesagt, allmählich ist mir das egal.«

»Oh, Georgina«, seufzten ihre Tante und ihr Onkel wie aus einem Munde.

»Nein, wirklich. Ich habe lieber mit prinzipientreuen, charakterstarken Leuten zu tun, unabhängig von ihrem gesellschaftlichen Rang.«

»Ich kann nur hoffen, dass Charles dir diese Flausen möglichst bald austreibt.« Ihr Onkel sah jetzt wirklich böse aus.

Am Nachmittag machte Georgina einen Ausritt. Ihre Tante fand es furchtbar, wenn sie ohne Begleitung unterwegs war, aber sie brauchte unbedingt Zeit, um nachzudenken. So ging es nicht weiter. Sie würde nie in die Rolle von Charles' gehorsamer Ehefrau hineinfinden, das war ihr inzwischen klar. Nein, sie würde das tun müssen, was sie für richtig hielt. Sie würde ehrlich mit Charles sein, würde ihm einen langen Brief schreiben und ihm berichten, was passiert war. Sie würde von ihrer Veränderung erzählen, und sie würde ihn um Verständnis bitten. Wenn er dann zu der Überzeugung kam, er könne sie nicht mehr heiraten, dann musste es eben so sein. Daran würde sie nicht zugrunde gehen.

Sie würde die Verlobung lösen, ohne ihn zu kompromittieren. Und sie würde, wenn nötig, ihr Kind allein großziehen.

Endlich hatte sie einen Plan.

Als sie erleichtert nach Hause kam, sah sie den Pferde-knecht im Hof mit einem Fremden sprechen, den sie noch nie in Clendenning Park gesehen hatte. Sie stieg ab und reichte dem Knecht die Zügel.

»Danke, Miss«, sagte er automatisch.

»Danke, Ben.«

Der Fremde sah sie voller Interesse an. Als sie ihm zu-nickte, erwiderte er ihren Gruß mit überraschter Miene.

»Ich glaube, wir kennen uns noch nicht. Sind Sie neu hier?«, fragte sie ihn.

»Mein Name ist Jack, Miss. Nein, ich bin nicht neu, ich bin nur zu Besuch hier, mit meinem Herrn.«

»Ja, dann herzlich willkommen.«

Jack zog kurz den Hut. Sie nickte ihm noch einmal zu und ging dann nachdenklich ins Haus. Wo hatte sie diesen Akzent schon einmal gehört? Und warum machte er sie so nervös?

»Bist du da, Georgina?«, hörte sie ihre Tante.

»Ja, was ist?«

Ihre Tante kam zur Tür des Wohnzimmers. »Schau nur, wer gekommen ist!«, rief sie aufgeregt.

»Ich ziehe mich nur schnell um.«

»Nicht nötig, komm erst mal herein.« Sie rang die Hände vor Freude.

Georgina folgte ihrer Tante ins Wohnzimmer.

»Charles!« Sie sah ihn fassungslos an, ihre Reitpeitsche fiel zu Boden.

»Georgina, mein armer kleiner Liebling!« Er stand aus dem Sessel aus, in dem er sich ausgestreckt hatte. Mit wenigen Schritten war er bei ihr. »Was hast du alles durchgemacht!«

Sie sah, dass er sie am liebsten in die Arme geschlossen hätte, aber das war natürlich nicht erlaubt. Regungslos vor Schreck stand sie vor ihm. Was hatte das zu bedeuten? Was machte er hier? Warum tauchte er einfach so hier auf, ohne Vorwarnung? Was um alles in der Welt sollte sie jetzt tun?

Er führte sie zu dem zweisitzigen Sofa. »Freust du dich denn gar nicht, mich zu sehen?«, lachte er.

»Was m-machst du hier?«, stotterte sie verwirrt.

Er hatte sich verändert, seit sie ihn zuletzt gesehen hatte. Er hatte zugenommen, vor allem im Gesicht, sodass seine Augen kleiner und seine Lippen dünner aussahen. Seine Kleidung war nach wie vor sehr konservativ.

»Hat sie nichts gewusst?«, fragte er ihre Tante.

»Nein. Ich war nicht sicher, ob du es schaffen würdest, deshalb habe ich ihr nichts gesagt.«

Lachend wandte er sich wieder an Georgina. »Deine Tante hat mir geschrieben, ich sollte dich abholen.«

»Aber warum?« Georgina sah von einem zum anderen.

»Ich dachte, du würdest ungern allein diese Schiffsreise unternehmen«, lächelte ihre Tante. »Und wer könnte dich besser unterstützen als Charles?«

»Du hättest mich fragen sollen. Vor der Reise habe ich überhaupt keine Angst.«

»Georgina!«, tadelte Charles sie sanft, als wäre sie immer noch das Kind, als das er sie zuletzt gesehen hatte.

»Ich wollte nicht unhöflich klingen, Tante. Aber ich dachte, es wäre dir klar, dass es mir nichts ausmacht. Gab es noch andere Gründe?«

Die beiden schauten sich peinlich berührt an, bevor ihre Tante mit einer weiteren Erklärung kam. »Nun, ich dachte, du brauchtest Hilfe, deine schweren Erinnerungen hinter dir zu lassen, Liebes, und da bin ich auf die Idee gekommen, dich zu überraschen. Und du musst zugeben, dass es eine schöne Überraschung ist!«, sagte sie fröhlich.

»Ja, eine Überraschung ist es«, bemerkte Georgina. »Aber es wäre mir trotzdem lieber gewesen, man hätte mich vorher gefragt. Ich bin kein Kind mehr, ich bin eine erwachsene Frau und kann eigene Entscheidungen treffen. Charles hätte sich nicht auf diese mühevolle Reise machen müssen.«

»Was ist nur in dich gefahren, Liebes? Was ist denn das für eine Begrüßung, wo der arme Charles das doch alles nur deinetwegen auf sich genommen hat!«

Meinetwegen!, dachte Georgina. Am liebsten hätte sie laut gelacht. Zweifellos hatte ihre Tante ihn herbefohlen, damit er sie vor weiteren Schwierigkeiten bewahrte. Und deshalb hatte sie sein Kommen auch geheim gehalten. Ihre Verwandten hatten wohl befürchtet, sie würde sich anders entscheiden.

Aber damit konnte sie sich jetzt nicht befassen.

»Nett, dass du gekommen bist, Charles«, sagte sie steif.

»Na komm, Mary, wir lassen die beiden ein wenig allein«, schlug ihr Onkel diplomatisch vor. »Wir wollen Charles an seinem ersten Tag hier nicht so sehr mit Beschlag belegen.«

»Oh, keine Eile. Ich bin sicher, Georgina will sich erst einmal umziehen, es ist sicher unbequem in dem Reitkostüm.«

Typisch Charles, dachte Georgina. Er war immer sehr besorgt darum, dass alles hübsch schicklich ablief. »Ja, unterhaltet ihn ruhig noch ein wenig, während ich mich umziehe«, sagte sie.

Charles stand auf, hob ihre Reitpeitsche auf und reichte sie ihr. »Danke«, sagte sie.

Sie war froh, ihre Gedanken einen Moment lang sammeln zu können. Was sollte sie tun? Seine plötzliche Ankunft machte alles doppelt schwierig. Was sollte sie sagen, wenn er sie gleich mitnehmen wollte? Er war müde von der Reise und freute sich, sie zu sehen, aber wie lange konnte sie ihn schonen? Wie lange sollte sie ihn noch in dem Glauben lassen, es wäre alles in Ordnung mit ihr?

Sie setzte sich auf die Bettkante und stützte den Kopf in die Hände.

Warum musste er ausgerechnet jetzt hier auftauchen? Ihr Leben wurde mit jedem Tag komplizierter, sie hatte nicht nur ihre eigenen Sorgen, sondern musste sich auch noch um die Ngarrindjeri kümmern. Wenn ihr da kein wirklich genialer Gedanke kam, dann würde Thukeri gehängt. Und Miles … und das Baby …

Das Mädchen klopfte.

»Herein!«

»Kann ich helfen, Miss?«

»Mein gelbes Musselinkleid mit der breiten Schärpe, bitte. Und das Reitkostüm müsste ausgebürstet werden.«

Sie zog sich um, atmete einmal tief durch, glättete ihr Haar und ging aus dem Zimmer. Sie trug Schuhe mit weichen Sohlen, sodass man sie nicht hörte, als sie sich dem Wohnzimmer näherte.

»Ja, sie ist leider sehr verändert«, hörte sie ihre Tante sagen und wartete. »Manchmal frage ich mich, ob die schrecklichen Erfahrungen nicht ihren Verstand beeinträchtigt haben. Sie hat sehr seltsame Ansichten entwickelt, nicht zuletzt in Bezug auf diesen Miles Bennett, von dem ich dir erzählt … Ach, da ist sie ja!«

»Dann wollen wir mal!« Onkel Hugh stand eilig auf

Wenige Sekunden später waren Georgina und Charles allein im Zimmer. Schweigend saßen sie sich gegenüber.

»Nun, wie geht es dir, Georgina?«, sagte er mitfühlend und sah sie mit einem Blick an, der sie mehr an den verlässlichen Freund ihrer Kindheit erinnerte als an den Verlobten, der er inzwischen war. Nach der Bemerkung ihrer Tante hatte sie alles Mögliche erwartet, aber nicht diese Freundlichkeit. Alles, was seit dem Schiffbruch geschehen war, brach plötzlich wieder über sie herein, sie spürte, wie sie das Gesicht verzog, spürte die Tränen und suchte verzweifelt nach ihrem Taschentuch.

Er nahm ihre Hand und wischte ihr mit seinem eigenen Taschentuch die Tränen ab.

»Ach, Charles, ich habe furchtbare Dinge erlebt.«

»Mein armer Liebling«, sagte er und umarmte sie wie ein großer Bruder. »Du bist ja vollkommen fertig. Na los, heul dich richtig aus, damit es rauskommt.«

Georgina folgte seinem Rat. Sie weinte leise, sein Taschentuch vor dem Gesicht.

»Na siehst du. Ihr Frauen habt es gut, ihr könnt weinen, und dann ist alles wieder gut.«

Diese Bemerkung brachte ihre Tränen schlagartig zum Versiegen. Was bildete er sich ein, glaubte er wirklich, ein paar Tränen und seine Gegenwart würden ihre Schwierigkeiten lösen? Sie sah ihn an.

»Was auch immer dich plagt, ich bin jetzt bei dir, jetzt wird alles wieder gut.«

»Ach, Charles, so einfach ist das nicht. Du hast ja keine Ahnung! Mein ganzes Leben ist auf den Kopf gestellt, meine Pläne, Träume, meine … meine Wertvorstellungen. Mein Leben wird nie wieder so sein wie vorher.«

»Das denkst du jetzt, aber irgendwann wird alles wieder seinen normalen Gang gehen.«

»Nein, das kann es nicht! Ich bin einfach nicht mehr dieselbe, ich …«

Er unterbrach sie. »Georgina, ich sorge dafür, dass das alles verschwindet, all die Erinnerungen. Je eher, desto besser.«

»Ich kann jetzt gar nicht hier weg, aber darum geht es nicht, ich …«

»Wir haben Schiffskarten für übermorgen, es ist alles gut.«

»Nein, ist es nicht! Du hättest mich fragen sollen, bevor du die Schiffspassage gebucht hast. Ich habe hier noch zu tun. Peeta, Thukeri, ich muss …«

Er unterbrach sie wieder. »Mach dir darüber keine Sorgen mehr, der Anwalt kümmert sich darum.«

»Hör doch bitte auf, mich ständig zu unterbrechen! Verstehst du denn nicht?« Sie entzog ihm ihre Hand. »Ich werde nicht gehen, solange Thukeris Schicksal noch so ungewiss ist.« Beinahe hätte sie hinzugefügt: *Und ich weiß noch gar nicht, ob ich überhaupt mit dir gehe.*

»Du wirst tun, was ich dir sage, Liebes.« Er hatte sich aufgerichtet, und seine Augen hatten jenen kalten, harten Blick angenommen, den sie aus ihrer Kindheit kannte, wenn er etwas hatte durchsetzen wollen.

Sie fuhr zurück und sah ihn erschrocken an. Wofür hielt er sich eigentlich? Glaubte er, er könne einfach so in ihr Leben eingreifen? Glaubte er, sie würde in aller Demut tun, was er befahl? Was sie früher für Verlässlichkeit und Beschützertugend gehalten hatte, klang jetzt nur noch nach autoritärer Kontrolle.

»Charles, es tut mir leid, aber ich werde übermorgen nicht mit dir abreisen. Wenn du schnell zurückmusst, dann bitte ohne mich. Miles kommt morgen, um zu besprechen, was wir in Sachen Thukeri unternehmen. Und ich werde nicht gehen, solange dieser Fall in der Schwebe hängt.«

»Ich sehe schon, deine Tante und dein Onkel haben es in ihrer Freundlichkeit versäumt, dir Grenzen zu setzen. Vermutlich dachten sie, sie müssten dich mit Samthandschuhen anfassen, aber jetzt ist es genug. Diese Geschichte mit dem Prozess ist dir zu Kopf gestiegen. Als hättest du den Verstand verloren. Das ist doch weder richtig noch schicklich! Großer Gott, du kannst doch nicht Partei gegen einen Landsmann ergreifen, einen Gentleman noch dazu!«

»Gentleman oder nicht, der Mann ist ein durchtriebener Schurke! Er hält jede unbewachte Frau für Freiwild.«

»Georgina, es reicht!« Charles stand auf; er war puterrot im Gesicht. Wenn Sie es nicht besser gewusst hätte, wäre ihr der Gedanke gekommen, das Gespräch sei ihm peinlich. »Du wirst mit diesen Schwarzen oder mit Bennett keinen Kontakt mehr aufnehmen.«

»Das kannst du mir wohl kaum verbieten.«

»Doch, das kann und werde ich. Bei unserer Trauung versprichst du, dass du mich lieben und mir gehorchen wirst.«

Lieben und gehorchen? So, wie ihre Gefühle derzeit aussahen, könnte sie weder das eine noch das andere versprechen. Aber es war jetzt nicht die Zeit, ihm das zu sagen. Sie stand auf. »Charles, so geht das nicht. Mag sein, dass du mein Tun nicht billigst, aber über meine Wertvorstellungen und Grundsätze bestimme ich immer noch allein. Und ich halte das, was ich tue, für richtig. Wir sollten darüber erst weiterreden, wenn wir uns beide ein wenig beruhigt haben.«

Er biss sich auf die Lippen. »Ich werde meine Meinung nicht ändern.«

»Wie gesagt, nicht jetzt. Ich nehme an, du wohnst hier in Clendenning Park, ich werde also jetzt dafür sorgen, dass du dich von der Reise erholen kannst, und wir können später weiterreden.«

Sie ging zum Kamin und klingelte. Als sie sich wieder zu ihm umdrehte, ging ihr durch den Kopf, dass er wirklich ziemlich dick geworden war. Er saß mit gespreizten Beinen im Sessel, und sein Hals quoll über seinen Kragen. Er sah entsetzlich aufgeblasen aus.

»Georgina, du vergisst dich!«, versuchte er es noch einmal.

»Ich führe dieses Gespräch jetzt nicht weiter.«

Er sah sie kalt und kämpferisch an.

Das Mädchen stand in der Tür. »Ja, Miss?«

»Mr Lockyer möchte sich zurückziehen, um sich vor dem Abendessen ein wenig frisch zu machen.«

Immerhin hatte er so viel Verstand, dass er nicht vor dem Mädchen weitermachte. Sein Blick jedoch sprach Bände.

Später, auf dem Weg ins Speisezimmer, begegnete Georgina Jack, der aus Charles' Zimmer kam.

»'n Abend, Miss«, sagte er.

Woher um alles in der Welt kannte sie diesen Akzent?

»Guten Abend, Jack. Sind Sie schon ein wenig heimisch bei uns geworden?«

Er sah sie überrascht an. »Ja, Ma'am.«

»Sie müssen müde sein nach der langen Reise.«

»Kann mich nicht beschweren, Ma'am«, erwiderte er und trat zur Seite, um sie vorbeizulassen.

Charles kam kurz nach ihr ins Speisezimmer. Ihre Tante und ihr Onkel waren noch nicht da, sodass sie beide schweigend dastanden und nach einem unverfänglichen Gesprächsthema suchten.

»Dein Diener scheint ein netter Kerl zu sein«, brachte Georgina schließlich hervor.

»Ich bin erstaunt, dass du so vertraulich mit ihm redest, Georgina.«

»Ich war nur höflich. Irgendetwas an ihm kommt mir bekannt vor.«

»Nun, ich hoffe, du wirst auf Lockyer Downs nicht auch so auf Du und Du mit dem Personal verkehren. Zu viel Freundlichkeit tut nicht gut, eine gewisse Distanz sollte man schon bewahren.«

Georgina biss sich auf die Zunge. Sie würde jetzt nicht über solche Nichtigkeiten mit ihm streiten, er hatte sich offenbar von dem ersten Gespräch noch nicht erholt.

Selbst ihre Verwandten bemerkten bald, dass es Schwierigkeiten gab. Während des Abendessens lenkten sie das Gespräch auf unverfängliche Themen, Charles und Hugh sprachen eingehend über ihren jeweiligen Besitz, die Preise für Wolle und Weizen und andere geschäftliche Dinge.

Georgina schützte Müdigkeit vor und zog sich in ihr Zimmer zurück. Sie brauchte unbedingt Zeit, um über alles nachzudenken. Als sie die Tür hinter sich zuzog, stieß sie fast mit Charles' Diener zusammen.

»Oh, tut mir leid, Miss«, rief Jack leise. »Ich habe sie gar nicht bemerkt.« Er trug einen Schrankkoffer vor sich her; offenbar hatte er Charles' Sachen ausgepackt und wollte den Koffer jetzt irgendwo verstauen.

Sein Akzent …

In diesem Moment schossen ihr die Tränen in die Augen. Rose! Sie hatte denselben Akzent gehabt. Sie musste aus derselben Region kommen wie dieser Mann. So viele Erinnerungen!

»Rose …«, sagte sie leise.

»Wie bitte?«, fragte der Mann verwirrt.

Sie versperrte ihm immer noch den Weg.

»Oh, tut mir leid, ich habe mit mir selbst geredet. Und ich versperre Ihnen den Weg. Aber wissen Sie, Ihr Akzent hat mich so sehr an eine Freundin erinnert. Rose. Ich habe sie sehr gern gehabt.«

»Ist schon in Ordnung, Miss«, sagte er und sah sie freundlich an. »Meine Schwester heißt auch Rose. Sie ist auf dem Weg hierher, aber irgendwie hat sie sich wohl verspätet. Eigentlich sollte sie schon seit Monaten hier sein.«

Georgina ließ ihn vorbei, aber in diesem Moment schoss ihr ein furchtbarer Verdacht durch den Kopf.

»Rose, sagten Sie?«

»Genau, Miss.«

»Entschuldigen Sie, wenn ich so direkt frage, aber wie war der vollständige Name?«

Er drehte sich noch einmal um. »Genau wie meiner: Ewell. Rose Ewell. Warum fragen Sie, Miss?«

Ihr wurde plötzlich ganz kalt. »Sie wissen also noch nichts davon?«

»Wovon?«

»Sie haben nichts von ihr gehört?«

»Ich verstehe Sie nicht, Miss.«

»Jack …« Sie legte ihm eine Hand auf den Arm. »Stellen Sie den Koffer ab, ich muss Ihnen etwas sagen. Ach, ich weiß gar nicht …«

Er war blass geworden.

»Rose Ewell, eine blonde Frau, alleinstehend, Waisenkind. Auf dem Weg zu ihrem Bruder in Portland Bay.«

»Ja, Miss.«

»Es tut mir so leid, Jack! Rose war mit mir an Bord der *Cataleena*. Sie war … sie hat nicht überlebt. Es tut mir so schrecklich leid!«

Als sie Jacks verzweifeltes Gesicht sah, brach sie in Tränen aus. »Oh, Jack, Ihre Schwester war eine wunderbare Frau. Ich habe … ich hatte sie sehr gern.«

Jacks Kinn zitterte. »Nein, Miss! Das kann nicht wahr sein!«

»Doch, es ist wahr«, sagte sie leise. »Sie starb bei dem Schiffbruch.«

Als sie seine Tränen sah, legte sie ihm die Hände auf die Schultern. »Oh, Jack«, sagte sie, als wäre sie selbst seine Schwester und müsste ihn trösten.

»Oh, Miss!«, schluchzte er und lehnte sich an sie, sein Gesicht auf ihrer Schulter. Sie weinte leise mit ihm.

Hinter ihnen ging eine Tür auf. »Georgina!« Das war Charles' Stimme, und er klang entsetzt. »Was in aller Welt tust du da? Bist du von allen guten Geistern verlassen? Und du, Jack, was machst du hier im Haus?«

»Ich habe Ihren Koffer ausgepackt, Sir«, sagte Jack mit belegter Stimme. Er ließ den Kopf hängen, als wollte er seine Tränen verbergen.

»Hinaus! Wir sprechen uns später!«, donnerte Charles und dirigierte Georgina dann Richtung Bibliothek. »Entschuldigt mich bitte«, sagte er zu Hugh und Mary, die verwirrt in der Tür des Speisezimmers standen.

In der Bibliothek angekommen, schloss er mit Nachdruck die Tür.

»Um Gottes willen, Charles, so lass mich doch erklären!«

»Es gibt keine Erklärung für dieses ungeheuerliche Verhalten. Ich habe dir schon gesagt, ich dulde es nicht, dass du so vertraulich mit den Dienstboten umgehst. Bist du denn verrückt geworden?«

»Nein, Charles, nein! Du verstehst das nicht!«

»Bist du von allen guten Geistern verlassen? Stehst da im Flur im Haus deiner Tante, in den Armen meines Dieners.« Jetzt erst bemerkte er ihre Tränen. »Weinen hilft da auch nicht. Es muss endlich Schluss sein mit diesen Verrücktheiten. Erst lässt du dich mit einem Seemann ein, jetzt umarmst du meinen Diener!«

Sie trat zwei Schritte zurück. »So lasse ich mich nicht behandeln. Du machst dich zum Narren und merkst es nicht einmal.«

Er griff nach ihrem Arm.

»Dann erklär es mir!«

»Seine Schwester war auf der *Cataleena*. Sie ist tot, und er wusste bis vor ein paar Minuten nichts davon. Ich habe ihm von ihrem Tod erzählt, und natürlich haben wir zusammen getrauert. Sie war eine gute Freundin für mich, ich musste ihn doch trösten!«

Er sah sie verwirrt an. »Trotzdem musstest du ihn nicht in den Arm nehmen. Er ist nur ein einfacher Diener, noch dazu ein entlassener Sträfling.«

»Er ist ein Mensch, Charles, ein Mensch wie ich und du. Er braucht Trost, und ich habe ihn getröstet.« Sie hatte schließlich auch Rose umarmt, warum nicht Jack? Sie riss sich von ihm los und ging zur Tür.

»Wohin willst du?«

»Ich gehe zu ihm und erzähle ihm von Rose.«

»Das wirst du nicht tun! Du hast ihm mitgeteilt, dass sie tot ist, das genügt.«

»Er wird doch wohl wissen wollen, wie sie ihre letzten Monate und Tage verbracht hat. Und ich werde es ihm erzählen, um seinet- und meinetwillen. Und um ihretwillen. Ich hatte diese Frau sehr gern, Charles.«

»Das ist doch nicht zu fassen!«, stieß er hervor.

»Du wirst es vielleicht nicht glauben, aber man kann Menschen lieben, die nicht zur selben Klasse gehören«, sagte sie ruhig.

»Ich dulde ein solches Benehmen nicht! Nicht von meiner zukünftigen Frau!« Er war blass geworden.

»Da hast du verdammt recht, mehr als du meinst. Wir sprechen morgen früh darüber, gleich als Erstes.«

Damit drehte sie sich auf dem Absatz um und verließ die Bibliothek. Sie musste Jack finden.

23

Am nächsten Morgen war Georgina früh auf den Beinen. Sie schrieb zwei kurze Notizen an Miles und Henry Jickling, in denen sie um eine Verschiebung des Treffens auf den Nachmittag bat. Zunächst einmal musste sie die Sache mit Charles klären. Sie hatte keinen Zweifel mehr.

Am Abend zuvor hatte sie noch zwei Stunden mit Jack Ewell verbracht, ihm von Rose erzählt, von ihrem Mut, ihrem Einsatz für die Passagiere im Zwischendeck und ihrer Tapferkeit während des Schiffbruchs. Sie hatte ihm berichtet, wie sich ihre Freundschaft zu Rose entwickelt hatte und wie viel sie von ihr gelernt hatte, nicht nur über Charakterstärke, sondern auch über ihre eigene Bigotterie. Und sie hatte ihm in aller Ehrlichkeit geschildert, wie glücklich und friedvoll Rose im Tod ausgesehen hatte und dass sie sie eigenhändig an jenem wilden, wunderschönen Strand beerdigt hatte.

Als sie zu Bett gegangen war, hatten alle anderen schon geschlafen, und sie die Nacht damit zugebracht, über ihre Entscheidung nachzudenken. Sie wusste, dass es mit Charles so nicht weitergehen konnte. Er verkörperte alles, was sie hinter sich gelassen hatte: Arroganz, Konservativismus, gesellschaftliche Konventionen. Er war – sie musste es zugeben – nichts anderes als ein aufgeblasener Snob.

Früher wäre es ihr wohl möglich gewesen, neben ihm her zu leben, wie es so viele Paare taten, aber nach seinem autoritären Auftreten ihr gegenüber war auch das undenkbar geworden. Sie war kein Kind mehr. Und sie war nicht das rückgratlose, demütige, dahinwelkende Geschöpf, das er gern in ihr sehen wollte. Sie war immer schon stur gewesen, aber inzwischen hatte sie auch echte Überzeugungen gewonnen. Und sie wollte im Einklang mit diesen Überzeugungen leben. Charles würde das nie dulden, wenn er schon eine Beileidsbekundung für den Bruder ihrer Freundin so vehement ablehnte. Die Unterschiede zwischen ihnen waren am vergangenen Abend klar zutage getreten. Das war der Tropfen gewesen, der das Fass zum Überlaufen gebracht hatte.

Sie lächelte. Auf irgendeine Weise hatte Rose doch weitergelebt – und sie vor einer katastrophalen Ehe bewahrt.

Auf dem Hof traf sie den Pferdeknecht. »Ben, würden Sie diese Briefe für mich nach Adelaide bringen?«

»Im Moment muss ich etwas Dringendes für Mr Clendenning erledigen«, antwortete er. »Aber später am Vormittag kann ich das gern tun.«

»Oje, es ist ziemlich eilig, könnte irgendwer sonst das übernehmen?«

»'n Morgen, Miss Stapleton«, sagte Jack, der dazugekommen war. »Ich hab's gehört, kann ich was tun?«

»Ich brauche jemanden, der diese zwei Briefe in die Stadt bringt, und es ist ziemlich dringend.«

»Das mache ich.«

»Aber Mr Lockyer …«

»Mr Lockyer kann es gar nicht leiden, wenn ich untätig herumstehe.«

»Aber fragen Sie ihn bitte.«

»Ist gut. Wissen Sie, ich tue alles für Sie, Miss Stapleton«, sagte er schlicht, aber sein Blick sprach Bände von einem tiefen Respekt.

»Danke, Jack«, sagte sie, reichte ihm die Briefe und erklärte ihm den Weg. »Und warten Sie bitte auf Antwort, wenn jemand zu Hause ist. Ach, und würden Sie auch noch zu dem Aborigine-Lager beim Gefängnis gehen und nach einer jungen Frau namens Peeta fragen? Ich muss sie heute Nachmittag unbedingt sehen.«

»Sonst noch etwas, was ich tun kann?«

»Nein, das ist alles, vielen Dank, Jack.«

Er tippte sich an den Hut und ging ins Haus, um Mr Lockyer zu fragen. Ben lächelte. »Da haben Sie aber jemandes Herz gewonnen, Miss, mit Verlaub.«

* * *

Ediths Unterbringung in der Pension war sehr einfach, aber anständig. »Jack!«, rief sie glücklich und zog ihn in ihr kleines Zimmer, wo sie ihn erst einmal fest umarmte. »Was machst du denn hier? So bald habe ich dich gar nicht erwartet. Du hast doch nicht schon gekündigt?«

»Nein, noch nicht. Ich mache ein paar Erledigungen für Miss Stapleton, und da dachte ich mir, ich komme schnell vorbei. Ich habe nicht viel Zeit …« Seine Stimme wurde brüchig. »Aber ich habe Neuigkeiten …«

»Was ist denn? Stimmt etwas nicht?«

»Gut, dass wir nicht mehr auf Rose gewartet haben.«

»Hast du von ihr gehört? Kommt sie jetzt doch nicht?«

»Sie ist tot«, sagte er leise. »Sie war auf dem Schiff, das

gesunken ist, auf der *Cataleena*.« Er berichtete kurz von seinen Gesprächen mit Miss Stapleton.

»Wenn Miss Stapleton nicht gewesen wäre, hätte ich es womöglich jahrelang nicht erfahren. Es hat wohl in der Zeitung gestanden, aber die lese ich ja nicht. Die Frau hat ein gutes Herz, kann ich dir sagen, viel zu gut für Charles Lockyer. Sie ist so warmherzig und mitfühlend, wie er kalt und aufgeblasen ist. Mein Gott, was für ein Leben wird sie wohl mit ihm führen?«

»Sie wird schon wissen, was sie tut.«

»Das glaube ich nicht. Er kann verdammt charmant sein, wenn er will. Andererseits, so wie er sich gestern Abend benommen hat ... Als er sah, dass sie mich tröstete, hat er sie vor ihren Verwandten und vor mir zusammengestaucht, das kannst du dir gar nicht vorstellen.«

»Nun, das soll uns nicht kümmern.«

»Ich weiß nicht ... das ist einer der Gründe, warum ich hier bin. Ich wollte dich um Rat fragen. Meinst du, ich sollte sie vor ihm warnen?«

»Nein, misch dich da nicht ein, das würde sehr anmaßend wirken.«

Er zuckte mit den Schultern. »Wir haben ja nichts mehr zu verlieren, morgen noch, dann sehen wir ihn nie wieder. Er fährt morgen früh zurück nach Port Phillip, und sie soll mitfahren. Ich hätte nicht übel Lust, ihr zu erzählen, wie er seine Leute behandelt. Und von seinen Frauengeschichten.«

»Sie wäre vermutlich entsetzt.«

»Und mit Recht.«

* * *

»Charles, ich muss mit dir sprechen«, sagte sie und tupfte sich die Lippen mit der weißen Serviette ab. Sie hatten gerade ihr ausgiebiges Frühstück beendet.

»Später gern, Georgina, jetzt will ich mir mit deinem Onkel ein Rennpferd ansehen.«

»Heute Nachmittag habe ich zu tun, es muss jetzt sein.«

Er sah sie mit mühsam unterdrückter Ungeduld an und presste die Lippen zusammen. »Wenn es um gestern Abend geht, so kann ich dir versichern, dass alles vergeben ist – und bald auch vergessen.«

Er wollte ihr etwas vergeben? Verstand er denn überhaupt nichts?

»Schön zu hören, aber so einfach ist das nicht, Charles. Was gestern Abend geschehen ist, war eine Warnung, auf die wir hören müssen.«

»Unsinn, ich bin sicher, du tust so etwas nie wieder.« Er stand auf und wollte das Zimmer verlassen.

»Charles, ich sage dir, ich muss mit dir sprechen. Jetzt.«

»Gut, Georgina«, seufzte er, als spräche er mit einem unleidigen Kind. »Ich sage deinem Onkel, dass ich ein paar Minuten später komme.«

Sie gingen in die Bibliothek. »Setz dich bitte, Charles, ich glaube, wir brauchen etwas länger als ein paar Minuten.«

Er ließ sich lässig in einen Sessel fallen und spreizte die Beine. »Ja?«

»Ich muss dir sagen, dass sich für mich vieles verändert hat.

Ich glaube, wir sollten die Frage einer Heirat noch einmal überdenken.«

»Schau, Georgina«, unterbrach er sie und winkte ab, »das gestern Abend war doch nur eine Kleinigkeit. Wir müssen uns erst wieder aneinander gewöhnen, und du hast viel Schweres erlebt. Nimm das alles nicht so ernst, es ist doch nichts passiert.« Er wollte schon wieder aufstehen.

»Aber es war keine Kleinigkeit, Charles, es war ein Zeichen.« »Denk nicht mehr daran, ich tue es auch nicht«, sagte er und stand tatsächlich auf.

»Ich bin noch nicht fertig«, sagte sie ruhig.

»Dann sprich weiter.« Er setzte sich auf die Kante des Sessels.

»Charles, es kann dir doch nicht entgangen sein, dass ich mich verändert habe. Ich konnte gar nicht anders. Ich war ein oberflächliches, verwöhntes Mädchen, aber jetzt bin ich erwachsen und interessiere mich für ganz andere Dinge. Mir sind andere Dinge wichtig, andere Wertvorstellungen.«

»Ich bin sicher, jeder macht eine solche Phase durch, wenn er dem Tod so nahe war. Du wirst das überwinden und wieder die alte Georgina sein, die ich kenne und liebe.«

»Nein, Charles, du hörst mir nicht zu. Ich werde nie mehr die alte Georgina sein.«

»Mein liebes Mädchen, ich kenne dich besser als du dich selbst. Ich habe dich aufwachsen sehen, ich habe miterlebt, wie du von einem kleinen Mädchen zu einer vollendeten jungen Frau geworden bist. Tatsächlich bilde ich mir ein, darauf sogar ein wenig Einfluss genommen zu haben.«

»Bitte, Charles! Ich versuche, es nicht allzu grausam zu formulieren. Ich … ich versuche dir zu sagen, dass ich glaube, wir passen nicht mehr zusammen. Was gestern

Abend geschehen ist, war nur ein Beispiel. Es wird immer wieder passieren.

Gesellschaftliche Konventionen bedeuten mir nicht mehr so viel, all diese sogenannte Schicklichkeit ... Ich will einfach das Richtige tun. Ich würde ständig deine Vorstellungen von gutem Benehmen beleidigen.«

»Ich denke, wir könnten uns aneinander gewöhnen. Und ich würde dir dabei helfen, die schlimmsten deiner neuen Angewohnheiten wieder abzulegen.«

»Aber ich will sie nicht ablegen! Darum geht es, Charles, verstehst du das nicht? Ich bin nicht die richtige Frau für dich!«

»Das sind doch alles Nichtigkeiten. Wir werden eine gute Ehe führen. Wir kommen beide aus guten Familien, unsere Kinder werden stolz auf ihr Erbe sein ...«

»Ich bin kein Rennpferd, Charles, ich bin ein Mensch.«

Er ignorierte ihren Einwurf. »Unser Besitz sowohl in England als auch hier wird zusammengelegt ...«

»Charles, diese Dinge sind mir vollkommen gleichgültig.«

»Jetzt vielleicht, aber wenn du etwas älter bist, wirst du das anders sehen.«

Es war, als würde man mit einer Mauer reden. Er hörte ihr nicht zu. Sie würde stärkere Waffen ins Feld führen müssen.

»Ich habe großen Respekt vor dir und du bist mir seit meiner Kindheit ein lieber Freund, aber ich liebe einen anderen.«

Er setzte sich kerzengerade hin, als hätte sie ihn ins Gesicht geschlagen. Einen Augenblick überlegte er, bevor er antwortete. »Ja, deine Tante hat mich gewarnt. Nicht zuletzt deshalb bin ich gekommen, um dich abzuholen, bevor du eine Dummheit begehst. Es geht um diesen Emporkömmling von einem Seemann, vermute ich. Aber das kann doch nicht dein Ernst sein! Solche Gefühle bringen Frauen ja oft einem Mann entgegen, von dem sie glauben, er hätte sie gerettet. Das geht vorüber, und irgendwann wird dir die ganze Angelegenheit peinlich sein.«

»Es geht nicht vorüber, denn ich erwarte ein Kind von ihm«, sagte sie leise. Offenbar wollte er es nicht begreifen, ohne dass sie schonungslos ehrlich war.

Er riss die Augen auf und wurde feuerrot. »Das ist nicht wahr!«

»Doch, es ist wahr. Ich bin so etwa im vierten Monat. Und ich bereue nichts.«

»Meine Verlobte – ein Flittchen?«

»Sprich nicht so mit mir.«

»Du bist ganz einfach keine Lady!«

Mit einem Krach ging die Tür auf. Georgina und Charles blickten erschrocken auf. Da stand Jack, beide Fäuste geballt. »Hören Sie auf, so mit Miss Stapleton zu reden!«

»Du wagst es?« Charles sprang auf. »Raus mit dir!«

»Nein, ich lasse nicht zu, dass Sie so mit Miss Stapleton sprechen. Sie ist kein Flittchen, sie ist zehn Mal mehr wert als Sie!« »Hinaus, sage ich!«

»Nein! Immerhin liebt sie den Mann, während Sie die Hausmädchen in Ihr Bett zwingen und sie auf die Straße werfen, wenn sie schwanger werden oder wenn Sie ihrer überdrüssig sind. Sie sagen, Miss Stapleton ist keine Lady? Sie sind kein Gentleman, und ich finde, das sollte sie wissen.«

Georgina keuchte auf. Charles sprang auf und packte Jack am Kragen. »Hinaus mit dir! Wir sprechen später darüber, du … du Abschaum! Eine Lady mit solchen widerlichen Lügen zu belästigen!«

Er hatte nach dem Schürhaken am Kamin gegriffen und schlug jetzt damit auf Jack ein.

Georgina stand immer noch wie angewurzelt da.

Jack riss sich los, und im nächsten Augenblick landete seine Faust mitten auf Charles' Nase. Mit einem Aufschrei taumelte Charles ein paar Schritte rückwärts.

»Ich kündige, Sie verdammter, anmaßender Schnösel. Für Sie arbeite ich keinen Augenblick länger«, sagte Jack. Dann wandte er sich an Georgina. »Entschuldigen Sie meine Wortwahl, Miss. Geht es Ihnen gut?«

Georgina schluckte. »Ja, alles in Ordnung.« Sie spürte, wie ein Lachen in ihr hochstieg. »Alles in Ordnung.«

»Ich habe nicht gelogen, Miss, ich fand einfach, Sie sollten das wissen.«

»Es ist alles gut, Jack, vielen Dank.«

»Ich habe dann Nachricht von den beiden Herren in der Stadt.«

»Ich komme gleich, Jack.«

Charles saß auf dem Boden, ein blutiges Taschentuch an die Nase gepresst, und schien sich furchtbar leidzutun.

Georgina half ihm auf.

»Georgina, diese Anschuldigungen …«

»Ich will nichts darüber hören.« Sie war weder an Entschuldigungen, noch an Erklärungen interessiert. Es gab keinen Grund zu der Annahme, dass Charles weniger fehlbar war als irgendein anderer Mensch.

»Aber …«

»Du darfst davon ausgehen, dass ich es vergessen habe.«

»Ich bitte um Verzeihung für meine Wortwahl«, sagte er steif.

»Wir alle sagen manchmal in der Hitze des Gefechts Dinge, die wir lieber nicht sagen sollten. Und es ist keine Kleinigkeit, wenn man zu hören bekommt, dass die eigene Verlobte von einem anderen Mann ein Kind erwartet.« Sie hob die Hand. »Charles, ich erwarte nicht von dir, dass du dieses Kind akzeptierst. Ich entbinde dich von jeder Verpflichtung mir gegenüber. Du musst auch gar nichts dazu sagen, mir ist klar, dass dies alles deinem Gefühl für Anstand und Sitte vollkommen widerspricht. Ich möchte den Schaden für dich wirklich so klein wie möglich halten.«

Er wischte sich die Nase und seufzte tief, als wäre er ein wenig erleichtert. »Ich glaube, wir können einstweilen einfach sagen, dass du nicht in der Lage bist, dein bisheriges Leben einfach so fortzusetzen. Das wird man verstehen. Wirst du ihn heiraten?«

»Wenn er mich darum bittet. Wenn nicht, werde ich unverheiratet hier in Adelaide leben, und wenn man mich gesellschaftlich ächtet, nun, dann soll es eben so sein.«

Charles wurde blass. »Was wirst du deinen Verwandten sagen?«

»Die Wahrheit, und zwar bald. Und ich würde es ihnen gern selbst sagen.«

Er nickte. »Selbstverständlich.«

»Wirst du mich jetzt hassen?«

»Nein. Was geschehen ist, ist sehr bedauerlich, aber wir werden beide damit zurechtkommen, denke ich.« Er seufzte noch einmal und stand dann auf. »Und jetzt sollte ich mich wohl ein wenig hinlegen. Würdest du mich bei deinem Onkel entschuldigen?«

»Natürlich.«

Georgina ging ums Haus herum zur Veranda, wo sie Jack fand. »Es tut mir so leid, Miss Stapleton, ich hätte da niemals so reinplatzen dürfen. Aber ich konnte einfach nicht anders.«

»Ich weiß Ihre Sorge und Ihre Loyalität zu schätzen, aber es war trotzdem nicht angemessen, das wissen Sie.«

»Ja, das weiß ich, Miss, aber ich war einfach nicht ganz bei mir. Ich wollte Ihnen Nachricht von den beiden Herren bringen, und da hörte ich den Streit. Und dann …«

»Ich verstehe schon. Mir geht es jetzt vor allem darum, dass Sie nicht über das Gehörte sprechen.«

»Sie können sich auf mich verlassen, Miss.« Sie sah ihn fest an. Er meinte es ernst, kein Zweifel. »Was haben die Herren gesagt?«

»Sie kommen um zwei Uhr heute Nachmittag.«

»Gut, vielen Dank. Und Peeta?«

»Peeta habe ich auch gefunden, sie kommt ebenfalls.«

»Gut. Und was werden Sie jetzt anfangen, nachdem Sie nicht mehr in Mr Lockyers Diensten sind?«

»Ich will mich hier ansiedeln, mir Arbeit suchen und Geld sparen, bis ich mir eine kleine Farm kaufen kann. Meine Verlobte ist auch hier. Sie heißt Edith, und sie war eine von denen, die Mr Lockyer …«

»Ist schon gut.«

»Wir wollen hier zusammen ganz neu anfangen.«

»Ich sollte Ihnen das nicht anbieten, es ist sehr unanständig Mr Lockyer gegenüber, aber ich werde mich ebenfalls hier ansiedeln, und zwar allein. Da brauche ich loyale, standfeste Leute. Denn in der ersten Zeit wird es sicher nicht leicht für mich.«

»Sie können auf uns zählen, auf Edith und mich!«

Sie lächelte. »Nun gut, dann ist das abgemacht. Aber behalten Sie es noch ein wenig für sich. Ich zahle Ihnen ein Übergangsgeld, bis ich Sie richtig anstellen kann.«

»Das ist sehr freundlich von Ihnen, Miss.«

»Es ist das Mindeste, was ich tun kann.« Und für Rose, dachte sie im Stillen.

* * *

Seufzend ging Georgina Miles entgegen. Jetzt musste sie die Gedanken an Charles und Jack zur Seite schieben und sich um Thukeri kümmern. Die letzten vierundzwanzig Stunden hatten ihr Leben schon genug auf den Kopf gestellt.

Sie brachte ihn in den Garten – er musste jetzt nicht auch noch Charles begegnen.

»Peeta und Henry kommen gleich. Ich habe Anweisung gegeben, dass man sie zu uns in den Garten schickt.«

Am liebsten hätte sie ihm alles erzählt, aber sie wollte sich dabei nicht unterbrechen lassen. Sie würde ihn bitten, am Ende noch kurz zu bleiben. Dann würde sie ihm alles erzählen, aber jetzt war dafür keine Zeit.

»Was hältst du von Peetas Geschichte?«, fragte er.

»Ich gebe es höchst ungern zu, aber ich habe mich da vollkommen von Vorurteilen blenden lassen. Als Peeta das erste Mal erzählte, ein Weißer habe sie überfallen, habe ich sofort an Mick gedacht. Auf Geoffrey bin ich gar nicht gekommen.« Sie gingen über den Rasen und durch den Rosengarten, wo die schweren, kostbaren Blüten sich im leichten Wind bewegten.

Georgina fuhr fort. »Dabei war es höchst unwahrscheinlich, er konnte doch kaum gehen. Ich schäme mich wirklich. Ich hatte gedacht, der Schiffbruch hätte mir den Standesdünkel gründlich ausgetrieben, aber tatsächlich war er noch immer da, und umso gefährlicher, als ich nicht mehr mit ihm rechnete.«

Miles blieb stehen. »Ich finde, was du tust, ist großartig. Ich habe von keiner anderen Frau gehört, die eine totale gesellschaftliche Ächtung riskieren würde, um die Ngarrindjeri gegen einen Adeligen zu unterstützen.

»Ich habe einfach nicht weit genug gedacht«, sagte sie und ging weiter bis zu den Büschen zwischen Haus und Feldern.

»Aber so ging es uns beiden«, erwiderte er und sah sie nachdenklich an. »Jetzt klingt Thukeris Geschichte nämlich viel glaubwürdiger.«

»Warum?«

»Geoffrey Bressington ist ein schneller Denker. Er hat Mick umgebracht, um den Ngarrindjeri einzureden, der Überfall auf Peeta sei bereits gerächt. Eine gute Strategie. Peeta war weg, niemand hatte ihn gesehen, und Mick war mit seiner Behinderung ein leichtes Opfer.«

»Aber warum? Ich meine, warum hat er Peeta überfallen?«

»Einfach so.« Miles zuckte mit den Schultern. »Sie ist eine hübsche Frau, und dann war er ja auch eifersüchtig, weil er uns verdächtigte. Schließlich hält er sich für unwiderstehlich.«

»Ja, das tut er wohl.« Sie senkte kurz den Blick. »Aber da war nichts zwischen uns, Miles. Nach dieser einen Nacht, als du uns gesehen hast, war mir das alles so peinlich …«

»Du bist mir keine Rechenschaft schuldig«, unterbrach er sie. »Ich will nichts davon hören.«

»Ich will aber nicht, dass du schlecht von mir denkst, wenn du gehst.«

Er sah sie eindringlich an. »Mach dir darüber keine Sorgen, für mich bist du eine wunderbare Frau. Ich kann nur staunen, wie sehr du dich verändert hast. Du hast alles abgelegt, Klassendenken, Rassendenken, Dünkel und Egoismus. Du beschämst mich, wenn du davon sprichst, dass du Leute falsch beurteilt hast, denn ich habe dir viel mehr Unrecht getan, indem ich dich nur aufgrund deiner Klasse und deines Wohlstands beurteilt habe.«

In diesem Moment hörten sie einen Schuss ganz in der Nähe. Für einen Augenblick hatte sie daran gedacht, ihm alles zu gestehen, aber jetzt war dieser Impuls vergessen.

»Wer zum Teufel schießt denn da?«, rief Miles und zog sie an sich, um sie zu schützen.

Dann hörten sie einen Schrei. Und dieser Schrei kam

von Peeta, daran konnte gar kein Zweifel bestehen. Noch ein zweiter Schrei, dann kam sie herangestürmt, die Haare wie einen wilden Schleier um ihren Kopf, das Gesicht verzerrt vor Furcht.

»Was ist denn?«, rief Georgina ihr zu.

»Böser Mann versucht mich zu töten!«, schrie sie, warf einen Blick über ihre Schulter und versteckte sich hinter Miles.

»Ins Haus, schnell!«, sagte er zu den beiden Frauen, schob sie weiter und zog sein Seemannsmesser.

Sie rannten los, während Miles sich in die Büsche stürzte, aus denen Peeta gerade gekommen war. Doch dann blieben sie abrupt stehen. Vor ihnen stand ein Mann mit einer Pistole. Geoffrey Bressington.

»Aus dem Weg, Georgina. Die kleine schwarze Hure sitzt schon viel zu lange auf dem hohen Ross. Meint, sie könnte mich in der Öffentlichkeit demütigen und ungestraft davonkommen.«

Georgina stellte sich vor Peeta.

»Geoffrey, sind Sie denn verrückt geworden? Hören Sie auf damit!«

»Gehen Sie mir aus dem Weg, Lady.« Sein Finger lag zitternd am Abzug.

»Geoffrey, lassen Sie sie in Ruhe! Was soll denn daraus werden?«

Im nächsten Augenblick stand Miles hinter ihm und hielt ihm das Messer an die Kehle. »Waffe runter, Bressington.«

Geoffrey schielte zur Seite, rührte sich aber nicht. »Ich hätte wissen müssen, dass dieser elende Matrose sich wieder in meine Angelegenheiten mischt. Ihr drei steckt doch schon die ganze Zeit unter einer Decke. Das muss ja eine gemütliche Ménage à trois gewesen sein, da in den Dünen.«

Miles bewegte das Messer ein wenig. »Lassen Sie die Waffe fallen, Bressington.«

In diesem Moment stolperte noch jemand auf die Wiese. Henry Jickling wäre beinahe über eine Baumwurzel gefallen und spähte eifrig über seine dicken grünen Brillengläser.

Sie schaute schnell zu Miles und Geoffrey. Die beiden konnten den Anwalt offenbar nicht sehen.

»Lass das alberne Messer fallen, Matrose, ich habe Mick erschlagen, da kommt es mir auf euch zwei nicht mehr an.« Geoffrey zielte immer noch mit der Pistole auf die beiden Frauen.

»Wer spricht denn da solche Drohungen aus?«, fragte Henry und lief geradewegs in die beiden anderen Männer hinein.

Für einen Augenblick war Geoffrey abgelenkt, aber das genügte Miles, um ihn zu Boden zu werfen. Als er fiel, löste sich ein Schuss, sie sahen ihn einmal zucken und hörten ihn aufschreien wie ein verletztes Tier.

»Mein Gott, er hat sich erschossen!«, schrie Georgina.

Miles fiel neben Geoffrey auf die Knie. Als er ihn umdrehte, sahen sie das Loch in seiner Brust und das Blut.

»Er ist tot.

Henry betrachtete den Leichnam durch seine Brille und fuhr dann erschrocken zurück. »Gütiger Himmel, wir sollten die Polizei rufen. Nichts anfassen! Kümmern Sie sich um die Damen, ich gehe ins Haus und hole Hilfe«, befahl er Miles und stolperte los.

Georgina spürte, wie ihr schwindelig wurde. »Schau nicht hin, Georgina«, sagte Miles und warf seine Jacke über Geoffrey.

Aber sie musste hinschauen. »Ich kann es nicht glauben! Ich kann es einfach nicht glauben, dass er hier aufgetaucht ist und Peeta erschießen wollte.«

»Er war einfach durch und durch ein Schurke, noch mehr, als wir vermutet haben.«

»Mr Miles, danke!«, rief Peeta, die allmählich die Sprache wiederfand. Sie zitterte am ganzen Leib. »Peeta gerettet, Georgina gerettet, Baby gerettet!«

Dann schlug sie eine Hand vor den Mund und sah Georgina entschuldigend an. Ihre Augen waren weit aufgerissen vor Schreck.

Miles sah Georgina an. Sie öffnete den Mund, aber ihr fehlten einfach die Worte.

»Was für ein Baby?«

Er sah sie immer noch an. Peeta sah sie an. Die Sekunden vergingen. Es war totenstill um sie herum.

Sie schluckte. »Äh …« Seine blauen Augen ruhten auf ihr. Sie musste es ihm sagen.

»Dein … dein Baby.«

Sie sahen sich an. Sie waren allein auf der Welt, und die Erde hatte aufgehört sich zu drehen.

Was dachte er jetzt? Was würde er sagen? Auf seinem Gesicht spiegelten sich in schneller Folge alle möglichen Gefühle: Unglaube, Verwirrung, Schreck, Zorn, Traurigkeit …

Ihr wurde übel. Sie hätte es ihm gleich sagen müssen! Viel früher!

Er verzog den Mund zu einem harten, zornigen Strich. »O Gott«, murmelte er.

»Miles, es tut mir so leid. Ich wollte nicht, dass du es so erfährst. Und ich will dich nicht einsperren. Ich will, dass du deine Ziele im Leben erreichst. Ich komme schon irgendwie zurecht. Ich habe mehr als genug Geld, um ein Kind allein großzuziehen. Es tut mir so leid.«

Er sah sie immer noch mit undurchdringlicher Miene an.

»Miles, sag doch etwas. Bitte. Sag mir, dass du mich nicht hassen wirst.«

»O nein, ich werde dich nicht hassen.« Jetzt sah sie das Funkeln in seinen Augen, und seine Lippen hatten sich zu etwas verzogen, dass fast wie ein unterdrücktes Lächeln aussah.

Dann strahlte er tatsächlich. Was in aller Welt dachte dieser Mann?

»Ist dir eigentlich klar, dass das der vollkommene gesellschaftliche Ruin für dich ist?« Er stand langsam auf, ohne den Blick von ihr abzuwenden.

Was sollte das heißen? »Ja … ja, das ist mir klar. Aber es gibt Wichtigeres im Leben.«

»Wenn das herauskommt, ist das dein gesellschaftliches Ende.«

»Ja, ich weiß. Aber damit komme ich zurecht. Ich bin ja nicht die erste Frau mit einem unehelichen Kind«, stotterte sie.

»Du bist so tief gesunken, dass du nur noch aufsteigen

kannst.« Die Freude in seinen meerblauen Augen war tiefer als alles, was sie je gesehen hatte. »Eine Heirat, selbst mit mir, kann dir nur noch nützen.«

»Oh, Miles!«

Sie sprang in seine Arme, ließ sich hochheben und herumwirbeln. Sie glitt an ihm herunter, als er sie wieder hinstellte, und sie zitterte am ganzen Leib vor Freude.

»War das ein Antrag?«, lachte sie leise.

»Nur, wenn du ihn hiermit angenommen hast.« Er sah ihr ins Gesicht. »Warum hast du es mir nicht gesagt?«

»Ich konnte doch nicht, du wolltest mich doch nicht haben!«

»Wer sagt das denn?«

»Niemand. Aber du hast mir auch nie gesagt, dass du mich wolltest.«

»Das konnte ich doch nicht! Es wäre höchst unehrenhaft gewesen, schließlich gab es keine Zukunft für uns. Ich wollte dich nicht ruinieren, indem ich dich zu mir herunterzog. Und außerdem warst du verlobt mit einem anderen.«

»Du dummer Kerl, du ziehst mich doch nicht herunter! Ich war so ein egoistischer Snob, ich konnte doch durch die Verbindung mit dir nur gewinnen. Aber was ist mit dir, mit deinem Firmenimperium? Ich will doch nicht deinen Erfolg gefährden!«

»Ich glaube, ich werde mit dir und einem Firmenimperium fertig«, lachte er.

»Und du willst mich wirklich?«

»Mehr als alles in der Welt.« Er sah sie so zärtlich an, dass ihr das Herz beinahe stehen geblieben wäre. »Ich liebe dich nämlich, weißt du.« Er wurde heiser.

Endlich hatte er es gesagt. Diese kostbaren Worte, nach denen sie sich schon so lange sehnte.

»Aber dein guter Ruf, dein Stolz? Ich dachte, du wolltest keine reiche Erbin heiraten. Du wolltest doch kein Abenteurer sein, der mich des Geldes wegen heiratet.«

»Mir wäre es ja auch lieber, ich könnte dich ohne das Geld bekommen, aber mein Ruf ist nicht kostbarer als deiner. Und wenn du bereit bist, deinen guten Ruf zu riskieren, weil du mich liebst, was bleibt mir dann anderes übrig?«

»Und dein Stolz?«

»Mein Stolz ist ein wunder Punkt. Aber ich werde lernen, damit umzugehen. Außerdem gehört das Geld nach wie vor dir, du kannst damit machen, was du willst.«

»Wir könnten uns hier ein Haus kaufen.«

»Wenn du das möchtest und glücklich damit bist!«

»Nein, du sollst glücklich sein«, lachte sie.

»Aber ich bin keine Insel, Liebling«, lächelte er.

Peeta zupfte Georgina am Ärmel.

»Georgina glücklich?«

»Ja«, erwiderte Georgina und nahm Peeta in den Arm.

Erst als ihre Tante sich laut rufend näherte, ließ sie die beiden anderen wieder los.

»Wo sind Sie denn, Mr Jickling? Von wo sind Sie gekommen? Erkennen Sie denn nichts wieder? Wir haben die Schüsse auch gehört, aber wir wissen nicht, woher sie kamen. Georgina, wo bist du denn?«

»Hierher!«, rief Georgina und trat einen Schritt von Miles zurück.

»Ich sehe überhaupt nichts«, murmelte Henry, als er mit

Tante Mary, Onkel Hugh, Charles und dem Vorarbeiter auf die Wiese kam.

»Du lieber Himmel!«, rief Onkel Hugh und warf eine Decke über den Toten. »Was ist denn passiert?«

»Er hat versucht, Peeta zu erschießen«, schauderte Georgina.

»Und Georgina! Aber Miles rettet uns.«

»Unglaublich!«, sagte Tante Mary und umarmte ihre Nichte. »Gott sei Dank, dass du lebst.« Sie wandte sich an Miles. »Und vielen Dank, Mr Bennett. Diesmal bin ich tatsächlich froh, dass Sie hier sind.« Sie schüttelte den Kopf. »Sie haben meiner Nichte jetzt schon zum zweiten Mal das Leben gerettet.«

»Es war mir ein Vergnügen«, sagte er.

»Wissen Sie, ich sehe ja nicht besonders gut«, sagte Henry Jickling und strich sich über die Glatze. »Aber mein Gehör ist vollkommen in Ordnung. Und ich habe Bressingtons Worte genau gehört. Er hat gesagt: ›Lass das alberne Messer fallen, Matrose, ich habe Mick erschlagen, da kommt es mir auf euch zwei nicht mehr an.‹ Ein glasklares Schuldbekenntnis.«

»Ja, das können wir alle bezeugen«, sagte Miles.

»Ich muss das aufschreiben, solange ich den Wortlaut noch im Ohr habe«, sagte Henry und durchsuchte seine Taschen.

Einen Stift fand er sofort, aber kein Papier.

»Da bin ich doch wieder mal ohne einen einzigen Fetzen Papier losgegangen«, schnaubte er. »Kann mir jemand aushelfen?«

Miles und Charles leerten ihre Taschen, fanden aber nichts.

In diesem Augenblick fuhr der Wind durch die Bäume. Georgina lief einem zusammengefalteten Stück Papier nach, dass über den Rasen flog. »Ihr habt Glück, hier ist etwas.« Sie reichte Henry das zerknüllte, mehrfach gefaltete Blatt. Es war offenbar schon älter, denn es hatte Wasserflecken und war ganz braun an den Kanten.

Henry faltete es auseinander und hielt es sich vors Gesicht. »Erst mal sehen, was das ist«, murmelte er. »Gute Güte! Das ist es! Das Schreiben, von dem Sie mir erzählt haben!«

»Was für ein Schreiben?«, fragte Miles.

Henry schaute noch einmal genau hin. »Das Schreiben, mit dem Mr Roy Drummer, Seemann auf der *Cataleena,* fünfhundert Pfund versprochen werden, unterschrieben von Geoffrey Bressington und einem Zeugen. Datiert auf den Juni 1840.«

»Was für eine Schande, dass es jetzt zu spät ist«, rief Georgina mit einem Blick auf den Toten.

»Nein, hier ist von Geoffrey Bressington, seinen Erben oder Nachfolgern die Rede, das heißt, das Geld muss aus seinem Besitz entnommen werden. Ein kluger Kopf, der diese Formulierung vorgeschlagen hat.«

»Das war ich, fürchte ich«, sagte Miles bescheiden. »Ich hatte meine Zweifel, dass einer von uns den Schiffbruch überleben würde.«

»Nun, ich denke, die Sache ist klar. Die Familie wird das Geld bekommen, vorausgesetzt, dass Bressingtons Nachlass so viel hergibt. Aber wie kommt das hierher?«

»Es lag hier auf dem Boden«, sagte Georgina. »Und da

sind auch noch mehr Papiere! Sie müssen Geoffrey bei dem Kampf mit Miles aus der Tasche gefallen sein.«

Sie und Miles hoben die übrigen Papiere auf, die der Wind auf der Wiese verteilt hatte. Sie sahen alle gleich aus, eselsohrig, mit Wasserflecken, zerknüllt und schmutzig. Einige waren kaum noch lesbar.

»Halten Sie alles beieinander, Miss Stapleton«, sagte Jickling und reichte ihr das Blatt, das er ihnen vorgelesen hatte. »Und bringen Sie das in Sicherheit. Das sind alles Beweisstücke. Aber vielleicht ist ja doch etwas Unwichtiges dabei, worauf ich schreiben kann.«

Georgina sortierte die Blätter und reichte Jickling eine Hotelrechnung. Dann sah sie sich das nächste Blatt genauer an. Die Erinnerung übermannte sie beinahe. Gemmas Gesicht stand ihr vor Augen, wie sie die zwei Blätter aus dem Gebetbuch gerissen hatte, um ihr Testament darauf zu schreiben. Sie drehte das Blatt um. Tatsächlich! Es war das Cambray-Testament. Sie sah Miles an, öffnete den Mund, um es ihm zu sagen, aber dann unterdrückte sie den Aufschrei, der ihr in der Kehle hochstieg.

Nein, sie würde jetzt nicht hier verkünden, dass Miles ein reicher Mann war, wenn dieses Testament gültig war und er es annahm. Darüber konnte man später sprechen. Für heute war wirklich schon genug passiert. Eine gelöste Verlobung, Schüsse im Garten, ein Mordgeständnis, ein Unfalltod, der Schuldschein – und der Heiratsantrag, auf den sie so lange gewartet hatte.

Henry stand da und schrieb auf der Rückseite der Hotelrechnung den Wortlaut des Geständnisses nieder, während alle anderen schweigend um ihn standen und zusahen.

Dann steckte er das Blatt in seine Brieftasche und wandte sich an Peeta. »Tja, das war's, Mädchen. Ich würde sagen, heute Abend ist Thukeri frei. Ich nehme Sie mit zum Richter, wenn Sie wollen, und danach fahren wir zusammen zum Gefängnis.«

Peeta sah Georgina an; ihre Augen lächelten. »Peeta befreit Thukeri.« Sie strahlte. »Ältester freut sich, Peeta hat wieder guten Namen. Rettet seinen Sohn.«

»Ja, so nimmt der eine Ruf zu und der andere ab, und uns beiden lacht das Glück.« Georgina zwinkerte ihr zu.

»Was in aller Welt redest du da?«, fragte ihre Tante und sah sie verwirrt an.

Miles nahm Georginas Hand und wandte sich an die Clendennings. »Wir müssen da etwas erklären«, sagte er.

»Nein, bitte nicht!«, rief Tante Mary klagend.

»Wir werden heiraten, Tante Mary«, sagte Georgina sanft.

»Und was sagst du dazu?« Onkel Hugh sah Charles fragend an, der die ganze Zeit schweigend daneben gestanden hatte.

»Wer ist dieser Mann und was geht es ihn an, wenn Georgina mich heiraten will?«, fragte Miles.

Georgina trat einen Schritt vor. »Miles, das ist Charles Lockyer. Charles, das ist Miles Bennett.«

Miles sah sie ungläubig an. »Dein Verlobter Charles?«

»Ja!«, kicherte sie. »Mein ehemaliger Verlobter Charles.«

Charles Lockyer erinnerte sich seiner untadeligen Manieren, trat einen Schritt vor und schüttelte Miles förmlich die Hand.

»Charles, tu doch etwas!«, flehte Tante Mary. »Sie hat den Verstand verloren.«

»Selbstverständlich werde ich etwas tun«, sagte Charles und trat einen Schritt vor. »Meinen Glückwunsch, Georgina.« Er küsste sie auf die Wange. Dann wandte er sich noch einmal Miles zu und streckte die Hand aus. »Viel Glück, guter Mann, Sie werden es brauchen«, sagte er trocken.

Nachbemerkung der Autorin

Die Hauptfiguren dieses Romans sind erfunden, aber die Ereignisse beruhen auf Tatsachen aus der frühen Geschichte der Kolonie Südaustralien. Colonel William Light hat die Stadt Adelaide wirklich geplant, ist aber etwas früher gestorben als hier angegeben.

Die Geschichte von Bonnie Ray, die bei den Geächteten lebte, findet sich in einem meiner anderen Bücher.

Der Coorong ist heute ein Nationalpark, der sich mehr als 130 Kilometer an der australischen Südküste erstreckt. Die silbrig glänzenden Salzwasserlagunen sind durch die weißen Sanddünen der Younghusband-Halbinsel vor dem Ozean geschützt. Sie werden von dem Fluss Murray gespeist, der durch mehrere Staaten fließt und am Coorong ins Meer mündet.

Der Coorong ist zwar nicht mehr das üppige Paradies, das er vor der Kolonisation durch die Europäer war, aber ein international bedeutendes Naturdenkmal und eine wichtige archäologische Fundstätte. Für das Volk der Ngarrindjeri ist es nach wie vor von größter kultureller Bedeutung.

Viele Jahre der Trockenheit, die zu starke Regulierung des Flusses und die übermäßige Entnahme von Wasser zur Bewässerung haben diese entlegene Wildnis in ernste Gefahr gebracht.

Nach meinen Recherchen für diesen Roman, nachdem ich mich mit den Resten dieser großartigen Landschaft und der Geschichte vertraut gemacht hatte und begriffen hatte, was für eine außerordentlich reiche Kultur hier entstanden ist, stand ich eines Tages wie Georgina hoch oben auf einer Düne auf dem Coorong, voller Trauer um alles, was verloren gegangen ist.

Im Jahr 1998, einhundertzweiundsechzig Jahre nach der Kolonisation, erhoben die Ngarrindjeri Anspruch auf die Region und auf die Rechte und Interessen, die sich aus ihren traditionellen Gesetzen und Gebräuchen ergeben. Über diesen Anspruch ist noch nicht entschieden.

Ich danke Tom Trevorrow und vielen anderen aus der Gemeinschaft der Ngarrindjeri, die mich an ihrer Kultur haben teilhaben lassen. Ich danke auch Pinky Mack † und Albert Karloan †, die ihre Geschichten Ronald Berndt, Catherine Berndt und John Stanton erzählt haben, damit sie für die Sammlung *A World That Was* über das Leben der australischen Ureinwohner aufgezeichnet werden konnten.